VICTOIRE
OU LA DOULEUR DES FEMMES

DU MÊME AUTEUR

De l'autre côté du bistouri, roman, Belfond, 1981.

L'Antirégime, ou Lettre à mes frères Trosgros, essai, Orban, 1982.

La Santé et le Vêtement, essai, Pierre Marcel Favre, Lausanne, 1983.

Le Guide de la santé en vacances, essai, Orban, 1984.

Le Malingot, roman, Belfond, 1985. « Prix Littré » décerné par le Groupement des écrivains médecins.

Les Princes du sang, roman, Fayard, 1992.

Docteur Hellen, roman, Fayard, 1994.

Rage de flic, roman, Fayard, 1995. « Prix du Quai des Orfèvres » 1996.

Gilbert Schlogel

Victoire
ou
la douleur des femmes

roman

Fayard

À Justine et Louise,
mes petites-filles.

Je ne suis pas de ceux qui disent:
«Ce n'est rien, c'est une femme qui se noie.»
La Fontaine, Livre III, Fable 16.

Première partie

1939

La faiseuse d'anges habitait les faubourgs de la ville, au quartier de l'écluse. Dans l'obscurité complice du chemin de halage, deux silhouettes féminines avançaient à pas pressés, l'une derrière l'autre. L'eau du canal paraissait immobile, reflétant à peine le pâle éclat d'un mince croissant de lune. La femme qui ouvrait la marche avait une allure massive, accentuée par un châle drapé sur ses fortes épaules. L'autre paraissait fragile et incertaine. Quand elle se laissait distancer, elle entendait un «Dépêche-toi!» sans réplique.

Arrivées à la hauteur du pont, elles grimpèrent le raidillon qui menait à la grand-route, déserte à cette heure. Elles la traversèrent pour monter vers le hameau « des mariniers », quelques masures regroupées autour d'un estaminet de mauvaise réputation. Les bagarres n'y étaient pas rares, et la rumeur prétendait que, la nuit venue, les gens des péniches s'y livraient à de louches trafics.

Elles parvinrent à la dernière maison, une construction sans étage précédée d'un jardinet clôturé d'un grillage. Le portillon tourna en grinçant, et elles s'approchèrent jusqu'au perron de trois marches. Derrière la vitre, une main écarta le rideau qui masquait la lumière. Une trogne renfrognée apparut.

— C'est moi, dit à voix basse madame Dambreville.

— Entrez!

La porte s'ouvrit sur une matrone sanglée dans un tablier à carreaux. Les visiteuses pénétrèrent dans une pièce en désordre, chichement meublée. Le lustre de verre amputé d'une ampoule dispensait une lumière parcimonieuse. Un garçon d'une quinzaine d'années était assis dans un coin. Le visage grossier surmonté d'une tignasse rousse, il portait un chandail étriqué et un pantalon court qui découvrait des genoux écorchés. Ses chaussettes tire-bouchonnaient sur de vieux godillots mal lacés.

— Vous avez les sous ?

Mme Dambreville prit dans son sac une enveloppe qu'elle tendit.

— Il y a le compte. Vous pouvez vérifier.

La femme se contenta de hausser les épaules et l'argent disparut dans les profondeurs de son corsage.

— C'est pour lui, vous comprenez, expliqua-t-elle en désignant le jeune attardé qui se balançait maintenant d'avant en arrière, les yeux dans le vide. Quand je ne serai plus là, il faudra le mettre dans un asile. C'est pas donné !

Changeant de ton, elle s'adressa à Victoire avec autorité :

— Allez, viens, ma petite. Ne perdons pas de temps.

Elle précéda Victoire dans la cuisine et ferma la porte à clé, abandonnant Mme Dambreville à la compagnie du gamin.

— Enlève ta culotte et grimpe sur la table.

Une ampoule sans abat-jour éclairait violemment le décor sordide : un buffet encombré de vaisselle, un fourneau poisseux où rougeoyait du charbon, prolongé par un tuyau de poêle qui traversait le mur, un évier de pierre fendu...

Sans un mot, Victoire enleva prestement son slip et l'enfouit dans une poche de son manteau qu'elle posa sur une chaise bancale. Indécise, elle restait debout, considérant avec dégoût la table de cuisine recouverte d'une toile cirée douteuse. L'inquiétant personnage lui tournait le dos, sortant d'un tiroir une de ces boîtes chromées où les médecins rangent leurs instruments. La jeune fille n'osait plus bouger. Les traits de son fin visage s'étaient décomposés et ses petites dents bien rangées mordaient une lèvre inférieure crispée par la peur. Quelques cheveux bruns s'échappaient de son bonnet de laine enfoncé jusqu'aux sourcils. Ses yeux bleu sombre se tournèrent vers la porte fermée et se brouillèrent. Elle était prête à se sauver...

La femme se retourna.

— Alors, qu'est-ce que t'attends ? Grimpe ! On ne va pas rester là toute la nuit. Tu chialeras une autre fois !

Victoire monta maladroitement sur la table et resta à quatre pattes, ridicule, ne sachant comment s'installer.

— Quelle empotée ! Tourne-toi. Là ! Assieds-toi. Maintenant, tu t'allonges sur le dos. Avance tes fesses vers le bord. Encore un peu. Plie les genoux et laisse tes pieds de côté. Écarte les cuisses, bon sang ! Allez ! Tu as bien su les ouvrir avant de venir ici. C'est du pareil au même. Les enfants, tu sais, ils sortent par où ils sont entrés !

Elle rit grassement, ravie de cette plaisanterie qui devait souvent lui servir.

Victoire s'allongea et laissa retomber sa tête en arrière sans pouvoir retenir ses larmes. Elle mit ses deux mains à plat sur son visage, pour se cacher... ou ne plus rien voir.

Quand les doigts rugueux touchèrent son sexe, elle se redressa d'un coup, comme si elle avait ressenti une brûlure. Entre ses jambes écartées, elle aperçut en pleine lumière le visage vulgaire de sa tortionnaire, ses yeux globuleux aux paupières rougies, son nez massif parcouru de veinules tombant sur une lèvre supérieure ombrée de poils noirs. Sur sa joue droite, une verrue supportait une touffe de crins. Les cheveux gris emmêlés formaient autour du front une auréole hérissée. C'était une ancienne infirmière ivrognesse et braillarde que les mariniers appelaient la « mère Tape-dur ».

« On dirait une caricature de la Thénardier », pensa Victoire avec horreur.

Les regards des deux femmes se rencontrèrent. La vieille se radoucit.

— N'aie pas peur, ma jolie, je sais faire. Laisse-toi aller. Ce sera plus facile si tu es détendue.

Victoire reposa sa tête et ferma les yeux, s'efforçant de respirer calmement. Elle faillit crier quand elle sentit un objet métallique la pénétrer.

— Qu'est-ce que c'est ?

— Un spéculum. C'est froid, pas vrai ! Ça rafraîchit les idées. Maintenant tu vas sentir comme une sorte de piqûre...

Une violente morsure lui saisit les entrailles. Victoire enfonça son poing dans la bouche, renonçant à se défendre. Elle se sentait meurtrie au plus profond de sa chair. Pourquoi s'était-elle laissé faire ? Pourquoi avait-elle obéi à sa mère ?

Pendant que cette sorcière lui fouillait le ventre, elle serrait les dents pour ne pas hurler, sans avoir le courage de chercher à comprendre. Elle était tirée, poussée de l'intérieur, et une douleur sourde lui vrillait les reins.

Enfin, le monstre se redressa avec un sourire découvrant des chicots ébréchés.

— Voilà, c'est fini. Vite fait, bien fait ! Je te mets un tampon qui va maintenir la sonde en place.

Victoire eut l'impression qu'elle lui remplissait le bas-ventre avec de la paille, comme faisait sa mère avec les peaux de lapin.

— Fais attention à ne pas le perdre. Allez ! Debout maintenant. Marche en serrant les genoux !

Pendant que la jeune fille remettait sa culotte, la mère Tapedur retourna dans la salle à manger en ricanant.

— C'est terminé, l'entendit-elle annoncer sur un ton joyeux. Vous pouvez rentrer chez vous. Couchez-la. Elle va avoir des coliques, une hémorragie, et tout va s'expulser. Si ça va pas, eh bien, vous reviendrez !

Mme Dambreville quitta la cuisine les yeux rivés au sol et se dirigea vers la sortie. Victoire la suivit.

L'une derrière l'autre, comme à l'aller, elles reprirent le chemin de halage et rentrèrent au manoir sans échanger une parole. Elles n'avaient rencontré personne.

Dans le hall, le visage soucieux, Jeannette les attendait. Elle aida Victoire à enlever son manteau et eut un geste spontané d'une grande douceur pour essuyer une larme qui coulait encore sur le visage défait. La jeune fille écarta cette main secourable et se précipita vers l'escalier.

La domestique la regarda s'éloigner avec un air de pitié impuissante. Au premier étage, la porte claqua. Mme Dambreville resta songeuse un moment. Son visage régulier avait dû être beau, avec ses yeux clairs et ses cheveux ondulés d'un blond qui tirait maintenant sur le gris. Le port de tête était altier, et, si la taille s'était épaissie ces dernières années, la silhouette n'en conservait pas moins une certaine distinction dans des vêtements noirs de coupe stricte. Elle se reprit et, après un bref regard vers la bonne, se décida à monter à son tour. Son pas était lourd.

— Bonsoir, Madame.

Elle grommela une réponse inaudible.

— Si vous avez besoin de quelque chose, vous savez...

— Je sais, merci.

La voix de Mme Dambreville était lasse. Jeannette aurait bien voulu lui parler, savoir ce qui s'était passé chez la faiseuse d'anges. Son regard s'assombrit. Elle avait une bouille ronde d'ordinaire si rieuse, avec ses joues rouges et ses petits yeux bleu pâle toujours plissés de malice, que la tristesse lui convenait mal.

Elle fit le tour des pièces du rez-de-chaussée pour éteindre les lumières, verrouilla la porte d'entrée, regagna la cuisine qu'elle ferma aussi à clé, et s'engagea dans l'escalier de service qui menait aux chambres du haut. Petite, avec des formes potelées, elle n'était qu'une boule de muscles rompue aux travaux des champs. Elle grimpa les marches quatre à quatre et se promit de voir Mademoiselle en cachette, le lendemain.

Victoire se laissa tomber sur son lit sans se déshabiller et enfouit sa tête dans l'oreiller pour pleurer tout son saoul. Elle n'était même plus en état de penser, avec cette chose qui occupait son ventre et la meurtrissait.

Il lui fallut plus d'une heure pour se calmer. Elle se releva, se débarrassa de ses vêtements, comme s'ils étaient souillés, et les jeta dans un coin, bien décidée à ne plus jamais les porter. Par-dessus sa culotte, elle passa une chemise de nuit et entreprit de brosser ses longs cheveux noirs et lisses. L'image que lui renvoya le miroir lui fit peur. Conserverait-elle ces yeux rouges marqués de cernes profonds et ces deux plis amers qui encadraient sa bouche aux lèvres délicatement ourlées ? Garderait-elle cette expression désespérée ? Les gens qu'elle rencontrerait ne devineraient-ils pas, rien qu'à la voir, le crime qu'elle venait de commettre ?

Elle prit dans l'armoire une serviette de toilette, la cala entre ses jambes et se coucha. La lumière éteinte, elle resta immobile, allongée sur le dos, les yeux grands ouverts, attendant les drames qui ne manqueraient pas de survenir durant la nuit. Comment se passait un avortement ? Dans quelles douleurs cette vie accrochée à son ventre allait-elle s'interrompre ?

Son existence s'était écoulée jusqu'à ce jour dans une douce monotonie, à l'image de ce que devait être son avenir. Pourquoi ce cataclysme ? Qu'avait-elle fait au Bon Dieu pour subir un tel châtiment ? Elle avait toujours entendu dire qu'elle était née sous le signe de la joie...

Elle avait été conçue dans une atmosphère de liesse populaire, le soir du 11 novembre 1918. Cette paix retrouvée après quatre années de malheurs et de deuils ouvrait la voie à une ère nouvelle. Tous se retrouvaient pour chanter et danser, conscients de sortir d'un cauchemar.

Lorsque le conflit avait éclaté, son père, Adhémar Dambreville, était professeur de lettres au lycée de Caen. Après trois années sinistres passées dans les tranchées, il avait été réformé. Gazé à Ypres en 1917, il avait survécu grâce aux soins acharnés d'une infirmière volontaire qu'il avait épousée par reconnaissance. Estelle Vanhoulen était une orpheline méritante, originaire de Monceau-sur-Sambre, qui s'était engagée dès le début de la guerre pour soigner les blessés. Elle s'attacha à cet officier si distingué et reconnaissant.

Quand le capitaine Dambreville rentra chez lui pour une permission de convalescence qui précéderait la réforme, il offrit à Estelle, éblouie, de l'accompagner pour le restant de ses jours.

Le mariage fut célébré dans l'église de Véricourt, au cœur de cette riche Normandie rurale où les Dambreville appartenaient aux plus anciennes familles, propriétaires d'immeubles et de terres en fermage. La mariée était jolie, et son maintien témoignait, à l'évidence, d'un bon milieu. Adhémar était un homme fier et personne n'osa poser de questions sur les origines de celle qu'il avait choisie.

En août 1919 naquit une fille qui fut appelée Victoire, prénom à la mode en ces temps orgueilleux.

— Tout le portrait de son père, s'écria la sage-femme venue pratiquer l'accouchement à domicile.

De ce père, la jeune fille conservait encore le souvenir fervent : son allure aristocratique, son long visage orné d'une moustache toujours soigneusement taillée, ses yeux bleu sombre dont elle avait hérité la couleur, ses cheveux bruns, épais et lisses. Il l'emmenait souvent en promenade dans la campagne, au trot rapide de la jument pommelée, attelée au Tilbury laqué noir. Elle revoyait, comme si c'était hier, l'ancien officier, miné par sa maladie pulmonaire, tousser en s'excusant chaque fois qu'il faisait un effort. Afin d'oublier sa vie qui le quittait, il échafaudait pour sa fille des projets mirifiques.

Adhémar Dambreville mourut le 24 octobre 1929, le jour où Wall Street connaissait son plus grand désastre.

Dernier héritier d'une solide fortune foncière, devenu professeur de lettres par goût de la culture, et se sachant condamné, il avait initié de bonne heure son élève préférée aux raisonnements philosophiques et religieux, pour que sa mort soit perçue par l'enfant comme l'issue normale d'une existence bien remplie.

Victoire accepta donc le départ de son père avec une certaine sérénité. Dès le lendemain de l'enterrement, elle entra au pensionnat des Dames de l'Assomption à Caen, pour y faire sept années d'excellentes études secondaires imprégnées d'une éducation chrétienne rigoureuse et un tantinet désuète.

Aux vacances, elle retrouvait sa mère qui jouait, à la perfection, son rôle de veuve résignée. Estelle Dambreville s'était décidée, une fois pour toutes, à s'habiller en noir, évitant ainsi frais de toilette et fautes de goût.

Adhémar avait fait de Victoire sa légataire universelle, stipulant qu'elle n'hériterait en toute propriété qu'à sa majorité. D'ici là, Mme Dambreville conserverait l'usufruit de l'ensemble du patrimoine. La veuve administrait les biens dont elle avait la garde avec les scrupules d'une demoiselle de magasin, pour qu'on ne puisse jamais rien lui reprocher.

Éviter les reproches était sa préoccupation première. Élevée par une tante peu fortunée et déjà chargée de famille, elle avait eu conscience, dès son plus jeune âge, de la reconnaissance qu'elle devait à ceux qui la prenaient en charge. Victoire retrouva cette tradition de gratitude chez les religieuses, où les fillettes devaient sans cesse remercier Dieu d'on ne sait quoi et se faire pardonner des péchés imaginaires.

Socialement promue par les hasards de la vie, Mme Dambreville était consciente d'occuper un rang qu'elle ne méritait pas. Par son mariage, elle était devenue une dame, reçue dans la meilleure société de la ville, et sa conduite se devait d'être irréprochable, à l'abri des rumeurs et du « qu'en-dira-t-on ».

Le meilleur ami d'Adhémar Dambreville s'appelait Hector Coste-Lambert. Nés la même année, dans deux familles amies, fils uniques tous deux, ils avaient passé leur jeunesse ensemble, à Véricourt d'abord, puis à Paris. Hector y étudiait la médecine, tandis qu'Adhémar fréquentait la Sorbonne.

Nantis de leurs diplômes, ils étaient revenus au pays. Le premier avait ouvert un cabinet médical dans la maison familiale héritée de son père. L'autre était devenu professeur de lettres à Caen. Ils habitaient à cent mètres de distance.

Hector était complexé par une malformation de naissance : un pied-bot. Cette infirmité lui avait évité la guerre, si bien qu'il s'était marié en 1914, et son fils Arnaud était de quatre ans l'aîné de Victoire.

Après le décès de son ami, Hector décréta qu'il avait une dette envers celui qui avait défendu la France à sa place, et considéra la jeune Dambreville comme sa fille. Arnaud se fit le protecteur de sa ravissante cadette et les deux enfants devinrent inséparables, sous le regard ému des parents qui considéraient le mariage comme l'évolution naturelle d'une aussi belle entente. Estelle resta l'invitée attitrée des Coste-Lambert.

Comme son ami, Hector percevait de gros revenus fonciers qui lui permettaient de ne pas avoir besoin de ses honoraires pour vivre. Il se montrait généreux avec les pauvres, et travaillait bénévolement à l'hôpital. Élu au conseil municipal dès 1920, il devint maire en 1926. Tout le monde savait qu'il le demeurerait jusqu'à sa mort.

Même si les bourgeois de Véricourt tenaient parfois, en privé, des propos anticléricaux, la bonne société n'aurait pour rien au monde manqué la messe du dimanche où l'abbé Valier, natif de la ville, comptait ses ouailles.

Dans cette société fermée sur elle-même, le souci principal de chacun était de rester « convenable ». Il était convenable d'avoir une bonne à tout faire venue de la campagne, d'acheter ses pâtisseries chez Berton après la messe, d'aider le curé à vêtir les nécessiteux de la cité des Merlins et du hameau des mariniers. En revanche, il n'était pas convenable d'afficher ses idées politiques en public, de parler d'argent, ou d'évoquer ses problèmes familiaux devant des étrangers.

Ambitieuse et opiniâtre, Estelle Dambreville avait tenu sa place d'épouse honorable au lendemain de la Grande Guerre, et entendait la conserver malgré son veuvage.

Elle surveillait de loin l'éveil amoureux du jeune couple, au demeurant fort sage. Ils la prenaient à témoin quand ils évoquaient leur avenir. Estelle leur laisserait le rez-de-chaussée du manoir et s'installerait au premier étage, où elle aménagerait un appartement. Elle serait ainsi en mesure de surveiller ses petits-enfants quand les parents « sortiraient », c'est-à-dire iraient dîner chez les parents d'Arnaud une fois par semaine.

Reçue brillamment au baccalauréat, Victoire poursuivit des études de musique à Caen. Elle eût sans doute été capable de faire une carrière de concertiste, mais, au professeur qui évoquait cette hypothèse, Mme Dambreville répondit sèchement que sa fille se contenterait de donner des leçons de piano afin d'être disponible pour élever ses enfants et s'occuper de la clientèle de son mari quand il succéderait à son père. La route était toute tracée. Victoire n'avait jamais imaginé la moindre éventualité de rébellion.

L'été 1939 fut exceptionnellement ensoleillé. Le dimanche, M. Coste-Lambert emmenait souvent, dans sa Hotchkiss dernier modèle, les deux familles se baigner sur la plage de Cabourg. Il aimait la mer, malgré la cohue qui l'encombrait depuis que Léon Blum « leur » avait accordé les congés payés. Cette populace en maillots rayés le dégoûtait un peu. Il s'occupait volontiers des pauvres gens quand ils souffraient dans les lits de son hôpital, mais leurs revendications, leurs rires braillards et cette chair étalée au grand jour l'incommodaient.

Le 23 août, la signature du pacte germano-soviétique jeta la consternation dans l'opinion française, et les journaux annoncèrent, dès le lendemain, la mobilisation des réservistes. Les Coste-Lambert étaient catastrophés. Le président Albert Lebrun avait pourtant affirmé que le risque de guerre était écarté ! Le 1er septembre, la Pologne alliée était envahie. Devait-on se faire tuer pour Dantzig ? Les affiches annonçant la mobilisation apparurent sur les murs. Les Anglais avaient beau jeu de vouloir déclencher les hostilités, eux que la mer protégeait des armées allemandes. On allait encore devoir s'enterrer dans les tranchées. Certes, la ligne Maginot était une barrière infranchissable, mais voir partir à nouveau toute cette jeunesse en uniforme, quelle pitié !

Les yeux grands ouverts dans l'obscurité, Victoire revoyait clairement ces préparatifs guerriers. Arnaud n'était pas encore diplômé. Il fut incorporé à Caen au peloton accéléré des sous-officiers infirmiers. Ses parents, Victoire et Estelle l'accompagnèrent en voiture jusqu'à la caserne. Il y avait foule sur l'esplanade. On s'embrassait, on pleurait, on jurait de s'écrire.

«Fais bien attention à toi», disaient les mères en larmes. Arnaud écourta les adieux pour aller retrouver des camarades de classe qui partaient en chantant: ils allaient pendre leur linge sur la ligne Siegfried...

Le 3 septembre, c'était la déclaration de guerre.

Quinze jours à peine s'étaient écoulés quand, un soir, Victoire fut réveillée par des cailloux jetés contre ses volets. Elle se précipita à la fenêtre et découvrit Arnaud, en costume de bidasse, qui lui faisait de grands gestes. Elle descendit lui ouvrir la porte de la cuisine. Il expliqua qu'il avait fait le mur pour l'embrasser une dernière fois. Le lendemain, il partait au front. Ils remontèrent à pas de loup dans cette chambre de jeune fille qui allait être le cadre d'ébats imprévus.

Dans le noir, Victoire sourit, incapable de regretter ces heures d'égarement. Elle avait à peine résisté aux assauts de ce fiancé condamné à défendre la patrie. Elle savait d'expérience dans quel état reviennent les soldats! Il méritait bien une nuit d'amour! En lui cédant, elle avait presque conscience de remplir un devoir. D'autant que le plaisir, à vrai dire, n'avait pas été au rendez-vous.

Elle poussa un énorme soupir. Ne resterait-il, d'un moment de folie dont le souvenir même lui paraissait irréel, que cette douleur lancinante et ce poids dans le ventre?

Les semaines suivantes, la jeune fille avait été obligée de suspecter la catastrophe menaçante. Avec des périphrases alambiquées, elle avait fini par avertir sa mère des doutes qui la tenaillaient, sans faire de commentaires ni nommer le coupable. Pétrifiée, Estelle avait paru d'abord ne pas comprendre. Elle s'était vite reprise:

— Me faire ça, à moi! Après le mal que je me suis donné pour ton éducation.

Une gifle retentissante avait accompagné le propos. Éberluée, Victoire n'en était pas revenue. Jamais personne n'avait levé la main sur elle. Comment sa mère avait-elle osé?

— Ce n'est pas possible, ce n'est pas possible, répétait Estelle en se prenant la tête à deux mains. Que vont dire les gens?

Elle s'était tue un instant, fixant le sol comme si elle pouvait y lire une solution.

— Ton père n'aurait jamais accepté cette infamie, s'exclama-t-elle enfin. Monte dans ta chambre!

De l'index, elle désignait le premier étage, et son visage en furie n'exprimait plus que du dégoût.

Dès le lendemain, elles prirent le car pour aller consulter un médecin à Caen. Il confirma l'évidence. L'accouchement aurait lieu en juin.

— Voyons, docteur, ma fille ne peut tout de même pas garder cet enfant, déclara Estelle d'un ton péremptoire.

— Ce n'est pas mon affaire, madame, répondit froidement le praticien en rangeant sa fiche de consultation.

— Pouvez-vous au moins nous indiquer une adresse où...

— Il n'en est pas question!

Victoire entendait encore résonner cette sentence. Pourtant sa mère fit une dernière tentative:

— Je me permets d'insister... J'ai les moyens de payer...

Le praticien eut un sourire méprisant:

— Madame, vous semblez oublier la loi de 1920! Elle est formelle. Ignorez-vous que l'intention seule est un délit?

Il avait ouvert la porte de son cabinet pour signifier la fin de l'entretien.

— Vous remettrez le montant de mes honoraires à ma secrétaire. Au revoir, madame, au revoir, ma... demoiselle.

L'hésitation finale n'avait pas échappé aux deux femmes.

Pas un mot ne fut échangé durant le voyage de retour. Arrivée à la maison, Estelle se déchaîna. Elle agrippa sa fille par les épaules et l'invectiva:

— Traînée! Tu vois où nous en sommes! Ne crois pas que tu vas t'en tirer comme ça! Jamais, tu m'entends, jamais je ne te laisserai me déshonorer. Jamais je ne te laisserai salir le nom de ton père.

Terrorisée, Victoire réussit à s'échapper vers l'escalier, tandis que sa mère continuait à hurler:

— Tu as raison, va-t'en! Je ne veux plus te voir! Tu me fais horreur!

Quelques jours passèrent. Victoire ne quittait plus sa chambre, où la bonne lui montait un plateau sommaire, à l'heure des repas.

Jusqu'au soir où sa mère fit irruption.

— J'ai pris ma décision. Nous allons aller chez une femme qui...

Elle hésitait, comme si le mot était imprononçable.

— ... une femme qui fait « ça ». C'est une ancienne infirmière. Elle a l'expérience. Tu ne courras aucun risque. Nous irons demain soir. Il vaut mieux en finir le plus tôt possible.

Toutes ces phrases étaient gravées dans la mémoire de la jeune fille et, maintenant que tout était terminé, elle se demandait si elle avait vraiment vécu cette tragédie. Une colique lui traversa le corps, la ramenant brutalement à la réalité.

Jusqu'à l'aurore, elle resta éveillée, ressassant ses souvenirs, revivant un par un chaque épisode de son passé. L'amour lui était-il donc interdit ? Si Arnaud ne revenait pas de la guerre, n'aurait-il pas été préférable de garder cet enfant qui perpétuerait son nom ?

Une douleur plus intense la fit sursauter. Elle sentait, sans se l'expliquer, que l'issue était proche. Une nausée lui souleva le cœur, suivie d'un coup de poignard dans le bas-ventre. Elle se précipita vers les toilettes. Elle enleva la serviette tachée, puis sa culotte qu'elle ne voulut pas regarder, et s'assit sur le siège. Son corps expulsa cette chose qui lui comprimait le ventre, dans un horrible bruit de naufrage, exagéré par l'explosion de la chasse d'eau qu'elle tira aussitôt. L'angoisse fit place à un immense soulagement. C'était fini ! Un vague endolorissement et une impression de vide mettaient un terme à l'indicible.

Elle rentra dans sa chambre en se disant qu'un avortement était, au fond, bien peu de chose. Tant de peines, de remords, de souffrances pour ce court instant... Elle se recoucha, un linge propre entre les jambes, et réussit enfin à s'endormir.

Vers dix heures du matin, on frappa à la porte.

— Comment te sens-tu ? demanda une voix neutre.

— Bien. Laisse-moi.

— Tu veux une infusion ?

— Non, merci, je n'ai besoin de rien.

En toute occasion, sa mère proposait une infusion. C'était un rite... parmi tant d'autres.

Victoire resta au lit toute la journée, sommeillant par moments, anéantie de fatigue. Vers le soir, elle entendit Jeannette qui l'appelait à mi-voix :

— Mademoiselle ! Madame vient de sortir. Avez-vous besoin de quelque chose ?

Victoire se leva et descendit d'un pas hésitant. La jeune Normande se précipita avec son bon sourire.

— Pauvre Mademoiselle ! Quelle petite mine vous avez ! Je voulais vous dire...

Elle s'interrompit, puis reprit, d'un ton misérable :

— J'ai eu honte de donner cette adresse à votre maman, vous savez. Quand je l'ai vue aussi déterminée, j'ai pensé qu'il valait mieux que ce... cette... enfin, que ce soit fait par quelqu'un qui a l'habitude. Ça peut être dangereux, vous savez.

Elle répétait « vous savez » à tout bout de champ. Mais elle avait l'air si gentille, si penaude que Victoire se sentit obligée de la consoler.

— Vous avez bien fait, il n'y avait pas d'autre solution. Mais, s'il vous plaît, n'en parlons plus. Plus jamais, vous entendez, plus jamais...

— Vous savez...

Victoire l'interrompit d'un geste.

— Non, Jeannette. Plus jamais...

Elle but une gorgée de lait et quitta la cuisine pour remonter se jeter sur son lit en pleurant.

À partir de ce jour, rien ne fut plus comme avant. Mme Dambreville ne daignait pas regarder sa fille. Elle ne lui adressait que des phrases anodines, les yeux baissés. Le plus souvent, elle se taisait. Victoire n'essaya pas de vaincre cette hostilité. Elle restait enfermée la journée entière et ne descendait que pour les repas. Elle relisait les livres que son père lui avait offerts ou jouait les valses de Schubert qu'il aimait tant.

Le samedi suivant, elle se prépara à prendre le car de Caen pour sa leçon de piano hebdomadaire. Sa mère l'attendait au pied de l'escalier, les mains sur les hanches.

— Tu peux retourner dans ta chambre. J'ai prévenu Mlle Fuveau que tu ne viendrais pas.

Victoire resta interdite.

— Pourquoi ? Je vais très bien, maintenant.

— Je te dis de retourner dans ta chambre !

Victoire ne l'avait jamais entendue lui parler de la sorte. Elle ne put le supporter.

— Tu ne vas tout de même pas m'empêcher de suivre mes cours de piano ! J'ai le droit...

Sa mère lui coupa la parole :

— Les filles de ton genre n'ont aucun droit. Juste celui de se taire. Retourne dans ta chambre. Je ne te le répéterai pas !

Elle ajouta, méchamment :

— Tu ne sortiras pas de la maison jusqu'à nouvel ordre. Pour une jeune fille comme il faut, traîner dans les rues n'est pas convenable. Tu as vu où cela mène !

En un mot, tout était dit. Satisfaite, elle tourna les talons et s'en fut.

Victoire était habillée pour sortir, sa longue tresse nouée par un ruban. Debout sur les marches, avec son cartable à partitions et son sac à la main, elle ressemblait à une enfant perdue sur un quai de gare.

Jeannette avait tout entendu. Elle sortit de la cuisine et lui fit signe qu'elle allait venir la retrouver.

Un moment plus tard, en effet, elle monta sur la pointe des pieds et rejoignit la jeune fille en prenant garde de ne pas faire grincer la porte. Victoire n'avait pas quitté son manteau. Sur son visage, le désespoir le disputait à la colère.

— Je n'ai plus le droit de quitter la maison ? Même pour aller chez Mlle Fuveau ?

Jeannette prit un ton de conspiration :

— Je vais vous expliquer : Madame pense que vous avez un amoureux à Caen.

— Un amoureux ?

La jeune fille n'en croyait pas ses oreilles. La jeune Normande continua, un peu gênée :

— Vous comprenez, d'après ses calculs, le responsable ne peut pas être Monsieur Arnaud. Il y avait trop longtemps que vous n'étiez pas restés seuls ensemble... Mine de rien, elle vous avait à l'œil, vous savez...

Victoire commençait à comprendre. La visite clandestine de son militaire étant restée secrète, sa mère avait bâti tout un roman...

— Si jamais les Coste-Lambert apprennent ça, fini le mariage, ajouta Jeannette d'un ton sinistre.

— Enfin, cette histoire est grotesque ! Vous n'allez pas croire à ces sornettes ?

— Oh, moi, Mademoiselle, je crois que c'que j'vois ! À votre âge, il y a longtemps que mon bonnet avait disparu derrière les moulins... alors je ne *crois* rien. Je vous dis seulement ce que Madame raconte...

Soudain, la porte s'ouvrit violemment et Estelle Dambreville, blême, jaillit dans la chambre.

— Jeannette, vous pouvez ramasser vos affaires ! Je vous donne vos huit jours. Partez immédiatement !

La jeune domestique ébaucha une protestation :

— Mais, Madame...

— Il n'y a pas de « Madame » qui tienne ! Fichez-moi le camp ! Je ne veux plus vous voir dans cette maison, c'est compris ! Allez !

Un moment indécise, Jeannette se redressa, les larmes aux yeux, et, levant le menton comme si elle voulait ne pas perdre un centimètre de sa taille, elle passa devant sa patronne en soutenant son regard. Arrivée sur le palier, elle se retourna et siffla :

— Vous savez, malgré vos grands airs, j'ai toujours vu que vous n'aviez rien d'une vraie dame...

Estelle allait s'élancer, la main prête à frapper, mais elle se retint et, l'index braqué, hurla :

— Dehors, petite saleté ! Sors d'ici! Et je te préviens, ce n'est pas la peine de chercher une autre place dans la région. Je vais te faire ta réputation, moi, sois tranquille.

— J'm'en moque pas mal !

La jeune Normande s'en fut en frappant le plancher de ses talons. Après une seconde de stupeur, Estelle Dambreville s'éloignait à son tour quand sa fille la rappela.

— Maman ! Et moi ? Tu as l'intention de me tenir cloîtrée encore longtemps ?

Sa mère se retourna. Elle avait retrouvé toute sa superbe et son visage se figea dans une expression hautaine.

— Tu as le droit de sortir, mais je t'interdis d'aller seule à Caen. Tu n'es pas majeure, que je sache, et tu me dois obéissance.

— Peux-tu m'expliquer...

— Je n'ai rien à t'expliquer ! Ma décision est sans appel. Tu es sous mon toit, sous ma responsabilité, et j'entends préserver...

Elle fit un geste vague de la main avant de lâcher, méprisante :

— ... ce qui reste de ta réputation!

Victoire s'insurgea:

— Peux-tu me dire qui se soucie de ma réputation chez Mlle Fuveau?

— Tais-toi! Tu n'es qu'une gourgandine! Si ton pauvre père était encore de ce monde, il aurait honte de toi.

Cette référence à son père mit la jeune fille hors d'elle.

— Si papa était là, tu ne te permettrais pas de m'injurier de cette manière.

— Il s'en serait chargé lui-même, sans doute!

Sur ce, elle referma vigoureusement la porte, laissant Victoire désemparée, consciente de la valeur symbolique de ce geste.

Quelques jours plus tard, une nouvelle domestique fit son entrée au manoir. Avec ses cinquante ans, sa bedaine, son énorme poitrine et ses bouclettes grises sous un bonnet blanc, elle ressemblait à un personnage de Balzac.

La mère et la fille ne se parlaient plus.

Un matin, Victoire eut un sursaut de révolte. Elle s'habilla et sortit de la maison, sans même prendre la peine de se cacher ni d'avertir quiconque. Elle fila droit à l'arrêt des cars et acheta son billet pour Caen.

Arrivée en ville, elle se sentit fière de sa rébellion, mais ne sut où aller. Elle était partie sur un coup de tête, sans but précis, persuadée que sa mère allait surgir derrière elle et la ramener à la maison *manu militari*. Incertaine, elle marcha dans le vent glacé qui courbait les passants. Les illuminations de Noël décoraient les boutiques, les rues étaient peuplées de militaires désœuvrés qui déambulaient joyeusement.

Devant une brasserie pleine de monde, elle hésita. Avisant un marchand de journaux, elle acheta un quotidien et entra d'un pas ferme dans l'établissement enfumé et bruyant où elle choisit une table à l'écart. Au garçon qui s'approchait, elle commanda un chocolat chaud et s'assit, heureuse d'être seule, loin de la présence oppressante de sa mère.

Son journal ouvert sur la table, elle regardait distraitement les promeneurs, quand son cœur bondit: là, sur le trottoir, cette silhouette emmitouflée, c'était Jeannette! Elle se précipita dehors. La jeune femme lui sauta au cou sans retenue.

— Mademoiselle Victoire! Ce n'est pas possible!

— Ma Jeannette, venez vous asseoir un moment.

— Vous êtes seule ?

— Bien sûr !

— Alors, c'est pas de refus. Je suis tellement contente de vous revoir. Vous me manquez, vous savez.

Elle raconta la colère de ses parents quand ils avaient appris son renvoi. De la maison Dambreville, quelle honte ! Du coup, ils lui avaient claqué la porte au nez. Elle était revenue à Caen s'inscrire dans une agence de placement. Quand la patronne avait su ce qui s'était passé, elle lui avait conseillé de quitter la région.

— Pourquoi ne pas chercher à vous placer dans la capitale ? m'a-t-elle dit.

— Alors ?

— J'ai accepté. Elle a téléphoné à des personnes qu'elle connaît. Ils m'ont trouvé un travail.

— Où ça ? À Paris ? Grands dieux ? Chez qui ?

— Attendez...

Elle sortit de son sac un papier plié et lut avec peine :

— Madame de Langueuil, 178, rue Caulaincourt, dans le 18e arrondissement. Il paraît que c'est au pied de Montmartre, le quartier des artistes.

— Vous savez qui est cette femme ?

— Non. La directrice de l'agence m'a dit que c'est une vieille dame très comme il faut. Elle est infirme et ne peut plus vivre toute seule. Elle a besoin de quelqu'un pour s'occuper d'elle, de la maison, de tout, quoi ! C'est bien payé. Elle a même avancé l'argent pour le train et le taxi.

— Vous n'avez pas peur de partir ainsi à l'aventure ?

— De toute façon je n'ai pas le choix. Je m'en vais demain matin.

Victoire se surprit à envier la jeune paysanne. Avoir le courage de s'en aller pour découvrir une vie différente, des gens nouveaux... N'aurait-elle pas aimé être à sa place ? Rue Caulaincourt, Montmartre, elle se souvenait des poèmes de Jehan Rictus que son père lui lisait. Son père, qui lui avait raconté ses études au Quartier latin et ses soirées sur la Butte...

Jeannette se leva. Elle avait des courses à faire.

— Madame de Langueuil, vous vous souviendrez, n'est-ce pas, Mademoiselle ? Si vous avez un moment pour m'écrire, vous me raconterez les potins du pays. Il va me manquer... et vous aussi, vous savez.

Estelle Dambreville ne daigna pas poser la moindre question à sa fille sur son escapade. Elle se mura un peu plus dans son silence. Victoire se promit donc de recommencer, sans avoir, toutefois, le cran de retourner chez son professeur de piano. Quelle explication sa mère avait-elle bien pu lui donner?

Le dimanche suivant, les Coste-Lambert rencontrèrent les deux femmes à la sortie de la messe.

— Nous vous attendons pour déjeuner? demanda Hector sur un ton qui n'appelait pas forcément une réponse positive.

— Non, je vous remercie, fit Estelle, gênée. Je suis un peu fatiguée ces temps-ci et je préfère rentrer.

— Pour tout dire, reprit le gros homme, nous ne nous sentons pas très bien non plus. Depuis le départ de notre fils, nous n'avons plus le cœur à recevoir.

— Vous avez de ses nouvelles?

Victoire tendit l'oreille.

— Juste une petite carte. Il est près de Saverne, à la frontière. Il y fait, paraît-il, un froid terrible. Il ne nous a pas donné de détails...

Victoire avait la gorge serrée. À elle, il n'avait pas écrit. Quelques jours plus tard, elle reçut enfin la lettre tant attendue. Sa mère avait déposé l'enveloppe sur la console de l'entrée.

Seule dans sa chambre, elle l'ouvrit en tremblant.

«Ma chérie, comme tu me manques...»

Ces premiers mots, après trois mois de silence, lui firent monter les larmes aux yeux. Il lui expliquait qu'il n'avait cessé de se déplacer d'un cantonnement à un autre, sans jamais trouver un moment de calme pour lui écrire. Cette fois, il était affecté dans une infirmerie régimentaire, avec un médecin capitaine qui l'avait à la bonne. On ne parlait pas d'offensive. La préparation de Noël occupait tout leur temps. Il dirigeait la chorale des enfants du village et il leur faisait chanter *Trois anges sont venus ce soir...*

«Nous sommes écroulés de rire quand on les entend», précisait-il. «Ils chantent: *Troissanches sont fenus...*»

Elle ouvrit son secrétaire et sortit le bloc de papier bleu pâle qu'elle avait acheté dans le but de lui écrire. «Mon amour», commença-t-elle. Elle s'arrêta. Qu'allait-elle lui raconter? Il n'était pas question de l'inquiéter avec ses problèmes, sa grossesse interrompue, sa dispute avec sa mère, le départ de Jeannette... Elle se rendait compte du vide que représentait son existence. Serait-il intéressé de savoir qu'elle travaillait le concerto de Tchaïkovski ? Il n'avait jamais beaucoup aimé la musique classique. Allait-elle lui parler des poèmes d'Apollinaire dont elle avait trouvé une édition originale ? Elle posa son porte-plume et se mit à pleurer.

Le lendemain, une autre lettre arriva. Cette fois Arnaud racontait la vie du village où son régiment était cantonné. Ils étaient installés au rez-de-chaussée de l'école, avec une croix rouge accrochée à la porte. Le pharmacien était un vieux grincheux d'au moins quarante ans. Il avait fait l'autre guerre, la vraie, et il bougonnait que « de ce temps-là, ça ne se passait pas comme ça ». Les enfants du village s'amusaient de ces bouleversements.

À son tour, elle raconta le quotidien de Véricourt : dans l'ouvroir du curé, les dames tricotaient des écharpes kaki pour les soldats ; un « comité pour les colis de Noël » avait été créé, et les paquets étaient confectionnés en mairie ; les paysans apportaient des victuailles fraîches qui ne supporteraient pas le voyage ! Il fallait les jeter en cachette...

Pour terminer, elle lui dit sa hâte de se blottir à nouveau dans ses bras. Elle était au bord de l'aveu, mais n'osa pas.

Elle qui ne s'était jamais préoccupée de politique se mit soudain à lire les journaux. C'est ainsi qu'elle découvrit un reportage de Roland Dorgelès, l'écrivain que son père aimait tant depuis la parution de son livre, *Les Croix de bois*, inoubliable témoignage sur 14-18. Cette fois, d'après l'article, la visite du front ne décelait aucune agitation belliqueuse. C'était plutôt comme une vaste concentration de vacanciers avec, partout, des citadins qui s'initiaient aux joies de la campagne. Un mot revenait sans cesse : « Quelle drôle de guerre ! »

La fin de l'année à Véricourt fut sans joie. La Normandie, comme le reste de la France, grelottait sous la neige. Les Coste-Lambert s'étaient absentés. Ils étaient partis pour Paris où la mère de Madame était au plus mal.

Estelle Dambreville, prétextant qu'il n'était pas convenable de festoyer en ces temps de deuil, avait renoncé à illuminer le traditionnel sapin. Elle avait même accepté de donner congé à la bonne pour qu'elle aille passer Noël en famille. Restées en tête à tête, les deux femmes firent semblant d'oublier les fêtes. La bourrasque ne cessait pas, et le bocage devenait spongieux comme la gadoue dans laquelle pataugeaient les soldats.

Victoire avait pris l'habitude de respecter le silence obstiné de sa mère.

Pourtant, elle sentait monter en elle une inquiétude chaque jour plus justifiée. L'œil rivé sur le calendrier, elle ne pouvait nier l'évidence. Au début de la deuxième semaine de janvier, un jour où sa mère était sortie, elle n'y tint plus et décida de retourner consulter à Caen. Elle sortit du manoir et courut vers la gare des cars. La gorge serrée, elle alla s'inscrire à l'hôpital. Assise dans la salle d'attente où une foule triste se morfondait, elle se faisait toute petite, cachée derrière son livre. Vers midi, une employée lui fit signe. Elle pénétra dans un bureau d'examen où un médecin âgé remplaçait le titulaire mobilisé. Assisté d'une femme au visage pointu, il attendait, l'air las.

Victoire avait préparé son discours. Elle le débita d'un seul trait.

— Voilà, docteur, je ne suis pas mariée... J'ai été... mise enceinte le 17 septembre de l'année dernière... Le 15 novembre, une... on m'a posé une sonde pour avorter. Dans la nuit... tout s'est terminé. Mais, depuis, mes règles ne sont pas revenues. Je ne sais plus quoi faire.

— Quel âge avez-vous ?

— Je suis née en 1919. Le 14 août, j'aurai vingt et un ans.

Le vieil homme hocha la tête :

— Allongez-vous là.

Cinq minutes plus tard, après plusieurs « hum » énigmatiques, ils étaient de nouveau assis l'un en face de l'autre. L'infirmière, le dos tourné, debout devant l'évier, essuyait des instruments en prêtant l'oreille sans en avoir l'air. Le médecin se racla la gorge.

— Le 17 septembre, m'avez-vous dit ?

Victoire acquiesça pendant qu'il comptait sur ses doigts.

— Vous accoucherez donc vers le 17 juin... Je me dois de vous prévenir que je ne suis pas en mesure de savoir dans quel état sera cet enfant. Après cette tentative criminelle, il risque d'être malformé. Vous verrez. Si c'était le cas, vous l'auriez bien cherché, n'est-ce pas ?

La jeune fille se pinçait les lèvres.

— Je vous remercie, articula-t-elle en se levant. Au revoir, docteur.

— Au revoir, madame.

Quand elle sortit, elle croisa le regard de la femme qui lui tenait la porte. Elle n'y discerna ni pitié ni compassion. Rien qu'une froide curiosité teintée de mépris.

Elle passa le reste de la journée à errer dans les rues. Un soleil timide qui luttait mal contre la brume hivernale essayait de mettre un peu de joie sur les façades grises. Les gens se pressaient frileusement. La neige avait fondu, laissant des traces noirâtres sur les trottoirs. Elle n'avait pas faim. Elle regardait autour d'elle sans rien voir, incapable de mettre de l'ordre dans ses idées. Parvenue devant la brasserie où elle avait rencontré Jeannette, elle y entra et commanda un chocolat.

Jeannette. Comme elle aurait aimé lui parler. Elle se remémora son adresse : chez Madame de Langueuil, 178, rue Caulaincourt, Paris 18e. Elle hésita, puis demanda au serveur une feuille de papier et resta un long moment pensive avant d'écrire :

« Ma chère Jeannette,

« J'espère que tout va bien pour vous. Je viens vous demander un service. J'ai l'intention de m'installer pour quelque temps à Paris. Je voudrais que vous me réserviez une chambre d'hôtel pas trop chère dans votre quartier. J'arriverai lundi prochain et je viendrai vous embrasser. J'espère que votre patronne n'y verra pas d'inconvénient. Excusez-moi de vous importuner de la sorte, mais vous êtes mon seul recours.

« Soyez assurée, ma chère Jeannette, de toute ma considération. »

Elle n'aimait pas la dernière phrase, mais les religieuses lui avaient expliqué qu'une femme n'envoie pas de sentiments. Alors, la « considération », c'était bien. Il aurait fallu mettre « distinguée ». Elle n'osa pas. Elle trouvait cette lettre stupide, mais elle n'avait pas d'autre feuille et ne voulait pas faire de ratures. Après l'avoir relue plusieurs fois, elle ajouta : « Je vous embrasse. »

Rassérénée, elle se leva, paya et sortit. Dans un bureau de tabac, elle acheta une enveloppe et un timbre. Elle chercha une boîte aux lettres et y déposa la missive qui scellait son destin.

Comment en était-elle arrivée là ? Il lui semblait que sa décision avait été prise à l'instant même où elle avait entendu la sentence du médecin. Son enfant, elle le garderait. Envers et contre tous. Plus jamais elle n'accepterait de passer dans les mains d'une faiseuse d'anges. Cette terrible épreuve, plus jamais !

Pendant une heure environ, elle marcha, sans réfléchir aux conséquences de son choix. Elle se répétait seulement : « Je veux garder mon enfant, c'est *mon* enfant. » Comme pour se convaincre. Il fallait qu'elle parte ailleurs, là où son anonymat serait protégé et où elle ne serait pas un objet de scandale. Paris lui semblait le meilleur abri.

Une fille-mère chez les Dambreville ! Une telle inconduite ne s'était jamais vue. Elle connaissait trop l'autorité de sa mère pour espérer échapper à une nouvelle visite chez la mère Tape-dur. Elle résolut donc de se taire et d'organiser sa fuite en secret.

Son plan fut vite établi.

Le lundi matin, Estelle Dambreville se rendait au presbytère pour aider le bedeau à trier et ranger les vêtements que les paroissiens déposaient le dimanche en venant à la messe. Dès qu'elle l'aurait entendue partir, elle remplirait un sac de voyage et irait prendre le car pour Caen, puis le train de Paris qui partait aux environs de onze heures. Elle arriverait à la gare Saint-Lazare en fin d'après-midi. Pour subvenir à ses premières dépenses, elle emporterait son livret de caisse d'épargne, où son père avait déposé de l'argent chaque fois qu'elle obtenait une bonne note. Elle avait continué à y placer ses économies.

— Toute peine mérite salaire, répétait-il souvent. Gagner sa vie doit être une obligation pour tous. Même et surtout pour les gens qui n'en ont pas besoin. C'est le seul moyen de comprendre ceux qui n'ont que leur travail pour vivre.

Aujourd'hui, elle appréciait cette prudence. Elle pourrait toucher son héritage à son vingt et unième anniversaire, et, d'ici là, elle se débrouillerait.

Arnaud reviendrait la chercher quand la guerre serait finie, et cette période ne serait plus qu'un mauvais souvenir. Il n'y en avait pas pour longtemps. Jamais les Allemands n'oseraient attaquer l'alliance franco-anglaise.

Quand elle rentra, l'avenir lui paraissait moins sombre. Le dîner fut silencieux, comme à l'accoutumée. Estelle Dambreville ne levait pas le nez de son assiette. À peine la bonne avait-elle apporté un plat que la sonnette réclamait le suivant. Un potage, un plat garni, un dessert. Un programme de repas différents était prévu pour les sept jours de la semaine et chaque lundi on recommençait, quelle que fût la saison. Des menus sans surprise pour une vie uniforme.

La dernière bouchée avalée, la maîtresse de maison se levait et, sans un mot, montait dans sa chambre. Qu'y faisait-elle ? Victoire n'en avait pas la moindre idée. Depuis la mort de son père, elle n'avait jamais été invitée à y entrer.

Ce soir-là, elle regarda sa mère plus attentivement qu'à l'ordinaire. Comme pour se constituer un lot d'images à sauver de l'oubli : cette coiffure soignée, avec les deux bandeaux grisonnants séparés par une raie au milieu et ramassés en un chignon rond sur la nuque ; ce visage harmonieux au regard clair, habile à fixer le vide ; cette bouche finement dessinée, aux lèvres pincées en une moue souvent réprobatrice. À ses oreilles pendaient de simples perles. Son teint très pâle était toujours protégé du soleil par une capeline en hiver ou un chapeau de paille l'été. Ces coiffes désuètes rappelaient les gravures de la Belle Époque.

À quoi ressemblerait-elle quand sa fille la reverrait ? Victoire pressentait que la séparation serait longue. Jamais sa mère ne lui pardonnerait l'affront qu'elle allait subir. À moins que la naissance ne parvienne à l'émouvoir. Elle en doutait. Seul Arnaud arriverait peut-être à obtenir son pardon s'il lui avouait ce qui s'était passé. Surtout si les Coste-Lambert admettaient qu'un mariage tardif pût venir régulariser la situation... On n'en était pas là.

Fébrile mais plus que jamais déterminée, Victoire passa le reste de la semaine à se préparer au départ. Elle ne voulait pas faire son bagage à l'avance pour ne pas risquer de voir son projet découvert, mais tout était prévu. La liste de ce qu'elle mettrait dans son sac était établie, avec les livres et les partitions choisis.

À aucun moment elle ne se posa les questions essentielles. Comment élèverait-elle son enfant ? Comment gagnerait-elle sa vie en attendant de toucher son héritage ? Comment payerait-elle son loyer ? Comment pourrait-elle travailler avec un bébé ? Elle avait confiance en son destin.

Son bébé ! Elle n'avait pas la moindre rancœur à l'égard du médecin sadique qui l'avait condamnée à attendre une naissance non désirée en y glissant le germe de l'angoisse. Elle allait peut-être mettre au monde un enfant anormal, mais ce serait *son* enfant. Et elle ne l'en aimerait que davantage. Personne ne le lui enlèverait.

Confortée par les préceptes qu'elle tenait de son père, sa nature optimiste lui épargnait la crainte. Elle faisait confiance à son courage et se sentait prête à vaincre les obstacles. Le moment venu elle ferait face, voilà tout.

Si Estelle Dambreville avait jeté un seul coup d'œil vers le visage de Victoire, elle aurait été étonnée d'y découvrir l'ébauche de ce sourire rêveur qu'inspire le secret d'un projet insolite. Elle aurait pu avoir des doutes et tenter de prévenir le geste irrémédiable qui se préparait. Enfermée dans ses certitudes, elle ne s'aperçut de rien. Elle était incapable d'imaginer que cette malheureuse tentative d'avortement avait fait de sa fille une adulte qu'elle ne contrôlerait jamais plus.

Olga de Langueuil avait soixante-cinq ans, mais paraissait plus âgée tant elle était affaissée par la maladie. Atteinte de rhumatismes déformants, elle s'était trouvée progressivement confinée dans un fauteuil. Malgré l'absence de paralysie, chaque mouvement était devenu si pénible qu'elle avait dû se résoudre à vivre quasi immobile pour éviter les gestes douloureux.

Jeannette, fière de lui présenter « sa » demoiselle, fit entrer Victoire dans le salon où sa patronne passait le plus clair de son temps, puis, discrète, s'effaça.

— Prenez la peine de vous asseoir, mademoiselle.

La voix était chantante, avec une pointe d'accent qui faisait rouler les « r ». Le visage fripé s'anima d'un sourire lumineux. Les yeux bruns avaient des reflets noisette, et les cheveux d'un blanc soyeux mettaient en valeur une carnation mate d'une grande fraîcheur. Olga de Langueuil était une très belle vieille dame.

— Je ne sais pas ce qui vous amène à Paris. Jeannette m'a seulement dit que vous étiez en conflit avec votre mère. Ce n'est guère original.

Comme Victoire s'apprêtait à répondre, elle leva une longue main aux doigts bosselés par l'arthrite.

— Je ne veux rien savoir. C'est votre affaire, continua-t-elle. Je vous propose seulement d'utiliser une des chambres de cet appartement devenu trop grand pour moi, le temps de vous retourner. Jeannette parle de vous avec tant d'affection que c'est pour moi un plaisir de vous rendre ce petit service, qui, à vrai dire, ne me coûte guère. Au contraire. Vous apporterez un peu d'animation dans ma triste vie de malade.

Victoire protesta.

— Mais, madame, je ne voudrais pas... Je ne voulais pas...

— Ne dites rien de plus. La cause est entendue. Allez plutôt défaire votre bagage. Nous bavarderons pendant le dîner. Jeannette va vous aider.

Elle agita une clochette posée sur une petite table à portée de main, et la domestique entra.

— Soyez gentille de conduire Mlle Dambreville à sa chambre. Ensuite, vous mettrez le couvert pour deux personnes et vous me servirez mon verre de porto.

Elle corrigea :

— Pardon ! Ce soir, vous nous mettrez la carafe et *deux* verres.

Pour signifier que l'entretien était clos, elle appuya sa tête en arrière et ferma les yeux, tandis que Jeannette entraînait Victoire par la main en marchant sans bruit sur l'épais tapis persan.

Le fauteuil de Mme de Langueuil était installé dans un angle du salon, près de la fenêtre, ouverte au deuxième étage sur l'animation de la rue Caulaincourt. C'était un immeuble bourgeois construit à la fin du XIXe siècle, dans cet élégant secteur d'un quartier devenu populaire, entre la Butte Montmartre et les rues commerçantes qui rejoignent le boulevard Ornano jusqu'à la porte de Clignancourt.

L'ameublement était surchargé, mélange de styles Empire et Louis-Philippe, avec des rideaux de brocart assortis à la tapisserie et une multitude de bibelots éclairés par des lampes à abat-jour de velours. Autour de la vieille dame étaient regroupés des guéridons gigognes qui supportaient ses objets usuels : des livres, une carafe d'eau avec un verre de cristal, une boîte à pilules en argent, une bonbonnière de porcelaine, l'indispensable clochette, un téléphone de bakélite blanche et, contre le mur, à portée de main, un appareil de TSF ventru qui la tenait informée des nouvelles du monde. À l'opposé, une vitrine débordait d'argenterie, d'icônes et d'objets orientaux. Un piano demi-queue occupait le centre de la pièce.

Le couloir bordé de placards qui longeait l'office et la cuisine menait à une chambre éclairée par une fenêtre donnant sur une vaste cour intérieure. Un lit de bois vernis, une armoire à glace, quelques sièges et un secrétaire donnaient une impression de confort cossu.

— Elle vous plaît ? demanda Jeannette.

— Je suis très gênée. Je ne vous avais pas demandé...

— Je sais, vous vouliez que je vous trouve une chambre d'hôtel. Quand je lui ai montré votre lettre, Madame m'a dit tout de suite : « N'en faites rien. On va la loger ici quelques jours, jusqu'à ce qu'elle trouve ce qui lui convient. »

— Tout de même...

— Attendez de connaître Madame. Elle aime tout ce qui apporte un peu d'animation à sa vie. Elle a été très active autrefois, vous savez, et à présent elle s'ennuie tellement...

— M'imposer ainsi...

— De vous deux, c'est elle qui est gagnante, croyez-moi !

La jeune Normande baissa les yeux et son visage s'éclaira d'un sourire quand elle avoua :

— À moi aussi, vous faites plaisir en restant ici. Paris me terrorise tant... Vous permettrez que je vous accompagne quand vous chercherez un appartement ? J'ai le droit de sortir l'après-midi. Vous qui êtes instruite, vous allez vous y retrouver tout de suite. Moi, je ne sais même pas où nous sommes. Je n'ai pas encore eu le courage de m'aventurer plus loin que la rue Lamarck où je fais les courses.

Pour le dîner, Jeannette déplia une table à jeu qu'elle posa devant sa patronne. Elle y étala une nappe brodée et mit le couvert. Quand Victoire se fut changée et revint au salon, une exclamation admirative l'accueillit :

— La province devient bien élégante, dites-moi!

Rougissante de plaisir, Victoire sourit. Elle avait dénoué sa tresse et sa lourde chevelure brillante lui tombait jusqu'aux reins. Son chemisier bleu ciel à pois blancs était fermé par une écharpe nouée sous le menton, et sa jupe bleu marine s'évasait sur ses jambes bien galbées.

— Asseyez-vous, je vous prie. Jeannette va nous servir pendant que vous me raconterez vos projets.

— Mes projets...

Mme de Langueuil se reprit aussitôt:

— Ne vous méprenez pas, je ne veux pas être indiscrète. Vous me confierez ce que vous voudrez. Peut-être serai-je en mesure de vous conseiller, de vous aider... J'ai une certaine expérience de la vie et personne à qui en faire profiter. Alors, quand je trouve une victime pour m'écouter, je ne la lâche plus. Vous voulez bien être ma victime?

— Vous n'avez donc pas d'enfants?

La vieille dame s'esclaffa.

— Excellente façon de résumer votre opinion sur les rapports parents-enfants. Oui, j'ai un fils de trente-sept ans, mobilisé quelque part dans les Ardennes. Il est adorable, mais, même en temps de paix, je le vois peu. Je n'ai ni frère ni sœur, donc ni neveu ni nièce. Vous le constaterez, Victoire, autour de moi, c'est le désert... (Elle se reprit.) Vous permettez que je vous appelle Victoire? Vous m'appellerez Olga, ce sera plus facile.

Bavarde impénitente, Mme de Langueuil entreprit de raconter avec humour son existence mouvementée. Née à Saint-Pétersbourg en 1875, dans une famille de diplomates, elle avait épousé, en 1901 – l'année où fut célébrée l'alliance franco-russe –, un jeune attaché d'ambassade français.

— Ce n'était pas seulement par patriotisme, précisa-t-elle avec un regard en coin, il était très séduisant...

De là, les jeunes mariés étaient partis pour les États-Unis et n'avaient retrouvé la Russie des tsars qu'en 1916, à la veille de la Révolution.

— Ma chère, nous y avons vécu l'horreur!

Dans cette exclamation, elle mettait beaucoup plus de «r» que l'orthographe n'en imposait.

En 1922, le couple rentra en France pour s'installer à Paris. Puis, au gré des nominations de M. de Langueuil devenu ambassadeur, ils habitèrent différentes capitales. Il mourut accidentellement en 1932. Olga ne s'en était jamais vraiment remise.

— La veuve éplorée s'était crue condamnée à mourir de chagrin, conclut-elle avec philosophie. Les rhumatismes ont pris le relais et la peine a été commuée en réclusion à perpétuité. Vous voyez où j'en suis. (Elle eut une moue résignée.) La recluse s'est rabattue sur la littérature. Je lis beaucoup, j'écrivais aussi autrefois... À présent, l'état de mes doigts me confine dans la tradition orale. Anatole France a dit: «On reproche aux gens de parler d'eux-mêmes. C'est pourtant le sujet qu'ils traitent le mieux.» Vous voyez, je n'échappe pas à la règle.

Elle éclata de rire. Quand elle riait, son visage s'illuminait et elle ressemblait à la petite fille qu'elle avait dû être, mutine et pleine de charme.

— Je me tais. À vous.

Libérée par la spontanéité de son hôtesse, Victoire raconta sa vie à Véricourt, la place qu'avait tenue son père, puis les années de pensionnat jusqu'au baccalauréat. En revenant sur ces temps anciens, elle prenait conscience d'avoir eu une jeunesse heureuse, y compris chez les religieuses. Évidemment, elle aurait bien aimé faire des études supérieures à Paris... Mais qu'aurait dit sa mère?

— Elle aurait peut-être accepté, interrompit Olga de Langueuil.

— À vrai dire, je ne me suis jamais vraiment posé la question. J'étais heureuse de travailler le piano et de mener une vie enfin libre.

— Libre?

— Oui! Libre de me lever quand je voulais, d'être maître de mon emploi du temps, de choisir ce que j'allais lire, ou jouer. Il me semble que j'avais besoin de me découvrir. Et puis, il y a Arnaud...

Elle décrivit leurs dimanches, leurs projets d'avenir, les récits qu'il lui faisait de sa vie universitaire...

— N'aviez-vous pas la sensation de vivre par procuration?

— C'est possible. Je n'en souffrais pas. N'était-ce pas mon rôle?

— Et il a été mobilisé?

— Il est près de Saverne. Caporal-infirmier.

— Vous écrit-il, au moins?

— Bien sûr, souvent.

Elle ne put se résoudre à parler de l'avortement raté et de sa grossesse. Elle mit ses difficultés relationnelles avec sa mère sur le compte de leur conception différente de la vie et n'en dit pas plus.

— Maman ne trouvait pas convenable que j'aille passer des journées seule en ville alors que mon fiancé est sous les drapeaux. La musique ne lui paraissait pas une motivation suffisante. Elle aurait préféré me voir jouer les femmes de soldat, tricotant des écharpes à longueur de journée.

Tout en parlant, Victoire clarifiait ses idées. Son interlocutrice avait le rare talent de savoir écouter. D'un mot, ou d'un simple geste de la main, elle stimulait la pensée de la jeune fille, qui se livrait comme elle ne l'avait jamais fait avec personne.

En fin de compte, Victoire justifia sa décision de venir à Paris, malgré l'opposition ouverte – ce qui était faux – de sa mère, par le besoin qu'elle ressentait d'apprendre un métier.

— Je voudrais devenir professeur de piano.

— Pourquoi pas...

Olga de Langueuil ne paraissait pas enthousiasmée par cette perspective. Victoire le sentit et précisa, en reprenant mot à mot le texte de son père :

— On ne sait jamais ce qui peut arriver dans la vie. Des revers de fortune, des changements sociaux, ou pire encore... Chacun doit être capable de subvenir à ses besoins si c'est un jour nécessaire.

Olga approuva mollement et aborda un autre sujet.

— Vous allez voir que, dans les temps à venir, les femmes joueront un rôle de plus en plus important. Surtout à cause de la mobilisation. Savez-vous ce qui s'est passé en 1914 ? La plupart des Françaises se sont retrouvées à la moisson, au volant des tramways, dans les usines d'armement, les hôpitaux... Il y a même eu soixante-dix mille engagées volontaires dans l'armée. Le phénomène fut identique en Amérique. Le Président Wilson l'a reconnu publiquement en 1918 : « Sans les femmes, la guerre n'aurait pu être gagnée ! »

Victoire confirma :

— J'ai entendu ma mère raconter qu'après l'armistice les ouvrières ont été prestement renvoyées dans leur foyer, pour restituer leurs places aux hommes. Beaucoup d'entre elles considéraient cette mesure comme vexatoire. Est-ce vrai ?

— Oui ! Il faut dire aussi que le gouvernement était préoccupé par la dénatalité. Il fallait très vite refaire des enfants...

— En vue du prochain conflit ! Bravo ! C'était bien pensé.

Elles échangèrent un regard de connivence triste. N'étaient-elles pas concernées, toutes les deux, par les massacres qui s'annonçaient ?

Jeannette, une fois fini son travail en cuisine, ne montait qu'après avoir aidé sa patronne à se coucher. Ce soir-là, n'osant pas les interrompre, elle vint timidement s'asseoir sur le bord d'une chaise, près de la porte du salon, ses grosses mains rouges à plat sur les genoux. À plusieurs reprises, Mme de Langueuil proposa de mettre un terme à la conversation. Chaque fois, la jeune Normande protesta qu'elle n'était pas fatiguée et qu'elle pouvait attendre.

— Je suis aussi bien là à vous écouter que toute seule dans mon lit, avoua-t-elle sans gêne.

Elle était fière de voir ces deux femmes réunies grâce à elle s'entendre aussi bien dès le premier soir. Aucun spectacle n'aurait pu lui procurer plus de plaisir.

Avant de quitter le manoir, Victoire avait laissé un mot en évidence sur la console de l'entrée. Elle annonçait son désir de s'installer à Paris pendant quelque temps pour devenir professeur de piano. Elle exprimait le souhait que le notaire envisageât un arrangement qui lui permettrait de percevoir des revenus dès sa majorité, en août prochain. Elle ne pouvait pas communiquer son adresse, ne sachant encore où elle habiterait. Elle donnerait des nouvelles dès que possible. Un texte froid, impersonnel et sans le moindre mot d'excuse.

C'était la première fois que la jeune fille manifestait un trait de caractère dont elle n'avait pas encore pris conscience, mais qui marquerait sa vie future : dans les difficultés, elle allait droit au but, sans se préoccuper de l'accessoire. Il serait toujours temps, pensait-elle, d'expliquer les raisons de ce départ précipité. Pour le moment elle préférait se taire.

Elle devait s'adapter à sa nouvelle vie. Passé les premiers mois de grossesse où l'angoisse et les malaises l'avaient gênée, elle ressentait une impression de plénitude physique inconnue jusqu'alors. « Il faudra bientôt, pensa-t-elle, que j'avoue mon forfait à Olga, sinon mon tour de taille me trahira ! » Au 17 janvier, elle serait grosse de quatre mois et devrait se mettre en quête d'un médecin pour l'accoucher, trouver un logement et des moyens de subsistance. Elle espérait naïvement que sa mère aurait la générosité de lui envoyer de l'argent avant son vingt et unième anniversaire, mais sans se faire trop d'illusions.

En attendant, il lui fallait se renseigner sur les possibilités de reprendre ses cours de piano. Elle demanda à Mme de Langueuil où se trouvait le Conservatoire.

— Je pourrais vous accompagner cet après-midi, proposa Jeannette.

— Voilà une bonne idée, vous irez toutes les deux. C'est très facile. Vous descendez toute la rue Caulaincourt. Arrivées boulevard des Batignolles, vous allez jusqu'à la rue de Rome, en direction de la gare Saint-Lazare. La vénérable institution se trouve un peu plus loin, rue de Madrid.

Victoire était fascinée par l'acuité d'esprit d'Olga de Langueuil, qui connaissait tout des lieux, des gens, des livres, de l'Histoire, des idées en vogue... C'était comme si l'immobilité physique avait décuplé sa mémoire et ses facultés intellectuelles. La jeune fille pressentait qu'avec une telle femme pour guide, elle apprendrait plus dans cet appartement que partout ailleurs, jusqu'à retrouver, peut-être, cette communauté de pensée qui l'unissait autrefois à son père.

Olga resta seule tout l'après-midi, guettant leur retour. Il était presque six heures quand elle entendit la porte d'entrée s'ouvrir et des rires étouffés. Quelle ne fut pas sa surprise quand Victoire entra dans le salon ! Elle était méconnaissable. Ses cheveux bruns coupés retombaient en rouleaux à l'aplomb des épaules. Avec ses lèvres et ses yeux maquillés, elle était plus ravissante que jamais.

— Cette coiffure vous va à ravir, ma chère Victoire. C'est la nouvelle mode du Conservatoire ?

Victoire se renfrogna :

— Hélas non ! L'atmosphère y est compassée et le chignon triomphe. J'ai reçu un accueil épouvantable.

— Comment est-ce possible ?

— « L'année scolaire est commencée... Revenez en octobre... On ne peut rien pour vous. Donner des leçons de piano ? Vous croyez qu'on vous a attendue ? Vous n'êtes pas la seule. Nous privilégions nos diplômés. De toute façon, le secrétaire est absent. Il a été mobilisé et son remplaçant n'est pas nommé... »

— Et alors ? Vous en êtes restée là ?

— Par chance, j'ai rencontré une jeune élève qui sortait d'un cours. Elle m'a vue si désemparée qu'elle est venue à mon secours. Elle m'a signalé qu'on recherche une pianiste pour La Maxéville, une brasserie des grands boulevards. Vous en avez entendu parler ?

— Bien sûr ! C'est un endroit célèbre, animé par un orchestre de femmes.

Mme de Langueuil eut un moment d'hésitation, avec une moue comique.

— Croyez-vous que ce soit bien convenable ?

— On jurerait entendre ma mère.

Olga avait pris son air mutin.

— Je me moque de vous. C'est donc pour travailler à La Maxéville que vous vous êtes fait couper les cheveux ?

— Je n'aurais pas dû ?

— Mais si ! Vous êtes superbe ! On dirait Joan Crawford.

À ce moment, Jeannette entra pour mettre le couvert, et sa patronne éclata de rire.

— Comment, vous aussi ? C'est un complot !

La domestique rosit de plaisir. Son visage juvénile, encadré de courtes boucles blondes, paraissait plus rond encore. Elle ressemblait à ces poupons de Celluloïd qu'affectionnent les enfants.

— C'est mon premier acte d'indépendance, expliqua Victoire, et j'ai voulu en faire profiter celle à qui je dois le bonheur de vous avoir rencontrée.

Dans son fauteuil, Olga mima le salut d'une actrice de théâtre.

— Vous êtes trop bonne, ma chère enfant. Alors, vous voilà partie pour faire carrière dans la musique de guinguette ? Y connaissez-vous quelque chose, au moins ?

— Bien sûr ! Vous voulez entendre ?

— Avec joie. Vous allez me rappeler mes jeunes années.

Victoire se mit au piano et commença à interpréter un pot-pourri des airs à la mode : *Bonsoir, jolie madame*, *Le Légionnaire*, *Valentine*, *La Tonkinoise*, *Barnabé*... Tous les succès de Jean Lumière, d'Édith Piaf, de Maurice Chevalier et de Fernandel y passèrent.

Olga et Jeannette chantaient en chœur et applaudissaient comme des enfants.

— Voilà donc ce qu'on apprend aux demoiselles de bonne famille en Normandie. Vous m'avez convaincue ! Va pour La Maxéville ! Cependant, vous êtes-vous posé la question de vos cachets ? Seront-ils suffisants pour vous faire vivre ?

Le visage de Victoire se rembrunit.

— Rien n'est moins sûr. D'autant qu'il ne s'agit que d'un remplacement de courte durée. Nous verrons bien.

Un silence suivit cette déclaration pessimiste. Olga sirotait son verre de porto, tandis que Jeannette mettait la dernière main au dîner. Elles passèrent à table, toujours silencieuses.

Au bout d'un moment, la vieille dame reprit la parole :

— Voyez-vous, Victoire, pendant votre absence, cet après-midi, j'ai beaucoup réfléchi. J'ai une proposition à vous faire.

— Ah, oui ? Laquelle ?

— La maladie m'a fait abandonner un projet qui me tenait à cœur et que vous pourriez m'aider à réaliser.

— Pourquoi pas, de quoi s'agit-il ?

— Avez-vous entendu parler d'une femme qui s'appelait Madeleine Pelletier ?

— Ce nom ne me dit rien.

— C'est une de mes amies, médecin de ma génération. Elle est morte l'année dernière. Nous nous sommes connues en Russie, où elle était venue faire un voyage d'étude en 1920. Depuis, elle m'a écrit de nombreuses lettres que j'ai conservées dans l'espoir de publier un jour sa biographie. Malheureusement, l'état de mes pauvres mains me l'interdit. Accepteriez-vous d'écrire pour moi ?

Victoire allait accepter avec enthousiasme, quand elle réalisa qu'il s'agissait d'une œuvre de longue haleine. Sa grossesse ne lui permettrait pas de la mener à terme. Elle baissa les yeux.

— J'aurais tant aimé vous aider. Ce genre de travail, c'est tout ce dont je rêve. Mais...

— Mais quoi ? Y a-t-il un obstacle ?

— C'est... C'est impossible!

La voix de la jeune fille tremblait. Elle sentit les larmes lui monter aux yeux.

— Ma chère enfant, pourquoi paraissez-vous si troublée? Dites-moi ce qui vous empêcherait...

Jeannette, toujours aux aguets, attendait la suite. Sur un signe de sa patronne, elle se retira discrètement au moment où Victoire éclatait en sanglots. Ce fut comme si un barrage avait cédé. Elle raconta, en hoquetant, les malheurs qu'elle venait de vivre. Sa folie d'une nuit, l'avortement raté, la grossesse qui l'avait forcée à fuir...

Olga, se penchant en avant, lui prit les mains avec bienveillance.

— Ma chère petite... Je me doutais bien que vous portiez un lourd secret. Cette rébellion contre votre mère ne vous ressemblait pas. Il fallait une motivation plus forte!

Victoire se leva et, refoulant ses larmes, dit d'une voix à peine audible:

— Excusez-moi, Olga, je serai partie demain.

À ces mots, Mme de Langueuil réagit avec une vigueur qui ne lui était pas habituelle

— Cessez de dire des bêtises, Victoire, et écoutez-moi. Vous n'allez pas passer votre vie à fuir. Vous êtes heureuse de vous sentir libre, m'avez-vous dit. Eh bien, prouvez-le! À moi, à vous et aux autres! Montrez qu'une femme n'a de comptes à rendre à personne. Être une fille-mère, de nos jours, c'est une preuve de courage, pas une infamie.

Abasourdie par la violence du propos, Victoire se rassit. Olga lui tendit un mouchoir de fine batiste.

— Mouchez-vous et arrêtez de renifler comme une gamine. Quel âge avez-vous donc?

— J'ai...

— Je connais votre âge officiel. Mais vous n'avez pas vingt ans d'âge mental. Vous rendez-vous compte à quel point votre éducation vous a infantilisée? Votre premier acte d'adulte a été de garder votre enfant. Bravo! Maintenant il faut continuer. Je vous propose un travail, mieux, une situation. Et vous allez l'accepter. À partir d'aujourd'hui, vous devenez la secrétaire de Mme Olga de Langueuil, femme de lettres. Vous mettrez votre bébé au monde là où vous travaillez, parce que c'est le seul moyen de remplir vos obligations de mère en exerçant le métier dont vous avez besoin pour vivre.

Derrière la porte, Jeannette écoutait, le cœur battant. Sa soupière entre les mains, elle n'osait interrompre le discours tonitruant de sa patronne, qu'elle n'avait encore jamais entendue parler avec une telle autorité. Le silence revenu, elle frappa.

— Entrez ! répondit la voix impérieuse.

Devant le sourire radieux affiché par la domestique, Olga comprit qu'elle devait être dans le secret depuis longtemps.

— Je suppose que vous en saviez plus que vous ne m'en avez raconté, vous ! Est-ce que je me trompe ? C'est une preuve de discrétion, je vous en félicite. Mais je ne sais pas si je vous pardonnerai ce manque de confiance. Nous sommes entre nous, que diable ! La solidarité féminine ne doit pas être un vain mot.

Jeannette rougit :

— Détrompez-vous, Madame, je ne savais pas que nous allions avoir un bébé. Mon Dieu, quel bonheur...

Et elle se sauva vers la cuisine.

Moitié pleurant, moitié riant, Victoire vint embrasser sa protectrice, qui, plus émue qu'elle ne voulait bien le laisser paraître, lui caressait les cheveux d'un geste maternel.

— Comme la vie a de curieux caprices, murmura-t-elle. Cette Madeleine Pelletier était une grande féministe qui a milité pour libéraliser l'avortement... Et l'année dernière, la justice l'a inculpée pour avoir mis ses idées en pratique. Je sens que mes travaux vont vous passionner.

Rassurée sur son avenir immédiat, Victoire se mit en quête du médecin qui devrait l'accoucher. Celui de Mme de Langueuil avait été mobilisé et elle n'en connaissait pas d'autre. En désespoir de cause, elle décida de pousser ses investigations jusqu'à l'hôpital Bichat, tout proche.

Un matin, prenant son courage à deux mains, elle descendit la rue Vauvenargues jusqu'au boulevard Ney. De l'autre côté s'alignaient les bâtiments hospitaliers de brique rouge rangés derrière un mur hostile. Elle y pénétra, le cœur battant. Par bonheur, l'infirmière de la maternité l'accueillit avec chaleur et elle fut examinée par un interne sympathique qui lui confirma le parfait développement de sa grossesse. Il lui fit quelques recommandations et fixa le prochain rendez-vous à la première quinzaine de juin.

L'âme en paix, Victoire reprit le chemin de la rue Caulaincourt. Tous les accouchements dont elle avait entendu parler jusqu'alors s'étaient déroulés à domicile, dans les mains d'une sage-femme. Elle-même avait vu le jour au premier étage du manoir familial. Ses camarades d'école, d'origine rurale pour la plupart, racontaient des scènes de mise au monde à faire dresser les cheveux sur la tête. Souvent, les récits se terminaient par le choix tragique proposé au père: «Faut-il sauver la mère ou l'enfant?»

En femme moderne, Victoire préférait se confier à une structure hospitalière qui lui apporterait cette sécurité dont parlaient les hebdomadaires féminins.

Dès lors, elle put consacrer toute son énergie à la préparation de ses nouvelles fonctions. Elle investit une grande partie de son pécule en leçons de dactylographie dans une école de secrétariat qu'elle découvrit rue de Liège, à deux pas de ce Conservatoire où elle avait été si mal reçue. Olga de Langueuil lui fit cadeau d'une superbe machine à écrire, une solide Underwood qui lui ferait un long usage.

Ses soucis financiers résolus, elle renonça à La Maxéville. Le salaire proposé par Olga était substantiel et suffirait à ses besoins, puisqu'elle était aussi logée et nourrie.

La vie des trois femmes s'ordonna donc du mieux possible dans un Paris que la guerre commençait pourtant à perturber. Jeannette se plaignait chaque matin de rencontrer de croissantes difficultés d'approvisionnement. Les ménagères engrangeaient des réserves de sucre, de farine, d'huile et de café. Olga, elle, souhaitait avant tout qu'on fit provision de savon et, par gourmandise, de chocolat. Sans le lui dire, la précautionneuse Normande avait déjà commencé à remplir les placards de conserves et de denrées essentielles. Les prix ne cessaient de monter.

Le soir, selon les directives de la «défense passive», il fallait tirer hermétiquement les rideaux, et, dans les rues, les rares voitures circulaient au pas, phares peints en bleu. Une affiche marquée «ABRI» avait été collée sur la porte de l'immeuble, indiquant le nombre de personnes que pouvait contenir la cave. Les enfants emportaient à l'école leur masque à gaz en bandoulière, dans une boîte cylindrique qu'ils cognaient contre les murs.

À la vérité, peu de gens croyaient à l'imminence d'un conflit meurtrier. Les Allemands se contenteraient sans doute des conquêtes déjà obtenues. Pas plus que les Français, la population d'outre-Rhin ne pouvait souhaiter renouveler la tuerie de 14-18. Pourquoi affronter la puissante armée française, à laquelle, comme l'avait dit le président du Conseil, Édouard Daladier, «il ne manquait pas un bouton de guêtre»?

Plus circonspecte, Olga de Langueuil, qui lisait les journaux avec attention et suivait à la radio les informations militaires, augurait mal de l'avenir. D'après elle, cette année 1940 allait se terminer dans le sang. Les événements lui donnèrent raison.

Début mars, la Finlande céda une partie de son territoire aux Soviétiques; un peu plus tard, Hitler et Mussolini se rencontrèrent au Brenner; en avril, les troupes allemandes débarquèrent en Norvège et occupèrent le Danemark...

— Personne ne parviendra à arrêter ce fauve, prédisait la vieille dame. Le gouvernement français se fait des illusions.

Victoire tremblait pour Arnaud, qui, pourtant, dans ses lettres, affichait un bel optimisme. Elle lui avait raconté son arrivée à Paris et donné sa nouvelle adresse, en taisant toujours sa grossesse. Il s'étonnait qu'elle ait pu prendre une telle décision et s'inquiétait pour ses études de piano... En fait, il paraissait quelque peu indifférent à ce qui se passait à l'arrière et ne s'intéressait qu'aux activités de son village lorrain. Lisant entre les lignes, la jeune fille se demandait même s'il n'y avait pas déjà fait quelques conquêtes...

Olga se voulait rassurante:

— Ne vous tracassez pas. À la guerre, les hommes sont tous infidèles. Il vous reviendra. Et quand il saura qu'il a un enfant, vous verrez sa joie!

De son côté, elle avait peu de nouvelles de son fils mobilisé. Elle ne recevait que des cartes anodines. Discrète, Victoire n'osait pas poser de questions.

Quant à Jeannette, elle s'adaptait parfaitement à sa vie parisienne. Elle était au mieux avec un robuste commis de la rue Lamarck. Si bien qu'un matin elle vint, soudain timide, demander l'autorisation d'aller au bal le samedi suivant. Olga et Victoire applaudirent à ce projet et l'événement les mobilisa pendant trois jours. Victoire offrit une robe de lainage blanc dont il fallut seulement lâcher des plis à la taille et refaire l'ourlet. Olga proposa une jolie veste cintrée qu'elle ne remettrait pas de sitôt. Enfin, la jeune Normande s'acheta un «bibi» à voilette orné d'une plume comme on en voyait dans *Marie-Claire*. C'était son premier chapeau. Ainsi apprêtée, elle fit, dans le salon, une entrée remarquée, saluée par des exclamations admiratives.

Le dimanche matin, les deux femmes l'attendaient avec impatience. Elle arriva à peine en retard, éclatante de bonheur. Son amoureux l'avait emmenée danser au Moulin de la Galette, puis poliment ramenée à sa porte au douzième coup de minuit, comme convenu.

— A-t-il été correct ? s'informa Olga avec un regard en biais...

— Oh, oui, Madame ! C'est vraiment un garçon bien. (Elle hésita avant d'ajouter :) Je crois que la boutique appartient à son père... Sa mère est morte quand il était enfant.

Elle avait dû faire de beaux rêves en s'imaginant à la caisse du magasin, au milieu des fruits et légumes en monceaux.

Victoire s'arrondissait et affichait son état sans honte, marchant le buste en arrière comme toutes les femmes grosses et fières de l'être. Jeannette, envieuse, essayait de lui apprendre la prière à sainte Marguerite qui protège les femmes enceintes :

Obtenez-moi, vierge et martyre,
Que le Seigneur, par ses faveurs,
Me soulage dans mes douleurs,
Qu'Il me conserve et me conforte
Avec le fruit que mon sein porte.

Le 11 mai, la nouvelle éclata sur les ondes : les Allemands avaient lancé une offensive vers l'ouest, violant sans vergogne la neutralité de la Hollande et de la Belgique. Leurs divisions blindées s'enfonçaient vers les Flandres. La guerre, cette fois, avait vraiment éclaté.

Le 14 mai, les «panzers» de la Wehrmacht traversèrent les Ardennes pour entrer en France. La percée de Sedan prenait à revers les troupes qui s'étaient avancées au-devant de l'offensive contre la Belgique. Malgré une contre-attaque victorieuse du colonel de Gaulle, les communiqués reconnaissaient que la situation était critique. Le soir même, Daladier lança un appel à la radio recommandant aux Français de ne pas perdre confiance... Le 19 au matin, une grande cérémonie à Notre-Dame réunit le gouvernement et les membres du corps diplomatique.

— Tous ces radicaux francs-maçons qui font appel à Dieu, c'est mauvais signe, grogna Olga.

« Pourvu que je puisse mener ma grossesse à bien », priait Victoire en silence.

Le lendemain matin, elle décida de faire une promenade sur le marché du boulevard Ornano. Arrivée en bas de la rue du Mont-Cenis, elle s'arrêta au bord du trottoir, pétrifiée par le spectacle : un flot ininterrompu de fuyards occupait la chaussée. Venus du nord par la porte de Clignancourt, des véhicules défilaient au pas. Automobiles de toutes marques surchargées jusqu'au toit, bicyclettes, motos, camionnettes, voitures à cheval avançaient lentement au milieu d'une foule de piétons silencieux, les uns ployant sous le poids de leurs valises, les autres poussant des landaus où s'amoncelaient des colis hétéroclites. Beaucoup de femmes marchaient seules ou accompagnées d'enfants et de vieillards. Mêlés aux civils, des soldats dépenaillés se pressaient sans même essayer de faire croire à une retraite organisée. C'était la débâcle...

Catastrophée, Victoire rebroussa chemin.

— Une amie m'a téléphoné, confirma Olga. Il en est de même à travers toute la capitale. Ils se précipitent vers le sud. Le boulevard Saint-Michel est bloqué. L'embouteillage s'étend depuis la porte d'Orléans...

Le 3 juin, Paris fut bombardé. La presse dénonça cette lâche agression sur une population civile innocente. Il y eut plus de trois cents morts. Muette de désolation, Olga écoutait la radio avec gravité.

Le bulletin d'information terminé et le poste éteint, elle demeura silencieuse un moment. Jeannette, venue aux nouvelles, était atterrée. La vieille dame s'éclaircit la voix avant de s'adresser aux deux Normandes :

— Mes enfants, depuis quelques jours, j'hésitais à vous parler... Ces mauvaises nouvelles m'incitent à le faire sans plus attendre. Vous avez l'une et l'autre des attaches à la campagne où vous serez plus en sûreté qu'à Paris... Je vous conseille donc de rentrer chez vous. Vous n'avez pas de temps à perdre.

Jeannette se précipita vers elle:

— Oh! non, Madame, vous n'allez pas me chasser? Je n'ai que vous! Je ne veux pas retourner chez mes parents...

— Je ne vous chasse pas! Vous avez une famille et vous savez combien la situation est grave ici...

La domestique redressa la tête en levant le menton comme elle le faisait dans les moments difficiles.

— Ma seule famille, c'est vous, Madame, avec Mademoiselle. Si vous voulez bien de moi.

La vieille dame lui prit la main, tandis que Victoire s'approchait à son tour, son gros ventre en avant.

— Olga, je n'ai nulle part où aller. Je souhaite, moi aussi, rester à vos côtés, si vous m'y autorisez...

Mme de Langueuil essaya un moment de paraître indifférente à leur décision, mais elle ne put s'empêcher de laisser éclater son émotion. Elle tendit ses mains vers les deux jeunes femmes:

— Soit, mes filles, le sort en est jeté. Nous demeurerons unies dans le malheur. Nous verrons ensemble ce que l'avenir réserve à notre pauvre pays. Jeannette, il doit rester, à la cave, quelques bouteilles de champagne. Descendez en chercher une, s'il vous plaît. Nous la boirons pour fêter votre courage. Je dois avouer que je craignais de vous interroger sur vos intentions, de peur que vous ne saisissiez l'occasion pour retourner en Normandie. Je suis heureuse de vous savoir ici, même si votre décision est tout à fait déraisonnable...

Victoire eut un geste de la main qui traduisait son fatalisme.

Le soir, après le dîner, Victoire et Olga se retrouvèrent seules au salon. Après avoir éteint la lumière, elles ouvrirent la fenêtre. Le ciel était d'une éclatante beauté. Olga ferma les yeux.

— *C'est la nuit qu'il est beau de croire à la lumière,* fait dire Edmond Rostand à Cyrano. Je ne me souviens pas avoir jamais perdu mon optimisme, et ce n'est pas aujourd'hui qu'on va me prendre en défaut. Il faut bien que la vie continue.

Tandis que Jeannette s'affairait en cuisine et que Victoire tricotait sa layette, la vieille dame se lança dans les confidences.

— Je me souviens d'un soir de juillet 1917, à Saint-Pétersbourg. Après une journée d'émeute, les cadavres jonchaient le sol. L'apaisement était venu avec la nuit. Le ciel ressemblait à celui-ci, donnant une incroyable impression de paix, alors que le malheur s'était abattu sur tant de familles... C'est l'époque où j'ai connu Alexandra Kollontaï, une des premières à défendre la cause des femmes dans la Révolution. Elle voulait les libérer des tâches quotidiennes et voir les fonctions familiales assumées par l'État ! Elle a scandalisé le monde de l'époque en parlant librement d'amour et de sexualité.

Victoire sourit :

— Pourquoi sommes-nous ainsi condamnées au mutisme ? Les hommes, eux, ne se gênent pas...

— Même Lénine a critiqué celles qui osaient évoquer ces sujets. Il a dit un jour : « Toutes les pensées des ouvrières doivent être dirigées vers la révolution prolétarienne. » Quel aveuglement !

— Et Madeleine Pelletier ?

— Elle était venue de France, comme tant d'autres, prête à s'extasier sur la transformation de la condition féminine en Union soviétique. Il faut savoir que, depuis 1917, l'avortement était devenu libre, et le mariage une simple formalité administrative de consentement mutuel. Sur place, elle a pu constater que la misère et la famine sévissaient partout. La gestion déplorable des bolcheviks confinait les femmes dans une situation bien pire que le soi-disant esclavage déploré par les féministes en Occident. À part Alexandra Kollontaï, aucune n'avait réussi à conquérir une vraie place politique, et pourtant, l'égalité des hommes et des femmes était au cœur de la propagande bolchevique. Leur intention fut peut-être sincère, à l'origine, mais le résultat obtenu catastrophique. Cette « dictature du prolétariat », qui n'était qu'une dictature « sur » le prolétariat, justifia les pires excès.

— Quelle déception pour elle...

— Elle ne s'en inscrivit pas moins au Parti communiste français, dès son retour, pour essayer d'obtenir chez nous, au moins, les réformes accordées aux femmes soviétiques. Devant l'accueil que lui réservèrent les responsables du Parti...

— Tous des hommes !

— Tous des hommes, évidemment..., elle finit par déchirer sa carte et se borna à militer pour l'amélioration du sort des femmes.

Cette fois encore, elles se couchèrent fort tard, sans oser évoquer leur peur du lendemain. Dans les jours qui suivirent, les nouvelles confirmèrent l'étendue du désastre. Le 10 juin, Mussolini déclara la guerre à la France. Les armées allemandes progressaient d'est en ouest, coupant le pays en deux et isolant, dans le Nord, l'essentiel des troupes françaises et anglaises qui refluaient vers la côte. D'après le speaker de Radio-Paris, Dunkerque ne céderait pas.

Chaque après-midi, Victoire allait se promener, accompagnée de la fidèle Jeannette. Le quartier paraissait vide. La plupart des boutiques étaient fermées. Rue Lamarck, pourtant, le marchand de légumes tenait bon, et les rares habitants du quartier se retrouvaient là pour acheter, à prix d'or, des denrées fraîches qui provenaient sans doute de quelques jardins potagers proches de la capitale. Le patron accueillait Jeannette comme une vieille connaissance, et Georges, le fils, ne manquait pas de se précipiter pour l'aider à porter son sac...

C'était un grand gaillard aux cheveux coupés court, avec un sourire un peu niais sur un visage rougeaud. Il ressemblait trait pour trait à son père, et il était facile d'imaginer l'homme qu'il deviendrait, doté d'une bedaine et d'un crâne luisant. Il échangeait des regards enamourés avec la petite Normande, quand Victoire faisait semblant de regarder ailleurs.

Deux maisons plus loin habitait le chauffeur de taxi qui avait promis de transporter la jeune parturiente, le moment venu, avec sa superbe C4 Renault peinte en rouge et noir.

Souvent, les deux femmes montaient au Sacré-Cœur, où les jardins abandonnés débordaient de fleurs. Elles ne manquaient pas d'entrer quelques minutes pour prier dans la grande basilique construite par les Parisiens après la guerre de 1870, pour remercier le Seigneur d'avoir protégé Paris.

Victoire pensait à sa mère. Elle la savait en sécurité mais avait mauvaise conscience de l'imaginer seule dans de pareils moments. Elle se souvenait avec nostalgie de son enfance insouciante et de ses promenades dans les vergers, main dans la main avec Arnaud.

Où pouvait-il être ? Dans quelle tornade avait-il été pris ? Elle n'avait pas reçu la moindre lettre depuis longtemps, mais ne pouvait croire qu'il lui fût arrivé malheur. Sans doute allait-il apparaître un beau matin pour la prendre dans ses bras, peut-être même avant l'accouchement... Le 17 juin, c'était dans dix jours.

Une semaine... Trois jours...

Le 14 au matin, la TSF annonça que Paris avait été déclaré « ville ouverte ». Le gouvernement s'était replié à Tours, alors que les avant-gardes allemandes approchaient. Les trois femmes écoutèrent le communiqué en silence. Aucune d'elles n'osa faire de commentaires. Victoire sentait dans son ventre les coups de pied de son enfant. Elle aurait tant aimé qu'il naquît avant que la ville ne tombât aux mains de l'ennemi.

Elle alla se coucher l'angoisse au cœur. Les yeux grands ouverts dans le noir, elle se mit à l'écoute de ce petit être qui s'apprêtait à entrer dans un monde en folie. Que lui réservait l'avenir ?

À peine s'était-elle endormie que les premières douleurs la réveillèrent. Il était une heure du matin. Elle ne pouvait y croire. Ce n'était pas la date prévue. Elle attendit, en essayant de se calmer, comme le lui avait expliqué la sage-femme, les mains bien à plat sur l'utérus qui, méprisant les exigences du calendrier, se contractait de plus en plus violemment. Inquiète, elle se leva pour appeler Jeannette qui, depuis une semaine, dormait sur un lit de camp dans l'office. En chemise de nuit, elle surgit.

— Mon Dieu, Mademoiselle ! Que se passe-t-il ?

— Le bébé...

— Quoi, le bébé ?

— Il arrive !

— Déjà ? Il est bien pressé ! Il vous faut appeler le chauffeur de taxi. Madame a laissé sa carte près du téléphone. Je vais m'habiller et je reviens.

Victoire composa le numéro. Pas de réponse. Deux fois, trois fois, dix fois, elle recommença, sans plus de succès. Son cœur battait à tout rompre. Comment allait-elle faire ?

Jeannette prit la décision qui s'imposait.

— Je vais le chercher. Tenez-vous prête ! On vous klaxonnera d'en bas.

Elle se précipita dans l'escalier. Victoire retourna dans sa chambre pour se préparer et prendre son sac. Elle revint se poster dans le salon près de la fenêtre, guettant les contractions qui la faisaient grimacer.

Alertée par le bruit, Olga s'était réveillée. Elle arriva bientôt, appuyée sur ses deux cannes. Parvenue à son fauteuil, elle s'y laissa tomber en soufflant et retrouva son sourire.

— Alors, c'est le grand jour ? Il a de la curiosité, ce petit. Il veut savoir à quoi ressemblent nos envahisseurs. Où est Jeannette ?

— Partie chercher le taxi. Son téléphone ne répond pas...

Le temps passait et les douleurs se rapprochaient. La nuit demeurait silencieuse. Victoire regardait sa montre. Jeannette était partie depuis plus d'une heure et Olga essayait d'entretenir la conversation, sans conviction.

Enfin, un bruit de moteur monta jusqu'à elles. Victoire se leva avec peine.

— J'y vais.

Elle se retourna une dernière fois pour venir embrasser Olga qui se fit rassurante.

— Soyez courageuse, mon petit, tout se passera bien. J'en suis sûre.

Les deux femmes s'étreignaient encore quand Jeannette fit irruption dans l'appartement suivie du grand Georges et de son père qui n'osaient pas franchir la porte du salon.

— Madame ! C'est à peine croyable. Le taxi a fichu le camp. Quel salaud ! Il a fallu que j'aille demander du secours à... Georges et à son papa. Nous sommes venus tous les trois avec la camionnette. Il faut descendre un matelas pour allonger Mademoiselle à l'arrière.

— Viens, Georges, entre donc !

Ils peinèrent à sortir le matelas sous le regard navré de Victoire qui s'imaginait mal partir accoucher dans une voiture de maraîcher...

Dix minutes plus tard, elle était installée à côté d'une pile de cageots vides, au milieu des feuilles de salade. Jeannette, accroupie près d'elle, lui tenait la main en murmurant des paroles apaisantes. Le père de Georges conduisait prudemment dans la nuit noire mal éclairée par une lune parcimonieuse. Ils descendaient la rue Damrémont en direction de l'hôpital quand ils aperçurent un flot ininterrompu de véhicules militaires qui défilaient à grand bruit sur le boulevard Ney.

Le spectacle était terrifiant.

Au bas de la rue, un groupe de soldats en uniforme vert surveillaient la circulation. Entendant arriver la camionnette, ils se retournèrent, et l'un d'eux, dressant un disque noir au bout d'un bâton, leur fit signe de stopper. Puis, méfiant, l'arme pointée, il s'approcha. Georges et son père levèrent les bras. À pas lents, il vint jusqu'à la voiture qu'il contourna vers l'arrière et, soulevant un coin de la bâche, aperçut les deux femmes figées de terreur. Tournant le dos, il s'éloigna et redescendit veiller au passage des camions pleins d'hommes en armes. Les autres Allemands s'étaient écartés de quelques pas vers le boulevard.

Jeannette commença à s'affoler.

— On ne va pas rester là toute la nuit !

Le marchand de légumes était perplexe.

— Faudrait peut-être mieux retourner... Avec ces gens-là, on ne sait jamais.

— Mais enfin, c'est absurde ! La maternité est juste là, en face.

— S'ils ne veulent pas nous laisser traverser...

La jeune fille ne l'entendait pas de cette oreille. Elle sauta de la camionnette et courut vers le soldat qui se retourna, furieux, la mitraillette braquée. Écartant du doigt le canon de l'arme, elle lui expliqua, avec force gestes, qu'une femme enceinte était dans la voiture et qu'il fallait la conduire dans cet hôpital qu'elle lui montrait, de l'autre côté du boulevard. Elle mimait la grossesse avec ses bras arrondis sur le ventre. Éberlué, l'homme la regardait sans comprendre un mot, lui faisant, à plusieurs reprises, signe de s'écarter.

Soudain excédé, il arma sa mitraillette qu'il mit sous le nez de la jeune femme en criant :

— *Raus ! Raus !*

Tremblante, elle recula. Il continuait à la menacer et à répéter son injonction. Georges et son père, sur la banquette avant, se faisaient tout petits, sûrs que la rafale allait partir d'un instant à l'autre.

C'est alors que, dans la camionnette, un hurlement retentit, couvrant le vacarme du défilé. Jeannette fit demi-tour et repartit en courant vers la voiture, où les cris redoublaient. Elle leva la bâche et découvrit Victoire, les genoux levés, les mains appuyées sur l'entrecuisse.

— Que se passe-t-il ? Ça ne va pas, Mademoiselle ?

— J'ai mal, répondit-elle dans un souffle mêlé de larmes. Faites quelque chose, Jeannette, je crois qu'il arrive.

— Ah, non ! Je vous en supplie, pas ça !

Elle retourna vers l'allemand soupçonneux qui ne la quittait pas de l'œil. Elle s'immobilisa derechef, paniquée, se demandant que faire. Un nouveau cri retentit. Jeannette grimpa dans la voiture.

— Montrez-moi.

Abandonnant toute pudeur, Victoire retira ses mains et les mit sur son visage en pleurant. Jeannette souleva la jupe et s'écria :

— C'est pas possible, on voit les cheveux... Qu'est-ce que je vais faire, moi ?

Une nouvelle contraction provoqua un cri à peine étouffé. Jeannette sauta à nouveau dans la rue et se trouva face au militaire qui s'était avancé. Elle écarta les bras, pour bien montrer qu'elle était inoffensive et lui fit signe d'approcher encore. Dans la voiture, les gémissements se succédaient. Sur la banquette avant, morts de peur, Georges et son père avaient levé les mains.

Méfiant, il fit reculer Jeannette et avança la tête à l'intérieur de la voiture pour scruter l'obscurité. Il rejaillit en étouffant une exclamation. Il avait compris !

— *Jesus Gott*, murmura-t-il. *Komm, Komm !*

Il partit en courant, suivi de Jeannette qui ne comprenait pas ce qu'il voulait faire. Arrivé sur le trottoir du boulevard, il fit signe à la jeune femme de rester là, et il s'engagea vers le milieu de la chaussée. Il attendit qu'un intervalle plus grand sépare deux véhicules et il leva son disque. Le flot s'interrompit dans un concert de grincements de freins et il fit un signe vers la camionnette pour qu'elle puisse commencer à traverser.

— *Komm ! Schnell*, répétait-il.

Jeannette fit demi-tour et remonta vers la voiture au pas de course.

— En avant, on peut y aller, hurla-t-elle.

Elle grimpa à l'arrière et poussa un cri d'effroi en découvrant une scène inimaginable. Victoire était à moitié assise, souriante malgré les larmes qui mouillaient son visage, tenant dans ses mains son bébé dégoulinant qui vagissait. Jeannette n'en croyait pas ses yeux :

— Ce n'est pas Dieu possible...

D'un geste instinctif, elle ôta la veste de coton qu'elle avait enfilée par-dessus son chemisier et l'étala dans un cageot plein de feuilles de salade. Puis elle enleva l'enfant des mains de Victoire hébétée pour le poser avec précaution dans ce berceau improvisé. Le cordon ombilical, toujours intact, reliait encore la mère et le bébé, alors que la camionnette roulait en cahotant.

« Comment couper ce truc ? » se demandait Jeannette. La voiture s'immobilisa enfin et elle entendit des voix françaises. Elle comprit qu'ils étaient sauvés et sauta pour tomber dans les bras de Georges. Les infirmiers s'apostrophaient :

— Grouille-toi, le gosse est déjà né !

— Tu as vu ça, il est dans un cageot de salades !

— Faudrait la sage-femme...

— Putain ! Le cordon n'est pas coupé...

— Va doucement, la maman est en train de tomber dans les pommes.

— C'est des pommes ou des salades ? Faudrait savoir...

Le 15 juin 1940, à deux heures du matin, Lydie Olga Dambreville était déclarée à la maternité de l'hôpital Bichat, née de père inconnu. Elle avait le cheveu blond, le cri énergique et pesait six livres un quart.

Quand la sage-femme lui présenta sa fille, Victoire voulut l'examiner de près. Elle poussa un « ouf » de soulagement en constatant que les mauvais présages ne s'étaient pas réalisés. L'enfant était superbe. Folle de joie, la maman s'endormit comme une masse, tandis qu'une infirmière disait au bébé en riant :

— Viens, ma jolie, on va te mettre dans un vrai berceau maintenant. Tu l'as bien mérité. De nos jours, les bébés ne naissent plus dans les choux ou les roses, mais dans les salades ! Quelle époque !

Jeannette ne quitta l'hôpital qu'au lever du jour. Sur le boulevard, le défilé continuait. Il fallait bien porter la bonne nouvelle à Mme de Langueuil qui devait se morfondre. Lorsqu'elle vit un écart plus grand entre deux groupes de camions, elle prit son élan et passa en courant devant la sentinelle qui lui fit de grands gestes. Elle lui rendit son salut et remonta vers la rue Caulaincourt.

Hors d'haleine, elle raconta les péripéties de cet accouchement peu banal. Olga tremblait en imaginant le drame qui aurait pu se passer...

— Vous êtes sûre, Jeannette, de me dire la vérité? Elles vont bien, toutes les deux?

— On ne peut pas imaginer une maman et une petite fille en meilleure santé.

— Dieu soit loué!

En quelques mois, Olga s'était attachée à Victoire, dont elle appréciait le charme et admirait le courage. Elle aurait aimé que son fils eût épousé une telle femme, au lieu de cette Américaine qui n'avait même pas été capable de lui donner un enfant. Maintenant, c'était la discorde et, sans doute, bientôt, le divorce. L'avenir s'annonçait pourtant sous d'heureux auspices pour ce brillant avocat. Pourquoi avoir fait ce mariage précipité après un unique voyage à New York, et dans un milieu de commercants qui n'était pas le sien?

Ignorant les états d'âme de sa protectrice, l'heureuse parturiente se rétablissait vite, attendant avec impatience son autorisation de sortie. Dans l'immense et bruyante salle de la maternité, où flottait une permanente odeur d'eau de Javel et de lait caillé, les infirmières allaient et venaient, charriant des brassées de nouveau-nés hurleurs pour les mères obligées de rester couchées pendant les neuf jours réglementaires. D'un lit à l'autre, des liens amicaux se créaient, et les femmes comparaient leur progéniture avec force commentaires.

La salle, tout en longueur, comportait trois rangées de lits. Une contre chaque mur, sous les hautes fenêtres, et la troisième au milieu. Le centre était occupé par un meuble massif, la paillasse, qui servait à préparer les soins, avec, de chaque côté, des lits pliants supplémentaires destinés aux patientes qui ne devaient rester que vingt-quatre à quarante-huit heures.

Ce sous-prolétariat des brancards était constitué essentiellement par les fausses couches. Jeunes pour la plupart, ces filles arrivaient la mine triste et ne se déridaient qu'au contact de leurs voisines. Aux internes et aux infirmières, elles avaient fait état d'une interruption de grossesse accidentelle due à une chute dans un escalier ou à une lessiveuse trop lourde. Entre elles, le secret était vite abandonné, et les plus volubiles échangeaient leurs recettes.

En face de Victoire, une prostituée faisait le pitre. Brune et pimpante, des accroche-cœur sur le front et la voix éraillée, elle racontait sa vie avec une faconde de bonimenteur. Engrossée à seize ans par son premier patron, un bougnat des Halles, elle avait été «lourdée» par l'épouse du séducteur. Elle était retournée accoucher à Saint-Flour où sa mère lui gardait le petit. Pour le nourrir, elle devait travailler. Mais une fille-mère, c'est difficile à placer. Finalement, un «Julot» de vingt ans l'avait mise au turbin du côté de Pigalle, et elle ne s'en portait pas plus mal. Du moins, c'est ce qu'elle disait.

— Dans mon métier, j'ai appris à me débrouiller. Dès que j'ai trois jours de retard, je me mets la sonde, et en avant! Des fois, ça rate, alors je viens à Bichat!

Les autres chuchotaient en riant sous cape. Elles ne se plaignaient pas de leur sort, même quand elles revenaient d'un curetage à vif. Elles essuyaient leurs larmes et défiaient les médecins du regard.

— Nous, les accouchées, disait la voisine de Victoire, on souffre bien pendant des heures sans émouvoir personne. Alors, cinq minutes de curette, c'est pas assez pour nous faire peur. Si j'avais pu, celui-là je l'aurais fait passer. Mais mon homme, il était contre... Pourtant, on en a déjà trois et il ne gagne pas beaucoup. Enfin, ajoutait-elle en soupirant, ici, au moins, je me repose.

C'était une grosse femme pâle qui s'était plainte à plusieurs reprises de sensations de malaise. La «fièvre de lait» dont parlait le chef de service s'était prolongée anormalement.

Le dixième jour était le moment fatidique de la remise sur pied. L'infirmière-chef vint l'aider. C'était un personnage solide, ventru et fort en gueule, la coiffe enfoncée jusqu'aux sourcils et l'œil globuleux. Personne n'aurait osé contester ses ordres.

— Je ne me sens pas bien, murmura l'accouchée.

— Allez, debout, mon petit. Un peu de courage! Ne jouez pas les femmelettes.

— Je suis trop fatiguée, répéta-t-elle en lançant un regard désespéré vers Victoire. Je ne pourrai jamais...

— Mais si, mais si, vous pourrez. Assez de simagrées. Il faut faire de la place pour les suivantes.

La femme se dressa avec lenteur, vacillante, et tenta d'avancer sous les invectives. Subitement, sa tête s'inclina en avant et elle poussa un faible cri, tandis que ses jambes ployaient sous son poids. L'infirmière réussit en maugréant à la traîner jusqu'à un fauteuil.

— Quelle paresseuse ! Réveillez-vous, que diable ! s'écria-t-elle en lui tapotant les joues de plus en plus fort.

Malgré les gifles qui claquaient dans le silence, l'accouchée resta sans connaissance. Quand l'interne arriva, il ne put que constater le décès.

Dans la grande salle, ce fut la consternation. Des paravents isolèrent le lit en attendant que les employés viennent chercher le corps.

Victoire était sous le choc. Elle pensait au mari qui allait arriver dans la soirée pour trouver le lit vide. Elle songeait aussi, avec angoisse, au jour où elle devrait se lever à son tour.

— Chez nous, lui dit Jeannette à l'heure de la visite, les femmes ne restent pas couchées. Qui c'est qui nourrirait les bêtes ? Le lit, ça ramollit les chairs. C'est mauvais.

Victoire se serait volontiers levée, mais la surveillante avait l'œil. Elle avait vite remarqué qu'aucun homme ne rendait visite à la « 46 ».

— Et le papa ? demanda-t-elle un jour, l'air soupçonneux. On ne le voit jamais...

— Il est au front. Je n'ai plus aucune nouvelle de lui depuis un mois et demi.

— S'il n'est pas mort, il aura sans doute été fait prisonnier, affirma la « patronne » avec conviction. Vous avez l'intention de prendre une nourrice ?

— Sûrement pas.

— Vous avez raison. En ce moment, qui sait ce que vous trouveriez. Vous allez même avoir du mal à vous alimenter comme il faut. Avec les Boches à Paris, ce ne sera pas facile. Il faut privilégier les viandes blanches, le lait, le chocolat. Ne boire que de l'eau rougie, ou de la bière légère. Pas trop de fatigue. D'habitude, on dit aussi qu'il faut éviter les soucis.

Elle eut un geste désabusé.

— Ma foi, vous ferez bien comme vous pourrez. Ce ne sera plus mon affaire. Dès votre retour, appelez votre médecin pour qu'il surveille la petite. Faudrait pas qu'elle devienne rachitique.

— Notre médecin est mobilisé aussi.

— J'en connais un bon. Un homme d'expérience qui habite dans votre arrondissement. Il s'appelle le docteur Albert Houlié. C'est un brave homme.

Avant de s'éloigner elle conclut, d'un ton gourmand :

— Demain, on se met debout et, deux jours après, si tout va bien, ouste ! à la maison.

Aucune allusion au décès de la voisine. Un frisson de panique secoua Victoire.

Le lever tant redouté se passa sans problème. Le nourrisson était superbe et profitait du lait généreux de sa mère éclatante de santé. Jeannette lui avait avoué qu'elle entassait en cachette des réserves procurées par son Georges, de plus en plus amoureux.

Le jour du départ, le marchand de légumes revint à l'hôpital pour ramener Victoire et son bébé rue Caulaincourt, où Olga de Langueuil les attendait avec impatience. Facétieuse, Jeannette avait tapissé d'un châle blanc les parois d'un cageot.

— Pour qu'elle n'en perde pas l'habitude, commenta-t-elle, l'air mutin.

Le 22 juin, l'armistice avait été signé à Rethondes sur ordre du nouveau chef du gouvernement, le maréchal Pétain. Le vainqueur de Verdun s'était adressé auparavant au pays pour reconnaître d'une voix chevrotante la défaite de son pays et faire don de sa personne à la France.

Olga se sentait secrètement soulagée de l'arrêt des hostilités, mais blessée dans son orgueil par cette déroute sans gloire. Elle prit la blonde Lydie dans ses bras et maugréa, les larmes aux yeux :

— Nous qui devrions être si heureuses autour de ce beau bébé, voilà qu'il nous faut supporter les conséquences d'une reddition infamante. Quel malheur !

En quelques jours, la ville avait changé de visage. Les rationnements touchaient la plupart des produits de première nécessité. La vente de pâtisseries était interdite trois jours par semaine et la consommation d'alcool, contrôlée. Seules les voitures du service public et certains commerçants avaient le droit de circuler. Les uniformes allemands étaient partout.

— Ce n'est pas croyable, ronchonnait Jeannette. On ne voit qu'eux à Montmartre. Ils se croient en vacances. Ils achètent tout.

— Les boutiquiers de la Butte ne doivent pas s'en plaindre, bougonna Olga, amère. Le malheur des uns...

Fatiguée, Victoire installa son bébé à côté d'elle et se coucha tôt pour profiter du calme de sa chambre retrouvée. Elle eut du mal à s'endormir, tourmentée par les questions qui s'accumulaient. Qu'était-il advenu de sa mère, d'Arnaud et des Coste-Lambert ? Sa ville natale avait-elle été épargnée ? Elle devrait s'y rendre au plus vite. Lydie serait-elle en mesure de voyager ? Ou vaudrait-il mieux la laisser à Paris ? Quand passerait-elle aux biberons ? Elle décida d'écrire le lendemain à Véricourt afin d'annoncer sa venue. Parlerait-elle de sa petite fille ? Elle hésitait.

Après plusieurs brouillons de plus en plus brefs, la lettre de Victoire se résuma au strict minimum : devenue secrétaire, elle habitait un quartier tranquille et n'avait pas souffert de l'offensive allemande sur la capitale. Elle s'inquiétait de Véricourt et espérait que tout le monde allait bien. La formule de politesse mêlait sobrement affection et respect en promettant une visite prochaine. Pas un mot sur la naissance. Elle n'avait pas pu. Au dos de l'enveloppe, elle mit son adresse.

Les jours suivants, elle guetta le courrier. En vain.

La ville revenait à la vie, comme un malade sort du coma. Les Parisiens s'organisaient. Charrettes et voitures à bras prenaient le relais des automobiles enfermées dans les garages. Le marchand de légumes de la rue Lamarck parvenait à se réapprovisionner pour fournir ses clients fidèles en produits qui ne figuraient plus à l'étalage. Jeannette faisait évidemment partie de ces privilégiés. Parfois, en cachette de son père, Georges glissait dans son sac un paquet de beurre ou un pot de confiture, échangés contre un baiser furtif.

— En somme, vous monnayez vos charmes, fit remarquer Olga, faussement choquée.

La petite Normande ne se formalisa pas :

— Aujourd'hui, comme disait ma grand-mère, « on fait ça c'qu'on peut avec ça c'qu'on a ».

Dans les premiers jours de juillet, Victoire reçut enfin des nouvelles d'Arnaud. C'était une simple carte à l'en-tête éloquent : *Kriegsgefangenpost*, avec, en dessous : Poste des Prisonniers de guerre. « Je suis dans un stalag, disait-il sans plus de précisions. Nous sommes bien traités, il fait beau temps, mais l'hiver promet d'être rude. Je ne pourrai pas t'écrire souvent car nous recevons peu de formulaires. Je t'embrasse. Ton Arnaud. »

Une partie détachable permettait de répondre. Olga de Langueuil regarda cette missive avec tristesse. Elle ne savait toujours rien de son fils.

— Il est vrai que Nicolas n'a jamais été très loquace, plaisanta-t-elle avec son humour habituel. Il réserve son éloquence pour les plaidoiries...

Devant la carte-réponse vierge, Victoire hésita deux jours.

— Ne lui avouez rien pour le moment, conseilla la vieille dame. L'annonce d'une naissance doit se faire de vive voix. De toute façon, la guerre est terminée. Les prisonniers vont rentrer...

La jeune femme se limita donc à des propos rassurants, persuadée, elle aussi, que la fin de cette période difficile était proche.

Pourtant, des bruits commençaient à circuler sur une résistance qui s'organisait à Londres.

— Au marché, j'ai entendu des gens qui parlaient à mi-voix d'une radio anglaise. Il y aurait des émissions en français, confia Jeannette.

Le soir même, toutes fenêtres fermées, Olga réussit à entendre pour la première fois, malgré un intense brouillage de boîte à musique, la formule qui allait leur soutenir le moral pendant les années à venir : « Ici Londres, les Français parlent aux Français. »

La défaite commençait à changer de visage.

Pour le moment, Victoire ne s'en souciait guère. Un sourire extatique sur les lèvres, elle pouponnait. Sa vie avait pris soudain une dimension nouvelle. Elle avait l'impression de jouer à la poupée, mais, dans le même temps, elle se sentait investie d'une responsabilité enivrante et voyait l'avenir autrement.

Le docteur Houlié fit sa première apparition rue Caulaincourt vers la fin de l'été. Victoire commençait à ne plus avoir assez de lait pour satisfaire l'appétit de la gourmande Lydie et s'était décidée à l'appeler. C'était un vieil homme de petite taille, sec et vif. Son visage triangulaire surmonté d'une chevelure blanche et drue taillée en brosse était barré d'une épaisse moustache, blanche également. À tout instant, ses yeux malicieux se plissaient et sa voix enrouée semblait chercher le mot pour rire.

Il devint bientôt un familier de la maison et raconta, par bribes, son étonnant parcours. Issu d'une famille pauvre, il avait dû travailler comme employé de banque, avant d'entreprendre des études de médecine. Son diplôme obtenu, il s'était installé au 2 de la rue Affre, dans ce quartier de la Goutte d'Or, populaire et cosmopolite, qui le ravissait. En complément de la médecine générale, il exerçait les fonctions de médecin légiste et se trouvait aux premières loges quand un fait divers crapuleux défrayait la chronique. Collectionneur, fureteur et curieux de tout, il promenait sur le monde un regard à la fois inquisiteur et tendre, visitant chaque jour une clientèle nombreuse qui l'adorait. Selon la tradition de la médecine libérale d'antan, il faisait payer les riches et oubliait souvent de réclamer ses honoraires aux pauvres.

— J'applique ma propre politique de répartition des revenus, disait-il, goguenard.

Son incessant labeur et ses faibles besoins lui assuraient un facile bonheur de vivre et une situation confortable. Un tel personnage ne pouvait que se réjouir en découvrant le pittoresque trio de ce qu'il appelait « le gynécée de la rue Caulaincourt ».

Il examina d'abord l'enfant et donna des indications pour le sevrage. Ensuite, il s'intéressa à Victoire :

— Comment l'accouchement s'est-il passé ?

Elle lui raconta son épopée et la naissance dans le cageot de salades.

— Bravo, conclut-il. L'enfant a résisté, elle n'en sera que plus solide. Et pour les autres femmes ? Toujours les hurlements ?

Victoire leva les yeux au ciel.

— Le Seigneur a dit : « Tu accoucheras dans la douleur. »

Le vieil homme sourit.

— Dire qu'en 1853, il y a donc près d'un siècle, la reine

Victory accouchait avec l'aide de l'éthérisation. En France, ils n'ont encore rien compris. J'ai fait ma thèse sur l'anesthésie rachidienne. Personne ne l'a lue ! L'Église est contre cette méthode. De quoi je me mêle ? Faudra-t-il attendre le jour où les curés accoucheront pour que les choses changent ?

— Sans parler des pauvres filles qui se font avorter...

— Le curetage sans anesthésie, n'est-ce pas ? Histoire de leur apprendre à ne pas recommencer. Quand je pense qu'elles sont cinq cent mille par an...

— Tant que ça ?

— Hélas ! Et on évalue à trente-cinq mille le nombre des décès dus à cette calamité. Vous n'imaginez pas combien de constats je dois rédiger.

— Toutes ces fausses couches sont...

— Provoquées ? Il est difficile d'être précis dans un domaine où le secret est la règle. Mais les gens qui en ont l'habitude pensent qu'une sur cinq seulement est accidentelle. Les autres ont droit au qualificatif de criminelles. (Il secoua tristement la tête.) Pauvres filles ! Pour beaucoup, c'est faire un enfant dans les conditions où elles vivent qui serait criminel !

Victoire préféra changer de sujet et lui raconter la mort de sa voisine de lit. Il ne parut pas étonné.

— C'est un accident bien connu : l'embolie pulmonaire. L'accouchée reste au lit trop longtemps et un caillot se forme dans les veines de ses jambes. Quand elle se met debout, il file vers le cœur et, de là, vers le poumon. C'est la mort subite. Les symptômes décrits dans les livres se résument en une phrase : « La patiente se lève, pousse un cri et meurt ! »

— Ne peut-on rien faire pour empêcher ce genre de drame ?

— Il suffirait d'obliger les accouchées à quitter le lit plus vite. Mais, là encore, les médecins ont peur de bousculer la tradition. Les sages femmes ne le leur pardonneraient pas !

— D'où nous vient cette coutume absurde ?

— La peur des descentes d'organes. Alors que c'est la brutalité des accouchements qui provoque les déchirures du périnée. Je me demande combien de décès il faudra déplorer avant qu'ils se décident à écourter cet alitement stupide.

Il abandonna son ton sérieux pour plaisanter à nouveau sur les restrictions qui risquaient d'affaiblir sa patiente. Craignant que Victoire n'ait à souffrir des conséquences de son allaitement avec une alimentation carencée, il lui recommanda un supplément de fer et de calcium.

— Dans une bouteille d'eau vinaigrée, faites tremper deux ou trois gros clous et deux bâtons de craie scolaire. On en trouve encore chez les marchands de couleurs. Après une semaine de macération, vous prendrez une cuillerée à soupe de ce breuvage avant chaque repas.

Pour les rhumatismes d'Olga, il prescrivit des préparations magistrales à base de soufre et d'iode. Il conseilla de bien espacer les cachets d'aspirine, pour ne pas abîmer l'estomac.

Jeannette n'eut droit qu'à un simple coup d'œil.

— Vous, prenez garde aux garçons. Il me semble que c'est le seul danger qui vous guette.

Toutes trois éclatèrent de rire.

Avant de partir, il accepta un doigt de porto et ne se fit payer qu'une seule visite. Au passage, il admira la bibliothèque.

— Vous avez des trésors là-dedans, apprécia-t-il en parcourant d'un œil expert les alignements de reliures anciennes. La prochaine fois, si vous le permettez, je les examinerai de plus près.

Quand il fut parti, Olga félicita Victoire d'avoir introduit un tel personnage dans la maison.

— Cet homme est un rayon de soleil, conclut-elle.

À la fin du mois d'août, Victoire, devenue majeure, se décida à faire le voyage de Normandie. Elle envoya une lettre à sa mère, lui annonçant la date de sa venue et la prévenant qu'elle souhaitait rendre visite au notaire.

Au jour dit, elle prit le train à la gare Saint-Lazare. Sous les majestueuses voûtes métalliques, la cohue était indescriptible. C'était comme si tous les Français avaient décidé de déménager en même temps. Les soldats allemands, sanglés dans leurs uniformes impeccables, montaient en première classe et s'appliquaient à se montrer « korrekts ». Ils s'effaçaient devant les dames, les aidaient à se hisser dans les wagons surchargés, passaient les valises, et répondaient aux remerciements en claquant des talons.

Caen et ses environs avaient souffert des bombardements. Maisons effondrées, routes éventrées, fermes incendiées jalonnaient la route.

En revanche, Véricourt semblait avoir échappé à la tourmente. La présence allemande ne s'y sentait guère et aucune destruction n'attirait l'œil. Victoire se dirigea vers le manoir. Elle n'était partie que depuis sept mois. Il lui semblait revenir sur les lieux de son enfance après des années.

À pas lents, elle longea le mur de clôture et s'arrêta devant la grille en fer forgé. La végétation était toujours aussi luxuriante, à peine brûlée par les chaleurs de l'été. À l'extrémité de l'allée, le parterre de dahlias resplendissait, comme les rosiers grimpants qui couvraient la tonnelle. Une forte odeur de chèvrefeuille embaumait l'atmosphère. Elle aimait cet endroit où le souvenir de son père était si présent...

S'approchant du portail, elle s'étonna de le trouver fermé à clé. Elle découvrit une sonnette électrique installée récemment. Elle appuya sur le bouton et attendit. La grosse domestique obséquieuse qui avait remplacé Jeannette se précipita, le sourire aux lèvres.

— Ah ! Mademoiselle Victoire ! Quel plaisir de vous revoir !

Elle s'approcha de la grille sans l'ouvrir et s'accrocha aux barreaux comme si c'était une prison.

— Vous êtes encore plus belle ! Cette coiffure vous va très bien.

— Merci.

Avec un coup d'œil inquisiteur, elle demanda :

— La vie n'est pas trop dure à Paris ?

Victoire commençait à être agacée.

— Madame n'est pas là ?

— Elle est un peu souffrante. Elle m'a dit de vous donner cette lettre.

— Je ne peux pas aller la saluer?

L'autre prit un air gêné pour bafouiller :

— Je n'ai pas la clé. Par les temps qui courent, on tient la porte fermée, vous pensez.

Victoire ne sut que répondre. Elle déchira l'enveloppe et découvrit à l'intérieur une simple carte sur laquelle sa mère avait inscrit, de sa grande écriture penchée :

Maître Octave Bardineau
4, place de l'Église
Véricourt

Pas un mot de plus !

Blême, elle tourna les talons. Comment sa mère pouvait-elle lui interdire sa porte ?

L'étude du notaire était située au rez-de-chaussée d'une demeure cossue, cubique, posée au fond d'une cour ombragée par des marronniers centenaires. Elle donnait une impression de prospérité rassurante. Victoire poussa le portail en fer forgé surmonté d'un emblème doré, traversa le jardin et sonna. La secrétaire qui vint lui ouvrir était une ancienne camarade de classe.

— Victoire ! Je savais que tu venais. Tu n'as pas changé ! Suis-moi, Me Bardineau t'attend.

Elle la fit entrer dans un bureau sombre où un homme sévère à barbiche trônait derrière une table surchargée de dossiers. Une odeur de papier et d'encaustique prenait à la gorge.

— Mademoiselle Dambreville ! Quel plaisir de vous revoir ! Vous êtes le portrait de mon ami Adhémar, votre pauvre père ! Même regard, même couleur de cheveux... Alors, vous voilà majeure ! Comme le temps passe. Je me souviens encore du jour de votre baptême. L'église n'était pas assez vaste pour accueillir tous les amis de votre famille...

Victoire l'interrompit :

— Moi aussi, maître, je suis heureuse d'être ici. Comment l'invasion allemande s'est-elle passée ?

— Sans heurts. Le fait que la ville soit à l'écart de la route de Caen nous a épargnés. L'armée française n'avait pas jugé utile de nous défendre... C'est tout juste si les Boches ont cru bon de nous occuper ! Ils sont partout, bien sûr, mais on les voit peu.

— Et les Coste-Lambert ?

— Disparus. Depuis la mort de la belle-mère, ils vivent à Paris. Leur maison est fermée.

— La ville n'a donc plus de maire ?

— Ces temps-ci, le conseil municipal s'est fait discret ! Le secrétaire de mairie assure la permanence et expédie les affaires courantes. Il a le temps, puisqu'il est instituteur et que les écoliers sont en vacances. Je pense que la vie reprendra en septembre. Les habitants qui s'étaient sauvés commencent à revenir.

— Avez-vous vu ma mère ?

— Elle sort peu. Depuis votre départ, elle a beaucoup changé...

— Elle n'est pas malade, au moins?

— Pas que je sache. On ne la voit plus guère qu'à la messe. Il faut dire que, de nos jours, chacun préfère rester chez soi. C'est sa bonne qui fait les courses.

— Ah, bon!

Il eut une moue amère pour ajouter:

— Il n'y a d'ailleurs plus grand-chose à acheter.

« Comment peut-on jouer ainsi les malheureux, alors que la campagne doit regorger de victuailles? », pensa Victoire.

Les mains croisées sur sa bedaine, le notaire n'inspirait guère la pitié.

— Mme Dambreville est venue me voir au début de ce mois pour me parler de la succession de feu son mari. Je ne parvenais pas à croire que vous aviez déjà vingt et un ans...

— Puis-je savoir quelles ont été les conclusions de cet entretien?

— Comme je le lui ai dit, les dispositions testamentaires de votre père sont en votre faveur. Sans aucune ambiguïté. Vous entrez aujourd'hui en possession de l'intégralité des biens familiaux.

Tout en parlant, il avait tiré à lui un dossier à sangle.

— Mon père n'a rien laissé à maman?

— Quand Adhémar nous a quittés, madame votre mère était bien jeune encore. Elle aurait pu songer à refaire sa vie. C'était son droit. En vous désignant comme sa légataire universelle, il protégeait le patrimoine contre les risques de captation. D'ailleurs, je l'avais conseillé en ce sens, ajouta-t-il d'un air suffisant.

Elle ébaucha un remerciement. Il leva une main molle pour préciser:

— Cela étant dit, c'est à vous qu'il appartient de déterminer quels seront désormais les moyens d'existence de Mme Dambreville.

Victoire hocha la tête. Elle sentait, avec dégoût, tout le respect que le tabellion manifestait aux représentants de la riche famille des Dambreville, au détriment de l'épouse, simple pièce rapportée tout juste bonne à assurer la descendance. Si critiquable qu'elle fût, sa mère était la femme que son père avait aimée, et il était impensable de la voir finir ses jours dans le besoin.

Le notaire, qui interprétait mal le silence de Victoire, ajouta d'une voix doucereuse :

— Je dois vous informer que vous avez tout de même, à son égard, ce qu'on appelle un devoir de secours. Il s'agit d'une obligation légale.

Victoire s'indigna :

— Sur ce point, maître, je n'ai pas besoin de la loi pour me dicter ma conduite. Il s'agit de ma mère !

— J'entends bien, vous êtes seule juge.

La froideur du ton prouvait qu'Estelle Dambreville n'était guère soutenue par l'opinion publique dans le conflit qui l'opposait à sa fille. Victoire imaginait les conversations qui avaient dû animer les longues soirées de ces derniers mois. Les avorteuses ne sont pas liées par le secret professionnel... Elle eut un geste fataliste et se redressa sur sa chaise.

— Voilà ce que j'ai décidé : maman assurait la gestion des biens familiaux avec sérieux et compétence, je pense.

— Assurément.

— Dans ces conditions, il n'y a aucune raison de modifier quoi que ce soit. Si elle est d'accord, elle continuera à habiter le manoir et à gérer nos biens à sa guise comme par le passé. Je souhaite seulement recevoir la moitié des revenus. Ce partage est équitable, n'est-ce pas ?

Le visage du vieil homme restait impénétrable.

— Il a le mérite de la simplicité. Toutefois, une question se pose : comment allez-vous contrôler le respect de cette répartition ?

— Avec confiance.

Il apprécia cette pointe d'humour et conclut :

— De toute façon, ces dispositions peuvent toujours être modifiées.

— Je m'en doute. Puis-je vous charger d'annoncer ces décisions à ma mère ? Je vais de ce pas ouvrir un compte à Caen, dans la succursale d'une banque de Paris, et je demanderai au directeur de prendre directement contact avec vous.

Victoire s'étonnait de sa détermination. Elle ne ressentait plus aucune animosité contre celle qui était désormais à sa charge. L'officier ministériel avait pris une feuille blanche et notait. La plume Sergent-Major crissait sur le papier.

— Voulez-vous savoir à combien s'élève votre héritage ?

— Non ! Je l'évalue à peu près. Je suppose que les événements actuels rendent bien aléatoire l'estimation d'un patrimoine. Nous verrons ensemble, une fois la paix revenue, ce qu'il en restera.

— Jusqu'à présent, les immeubles que votre grand-père avait fait construire en bordure du parc ont été épargnés... Souhaitons qu'il en soit de même dans l'avenir.

— Souhaitons-le.

Sur le chemin du retour, Victoire se sentit soudain envahie de nostalgie. La rupture avec sa mère était consommée. Elle avait rêvé d'un accueil à bras ouverts, comme dans la parabole de l'enfant prodigue... Il n'en avait rien été. À l'évidence, Estelle Dambreville ne pouvait accepter que sa fille la suspectât de lui pardonner par intérêt. Elle préférait rester silencieuse plutôt que de manifester un soupçon de gratitude envers sa fille.

Cette femme de devoir n'avait jamais su laisser la place aux sentiments. Comme l'avait dit Jeannette un jour de colère : « Votre mère, mademoiselle Victoire, elle a plus de tête que de cœur ! »

L'annonce de la naissance aurait-elle pu entraîner une réconciliation ? Victoire en doutait.

— Quel dommage ! murmura-t-elle à voix basse.

Dans ce train bringuebalant qui, à tous moments, stoppait en rase campagne sans que personne sache pourquoi, elle ne put se retenir de pleurer.

Elle se reprit quand un policier, escorté par deux soldats allemands casqués, passa dans le couloir pour vérifier les identités.

Septembre ramena les Parisiens de l'exode. Dans les rues de la capitale, l'activité reprit, sans les voitures toutefois, réquisitionnées ou disparues.

La bicyclette était devenue, en quelques semaines, l'attribut incontournable de la liberté. Olga y avait pensé la première.

— Victoire, je crois que vous trouverez, à la cave, le vélo de Nicolas. Ce n'est sans doute pas un modèle très moderne, mais, tel que je connais mon fils, il avait sûrement choisi le mieux pour l'époque.

— Je ne peux pas le lui prendre. Il risque d'en avoir besoin un jour !

— Si tel est le cas, vous le lui rendrez, voilà tout.

C'est ainsi que la jeune fille prit possession d'un engin impressionnant, de style hollandais, noir et haut sur pattes avec un immense guidon relevé et une sonnette chromée. Georges se chargea de rajeunir la mécanique et de trouver des pneus neufs. À prix d'or, évidemment.

Pour pouvoir s'en servir, Victoire avait dû résoudre bien des problèmes. D'abord, se prémunir contre le vol. La valeur marchande de cet indispensable moyen de locomotion avait décuplé et le cadenas était devenu l'accessoire obligatoire. La nuit, il fallait faire plus et monter le vélo dans l'appartement. Olga avait trouvé l'idée amusante. Ainsi, chaque soir, Victoire grimpait ses deux étages avec le monstre sur son épaule. Comme c'était un modèle d'homme, le cadre facilitait le portage. En revanche, l'enjamber était une autre histoire. La robe rendait l'opération périlleuse et facilement indécente. À l'instar des autres femmes, Victoire s'adapta. Elle se confectionna, avec l'aide de Jeannette, une jupe-culotte taillée dans un coupon de velours et remplaça son béret par un turban arrimé autour du crâne par une batterie d'épingles. Cette coiffure allait devenir le véritable symbole de la débrouillardise parisienne des années 40.

Elle n'alla pas jusqu'à tirer une remorque à bébé. Pour les promenades quotidiennes, elle restait fidèle au landau.

Victoire avait conscience d'entamer une nouvelle vie, et, contre tout sens commun, manifestait un enthousiasme débordant. Alors que les rigueurs du régime de Vichy commençaient à peser sur la population, elle se sentait plus libre qu'elle ne l'avait jamais été, comme ces étudiants qui, sortant de l'université, sont ravis de ne plus être obligés d'étudier ni de passer des examens, sans imaginer les contraintes d'un métier.

Pour la première fois aussi, elle disposait d'argent et pouvait dépenser sans rendre de comptes à personne. Fouiller dans les bibliothèques, pédaler dans les rues de la ville, tout lui était source de jubilation. Sans parler de ses relations avec sa fille qui la comblaient. Ses longs bavardages en tête à tête avec le souriant bébé l'enchantaient. Comment sa mère avait-elle pu songer à la priver d'un tel bonheur ?

Bien sûr, Arnaud demeurait prisonnier, et elle ne pouvait pas lui faire partager sa joie. Mais cette séparation ne durerait pas, c'était trop inhumain.

Les restrictions s'accentuaient chaque jour, le charbon risquait de manquer pour l'hiver... Tout cela n'était-il pas transitoire ? Le temps de cette punition méritée dont parlait le Maréchal... La situation allait s'améliorer très vite. La France en avait vu d'autres...

Il ne lui fallut pas longtemps pour déchanter. Elle se souvenait du slogan de 1939 selon lequel la mobilisation n'était pas la guerre. Elle découvrait que l'armistice n'était pas la paix. Les bombardements sur l'Angleterre s'intensifiaient et Radio-Paris, inféodée à l'occupant, avait un ton triomphaliste pour affirmer que, la nuit, par temps clair, on apercevait, depuis les côtes françaises, les lueurs des incendies britanniques. En réponse, les speakers de Radio-Londres annonçaient que la Royal Air Force rendait coups pour coups et que la défaite allemande n'était qu'une question de patience ! « La France a perdu une bataille mais elle n'a pas perdu la guerre », martelait de Gaulle. Victoire restait songeuse. Ainsi, c'était vrai : des Français continuaient la lutte et ne s'avouaient pas vaincus.

La politique de Vichy entrait dans la logique d'une collaboration avec l'Allemagne qui ressemblait fort à la prise en otage d'une population entière.

À la mi-septembre, les cartes de rationnement pour les denrées alimentaires firent leur apparition. Les Français étaient rangés par tranches d'âge. Vieillards, travailleurs de force, enfants classés en J1, J2 et J3 percevaient des rations différentes, mais tous étaient mis à la portion congrue. Seuls les occupants avaient tous les droits, dont celui de manger à leur faim.

Des affichettes placardées sur les murs par l'autorité d'occupation ne parlaient que d'interdictions et de sanctions. L'ordonnance du 27 septembre réglementait le statut des Juifs. Ils devaient s'inscrire sur un registre spécial et leurs activités publiques étaient réduites. Une sorte de sous-peuple se trouvait ainsi défini.

Victoire prit vite la mesure de son inconscience. La réalité lui sautait aux yeux. Être adulte l'avait émerveillée pendant quelques mois. Elle découvrait, chaque jour, l'étendue de sa naïveté.

C'est Olga de Langueuil qui lui ouvrit les yeux. Soir après soir, dans le calme imposé par le couvre-feu, elle lui expliquait tout ce que ses éducateurs avaient négligé de lui enseigner. Depuis la mort de son père lorsqu'elle avait dix ans, Victoire n'avait rien appris. Ni sa mère ni les religieuses ne semblaient avoir imaginé qu'elle devrait un jour affronter la vraie vie. Ce n'est assurément pas en disséquant les épîtres de saint Paul ou les *Pensées* de Pascal, ni en déclamant *L'Annonce faite à Marie* qu'une jeune fille s'apprête à faire face aux difficultés de l'existence ! Pourquoi avait-elle passé tant de soirées à broder les draps d'un trousseau qui dormait dans le fond d'une armoire? À quoi lui servaient sa virtuosité de pianiste, son oreille absolue et sa science de l'harmonie ? Pourquoi n'avait-elle été préparée qu'à devenir une épouse décorative et soumise? Était-ce la destinée naturelle des filles de bonne famille, ou étaient-elles toutes logées à la même enseigne?

Sous prétexte de lui raconter sa vie, et en s'excusant de l'assommer avec ses bavardages, Olga s'efforçait de lui faire partager son expérience.

Après son mariage en Russie, elle avait voyagé et participé aux principaux bouleversements du monde. Ainsi s'était-elle passionnée pour la politique internationale, et surtout pour le sort de la France, qu'elle aimait plus encore que sa patrie de naissance.

— Pour moi, disait-elle, ce pays est comme une famille d'adoption. À la Russie, je suis liée par le sang, c'est vrai, mais je la subis plus que je ne l'aime. Alors que je ne supporte pas les avanies qui se préparent ici. Prenez les premières décisions du gouvernement de Vichy. Elles sont, à l'évidence, inspirées par une idéologie totalitaire.

— Vous pensez que notre démocratie va reculer?

— C'est certain ! Toutes les conquêtes sociales vont être mises en sommeil. En particulier celles des femmes, bien entendu.

— Croyez-vous? Avec tous ces hommes prisonniers...

— Regardez ce qui a été fait, déjà, à notre pauvre Marianne. Pétain a pris le pouvoir le 16 juin 1940. Un mois plus tard, il faisait enlever des mairies le buste de cet emblème féminin de notre République. C'est un geste symbolique impressionnant, non? Et quand il remplace « Liberté, Égalité, Fraternité » par

« Travail, Famille, Patrie », ne vous y trompez pas, il renvoie les femmes aux fourneaux.

— Vous avez certainement raison. Dans le même ordre d'idées, alors que près de deux millions d'hommes sont derrière les barbelés, j'ai lu dans la presse que le ministère du Travail recommande de licencier les femmes. Sauf les veuves de guerre, encore heureux...

— Croyez-moi, ma petite fille, depuis la signature de l'armistice, le drapeau du féminisme est en berne.

À cette époque, le mot « féminisme » n'était, pour Victoire, qu'une abstraction. À part l'histoire des pittoresques suffragettes américaines, elle ne savait rien sur ce courant de pensée qui se développait depuis le début du siècle. Une rencontre fortuite vint attirer son attention sur ce mouvement qui ferait bientôt universellement parler de lui.

Un jour qu'elle cherchait une référence dans le fichier de la bibliothèque Sainte-Geneviève, presque vide cet après-midi-là, elle croisa, dans un groupe d'étudiants, le regard d'une jeune fille qu'il lui sembla reconnaître. Était-ce une ancienne élève des Dames de l'Assomption ? Elle était de taille moyenne, très mince, avec un visage intelligent et une somptueuse chevelure sombre presque rousse. Un moment plus tard, elle se retrouvèrent assises à la même table et l'étudiante se pencha vers elle.

— Alors, c'était bien, La Maxéville ?

Victoire se souvint. Ce mot lui avait rendu la mémoire.

— Ah ! C'est vous ! Sur le moment, je ne parvenais pas à vous situer. Nous nous sommes rencontrées à l'hiver dernier dans le hall du Conservatoire, n'est-ce pas ? J'arrivais de province et j'étais perdue. Vous êtes la première personne qui m'ait parlé gentiment.

L'inconnue lui tendit la main :

— Je m'appelle Blanche.

— Et moi, Victoire. Rassurez-vous, je ne me suis pas engagée dans cet orchestre de femmes. J'ai trouvé un autre travail, et pour la musique, je verrai plus tard.

— Si je peux vous aider, ce sera avec plaisir.

Elles restèrent un long moment à bavarder à voix basse et firent connaissance. Blanche était étudiante en lettres classiques et rêvait de devenir professeur de philosophie. Malgré ses dix-huit ans, sa personnalité affirmée frappa Victoire, qui, mise en confiance, se surprit à lui raconter son passé. Quand elle parla de son bébé et du père prisonnier en Allemagne, elle vit les yeux de son interlocutrice se remplir de larmes.

À son tour, Blanche avoua qu'elle était liée à un homme plus âgé qu'elle, lui aussi en captivité, dans la région de Trèves. Il s'agissait d'un écrivain âgé de trente-cinq ans: Jean-Paul Sartre. Victoire connaissait *La Nausée*. Elle avait été impressionnée par la puissance de cet auteur qui, l'année précédente, avait publié un autre livre à succès, *Le Mur*. Elle mourait d'envie d'en savoir plus.

— Quand l'avez-vous connu?

— L'année dernière, j'étais en terminale. J'ai eu une prof de philo brillante qui s'appelle Simone de Beauvoir.

Elle expliqua que cette femme était très proche de Sartre et qu'elle les avait présentés.

— Depuis qu'il est mobilisé, nous avons échangé de nombreuses lettres.

— Et votre professeur, mademoiselle de...?

— Beauvoir. Je la vois de temps en temps. Elle travaille beaucoup. Elle prépare un livre sur la condition féminine.

Victoire rentra rue Caulaincourt émerveillée par la vie de Paris. «Dans quel autre endroit au monde, pensait-elle, a-t-on l'occasion de rencontrer des gens aussi intéressants?» Ce Jean-Paul Sartre, jusqu'alors un simple nom sur une couverture de livre, était un être de chair et de sang, un soldat prisonnier. Il correspondait avec une jeune étudiante que Victoire connaissait. Peut-être aurait-elle l'occasion de faire sa connaissance.

Elle se prit à rêver d'un destin célèbre. Qui sait si la demoiselle de Véricourt ne deviendrait pas, un jour, un écrivain connu, ou une concertiste applaudie... Qui pourrait l'en empêcher? Tout lui semblait possible.

Le soir même, elle se remit au piano. Elle n'avait pas joué depuis des mois... Olga l'écouta, les yeux fermés, plongée dans ce monde lointain qu'elle dévoilait rarement aux autres.

Des cris stridents les tirèrent de leur rêverie. Jeannette arriva avec Lydie dans les bras. Le bébé, rouge de colère, hurlait à pleins poumons.

— Pas de risque d'oublier l'heure du biberon, dit-elle. Je le lui donne, ou c'est vous?

— C'est moi, bien sûr! Vous faites déjà tant pour elle quand je ne suis pas là.

— Oh ! ce n'est pas une corvée, vous savez. Elle est si mignonne.

Victoire la prit sur ses genoux pour la nourrir. C'était un moment d'émotion intense, hélas teintée d'un brin de nostalgie qui la ramenait vers Arnaud. Pourquoi recevait-elle si peu de nouvelles ? Quand connaîtrait-il ce petit être gazouillant, au regard bleu sombre et aux cheveux blonds bouclés ? S'apercevrait-il qu'elle lui ressemblait ?

Une carte du stalag vint lui apporter le lendemain une amorce de réponse et lui réchauffer le cœur. Arnaud racontait qu'il avait été souffrant et qu'il était question de le rapatrier. Il lui recommandait de prendre contact avec la Croix-Rouge française, qui saurait la renseigner le moment venu.

Elle se précipita au centre d'accueil de la gare de l'Est où étaient centralisées la plupart des informations concernant les prisonniers. Elle fit la queue d'un guichet à l'autre, patienta des heures dans la foule des familles qui recherchaient des disparus. Elle parvint enfin à un comptoir où elle put obtenir des renseignements. La femme qui la reçut était une des multiples bénévoles qui consacraient leur temps à colliger les demandes, sans jamais perdre le sourire. Victoire s'entendit répondre qu'elle devrait repasser la semaine suivante pour en savoir plus. Sa requête était enregistrée.

Était-ce une fin de non-recevoir ?

— Faites-nous confiance, insista la charmante dame, qui avait compris le scepticisme de Victoire. Revenez nous voir.

Victoire remercia et s'en fut tristement, peu convaincue. Il ne lui vint pas à l'idée de prendre contact avec la famille Coste-Lambert. Les conséquences de sa fugue avaient dû être mal interprétées. Elle faisait confiance à sa mère pour avoir su garder un silence lourd de sens. Pour la rigoureuse Estelle, les limites du mensonge étaient floues.

— Je dis toujours la vérité, avait-elle coutume d'affirmer. Mais pas nécessairement « toute » la vérité. Que chacun comprenne comme il veut...

Victoire passait ses après-midi à la bibliothèque Sainte-Geneviève. Elle aimait ce lieu chargé d'histoire que les étudiants appelaient Sainte-Ginette, ou même Ginette tout court. La température y était clémente et l'atmosphère studieuse. Elle y rencontrait souvent l'ancienne élève du Conservatoire, amie de Sartre. Un grand garçon au sourire doux l'accompagnait parfois.

Un jour, juste après la Toussaint, Blanche se déplaça pour venir lui dire un mot à l'oreille. Discrètement, elle lui glissa dans la main un morceau de papier plié et s'éloigna aussitôt. Intriguée, Victoire s'empressa d'aller aux toilettes et lut, à l'abri des regards, un tract exhortant les étudiants à manifester le lundi 11 novembre, à 17 h 30, place de l'Étoile, malgré l'interdiction des autorités. Elle sourit. Cette date n'avait-elle pas pour elle encore plus de signification que l'anniversaire de l'armistice ? Elle détruisit le message compromettant et retourna à sa place, un étrange sourire aux lèvres. Jamais de sa vie elle n'avait assisté à une quelconque manifestation publique.

Allait-elle participer à ce rassemblement interdit ? Pourquoi interdire de célébrer la fin d'une guerre qui avait été si meurtrière pour les deux camps ? Était-ce à cause de cette collaboration nouvelle qu'Hitler et Pétain venaient de sceller, le 24 octobre, par une poignée de main à Montoire ?

Le 11 novembre, elle prit sa bicyclette et, *via* les Batignolles et le boulevard de Courcelles, roula jusqu'à l'avenue de Wagram. Dès la place des Ternes, la densité de la foule lui parut inhabituelle. De nombreux adolescents montaient vers l'Étoile en une joyeuse pagaille. Beaucoup de garçons marchaient avec des cannes à pêche sur l'épaule. Étonnée, Victoire mit pied à terre. Soudain, elle comprit et jubila intérieurement : ils s'étaient munis « de gaules »... C'était la première fois qu'elle voyait exprimer publiquement une opinion politique contraire aux directives officielles. La voix de Londres avait donc un véritable écho dans la population parisienne. La Résistance n'était pas un mythe.

L'arrivée d'un convoi de cars de police transforma la célébration en panique. Les agents, bâton blanc au poing, grimpaient l'avenue en courant, poursuivant les manifestants qui détalaient. Au loin, des coups de feu retentirent, puis des rafales d'armes automatiques. Victoire n'avait rien d'une héroïne de guerre. Le cœur battant, elle tourna en toute hâte dans la première rue à droite, enfourcha son vélo et pédala furieusement dans la descente. Fuyant la cohue, elle déboucha dans l'avenue Niel et tourna le dos à l'Arc de Triomphe d'où s'élevait une clameur confuse. Elle parcourut le chemin du retour en un temps record.

Soulagée de se retrouver rue Caulaincourt, elle grimpa à l'appartement sans reprendre son souffle pour raconter ses aventures. Rose d'excitation, comme si elle avait été au cœur de la bataille, elle fit une description homérique de ce qu'elle avait vu. Puis, honnêtement, avoua sa peur et sa fuite sans gloire. Lydie serrée contre son cœur, elle réalisa qu'au moment où les premiers sifflets avaient retenti, c'est le visage de son enfant qui s'était imposé à sa mémoire. Et personne d'autre.

Aux informations du soir, Radio-Paris critiqua violemment les factieux qui avaient osé troubler l'ordre public. De nombreux communistes avaient été arrêtés. D'après Radio-Londres, onze étudiants avaient trouvé la mort sous les balles de l'armée allemande et de la police française, unies contre une manifestation qui marquait le premier sursaut d'un peuple en révolte. Victoire se sentit fière d'y avoir participé, si peu que ce fût. Ce jour-là, elle comprit qu'elle avait choisi son camp, et ce n'était pas celui de la collaboration. En même temps, elle ressentit cette angoisse de la solitude qui la submergeait de plus en plus souvent et eut une pensée pour Arnaud.

— Mon Dieu, faites qu'il revienne vite, pria-t-elle.

Le lendemain, elle passa à la gare de l'Est. Au centre d'accueil, l'hôtesse bénévole la reconnut.

— J'aimerais tant vous donner la bonne nouvelle que vous attendez. Mais ce sont les plus mal en point qui rentrent les premiers. Il y a peu de jeunes parmi eux...

Apitoyée par la tristesse qui se peignit sur le visage de Victoire, la gentille dame lui proposa de prendre son numéro de téléphone.

— Je vous promets de vous appeler tout de suite si je vois le nom de votre fiancé dans les listes.

À la suite de la manifestation de l'Étoile, le Militärbefehlshaber décréta la fermeture des écoles supérieures et des facultés. À Sainte-Ginette, Victoire trouva la porte close. Un étudiant l'informa que la Sorbonne était également fermée. Restait la bibliothèque Mazarine. Elle redescendit vers les quais, émue d'entrer dans l'impressionnant bâtiment de l'Institut. Comme elle l'espérait, elle y retrouva Blanche, qui, encore tout excitée, se précipita vers elle :

— Vous y êtes allée ?

— Bien sûr ! J'ai eu une de ces frousses...

— Moi, je l'ai échappé belle. Les soldats allemands nous attendaient à l'Étoile. Je crois que je n'ai jamais couru aussi vite. Si j'avais été prise, vous vous rendez compte !

— Et moi donc ! Qui se serait occupé de mon bébé ?

Les fêtes de fin d'année furent d'un calme tragique, dans une ville où le couvre-feu avait été institué à minuit. Les transports en commun entamaient donc leur dernière tournée à vingt-trois heures. Les noceurs étaient condamnés à s'amuser jusqu'à cinq heures du matin, ou à rester chez eux, ce que firent, évidemment, ces dames de la rue Caulaincourt. Le docteur Houlié était passé les voir dans l'après-midi du 31 décembre. L'œil toujours aussi rieur, il déplorait les restrictions avec humour.

— Il y a de moins en moins d'obèses et, par conséquent, de maladies cardiaques, se plaignait-il. Comme l'alcoolisme aussi est en régression, le chômage me guette. J'espère bien qu'il y aura quelques crises de foie à soigner dans les jours qui viennent, sinon ma saison sera fichue. À moins que la grippe... Pour comble de malheur, figurez-vous que le nouveau gouvernement nous rappelle à l'ordre.

— À l'ordre, pourquoi ?

— À l'ordre... des médecins ! Une nouvelle structure de contrôle. En fait, c'est du corporatisme, bien dans l'esprit de la révolution nationale de notre Maréchal ! La loi du 7 octobre dernier a dissous les syndicats de médecins pour créer cet organisme qui, à mon avis, va encore écarter les Juifs et les étrangers... Pour se justifier, ils prétendent débusquer les mauvais praticiens.

Le vieil homme plissa les yeux.

— Comme si on pouvait quoi que ce soit contre les incapables. Rien qu'en lisant la liste des premiers membres de ce conseil, je peux déjà vous en citer une dizaine ! Ils sont pourtant à l'honneur.

Cet homme mettait Olga en joie.

— Faites-nous plaisir, docteur, nous avons monté une bouteille de champagne pour enterrer ces derniers mois funestes. Aidez-nous à la boire.

— Vous avez raison. Il faut boire pour oublier.

Ils trinquèrent en formulant des vœux de bonheur à la santé de l'année 1941, qui, croyaient-ils, ne pouvait pas être pire que la précédente...

L'être humain est d'un incorrigible optimisme.

Janvier commença de surprenante manière. Un après-midi, alors que Victoire s'entraînait sur son Underwood, quelqu'un frappa à la porte. Olga se redressa :

— Qui cela peut-il être ?

Cinq heures sonnaient et, dehors, la nuit tombait. Jeannette sortit de la cuisine sur la pointe des pieds. On frappa de nouveau.

Victoire réagit la première.

— Il faut aller voir.

Olga lui fit un signe d'assentiment. La jeune femme enclencha prudemment l'entrebâilleur et ouvrit. Sur le palier, un homme attendait, qui lui parut immense.

— Ne craignez rien, je suis Nicolas de Langueuil.

— Mon Dieu ! Entrez.

Elle s'effaça pour le laisser passer. Très grand, un peu voûté, il ôta son manteau qu'il accrocha à une patère et pénétra dans le salon. Olga faillit se trouver mal.

— Te voilà enfin ! articula-t-elle dans un souffle.

Par discrétion, Jeannette et Victoire se retirèrent, tandis que la mère et le fils s'embrassaient longuement.

Olga semblait fascinée. Il avait près de quarante ans et des cheveux bruns, frisés, parsemés de gris entouraient une calvitie précoce. Son costume marron élimé était sans élégance, avec des pantalons trop courts qui découvraient des chaussettes kaki et des chaussures éculées.

Devançant la désapprobation de sa mère, il s'excusa :

— Ce sont les vêtements du centre d'accueil... Ils ne sont pas du dernier chic, je te le concède.

Olga protesta :

— Peu importe, mon chéri. Tu es là ! Je n'osais plus t'espérer... Pourtant j'étais sûre que tu étais vivant.

Il s'assit en face d'elle et prit ses mains dans les siennes. Lui aussi la regardait en détaillant les traits de son visage. Il avait du mal à parler et ses yeux brillaient étrangement. Il y eut un long silence, pendant lequel chacun observait l'autre avec amour. Sans doute avait-il craint, lui aussi, de ne pas la retrouver...

— Tu vas bien ? demanda-t-elle, enfin.

— En pleine forme, comme tu peux le constater.

— D'où arrives-tu ?

— De très loin.

— Raconte-moi. Je t'ai trop attendu pour que tu me fasses languir davantage.

Il hésita, comme s'il avait peur de parler. Puis il se jeta à l'eau.

— Je vais te conter deux histoires, maman. La première est officielle et c'est celle dont tu devras te souvenir : j'arrive de Bordeaux où j'ai été opéré, en juin 1940, d'une sale blessure.

Il baissa la tête et montra, sur son crâne, une cicatrice blanchâtre et curviligne. Olga buvait ses paroles.

— Je suis resté longtemps dans le coma et j'en suis sorti frappé d'amnésie. Pendant plusieurs mois, j'ai été soigné dans un service psychiatrique et j'ai fini par recouvrer mes esprits. Je viens d'être rendu à la vie civile avec une pension de grand invalide. Mes papiers sont en règle. Faux, mais plus vrais que des vrais. N'aie aucune inquiétude.

— Tu as été vraiment blessé, n'est-ce pas... ?

— Oui, mais sans gravité. En réalité, j'ai été pris dans la poche de Dunkerque et évacué en Angleterre où ils m'ont soigné. Là-bas, je me suis engagé dans les Forces françaises libres. Ils m'ont renvoyé pour travailler avec la résistance.

Olga porta la main à sa bouche.

— Mon Dieu que je n'aime pas ça ! Tu n'en feras donc jamais d'autres ? Que va-t-il t'arriver encore ?

— Rien du tout ! Que veux-tu qu'il m'arrive ? Je vais reprendre mon cabinet et exercer mon métier d'avocat. À l'occasion, je transmettrai quelques renseignements à Londres. Rien de plus. Nous sommes nombreux à faire de même. Il faut bien préparer la victoire et empêcher les Boches d'asservir la France.

Olga secouait la tête comme si elle ne pouvait y croire. Elle se rendait compte que le temps de l'angoisse ne faisait que commencer. Il lui baisa tendrement les mains.

— Maintenant, écoute-moi, maman. À l'avenir, je ne te parlerai plus de mes activités clandestines, et tu ne devras jamais me poser de questions. Quoi que tu me voies faire ou dire, il ne faudra pas t'étonner et ne pas m'en vouloir de te mentir parfois.

Elle ferma les yeux, comme si un grand malheur venait de la frapper. Ému, il approcha son visage près du sien.

— Maman chérie... Ne m'en veux pas, je t'en prie. Je sais que tu vas te faire un souci monstre et que tu souffriras de devoir faire comme si tu ne savais rien...

Olga se redressa :

— Je t'en prie, ne me parle pas comme à une débile. J'ai très bien compris. Je ne vais pas aller crier sur les toits que mon fils joue à l'espion. Je ne suis tout de même pas idiote.

— Petite mère, voyons ! Je n'ai jamais rien dit de tel ! Tu dois me comprendre : moins tu en sauras, mieux ce sera. Si tu tombais un jour aux mains des Allemands, je serais mort de peur pour toi.

— Crois-tu que cette ignorance me rassurera ?

— Connaître mes activités ne te rassurerait pas non plus... (Il eut un geste fataliste.) Je ne sais même pas, moi, ce que je vais avoir à faire. Peu de chose, sans doute.

Elle ébaucha un sourire qui prouvait qu'elle n'était pas dupe, et, jouant la comédie, elle affirma :

— Je n'en doute pas, tu penses ! Tu as un tempérament à ne faire que des choses réfléchies, je sais. Comme ton mariage...

Il se recula et prit un ton joyeux :

— Ne revenons pas sur le passé ! Tu oublies ce que je t'ai dit, et tu es ravie d'avoir un fils ressuscité alors que tout le monde le croyait mort.

Consciente de son impuissance, elle l'attira vers elle et posa ses lèvres sur son front. Elle se fit apaisante à défaut d'être apaisée.

— Tu n'as pas à t'inquiéter. Je serai muette, aveugle et sourde. Ce qui, vu mon âge, n'a rien d'invraisemblable.

— Je n'en attendais pas moins de toi.

Ils restèrent un moment à se regarder, puis il changea de conversation :

— Dis-moi, qui sont ces femmes que j'ai vues en arrivant?

Sa mère lui raconta comment Jeannette et Victoire étaient entrées dans sa vie. Il rit au récit des aventures des deux jeunes Normandes réfugiées à Paris.

— Tu as bien fait. Avec elles, je suis plus tranquille pour toi.

— Veux-tu manger quelque chose?

— Non, je te remercie. J'ai hâte de retrouver mon appartement.

— Ai-je au moins le droit de te téléphoner?

— Évidemment. Une mère ne téléphone-t-elle pas à son fils pour lui parler de ses rhumatismes, du temps qu'il fait, des difficultés d'approvisionnement? Je n'échapperai pas à la règle.

Elle fit une grimace exaspérée.

— Nicolas, sais-tu de quoi j'ai envie?

— Non.

— De te flanquer une taloche tellement tu m'agaces. D'ailleurs, tu m'as toujours agacée et il n'y a aucune raison pour que ça change!

Il se leva en riant, mais elle le retint.

— Attends, encore une question autorisée: où en es-tu avec ta femme?

— Nous sommes définitivement séparés, mais en excellents termes. Elle est retournée aux États-Unis. À l'heure qu'il est, le divorce doit être prononcé et je pense qu'elle ne sera pas longue à se remarier. Si elle trouve un mari qui ne veut pas d'enfants...

— Quelle tristesse! Sauve-toi, maintenant, et promets-moi de prendre soin de toi.

Il lui envoya un baiser du bout des doigts avant de s'éclipser. Elle entendit la porte d'entrée se refermer et se laissa aller en arrière dans son fauteuil, comme si un poids supplémentaire venait de s'abattre sur ses épaules. De longues minutes s'écoulèrent avant qu'elle ne se reprenne.

— Jeannette, Victoire!

Les jeunes femmes arrivèrent, impatientes d'en savoir plus. Olga les regarda avec un sourire angélique.

— Voilà! Il est revenu. C'est une longue histoire: la débâcle, une blessure grave, l'hôpital militaire de Bordeaux, la chirurgie du cerveau, une amnésie de plusieurs mois et la guérison. Bref, il reprend son cabinet d'avocat et il viendra nous voir quand ça lui chantera.

Devant leur étonnement muet, Olga se força à rire :

— Mes pauvres petites, c'est comme ça, les enfants. Vous verrez. Il faudrait qu'ils s'arrêtent de grandir quand ils ont atteint l'âge de Lydie. Après, les ennuis commencent...

Le retour du sergent-infirmier Arnaud Coste-Lambert était prévu pour le dimanche 25 mai 1941, jour de la première fête des Mères. Il serait là pour aider Lydie à souffler sa bougie d'anniversaire, pensa Victoire, éperdue de joie.

Elle avait été prévenue, l'avant-veille, par la charmante dame de la Croix-Rouge. L'arrivée se ferait « dans l'après-midi »... sans plus de précisions. Après le déjeuner, elle gagna la gare de l'Est et enchaîna sa bicyclette aux grilles déjà encombrées. Dans le hall régnait une incroyable pagaille. Le centre d'accueil était cerné par des familles entières, tandis que la foule des voyageurs se hâtait vers les trains bondés, en partance pour la banlieue ou les grandes lignes. Partout, des soldats allemands en uniforme imposaient leur présence pesante. Les uns étaient en déplacement, les autres, de service, déambulaient deux par deux entre les familles agglutinées autour de valises en tas, près des tableaux d'affichage que des employés venaient mettre à jour.

Dans l'attroupement formé devant les locaux de la Croix-Rouge, Victoire aperçut M. et Mme Coste-Lambert. Elle les trouva vieillis. Les cheveux du maire de Véricourt avaient blanchi, et sa taille s'était empâtée. Il s'appuyait sur une canne. Son épouse, en manteau d'astrakan, arborait un ridicule chapeau de feutre noir dont la forme rappelait la coiffure des *bersaglieri* italiens. Une voilette masquait son visage.

Victoire s'approcha d'eux. C'est Hector qui la vit en premier.

— Tiens ! quelle surprise ! dit-il d'un ton aigre.

— Pensiez-vous que je ne me déplacerais pas pour accueillir mon fiancé ? répondit-elle sur le même ton.

L'épouse vint au secours de son mari interdit et demanda d'un air pincé :

— Qui vous a prévenue ?

— Lui, bien sûr !

Les parents se regardèrent. À l'évidence, Arnaud avait été

discret sur ses relations épistolaires avec Victoire, qui se hâta de les rassurer.

— Oh ! je n'ai pas reçu beaucoup de cartes. J'ai tout de même pu lui envoyer quelques colis, et il m'a informée qu'il bénéficierait sans doute d'un rapatriement sanitaire. Savez-vous dans quel état de santé il se trouve ? Ce n'est pas trop grave, j'espère...

Les parents échangèrent de nouveau un regard codé.

— Nous ne savons pas, répondit le gros homme en considérant avec attention l'armature métallique de la toiture.

Semblant revenir sur terre, il observa la jeune fille.

— Il y a longtemps que nous n'avons eu de vos nouvelles.

— Je suis allée à Véricourt l'été dernier, et j'ai appris que vous résidiez à Paris. Je n'ai pu obtenir votre adresse.

— Madame votre mère aurait pu vous la donner.

Le ton était empreint de solennité.

— Nos relations ne sont guère cordiales pour le moment... Vous le savez bien, j'imagine.

— Oui. Nous le déplorons.

De quoi se mêlait-il ? Quel droit avait-il de déplorer quoi que ce fût ? Elle eut soudain envie de leur jeter la vérité au visage. Que diraient-ils s'ils savaient comment leur amie Estelle avait tout simplement refusé de laisser vivre leur petite-fille, cette jolie Lydie qui ressemblait tant à leur fils... Elle se retint, mais son regard sans aménité en disait long sur le fond de sa pensée.

Gênés, ils prirent le premier prétexte pour s'écarter :

— Pardon de vous quitter, nous devons aller voir le directeur du centre d'accueil. Il nous attend.

Toujours cette façon de mettre en avant le poids de leurs relations. La jeune femme s'inclina.

— Je pense que nous nous reverrons tout à l'heure.

Elle ne les revit pas de l'après-midi. Sans doute avaient-ils appris que le convoi était retardé. Ils n'avaient pas pris la peine de l'en informer.

Vers dix heures du soir, le brouhaha s'intensifia. Depuis un moment déjà, le bruit courait que le train n'était pas loin.

— Il est bloqué à Coulommiers, annonçaient certains.

— Il paraît qu'il a passé la gare de Joigny...

— Il sera là d'un moment à l'autre, vint annoncer un employé en uniforme.

Sur l'horloge monumentale de la salle des pas perdus, les aiguilles avançaient inexorablement vers l'heure du couvre-feu. Que se passerait-il s'il arrivait après minuit ?

La nouvelle tant attendue traversa la foule.

— Le voilà !

Des centaines de poitrines poussèrent un énorme soupir. Il était près de onze heures.

La locomotive apparut. Elle progressait le long du quai, émergeant d'un nuage de vapeur. Des cheminots couraient. Des infirmières de la Croix-Rouge, dans leur cape bleu marine sanglée en croix sur la poitrine, poussaient des brancards. Une cuisinière roulante, assemblage archaïque de tôles noires et de cuivre surmonté d'une cheminée fumante, tintinnabulait en répandant une vague odeur de café. Le service d'ordre empêchait les familles d'avancer vers les voies, à l'exception de quelques personnalités officielles.

Noyée dans la cohue, dressée sur la pointe des pieds, Victoire écarquillait les yeux. Elle vit M. et Mme Coste-Lambert franchir le barrage et s'immobiliser à une centaine de mètres. N'auraient-ils pas pu l'emmener avec eux ? Ne l'avaient-ils pas toujours considérée comme leur fille adoptive ? N'était-elle pas destinée à épouser leur fils ? Du fond de sa poitrine, la jeune femme sentait monter une rage sourde.

Les premiers libérés descendirent des wagons. En uniforme kaki, le calot sur le front, la barbe mal rasée et la musette à l'épaule, ils avaient piètre allure. Dirigés vers une longue table où les femmes de la Croix-Rouge relevaient leur identité, ils recevaient des cartes d'alimentation, un paquet de cigarettes et divers documents. Une tasse de café leur était proposée que la plupart refusaient, pressés de retrouver leur famille. Déjà, à quelques pas de là, des mains s'agitaient au-dessus de la mêlée. Des prénoms, hurlés par des voix féminines, attiraient le regard de ces fantômes survivants du désastre.

Un par un, ils traversèrent le cordon de police et les embrassades commencèrent. Victoire les regardait, les larmes aux yeux. Quand allait-elle serrer à son tour, contre son cœur, l'homme qu'elle aimait ?

Soudain elle le vit. Elle le devina plutôt dans la silhouette famélique qui s'approchait de Mme Coste-Lambert et la prenait dans ses bras. Ils s'étreignirent longtemps. Le maire de

Véricourt s'essuyait les yeux. Les formalités remplies, Arnaud se tourna enfin vers la foule.

Victoire joua des coudes et parvint à s'approcher. De son côté, il la cherchait. Son regard étincela quand il croisa celui de la jeune femme. Il s'élança, lâchant le bras de sa mère qui ébaucha un geste pour le retenir. M. Coste-Lambert serra affectueusement l'épaule de sa femme et ils s'immobilisèrent, laissant les jeunes gens s'embrasser.

— Mon chéri, mon chéri, répétait Victoire, le visage enfoui contre le col rugueux de la capote chiffonnée qui sentait fort le désinfectant.

Elle lui prit le visage à deux mains et put constater à quel point il avait maigri. Ses joues creuses rongées de barbe encadraient une bouche aux lèvres gercées. Les yeux rougis de fatigue étaient enfoncés dans les orbites et les beaux cheveux blonds coupés courts avaient perdu leurs boucles de naguère.

— Je crois qu'il est temps de partir, intervint Hector d'un ton voilé d'émotion.

Contournant les groupes enlacés, tous les quatre se frayèrent un chemin jusqu'à la rue, où la confusion était extrême. Victoire et Arnaud se tenaient serrés l'un contre l'autre comme s'ils craignaient d'être séparés.

Arrivés sur le trottoir, ils s'arrêtèrent.

— En raison du couvre-feu, nous avons retenu des chambres à l'hôtel Terminus, précisa le père. J'espère que vous aurez le temps de rentrer chez vous, Victoire. Vous vous téléphonerez demain... Partez vite, il se fait tard ! Ce serait dommage de finir la nuit au poste. À bientôt !

La phrase avait été débitée d'une traite, sans laisser place à la protestation. Victoire n'avait pas imaginé une telle conclusion. Arnaud non plus. Il regarda son père avec surprise.

— Allons, pressons-nous, reprit le vieil homme, qui avait retrouvé toute sa superbe.

Abasourdis, les jeunes gens, pris de court, s'embrassèrent sur les deux joues. Victoire regarda autour d'elle. La Brasserie alsacienne était en face. Elle tendit la main dans cette direction.

— On se retrouve là, demain, à onze heures. D'accord?

Arnaud n'hésita qu'une fraction de seconde.

— D'accord!

Elle se pencha à son oreille pour un dernier baiser en murmurant :

— Je t'aime, mon amour... Demain, j'aurai plein de choses à te raconter.

Elle s'éloigna en courant pour récupérer son vélo et prit le large en pédalant à toute vitesse. Il était minuit moins le quart.

La terrasse était chauffée et il y faisait bon. Les consommateurs s'y entassaient, leurs bagages à portée de main.

Arnaud avait meilleure allure. Rasé de frais, il portait un costume gris prince-de-galles démodé qui dissimulait mal sa maigreur et accentuait son allure naturellement dégingandée. Arrivée la première, Victoire se leva et se précipita dans ses bras.

— Comme je suis heureuse !

— Et moi donc ! J'ai fait un petit déjeuner de rêve.

Le bonheur dont elle parlait était d'un autre ordre...

Il commença à raconter ces mois passés dans un univers d'horreur. Non pas que les prisonniers eussent été vraiment mal traités, mais tout était lamentable : les baraques en bois où ils dormaient sur des châlits par blocs de douze ; l'alimentation à base de soupes où nageaient, les bons jours, quelques pommes de terre, et des rutabagas le reste du temps, avec un demi-pain pour la journée, accompagné parfois d'un peu de confiture ou d'une matière grasse abusivement appelée beurre. Il décrivit ses longues journées vides, jusqu'à ce qu'il trouve un travail à l'infirmerie, surveillé par un médecin allemand réformé de la Grande Guerre.

Il parlait, parlait, semblant se soûler de mots, et regardait autour de lui comme s'il redécouvrait le monde.

Victoire ne le reconnaissait pas.

— Tu es rentré parce que tu es malade, m'as-tu dit ?

Il eut ce sourire qu'elle avait toujours trouvé plein de charme.

— J'ai fait semblant. Je me forçais à tousser et à cracher le sang en m'écorchant les gencives. Un truc qu'un copain m'a appris. Mon père m'a fait parvenir un certificat bidon attestant que j'avais été tuberculeux dans ma jeunesse, avec radiographies à l'appui et tout. Les Chleuhs ont une peur bleue de la contagion, ils ont préféré me libérer. Bien sûr, il faudra que j'aille me présenter à l'hôpital militaire. Grâce aux bons soins paternels, je sens que je vais guérir vite!

Il éclata de rire. Elle avait oublié combien il se référait souvent à son père. Elle l'écoutait sans se lasser quand, soudain, elle réalisa qu'il était différent de la veille. Elle le trouvait disert, presque badin, mais pas amoureux. Pourquoi ne lui parlait-il pas d'elle, d'eux, de leur avenir? Elle essaya de le ramener sur terre.

— Après ta guérison, quels sont tes projets?

— Je vais reprendre mes études. Il serait temps!

Victoire avait la gorge sèche.

— Et nous? As-tu pensé à nous?

Il baissa les yeux vers son verre qu'il se mit à tourner sur la table de bistrot.

— Bien sûr, je pense à nous. Mais nous devons être patients.

— Ah bon?

— Ton départ de Véricourt a fait, comment dire, mauvais effet. Mes parents sont très montés contre toi. D'ailleurs, on peut les comprendre...

Son sourire laissa place à une sorte de rictus amer. Victoire scrutait ce visage aimé qui s'éloignait d'elle.

— Que veux-tu dire?

Il hésita, gêné, avant de répondre comme s'il s'agissait d'une évidence:

— S'en aller ainsi, tu en conviendras, ce n'est guère convenable. D'ailleurs, des bruits ont couru...

— Des bruits? Quels bruits?

La voix de la jeune fille s'était élevée d'un ton. Il se radoucit:

— Des racontars, à coup sûr! Tu vas me dire qu'on aurait tort d'y attacher la moindre importance, mais tu connais mon père...

— Je t'ai demandé de quels bruits il s'agissait! Réponds-moi!

Elle avait parlé fort. Choqué, Arnaud regarda autour de lui les voisins de table qui avaient tourné la tête vers eux.

— Voyons, Victoire, tu vas nous faire remarquer!

— Je m'en fiche! Explique-toi! Les gens de Véricourt savent que nous avons couché ensemble? C'est ça, les racontars?

Arnaud se redressa et changea de registre à son tour. Elle

crut entendre la voix d'Hector Coste-Lambert quand il s'écria, soudain dominateur et méprisant :

— Tais-toi ! Je t'ordonne de te taire. Te rends-tu compte de ta façon de me parler ? Mon père m'avait prévenu que je te trouverais changée. Il avait raison.

— « Mon père... mon père ! » Quand cesseras-tu de l'appeler sans cesse à ton secours ? C'est vrai, j'ai changé, la vie m'a changée. Toi non plus, tu n'es plus le même. En un an, il s'est passé plein de choses. Pour toi comme pour moi, figure-toi !

Il souriait bêtement. Elle lui saisit l'avant-bras.

— Regarde-moi dans les yeux, Arnaud Coste-Lambert. Si je me souviens bien, la dernière fois que nous nous sommes vus, nous parlions mariage. Nous faisions même plus qu'en parler !

Il écarta cette main d'un geste brusque.

— Assez, Victoire, tout cela, c'est le passé ! À présent, chacun doit faire sa vie, et ce n'est ni le moment ni le lieu pour parler d'avenir.

— Tu m'excuseras d'insister, mais, si je comprends bien, il n'est plus question de mariage entre nous, n'est-ce pas ?

— Le mariage, le mariage, tu n'as que ce mot-là à la bouche ! C'est la guerre, Victoire. Je n'ai pas de métier, ni toi non plus. Nous sommes encore des enfants, et pourtant rien ne sera plus jamais comme avant. Aujourd'hui, je n'ai pas les moyens de m'opposer aux décisions de mon père.

Les yeux de Victoire se remplirent de larmes.

— Arnaud, je t'en supplie, dis-moi que ce n'est pas vrai, que ce n'est qu'un cauchemar. Dis-moi que tu m'aimes et que tu ne vas pas me laisser tomber après ce qui s'est passé...

Il sursauta.

— Que s'est-il passé, je te le demande ? Rien, absolument rien ! Du moins rien que de très banal pour toi !

Elle se leva, d'un bond, blessée.

— Que veux-tu dire ?

— Tu le sais très bien. Assieds-toi ! Tu nous fais remarquer !

Anéantie, elle se laissa retomber sur sa chaise. Il continua d'un ton qui sonnait faux :

— J'ai besoin de temps pour voir plus clair en moi. Et en toi. J'ai ton adresse, je t'enverrai un mot dès que je saurai comment je vais m'organiser.

Victoire n'en croyait pas ses oreilles.

— Arnaud, te rends-tu compte que tu es en train de me congédier comme une domestique?

— Ne sois pas stupide! Tu es un amour de jeunesse, et ma jeunesse s'en est allée. Comme dit mon père, on ne trouve pas toujours du premier coup la femme qu'on doit épouser.

Cette fois encore, il avait eu ce ton supérieur que Victoire détestait. Elle comprit qu'elle assistait à la fin de leur belle histoire. Son regard se chargea de commisération. Son amour-propre la retint de lui annoncer qu'elle avait mis au monde une fille dont il était le père, mais qu'il ne méritait pas. Elle n'accepterait jamais d'être accusée de chantage à l'enfant. Elle se domina.

— Excuse-moi de m'être laissé emporter par la colère, Arnaud. Je ne m'attendais pas à ce discours, voilà tout.

Elle garda le silence un instant, comme pour retrouver son souffle, puis, calmement, reprit la parole.

— N'aie aucune inquiétude. Tu n'entendras plus parler de moi...

Comme il s'apprêtait à protester, elle se rendit compte qu'elle était en train de couper les ponts. En avait-elle le droit? Pour Lydie, elle fit un dernier effort de conciliation.

— Je me doute de ce qu'ont pu être pour toi ces derniers mois. Reprendre pied dans la vie ne doit pas être simple. Je le comprends. Si tu le veux, je patienterai. Mais, je t'en prie, réfléchis vite. Je n'aurai ni les moyens ni la force d'attendre indéfiniment.

Piqué au vif, il eut de nouveau ce rictus suffisant qu'elle découvrait aujourd'hui.

— Tu ne vas tout de même pas me poser un ultimatum, ce serait un comble. Me menacer, moi?

Elle sourit tristement.

— Oui, je te menace. Je te menace de te prendre au mot, de te priver de tout ce que je pouvais t'apporter et que tu n'es même pas en mesure d'imaginer...

Il ne comprit pas le message et n'eut qu'un rire bête. Elle se leva et, sans un mot de plus, sortit de la brasserie.

Sur la terrasse enfumée, les gens riaient, plaisantaient, parlaient haut, sans voir ce couple qui se brisait sous leurs yeux.

Victoire rentra rue Caulaincourt en larmes. Olga, désolée, lui posa maintes questions et finit par conclure que ce garçon était un imbécile.

— Il est préférable de comprendre qu'on est sur une mauvaise route avant d'avoir fait trop de chemin.

Entre deux sanglots, la jeune femme répondit, d'une voix étranglée :

— Vous ne trouvez pas que j'ai déjà bien entamé le voyage ?

— C'est vrai, mon petit. Pourtant, je suis sûre que vous n'avez rien à regretter. Lydie est là. Elle sera votre joie et votre raison de vivre. Vous êtes belle, intelligente, efficace et, par chance, à l'abri du besoin. Vous mènerez une existence digne, loin de ces coteries provinciales qui ne sont pas faites pour vous.

— Merci, Olga, vous êtes gentille. Vous oubliez seulement qu'à partir d'aujourd'hui je deviens une fille-mère, avec tout ce que cela sous-entend. Avez-vous lu cette mesure publiée hier ? Les mères de famille auront une carte spéciale pour ne plus faire la queue aux boutiques. Il est bien spécifié qu'il doit s'agir d'enfants « légitimes ». Des filles comme moi n'ont aucune place dans une société aussi rigoriste.

— Ah non ! Je vous en prie. Vous n'allez pas vous attacher à de tels détails. Ce Maréchal, marié pour la première fois à soixante-cinq ans, et sans enfants, qui ne glorifie que les familles nombreuses, c'est un comble ! Il faut en rire, pas en pleurer !

Plus sérieuse, elle ajouta :

— Ce régime s'effondrera un jour. Les femmes ont commencé à se libérer et, croyez-moi, rien ne les arrêtera. Vous aurez la place que vous méritez !

Victoire se leva pour regagner sa chambre. Elle essuya son visage et releva la tête. À cette minute, que lui importait la libération des femmes ! Elle était condamnée à l'opprobre et le féminisme n'y pourrait jamais rien.

Une fois la porte fermée, elle fondit en sanglots, sa fille serrée dans ses bras. Étonnée, Lydie glissait sa menotte sur le visage de sa mère, suivant les larmes d'un index maladroit.

— Je n'ai plus que toi, mon cœur, pleurait la jeune femme. Tu m'aideras, n'est-ce pas ? Nous nous soutiendrons toutes les deux !

Elle se rendait compte de la place qu'Arnaud avait tenue

jusqu'alors. Depuis leur enfance, tout le monde savait qu'ils étaient promis l'un à l'autre. Jamais elle n'aurait imaginé que leur avenir pourrait être remis en cause. Cet homme était, pour elle, une certitude. Elle ne s'était même pas posé la question de savoir si elle l'aimait ou si lui l'aimait.

Elle avait soudain l'impression de tomber dans un gouffre. La vie perdait tout sens. Elle n'avait plus ni père, ni mère, ni mari, ni ville à elle.

À partir de ce jour, son existence se trouva dénuée de toute joie. Elle travaillait et s'occupait de Lydie en affichant son habituelle bonne humeur. Mais, chaque soir, dans le silence de sa chambre, près du berceau, elle s'effondrait pendant de longues heures, incapable de réagir.

Le 15 juin 1941, Lydie eut un an! Jeannette prépara un gâteau avec une bougie. Les trois femmes la soufflèrent ensemble devant la petite interloquée, qui en profita pour prononcer un «maman» parfaitement intelligible.

«Qui lui apprendra à dire papa?» se demanda Victoire.

Nicolas passait de temps à autre. Il saluait distraitement celle qui lui ouvrait la porte et s'installait avec sa mère pour bavarder pendant une heure. Puis il se levait, l'embrassait, et s'en allait. Le rite était immuable.

— Ne pourriez-vous pas le retenir une fois à déjeuner ou à dîner? demanda Jeannette.

— C'est lui qui en décidera, répondit la vieille dame sur un ton résigné. Ne vous inquiétez pas, le jour où il voudra prendre un repas avec nous, il le dira.

Début juillet, Olga commença à mettre au point les premiers éléments du livre qu'elle entendait consacrer à la vie de Madeleine Pelletier. Dans les préliminaires, il s'agissait de décrire l'entrée officielle de la gent féminine dans un monde médical exclusivement masculin et décidé à le rester.

Entourée de documents et de notes rapportées de la bibliothèque, elle dictait son texte à Victoire qui le transcrivait à la machine, se chargeant des corrections et des retouches.

Il était question de Madeleine Brès, première Française à avoir obtenu, en 1868, l'autorisation de s'inscrire à la faculté de médecine de Paris grâce à l'intervention personnelle de l'impératrice Eugénie. En même temps qu'elle, deux autres étudiantes furent autorisées à faire leurs études médicales : une Anglaise, Elisabeth Garret, et une Américaine, Mary Putnam. En revanche, l'inscription au concours de l'externat leur fut refusée. Cette interdiction ne fut levée qu'en 1881. Pour l'internat, il fallut attendre 1885 et les décisions de Paul Bert, ministre de l'Instruction publique. L'arrêté fut signé par le préfet de la Seine, Eugène Poubelle, plus connu pour son action en faveur du ramassage des ordures ménagères.

— En voilà un, au moins, qui prenait les femmes au sérieux, apprécia Victoire.

Olga était à son affaire. Elle dicta :

— Le personnage le plus emblématique de cette épopée féminine fut, sans conteste, Augusta Klumpke. Née à San Francisco, émigrée à Lausanne, elle venait de passer son baccalauréat quand elle lut, dans un magazine, que Madeleine Brès avait réussi à s'inscrire à la faculté de médecine de Paris. Son rêve ! Toute la famille émigra en France et la jeune Augusta entra dans la prestigieuse faculté. Elle y travailla si brillamment qu'elle fut la première femme à être reçue, dans un tollé de protestations masculines, interne des hôpitaux en 1888. Mariée à un neurologue de talent, Jules Dejerine, elle laissa une œuvre considérable sur l'étude des maladies du système nerveux.

Ainsi s'écoulaient les après-midi studieux du 178, rue Caulaincourt. Pour Victoire, ces moments étaient privilégiés. Passionnée par la manière dont Olga abordait l'histoire du féminisme, elle oubliait son chagrin en ciselant ses phrases. Une pensée émue la ramenait souvent vers les religieuses de l'Assomption qui lui avaient donné ce goût pour l'élégance du style.

Le docteur Houlié venait souvent leur rendre visite à l'improviste. Il ne se privait pas d'exprimer son point de vue sur toutes choses. Érudit, il était riche en anecdotes et en connaissances insolites, volontiers polissonnes.

— Savez-vous quel problème posa Madeleine Brès aux autorités quand elle souhaita devenir interne ? L'habillement ! Comment porterait-elle, sur sa robe dont vous vous rappelez l'ampleur, le tablier médical crasseux en vogue à son époque ? Et la nuit, comment aurait-elle le temps de se précipiter aux urgences compte tenu de la complexité des vêtements féminins ? Faudrait-il la faire dormir toute habillée ? Pour sauvegarder la morale, c'était la meilleure solution !

Son œil bleu pétillait d'humour.

Après son passage, les trois femmes se sentaient revigorées. Même s'il avait oublié de jouer son rôle de médecin...

Le soir, il était impossible de travailler. La chaleur accablante obligeait à ouvrir les fenêtres, et la défense passive interdisait toute lumière. Dans le noir, Olga parlait à voix basse sur un fond de ciel scintillant qui ignorait la guerre.

— J'ai reçu, ce matin, un ouvrage sérieux intitulé *Histoire illustrée de la femme*, de Gustave Truc, édité chez Plon. Voici ce que j'y ai lu : « Il faut s'y résigner, la femme, à son origine, a été propriété publique et ne s'en est pas si mal trouvée... » Un peu plus loin, l'auteur affirme qu'aujourd'hui la femme a obtenu l'égalité totale avec les hommes.

— C'est stupéfiant ! Alors que nous n'avons même pas le droit de vote !

L'approvisionnement de Paris devenait le principal sujet d'inquiétude. Partout des files d'attente s'allongeaient devant les magasins. Faire la queue était une activité en soi, et les femmes y consacraient une grande partie de leur temps. Tout manquait. Rue Caulaincourt, on n'osait pas trop se plaindre, car Georges, le soupirant de Jeannette, pourvoyait aux besoins. Conscient que le troc était une source de profits illimités, il était capable de fournir aussi bien des légumes et des fruits que de la viande, de la charcuterie, et surtout du café, du chocolat et du beurre. Il alla jusqu'à offrir à sa dulcinée une paire de bas de soie digne d'une princesse.

Ses affaires marchaient si bien que la vieille camionnette put bientôt être remplacée par une voiture plus moderne équipée d'un énorme gazogène à charbon de bois. Dans le même temps, la boutique doublait de surface par l'annexion du magasin voisin abandonné par son locataire. Les Halles de Montmartre prenaient de l'importance.

— Votre Georges, il doit bien vous demander une monnaie d'échange contre toutes ces victuailles que vous nous rapportez, insinua perfidement Olga.

Pour une fois, Jeannette ne tenta pas de s'en tirer par une boutade. Elle essuya longuement ses mains sur son tablier avant de répondre avec un sérieux qui ne lui était pas habituel.

— J'ai bien compris que si je lui accordais ce qu'il demande, je n'aurais plus rien. C'est parce que je me refuse à lui qu'il continue...

La vieille dame leva un sourcil admiratif:

— Quelle rouerie! Croyez-vous pouvoir lui résister longtemps?

— Je me suis fixé une limite...

— Peut-on savoir laquelle?

Elle rougit avant de répondre:

— Ben quoi, le mariage, tout simplement!

Olga et Victoire éclatèrent de rire, mais Jeannette ne plaisantait pas. Elle reprit, péremptoire:

— Ce n'est pas une blague, vous savez. Depuis que je m'occupe de Lydie, je me suis bâti des idées sur ma vie! J'aimerais bien avoir des enfants à moi. Georges est travailleur et sérieux. Il vit seul avec son père. Une femme dans la maison, ça ne leur ferait pas de mal à tous les deux!

Devant la mine déconfite d'Olga, elle s'approcha.

— Il ne faut pas vous inquiéter, Madame, je n'ai pas l'intention de vous quitter. Si le Georges me marie, je m'en irai seulement dormir chez lui et l'après-midi, au lieu d'aller me promener, je pourrai donner un coup de main à la boutique. Mais, ma place, c'est ici. D'ailleurs, il n'est pas bon qu'une femme travaille sous les ordres de son homme.

Olga la remercia avec émotion.

— C'est vrai que votre départ me peinerait, Jeannette. Toutefois, si c'est pour votre bonheur, je me ferai une raison...

— Je n'oublierai jamais ce que je vous dois, Madame.

Olga éluda d'un revers de main.

— Comptez-vous prévenir votre famille de ce projet?

— Pour sûr! Il faut leur montrer que je suis devenue quelqu'un de bien. Ma mère sera si contente.

— De vous revoir?

— Non! Que je me marie. Elle prit un air résigné pour ajouter, soudain sentencieuse: vous savez, les boniches, elles ont toutes les chances de rester fille. Sauf dans les grandes maisons où il y a des chauffeurs et des maîtres d'hôtel. Sinon...

Olga sourit.

— Un jour vous serez la patronne de la boutique.

— À dire vrai, je n'en ai pas très envie. Le commerce, c'est pas mon truc. Moi, ce que j'aime, c'est la maison. Avoir une maison à moi, vous n'imaginez pas ce que j'en rêve...

Victoire se taisait. Pour que Jeannette se livre ainsi, il ne devait plus s'agir de simples propos en l'air. Encore un pan de son passé qui allait s'écrouler. Elle ne se faisait guère d'illusions. Mariée, l'aisance financière et les maternités aidant, Jeannette ne resterait pas longtemps à leur service.

Les semaines suivantes, il n'en fut plus question. Le gynécée de la rue Caulaincourt sombra dans la morosité de cette fin d'année 1941. Les troupes allemandes dévoraient l'Union soviétique sans pitié. Chaque jour apportait son contingent de chiffres triomphants : des milliers de kilomètres conquis ; des centaines de milliers de morts ; des millions de prisonniers. Rien ne semblait capable d'enrayer cette machine de guerre. En décembre, ce fut le coup de grâce : à Pearl Harbor, les Japonais avaient réussi à détruire la flotte américaine.

— Tant mieux ! Pas trop tôt ! s'écria le docteur Houlié, les Américains vont enfin comprendre ce que nous subissons. Qu'ils prennent les armes, bon sang ! L'isolationnisme, c'est trop facile !

En quelques jours, le reste du monde s'embrasa.

À Paris, sept cent cinquante personnalités juives étaient arrêtées. Le couvre-feu était fixé à vingt et une heures, mais, à la suite d'un attentat boulevard Péreire, il fut ramené à dix-huit. Olga tremblait chaque fois que lui parvenaient des informations sur les « terroristes ». Comme convenu, elle n'évoquait jamais le sujet, mais elle éprouvait un immense soulagement quand elle entendait son fils au téléphone.

Le 15 décembre, le couvre-feu fut levé en prévision des fêtes de fin d'année. « Qui aurait le courage de festoyer en pareilles circonstances ? » se demandait Victoire.

C'était mal connaître les Français. Partout, des réveillons se préparèrent. Georges et son père travaillaient quinze heures par jour. Ils ne cessaient d'aller s'approvisionner en province dans des endroits tenus secrets. À leur retour, des cargaisons inavouables émergeaient de la camionnette, bien calée contre la porte du hangar qui devait ressembler à une caverne d'Ali Baba.

Un soir, Nicolas s'invita à dîner. Victoire avait hâte de faire plus ample connaissance avec cet énigmatique personnage. Il offrit à sa mère un pot d'azalées et s'assit en face d'elle, comme à l'accoutumée.

Il portait, cette fois, un costume coupé à sa taille, avec une cravate de soie et une pochette blanche. Ses souliers étaient de bonne facture, et le tout donnait une impression de raffinement discret. Il plut à Victoire qui l'observait à la dérobée.

Lui, la regardait sans aucune gêne. Il parlait peu, posait des questions anodines sur la vie quotidienne. Il s'étonna de la qualité du menu. Il fallut lui expliquer comment les relations de Jeannette les empêchaient de mourir de faim.

— Je sens que je vais venir plus souvent, conclut-il en terminant sa part de tarte Tatin et en souriant à Victoire.

Quand on entendit Lydie réclamer son biberon du soir, il demanda à lui être présenté. D'un geste doux, il caressa la joue de la petite fille qui arrêta aussitôt de pleurer, sans doute conquise elle aussi.

Après son départ, la maisonnée parut ragaillardie.

L'année 1941 s'achevait dans un froid sibérien. La Seine charriait des icebergs. Lydie, transformée en bibendum par les superpositions de lainages, gambadait dans l'appartement sans chauffage en y semant une joyeuse pagaille. Georges avait bien compris que ses espoirs matrimoniaux étaient liés aux besoins alimentaires des dames de la rue Caulaincourt et il y consacrait toute son énergie.

Olga, imperturbable, engoncée dans un vieux manteau de fourrure, les mains cachées dans des mitaines, continuait à travailler comme si de rien n'était. Victoire peinait pour taper à la machine, s'interrompant souvent pour souffler sur ses doigts engourdis. Aucune d'elles ne se plaignait. Pourtant, la situation devenait intenable.

Un jour, Jeannette revint des courses surexcitée :

— Madame, Georges vient d'acheter un lot de Myrrhus...

La vieille dame ouvrit un œil rond.

— Des Myrrhus ? Comment cela se cuisine-t-il ?

La jeune Normande se mit à rire :

— Ce n'est pas fait pour manger. Le Myrrhus, c'est un appareil de chauffage individuel. On le branche sur la cheminée, et on y brûle tout ce qu'on veut. Même de la sciure de bois.

— Très bien! Mais je vous rappelle que nous n'avons même pas de sciure! À la rigueur, nous pourrions y brûler quelques meubles. J'ai toujours pensé que nous ne vivrions pas plus mal sans tout ce bazar...

— Oh non, Madame, nous n'en sommes pas là! Laissez-moi faire. Pour chauffer une seule pièce, je trouverai du combustible sans difficultés.

— Faites, Jeannette, faites, ce froid devient insupportable.

La jeune femme remit son manteau et partit en courant. Une heure plus tard, elle revenait dans un brouhaha de déménagement. Georges, accompagné d'un employé, venait installer, au beau milieu du salon, un monument de fonte vernie rouge du plus bel effet, relié par un long tuyau de poêle au rideau de cheminée découpé pour l'occasion.

— Plus le tuyau est long, mieux ça chauffe, forcément..., précisa-t-il avec un royal mépris pour l'esthétique de son installation.

Deux sacs de bûches suivirent et le jeune homme montra aux trois femmes émerveillées comment remplir et allumer l'appareil. Un instant plus tard, une douce tiédeur rayonnait et quatre paires de mains se tendaient vers ce qui allait être désormais, au sens propre du terme, leur foyer.

Pour Olga et Victoire, ce fut l'occasion de faire plus ample connaissance avec l'amoureux de Jeannette. Un beau gars. Pas un modèle de raffinement, certes, mais d'une constitution solide, avec un large sourire découvrant des dents plantées résolument de biais. Ses cheveux courts en bataille tiraient sur le roux. Ses larges mâchoires traduisaient une énergie que ses gestes décidés confirmaient.

Le prétendant reparti, le conseil des femmes décida à l'unanimité d'autoriser Jeannette à convoler en justes noces.

— À condition, ajouta Olga, qu'il s'engage à nous vendre du bois!

Jeannette devint cramoisie.

— Justement, Madame, je crois que le père de Georges, M. Fougerolles, a l'intention de venir vous demander ma main...

La stupéfaction se peignit sur le visage de sa patronne.

— À moi? Pourquoi à moi?

— C'est-à-dire... Il faut bien qu'il s'adresse à quelqu'un!

— Voyons, Jeannette, vos parents sont toujours de ce monde. C'est à eux de donner leur accord.

Elle réfléchit.

— Vous croyez qu'il faudrait faire le voyage ?

— Bien sûr ! Suivant le code des bonnes manières, c'est à M. Fougerolles d'aller faire sa demande avec Georges.

Imaginant la scène, la future épousée commença à se réjouir.

— C'est vrai, on pourrait se mettre à trois sur la banquette avant de la camionnette. En se serrant...

Olga continua avec autorité :

— Vous allez envoyer une lettre à vos parents pour leur annoncer votre visite avec votre fiancé et son père. Vous verrez, ils seront ravis.

— Pour sûr qu'ils seront ravis. Vous avez raison, Madame. Vous pourrez m'aider à écrire ma lettre ?

— Avec plaisir !

Le soir même, en présence de Nicolas venu se réchauffer, la famille concocta l'épître qui allait porter la bonne nouvelle en Normandie. Jeannette, assise à la table familiale, en profita pour raconter sa jeunesse paysanne. Dès l'âge de dix ans, elle avait quitté l'école pour travailler dans une ferme où son père était ouvrier agricole. Puis il s'était mis à son compte en achetant à crédit une exploitation trop exiguë pour nourrir ses cinq enfants, qui durent être placés chez « les autres ».

— Un garçon et quatre filles, ça fait un héritier et quatre domestiques, conclut Jeannette avec philosophie.

Une fille mariée avec un commerçant, c'était donc une promotion inespérée.

Nicolas rentra chez lui, ravi de son dîner et conquis par la personnalité de Victoire. De son côté, la jeune femme s'épanouissait en sa présence, aidée, il faut le dire, par sa fille qui, dès la première heure, avait colonisé les genoux du visiteur. Dans un langage encore difficile à décoder, elle lui tenait des discours enflammés, entrecoupés d'irrésistibles sourires.

L'année 1942 s'annonçait mal. Il avait rarement fait aussi froid et la pénurie de charbon s'accentuait. Rue Caulaincourt, la vie s'organisait désormais autour du Myrrhus, à portée du poste de TSF qui diffusait des nouvelles alarmantes : les Japonais progressaient dans le Pacifique, et les Allemands en URSS. Le monde entier semblait en voie d'effondrement. Seule la radio anglaise exhortait à la résistance, mais sans écho apparent.

Nicolas de Langueuil venait voir sa mère de plus en plus souvent, « pour lui remonter le moral », disait-il. Olga n'était pas dupe. Ce grand corps maigre avait besoin de se nourrir. Elle n'avait pas été sans remarquer aussi les regards qu'il portait sur sa « secrétaire »...

Un dimanche, il débarqua en début de matinée et proposa à Victoire de l'emmener patiner au bois de Boulogne.

— Je n'ai jamais mis les pieds sur des patins ! s'exclama-t-elle, affolée.

— Qu'à cela ne tienne ! Raison de plus pour essayer. C'est très facile, vous verrez. Suivez-moi, nous allons chercher ce qu'il nous faut.

Ils montèrent au sixième étage dans une chambre de bonne transformée en grenier dont la jeune fille ne connaissait même pas l'existence. Là, au milieu d'un bric-à-brac poussiéreux, il dénicha un carton rempli de patins à glace.

— Ils ne sont pas du dernier cri, dit-il en s'asseyant par terre, car ils datent du temps où mon père était en poste à Amsterdam. Mais je peux vous garantir qu'ils glissent très bien. La seule difficulté, comme toujours, est de trouver chaussure à son pied.

Sans répondre, elle se mit à l'ouvrage et dénicha enfin une paire de hautes bottines à lacets qui lui convenait. Au bout d'une demi-heure de fous rires, ils redescendirent avec le matériel nécessaire.

Olga rassura Victoire.

— J'avais votre âge quand mon mari m'a entraînée pour la première fois sur un lac gelé. Les débuts manquent de poésie, mais, au bout d'un moment, tout le monde s'amuse beaucoup. Nicolas est un excellent patineur, vous n'aurez qu'à vous accrocher à lui.

De fait, le spectacle stupéfiant de ce matin-là resterait gravé à jamais dans la mémoire de Victoire. La population de ce pays humilié et affamé semblait se moquer des privations et des contraintes. Par centaines, les Parisiens patinaient. Si quelques-uns y montraient de l'habileté, la plupart en étaient à leurs premiers pas. Partout, des enfants en galoches cloutées improvisaient de longues glissades ponctuées de chutes et d'éclats de rire. C'était une joyeuse ambiance de fête populaire.

Agrippée des deux mains à Nicolas, Victoire s'était hasardée à contrecœur sur cette surface hostile. Au bout de quelques minutes, elle avait acquis suffisamment de notions pour garder son équilibre, et même pour se déplacer, bien arrimée à son mentor.

— L'important, expliquait-il, c'est de prendre le rythme des mouvements et de ne pas avoir peur. À deux, c'est plus facile.

« C'est vrai, tout est plus facile à deux », pensait Victoire, l'œil rivé sur la pointe de ses chaussures.

— N'ayez pas peur, redressez-vous et regardez au loin. Oubliez vos pieds, et laissez-vous aller en gardant la cadence.

Si, pour elle, le patinage était une nouveauté, le chaud contact de ce corps d'homme, le poids de ces mains qui la soutenaient, l'intimité de cette haleine si près de son visage lui rappelaient de troubles souvenirs. Quand elle manquait de tomber, les bras de Nicolas la ramenaient contre lui, et elle fermait les yeux d'émotion.

Essoufflés, ils se reposèrent un instant sur un banc pour admirer cette foule bigarrée évoluant dans ce somptueux décor de givre.

Victoire eut un sourire triste.

— J'ai l'impression d'assister à une représentation théâtrale en trompe l'œil. Tous ces gens ne font-ils pas semblant d'être heureux, alors qu'ils sont réduits au servage ?

— Vous vous trompez, Victoire. Ils *sont* heureux ! Ils s'amusent à la barbe de l'oppresseur et c'est bien tout ce qui compte. Les Français ne sont pas de la race des esclaves. Il leur arrive de faire le dos rond en attendant que passe la tempête, mais ils ne se résignent jamais. Bien sûr, il y a, parmi eux, un pourcentage non négligeable de salauds et de profiteurs, mais, dans l'ensemble, croyez-moi, nous appartenons à un peuple orgueilleux qui refuse la soumission. Si vous saviez tous les courages qui se manifestent dans le silence et l'anonymat, vous seriez étonnée.

En l'écoutant, elle détaillait ces traits qu'elle n'avait jamais vus de si près. Au-dessus de son long visage élégant, le bonnet de laine rouge enfoncé sur le front donnait une note enfantine à son regard gris.

Lui aussi la fixa un long moment, avant de reprendre avec une gravité nouvelle :

— Une armée de l'ombre investit ce pays pour le sauver, Victoire, et il faut lui faire confiance en gardant l'espoir. C'est le devoir de chacun d'entre nous.

Ce discours intrigua la jeune femme. Elle risqua une question :

— Pensez-vous qu'il me serait possible d'apporter ma contribution à l'action de ces... ombres ?

— Tous ceux qui le veulent y participent tous les jours. Vous comme les autres.

— Moi ?

— Vous protégez votre fille et ma mère. Pour moi, il n'y a pas de tâche plus noble. Vous êtes prête à vous interposer si le danger menace. C'est très important.

— J'avais l'impression que c'était surtout votre mère qui nous protégeait, Lydie et moi.

— Pour le moment, c'est vrai. Mais nous ne sommes pas encore au bout du chemin. Face aux épreuves qui nous attendent, c'est à vous que je fais confiance.

Elle lui sourit. C'était si gentil d'inverser les rôles. Il était en train de la remercier d'avoir été recueillie par sa mère. Pourtant, il ne plaisantait pas. Il reprit :

— Celle qui me soucie, c'est Jeannette. Je sais que c'est une brave fille. Ma mère et vous lui êtes très attachées. Je crains seulement que son ami Georges ne fasse trop de marché noir. C'est une activité périlleuse.

Voyant qu'elle allait protester, il l'interrompit d'un geste.

— Elle n'est pas tombée de la dernière pluie, c'est vrai. Je serais tout de même étonné que ce garçon s'en tienne aux limites de la bonne morale du commerce. Il est trop tentant de céder quand la fortune vous tend les bras et, un jour, on le lui reprochera. Il ne faudrait pas que Jeannette en pâtisse...

Victoire fit la moue.

— Je n'avais jamais vu les choses sous cet angle. Pour le moment, nous mangeons à notre faim, sans mauvaise conscience, et nous ne sommes pas si nombreux à pouvoir en dire autant.

Au mois de mars, Jeannette et Georges se décidèrent à faire le voyage de fiançailles en Normandie. Le père Fougerolles n'avait pas pu se résigner à quitter sa boutique.

— Si nous partons tous les deux, bougonnait-il, Dieu seul sait ce qui peut se passer ici.

Ils habitaient un petit appartement au-dessus du magasin et ne s'absentaient jamais ensemble, veillant en permanence sur un trésor qui excitait sûrement les convoitises.

Olga et Victoire avaient dû affirmer à la future fiancée qu'elles sauraient se débrouiller sans elle.

— Madame, je ne vous ai jamais laissée seule un soir, depuis trois ans que je suis là, remarqua la jeune domestique. C'est drôle de me dire que je ne vais pas vous manquer.

— Bien sûr que si, vous me manquerez, ma petite Jeannette, mais Victoire sait s'occuper de son bébé. Elle prendra soin aussi de la grand-mère...

Jeannette les quitta comme si elle devait ne jamais les revoir et, la larme à l'œil, ferma la porte.

Lydie n'avait rien dit. Sagement assise sur une chaise, manipulant avec sérieux un jeu de cubes qui avait appartenu à Nicolas, elle n'avait pas pleuré quand sa « Nette » était venue l'embrasser. Le silence rétabli, elle laissa couler sur son visage les larmes vaillamment retenues.

— Elle va revenir, ma chérie, s'émut Victoire. Je te le promets.

Sans le dire, la jeune mère n'était pas mécontente d'être seule à s'occuper de sa fille pour quelques jours. La complicité qui les unissait y gagnerait.

C'était le 6 mars. Les dames de la rue Caulaincourt se couchèrent tôt. À peine s'étaient-elles endormies que la sirène les réveilla. Habituées à ces alertes fréquentes, elles ne suivaient pas volontiers les consignes de la défense passive. Olga s'y refusait même catégoriquement.

— Je ne veux pas expirer de douleur dans un cul-de-basse-fosse pour éviter la mort sous les bombes. Quand ce sera mon heure, elle me prendra dans mon lit ou mon fauteuil, et nulle part ailleurs. Il faut être jeune et belle pour se permettre de mourir hors de chez soi.

Cette nuit-là, les hurlements de la sirène furent suivis d'explosions qui parurent proches. Victoire se précipita dans la chambre d'Olga :

— Vous avez entendu ! Cette fois, c'est sérieux. Venez avec nous, je vous en supplie...

— Il n'en est pas question. Dépêchez-vous d'emmener la petite. Couvrez-la bien.

Victoire obéit. Arrivée à la cave, elle découvrit que tous les locataires de l'immeuble étaient là, emmitouflés dans leurs vêtements les plus chauds passés hâtivement par-dessus les pyjamas. Ils se serraient les uns contre les autres, observant avec crainte le plafond voûté. Les plus prévoyants s'étaient munis de pliants ou de chaises. D'autres étaient accroupis contre les murs ou sur les marches de l'escalier. Les visages se crispaient tandis que les déflagrations se rapprochaient.

Un retardataire arriva, essoufflé.

— Ils bombardent Billancourt, expliqua-t-il. Des chapelets ont dû s'égarer. Il en tombe partout...

Comme pour confirmer ses dires, un fracas éclata dans le voisinage et un peu de poussière saupoudra les épaules. Le silence se fit plus lourd encore. Lydie, complètement réveillée mais muette, enveloppée dans une couverture, s'agrippait à sa mère. Victoire s'était assise sur une caisse qu'un voisin lui avait proposé de partager. Ils restèrent ainsi plusieurs heures, prostrés. La fillette finit par s'endormir.

Le jour se levait quand la sirène sonna la fin de l'alerte.

Dehors, le ciel était rouge ; une odeur écœurante de bois brûlé et de produits chimiques flottait dans l'air ; le sol était jonché de débris. Les habitants du quartier regardaient autour d'eux, hagards, comme étonnés d'être encore en vie. Chacun s'apprêtait à rentrer dans son immeuble, quand un cycliste passa. Il pédalait à toute vitesse.

— Vous savez où c'est tombé ? cria une voix.

— À Château-Rouge. Il y a de la casse !

Victoire remonta à l'appartement. Dans la chambre d'Olga, la lumière était allumée. Une liseuse molletonnée sur les épaules, la vieille dame était assise dans son lit, un livre sur les genoux.

— Je crains qu'il n'y ait eu des dégâts pas loin d'ici... Savez-vous ce qu'il en est ? demanda-t-elle, inquiète.

— Dans un premier temps, on nous a annoncé que le bombardement avait eu lieu sur les usines de Billancourt, mais, à l'instant, un homme a dit que Château-Rouge a été touché aussi.

— Mon Dieu ! C'est à deux pas...

— J'ai envie d'aller voir s'ils ont besoin d'aide.

— Partez vite, ma petite fille. Vous pourrez peut-être vous rendre utile. Installez le berceau de Lydie ici, près de mon lit. Je la surveillerai.

— Merci de la garder, je serai plus tranquille de la savoir près de vous.

Coiffée d'un bonnet de ski, Victoire avait passé une veste fourrée qui avait dû appartenir à Nicolas, et chaussé des bottes en caoutchouc trop grandes où elle pouvait superposer trois paires de chaussettes. La découverte de la chambre aux patins à glace avait mis au jour des trésors d'accoutrements où la jeune femme puisait désormais sans vergogne. Le résultat esthétique était parfois surprenant, mais la protection contre le froid assurée.

Elle descendit au pas de course la rue Caulaincourt, puis la rue Custine en direction du boulevard Barbès. Au loin, une foule sombre et silencieuse stationnait devant une maison en ruine entourée d'un halo de poussière et de fumée. Le sol était couvert de gravats. S'approchant plus près, Victoire entendit quelqu'un expliquer que la bombe était tombée sur l'angle du bâtiment, dont les planchers s'étaient effondrés les uns sur les autres jusqu'au rez-de-chaussée. Par chance, tous les locataires s'étaient réfugiés dans la cave, et on ne déplorait pas de victimes. Il avait fallu piocher pour dégager l'entrée de l'escalier. Les sauveteurs bénévoles continuaient à fouiller les décombres.

Victoire n'était d'aucune utilité. Sans s'attarder, elle reprit le chemin de la rue Caulaincourt. Elle avait touché du doigt, pour la première fois, les horreurs de cette guerre. La presse du lendemain annoncerait 643 morts, et le 7 mars serait déclaré journée de deuil national.

Olga attendait avec anxiété. Victoire s'assit sur le bord du lit pour lui raconter le spectacle de fin du monde qu'elle avait découvert.

— Mon Dieu, ces pauvres gens qui ont tout perdu. S'il

m'arrivait un tel malheur, je me demande ce que je ferais. Il y a des moments où je me sens tellement nulle.

— La plupart des femmes sont dans le même cas. Rien ne nous a préparées à de tels drames.

— J'ai vingt-trois ans et, en dehors des études secondaires pour le baccalauréat, je n'ai rien appris d'autre qu'un peu de musique. C'est stupéfiant !

Olga sourit.

— Vous n'êtes pas la seule. Même mon mari, qui était pourtant un humaniste et un galant homme, me considérait comme une enfant. Par exemple, me croiriez-vous si je vous disais qu'il ne m'a jamais donné la moindre information concernant notre patrimoine ? Je n'avais pas la plus petite idée de ce que serait ma vie s'il mourait avant moi — ce qui, hélas, arriva en 1932, la veille de son soixantième anniversaire. C'est par le notaire que j'ai appris ce que je possédais, en présence de mon fils âgé de trente ans. Et, bien entendu, c'est lui qui, aussitôt, a pris les choses en main. À croire que lui aussi me juge trop bête pour comprendre quoi que ce soit aux questions d'argent. Aujourd'hui encore, je reçois tant par mois, sans avoir mon mot à dire. Nicolas ne comprendrait pas que je lui demande – pas des comptes – de simples renseignements. Il imaginerait que je ne lui fais pas confiance...

Victoire pensait à Véricourt et à sa mère. Comment aurait-elle vécu en cas de conflit plus grave avec sa fille ?

Pourquoi maintenait-on les femmes dans cet état d'infantilisation juridique, alors qu'en cas de guerre elles se montraient capables de faire face à toutes les difficultés ? Le conflit terminé, les héros étaient glorifiés, couverts de médailles, et personne ne semblait se demander par quel miracle le pays avait survécu en leur absence.

— Les paysannes sont peut-être mieux préparées à remplacer les hommes. Dès leur plus jeune âge, elles sont confrontées aux réalités pratiques de l'existence.

— C'est possible, mais, en ce qui concerne les successions, elles sont encore considérées comme des sous-hommes. Regardez Jeannette.

— Au moins sont-elles mieux informées des choses que... qui ne nous sont enseignées que par l'expérience ! Nous chantons l'amour pendant toutes nos jeunes années, sans rien en savoir.

Si libre et cultivée qu'elle fût, Olga était mal à l'aise pour aborder certains sujets. Elle était d'une génération et d'un milieu où ce qui touchait au sexe était tabou. Certains mots demeuraient imprononçables.

Pourtant, mise en verve par la complicité de la nuit, elle raconta que ni sa mère ni son père n'avaient jamais eu le courage de lui donner un minimum d'éducation sexuelle avant le mariage. Le moment venu, elle en était encore à se demander comment se déroulerait la nuit de noces. Elle avait bien compris, au vu de quelques œuvres d'art, que les hommes n'avaient pas la même anatomie que les femmes, mais rien ne lui paraissait aussi impossible qu'une rencontre entre deux organes si dissemblables et apparemment peu faits pour s'adapter. La découverte du membre viril en érection avait été pour elle un spectacle stupéfiant... et terrifiant ! Il avait fallu à son mari des trésors de patience et d'obstination pour parvenir à ses fins... au bout d'un mois de vie commune !

— Mes connaissances n'étaient guère plus avancées, confia Victoire. Si le spectacle des pratiques animales printanières m'avaient renseignée depuis longtemps, je dois dire que ma découverte de l'amour a été pour le moins traumatisante ! Depuis, ajouta-t-elle en rougissant, j'ai voulu en savoir plus et j'ai fait de discrètes recherches en bibliothèque. Vous n'imaginez pas à quel point il est difficile de trouver des ouvrages sur la fonction de reproduction dans la race humaine. J'ai l'impression que, même pour les étudiants en médecine, c'est un thème à peine abordé. Quant aux pratiques abortives ou aux moyens d'éviter les grossesses, c'est sans doute un secret d'État ! Je n'ai pas trouvé le moindre article sur le sujet !

Olga finit par en rire :

— C'est sans doute notre amie Jeannette qui pourrait nous en apprendre le plus.

Victoire prit un air facétieux :

— J'avoue que j'aimerais être une petite souris au moment de la demande en mariage...

L'absence de Jeannette dura huit jours.

— Alors ? demandèrent d'une seule voix Victoire et Olga quand elle entra dans le salon, radieuse.

— Formidable ! Il a été formidable !

— Qui ça ?

— Georges, bien sûr ! Moi qui le croyais timide. Vous auriez dû le voir avec ma famille. Il les a embobinés comme un rien.

Elle raconta que la sympathie avait été immédiate, aussi bien avec les parents qu'avec le frère et les sœurs. Sa malle de cadeaux y était sans doute pour beaucoup : des bas de soie, des coupons de tissus, du savon et des victuailles à foison : café, pâtes, riz, sucre, sardines en boîte... Tout ce dont les paysans avaient perdu le goût.

— Il n'a pas été volé en retour, précisa la jeune Normande. Ils nous ont donné des œufs, des jambons, des saucissons, des fromages... De quoi tenir un siège !

— Et pour le mariage ?

— Il en a discuté avec papa en tête à tête, et ils ont eu l'air de s'entendre. Aucun d'eux ne m'a fait de compte rendu.

— Avez-vous fixé la date ? le lieu ?

— On va se marier entre nous à Paris, parce que le père de Georges ne voudra jamais aller en Normandie. Quant à ma famille, elle ne pourra pas se payer le voyage, l'hôtel et tout le saint-frusquin.

Victoire était impatiente de poser une question :

— Avez-vous eu des nouvelles de ma mère ?

— Bien sûr ! Le repas de fiançailles, avec la famille, c'était dimanche. Figurez-vous que la Marie qui travaille au manoir, c'est une cousine par alliance à mon père. Jusqu'ici, je ne la connaissais pas. Mais, de nos jours, et pour cause, personne ne manque un déjeuner de fête. Alors, forcément, elle était là. Je lui ai demandé comment allait sa patronne.

Victoire eut un pincement au cœur en se souvenant de l'accueil de la domestique. Jeannette raconta que la situation de la pauvre Marie n'était pas une sinécure ! Mme Dambreville avait bien changé. Elle ne sortait pratiquement plus. Elle faisait des calculs du matin au soir et imposait des économies sur tout. Elle refusait de s'approvisionner chez les paysans à un prix supérieur au tarif officiel et se limitait aux produits autorisés par les cartes de rationnement.

— Dans une région comme la nôtre, c'est à ne pas croire !

s'étonnait Jeannette. Il paraît qu'elle répète tout le temps : « Je ne veux pas que ma fille ait quoi que ce soit à me reprocher un jour. Personne ne pourra dire que j'ai profité de son argent. »

Toujours ce souci de l'opinion d'autrui ! Victoire découvrait que sa mère n'avait jamais assumé le niveau social où le mariage l'avait élevée. Elle avait dû ressentir son geste confiant comme une punition ! Sans doute aurait-elle été plus heureuse avec une simple pension mensuelle. Comment lui faire comprendre qu'il n'était pas question de lui demander des comptes ?

Olga ressentait la tristesse de Victoire.

— Vous n'y pouvez rien, mon enfant. Ceux qui ne pensent qu'à l'argent sont dans l'incapacité d'imaginer que les autres ne leur ressemblent pas.

Les préparatifs du mariage occupèrent les esprits au cours du printemps 1942. Le soleil enfin revenu réchauffait le cœur de ces Parisiens qui avaient tant souffert des rigueurs de l'hiver.

Le père de Georges avait jeté son dévolu sur une salle de noces et banquets située au premier étage de La Banquise, une brasserie-glacier située à deux pas de la place Jules-Joffrin où trônent, face à face, l'église paroissiale et la mairie du 18e arrondissement.

La cérémonie eut lieu le samedi 1er juin, dans une atmosphère de liesse familiale qui coïncidait mal avec la morosité générale.

Pierre Laval, imposé au Maréchal par l'occupant, venait d'être nommé président du Conseil, ce qui présageait un retour à une politique de collaboration pure et dure. Les Juifs de la zone occupée étaient désormais obligés de porter une étoile jaune cousue sur leurs vêtements. Ils obtenaient trois exemplaires de cette marque d'infamie contre un ticket de textile...

Un banquet organisé par et pour des marchands de victuailles devait être un événement inoubliable. Les Fougerolles l'entendaient bien ainsi.

Dans la grande salle, une table en U avait été dressée.

Jeannette, selon la tradition, présidait, entre son mari et son beau-père. Elle avait placé Victoire à côté du père de Georges.

Le menu dépassa toutes les espérances. Foie gras, bouchées à la reine, immense colin froid mayonnaise, rôti en croûte, avec des vins qui changeaient pour chaque plat... Victoire, peu gourmande par nature, arriva rapidement à saturation, malgré les exhortations de son voisin qui répétait sans cesse :

— Mangez, madame Victoire, profitez-en ! C'est pas tous les jours que je marie mon fils !

Sans pudeur, il assortissait ces incitations à se goinfrer de considérations sur la dureté des temps qui révoltaient la jeune femme.

— Le Maréchal a bien raison de remettre de l'ordre dans un pays qui mérite sa défaite et de dire que « l'effort porte en lui-même sa récompense ». C'est comme pour les Juifs. Je n'ai rien contre eux, mais il ne faut pas exagérer non plus. Ces gens-là étaient partout. Ce n'est pas mauvais de leur rabattre un peu le caquet.

Il n'avait rien contre les Anglais, mais c'était tout de même l'ennemi héréditaire et l'affaire de Mers el-Kébir était bien là pour le confirmer.

Par respect pour Jeannette, Victoire faisait la sourde oreille.

La jeune mariée se penchait de temps à autre pour veiller à ce que son invitée ne manque de rien.

— Magnifique, Jeannette, tout est parfait, affirmait-elle sans laisser deviner le fond de ses pensées.

Ce spectacle la laissait songeuse. Quelle était la vie quotidienne de ces femmes soumises à des maris bruyants, vulgaires et dominateurs, volontiers grivois et passablement ivrognes ? Était-ce là le bonheur dont rêvent les mères pour leurs filles ?

Elle se sentait déplacée parmi ces gens qui s'empiffraient en se racontant des histoires de fraudes, de contrôles économiques, de roueries en tous genres...

Depuis le poisson, elle ne pouvait plus rien avaler, et réservait ses dernières forces pour la pièce montée à la nougatine qui lui rappelait des souvenirs d'enfance. Elle ne résista pas jusque-là et se sauva avant les chansons et les danses, prétextant qu'elle ne voulait pas laisser plus longtemps sa fille à la garde de Mme de Langueuil. Elle n'eut même pas le courage d'attendre le café qui promettait aussi des saveurs oubliées. Les digestifs allaient faire le lien avec les apéritifs du dîner et la fête se prolongerait sans doute au-delà du couvre-feu, jusqu'au petit matin.

Le père Fougerolles la raccompagna jusqu'à la porte, désolé et un peu déçu de voir partir cette jolie voisine qui ravivait en lui, l'alcool aidant, de vieux souvenirs de conquête.

Au bord de la nausée, Victoire rentra rue Caulaincourt où Olga attendait des nouvelles.

— Alors ? Comment avez-vous supporté l'épreuve ?

La jeune femme se laissa tomber dans un fauteuil.

— Mal ! J'ai l'impression que je ne parviendrai jamais à digérer ce qu'ils m'ont fait ingurgiter... et entendre.

— Comment était la mariée ?

Victoire fit la grimace :

— Épanouie, arrivée à l'apogée de sa carrière sociale, prête à entrer en esclavage légal...

Cette année 1942 transforma la vie de Victoire. Les événements se conjuguèrent pour changer la demoiselle de bonne famille douce et candide en une femme décidée et combative.

L'affirmation de l'autorité allemande sur le *Gross Paris* devenait chaque jour plus oppressante, tandis que la Wehrmacht accentuait sa progression en Russie. Chez les étudiants, la révolte grondait. Blanche et son compagnon disparurent. Un garçon de leur bande expliqua à Victoire que le nom de famille de la jeune fille était Krinfeld. Elle n'avait pas accepté de porter l'étoile jaune, premier pas vers d'autres exactions peut-être plus graves... Partie pour se cacher dans les Alpes, elle y épouserait sans doute son ami, qui portait un nom aryen sans ambiguïté.

Comme elle avait eu raison !

En juillet, des milliers de Juifs raflés dans la nuit furent enfermés au Vélodrome d'hiver avant d'être déportés vers une destination inconnue. Nicolas, qui rapporta cette nouvelle, était bouleversé. Ce jour-là, Victoire franchit un pas de plus en annonçant qu'elle voulait participer activement à la lutte contre l'occupant. Dans la chaleur estivale du vieil appartement où ils dînaient tous les trois, Olga et son fils se regardèrent en silence. L'avocat se mit à parler avec gravité :

— Vous avez charge d'âme, Victoire...

— Parmi ceux qui font de la résistance, je ne serai pas seule dans cette situation, je pense.

— Avant de vous décider, il faut bien réfléchir. Avec cet engagement, vous risquez votre liberté, peut-être votre vie. Que deviendrait Lydie si...

Elle l'interrompit :

— Justement, c'est pour elle que je veux me battre. Pour lui ménager un monde meilleur. À défaut de père, qu'elle ait au moins une mère dont elle sera fière !

Olga posa sa main sur celle de la jeune femme en signe de compréhension.

Ce soir-là, Victoire se sentit devenir vraiment adulte. Jusqu'à ce jour, elle s'était contentée de s'adapter en subissant les bouleversements de son existence. Cette fois, elle les provoquait et devenait l'artisan de son propre destin.

Elle ne s'attendait pas à ce qu'il lui réservait.

La gare Saint-Lazare grouillait de monde. Dans l'immense salle des pas perdus, les familles s'entassaient autour d'amoncellements de valises ficelées. Plantée devant les panneaux indicateurs, Victoire notait l'horaire des trains pour Caen. Elle portait, sous le bras, le dernier numéro du magazine collaborateur *Signal*. À quelques mètres de là, un homme attendait. Son costume froissé accusait de longues heures de voyage, et sa mallette en carton bouilli ne semblait pas peser lourd. Son visage mal rasé était maigre et son regard rougi par l'insomnie. Quand il aperçut Victoire, il fit quelques pas en avant et la surveilla. Il la vit s'approcher de la boutique de fleurs et acheter un pot d'azalées. C'était le code, et la description concordait.

L'un suivant l'autre, ils se dirigèrent vers la bouche de métro. Avant de descendre, Victoire s'immobilisa et fouilla dans son sac pour en tirer un carnet de tickets. Elle en laissa échapper un, faisant mine de ne pas s'en apercevoir et s'engagea dans l'escalier. Elle s'arrêta devant le poinçonneur et continua son chemin. Derrière elle, l'homme avait ramassé le billet et, mimant ses gestes, la suivit sur le quai.

Ils montèrent dans la même rame en direction de la Porte de la Chapelle et s'assirent chacun à une extrémité du wagon. Un quart d'heure plus tard, ils descendirent à la station Lamarck-Caulaincourt et sortirent du métro. Victoire se dirigea à pas rapides vers le cimetière Saint-Vincent qu'elle traversa. Tout au fond, elle s'inclina devant une tombe et y déposa sa plante. Sur le marbre, elle lut: Henri de Langueuil, 1873-1932. Elle se signa, dit une courte prière et repartit vers la sortie. L'homme s'était immobilisé à l'entrée du cimetière pour allumer une cigarette, explorant du regard les environs immédiats. Il aperçut, à quelques mètres de là, Nicolas qui réparait le dérailleur de sa bicyclette. Ils échangèrent un bref coup d'œil et partirent dans la même direction.

Le système était parfaitement rodé et faisait courir à Victoire un minimum de dangers. Les Anglais ou les Américains venus de Londres et parachutés en Normandie étaient conduits au train de Paris. Elle les attendait à Saint-Lazare pour les mener vers Nicolas qui prenait le relais. Le soir, il venait dîner rue Caulaincourt, félicitait son agent et lui donnait ses directives pour la fois suivante.

En novembre, les événements se bousculèrent. Après le débarquement allié en Afrique du Nord, la zone dite « libre » fut envahie par l'armée allemande et la flotte de Toulon se saborda.

Paris s'enfonça dans un nouvel hiver sibérien. L'activité de la résistance s'intensifia et Victoire dut multiplier ses opérations de guidage.

En théorie, elle ne devait même pas chercher à savoir si elle était suivie par son « colis », ni essayer de l'identifier. En pratique, il ne lui avait pas fallu longtemps pour savoir repérer, dans la foule, l'homme ou la femme qui l'attendait. Un jour, pourtant, elle n'y parvint pas. Le grouillement humain qui l'entourait restait anonyme. Elle se résigna à partir, sachant qu'elle en aurait le cœur net au moment où elle perdrait son ticket de métro.

C'est une femme qui le ramassa. Victoire continua à marcher comme si de rien n'était, et s'immobilisa sur le quai quand elle la vit s'approcher.

— Vous avez perdu un billet, dit-elle avec un accent bizarre.

— Merci. Comme je suis maladroite !

Victoire crut bon d'engager la conversation avec l'inconnue, en se plaignant de son étourderie. Son interlocutrice resta sur la réserve. Elle avait une quarantaine d'années, un visage maigre encadré de cheveux bruns frisés. Ses yeux vifs semblaient tout surveiller. Vêtue d'un manteau noir, elle portait un chapeau de feutre orné d'une voilette et un sac en bandoulière. Ses chaussures à semelles de bois complétaient la panoplie de la Parisienne standard.

Silencieuses, elles restèrent debout l'une à côté de l'autre, accrochées à la barre verticale, dans le wagon bondé.

Victoire était sur la défensive. Son cœur se serra quand la rame s'immobilisa entre deux stations. Elle ne fit aucun commentaire. L'arrêt dura plus longtemps que les habituels ralentissements. Sa voisine demeurait impassible. Victoire eut une angoisse. Était-ce vraiment la personne qu'elle devait convoyer ? Comment savoir ? Et s'il s'agissait d'un agent ennemi ?

Le train se remit en marche. Les yeux dans le vague, elle fixait la réclame qui rythmait le paysage souterrain : *DUBO, DUBON, DUBONNET*... On entra au pas dans la station Pigalle. Sur le quai, des soldats allemands gardaient toutes les issues. Victoire se sentit blêmir. C'était peut-être une simple vérification d'identité. Les deux femmes s'ignoraient. Une voix gutturale cria :

— *Tout le monte tescend !*

Des policiers en civil canalisèrent les voyageurs vers un point de contrôle. La femme suivit le flot, sans broncher.

Soudain, des cris et des coups de feu éclatèrent. Les Allemands se précipitèrent vers l'extrémité de la station, où un homme blessé se débattait sur la voie. C'était un grand gaillard que les policiers avaient du mal à maîtriser. Son pantalon était taché de sang. Les formalités reprirent pendant qu'ils emmenaient leur prisonnier. Puis les voyageurs remontèrent dans les wagons, les portes claquèrent et l'employé donna le signal du départ.

Victoire avait le souffle court. L'homme pris n'était-il pas celui qu'elle devait convoyer et la femme un policier qui la surveillait ? À la station Lamarck-Caulaincourt, elle descendit tandis que l'inconnue restait dans le wagon. Elles se saluèrent d'un simple signe de tête.

Arrivée en haut de l'escalier, elle s'arrêta, surprise par l'air frais. Elle avait l'impression que ses jambes ne la portaient plus et craignit de tomber. Au bord du malaise, elle resta immobile, accrochée aux volutes de la rambarde.

Brusquement, un bras passa sous le sien, et elle faillit hurler. C'était Nicolas !

— Je vous ai fait peur, excusez-moi. Vous paraissiez si mal à l'aise. Que s'est-il passé ?

— Je ne sais pas. Un contrôle dans le métro. Ils ont arrêté un homme. Une femme semblait me suivre. Je ne comprends rien à ce qui est arrivé...

Il l'entraîna rapidement, en la serrant contre lui, peut-être plus qu'il n'aurait dû. Sa voix rassurante lui rendit des forces :

— N'ayez plus de craintes. Votre passager n'était pas au rendez-vous. Nous avons été prévenus trop tard pour pouvoir vous en informer. Mais, comme vous ne devez pas chercher à identifier celui qui vous suit, vous auriez dû, *normalement*, ne rien changer à votre programme et ne vous apercevoir de rien.

— Il n'empêche qu'un homme a été arrêté !

— Je ne sais pas de qui il s'agissait. Sans doute une coïncidence.

— Cette femme ?

— Elle n'avait rien à voir avec l'opération.

Ils étaient parvenus au pied de l'immeuble et entraient dans le hall au moment où elle fut prise d'un vertige. Il la rattrapa de justesse avant qu'elle ne tombe. Immobile dans ses bras, savourant le sentiment de paix que lui procurait cet homme dont dépendait sa sécurité, elle leva les yeux vers son visage. Il souriait. Lentement, leurs lèvres se rapprochèrent.

Victoire mettait un point d'honneur à afficher une perpétuelle bonne humeur. Elle ne s'autorisait à pleurer que dans le silence de sa chambre. Le reste du temps, elle prétendait prendre ce qu'il y a de bon dans la vie et rire des malheurs quotidiens qui empoisonnent l'existence si on leur accorde trop d'importance. Son entourage – sa fille surtout – ne voyait en elle que sourire et joie.

— Sauver la face, disait-elle, c'est déjà faire face.

Elle se réfugia dans les bras de Nicolas avec un enthousiasme qui avait les apparences de l'amour. L'avocat n'était que douceur et intelligence. Bel homme de trente-neuf ans, plein d'humour et de bonté, il ne pouvait masquer la composante paternelle de ses sentiments.

En Nicolas, elle retrouvait, avec bonheur, le père protecteur prématurément disparu. Jamais, cependant, il n'aurait l'autorité pathétique de l'homme qu'elle avait vu mourir à petit feu et qui avait représenté son univers de petite fille. Elle était heureuse et fière qu'il l'eût choisie, mais sans ressentir de vraie passion. Elle s'en attristait. Arnaud avait-il brisé en elle tout élan du cœur ?

Victoire prit l'habitude de venir retrouver Nicolas dans l'appartement du boulevard Malesherbes, où il avait son cabinet et son logement personnel. La chambre était vaste, meublée en style Majorelle, et il y régnait un désordre bien masculin. Elle y découvrit enfin la joie d'un épanouissement physique jusqu'alors ignoré.

Curieusement, c'est à cette époque qu'elle commença à rechercher Arnaud. Chaque fois qu'elle le pouvait, elle rôdait du côté du Quartier latin, roulant d'un bout à l'autre de la rue de l'École-de-Médecine, entre les boulevards Saint-Michel et Saint-Germain. Les premières fois, elle pédalait sans s'arrêter, mais un jour où l'affluence était inhabituelle, elle mit pied à terre, enchaîna son vélo à la grille et passa sous le porche. Elle entra dans la cour et resta un moment immobile, impressionnée par la solennité du lieu. Après un rapide coup d'œil aux statues qui rappellent les grands noms de la médecine, elle s'engagea sous les arcades. Les étudiants attendaient des résultats d'examen qu'un appariteur allait afficher. Elle enviait ces jeunes gens de son âge d'avoir accès aux études supérieures qui lui manquaient.

Mêlée à la cohue, elle chercha le nom de Coste-Lambert sur la liste et ne le trouva pas. Sans doute ne s'agissait-il pas de son année. Elle s'éloigna, furieuse de sa propre déception. Sur le chemin du retour, elle se reprocha ce comportement ridicule et se promit de ne pas recommencer. Ce garçon était volontairement sorti de sa vie, sans jamais plus se manifester. Pourquoi s'abaisser à le rechercher, alors qu'il ne méritait que l'oubli ? Elle revint par le boulevard Malesherbes et se jeta au cou de Nicolas.

Le soir du 3 février 1943, Radio-Londres annonça triomphalement la capitulation de l'armée allemande encerclée à Stalingrad. Le cours de la guerre changeait, ce que confirmaient les succès alliés sur tous les fronts. La fin du cauchemar était en vue.

Olga de Langueuil voulut fêter la nouvelle en sablant le champagne.

— Il faut que nos sauveurs se dépêchent d'arriver, maugréa la vieille dame avec son habituel sourire en coin. Il ne me reste plus que quelques bouteilles.

Nicolas était venu dîner, et Jeannette, restée plus tard que d'habitude, vint trinquer en enlevant son tablier. Elle avait hâte de rentrer chez elle et il ne lui serait bientôt plus possible de continuer à travailler rue Caulaincourt. Chacun le savait.

C'est vers vingt et une heures que le téléphone sonna. Marie appelait de Véricourt, pour prévenir Mademoiselle que Madame avait été hospitalisée après avoir fait une attaque dans l'après-midi.

Dès le lendemain matin, Victoire prit le train dans cette gare Saint-Lazare qu'elle connaissait si bien. Le trajet lui parut interminable. La campagne normande semblait engourdie par le givre, et un soleil timide parvenait mal à faire fondre les gelées nocturnes.

De l'arrêt des cars, la jeune femme se rendit directement à l'hôpital. Bien que ce ne fût pas l'heure des visites, l'employée des admissions lui indiqua une petite chambre vitrée située à l'extrémité de la salle Charcot, un immense dortoir d'une cinquantaine de lits où s'affairaient des religieuses en cornette et des infirmières laïques, la coiffe enfoncée jusqu'aux yeux.

Rien n'avait changé dans le décor depuis le temps où Victoire, enfant, accompagnait son père.

Estelle Dambreville faisait peine à voir, à demi assise dans son lit, les yeux inexpressifs, figés en direction de la fenêtre. L'arrivée de sa fille la laissa indifférente. Sa main gauche crispée sur le drap tremblait tandis que la droite gisait, immobile, comme abandonnée. Victoire s'approcha et posa ses lèvres sur le front moite.

— Maman, c'est moi, Victoire. Est-ce que tu m'entends ?

La malade ne réagit pas. Son visage resta impassible, malgré un souffle bruyant qui soulevait sa joue droite à chaque expiration. Un filet de salive coulait de sa bouche entrouverte. Victoire sortit son mouchoir et l'essuya.

La lourde silhouette claudicante du docteur Coste-Lambert apparut au fond de la salle. Appuyé sur sa canne, il poussa la porte et entra.

— Bonjour, mon enfant. Votre mère a été victime hier soir d'une attaque d'hémiplégie...

Il avait ce ton sentencieux, tellement habituel qu'on pouvait se demander s'il lui arrivait de parler autrement. Harnaché dans sa blouse et son tablier amidonnés, le ventre en avant, le regard hautain, il était détenteur de toutes les certitudes.

— Comme vous le voyez, la paralysie est du côté droit, continua-t-il, si bien que le centre de la parole est atteint. Nul ne peut savoir si elle reparlera un jour...

— Mon Dieu !

Il précisa, avec une nuance de compassion :

— Deux possibilités : si les troubles régressent suffisamment vite, elle s'en tirera, elle retrouvera une partie de ses mouvements et parviendra peut-être à recouvrer des moyens d'élocution suffisants pour se faire comprendre ; si, par malheur, elle réagit mal, la fièvre, les escarres et l'infection urinaire ne lui laisseront guère que quelques jours à vivre.

Le visage de Victoire s'était crispé.

— Elle n'entend pas ce que vous dites, j'espère, chuchota-t-elle.

Il eut un sourire condescendant teinté de mépris :

— Bien sûr que non.

À ce moment, le visage de la malade se tourna lentement vers le médecin et son regard s'éveilla un court instant avant de s'éteindre à nouveau. Victoire eut la conviction que sa mère avait compris les propos du praticien. Elle conçut pour lui plus de dégoût encore, et dut se contrôler pour ne pas hausser le ton.

— Combien de temps pensez-vous devoir la garder ici ? demanda-t-elle à voix basse. Si tout se passe bien ?

— Vous pourrez la ramener chez elle dès que vous aurez fait en sorte qu'elle puisse y être convenablement soignée. Il faut prévoir, bien entendu, la visite quotidienne d'une infirmière, et surtout, une présence permanente. Une garde-malade ou... quelqu'un de la famille.

Autrement dit, le bonhomme se dégageait de la décision sur Victoire, sachant qu'elle n'habitait pas là et qu'elle n'avait plus aucune relation avec sa mère depuis plusieurs années.

La jeune femme ne fut pas dupe.

— Je vous remercie, la situation est claire. Je ferai ce qu'il faudra.

Hector Coste-Lambert s'inclina. Sans un mot de plus, il tourna les talons. Qui aurait pu croire que cet homme s'était longtemps comporté comme un père adoptif pour la fille de son meilleur ami ? Même dans ces circonstances, il restait engoncé dans ses préjugés. Sans le moindre élan du cœur.

Victoire quitta l'hôpital et se sentit mieux dehors, loin de cette atmosphère oppressante. Elle était émue à l'idée de reprendre possession du manoir et de ses souvenirs. Rien n'avait changé dans sa chambre. Livres et bibelots étaient à l'exacte place où elle les avait laissés. En revanche, les meubles du salon et de la salle à manger étaient recouverts de housses blanches qui donnaient aux pièces un aspect fantomatique.

Le soir, elle téléphona à Paris, malgré les réticences de l'opératrice qu'il fallut convaincre de trouver une ligne. Olga lui donna de bonnes nouvelles de Lydie, dont Jeannette s'occupait avec amour. L'après-midi, elle l'avait emmenée avec elle à la boutique. La petite était ravie.

Si attentive et dévouée que pût être la gentille Normande, il était évident que son absence ne devrait pas s'éterniser. Il faudrait prendre une décision rapide. À l'hôpital, l'état d'Estelle s'améliorait. Mis à part son mutisme persistant, l'ensemble de ses fonctions se rétablissait et l'infirmière qui la faisait manger s'émerveillait des progrès accomplis en quelques jours.

Grâce à Marie, devenue soudain un miracle d'amabilité et de déférence, il fut facile de trouver une infirmière qui viendrait donner des soins.

Moyennant des gages améliorés, la domestique s'occuperait de la maison, secondée par une petite nièce qui maintiendrait la permanence au chevet de la malade.

Après une rapide visite au notaire, Victoire régla les derniers problèmes matériels et organisa le retour de sa mère. Elle l'installa dans ses draps brodés et amidonnés, puis disposa les potions prescrites par le médecin à côté du missel de cuir et du chapelet qui ne quittaient pas la table de chevet. Tout était en ordre. Elle allait pouvoir partir.

Sa valise faite, ses instructions données, elle remonta une dernière fois au premier étage. La vieille dame semblait regarder par la fenêtre les grands marronniers dénudés par l'hiver qui laissaient entrevoir le bocage voisin. Elle ne broncha pas à l'entrée de Victoire, qui s'assit sur le bord du grand lit de merisier et lui prit la main droite. Elle la revoyait, cette main, l'index pointé vers la porte lorsqu'elle avait chassé Jeannette. Ce qui avait été un symbole de force et d'énergie n'était plus qu'une chose inerte, molle et sans doute définitivement insensible.

Insensible. N'était-ce pas le trait de caractère dominant d'Estelle Dambreville ? Victoire s'interrogeait sur les sentiments – ou plutôt l'absence de sentiments – de sa mère à son égard. Avait-elle souffert de la complicité qui unissait le père et la fille ?

— Maman, il faut que je retourne à Paris, murmura-t-elle de sa voix la plus douce. Je crois avoir tout prévu pour que ta vie soit la plus confortable possible. Je reviendrai dans une quinzaine de jours et si, d'ici là, quoi que ce soit n'allait pas, Marie m'appellerait. J'espère que ton état va continuer à s'améliorer et que nous pourrons nous retrouver bientôt, comme autrefois. Il me semble que nous aurions beaucoup de choses à nous dire... si tu voulais.

La malade n'eut aucune réaction permettant de penser qu'elle comprenait, ni même entendait les paroles de sa fille. Victoire hésita. Allait-elle lui parler de Lydie ? Elle scruta le visage de la malade sans y trouver d'encouragement. La peau était d'un blanc cireux, les pommettes saillaient sous les joues amaigries et, au fond des orbites cernées de bistre, les yeux bleu pâle n'avaient qu'un faible éclat.

— Je pense que tout ira mieux dans les semaines à venir... Je le souhaite, maman, de tout mon cœur.

Les larmes aux yeux, elle posa ses lèvres sur le front immobile et sortit de la chambre. Au moment de fermer la porte, elle se retourna une dernière fois et eut la surprise de croiser le regard de sa mère qui, aussitôt, détourna les yeux.

Troublée, la jeune femme hésita soudain à partir. Son indécision fut de courte durée. Elle devait rentrer rue Caulaincourt où Lydie avait besoin d'elle. À la cuisine, elle donna ses dernières directives à Marie et, le cœur lourd, se dirigea vers la gare routière.

Nicolas et Olga l'attendaient pour dîner. Lydie dormait déjà. Ils passèrent à table, servis par Jeannette qui ne parvenait pas à masquer sa curiosité. Victoire expliqua ce qu'elle avait mis en place, tandis que la jeune Normande hochait la tête.

— Quel malheur, répétait-elle à mi-voix, sans préciser si elle parlait de la maladie ou de la brouille entre Estelle et sa fille.

Nicolas demeurait silencieux. Il écoutait Victoire raconter ses promenades dans les rues de sa ville où les gens faisaient semblant de ne pas la reconnaître pour se retourner dans son dos.

— Je n'ose imaginer les ragots qui ont circulé après mon départ. Je ne me rappelais plus cette mentalité de province étriquée, mesquine... Marie ne cessait de répéter que, grâce aux décisions prises, personne n'aurait rien à redire. Comme si j'agissais en fonction de l'opinion publique, et non pour le bien-être de ma mère.

Nicolas, les yeux baissés, était devenu très pâle. Il croisait et décroisait ses longues mains fines. Il s'agitait sur sa chaise et semblait incapable de trouver une position confortable. Intriguée par ce manège, Victoire se tut. Le silence dura plusieurs secondes, jusqu'à ce qu'il redresse la tête et, d'un geste hésitant, pose sa main sur celle de la jeune femme.

— Excusez mon trouble, dit-il d'une voix étrangement rauque, mais, voyez-vous, votre absence m'a permis de réfléchir. Je... J'ai... Depuis... Voilà...

Elle le fixait intensément, et crut rêver quand il prononça d'un trait la demande qu'il avait tant de mal à exprimer :

— Victoire, voulez-vous m'épouser ?

Il leva la main pour l'empêcher de répondre tout de suite, et continua :

— Attendez, je n'ai pas fini. Je souhaiterais aussi adopter Lydie... et lui donner très vite des frères et sœurs.

Il mit son autre main sur celle de sa mère.

— J'ai fait part de mes projets à maman qui ne voit aucun inconvénient à échanger sa secrétaire contre une belle-fille. Je me crois même autorisé à dire qu'elle n'y verrait que des avantages...

Victoire resta sans voix. Être la maîtresse de Nicolas, passe encore. Devenir son épouse, c'était inconcevable. L'âge, le niveau social, son statut de fille-mère, tout les séparait.

— Je ne parviens pas à y croire, balbutia-t-elle.

— C'est tout simple, s'écria-t-il, soudain joyeux, je vous aime. Nous allons passer devant monsieur le maire, qui nous mariera. Ensuite, au prix de quelques aménagements, nous nous installerons ici, dans le fond de l'appartement. Ainsi, vous pourrez continuer à travailler comme avant. Lydie aura sa chambre à côté de la nôtre, et nous logerons la jeune fille qui s'occupera d'elle près de la cuisine. Il y a encore deux pièces disponibles au sixième étage...

Victoire ne put contrôler son émotion plus longtemps. Elle éclata en sanglots. Nicolas, subitement inquiet, se précipita pour la prendre dans ses bras et la serrer très fort contre lui.

— Ma chérie, pardonnez ma brutalité. Si vous ne voulez pas m'épouser, ce n'est pas grave... J'attendrai que vous m'aimiez, que vous m'acceptiez...

Pour toute réponse, elle enroula ses bras autour de son cou et couvrit son visage de baisers, incapable d'articuler un mot.

— Bravo, mes enfants ! s'écria Olga pour manifester sa présence. Je vous souhaite des siècles de bonheur !

Victoire s'écarta de Nicolas et, moitié riant, moitié pleurant, se baissa vers la vieille dame pour l'embrasser sur les deux joues.

— Merci, vous êtes si bonne...

— Allons, allons, ma fille ! Ce n'est pas moi qu'il faut embrasser aujourd'hui ! Nicolas, veux-tu demander à Jeannette d'aller chercher une bouteille de champagne à la cave ? Il n'en restera plus que deux. Une pour le jour du mariage, l'autre pour le débarquement. Ensuite, je pense que nous pourrons de nouveau en acheter.

Ce printemps 1943 passa très vite. Le mariage fut célébré le 15 mai, dans la plus stricte intimité, par un adjoint au maire pressé d'en finir.

Nicolas était débordé de travail et Victoire ne savait plus où donner de la tête. Les formalités d'état civil, la préparation du déménagement, les visites à Véricourt, les transformations de l'appartement, tout reposait sur ses épaules, d'autant que Jeannette venait de moins en moins. Par chance, Lydie commençait à fréquenter l'école maternelle et c'était, pour elle, une joie chaque matin renouvelée. Surtout quand Nicolas l'accompagnait. Une véritable complicité s'était établie entre eux, avec des échanges de secrets, des éclats de rire et des câlins que Victoire avait beaucoup de mal à interrompre.

L'avocat semblait vivre sur un nuage rose. Même ses activités dans la Résistance le remplissaient de bonheur. Il avait pu faire la connaissance de Jean Moulin, délégué du général de Gaulle, qui lui avait appris des nouvelles incroyables : l'unification du pouvoir en Algérie, la déroute de l'armée allemande en Tunisie, la préparation du débarquement par les alliés en Italie et en Corse...

— La vie, s'exclama-t-il le lendemain matin, a pris des couleurs de victoire !

Son cabinet du boulevard Malesherbes était devenu le quartier général de son réseau. Mêlés à la clientèle, les soldats de l'ombre passaient prendre des directives ou déposer leurs rapports et le secrétariat faisait office d'imprimerie clandestine. À Victoire qui s'inquiétait, il avait expliqué que le hasard lui avait donné une majorité de clients appartenant au milieu de la collaboration. On ne pouvait rêver meilleure couverture.

Le soir, il racontait souvent des anecdotes concernant la vie du Palais de justice. C'est ainsi qu'au mois de juin, il parla d'un procès qui bouleversa Victoire. Une femme de quarante ans, Marie-Louise Giraud, allait être jugée pour avoir pratiqué des avortements et, d'après les chroniqueurs, elle risquait sa tête. Nicolas n'y croyait pas.

— Pendant toute la IIIe République, l'exercice du droit de grâce a épargné la peine capitale aux femmes condamnées. On voit mal le Maréchal se montrer plus cruel que ses prédécesseurs. Je sais bien qu'autrefois ce n'était qu'un délit, alors que c'est devenu un crime contre l'État, mais tout de même... guillotiner une femme !

Victoire aurait bien aimé assister aux audiences. Hélas, le huis clos fut prononcé. Nicolas trouva la solution : il l'habilla d'une robe d'avocat empruntée à l'une de ses collaboratrices, et elle put l'accompagner dans la salle du tribunal.

— Je connais bien le président Paul Devise, précisa-t-il, nous ne risquons rien. Il a été tiré de sa retraite pour l'occasion. Les débats ne vont pas traîner.

Il ne croyait pas si bien dire. D'emblée, l'accusation se montra féroce, faisant de l'accusée un portrait effrayant : prostituée occasionnelle, louant des chambres à d'autres femmes de mauvaise vie en l'absence de son mari, ayant exécuté des dizaines d'avortements pour amasser une véritable fortune.

— Je ne comprends pas cette démesure, s'étonna Nicolas. Pourquoi faire tant de bruit autour de cette affaire ? Marie-Louise Giraud n'est ni meilleure ni pire que celles qui ont été jugées ces dernières années.

— Il y a donc beaucoup de procès de ce type ? s'informa Victoire, étonnée.

— Deux ou trois mille par an.

— Tant que ça ! Et elles sont toutes condamnées ?

— Presque toutes.

— À des peines graves ?

— Pas toujours. Pourtant, certaines ont été envoyées aux travaux forcés pour vingt ans !

— Mon Dieu ! Et cette fois-ci, on parle de peine de mort ? J'ai du mal à croire que ce soit possible !

— Je suis bien de ton avis. D'autant que, s'ils voulaient faire un exemple, je ne vois pas pourquoi ils ont prononcé le huis clos et interdit les journalistes.

En dépit de son âge, le président Devise avait l'esprit vif. Il expédia les débats avec une rapidité étonnante. L'avocat de la défense eut beau décrire une femme au grand cœur uniquement préoccupée d'aider ses semblables, l'affaire semblait entendue.

Le 8 juin, la condamnation à mort fut prononcée.

— Pétain est obligé de lui accorder sa grâce, prédit Victoire, qui ne comprenait pas cette sévérité.

Nicolas n'était pas aussi optimiste :

— Je me demande si ce régime ne veut pas se montrer impitoyable pour asseoir son autorité. Tu sais qu'il n'y a jamais eu autant de guillotinés que depuis l'avènement de l'État français...

La suite lui donna raison: le 30 juillet, Marie-Louise Giraud fut exécutée!

Cette fin tragique révolta Victoire. Ses propres souvenirs, les chiffres annoncés par Nicolas et la cruauté de la sentence lui donnaient l'impression que ce monde de l'avortement était dominé par une véritable barbarie. Au cours du procès, personne n'avait parlé de la motivation de celles qui venaient demander son aide à la « faiseuse d'anges ». Ces femmes n'avaient-elles pas été contraintes à cette extrémité par un environnement familial embourbé dans des convenances sociales iniques?

En 1939, Madeleine Pelletier s'était retrouvée, elle aussi, traînée en justice pour avoir pratiqué des avortements. Les magistrats s'en étaient tirés en la déclarant folle et en la faisant enfermer dans un asile d'aliénés. Jusqu'à sa mort. N'aurait-il pas été possible d'en faire autant avec Marie-Louise Giraud? Pourquoi avait-elle été exécutée?

Olga trouva là de quoi donner libre court à son exaspération féministe. Elle était scandalisée par cette aliénation sans cesse aggravée des droits de la femme. Elle vitupérait sur un tel ton que Jeannette quitta sa cuisine pour l'écouter, bouche bée.

L'intérêt que la jeune Normande portait à la question s'expliqua peu après. Alors qu'elle rangeait les vêtements de son nouveau patron, elle profita d'un moment de solitude avec Victoire pour se confier à elle. S'asseyant sur une caisse non déballée, elle chuchota:

— Vous savez, ça ne va plus du tout avec Georges.

— Que me chantez-vous là, Jeannette? Vous semblez vous entendre parfaitement...

— Pour sûr qu'on s'entend bien. Mais il est inquiet, à cause de moi...

— À cause de vous?

— Je n'arrive pas à avoir d'enfants.

— Comment pouvez-vous dire une chose pareille? Vous êtes mariée depuis un an à peine.

Jeannette soupira et prit son élan pour soulager sa conscience.

— Moi, vous savez, j'ai toujours été comme les lapines. À

peine je vois le mâle que je suis prise. Il a fallu que j'aille trouver la mère Tape-dur trois fois, quand j'étais au pays. Je pensais qu'avec le Georges, j'allais pas traîner. Surtout qu'il n'est pas feignant à la besogne ! Eh bien, rien ne vient. J'ai été raconter mon histoire au docteur Houlié. Il n'a rien dit, mais il a fait la grimace. Il m'a envoyée à l'hôpital Lariboisière passer une radio. Je ne vous dis pas ce qu'ils m'ont fait subir : les pattes en l'air, une seringue dans le ventre, et tout le monde qui défilait. J'ai cru qu'ils allaient me faire éclater.

— Et alors ?

— J'ai les trompes bouchées !

— Vous avez revu le docteur Houlié ?

— Oui ! Il m'a fait une lettre pour un spécialiste d'un autre hôpital, rue de la Glacière, dans le 13e. J'ai la trouille d'y aller toute seule, mademoiselle... je veux dire, madame Victoire. Vous ne voudriez pas m'accompagner ?

Parmi les hôpitaux de la capitale, Broca pouvait s'enorgueillir d'être le plus vétuste établissement en exercice. Non pas que les bâtiments fussent plus anciens que ceux de Saint-Louis ou de la Salpêtrière, mais ils étaient dans un rare état de délabrement. Mal adaptés à leur fonction et voués à la démolition depuis des décennies, ils ne survivaient qu'en raison des lenteurs administratives. L'époque, il est vrai, n'était pas à la modernisation.

Les visiteurs n'en subissaient pas moins un choc en découvrant sur les murs des couloirs et des salles d'attente d'immenses peintures murales à moitié écaillées datant du siècle précédent. Dans le style immortalisé par Puvis de Chavannes, les fresques allégoriques portaient des titres éloquents : *La Jeunesse et la Vieillesse, La Santé rendue aux malades...*

Malgré leur angoisse, Jeannette et Victoire ne purent s'empêcher de s'arrêter devant ces œuvres d'un académisme pompeux, presque émouvant. Un vieil homme qui passait près d'elles murmura :

— On dit que Sarah Bernhardt a posé pour le peintre...

Elles sourirent, impressionnées par le visage extatique du vieillard, et oublièrent un instant l'objet de leur visite.

Quelques minutes plus tard, elles furent reçues par le praticien qui leur avait été conseillé. Raoul Palmer était un homme solide, âgé de trente-cinq ans environ, avec des cheveux bruns coiffés en arrière et soigneusement collés sur le crâne, l'œil vif derrière des lunettes d'écaille.

— Racontez-moi votre histoire, demanda-t-il, tout en regardant attentivement les radiographies que Jeannette avait posées sur son bureau.

D'une voix douce, il posait des questions, précisait un point de détail et donnait l'impression d'avoir, en face de lui, le cas le plus intéressant de sa carrière. Victoire était sous le charme.

Il fit passer la consultante derrière un paravent pour l'examiner. Patiemment, il palpa, explora, scruta, comme s'il déchiffrait une énigme.

— Vous pouvez vous rhabiller, conclut-il enfin, le visage grave.

Revenu derrière son bureau, il reprit, en attendant sa patiente, l'étude des clichés radiologiques.

— Je ne vous cache pas, lui avoua-t-il, que, dans votre cas, les chances de succès sont minces. Il faut bien comprendre qu'un avortement provoqué – *a fortiori* trois – laisse des séquelles parfois sévères. En effet, les manœuvres abortives provoquent une infection du fœtus qui pousse l'organisme à s'en débarrasser. Or cette infection ne cesse pas toujours quand l'utérus s'est vidé...

Victoire ferma les yeux. Au bord du malaise, elle sentit une sueur froide couler le long de son épine dorsale.

— Au point où en sont les lésions, continuait le spécialiste, le traitement est chirurgical. Il faut enlever la partie des trompes qui est malade et rétablir le libre passage pour l'ovule fécondé. Je dois seulement vous prévenir que le résultat n'est pas acquis d'avance. Il arrive souvent que le canal reconstitué se bouche à nouveau sous l'effet de la cicatrisation. Il y a même pire. Il n'est pas rare que l'importance des dégâts rende toute réparation illusoire.

— Ce qui veut dire? interrompit Victoire.

Le médecin eut un sourire triste.

— Ce qui veut dire que la chirurgie est parfois impuissante...

— Dans ces cas-là, vous avez ouvert le ventre pour rien?

Il acquiesça de la tête. Les deux femmes se regardèrent, atterrées.

— Docteur, intervint Jeannette, si mon mari veut absolument des enfants, moi, la chirurgie, ça me fait peur.

— Je vous comprends.

Il laissa passer un moment de silence, pour revenir aux radiographies accrochées sur la plaque lumineuse. Il semblait hésiter. Brusquement, il se décida :

— Je vais vous proposer une solution différente. Comme vous n'êtes pas la seule à poser ce type de problème, je viens de mettre au point une méthode qui permet d'en savoir plus sur les possibilités de réparation chirurgicale, *avant* de tenter la véritable opération.

— Ah bon ?

Il posa sur Jeannette un regard plein de bonté.

— Je vous préviens, ce n'est pas une partie de plaisir, mais c'est supportable, sinon je ne vous le proposerais pas. Voulez-vous que nous tentions l'expérience ensemble ?

Jeannette quêta l'assentiment de Victoire avant de demander :

— Il faut rester à l'hôpital ?

— Vingt-quatre à quarante-huit heures, rarement plus.

— C'est mieux que de se faire opérer pour rien, n'est-ce pas ?

— Assurément !

Elles échangèrent un dernier regard et elle se décida.

— Alors... je suis d'accord.

— Je vous ferai donc une... cœlioscopie – excusez ce nom barbare – lundi prochain.

Jeannette était déjà allongée sur le chariot quand le docteur Palmer arriva, suivi de Victoire.

— J'ai autorisé votre amie à rester à vos côtés pendant l'intervention. Pour vous rassurer. Vous êtes contente ?

— Oh, oui ! merci, professeur.

Il se pencha et lui chuchota à l'oreille, d'un ton rieur :

— Je ne suis pas professeur et, à la vérité, ça n'en prend pas le chemin... Mais, rassurez-vous, je n'en connais pas moins mon travail.

Il entra dans le vestiaire, tandis que le brancard de Jeannette était emmené par une infirmière. À Victoire, il tendit une blouse et une calotte blanches.

— Enfilez cette casaque par-dessus vos vêtements et essayez de faire tenir vos cheveux dans cette coiffe.

Il parlait d'un ton posé, rassurant. Tout, dans son comportement, inspirait la confiance.

Ils pénétrèrent dans la salle, qui sentait fort le désinfectant. Les infirmières s'affairaient autour de la table d'opération. Elles s'adressaient à lui avec déférence. Il enfila une paire de gants et commença à préparer son matériel. Une aide dénudait le ventre de Jeannette pour le badigeonner de teinture d'iode. Il demanda qu'on fît entrer deux médecins qui attendaient dans le couloir :

— Venez, messieurs. Placez-vous où vous pouvez. Nos locaux sont un peu exigus car je suis obligé d'opérer dans mon laboratoire. Mon maître, le professeur Mocquot, occupe les salles d'opération principales qui ne sont, d'ailleurs, pas beaucoup plus spacieuses.

Les deux hommes se regardèrent en fronçant les sourcils. Manifestement, ni l'un ni l'autre ne saisissaient ce qui venait d'être dit.

— Ah, c'est vrai ! Vous ne comprenez pas le français. *You are English. And you ? Esta español ?* O. K., on s'adaptera.

À partir de cet instant, tout alla très vite. Le chirurgien pratiqua une série de piqûres dans la région du nombril pour insensibiliser la peau. Jeannette gémissait. Un drap fut tendu devant son visage, isolant les deux femmes de la zone opératoire. Une infirmière se baissa près du pied de la table et commença à tourner une manivelle qui bascula progressivement le plateau de telle sorte que l'opérée, inclinée à plus de trente degrés, eut bientôt la tête tout près du sol et les jambes écartées vers le plafond.

— La situation est inconfortable, je sais, reconnut Palmer, mais ce ne sera pas long.

— Oh ! là ! là ! j'ai peur, murmura-t-elle en lançant à Victoire un regard de détresse.

— Il faut rester calme, ma Jeannette, tout va bien se passer, chuchota la jeune femme, qui n'en menait pas large non plus.

Comme pour la contredire, l'opérée sursauta brutalement :

— Aïe ! J'ai mal !

Derrière le champ, Palmer avait piqué, dans le flanc de sa patiente, une fine aiguille branchée sur une sorte de soufflerie. Le ventre gonflait à vue d'œil, provoquant une tension douloureuse. Quand il jugea l'abdomen suffisamment dilaté, il enfonça, juste sous le nombril, dans la zone anesthésiée, un long tube métallique porteur d'une petite ampoule électrique. L'œil collé à l'autre extrémité, il suivait la progression de l'instrument en décrivant ses constatations.

Il s'exprimait en français et répétait ses explications successivement en anglais puis en espagnol. Tout au long de l'opération, il fit ses commentaires dans les trois langues.

Accroupie, sans plus chercher à comprendre ce que faisait ou disait l'opérateur, Victoire s'efforçait d'être rassurante. Elle caressait le front de Jeannette, dont le visage se crispait chaque fois que Palmer déplaçait ses instruments.

— Que fait-il ? répétait-elle sans attendre de réponse.

Victoire, au bord de la crampe, se redressa et vit le dos puissant de Palmer penché en avant. De sa main droite, il tenait son optique, tandis que, de la gauche, il dessinait sur un carnet tenu par une infirmière. Les deux visiteurs prenaient des notes en écoutant les explications polyglottes et en suivant le schéma qui illustrait les propos du chirurgien.

Aucune des deux femmes n'aurait pu dire combien de temps dura l'épreuve. Quand la table fut remise à l'horizontale, Jeannette ressentit un immense soulagement. Elle n'avait pas autant souffert qu'elle le craignait et se plaignait moins de douleurs que de sensations pénibles.

— Vous êtes mieux ainsi, n'est-ce pas ? demanda l'infirmière.

— Pour sûr, je respire plus facilement que la tête en bas. Ce qui est bizarre, c'est que j'ai plus mal aux épaules qu'au ventre...

— C'est la conséquence de la dilatation gazeuse. N'ayez crainte, cette gêne ne durera pas.

— J'espère. C'est désagréable !

— On va vous raccompagner à votre lit, et M. Palmer viendra vous voir tout à l'heure pour vous dire ce qu'il a trouvé. Soyez patiente, il a encore deux autres malades à opérer ce matin.

— Merci. Vous êtes gentille. Je vais l'attendre.

À peine réinstallée dans son lit, au milieu d'une grande salle voûtée où régnait une activité feutrée, Jeannette s'endormit comme une masse.

— C'est la prémédication qui fait son effet, expliqua l'infirmière. Elle va dormir un bon moment. Vous devriez aller vous asseoir dans le couloir. Pendant les soins, les visites ne sont pas autorisées.

Victoire avait emporté un journal. Elle alla s'installer sous une fresque monumentale et se mit à lire le compte rendu d'un film qui venait de sortir sur les écrans parisiens : *Le Corbeau*, de Henri Georges Clouzot. Il y était question de lettres anonymes qui accusaient un médecin d'avoir commis des avortements...

Vers midi, Palmer arriva, l'air sombre.

— J'ai de mauvaises nouvelles. L'importance des cicatrices laissées par l'infection ne permet pas d'envisager une réparation chirurgicale.

Victoire sentit les larmes lui monter aux yeux.

— Ce n'est pas possible ! Vous êtes sûr qu'il n'y a pas d'espoir ?

— Dans l'état actuel de nos connaissances, il n'existe aucun moyen de donner à cette jeune femme la possibilité d'être enceinte.

— Comment vais-je lui annoncer une telle nouvelle ?

— Je m'en chargerai. Il lui restera la possibilité de l'adoption...

Victoire fit la moue et le chirurgien acquiesça.

— Vous avez raison, c'est sans doute trop tôt pour en parler.

— Va-t-elle pouvoir quitter l'hôpital ce soir ?

— Il vaut mieux attendre un peu. Le chagrin ne va pas l'aider à se remettre sur pied. Venez la chercher demain en début d'après-midi. Elle se sentira mieux.

Victoire remercia et sortit de l'hôpital. Elle avait besoin de prendre l'air. Elle s'engagea sur l'avenue des Gobelins, regardant sans les voir les passants affairés et marchant comme une automate pendant plus d'une heure. À la nuit tombante, elle revint rue de la Glacière et retourna vers la salle d'hospitalisation. Une infirmière lui recommanda de ne pas rester trop longtemps : le dîner allait être servi.

Jeannette parut soulagée de la retrouver. Palmer était passé et lui avait tout expliqué. Après avoir longtemps pleuré, elle se résignait :

— Avec la vie que j'ai menée, il n'y a rien d'étonnant.

D'une voix lasse, elle raconta son existence de jeune paysanne condamnée aux amours furtives et aux grossesses de hasard ; les visites de nuit chez l'avorteuse ; les transports en urgence ; les curetages expédiés par des médecins sarcastiques et sans pitié...

— Vous comprenez pourquoi j'avais si peur de venir ici. Je ne pouvais pas imaginer que le docteur serait aussi gentil.

Jeannette ne fit aucune confidence à propos de la façon dont son mari prit la nouvelle, mais son humeur en disait long sur l'atmosphère familiale. Les denrées alimentaires apportées jusque-là généreusement se firent rares. Elle continua à donner un coup de main pour l'installation de M. Nicolas, mais chacun savait qu'elle ne viendrait bientôt plus travailler à plein temps. Il faudrait se décider à embaucher une autre domestique. Elle en convint.

Elle-même proposa une femme chaleureusement recommandée par le curé de Clignancourt. C'était une Bretonne du Finistère qui avait un fils séminariste. Elle l'avait suivi à Paris et s'était placée chez un officier retraité qui venait de mourir.

Grande, vêtue de noir, avec un long visage coiffé de bandeaux gris serrés en chignon sur la nuque, Anne-Josèphe Le Gwen déclara sans ambages qu'une famille de quatre personnes ne lui faisait pas peur, à condition qu'il s'agisse de bons catholiques. Elle souhaitait un après-midi de congé hebdomadaire pour aller rendre visite à son garçon, et la permission d'aller chaque matin entendre la première messe.

Le pittoresque du personnage enchanta Nicolas et Victoire. Bien qu'ils ne fussent guère confits en dévotion, les circonstances plaidaient en leur faveur. En effet, le hasard voulait que le vicaire de la paroisse fît partie de leur réseau de résistance. L'église étant devenue ainsi un lieu habituel de discrets rendez-vous, le couple donnait l'illusion d'une pratique religieuse fervente.

Le regard sévère d'Anne-Josèphe s'attendrit devant Lydie, qui eut tôt fait de la dérider en l'appelant Zeffe, diminutif adopté par toute la maisonnée. Victoire ne s'étendit pas en explications généalogiques pour la nouvelle venue qui, au demeurant, ne posa pas de questions. La petite fille appelait Nicolas papa et le clan Langueuil avait ainsi toutes les apparences de la normalité.

Jeannette venait rue Caulaincourt quand Zeffe était de repos. Elle se consacrait à des travaux de couture, assise en face d'Olga, et les deux femmes commentaient, chacune à sa manière, l'ensemble de l'actualité. Son attachement à la vieille dame était quasi filial, et c'est à elle qu'elle confia, pour la première fois, les secrets douloureux de sa vie conjugale. Ce jour-là, l'hématome qui lui cernait l'œil était éloquent.

— Mon Georges, il est tellement nerveux en ce moment, qu'il faut l'excuser. Je sais bien qu'il n'a pas voulu me faire de mal. Il a seulement eu la main un peu leste... Ça arrive à tout le monde, vous savez. Il regrette déjà, j'en suis sûre.

Olga était choquée:

— Tout de même...

— Son père a toujours battu sa mère, et cela ne les a pas empêchés d'être un très bon ménage.

— Pourquoi est-il si «nerveux»?

— À cause du contrôle économique. Ils sont toujours sur son dos et les affaires ne marchent plus comme avant. Il a beau connaître des gens bien placés à la «kommandantoure», ce n'est pas facile. Les Français sont encore plus teigneux que les Allemands.

Elle baissa la tête pour ajouter, le cœur lourd de culpabilité:

— Et puis, avec cette histoire d'enfant, il n'est plus le même. Il ne supporte pas l'idée que je ne puisse pas lui donner un fils! Il dit tout le temps: «Quand j'aurai l'âge de mon père, qui c'est qui m'aidera et qui prendra la suite?»

L'année 1944 ouvrit pour les résistants une période d'intense activité. Chacun savait que le débarquement ne tarderait pas, et la recherche de renseignements prenait une ampleur jamais égalée. La Gestapo était sur les dents. Nicolas avait beau renforcer les cloisonnements de son réseau, il se rendait bien compte que les risques augmentaient avec le nombre sans cesse croissant des nouvelles recrues. Il s'efforçait d'isoler l'appartement de la rue Caulaincourt et de centraliser ses contacts sur le boulevard Malesherbes, mais il sentait le danger croître chaque jour davantage.

Précise et organisée, devenue sa première collaboratrice, Victoire faisait merveille. Sa présence d'esprit avait déjà évité plusieurs catastrophes. Affublée du titre de documentaliste, elle revenait de ses expéditions en passant d'une bibliothèque à l'autre, se servant de sa connaissance des lieux pour décourager une éventuelle filature.

Olga suivait de loin ces jeux dangereux sans manifester ses frayeurs. Elle passait de longs moments à bavarder avec le docteur Houlié, qui tenait la chronique du quartier. Lydie et Zeffe, devenues inséparables, se retrouvaient à la cuisine. La Bretonne enseignait à la petite fille, avec une maîtrise ancestrale, l'art et la manière d'accommoder les crêpes en période de pénurie.

La vie de famille des Langueuil paraissait banale et, parmi les voisins, personne n'aurait pu suspecter l'intense activité secrète qui s'y dissimulait. Zeffe n'avait été mise au courant de rien, bien qu'elle ne dissimulât pas ses convictions patriotiques en ne manquant jamais de bougonner contre ces «sales Boches».

De son fils, elle ne parlait jamais. Lorsque Olga lui proposa de l'aider financièrement, elle refusa, mais avoua les inquiétudes que lui inspirait la santé du jeune homme. Le supérieur parlait de phtisie...

Un matin de mai, alors que les arbres commençaient à peine à reverdir sous un soleil guilleret, Victoire et Nicolas décidèrent d'accompagner ensemble Lydie à l'école. Enchantée de cette faveur rare, la gamine sautait de joie en tenant ses parents chacun par une main, et babillait comme à son habitude. À peine avaient-ils parcouru une centaine de mètres dans la rue Caulaincourt qu'ils entendirent un crissement de freins. Ils se retournèrent et aperçurent, au pied de leur immeuble, deux Citroën noires qui stoppaient. Des hommes en imperméable sombre pénétrèrent en trombe dans le vestibule.

S'efforçant de ne pas changer d'allure, Victoire et Nicolas continuèrent leur chemin après avoir échangé un regard qui en disait long sur leur inquiétude. Ils ne firent aucun commentaire. Un peu plus loin, ils rencontrèrent Zeffe qui revenait de la messe avec, comme chaque jour, quelques provisions achetées en route. Victoire l'arrêta et la mit brièvement au courant. Ils restèrent tous les quatre devant la vitrine d'une boutique de journaux, surveillant du coin de l'œil ce qui se passait devant leur maison. Au bout d'un moment, les policiers ressortirent. Ils se concertèrent et les « tractions » démarrèrent en trombe, laissant deux hommes sur place. L'un traversa la rue et s'embusqua sous une porte cochère. L'autre rentra dans l'immeuble.

— Voilà qui est clair, conclut Victoire, péremptoire. Il n'est pas question de rentrer. Le seul problème immédiat, c'est ta mère.

Nicolas était très pâle. Il répondit comme s'il émettait un vœu :

— Elle saura leur tenir tête, il faut lui faire confiance. De toute façon, ils ne vont pas rester là éternellement.

— Ne rêve pas. Ils nous attendent et ne sont pas près de partir.

Il respira profondément.

— Les autres ont dû se rendre boulevard Malesherbes. La situation va être dramatique. Des documents devaient m'être remis ce matin pour la vacation radio de midi. À coup sûr, la Gestapo a tendu une souricière.

Zeffe sortit de son mutisme :

— En tout cas, il ne faut pas laisser la petite ici, Madame.

— Je suis bien d'accord, mais où voulez-vous que nous la cachions ?

— Pourquoi pas chez moi ? En Bretagne ?

Surprise un instant, Victoire comprit vite l'intérêt de cette solution.

— Vous êtes sûre de ce que vous proposez, Zeffe ? Vous seriez prête à partir ?

— Oh ! oui, Madame, sans hésitation.

Victoire avait du mal à se décider. Elle jeta un coup d'œil à son mari, qui acquiesça d'un signe de tête. Le regard placide de la Bretonne la rassura.

— C'est entendu, je vous confie Lydie. Partez immédiatement à la gare Montparnasse et, de là, pour votre village où vous attendrez de nos nouvelles. Vous êtes d'accord?

Les sourcils froncés, Zeffe hocha la tête:

— Il faudra seulement que vous préveniez mon fils.

— Bien sûr! Soyez tranquille.

Les deux femmes échangèrent les adresses. Nicolas fouilla dans sa serviette et en sortit des billets de banque pliés dans une enveloppe. C'était une somme importante, que la domestique enfouit dans son cabas.

— Vous utiliserez ce qui vous sera nécessaire. Je ne sais pas combien de temps nous serons séparés...

Ils serrèrent longuement Lydie dans leurs bras comme si ce devait être la dernière fois. La petite fille, impressionnée par l'émotion de ses parents, ne disait mot. Victoire prit sur elle pour parler d'un ton presque normal:

— Ma chérie, tu vas faire un grand voyage avec Zeffe et aller en Bretagne.

— Je pourrai manger des crêpes? demanda la gamine d'une voix étranglée.

La Bretonne se pencha et lui chuchota:

— Les crevettes, tu sais ce que c'est?

— Non!

— C'est comme un petit poisson. Je vais t'apprendre à les pêcher, viens!

— On fera des crêpes aux crevettes?

Le cœur serré, des larmes plein les yeux, Nicolas et Victoire virent s'éloigner les deux silhouettes si dissemblables qui se tenaient par la main. Ils n'étaient pas certains de les retrouver jamais...

Le premier, Nicolas reprit ses esprits.

— Voilà une bonne précaution de prise. Maintenant, remuons-nous. À mon avis, le plus urgent est de voir si Jeannette peut aller en reconnaissance jusqu'à l'appartement.

Ils coururent vers les Halles, où la jeune femme travaillait dès l'aube. Quand elle les vit arriver, elle comprit qu'un malheur venait d'arriver.

— Que se passe-t-il?

Victoire le lui expliqua en quelques mots. Sans hésiter une seconde, elle prit un cageot et y rangea quelques légumes.

— Je vais voir, décida-t-elle, sans rien dire à son mari qui la regardait de loin.

La voyant partir, il s'approcha :

— Où va-t-elle encore ?

Très calme, Nicolas répondit :

— Rue Caulaincourt. Livrer de quoi manger à ma mère.

— À cette heure ? C'est donc si urgent ? C'est que j'ai besoin d'elle, moi ! Les livraisons, c'est pas le matin !

— Elle va revenir vite, ne vous inquiétez pas.

Georges retourna dans le magasin en maugréant.

— Dieu t'entende, murmura Victoire.

Jeannette fut de retour un quart d'heure plus tard, bouleversée.

— Les salauds ! Ils ont tout saccagé ! Vous verriez ce chantier. Les tiroirs par terre, la commode et les armoires vidées...

Nicolas blêmit.

— Et ma mère ?

— Madame, elle va bien, Dieu merci ! Elle était dans son lit quand ils sont arrivés. Elle a joué la vieille toquée. Ils l'ont un peu secouée, mais rien de grave. Il y en a un caché sur le palier du dessus, et un autre sur le trottoir d'en face. Qu'est-ce que vous allez faire ?

Nicolas s'efforçait de garder son calme.

— Nous allons nous cacher dans une maison amie, en attendant la suite des événements. Jeannette, je vous confie maman. Prenez-en soin. Je vous appellerai au téléphone.

— Et la petite ?

— Partie avec Zeffe.

— Comme c'est bien !

Nicolas décida d'un code pour savoir s'ils pouvaient se parler sans risque. Ils s'embrassèrent avant de filer.

Georges était furieux.

— De quoi tu te mêles ? vint-il demander à sa femme. Tu n'as rien à faire avec ces gens-là.

Elle se retourna vers lui, le menton levé, avec un air de détermination qu'il ne lui connaissait pas.

— Écoute-moi bien, mon petit bonhomme ! Mme de Langueuil, c'est comme ma mère. Encore plus, même ! Alors, pour elle, je ferai tout ce que je pourrai. Et toi, tu n'as pas intérêt à essayer de m'en empêcher. Ces gens-là, comme tu dis, c'est ma famille. Ma vraie famille !

— Parce que moi...
— Toi, tu n'es que mon mari!
— Mais...
Elle l'interrompit, l'index braqué:
— Et ça, ça peut toujours changer!

Victoire et Nicolas commencèrent une vie d'errance. Leur réseau avait été trahi, mais le cloisonnement mis en place par l'avocat sauva la majeure partie de ses membres. Seulement, le bureau du boulevard Malesherbes tout comme l'appartement de la rue Caulaincourt étaient devenus inaccessibles.

Le passage à la clandestinité complète rendait les imprudences inévitables. Plusieurs fois, le couple échappa à la Gestapo grâce à des concours de circonstances heureux qui ne se renouvelleraient pas éternellement...

Victoire était devenue un agent d'une remarquable efficacité, et c'est elle, le plus souvent, qui trouvait une solution à leurs problèmes de survie quotidienne. Malgré tout, l'étau se resserrait. Depuis la fin de mai 1944, les résistants, informés de l'imminence du débarquement, se montraient pugnaces et la police allemande était sur les dents.

Un soir où ils revenaient vers leur dernier refuge en date avec une valise de documents et leur poste émetteur, ils aperçurent des silhouettes suspectes. Les renseignements en leur possession étaient de la plus haute importance. Ils parvinrent à battre en retraite sans se faire remarquer et durent passer la nuit, serrés l'un contre l'autre, dans une entrée d'immeuble.

Au petit matin, leur décision était prise: quitter Paris. Depuis longtemps, ils avaient décidé qu'en de pareilles circonstances ils iraient se cacher en Normandie. Victoire n'avait jamais laissé traîner le moindre papier faisant état du manoir. Véricourt constituait une retraite sûre.

Avant le départ, Nicolas voulut transmettre les derniers documents et la radio à celui qui allait le remplacer à la tête du réseau. Ils convinrent de se rendre séparément à la gare Saint-Lazare. Munis de leurs fausses pièces d'identité, ils monteraient dans le train sans avoir l'air de se connaître et resteraient séparés jusqu'à Caen.

Ils s'embrassèrent tendrement. Victoire caressa la joue mal rasée de son mari :

— Prends bien garde à toi... Tu sais combien je t'aime !

Il lui sourit et s'éloigna aussitôt pour cacher son émotion. Elle le regarda partir, saisie par un mauvais pressentiment, et s'engouffra dans le métro.

Comme toujours, le hall de Saint-Lazare était noir de monde. Victoire se faufila discrètement jusqu'au guichet, sans rien déceler d'anormal. Elle avait acquis un véritable sens du danger, et, à la manière des félins, se déplaçait avec l'air le plus calme, toujours prête à détaler en cas de nécessité. Amoncellements de bagages, familles agglutinées et patrouilles allemandes composaient le décor habituel. Dans le bruit assourdissant des locomotives à vapeur, des cris et des pleurs d'enfants, elle guettait l'interpellation tant redoutée.

Elle franchit les contrôles sans difficultés et, munie de la mallette achetée pour l'occasion, se chercha une place dans un wagon, près d'une fenêtre. De là, elle observa la foule où Nicolas allait se glisser d'un moment à l'autre.

Le temps passa. Les employés firent monter les voyageurs retardataires, claquèrent les portes et donnèrent le signal du départ. Le convoi s'ébranla à grand renfort de coups de sifflet... Elle ne l'avait pas vu.

Les mains tremblantes, elle quitta la fenêtre, s'assit, rajusta son turban malmené par le vent et ouvrit un journal qui la dissimulait à ses voisins. Ses yeux brouillés de larmes l'empêchaient de lire. Cette fois, elle avait conscience de plonger dans un abîme. Son mari perdu dans la clandestinité parisienne, sa fille en Bretagne, Olga isolée rue Caulaincourt, elle partait seule vers les lieux de sa jeunesse et l'hostilité maternelle. *Le Petit Parisien* portait la date du 2 juin 1944.

Victoire trouva la grille non verrouillée. Elle s'avança dans l'allée de gravier que les mauvaises herbes envahissaient. Les parterres, les pousses de dahlias disparaissaient sous le chiendent.

La porte d'entrée était entrouverte. Du fond de la maison lui parvenaient des bruits de voix et des senteurs d'autrefois. Il était deux heures. Elle s'aperçut qu'elle avait faim. Tandis qu'elle traversait le couloir, son pas résonna sur le carrelage et les conversations s'interrompirent. Elle poussa la porte de la cuisine pour se trouver face à Marie, dont le visage mou se figea. Ses cheveux étaient en broussaille, son tablier crasseux, et elle portait des pantoufles avachies.

— Mademoiselle Victoire ! Pour une surprise...

Derrière elle, un garçon et une fille d'une vingtaine d'années étaient assis à table devant les reliefs d'un repas. Les tasses à café étaient encore pleines d'un breuvage dont Victoire avait oublié jusqu'à l'odeur.

— Qui sont ces jeunes gens ? demanda-t-elle, stupéfaite.

— Ma nièce qui garde votre mère et mon neveu qui est venu nous rendre visite, répondit la domestique en grimaçant un sourire obséquieux.

Le désordre et la saleté étaient écœurants. La vaisselle encombrait l'évier. Des bouteilles de vin vides trônaient sur le buffet. C'était un vieux bordeaux d'avant la guerre réservé aux grandes occasions. Un peu plus loin, sur un plateau, une assiette et des couverts propres semblaient attendre. Victoire les désigna du doigt.

— Je suppose que c'est pour Madame ?

Marie eut un rire gêné.

— Je la fais manger un peu tard. Elle a meilleur appétit...

Victoire fit demi-tour et monta quatre à quatre au premier étage. La gorge serrée, elle poussa la porte. Sa mère était assise, le regard inquiet, dans un état d'attente manifeste. Sur son visage maigre et triste, ses cheveux mal coiffés pendaient lamentablement. Le lit n'était pas fait et du linge souillé s'entassait sur le sol. Une forte odeur d'ammoniaque flottait dans l'air confiné.

Horrifiée par cette atmosphère d'abandon, la jeune femme hésita une fraction de seconde avant de s'approcher pour poser ses lèvres sur le front de la malade. Elle s'assit sur le bord du lit.

— Bonjour, maman. Tu vois, je suis revenue.

La malade la fixa sans un mot, avec une sorte d'étonnement. Victoire essaya sans succès de lui poser des questions. Les lèvres minces restèrent pincées, immobiles. Elle se releva, résignée.

— Tu dois avoir faim. Je vais chercher ton déjeuner. Ne t'inquiète pas, je remonte dans une minute...

Dans la cuisine, Marie s'affairait pour mettre un peu d'ordre. Les jeunes avaient disparu. Victoire la poussa sans ménagement pour soulever le couvercle des marmites. Un civet de lapin et un ragoût de pommes de terre attestaient le bien-être des gens de la campagne. Elle remplit l'assiette de sa mère, lui versa un verre de bordeaux, coupa un morceau de pain blanc comme elle n'en avait plus vu depuis des années et emporta le plateau. Au moment où elle franchissait la porte, elle s'arrêta et se retourna :

— Marie, vous pliez bagages immédiatement. Quand j'aurai fini de faire déjeuner ma mère, je redescendrai. Je veux que vous ayez quitté cette maison.

La voix était calme, le ton glacé, et le propos n'appelait pas de réplique. Frappée de stupeur, la grosse femme esquissa un sourire mielleux. Victoire sortit et remonta l'escalier.

Estelle Dambreville mangea d'excellent appétit et sembla même apprécier le vin. Son côté droit était toujours paralysé, mais sa main gauche ébauchait quelques mouvements. Si la parole était absente, le regard avait repris une expression presque normale. Cependant, Victoire ne parvint pas à lui arracher la moindre réaction prouvant qu'elle comprenait ce qu'elle lui disait.

Sauf à la fin du repas.

— Veux-tu que j'aille te chercher un peu plus de civet ? demanda-t-elle.

Estelle ébaucha un signe négatif de la tête, mais s'interrompit aussitôt, comme prise en faute. Victoire ne fit aucune remarque. Elle se leva et redescendit vers la cuisine devenue silencieuse. Le tablier de Marie avait été jeté en travers de la table, sur les assiettes sales.

Elle écarta les vestiges du repas précédent et posa la marmite de lapin sur la table. Là, d'une fourchette d'abord hésitante puis vite décidée, elle attaqua une part de râble qui baignait dans une sauce succulente. Les yeux fermés, elle dégusta cette merveille en y trempant d'énormes morceaux de pain sans se soucier des bonnes manières. Une gorgée de bordeaux acheva de lui rendre ses forces et lui fit pétiller les yeux.

Rassasiée, elle fit le tour des lieux désertés. Il lui faudrait plusieurs journées de ménage pour en venir à bout. Sa dernière visite remontait à plus de deux mois, et elle s'était toujours annoncée par un coup de téléphone. Cette fois, Marie avait été prise de court.

Elle sortit dans le jardin à l'abandon. Sous la tonnelle, des sièges renversés commençaient à rouiller. Elle les redressa et s'assit, écrasée par l'adversité, prête à pleurer.

Un sursaut d'énergie la remit debout. Elle saisit une chaise et l'emporta. Sans plus se poser de questions, elle remonta vers l'étage.

— Ma chère maman, après le civet, la toilette!

Elle empoigna sa mère à bras-le-corps et l'assit sur le siège de fer. Puis, poussant et tirant, elle parvint à l'installer au milieu de la salle de bain. Son regard paniqué était éloquent. Victoire la déshabilla et entreprit une toilette complète. La pauvre avait été abandonnée dans un état lamentable. Aucune infirmière ne venait plus sans doute. Sur les fesses et le dos, des ulcérations marquaient les zones de pression. Elles étaient superficielles encore, mais elles ne tarderaient pas à s'approfondir si ce laisser-aller continuait. Incapable de se déplacer seule, Estelle avait été livrée au bon vouloir de cette femme malfaisante.

Ses plaies passées à l'iode, ses cheveux lavés et coiffés, la malade se retrouva bientôt vêtue d'une chemise de nuit propre, assise dans un fauteuil devant la fenêtre, une couverture sur les genoux. Victoire était fière de son œuvre:

— Il en sera ainsi chaque jour, ma petite maman. Nous effacerons tous ces mauvais souvenirs.

Sans paraître se soucier d'obtenir des réponses, Victoire lui parlait comme si elle était sûre d'être comprise. Cette mise au propre terminée, vint le tour du grand ménage, mené pièce par pièce, du sol au plafond.

À huit heures, le soleil disparut derrière les arbres, et Victoire sentit son estomac crier famine. Après avoir fait son choix dans la resserre parmi des monceaux de victuailles, elle se mit aux fourneaux et monta le dîner de sa mère, qu'elle fit manger en lui racontant son après-midi.

La nuit tombée, elle s'arrêta enfin. Épuisée, elle s'écroula sur son lit sans laisser à ses angoisses le temps d'occuper ses pensées et s'endormit. Elle ne fut même pas dérangée par le vacarme des bombardements qui harcelaient la région.

Le lendemain, elle se remit au travail, s'abrutissant pour ne pas réfléchir. Dans l'après-midi, elle reçut la visite du père Ambroise, le fermier. Il apportait du beurre et des œufs. La présence de Victoire le laissa bouche bée. Il se reprit vite pour manifester sa joie.

— Que je suis content de vous savoir revenue parmi nous, mademoiselle Victoire ! Vous n'allez plus nous quitter, maintenant ? Madame Dambreville a trop besoin de vous, pas vrai ?

— Vous avez raison, il me faudra quelques jours pour réorganiser cette maison et remettre tout au point avant de retourner à Paris.

— Vous devriez rester, Mademoiselle.

— Ne vous inquiétez pas.

Le brave homme s'en fut. En bon paysan normand, il n'avait pas voulu en dire trop, mais ses exclamations étaient éloquentes.

Au troisième jour, Victoire fut réveillée par la sonnerie de l'entrée. Il était à peine six heures du matin. Elle passa une robe de chambre et descendit dans le jardin. En apercevant, derrière la grille, des uniformes allemands, elle crut défaillir. Elle s'attendait à tout sauf à cette intrusion. Était-ce le dernier acte ? Elle alla ouvrir, et se trouva en face d'un officier grassouillet au visage poupin qui s'exprima dans un français teinté d'un solide accent teuton.

— *Matemoisselle Damprefille ?*

— Oui !

— *Feuillez aller fous hapiller pour nous suiffre à la Kommandantour !*

— Mais je ne peux pas m'en aller. Ma mère est malade et il est impossible de la laisser seule.

— Elle ne sera pas seule. Mes hommes *font* rester avec elle. Pour s'occuper, ils fouilleront un peu *fotre maisson.*

Un moment plus tard, elle était assise dans un bureau au premier étage de l'ancienne mairie.

— Vous arrivez de Paris, affirma l'officier avec un sourire satisfait.

— Oui.

— Vous habitiez au 178, rue Caulaincourt ?

— Oui.

— Vous connaissez donc M. Nicolas de Langueuil.

Elle se demanda ce qu'elle devait répondre. Prudente, elle avança :

— Un peu.

— Qu'est-ce que ça veut dire, « un peu » ?

— C'est le fils de la dame pour laquelle je travaillais. J'étais logée dans une chambre de service. Je faisais office de secrétaire et un peu de dame de compagnie.

— M. de Langueuil est marié ?

— Oui, depuis peu.

— Vous connaissez sa femme ?

Victoire réalisa qu'il ignorait son identité. Elle se risqua à affirmer :

— Je travaillais pour Mme de Langueuil mère. Je n'avais rien à voir ni avec le fils ni avec son épouse.

L'Allemand sourit. Il semblait se satisfaire de cette réponse. Était-il convaincu ?

Pendant plusieurs heures, l'interrogatoire se poursuivit, les questions se répétant sous des formes variées. Victoire ne s'écarta pas de sa thèse. À l'évidence, l'officier n'avait pas de photographies du couple de Langueuil, et la version de la suspecte était plausible. Combien de temps l'illusion pourrait-elle être maintenue ? Quand découvriraient-ils ses faux papiers cachés dans la cheminée de sa chambre ?

En fin de matinée, il la relâcha en lui demandant de revenir le lendemain pour signer sa déposition. Il ne fit aucun commentaire et ajouta seulement :

— *Ch'aurai* encore quelques points à *éluciter*...

Elle rentra chez elle, persuadée que Marie était allée la dénoncer en l'accusant d'on ne sait quoi. L'Allemand avait dû obtenir facilement, à Paris, des renseignements sur cette adresse sulfureuse. Il fallait maintenant qu'elle accrédite l'idée qu'elle n'avait rien à voir avec la famille de Langueuil.

L'exercice était jouable, mais elle s'y livrait sans enthousiasme, avec même un peu de honte. Elle demandait secrètement pardon à Olga et Nicolas de sa trahison. Pourtant, n'était-ce pas une obligation que de sauver sa peau ?

Quoi qu'il en soit, elle se rendait bien compte de la fragilité de sa position. En réalité, la fragilité n'était pas de son côté ; le 6 juin au matin, les Allemands se réveillèrent confrontés à des problèmes autrement plus compliqués.

À l'aube, Victoire fut arrachée au sommeil par un vacarme effroyable. Hagarde, elle se leva. L'électricité, une fois de plus, était coupée. À tâtons, elle monta au grenier où la vue dominait la ville et la campagne environnante. Elle resta muette de stupéfaction devant le spectacle grandiose qui lui était offert. Du nord montaient des lueurs rouges qui illuminaient un ciel enfumé. Des projecteurs balayaient l'horizon et des balles traçantes rayaient un panorama d'apocalypse. Le fracas des explosions et les tirs de DCA ponctuaient le fond sonore assourdissant et continu provoqué par les milliers d'avions qui avaient envahi le ciel.

Victoire eut l'intuition que le jour «J» était arrivé. Elle avait raison! Les troupes alliées débarquaient sur les plages normandes.

Émue, elle redescendit voir comment sa mère supportait ce tintamarre et la trouva couchée sur le sol dans un enchevêtrement de draps. Bouleversée, elle se précipita:

— Mon Dieu, maman, que t'est-il arrivé?

Son excitation tomba d'un coup quand elle découvrit le visage figé de la malade. Ses yeux étaient grands ouverts sur le vide et sa respiration haletante. Sans aucun doute, son accident cérébral avait récidivé, probablement à cause de la peur provoquée par le vacarme.

Au prix d'efforts surhumains, Victoire parvint à la recoucher. Il lui fallait d'urgence un médecin. Elle se jeta sur le téléphone. Pas de tonalité. Elle s'habilla à la hâte et, l'angoisse au cœur, courut vers l'hôpital, éloigné de quelques centaines de mètres, pour y découvrir une agitation inhabituelle dans un ballet de lampes à pétrole. Les infirmières de nuit s'affairaient autour d'un paysan et de sa voiture à cheval. À l'intérieur, sur un lit de paille, un homme tenait sa jambe broyée, le visage grimaçant de douleur.

— La bombe est tombée sur sa maison. Juste derrière la mienne, répétait le charretier.

— Calmez-vous, monsieur Virolles, disait la surveillante de nuit, aidez-nous plutôt à le mettre sur le chariot. Dieu, qu'il est lourd! Vous, là, donnez-nous donc un coup de main.

Victoire aida à soulever le blessé, qui la reconnut.

— Ah! merci, mademoiselle Victoire.

L'infirmière releva la tête.

— Mademoiselle Dambreville, quelle surprise! En tout cas, c'est bien aimable à vous de nous aider. Un gars de cette taille, c'est pas très pognassant...

Enfin allongé sur le brancard, l'homme fut aussitôt transporté vers l'intérieur de l'hôpital. La surveillante reprenait son souffle, sans paraître se soucier de l'assourdissant fracas.

— Qu'est-ce qui vous amène à cette heure, mademoiselle Victoire ? Vous êtes revenue parmi nous ?

— Ma mère a fait une nouvelle attaque. Il faudrait la transporter ici, mais comment ?

— Je n'ai personne sous la main. Il y a bien M. Virolles qui est là, on peut toujours lui demander.

Un instant plus tard, le cheval trottait vers le manoir pour aller « quérir c'te pauv' Mame Dambreville ». La changer de chemise, la descendre et la coucher sur un matelas dans la charrette ne fut pas une mince affaire. Il faisait jour quand ils pénétrèrent à nouveau dans la cour de l'hôpital, encombrée cette fois d'une foule paniquée. Le bruit continuait de plus belle, l'air sentait le brûlé, et des bouffées de fumée âcre prenaient à la gorge.

— C'est la grange à Jean-Marie qui crame ! criait un paysan. Faut aller l'aider à sortir ses bêtes ! Vite !

Partout, les gens s'interpellaient. Leurs cris se mêlaient aux gémissements des blessés et au fracas des explosions dans une cacophonie d'enfer. L'infirmière de nuit reconnut la cariole et se précipita vers Victoire. Elle jeta un coup d'œil à l'intérieur et il ne lui fallut pas deux secondes pour apprécier la gravité de la situation. Son visage trahissait l'inquiétude quand elle s'exclama :

— Ma pauvre petite, elle n'est pas bien, votre mère. Pour sûr. Et moi qui n'ai plus de brancards...

Elle rameuta des paysans rassemblés autour des blessés et leur demanda de venir donner un coup de main. En quelques instants, Estelle fut portée vers la salle des femmes et allongée sur un des lits supplémentaires installés depuis le début de la matinée.

L'équipe de jour venait d'arriver, renforçant celle de nuit qui ne se résignait pas à partir. Victoire aperçut Hector Coste-Lambert qui pestait contre ceux qui encombraient le passage, gênant l'accès des nouveaux arrivants. Son regard croisa celui de la jeune femme.

— Victoire ? Que faites-vous là ?

— Maman va très mal ! Elle est dans la salle commune. Je crois qu'elle a fait une nouvelle attaque.

Il jura entre ses dents et se précipita au chevet de sa vieille amie. Mme Reville, la surveillante, vint le rejoindre et lui tendit un appareil à tension avec un stéthoscope. Le bruit le gênait pour ausculter la malade tenue assise par Victoire.

Il se redressa.

— Je ne sais pas si elle va s'en tirer, ce coup-ci, conclut-il avec sa délicatesse habituelle. On fera ce qu'on pourra.

Il s'éloigna en dictant des directives que l'infirmière notait sur son grand livre. Victoire essaya d'installer mieux sa mère, secouée de haut-le-cœur et qui peinait pour respirer.

— S'il vous plaît, dit-elle en direction d'une aide-soignante qui passait, les bras chargés, venez vite. Elle va rendre.

— Attendez, je vais chercher ce qu'il faut.

Estelle commença à vomir, souillant le chemisier de Victoire. La jeune fille revint en courant avec une bassine et des linges. Elles remontèrent tant bien que mal les oreillers de la patiente qui parut soulagée et lui changèrent sa chemise. Une perfusion de sérum fut bientôt posée et la situation sembla s'améliorer.

Rassurée, Victoire prit une serviette pour s'essuyer, tandis que la jeune infirmière lui tendait une blouse blanche.

— Enlevez votre chemisier et mettez ça, vous serez plus à l'aise.

Dehors, le brouhaha continuait. Les malades étaient toutes réveillées et les plus valides surveillaient, par les fenêtres, le charivari de la cour d'entrée où les blessés ne cessaient d'arriver.

Au bout d'un moment, se sentant inutile, Victoire se leva pour aller voir ce qui se passait dans le hall. Un groupe s'était formé, entourant le docteur Coste-Lambert et un vieil homme vêtu d'un costume de ville désuet. Avec sa barbiche taillée en pointe, son regard vif derrière des lunettes cerclées d'or et son crâne chauve aux tempes rasées, il n'avait pas l'air de quelqu'un du pays.

La surveillante se rapprocha de Victoire et se pencha à son oreille :

— C'est le professeur Marelles, un chirurgien parisien en retraite qui habite dans la vallée. On est allé le chercher. Le nôtre est parti l'an dernier s'installer à Caen, et il ne vient plus ici qu'en cas d'urgence intransportable. Aujourd'hui, personne n'a pu le joindre, et je doute qu'il puisse venir. Ils doivent avoir du travail là-bas aussi...

Le spécialiste semblait réfléchir. Il hochait la tête en écoutant les explications de son confrère. Il posa une ou deux questions et demanda à voir la salle d'opération. Une femme l'emmena vers le fond du bâtiment où ils disparurent. L'hôpital ressemblait maintenant à une cour des miracles, avec tous ces éclopés couverts de pansements de fortune, entassés contre les murs, assis ou debout, certains allongés à même le sol.

Une information se répandit soudain :

— Le professeur est d'accord. Il va opérer. Il faut transporter le premier blessé.

Victoire aida à installer sur un brancard un homme qui saignait. La voix du Parisien dominait le vacarme :

— Il me faut des aides, sapristi ! Je ne peux pas travailler tout seul. Qui va donner l'anesthésie ?

Il sortit dans le couloir comme un diable et tomba nez à nez avec Victoire qui poussait son chariot. Il la regarda une fraction de seconde avant de la tirer par le bras.

— Venez ici ! Vous m'avez l'air dégourdie.

Il émanait de cet homme une autorité peu ordinaire et sa voix cassante donnait des ordres qu'il n'était pas question de discuter. Il entraîna la jeune femme malgré elle dans la salle toute blanche et la fit asseoir sur un tabouret placé à l'extrémité de la table d'opération. Les infirmières étaient en train d'y allonger le blessé. Sur un meuble voisin, il saisit un objet bizarre et en fit la démonstration sur un ton doctoral, comme s'il avait appris son texte par cœur :

— Voici ce que nous appelons un masque d'Ombredane. Vous allez l'appliquer sur le visage du patient en luxant sa mâchoire en avant, comme ceci... Et vous presserez sur le ballon.

Victoire, affolée, eut un geste de refus, dont il ne tint pas compte.

— Vous ne l'avez jamais fait, je sais ! Ce n'est pas grave, je vais vous montrer. Dans cet orifice, vous verserez l'éther et, avec cette vis, vous réglerez le débit comme je vous le dirai. C'est vous qui tenez le masque, mais c'est moi qui commande. N'ayez aucune inquiétude, j'ai l'habitude.

L'homme étendu sur la table souffrait d'une très vilaine plaie de la cuisse, surmontée par un garrot de corde. Tandis que les panseuses le déshabillaient, le professeur l'endormit en lui maintenant sur le visage ce curieux anneau de caoutchouc noir surmonté de la robinetterie chromée que Victoire était censée devoir manipuler. Sans tenir compte des gémissements du blessé qui étouffait et qu'un brancardier tenait solidement, le chirurgien continua ses explications :

— Les doigts bien écartés, vous voyez, accrochés à l'angle du maxillaire, vous tirez vers le haut. Regardez, le ballon se gonfle régulièrement, il respire mieux... Là... Il dort. De temps en temps, vous relèverez sa paupière pour surveiller la pupille. Allez-y, tenez-le à ma place. C'est bien ! Ne bougez plus. Il faut se dépêcher. Si ce garrot reste en place trop longtemps, nous serons obligés de lui couper la jambe.

Il sectionna le pansement d'un coup de ciseau, lâcha le nœud de corde et, à l'aide de compresses imprégnées de teinture d'iode, nettoya la plaie qui se mit à gicler brutalement. D'un geste vif, il aveugla le jet en appuyant l'index gauche sur l'artère sectionnée et, de l'autre main, approcha une pince d'acier brillant. Il y eut un « clic » sec, et il s'écarta.

— C'est bon ! Passez-moi le catgut... Merci.

Il fourragea quelques minutes encore dans la plaie et se redressa, satisfait.

— Vous voyez, il suffit de pas grand-chose pour sauver une situation. Donnez-moi des compresses, beaucoup de Dakin, du coton et des bandes Velpeau.

Tout en parlant, il enveloppait la cuisse avec dextérité.

— Celui-là ne risque plus rien. Après, vous m'installerez le blessé du thorax. On va lui poser un drain. C'est sa seule chance.

Mme Reville s'approcha et lui parla à voix basse :

— Il vient d'arriver une plaie de l'abdomen. Les intestins sont dehors. C'est peut-être plus pressé...

— Mais non ! Avec une éviscération, il est fichu, ma pauvre. On ne peut plus rien pour lui. Injectez-lui cinq centigrammes de morphine, entourez son ventre avec un bandage, donnez-lui un coup de gnôle à boire si vous en avez, et dites-lui qu'il ne s'inquiète pas...

Victoire détourna les yeux et se concentra sur les mouvements du ballon de baudruche. Elle n'avait jamais supporté l'odeur de l'éther. Soudain, elle réalisa qu'elle remplissait le réservoir avec ce liquide haï entre tous, sans le moindre malaise.

Les heures qui suivirent échappent à toute description. Jamais elle n'aurait pu imaginer se trouver un jour dans une situation pareille, le visage à quelques centimètres d'un spectacle d'épouvante. Le chirurgien jetait sans cesse de rapides coups d'œil vers le visage du patient anesthésié et donnait ses ordres sans la moindre hésitation :

— Ouvrez le robinet... Écartez le masque un moment, qu'il puisse reprendre de l'air... C'est bien, remettez-le, en fermant un peu le débit... Attention, vous allez manquer d'éther... Montrez-moi sa pupille... Oh ! là ! là !

Une seule fois, il eut un geste de désespoir et jeta ses instruments sur la table, comme s'il allait partir.

— Ça suffit ! Vous pouvez tout enlever. Vous voyez bien qu'il est mort.

Anéantie, Victoire resta immobile, l'Ombredane entre les mains, le visage figé de désespoir. Des hommes vinrent enlever le corps sans vie. Conscient de son désarroi, le professeur lui mit la main sur l'épaule.

— Ne vous tracassez pas, ma petite, il n'y avait rien à faire. Il était perdu d'avance. Je n'aurais même pas dû essayer.

— On doit toujours...

Il poussa un profond soupir avant de murmurer :

— Mais non, on ne doit pas... Allons ! Il faut continuer.

Elle vit trouer des articulations et jaillir le sang comme d'un tonneau en perce. Elle entendit la scie couper des jambes et le trépan ouvrir des crânes. Elle découvrit des mains qui n'avaient plus de doigts, des enfants brûlés qui n'avaient plus de visage, et des mères brandissant des petits cadavres en suppliant de les sauver... Elle vécut l'horreur de toutes les guerres l'espace d'une nuit, d'un jour, et d'une nuit encore.

Quand elle quitta enfin la salle d'opération, au matin du 8 juin, gavée de faux café et de biscuits à soldats, elle apprit que sa mère était morte depuis la veille au soir. L'infirmière de la salle commune n'avait pas su où la joindre.

Elle n'eut aucune réaction et, sans un mot, sortit prendre l'air. Dans la cour, trois soldats allemands dépenaillés et couverts de boue, la mitraillette sur le ventre, surveillaient des parachutistes américains rigolards qui mâchouillaient du chewing-gum, les jambes immobilisées dans des attelles. Ils avaient dû rater leur prise de contact avec le sol français. Une ambulance à croix gammée contenant deux cadavres et un blessé allemand attendait devant la porte. Le chauffeur réclamait un brancard, sans conviction.

Les explosions et les rafales d'armes automatiques ne cessaient pas. Dans le ciel piqueté par les petits nuages ronds de la défense antiaérienne, des myriades d'avions passaient lentement d'un horizon à l'autre. Sur la ville même, des bombes ou des obus étaient tombés à l'aveuglette, provoquant des incendies que les pompiers combattaient encore. L'hôpital était miraculeusement intact... Pour combien de temps encore?

Le chirurgien parisien, les yeux rougis de fatigue, se laissa tomber sur un muret.

— Comment vous appelez-vous, déjà? demanda-t-il en essuyant ses verres de lunettes avec son mouchoir.

— Victoire. Victoire Dambreville.

— Ah oui! C'est vrai. J'avais oublié. Ou peut-être ne vous l'avais-je pas demandé, je ne sais plus! Si tel est le cas, ne m'en voulez pas!

— Je n'en aurais plus la force.

— Tant mieux. Où avez-vous fait vos études?

Victoire le regarda avec étonnement.

— Quelles études?

— Eh bien, vos études d'infirmière?

— Je n'ai jamais fait d'études d'infirmière.

— Que me dites-vous? Pourquoi diable êtes-vous donc venue donner les anesthésies?

— Je ne suis pas venue! C'est vous qui m'avez attrapée par le bras sans me demander mon avis.

— Alors, que faisiez-vous là, en blouse? Il y a tout de même une raison?

— Oui, ma mère était en train de mourir. Et la blouse remplaçait mon chemisier souillé.

Stupéfait, il resta une seconde la bouche ouverte, puis, d'une voix soudain très douce, il demanda:

— Votre mère, est-ce que je l'ai opérée?

Victoire eut un pauvre sourire.

— Non! Elle n'en a pas eu besoin. Elle est morte toute seule, dans son coin...

— Je suis désolé ! Sincèrement désolé. Permettez-moi de vous présenter mes condoléances.

Victoire le remercia d'un geste las et ajouta :

— Vous avez fait un travail formidable, monsieur, je voulais vous dire que je vous admire et que je suis fière d'avoir pu vous aider.

Il s'inclina comme un acteur de théâtre à la fin d'une représentation et conclut :

— Merci, mon enfant ! Mais, comme on dit, le spectacle continue. Vous venez ?

La fatigue et l'émotion pesaient sur les épaules de la jeune femme. Elle baissa la tête :

— Ne pouvez-vous pas faire appel à quelqu'un d'autre ?

— Écoutez-moi bien, mademoiselle. Beaucoup de gens comme vous ont perdu un parent aujourd'hui. Parmi eux, je suis sûr que vous êtes la meilleure anesthésiste.

Elle leva les yeux pour protester et ne vit qu'une silhouette de vieillard voûté qui s'éloignait à pas lents vers ce qu'il pensait, sans doute, être son devoir. À son tour, elle se mit debout et prit le chemin du bloc opératoire.

Victoire vécut les journées qui suivirent dans un étrange état de coma éveillé. Le destin l'avait précipitée dans un univers qui n'était pas le sien, où elle jouait un rôle usurpé. Comme une plante arrachée du sol, elle n'avait plus une seule de ces racines qui donnent aux êtres humains leur cohérence et les attachent à leur environnement.

Elle tenait debout par miracle, abrutie de fatigue et d'angoisse, ne dormant qu'une heure par-ci par-là, entre deux interventions.

Ses relations avec son entourage avaient aussi quelque chose de surréaliste. Tous les gens du pays la connaissaient, savaient qui elle était ou se souvenaient de la petite Dambreville et de son père. Elle, ne reconnaissait presque personne. La plupart, sans doute, avaient eu vent de sa fugue et les supputations n'avaient sûrement pas manqué. Aujourd'hui, tous l'appelaient par son prénom. Ils admiraient son dévouement et son courage, alors que sa mère venait d'être enterrée à la hâte dans le caveau familial, en même temps que d'autres étaient mis en terre par des fossoyeurs improvisés qui couraient, pliés en deux sous la mitraille. Victoire n'avait même pas pu se recueillir un moment. À peine était-elle revenue à l'hôpital qu'elle s'était sentie happée de nouveau par le tourbillon.

«J'aurais dû pleurer, se disait-elle. C'est normal de pleurer quand on perd sa mère. Moi, j'ai l'œil sec, et je ne pense à rien. À rien d'autre qu'à tenir ce fichu masque en caoutchouc, à le remplir d'éther, à faire respirer des gens dont je ne connais même pas le nom et que je ne reverrai sans doute plus jamais...»

Elle ne parvenait pas à s'intéresser au déroulement de la guerre. Elle entendait parler de ces villes et de ces villages qui avaient représenté le théâtre de sa jeunesse; de ces plages où elle avait joué enfant, et dont elle connaissait le moindre recoin de dunes; de ces forêts où son père l'emmenait pour lui apprendre à aimer les arbres et les animaux sauvages... Il ne s'y associait plus que des mots de ténèbres: ruines, flammes, bombes... Comment imaginer la disparition des lieux de sa mémoire? Il lui semblait vivre dans un perpétuel cauchemar.

— Il va arriver un moment où je me réveillerai, où je saurai que j'ai rêvé. Je retrouverai mon mari, ma fille, mes amis...

Il en fut ainsi jusqu'au 14 juin. Dans la nuit, les blindés alliés avaient occupé la ville. La batterie de DCA allemande qui tirait sans discontinuer depuis le premier jour s'était tue. La ligne des combats s'écartait vers le sud. De Gaulle était arrivé à Bayeux, première ville de France libérée. L'ambiance prenait soudain une coloration de fin de guerre. D'autres hommes venaient s'occuper des blessés. Des inconnus qui ne savaient rien de son histoire.

Mme Reville, aussi harassée qu'elle, vint la prendre par le bras.

—Vous devriez rentrer chez vous, ma petite Victoire, et aller dormir. Les Américains sont là. Ils vont monter leur propre hôpital à côté du nôtre, avec des tentes et des voitures. Ils ont tout ce qu'il faut. Ils fabriquent même leur électricité. Alors que nous n'avons plus rien. Ni catgut, ni soie, ni lin... Nous avons entamé hier soir notre dernière bonbonne d'éther. Nous découpions les draps pour faire des bandages, il n'y avait plus de plâtre, plus de coton, plus de Dakin...

— Il était temps qu'ils arrivent.

Elle eut un pauvre sourire pour ajouter une phrase que sa mère aurait pu prononcer.

— Nous pouvons nous en aller, personne n'aura rien à nous reprocher.

Elles s'embrassèrent.

Victoire eut la surprise de retrouver sa maison intacte au milieu des rues dévastées. Certes, les carreaux étaient cassés et un pan du mur de clôture s'était effondré, mais le vieux manoir avait tenu bon au milieu du parc aux marronniers centenaires. Derrière la maison, en revanche, le jardin était défoncé, comme si des sangliers géants y avaient mené une sarabande furieuse. Quelques jours plus tard, elle apprendrait que trois bombes étaient tombées là, sans exploser...

Elle monta dans sa chambre, s'allongea sur le lit sans même se déshabiller et perdit conscience.

Elle dormit une journée et une nuit d'affilée. Au petit matin du 16 juin, la cloche de l'église sonna. On ne l'avait plus entendue depuis quatre ans. Des villageois qui l'avaient enfouie dans une cave venaient de la raccrocher. Malgré ce carillon familier lié à son enfance, elle ne parvenait pas à faire l'effort d'ouvrir les yeux.

Pourtant, le flot de ses préoccupations revenait par vagues. Il lui fallait rechercher sa fille et son mari, leur faire savoir qu'elle était sauve...

Elle dut prendre son courage à deux mains pour se lever et aller dans la salle de bains se laver des horreurs vécues pendant ces derniers jours. Hélas, les robinets demeurèrent silencieux. Il lui restait le puits. Elle enfila un vieux maillot de bain et, dans le jardin, sous un soleil matinal déjà chaud, tira un seau d'eau et s'aspergea avec délectation.

Ragaillardie, elle prit la direction de la grand-place. Les bruits de la guerre avaient changé. Les canons s'étaient tus, mais d'innombrables moteurs grondaient dans les rues. La ville était submergée par un matériel militaire d'aspect nouveau, marqué de l'étoile blanche, et par une armée de G. I. aux pantalons moulants et aux bottines de cuir souple qui déambulaient sans se presser.

Pendant qu'elle dormait, le monde avait changé de visage. Assis sur le muret du monument aux morts pavoisé, une dizaine de gamins, l'air ravi, mâchonnaient du chewing-gum américain comme si leur avenir en dépendait.

Derrière l'hôpital, le pré en pente douce était occupé par un village de tentes bien rangées où circulaient des voitures à croix rouge. On apercevait, sur la route, des convois ininterrompus de véhicules disparates. Au loin, la bataille continuait.

Dans le hall, le docteur Coste-Lambert bavardait avec un officier américain qui avait grande allure. Le Français tendit le bras quand il vit arriver Victoire :

— Cher ami, je vous présente mademoiselle Victoire Dambreville, une habitante de cette ville qui a beaucoup travaillé avec nous tous ces jours derniers. C'est elle qui a donné les anesthésies pour le professeur Marelles, pendant l'offensive. Il se tourna vers la jeune femme pour continuer :

— Le médecin-colonel Delafontaine dirige l'hôpital militaire. Il est originaire d'une famille française de la Nouvelle-Orléans et parle notre langue comme vous et moi. Ce qui, je dois l'avouer, m'arrange bien.

Les deux hommes rirent ensemble et l'officier s'inclina.

— Le docteur Coste-Lambert est plein d'indulgence. Je parviens à me faire comprendre dans la langue de Molière, mais beaucoup de nuances m'échappent encore. Je suis chirurgien, vous êtes anesthésiste. Nous pratiquons donc des métiers complémentaires. Peut-être accepterez-vous, par solidarité, de me donner quelques conseils linguistiques ?

Sans attendre de réponse, il se tourna vers son confrère. Ils se congratulèrent brièvement, se promettant des visites de bon voisinage, et l'Américain salua. Puis, sans cesser de parler, arrondissant le bras dans le dos de Victoire, il l'entraîna :

— Si vous le voulez bien, je vais vous faire visiter nos installations. Elles vous intéresseront. Nous avons un équipement de chirurgie-réanimation permettant de traiter environ cent blessés par jour, avec une unité d'hospitalisation secondaire de trois cents lits, elle-même reliée aux groupes d'évacuation-rapatriement vers l'Angleterre, puis les USA. Tout cela est bien pensé, n'est-ce pas ?

Il s'exprimait avec un accent prononcé, recherchant le mot juste et les tournures françaises. Concentré sur son vocabulaire et le contenu d'un exposé qu'il avait sans doute répété de nombreuses fois déjà, il ne semblait guère se soucier de son interlocutrice.

Victoire, d'abord impressionnée, ne l'écouta bientôt plus. Elle marchait à sa suite au milieu des rangées de lits, dans les réserves de matériel et de produits pharmaceutiques, entre des murailles d'emballages hétéroclites... À son esprit revenaient ses préoccupations premières: comment obtenir des nouvelles de sa fille et de son mari?

À un moment où le colonel reprenait son souffle, elle lui saisit le bras, lui raconta son histoire d'un trait et posa la question qui l'angoissait.

Décontenancé, l'homme s'immobilisa, leva sa casquette, découvrant des cheveux gris coupés courts, soigneusement peignés, et se gratta le haut du crâne.

— *Damned!* Est-ce Dieu possible? Je vais vous montrer où en est l'avance de nos troupes. Venez!

Il se dirigea vers le poste de commandement. En chemin, il fit un détour par une tente plus grande que les autres.

— Je ne résiste pas au plaisir de vous faire jeter un coup d'œil sur le bloc opératoire. À n'en pas douter, il va vous surprendre.

Il avait vu juste. Victoire ne connaissait que les locaux de son hôpital et ceux de Broca. Elle fut émerveillée par ce matériel aux chromes étincelants. Les scialytiques sur pied, les guéridons à roulettes et les boîtes d'instruments étaient rangés comme à la parade. L'appareil d'anesthésie la laissa pantoise. C'était une machinerie compliquée avec des bocaux de cristaux bleus et roses, des tubulures en accordéon pour tenir le masque, des cadrans, des bouteilles...

« Heureusement, se dit-elle, que je n'ai pas été obligée de me servir de ce bazar. »

À ce moment, un nouveau venu pénétra dans la « salle ». C'était un homme jeune en blouse blanche, plutôt petit, très brun, aux yeux sombres bordés de longs cils de fille.

— Voici justement le lieutenant Eddy Cohen, notre chef anesthésiste. Puisque c'est votre spécialité, vous pourrez lui poser toutes les questions que vous voudrez. *This young lady,* continua-t-il à l'intention de son subordonné, *is anesthesiologist in the civil hospital.*

L'autre toisa Victoire avec un sourire charmeur et lâcha un «*Haille*» traînant qui signifiait sans doute qu'il était enchanté de cette rencontre...

Delafontaine lui expliqua qu'il conduisait la jeune femme au quartier général pour voir où en était la position du front. Il inclina la tête, l'œil rivé sur Victoire, et leur emboîta le pas.

Ils entrèrent dans une tente où des officiers discutaient devant une immense carte du Nord-Ouest de la France. Les nouvelles n'étaient guère réjouissantes. Si les troupes alliées avaient établi une solide tête de pont, la surface libérée lui parut dérisoire. L'implantation anglo-américaine couvrait la zone entre Cabourg et Arromanches, à l'exception de Caen, encerclé mais toujours occupé. La moitié supérieure du Cotentin était tenue par l'armée allemande bloquée au sud. Cherbourg, le port en eaux profondes qui permettrait d'acheminer les renforts, résistait encore. Dès qu'il serait pris, l'offensive se poursuivrait, vers la Bretagne et à l'est vers Paris...

Sans moyen de communication, Victoire comprit qu'il ne lui serait pas possible de savoir quoi que ce soit à propos des siens avant des semaines encore. Les larmes aux yeux, elle remercia les Américains de leur obligeance et se sauva pour aller pleurer loin de tous. Elle se mettait en route vers la ferme pour se faire réconforter chez le père Ambroise, quand elle entendit une voix qui l'appelait :

— *Hello, Victory, where are you going?*

C'était l'anesthésiste américain. Sans sa blouse, vêtu d'un pantalon et d'une simple chemise de toile beige, il paraissait athlétique. Il prit d'autorité la jeune femme par l'épaule et la fit asseoir sur un tronc d'arbre abattu. Détachant bien ses mots anglais pour se faire comprendre, il entreprit de la consoler. Il avait appris pourquoi elle était si triste, et il venait lui promettre de l'emmener retrouver sa famille dès que ce serait possible.

Ils se mirent bientôt à bavarder comme deux vieux amis. Originaire de Rochester, dans le Minnesota, il avait été formé dans la célèbre «Clinic» des frères Mayo. Il fut sidéré d'apprendre que Victoire n'était pas médecin et il éclata de rire quand il connut les circonstances qui l'avaient conduite à donner des anesthésies.

— *Incredible, incredible*, répétait-il sans cesse.

Il expliqua qu'aux États-Unis l'anesthésiologie était une spécialité à part entière depuis de nombreuses années déjà, et que jamais un chirurgien américain n'aurait opéré dans des conditions pareilles. D'autant que de nouveaux produits, actifs par voie veineuse, associés à l'éther, s'avéraient dangereux à manier. Ils étaient d'une efficacité remarquable à condition de disposer d'un appareil à oxygène et de moyens de contrôle...

Sans s'en apercevoir, Victoire lui raconta une grande partie de sa vie, et c'est à regret qu'elle le quitta. Au dernier moment, elle accepta son invitation à dîner.

Réconfortée par cette amitié toute neuve, la jeune femme reprit le chemin de la ferme. La route descendait en lacet vers le domaine du Vieuxcourt, une grande bâtisse à colombages où elle venait souvent avec son père.

Dans la maison, elle retrouva la famille Ambroise au grand complet. Ravis de l'accueillir, ils s'écartèrent pour lui faire une place et lui servirent un verre de cidre frais.

Élise et Jules avaient trois garçons qu'elle connaissait depuis l'enfance. Dès qu'ils se mirent à raconter leur vie de ces derniers jours, elle ressentit un immense bien-être. Leur présence lui réchauffait le cœur. Pour ces gens, elle était la patronne légitime et ils lui manifestaient un attachement émouvant.

La mort de sa mère justifia des condoléances polies sans dithyrambe, et ils abandonnèrent vite le sujet pour parler de leurs projets : l'irrigation des basses terres, la création de nouveaux pâturages, le renouvellement du cheptel... Les dégâts causés aux cultures, aux haies et aux vergers devraient faire réenvisager la répartition des terres. Peut-être même un remembrement serait-il le bienvenu, pour améliorer les rendements.

L'aîné des fils, Victor, manifestait un modernisme militant que le père Ambroise ne réfutait pas entièrement. Il avait fui le Service du travail obligatoire – le sinistre STO – et s'était réfugié dans le maquis où il avait acquis une solide conscience politique. Sans doute se dirigerait-il vers le syndicalisme. Le deuxième, Henri, petit et réformé pour raisons de santé, n'était pas fait pour les choses de la terre. Il l'avouait sans honte, rêvant d'entrer aux PTT. Il était fiancé avec une fille de Caen qui deviendrait institutrice, et ils voulaient tous deux vivre « en ville». Le dernier, Roger, n'avait que quinze ans. Il n'aimait guère l'école et succéderait à son père. Il travaillait déjà avec lui autant qu'il le pouvait, et rien d'autre ne l'intéressait.

Quand Victoire se décida à rentrer au manoir, son esprit était en repos. Dans ce pays, sa place ne se discutait pas. Tout en continuant à vivre à Paris, elle aurait, à Véricourt, un refuge bien à elle, où elle reviendrait souvent voir ces gens qu'elle aimait et qui l'aimaient. Dans les circonstances dramatiques du moment, elle était heureuse d'avoir participé à la défense de son petit bout de France.

Elle passa par le cimetière. La dalle du caveau familial avait été simplement reposée, comme si on attendait d'autres locataires. Cette pensée la fit frissonner. Elle se signa, récita une prière et continua son chemin.

À l'hôpital, l'activité était toujours intense. L'infirmière-chef l'accueillit en l'embrassant sur les deux joues.

— Quel beau travail vous avez fait, Victoire ! Nous ne vous remercierons jamais assez. Le professeur Marelles est rentré chez lui ; il m'a demandé de vous dire toute sa reconnaissance et son amitié.

Elle s'inclina, flattée. Mme Reville continuait :

— Je suppose que vous avez du temps de libre, maintenant que votre pauvre maman n'est plus de ce monde. En attendant que Paris soit libéré, si vous acceptiez de nous aider, vous seriez la bienvenue. Il y a tant de gens qui ont besoin de réconfort, vous leur seriez d'un grand secours... Sans parler des blessés américains qui ne comprennent pas un mot de français.

Victoire accepta cette tâche qui lui convenait. Elle devint la *frenchie* que tous ces hommes exilés attendaient. Grâce à elle, ils comprenaient mieux ce qu'ils étaient venus faire dans ce pays.

Cherbourg ne tomba que le 26 juin. Caen, écrasé sous un tapis de bombes, céda le 9 juillet et Saint-Lô le 18. Enfin, la libération d'Avranches, le 30, ouvrit la voie au général Patton, qui s'élança vers la Bretagne.

Tout le monde, à présent, connaissait Victoire au quartier général américain où elle était la seule civile à pénétrer sans difficulté. Son arrivée était saluée par des «*Hello! Victory!*» qui la réjouissaient. Les officiers lui offraient du café, des cigarettes, du chocolat... Surtout, ils commentaient avec elle l'avancée en terre bretonne où les places fortes tombaient à l'issue de combats sanglants. L'offensive semblait ne jamais devoir finir: Rennes se rendit le 5 août, Nantes le 11. Depuis le débarquement, la résistance bretonne s'était mobilisée et les troupes d'occupation devaient lutter sur tous les fronts en même temps. Bien que l'issue ne fît plus de doute, les Allemands s'acharnaient. Victoire était déçue. Combien de temps faudrait-il pour libérer l'ensemble du territoire?

Vers l'est, la progression était plus rapide mais la libération de Paris ne semblait pas être une priorité du commandement allié. La jeune femme maîtrisait mal son impatience. Dans quelle direction partirait-elle d'abord? Paris ou la Bretagne? Eddy Cohen, qui lui faisait une cour discrète, participait à ses angoisses et cherchait, par tous les moyens, à lui remonter le moral. Il lui avait promis de l'emmener où elle voudrait dès que ce serait possible. Le colonel Delafontaine lui délivrerait les laissez-passer nécessaires.

Victoire menait donc une sorte de double vie. Chez les Américains, chacun connaissait son histoire, son mari résistant, sa fille cachée en Bretagne. Chez les Français, à l'hôpital et en ville, elle n'était que mademoiselle Victoire Dambreville, une fille du pays un peu mystérieuse, devenue l'égérie des troupes alliées. Certaines bonnes âmes parlaient d'elle avec un air entendu... Les anciens camarades de l'école communale lui sautaient au cou et lui rappelaient leurs souvenirs d'enfance. Le curé l'embrassait sur les deux joues, et le notaire, la bedaine en avant, s'était déplacé pour lui serrer la main longuement avec, dans le regard, tout un monde d'arrière-pensées et de non-dits.

Le 15 août, Victoire écoutait la messe dans l'église paroissiale quand elle aperçut Eddy. Il n'était sûrement pas là pour suivre l'office. Quand elle croisa son regard, il lui fit signe de sortir.

Il l'attendait sur le parvis. Dès qu'elle apparut, il l'entraîna vers sa Jeep d'un pas triomphant. Saint-Lô était pris! Il avait obtenu l'autorisation de l'emmener en Bretagne. Folle de joie, elle lui plaqua, sur chaque joue, un baiser sonore qui le fit rougir.

Une demi-heure plus tard, ils roulaient vers l'ouest sur les routes départementales défoncées, évitant les grands axes encombrés de convois militaires, côtoyant ruines et désolation. Dans les villages, des drapeaux français et américains flottaient aux balcons. Le soir, ils arrivèrent à Dinan. On dansait sur la promenade de la Duchesse Anne. Un orchestre de G. I. interprétait des airs de Duke Ellington sous les lampions.

Victoire et Eddy s'enlacèrent pour un slow qu'ils n'auraient pas osé espérer quelques heures plus tôt. Plus petit qu'elle, il posa son front contre sa tempe et ils rêvèrent d'un monde en paix. À la fin du morceau, il lui offrit un verre de muscadet à la buvette improvisée par les habitants. Ils s'assirent sur le parapet et restèrent silencieux un moment, chacun de son côté.

Ils eurent du mal à redescendre sur terre. Abandonnant à regret la liesse populaire, ils reprirent la route et roulèrent sans encombre jusqu'à Morlaix. De là, une lampe-torche à la main, le nez sur la carte, Victoire guida son chauffeur vers Trégastel et la pointe de Primel. Ils trouvèrent Plouesnec endormi. C'était un amas de maisons grises construites en granit massif, au flanc d'une colline dominant le rivage. Le spectacle du ciel criblé d'étoiles mariant ses reflets à ceux d'une mer étale sous une lune glorieuse était d'une beauté à couper le souffle. Le jeune Américain ne put retenir des bouffées de romantisme que Victoire dut refréner gentiment...

Ils restèrent jusqu'à l'aube, assis l'un contre l'autre dans un creux de rocher, à philosopher sur les destins qui ne se croisent jamais au bon moment. Si douce qu'elle lui parût, Eddy avait compris que Victoire était d'une fidélité inflexible et il ne l'en admirait que plus.

Le soleil n'était pas levé depuis longtemps quand le hameau commença à s'agiter. Ils remontèrent dans la Jeep et se laissèrent glisser vers la petite place où les habitants venaient tirer l'eau du puits. À une vieille femme en bonnet traditionnel qui boitait sur le chemin, Victoire demanda si elle connaissait Anne-Josèphe Le Gwen. La Bretonne s'immobilisa, posa ses seaux, réfléchit et comprit. Sans répondre, elle fit demi-tour et s'enfuit, clopinant aussi vite qu'elle le pouvait. Ils l'entendirent appeler dans une langue gutturale qu'ils devaient être les seuls à ne pas comprendre, car, en un instant, les ruelles se remplirent de silhouettes en coiffes de dentelle comme s'il s'agissait d'un spectacle folklorique. Une seconde plus tard, Lydie jaillissait d'une de ces maisons et grimpait la pente en courant.

Elle se jeta dans les bras de sa mère et enfouit son visage contre son épaule en pleurant de joie. Zeffe arrivait derrière, arrimant son bonnet en criant :

— Madame Victoire, ce n'est pas possible ! Vous êtes enfin là ! Quelle joie ! Venez à la maison. Mon Dieu, que je suis contente !

Ils la suivirent, escortés par tous les enfants du village, puis s'installèrent sur une minuscule terrasse abritée par une glycine qui arborait encore quelques grappes de fleurs bleues. Eddy avait tiré de son sac des paquets de café et des plaques de chocolat, tandis que les voisins apportaient, qui un bidon de lait, qui une motte de beurre salé ou du pain de campagne fraîchement cuit. L'Américain prit un des plus stupéfiants *breakfasts* de sa vie, dans un monde dont l'archaïsme lui semblait irréel et où la langue parlée n'avait aucune consonance connue.

Les femmes s'adressaient à Zeffe en breton. Elle traduisait en français à Victoire qui, à son tour, traduisait en anglais à Eddy, au milieu des éclats de rire. Pour ce garçon issu de ce que l'Amérique fait de plus moderne, la situation n'aurait pas été plus étrange en haute Amazonie.

Lydie s'était assise à côté de sa mère et ne lui lâchait pas la main. Passé les premiers instants d'émotion, elle se mit à lui raconter sa vie avec une joie volubile. Par moments, elle s'interrompait pour dire avec adoration :

— Ma maman... Ma petite maman.

N'y tenant plus, elle se relançait dans la description des crevettes, des crabes, des bigorneaux, qu'elle ramassait chaque jour à marée basse. Elle avait le teint hâlé, les cheveux d'une blondeur de paille, la taille élancée.

— Il me semble que tu as grandi, remarqua Victoire.

— Pour sûr, confirma Zeffe, ses chemises commencent à être trop courtes, et c'est pareil pour les chaussures, elle ne peut plus les mettre.

Elle sourit tendrement pour ajouter :

— Ce n'est point grave, ici on va pieds nus !

— Et papa ? demanda la petite fille.

Victoire hésita.

— Il est à Paris. Nous irons le voir très bientôt, ma chérie..., répondit-elle, en priant pour que ce fût vrai.

Victoire entra dans la capitale le 26 août 1944, assise dans la Jeep du colonel Delafontaine. Il précédait le convoi de l'hôpital militaire affecté désormais à la région parisienne et qui allait monter ses tentes en forêt de Fontainebleau.

Il insista pour conduire la jeune femme jusqu'à la rue Caulaincourt et la laissa devant son immeuble. Descendu de voiture, il lui fit un salut militaire impeccable, puis, ne pouvant résister, la prit dans ses bras pour l'embrasser sur les deux joues.

— Vous me promettez de venir nous voir ?

— C'est juré, colonel.

— Alors, à bientôt !

La voiture tourna dans la rue déserte et repartit. La page était tournée.

Victoire, la gorge sèche, monta l'escalier. Elle avait gardé son trousseau de clés. La porte s'ouvrit sans bruit. L'odeur de l'appartement était la même. Elle retenait son souffle. Olga était-elle là... ?

Oui, assise dans son fauteuil au coin de la fenêtre, amaigrie, plus recroquevillée que jamais, elle attendait. Des rides nouvelles donnaient à sa bouche un sourire amer.

À l'entrée de Victoire, ses yeux bruns s'embuèrent de larmes.

La jeune femme courut l'embrasser et, par ce geste si souvent répété, s'assit à ses pieds. N'osant parler, elle regardait ce visage aimé dont la tristesse était éloquente. Les lèvres décharnées remuèrent à peine :

— Mon enfant, vous voilà enfin... Quel bonheur de vous savoir sauvée !

— Et Nicolas ?

— Je ne sais rien de lui. Depuis le jour où ils sont venus, je n'ai plus rien su. Deux mois et demi de silence. Que s'est-il passé ?

Elle raconta leurs derniers jours à Paris qui précédèrent la séparation.

— Ensuite, j'ai été bloquée derrière la ligne de combat et je n'ai pas eu la moindre nouvelle.

— Je comprends. Et Lydie ?

— Rassurez-vous, elle va bien. Elle est en Bretagne avec Zeffe. Je l'ai vue il y a quelques jours et j'ai préféré la laisser là-bas pour le moment. Elle y est en sécurité.

— Vous avez bien fait. Ici, il y a des miliciens qui tirent du haut des toits...

— On dit que de Gaulle sera sur les Champs-Élysées cet après-midi.

— C'est un jour historique. Vous devriez aller le voir. Nous lui devons tant...

Elle ferma les yeux pour ajouter :

— Même si je crains que nous, nous ayons beaucoup perdu...

Elle avait insisté sur « beaucoup ».

La porte d'entrée s'ouvrit. C'était Jeannette. Elle demeura interdite à l'entrée du salon. Avec son béret de guingois sur ses cheveux courts, sa petite robe légère en cotonnade fleurie, son filet à provisions au bras, elle avait l'air d'une fillette égarée dans un monde d'adultes.

— Mademoiselle Victoire ! Vous êtes de retour !

Elle n'avait jamais pu se résigner à dire « madame ». Les larmes aux yeux, elle restait clouée au sol.

— Dieu soit loué ! Comme vous nous avez manqué ! Je peux vous embrasser ?

Ce moment d'émotion passé, elle raconta que, séparée de son mari, elle était revenue habiter rue Caulaincourt. Un jour de colère, il l'avait battue comme plâtre, et elle était partie.

— Je ne l'ai plus revu depuis trois semaines. Ce matin, je suis passée devant les Halles. C'est fermé. Les voisins disent que son père et lui ont été arrêtés par des FFI. Ils seraient en prison.

— Ne risquez-vous pas d'être inquiétée ?

— Ce serait la meilleure ! Qu'ils viennent me chercher, ils m'entendront ! Quel salaud, ce type !

Ses mauvais souvenirs lui remontaient à la gorge.

— Avant qu'on se marie, il disait tout le temps : « Mon fils fera des études. Ce sera quelqu'un. » À la minute où il a su que je ne pouvais pas avoir d'enfant, il a décidé de prendre une autre femme. Il s'est mis à travailler encore plus et à trafiquer sur tout. Les gens du quartier ne lui suffisaient plus. Il vendait aux Allemands et même aux résistants... Pas fou ! Ça m'étonnerait qu'il n'arrive pas à s'en tirer. S'il ne se fait pas coller au mur sur-le-champ, il s'en sortira.

— Coller au mur ?

— Vous n'êtes pas au courant ? On fusille à tout-va depuis trois jours. Des miliciens, des collabos... Dans la rue, on traîne des femmes tondues. Il y en a même qui sont mises nues ! C'est pas beau, mademoiselle Victoire, c'est pas beau... Les hommes qui ont collaboré, personne ne les met à poil !

Elle s'interrompit et son visage s'illumina.

— Et Lydie, où elle est, ma petite Lydie ?

Reprenant son vélo miraculeusement épargné, Victoire sillonna Paris, à la recherche d'indices sur le sort de Nicolas. Les anciens du réseau encore vivants ne savaient rien de précis. Elle finit par apprendre qu'il avait été capturé par la Gestapo au moment où il rencontrait celui qui devait lui succéder. Était-ce le « traître » ? Il avait disparu, lui aussi. La plupart des « terroristes » prisonniers avaient été transférés en Allemagne, et personne ne pouvait dire ce qu'ils étaient devenus.

L'après-midi, aux Champs-Élysées, elle se mêla à la foule pour acclamer celui qui avait cristallisé tous les espoirs. La marée humaine hurlait de joie. En rentrant, rue Balzac, elle fut prise sous le feu des francs-tireurs embusqués et une femme s'effondra devant ses yeux. Comme les autres, elle lâcha sa bicyclette et s'abrita sous une porte cochère. L'intervention de la police les libéra.

Le soir, elle retrouva sa place aux pieds d'Olga pour lui donner le résultat de ses recherches. Jeannette était assise comme autrefois sur une chaise près de la porte, toute droite, les mains posées à plat sur ses genoux.

Déçue, la vieille dame abrégea et lui demanda de raconter son séjour normand. L'esprit toujours vif et curieux, elle posa maintes questions, mais, par moments, elle n'écoutait plus. Elle s'évadait et personne n'osait la ramener sur terre.

— Qu'allez-vous faire maintenant ? demanda-t-elle à Victoire après un long silence.

— Dès que les transports seront rétablis avec la Bretagne, je ferai un saut pour récupérer Lydie. Il faudra l'inscrire à l'école. Ensuite, nous reprendrons nos travaux de plume. Ce livre sur Madeleine Pelletier, il faudra bien le terminer.

Olga secoua la tête d'un air las.

— Je n'ai plus le cœur à ce genre d'activités, ma pauvre chérie. Je ne parviendrai pas à disserter sur le féminisme en guettant le pas de mon fils...

— Je comprends. Mais quand il sera rentré ?

— Quand il sera rentré...

Elle eut un geste de la main qui en disait long.

Septembre donnait des couleurs rousses au hameau de Plouesnec. Les lichens rabougris avaient des reflets d'argent et les vagues de l'équinoxe s'acharnaient sur les rochers.

Lydie et Victoire marchaient la main dans la main. C'était leur dernière promenade bretonne. La petite fille était partagée entre la nostalgie du départ et l'impatience de retrouver Paris, bien que son papa n'y fût pas pour l'attendre. À quatre ans, elle était d'une rare maturité et sa mère avait pu lui expliquer ce qu'il en était. En laissant place à l'espoir...

Selon toute vraisemblance, Nicolas avait été emmené en captivité. L'Allemagne allait perdre la guerre et les prisonniers seraient libérés, mais dans combien de temps ? D'ici là, il faudrait savoir attendre, et bien travailler pour lui faire honneur.

Anne-Josèphe Le Gwen ne souhaitait pas retourner à Paris. Son fils Jean-Yves était revenu au pays, malade et affaibli. Elle voulait rester avec lui, pour lui refaire une santé... ou l'assister dans ses derniers moments. La tuberculose avait dramatiquement progressé au cours de ces dernières années, et nombre de jeunes lui payaient un lourd tribut. Victoire savait, par les médecins militaires, que les laboratoires américains avaient mis au point un nouveau médicament qui faisait merveille contre le bacille de Koch, la streptomycine. Elle jura de leur en obtenir.

Jean-Yves traînait à pas lents sa longue silhouette noire. Derrière ses lunettes rondes, ses yeux brûlaient d'une flamme qui ne devait pas tout à la phtisie. Il se consumait en Dieu et lui offrait sa vie sans regrets.

— Ne privez pas de médicaments des soldats qui en auraient plus besoin que moi, conclut-il. Si je dois vivre, Dieu m'aidera. S'Il me rappelle à Lui, c'est qu'Il en aura décidé ainsi... Que Sa volonté soit faite.

— Bien sûr, répondit Victoire, mais il n'est pas interdit de Lui donner un coup de main. Il doit être débordé ces temps-ci...

Le prêtre eut un sourire de commisération pour ces paroles qui frisaient l'hérésie et dont l'humour lui était étranger. Les mains croisées dans les manches de sa soutane élimée, il laissa sa mère faire ses adieux et retourna prier pour l'âme des impies.

La voiture de louage arrivait. Lydie plongea dans les bras de Zeffe qui ne chercha pas à retenir ses larmes. Dans un carton soigneusement ficelé, Victoire emportait des œufs, du beurre salé, et même des crêpes... La petite fille promit d'envoyer des dessins. Elle dut embrasser tout le village avant de monter dans une vieille 301 Peugeot qui paraissait plus destinée au musée qu'au voyage.

Tandis que le véhicule tentait de grimper la côte, la mère et la fille faisaient de grands signes d'adieu. Après le premier virage, elles remontèrent les vitres et, bien calées l'une contre l'autre, commencèrent à parler d'avenir.

Eddy Cohen vint dîner rue Caulaincourt un soir du début octobre. Depuis que son hôpital s'était installé dans la région parisienne, il consacrait son temps libre à enquêter sur Nicolas de Langueuil. Avec des copains spécialisés qui travaillaient dans les services de renseignements, il avait patiemment réuni les pièces du puzzle. Ce jour-là, il était en mesure de faire son compte rendu aux deux femmes.

Il donna ces informations en anglais et Victoire fut surprise de la manière dont Olga maîtrisait cette langue. Seules Jeannette et Lydie ne comprenaient rien. Écœurée, la petite fille se leva et prit sa Nette par la main.

— Tu sais parler breton, toi?

— Bien sûr que non! répondit la Normande, interloquée.

— Alors, suis-moi, je vais t'apprendre.

Elles sortirent main dans la main pour aller dîner dans la cuisine. Au dernier moment, Lydie lança un coup d'œil par-dessus son épaule pour juger de l'effet produit. Sa mère comprit que la petite était frustrée de se voir privée du premier rôle en ces jours de rentrée scolaire. Elle se promit de lui réserver, à l'avenir, de vrais tête-à-tête.

Eddy reprit son triste exposé. Arrêté le 2 juin, Nicolas semblait avoir été conduit pour interrogatoire rue Lauriston, au siège de la Gestapo. Il avait été vu ensuite à Fresnes, gardé au secret, puis expédié en Allemagne. Les agents américains savaient qu'il existait sur le territoire allemand des camps de concentration très durs réservés aux Juifs et aux « terroristes ». L'un d'eux, près de Munich, avait été créé en 1933 pour les opposants au régime de Hitler. Il portait le nom de Dachau. Il en existait d'autres, disséminés dans tout le pays, mais nul ne pouvait dire exactement où. La seule note rassurante, c'est que Nicolas n'avait pas été exécuté sur place, comme c'était souvent le cas lorsqu'il s'agissait des chefs de la Résistance.

Eddy s'excusa de ne pouvoir en savoir plus pour le moment. Les services secrets étaient alertés ; dès qu'une information leur parviendrait, il serait prévenu.

À la dérobée, Olga considérait les deux jeunes gens sans se faire d'illusions sur les sentiments de l'Américain. Victoire, fidèle à Nicolas, avait une attitude dénuée de toute équivoque. La vieille dame remercia le médecin de s'être donné tout ce mal pour son fils et, avec pudeur, changea de sujet.

— Connaissez-vous la grande nouvelle du jour ?

Ils la regardèrent avec surprise. Triomphante, elle continua :

— À partir d'aujourd'hui, nous, les femmes françaises, nous avons le droit de vote !

— Mon Dieu, est-ce possible ? s'exclama Victoire avec une mimique comique. Serions-nous considérées comme des adultes ?

Eddy n'en croyait pas ses oreilles. Aux États-Unis, ce droit avait été accordé aux femmes après la Première Guerre mondiale. Il en était de même en Grande-Bretagne et en Allemagne. Pourquoi avoir tant tardé en France ? Olga lui répondit en anglais :

— L'importance du rôle des communistes dans le mouvement en faveur des femmes faisait craindre à certains politiciens que le vote féminin n'affaiblisse la droite. De Gaulle n'était pas du même avis. Persuadé, au contraire, de la modération des opinions féminines, il a satisfait la gauche, sans prendre de risques...

Victoire et Eddy étaient fascinés par l'acuité intellectuelle de la vieille dame, qui s'exprimait sans une hésitation.

D'après elle, la décision avait été envisagée dès 1943 par le Conseil national de la Résistance, offrant ainsi une reconnaissance officielle au rôle des femmes dans la clandestinité. Le gouvernement provisoire avait donné son accord à Alger, en avril 1944. Tenant parole, le général avait fait promulguer l'ordonnance officielle ce 5 octobre.

Ravie de l'intérêt suscité par sa démonstration, elle reprit :

— Nous voterons pour les élections municipales, en mai prochain... Tout le monde se demande ce qui va se passer. Moi, je pense que la plupart des femmes s'abstiendront, par timidité et peur du ridicule. Les féministes se précipiteront vers les urnes et, ensuite, on n'entendra plus parler d'elles.

— Pourquoi ?

— Parce qu'elles n'auront plus rien à réclamer.

Victoire ébaucha un sourire triste.

— Ne pensez-vous pas que, dans de nombreux domaines, il y aura encore beaucoup à faire ?

Victoire devait remettre en ordre ses affaires de Normandie. La liaison ferroviaire venait d'être rétablie, et elle avait hâte de faire le point, notamment avec le notaire. Olga manifesta son étonnement devant cette urgence soudaine, mais la jeune femme prit un air mystérieux qui n'engageait pas à la confidence.

Elle avait le cœur serré quand le car la déposa sur la place où stationnaient encore des véhicules militaires. L'agitation qu'elle avait connue s'était bien calmée, mais plusieurs entrepôts étaient toujours entretenus par les Américains. Véricourt était resté un centre de distribution important pour la logistique routière et les transports. Malgré l'efficacité du *pipe-line* construit depuis l'île de Wight pour l'approvisionnement des troupes alliées en carburant, des montagnes de *jerrycans* rangées sous des toiles de tente camouflées étaient tenues en réserve. Ce précieux liquide donnait lieu, disait-on, à de fructueux trafics que la *military police* avait du mal à contrôler.

Le manoir était dans l'état où Victoire l'avait laissé : mur effondré, vitres cassées, jardin bouleversé par les unités spécialisées qui avaient désamorcé les bombes enfouies. Elle n'y resta que le temps de poser son sac, et prit aussitôt le chemin du Vieuxcourt. C'était l'heure du déjeuner. Élise et Jules, seuls à table devant une poule au riz comme les Parisiens n'étaient pas près d'en manger, mirent un couvert de plus.

— Et les enfants ?

— Ils sont à la foire de Caen.

Passé les commentaires sur la dureté des temps et l'avancée des troupes alliées en direction du Rhin, Victoire en vint au sujet qui la préoccupait. Elle voulait que sa maison fût entretenue et gardée. Henri et sa future femme ne seraient-ils pas intéressés par un logement gratuit « en ville » ? S'ils parvenaient à se faire nommer l'un et l'autre à Véricourt – et on pourrait les y aider –, ce serait pour eux une solution commode et peu onéreuse.

— Surtout, confirma Élise, que l'Henri, il aimerait bien ne plus habiter chez nous, mais faudrait pas qu'il s'en aille trop loin.

— Ils pourraient occuper l'aile du bas. Qu'en pensez-vous ?

Le vieux ne répondit pas directement.

— Pour se marier, ils attendaient de trouver à se loger. Ils vont être contents de votre proposition, je pense. La Micheline, elle vous ferait la cuisine. Elle rechigne pas à la tâche, et elle vous aime bien. Je la connais, elle serait fière d'habiter le manoir Dambreville...

Aucun engagement ne fut pris. Un Normand ne se décide pas si vite. Il fallait demander leur avis aux enfants. On en reparlerait dans les jours à venir.

Victoire évoqua une seconde question. Elle serait prête à vendre la ferme. Aux Ambroise par priorité, évidemment. Élise et Jules se regardèrent.

— Faut voir..., grommela-t-il.

— Ce n'est pas une urgence, et personne n'est au courant encore. Je voudrais que vous y réfléchissiez. J'en parlerai à Me Bardineau car je n'ai aucune idée des prix actuels. Vous pourrez en discuter avec lui, à l'occasion.

Au moment où Victoire allait partir, le père Ambroise lui prit la main.

— Je ne sais pas si nous ferons affaire, mademoiselle Victoire, mais je dois vous dire que vous m'avez fait ben du plaisir en m'en parlant d'abord.

— Si je souhaite que vous gardiez cette ferme, c'est parce que vous êtes un peu ma famille. Vous comprenez ?

Il hocha la tête, cachant mal son émotion.

Revenue en ville, Victoire se rendit à l'hôpital, où les infirmières lui sautèrent au cou.

— Venez travailler avec nous... Restez à Véricourt... On n'oublie pas des moments pareils.

Très émue, elle promit. « Que c'est bon, se disait-elle, de se sentir autant chez soi... » Mais son cœur se serra. Cette pensée n'était-elle pas une trahison à l'égard de Lydie et de Nicolas ?

Elle rendit longuement visite au notaire et le mit au courant de son projet concernant le Vieuxcourt. Ils firent aussi le tour des autres biens immobiliers de la famille Dambreville épargnés par la guerre. Victoire évoqua sa nouvelle organisation financière et Me Bardineau la rassura. Elle n'avait pas de souci à se faire...

Sur le chemin du retour, elle rencontra Mme Reville, tout de noir habillée et les yeux rougis.

— Je vais aux obsèques de ma nièce, Louisette.

— Je ne savais pas, que lui est-il arrivé ? Elle était toute jeune...

— Dix-sept ans à peine... Elle s'est suicidée !

— Suicidée ?

— Après le débarquement, elle avait fait la fête avec les Américains, et elle était tombée amoureuse d'un G. I. Il est parti sans crier gare. Nul ne sait où ! La petite s'est trouvée enceinte, et elle n'a jamais osé le dire à ses parents. Quand il n'a plus été possible de le cacher, elle s'est ouvert les veines. Toute seule, dans la cabane où ils se retrouvaient... C'est affreux ! Les parents ont dû prétendre que c'était un accident pour qu'elle puisse être enterrée comme tout le monde.

Son mouchoir sous le nez, elle partit en se pressant vers l'église où sonnait le glas, laissant Victoire face à ses souvenirs.

Pour la jeune femme, les rencontres n'étaient pas terminées. Une silhouette chère entre toutes venait vers elle, sur le même trottoir. Elle crut que son cœur allait s'arrêter. C'était Arnaud Coste-Lambert. Les cheveux en bataille, l'allure dégingandée, l'œil dans le vague, il avançait d'un pas de promeneur. Il ne la vit qu'au dernier moment et s'immobilisa.

— Victoire ! Je ne te savais pas ici ! Comme tu as embelli !

— Merci !

Ils s'embrassèrent sur les deux joues, et ce contact la fit frissonner. Elle se reprit pour demander :

— Que deviens-tu ? Où en es-tu de tes études ?

— Je commence mon internat. Sans avoir encore choisi une spécialité. (Il prit un ton supérieur.) Si je dois succéder à mon père, je devrai faire de la médecine interne. C'est le mot qu'on utilise aux États-Unis pour parler d'une médecine générale de haut niveau. À moins que je ne m'oriente vers la gynécologie et l'obstétrique... Il n'y en a pas ici.

— Ce serait une bonne idée.

Il eut un large sourire pour s'exclamer :

— À propos, mon père m'a raconté que tu t'es couverte de gloire au moment du débarquement. Il paraît que tu as fait merveille en salle d'opération. Je te félicite.

— Merci.

Son sourire se figea pour ajouter, l'air un peu pincé :

— On dit même que tu es partie avec les Américains. Tu t'entendais très bien avec l'un d'eux...

Victoire se raidit. Lugubre, le tintement du glas continuait. Elle préféra changer de sujet :

— À propos d'Américains, tu sais qui on enterre, je suppose.

— Bien sûr ! Tout le pays en parle. C'est cette petite gourde de Louisette.

— Pourquoi « gourde » ?

— Parce qu'il y a tout de même d'autres façons de régler ce genre de problème, tu ne crois pas ?

— Ah oui ? Lesquelles, par exemple ?

Il la regarda, haussant les sourcils.

— Enfin ! Tu sais bien que la plupart des gens savent faire passer ça...

— Passer ça ?

Elle avait pris un ton si agressif pour prononcer cette simple syllabe qu'il se rebiffa.

— Oh, je t'en prie, Victoire ! Ne te fais pas plus bête que tu n'es ! Les femmes qui arrivent à se débarrasser d'une grossesse se comptent par milliers. Nous, les médecins, nous en voyons débarquer à l'hôpital tous les jours.

— Ah bon ! Et dans quel état sont-elles ?

Elle avait un regard glacé et scrutait le visage du garçon sans ciller. Lui, de plus en plus mal à l'aise, ne voyait pas où elle voulait en venir.

— Dans quel état ? Que veux-tu que je te dise ? Elles viennent pour un curetage... (Il prit ce ton docte qu'elle ne lui connaissait pas autrefois et qui lui rappelait le vieil Hector.) Elles se sont fait mettre une sonde ou je ne sais quoi...

Sa voix se teintait maintenant d'une nuance de mépris et d'un humour que Victoire trouva insupportables.

— T'es-tu demandé, un jour, pourquoi elles voulaient avorter ?

Il éclata de rire.

— Surtout pas ! Ce n'est pas mon boulot. Pour moi, il n'y a qu'une question : faut-il ou non faire un curetage, c'est tout. Le reste, c'est leur affaire !

— C'est peut-être aussi l'affaire des hommes. Pour Louisette, tu ne crois pas que l'Américain s'est conduit comme un salaud ?

— Un salaud, un salaud, c'est vite dit. Après tout, les filles n'ont qu'à faire attention.

— Je croyais que c'était les hommes qui devaient « faire attention ».

Il renouvela son rire gras :

— Mon père dit toujours : « Rangez vos poules, je lâche mon coq ! »

Et il continua de rire, les yeux fermés, la tête rejetée en arrière, fier de lui. C'en était trop ! Victoire ne put se contrôler. La gifle partit toute seule, atteignant en pleine figure le rieur qui ne la vit pas venir.

Son rire se brisa net. La main sur la joue, les yeux hors de la tête, il se mit à l'insulter.

— T'es complètement cinglée ou quoi ? Qu'est-ce qui te prend ? Pauvre conne !

Victoire serra les poings.

— Je n'aurai pas assez de toute ma vie pour te faire regretter ces paroles, Arnaud. Tu n'es qu'un minable, et je te le prouverai !

Depuis quelques semaines, Olga de Langueuil trouvait que Victoire avait un drôle d'air. Elle partait souvent, et rentrait sans raconter ses journées. Elle paraissait affairée, préoccupée, soucieuse. Fait inhabituel, elle s'occupait moins de Lydie. C'est Jeannette qui conduisait et allait chercher la fillette à l'école.

Novembre avait posé sur Paris son vilain manteau de brume et de pluie. Le froid revenait, mais ni le charbon ni l'approvisionnement n'étaient au rendez-vous. L'hiver promettait d'être rude à nouveau, tandis que les armées alliées peinaient sur la route du Rhin.

Un soir, après avoir couché sa fille, Victoire vint s'asseoir en face de la vieille dame.

— Il faut que nous parlions, dit-elle avec une autorité inhabituelle.

Olga attendait ce moment depuis longtemps. Son visage en disait long sur sa curiosité. Elle n'allait pas être déçue.

— Voilà ! J'ai fait mes comptes. Mes revenus me permettent de vivre sans travailler. Du moins pendant les années qui viennent. Pour plus tard, je ne veux pas être aux crochets de Nicolas. Il faut que j'aie les moyens d'élever ma fille seule. J'ai donc pris une décision...

Elle hésitait.

— Vous n'allez pas me quitter ? s'inquiéta la vieille dame.

— Il n'en est pas question, Olga. Je n'ai que vous et votre fils ! Après mûre réflexion, j'ai pris une décision importante.

— Allez, dites-moi de quoi il s'agit, ne me faites pas languir.

— Eh bien, voilà. D'abord, je suis en train de prendre des leçons de conduite et je me suis acheté une voiture d'occasion, une 202 Peugeot presque neuve. Elle n'a pas roulé de toute la guerre. Son propriétaire était un vieux monsieur qui l'avait acquise pour aller en vacances en juillet 1939. En septembre, il l'a mise sur cale, sous une bâche, bien cachée au fond d'une grange. Aujourd'hui, il est devenu presque aveugle et n'en a plus l'usage.

Olga souriait, comprenant que la jeune femme cherchait à gagner du temps avant d'en venir à l'essentiel.

Victoire baissa les yeux et avoua enfin :

— Je viens de m'inscrire en faculté.

— En faculté ? Quelle faculté ?

— Médecine. Je suis un peu âgée par rapport aux autres, mais tant pis ! Lundi prochain, j'aurai mon premier cours pour l'année préparatoire, le SPCN, à la fac des sciences. Dans sept ans, si Dieu le veut, je serai docteur en médecine.

La vieille dame mit un moment à réagir.

— C'est un projet fantastique. Comment vous est venue cette idée ?

— Je veux m'occuper des femmes qui ont des problèmes de grossesse non désirée... L'avortement comme je l'ai connu ou les suicides dont on parle tous les jours, c'est inadmissible. Cette situation ne peut plus durer. Seuls les médecins peuvent faire changer la loi.

— En somme, vous allez suivre les pas de Madeleine Pelletier... Vous n'imaginez pas comme je suis fière de vous.

Victoire vint l'embrasser.

Deuxième partie

1960

Dans la pénombre de la chambre, la jeune fille ne réagissait plus et le rythme respiratoire était devenu irrégulier. Victoire lui prit le pouls : 180 ; la tension : 8/4. Les chiffres ne s'amélioraient pas. Elle accéléra le débit de la perfusion et nota les résultats sur la feuille de surveillance. Debout au pied du lit, elle fit la grimace. Bien que l'hémorragie fût tarie, l'atteinte de la conscience lui faisait craindre le pire.

Elle sortit et se dirigea en toute hâte vers le bureau voisin pour prendre le téléphone.

— L'hôpital Necker ?... Passez-moi le service de néphrologie.

En pleine nuit, les communications étaient rapides.

— Allô ! Je voudrais parler à l'interne de garde... Oui, c'est urgent... Charles ? Salut ! Où en es-tu, pour ma malade ?... Comment ça, toujours rien ?... Écoute-moi. Je n'ai pas le cœur à plaisanter ! Si elle n'est pas dialysée ce soir, cette petite va caner, c'est sûr !... Quel âge ? Dix-neuf... Oui, je sais, personne ne peut jurer que l'épuration rénale la tirera d'affaire, mais si on ne tente rien, l'issue, pour le coup, ne fait aucun doute...

Le personnel de nuit s'était tu et observait cette belle femme médecin de quarante ans se battre pour sauver une patiente qui luttait contre la mort. L'avènement du rein artificiel avait transformé l'évolution des anémies hémolytiques, mais cette technique était à peine sortie du stade expérimental. Pour le moment, le service du professeur Hamburger était l'un des seuls à pratiquer ce traitement, et il manquait de places...

Victoire de Langueuil écoutait les arguments de son interlocuteur en hochant la tête d'un air excédé. Elle finit par perdre patience :

— Vraiment, Charles, tu dis n'importe quoi ! Nous ne sommes pas en train de traiter des dossiers dans une administration ! Nous avons affaire à un être humain et je te répète qu'il s'agit d'une question de vie ou de mort. Ce ne sont pas des mots en l'air, tu peux me croire... Cette fille ne pisse plus depuis trois jours ! Elle va y rester, c'est sûr ! Sur quel ton faut-il te le dire pour que tu comprennes ?

Elle l'écouta encore quelques instants avant de hurler :

— Après tout, merde ! Je ne vois pas pourquoi je perds mon temps au téléphone ! Je prends une ambulance et je te l'emmène. Si tu ne peux rien faire, c'est toi qui la regarderas mourir !

Elle raccrocha, folle de rage, et se tourna vers les deux infirmières qui s'étaient levées.

— Le numéro des ambulances ?

— Sur le carnet de nuit. Le voilà, madame.

Elle fit l'indicatif, l'index tremblant.

— J'ai une malade à transférer de toute urgence à l'hôpital Necker. Vous pouvez vous en charger ?... Comment ça, vous ne savez pas où c'est ?... Ah, vous êtes nouveau ! C'est bien ma veine !... Vous savez conduire, au moins ? Bon ! Alors venez immédiatement me rejoindre à la clinique Sainte-Lucie. C'est à deux pas de chez vous, sur la route d'Argenteuil. Je vous attends et je vous montrerai le chemin. À tout de suite !

Elle raccrocha. Un peu apaisée, elle se tourna vers la surveillante de nuit :

— Mireille, vous la préparez, sans oublier de mettre son dossier dans une enveloppe, et vous veillez à ce qu'il parte avec elle... Pas comme la dernière fois !

La jeune femme rougit, tandis que le garçon de salle entrait dans le bureau.

— Excusez-moi, docteur, la maman de la petite voudrait vous parler.

Victoire ferma les yeux et poussa un profond soupir.

— Dites-lui que j'arrive tout de suite.

Elle but un verre d'eau au robinet du lavabo, vérifia son aspect dans le miroir et arrangea ses cheveux. Après cette nuit blanche, elle se trouvait centenaire ! Résignée, elle se dirigea vers le hall.

Sur la banquette attendait une femme entre deux âges. Elle se leva d'un bond en voyant arriver Victoire, qui lui fit signe de se rasseoir et, à bout de forces, se laissa tomber à son côté.

La mère demanda, le visage anxieux :

— Comment est-elle ?

Victoire hésita une seconde et prit le parti d'avouer la vérité.

— Très mal. Ses reins ne fonctionnent plus.

— Ses reins ? Pourquoi ses reins ?

— Je vous explique : pour que l'avortement se produise, il faut que l'infection décroche le fœtus. Dans le cas de votre fille, les microbes sont allés plus loin. Ils ont entraîné une destruction brutale des globules rouges. Leurs débris bloquent le système rénal.

— Que comptez-vous faire ?

— J'ai demandé une place pour elle à l'hôpital Necker...

La femme prit un air scandalisé :

— Josiane à l'hôpital ? Jamais de la vie ! Je l'ai conduite dans cette clinique, elle doit être soignée ici. Vous ne croyez tout de même pas que vous allez vous en débarrasser comme ça !

Victoire respira profondément.

— Voyons, madame, calmez-vous ! Je crains que vous ne m'ayez pas bien comprise. Votre fille est en danger de mort. Je ne connais qu'un seul endroit, à Paris, où il est peut-être possible de la sauver, c'est le service de néphrologie de Necker. Ce sera sa dernière chance... Je suis désolée...

Son interlocutrice se refusait à comprendre.

— Vous auriez tout de même pu me demander mon avis, c'est mon enfant, après tout !

Victoire était à bout de nerfs. Elle eut du mal à se contenir.

— Madame, je vous demande pardon. C'est vrai, j'aurais dû demander votre permission. Alors, là, maintenant, je vous pose la question : si Josiane reste ici, elle meurt ; si on la transporte à l'hôpital, elle a une chance sur deux de s'en tirer. Que décidez- vous ?

— Il faudrait que je demande à mon mari...

Devant la clinique, un gyrophare bleu vint battre l'obscurité, et la voiture stoppa dans un crissement de freins.

Victoire se leva, écrasée par tant de bêtise :

— C'est cela. Appelez votre mari.

— C'est-à-dire... Je ne peux le joindre qu'à son bureau, à partir de huit heures... Nous sommes séparés.

— Bon, alors, voilà ce que je vous propose. Vous allez venir avec moi, dans ma voiture, et nous lui téléphonerons ensemble, depuis l'hôpital.

L'ambulancier entra dans le hall. Elle lui donna ses instructions pour qu'il la suive sur la route et, pendant qu'ils installaient la petite sur le brancard, elle descendit au parking chercher sa voiture. Elle était un peu inquiète de partir pour la première fois, de nuit, avec son Aronde toute neuve qu'elle venait d'échanger contre sa vieille Dauphine qui en avait vu de toutes les couleurs.

Quand elle arriva devant la façade principale de la clinique, le brancardier fermait la porte arrière de l'ambulance. La mère se précipita vers Victoire qui la fit asseoir à côté d'elle.

— Vous êtes sûre que vous avez raison ?

— Montez, madame, nous en discuterons en chemin.

L'Aronde démarra, suivie de près par l'ambulance. Ils s'engagèrent sur la route de Paris.

La femme se laissa aller sur le siège, catastrophée, comme si elle était obligée de céder à un sort contraire. Elle alluma une cigarette et tira bouffée sur bouffée comme une droguée en manque.

— Que va dire son père ? murmura-t-elle entre ses dents.

Victoire voyait de profil les traits affaissés de ce visage marqué par le tabac et, sans doute, l'alcool. Le maquillage avait coulé, les cheveux décolorés laissaient apparaître des racines sombres, et la robe de couleur voyante était chiffonnée.

— Excusez-moi de vous poser cette question, mais quelque chose m'intrigue. Vous semblez vous soucier plus de l'avis de votre mari que de la santé de Josiane.

— Si vous saviez... C'est un homme tellement dur.

Elle se mit à raconter, sans aucune retenue, ce qu'elle appelait son « martyre » : le divorce, leur fille de trois ans que le père refusait de voir confier à sa mère, les mesures d'intimidation, les critiques sur l'éducation, les menaces...

— Pourtant, la gamine avait de bonnes notes à l'école et rien ne justifiait ces reproches.

Devenue adolescente, Josiane avait rencontré un garçon plus âgé qu'elle, sérieux, travailleur, avec une bonne situation, mais... d'une nature impatiente. Le jeune couple était allé trop vite en besogne. Le père avait donné son accord pour le mariage sans imaginer qu'il était déjà consommé.

Elle fondit en sanglots.

— Au jour des noces, elle aurait été enceinte de quatre mois, vous vous rendez compte ! Déjà qu'elle est un peu ronde... Si mon mari l'avait su, il m'aurait fait un malheur ! Il aurait encore prétendu que je l'avais mal surveillée. Alors, j'ai dit à ma petite Josiane : « Celui-là, on va le faire passer. » Ma collègue de bureau avait une adresse. Ça ne portait pas à conséquence. Ils auraient pu refaire un enfant plus tard et son père n'aurait rien eu à dire...

Les mains de Victoire se crispèrent sur le volant. Elle n'osait y croire. Ainsi, rien n'avait changé depuis vingt ans ! C'était la même lamentable histoire de convenances, qui, cette fois, risquait de tourner à la tragédie.

Elle arrivait boulevard du Montparnasse. Elle tourna vers la rue de Sèvres et pénétra dans l'hôpital Necker, où elle avait fait une partie de ses études. Elle connaissait bien les gens et les lieux. Sans stopper aux urgences, elle fonça vers le service de néphrologie. L'infirmière de nuit l'embrassa.

— Victoire, quelle surprise ! Qu'est-ce qui t'arrive ?

— Écoute, Brigitte, j'amène une gamine en pleine hémolyse après un avortement. L'interne n'est pas d'accord, mais je m'en fous ! Si on ne la dialyse pas cette nuit, demain ce sera trop tard. Je sais de quoi je parle. Alors qu'il se débrouille ! Il faut faire vite, très vite !

En un instant, le personnel se mit en action selon un rite bien rodé. Josiane était en de bonnes mains.

La tâche de Victoire était terminée. Elle s'approcha de la mère.

— Voulez-vous que je reste avec vous pour téléphoner à votre mari ?

— Non. Ce n'est pas la peine. Je vous remercie. Il me reprocherait encore de m'abriter derrière quelqu'un. Je vais inventer une excuse pour qu'il ne se fâche pas.

Victoire la considéra avec pitié. Cette femme n'avait rien compris, ne voulait rien comprendre.

Elle conduisait lentement, plongée dans ses pensées, se remémorant le pitoyable récit qu'elle venait d'entendre. « Pourvu qu'elle s'en tire » revenait sans cesse à son esprit, comme une litanie.

Le jour se levait à peine quand elle entra dans cet appartement où Olga de Langueuil avait vécu jusqu'à l'année précédente. Elle retrouva avec bonheur cette senteur qui mélangeait les fragrances orientales à la cire d'abeille dont Jeannette se servait pour les meubles.

Dans la cuisine, elle entreprit de préparer du thé. Pendant que l'eau chauffait, elle détacha la feuille du calendrier. Dimanche 5 mai 1960, fête des Mères. Une création du maréchal Pétain qui n'avait pas été supprimée. On fêtait les mères et on tuait leurs filles quand elles étaient mères à leur tour pour peu qu'elles n'aient pas respecté le code des bonnes manières.

La porte s'ouvrit. C'était Lydie, à peine réveillée. Elle avait des allures de chat efflanqué, avec ses courts cheveux blonds en bataille, des yeux obliques d'un bleu plus clair que ceux de sa mère. Vêtue d'un simple tee-shirt trop grand, pieds nus, elle s'approcha de Victoire qui lui souleva le menton pour la regarder de plus près. Elle aimait ce visage triangulaire, avec le nez petit et droit, la bouche aux lèvres charnues et le teint hâlé des sportives.

— Bonjour, m'man ! En voilà une idée d'être debout à cette heure ? C'est pour ta fête ?

— Tu parles d'une fête ! J'ai passé la nuit à m'occuper d'une gamine de ton âge, après un avortement qui a mal tourné.

— Encore un ?

— Comme tu dis ! Encore un...

— C'est fou ce que tu peux t'investir dans ces histoires !

Victoire sembla ne pas relever le propos. Elle jeta un coup d'œil à sa montre puis considéra sa fille avec cet amour qui lui montait dans la poitrine par bouffées.

— Tu n'es pas pressée, ce matin ? demanda-t-elle avec un sérieux inhabituel.

— Non ! Je comptais dormir. J'ai entendu du bruit. Comme Nette est de repos, je me suis levée pour voir...

— On se fait une matinée parlote ?

— Ah, ouais ! Chouette !

Victoire la prit par les deux épaules et lui dit, bien en face :

— Alors, si tu le souhaites, et puisque nous avons du temps

devant nous, je vais t'expliquer, une fois pour toutes, pourquoi je m'intéresse tant aux avortements. D'accord?

— D'accord!

La jeune fille passa ses doigts dans ses cheveux et vint s'asseoir en face de sa mère. Elle ramassa ses jambes sur le siège, cala ses genoux sous son menton et tira son tee-shirt sur ses chevilles.

— Là, maman, tu m'intrigues! C'est une question que je me suis toujours posée.

— Tu me pardonneras si c'est un peu long?

— Il y a du thé en réserve, tu peux y aller.

— Préparons d'abord le repas des fauves...

Elle glissa du pain de mie dans le toaster, sortit la confiture d'orange et le beurre, remplit un pot de lait, installa deux tasses et s'assit en face de sa fille.

— Et maintenant, à nous deux! D'abord, tu dois savoir que si j'ai décidé, sur le tard, de devenir médecin, c'est justement pour m'occuper de toutes ces filles qui interrompent leur grossesse et sur qui les gens jettent l'opprobre sans savoir de quoi ils parlent.

— Voilà donc la raison de ton choix! Je n'ai jamais compris pourquoi tu n'étais pas allée en fac de lettres ou au Conservatoire. Tu aurais pu faire une carrière d'écrivain ou de musicienne...

— C'est vrai! J'ai pris ma décision un jour d'octobre 1944...

Il était midi quand Victoire s'interrompit. Elle avait tout raconté. Sans rien omettre: la mère Tape-dur, le retour d'Arnaud et leur rupture, le mariage avec le fils d'Olga, la mort d'Estelle Dambreville et la guerre à Véricourt... Tout, jusqu'à la découverte des sinistres registres de Buchenwald où Nicolas était mort. Le récit se terminait, après le suicide de la pauvre Louisette, par la dernière rencontre orageuse avec Arnaud Coste-Lambert.

Lydie avait écouté sa mère sans l'interrompre, médusée. Quand elle se tut, il y eut un long silence. Mille questions se pressaient sur les lèvres de la jeune fille qui ne savait par où commencer. Enfin elle se décida.

— Quel est le nom de mon père, déjà ? Arnaud comment ?

— Coste-Lambert.

— Tu ne l'as plus revu ?

— Jamais. Lorsque j'allais au manoir, chaque année, je n'y restais que quelques heures. Mes amis proches me racontaient les potins de la ville. C'est comme ça que j'ai appris qu'il s'était marié et qu'il était devenu chef de service à la maternité de l'hôpital.

Lydie n'en revenait pas.

— Vous en êtes donc restés à cette beigne magistrale ? Tu as bien fait ! Il ne l'avait pas volé. Quel salaud !

— Ce qualificatif est un peu exagéré. C'est simplement un pauvre type qui vit dans un monde où les conventions tiennent lieu de conscience.

— Ce n'est pas une excuse, maman !

— Ton père disait toujours... (Elle se reprit.) Je veux dire, Nicolas...

Lydie l'interrompit.

— S'il te plaît, maman, continue à dire « ton père » en parlant de lui. Il a été mon vrai père. Entre celui qui m'a ignorée et l'homme qui m'a choisie, tu sais, mon cœur ne balance pas une seule seconde. Je l'ai peu connu puisque je n'avais guère plus de quatre ans quand je suis partie avec Zeffe en Bretagne. Pourtant, je me souviens parfaitement de lui. Il était mon idole, et j'y pense souvent.

— Ton idole ? Tes Jules doivent en souffrir !

— C'est sûr ! Ils soutiennent mal la comparaison !

— Même Bernard ?

— Surtout lui ! D'ailleurs, tiens, je ne te l'ai pas dit ? C'est fini entre nous.

— Ah bon ! Que s'est-il passé ?

— Rien. Seulement, dans le privé, il est impossible. En apparence, il est doux comme un sucre, mais dès la porte fermée, il ne pense plus qu'à me sauter !

— Voyons, Lydie ! Comment parles-tu ?

— Ben quoi, c'est la vérité ! Quand il m'invitait à dîner, il mettait les petits plats dans les grands, il faisait les courses chez Hédiard, il servait du Dom Pérignon... À table, il était adorable, bavard, drôle, aux petits soins et tout... Et puis, d'un seul coup, il s'arrêtait de parler, il se couvrait de sueur, il ne quittait plus mon décolleté des yeux, la conversation devenait impossible. Il m'entraînait au lit, copulait comme un hussard, et tombait quasi inanimé! Deux minutes après, il ronflait! Tu vois la scène.

— Pas vraiment, mais ça ne fait rien.

— Moi, qu'est-ce que tu veux, les hussards, ce n'est pas mon truc! L'amour doit être une fête. Il faut rire, jouer, batifoler, s'aimer et... prendre son temps.

Victoire la regardait, horrifiée.

— Comment peux-tu raconter des choses pareilles à ta propre mère!

— Justement, à qui d'autre veux-tu que j'en parle? Faut pas croire, je suis du genre pudique, tu sais...

— Ah bon! Tu me rassures! Tout de même, ce pauvre Bernard!

— Je ne me fais aucun souci pour lui. Il en trouvera une autre. Une qui aime le côté «Pan! t'es mort!»

Elle éclata de rire.

Victoire n'aurait jamais cru entendre un jour, de la bouche de sa fille, de pareilles incongruités. Mais elle était trop intéressée pour oser l'interrompre. Lydie avait écouté pendant toute la matinée, à présent c'était à elle de parler. Elle continua:

— Bref, avec Bernard, c'est fini! On s'est téléphoné, et il a compris...

— Tu l'as viré, comme Norbert?

— Mais non, tu confonds tout!

— Excuse-moi!

— Norbert, c'est un mec qui adore les femmes. Avec lui, je me suis laissé prendre au piège. Je ne regrette pas, d'ailleurs! Le caviar, la Porsche, le Saint-Florentin, il a mis le paquet.

— Le Saint-Florentin?

— Une boîte sympa qui vient d'ouvrir... rue Saint-Florentin. Ils appellent ça une discothèque.

— On en apprend tous les jours. Et Norbert t'emmenait là?

— Oui! Tu sais qu'il est directeur de banque. Tu te rends compte, ça fait classe! En plus, lui, au lit, c'est un virtuose!

— Lydie, je t'en prie!

— Enfin, maman, il faut bien appeler un chat un chat, et une...

— Tais-toi! Un mot de plus et je te chasse de cette maison!

Elles rirent de bon cœur et la jeune fille se précipita pour l'embrasser.

— Pardon, maman! C'est si bon de rigoler.

Elle ajouta, protectrice:

— Tu n'en as pas eu vraiment l'occasion, ces dernières années...

Victoire baissa les yeux.

— D'abord, tu n'en sais rien, ensuite cela ne te regarde pas!

La jeune fille mima une intense surprise:

— Ça alors, je n'aurais jamais cru! Raconte!

— Je te répète que cela ne concerne que moi. Explique plutôt pourquoi tu as rompu avec Norbert.

— C'est le jour où j'ai découvert qu'il avait deux autres nanas dans sa vie.

— Évidemment...

Lydie fronça les sourcils avant de continuer:

— En fait, ce n'est pas sa polygamie que je lui ai reprochée. Les mecs, ils sont tous pareils. C'est le fait qu'il promettait le mariage aux trois. J'aurais préféré qu'il me dise: «Ma petite, on s'amuse ensemble, mais il faut pas te faire d'illusions pour l'avenir.»

— Tu serais prête à partager un homme? s'étonna Victoire, de plus en plus ébahie.

— Pas «un homme», mais la fête, oui! Quand je vais au cinéma, j'accepte bien qu'il y ait d'autres gens dans la salle. Si on doit se marier, là c'est autre chose. Je revendique l'exclusivité.

— Jamais je n'aurais imaginé que ma propre fille me tiendrait un tel discours.

— C'est la forme ou le fond qui te choque?

Victoire regardait dans le vide et ne répondit pas. Sa fille reprit:

— Dis-moi, maman, pourquoi m'as-tu confié tous ces souvenirs, précisément aujourd'hui?

— Parce que tu vas avoir vingt ans bientôt.

— C'est vrai... Il me semble que tu as autre chose derrière la tête.

— Il y a longtemps que je voulais te parler. Ce n'était jamais le moment, ou je n'avais pas le courage... Aujourd'hui, il le fallait.

— Pourquoi?

— À cause de ce voyage!

— Tu m'as raconté ta vie parce que tu vas passer dix jours aux États-Unis?

Victoire rougit et se leva, mal à l'aise.

— Je suis d'une génération qui a peur de l'avion, c'est tout. J'en ai vu tellement tomber! Traverser l'Atlantique dans une de ces boîtes de conserve volantes, ça me terrorise. Tu peux le comprendre?

— Bien sûr! Pourtant, il est statistiquement moins dangereux de prendre l'avion que l'automobile.

— Les statistiques, tu sais... Quand un avion tombe, les gens qui s'y trouvaient sont statistiquement tous morts.

Lydie se mit à rire. Vexée, Victoire ajouta:

— La question n'est pas de savoir si l'avion est réellement dangereux ou non. Le fait est là: j'ai peur! Alors, je mets ma conscience au repos avant de partir. Ce que j'avais à te dire, je te l'ai dit, et, crois-moi, ce n'était pas si facile.

Lydie vint s'installer sur ses genoux comme lorsqu'elle était enfant.

— Merci, ma petite maman. Je te suis très reconnaissante de m'avoir confié tes secrets, et de m'avoir élevée seule comme tu l'as fait. Tu m'as donné une enfance et une adolescence de rêve. Je suis fière de toi.

Victoire la repoussa:

— Tu es trop lourde! Et tu vas me faire pleurer.

— Dis-moi, juste une question indiscrète: tu pars aux États-Unis seule ou avec un soupirant?

— Le «soupirant», comme tu dis, il est là-bas. Il est marié, père de famille, et m'arrive à l'épaule, alors...

— Tu sais, maman, la différence de taille, une fois au lit...

Victoire sursauta et ébaucha une gifle en éclatant de rire.

— Oh! C'est insensé d'être aussi grossière!

Lydie fit une pirouette et, avant de quitter la pièce, se ravisa:

— Je vais prendre ma douche. Prépare-toi, je t'emmène voir jouer *À bout de souffle*. Il paraît que Belmondo y est superbe. Ensuite, je te conduirai à Orly.

— Excuse-moi, ma chérie. Je ne vais pas pouvoir t'accompagner au cinéma. Je n'ai pas encore préparé mes bagages et je ne sais pas quoi emporter. Il me faudra bien tout l'après-midi. Reviens me chercher pour l'aéroport.

Restée seule, Victoire appela l'hôpital Necker. Josiane était morte au petit matin, malgré le rein artificiel...

Bouleversée par cette nouvelle mort inutile provoquée par la bêtise humaine, elle se consacra à sa valise en essayant de ne plus penser qu'à son voyage.

C'était la première fois qu'elle partait aussi loin. Autrefois, elle n'osait pas laisser Olga. La vieille dame ne vivait plus que par miracle. Pourtant, jusqu'au dernier moment, elle avait fait preuve d'une acuité intellectuelle intacte, et c'était elle qui mettait le plus de joie dans la maison, malgré sa maladie qui la faisait tant souffrir. La biographie de Madeleine Pelletier abandonnée, elle avait dicté quelques articles encore pour des magazines féminins : à l'occasion de la parution du *Deuxième Sexe* de Simone de Beauvoir en 1949 ; sur la mort de Ludmilla Pitoëff en 1951 et celle de Colette en 1954. Son dernier « papier » datait de 1955, quand l'Union soviétique avait de nouveau autorisé l'avortement après l'interdiction due à Staline en 1936.

Elle s'était éteinte au printemps 1959, une nuit, discrètement, pour ne déranger personne. Jeannette et Victoire l'avaient veillée jusqu'à l'enterrement, au petit cimetière Saint-Vincent où son mari l'attendait depuis un quart de siècle.

Sa valise bouclée, Victoire s'assit et feuilleta le dossier où elle avait rangé les documents concernant Olga. Elle parcourait ces souvenirs émouvants comme si elle ne devait jamais revenir.

Lydie revint la chercher à l'avance. Elle n'était pas allée au cinéma. Elles firent la route jusqu'à Orly presque sans parler et ne s'attardèrent pas pour les adieux. Aucune des deux ne voulait se laisser aller en public. Victoire franchit le contrôle douanier et lança un baiser du bout des doigts avant de s'engager dans la zone *free-tax*.

Lydie resta un long moment immobile en la regardant s'éloigner. Jamais elle n'avait autant admiré sa mère. À quarante ans, elle conservait cette allure qui faisait se retourner les hommes. Son visage était lisse, avec juste quelques rides rieuses au coin des paupières. Elle n'avait pas un cheveu blanc et ses yeux brillaient d'un bleu profond, troublant, qu'elle accentuait par un maquillage de la même couleur. Et derrière cette beauté pleine de tendresse, quelle force de caractère l'animait !

La jeune fille sourit. Elle était ravie de rester seule à Paris pour mettre ses projets à exécution. Le voyage solitaire qu'elle concoctait avait un parfum d'aventure et il valait mieux que sa mère n'en sache rien.

Le lendemain, en début d'après-midi, Lydie immobilisa l'Aronde de sa mère sur la grand-place de Véricourt.

« Voilà donc ce que maman ne voulait pas me montrer parce qu'elle y avait de trop mauvais souvenirs... » se dit-elle en s'asseyant à la terrasse du Café de France. Elle sourit et, dans son for intérieur, prononça sa déclaration de guerre : « À nous deux, petite ville de bourgeois provinciaux. Je vais te faire payer... »

Après une nuit de pluie, le soleil faisait briller les jeunes pousses des marronniers. Des drapeaux multicolores tentaient d'égayer la façade austère de la mairie en commémoration du quinzième anniversaire de la victoire. Il ne restait plus trace des bombardements de juin 1944. Sur le monument aux morts, la liste des héros de 39-45 avait été rajoutée.

Quand elle se leva, les clients du bar la suivirent des yeux. Elle portait, serrée à la taille, une jupe bouffante en vichy bleu et blanc qui laissait dépasser un jupon de dentelle. Son chemisier blanc près du corps moulait une poitrine arrogante. L'élégance de sa démarche de danseuse était accentuée par les ballerines mises à la mode par Brigitte Bardot.

Elle se dirigea vers la rue du Général-de-Gaulle qui menait à l'hôpital. Vérifiant les renseignements qu'elle avait notés, elle s'arrêta devant un immeuble cossu. Sur la plaque de cuivre fixée au mur, elle lut :

Jacques Liévin
Avocat à la cour d'appel de Rouen
Sur rendez-vous

Elle poussa la porte et monta au premier étage. À la jolie secrétaire qui l'accueillit, elle demanda s'il était possible d'être reçue sans rendez-vous. C'était pour une question d'ordre privé et elle n'en avait que pour un instant.

Cinq minutes plus tard, elle vit arriver un homme qui lui tendit la main en souriant.

— Entrez, mademoiselle, que puis-je pour vous?

Elle minauda:

— Je vous suis reconnaissante de me recevoir ainsi, à l'improviste.

— C'est tout naturel, asseyez-vous, je vous en prie.

Il avait la solidité des gens de la campagne et ses larges épaules de sportif s'accordaient mal avec l'austérité de son bureau. Brun, les cheveux mi-longs et partagés par une raie au milieu, il était habillé d'un sobre costume de tweed. Il dardait sur sa visiteuse un regard incisif et clair, à peine masqué par de fines lunettes sans monture.

« Quel âge peut-il avoir? se demandait-elle. Quarante-cinq ans? » Elle prit le ton d'une jeune fille timide et bien élevée:

— Voilà, je m'appelle Lydie de Langueuil, et je suis étudiante en troisième année de droit à Paris. Nous avons l'obligation, vous le savez, d'accomplir un stage d'un mois chez un juriste. Tout était prévu pour que j'aille chez un ami de mon père qui, de son vivant, était un de vos confrères. Malheureusement, il a été hospitalisé la semaine dernière. Comme mon père avait de la famille à Véricourt et qu'il venait y passer des vacances étant enfant, j'ai pensé y tenter ma chance.

Elle se para d'un sourire angélique et prit un air de sainte-nitouche qui eut un effet immédiat.

— Vous avez eu raison de vous adresser à moi. Puis-je vous demander avec qui vous êtes apparentée?

— Mon père était le cousin d'Adhémar Dambreville.

— Dambreville! J'en ai entendu parler. En effet, c'est une vieille famille d'ici. Il ne reste plus qu'une fille qui ne vient jamais. Elle habite Paris, je crois. Vous la connaissez?

— Pas le moins du monde.

Elle mentait avec un aplomb parfait. L'avocat la jaugeait d'un regard de maquignon.

— Quoi qu'il en soit, pour votre stage, il n'y a aucun problème. Vous tombez même à pic, j'ai un surcroît de travail en ce moment. Quand voudriez-vous commencer?

— Lundi, si c'était possible. Enfin, je veux dire... Si cela ne vous dérange pas.

— Pas du tout, pas du tout... Au contraire!

Il prit un air important, bien calé dans son fauteuil, le buste rejeté en arrière, et dit en étudiant ses ongles soignés :

— Vous constaterez que mon cabinet tourne assez fort. Nous traitons surtout des opérations foncières : contestations d'héritages, problèmes de bornages, de copropriété, mais aussi, depuis peu, constitutions de sociétés agricoles, etc. Des dossiers que vous n'aurez pas l'occasion de voir souvent à Paris.

Il se leva et fit le tour de sa table avec un sourire charmeur.

— Je serai à votre disposition à tout instant.

Se ravisant, il demanda :

— Avez-vous au moins un endroit où loger ?

— Je comptais trouver un petit hôtel, ou une chambre chez l'habitant...

— Ne cherchez plus. Nous avons, au fond du jardin, un pavillon d'amis que nous utilisons peu, avec une entrée particulière. Il est à vous pour un mois.

— Je ne voudrais pas abuser, répondit-elle en baissant les yeux, adorablement gênée.

— Mais non, vous n'abusez pas. Nous avons déjà eu l'occasion de le louer à des étudiants. Pour un prix modique, bien sûr. Vous verrez cela avec ma femme.

— Je vous remercie infiniment, maître.

En prononçant ce mot, elle ne ménagea pas l'intensité de son regard. Il la raccompagna à la porte en la toisant de la tête aux pieds.

Une fois dans la rue, ravie de ce résultat qu'elle n'aurait pas osé espérer, elle mit le cap sur l'hôpital. Un pavillon moderne avait été rapporté aux anciens bâtiments, pour créer un service de gynécologie-obstétrique destiné au fils du médecin-chef. Elle sourit lorsqu'elle lut le nom d'Arnaud Coste-Lambert sur l'organigramme du hall d'entrée. Une secrétaire lui indiqua l'adresse du cabinet privé du praticien, qui n'exerçait qu'en mi-temps hospitalier.

L'immeuble était situé en bordure de zone piétonne. Elle sonna. Une secrétaire du même modèle que celle de l'avocat apparut. Jupe droite aux genoux, chemisier de soie et collier de perles.

Lydie prit un visage douloureux :

— Je suis de passage à Véricourt et j'ai un problème gynécologique urgent. Croyez-vous que le docteur Coste-Lambert pourrait me recevoir?

— En principe, non. Toutefois, s'il y a urgence, je vais voir...

— S'il vous plaît...

Elle revint un instant plus tard:

— Le prochain rendez-vous s'est annulé. Le docteur va pouvoir vous prendre dans un instant.

Dix minutes plus tard, le cœur plus serré qu'elle ne l'aurait voulu, Lydie faisait la connaissance de son père. C'était un très bel homme. Grand, mince, avec des gestes un peu las, il la fit entrer sans paraître lui prêter la moindre attention. Mais elle sentit, en passant devant lui, un regard lourd qui l'évaluait.

— Je vous remercie, docteur, de me recevoir ainsi.

— Je vous en prie.

Il s'assit en face d'elle et chaussa des lunettes en demi-lune.

« Voilà donc, se dit-elle, le visage de celui qui a séduit ma mère. Elle avait bon goût, la coquine. Il a l'œil bleu, le cheveu blond et bouclé des Vikings, la prestance du notable arrivé, l'assurance du dragueur impénitent. À nous deux, mon petit... papa! »

Sur une fiche, il inscrivit son état civil. Lui jetant de brefs coups d'œil par-dessus ses lunettes, il prenait son temps.

De son côté, elle semblait mal à l'aise, se tortillant sur sa chaise, croisant et décroisant ses jambes tout en tirant sa jupe sur ses genoux.

— Que puis-je pour vous, mademoiselle? demanda-t-il enfin, d'une voix plus grave, étudiée.

— Eh bien, voilà... J'ai dix jours de retard et je voudrais faire un test.

Un infime sourire sur ses lèvres, il ne répondit pas immédiatement. Puis il parut se décider:

— Voulez-vous passer dans la pièce à côté et vous déshabiller, je vais vous examiner.

Elle secoua la tête, comme effarouchée.

— Pas aujourd'hui! Je préférerais d'abord savoir ce qu'il en est. Après... je reviendrai vous voir. C'est promis.

Enjôleuse, elle souriait, par en dessous, avec un regard déjà complice. Il ne s'y trompa pas et rectifia son nœud de cravate.

— Comme vous voudrez. Je vous fais une ordonnance pour

le laboratoire dont voici l'adresse. C'est à deux pas. Ils me communiqueront le résultat. Allez-y demain matin.

Tout en parlant, il écrivait et surveillait ses réactions. Elle semblait éperdue d'admiration. Il la trouvait de plus en plus séduisante, et commençait à faire des projets. Il avait envie d'en savoir plus.

— Si le test était positif...

Lydie fit la moue.

— Ne parlez pas de malheur!

Dans les yeux d'Arnaud Coste-Lambert, les pensées se lisaient aisément: cette petite serait une proie facile... Il s'en réjouissait d'avance. Il consulta attentivement son livre de rendez-vous.

— Vous viendrez me revoir après-demain. J'ai une possibilité, en fin de consultation. À 19 h 30. C'est possible?

« La bête est ferrée, se dit la jeune fille. Après m'avoir tripotée, il me proposera de m'emmener boire un verre. Le jeudi, sa femme doit s'occuper des gosses. »

— Vous êtes très aimable. 19 h 30, ce sera parfait.

— C'est un peu tard, j'en suis désolé, mais j'ai beaucoup de travail.

— Ce n'est pas grave! J'ai tout mon temps...

Elle eut un dernier battement de cils et se dirigea vers la porte dans un balancement de hanches accentué par le bouffant de la jupe.

Eddy Cohen entretenait sa forme par une intense activité physique au grand air. Son visage restait bronzé d'un bout à l'autre de l'année, et il ne remontait la capote de sa Monterey blanche que les jours de pluie. Ses fonctions hospitalières n'exigeant de lui aucun effort vestimentaire, il était habillé d'un jean et d'un blouson de cuir fauve. Ses *boots* venaient du Mexique.

Victoire, éreintée par ses heures de voyage et l'escale à New York, sursauta quand elle se trouva face à lui. Seize ans avaient passé depuis les événements de juin 1944, mais il était inchangé. Il lui prit les mains avec émotion:

— *Victory... I'm so glad...*

Elle avait fait des progrès en anglais pendant ses études médicales, notamment en s'astreignant à lire les revues gynécologiques américaines. C'était une chance, car, de son côté, Eddy ne s'intéressait toujours pas aux dialectes d'outre-Atlantique. Toutefois, il s'exprimait dans un anglais dépouillé qu'il s'ingéniait à rendre parfaitement compréhensible. Elle lui en fut reconnaissante.

Sur la route de l'aéroport, il s'empressa de lui donner de brèves informations sur sa vie privée: il était divorcé depuis un an, et sa fille ne venait le voir qu'un dimanche sur deux. Il avait quitté son appartement en ville pour une maison à la campagne où il vivait avec ses chevaux. C'est d'ailleurs là qu'il l'emmenait, car, pour lui, c'était un week-end «*off daughter*».

La *highway* contournait la ville de Rochester, rendue célèbre par les frères Mayo, deux chirurgiens qui avaient révolutionné l'éthique médicale de leur temps. Dès la fin du siècle dernier, ils avaient conçu l'intérêt d'un centre hautement perfectionné d'explorations médicales qui donna naissance au *check-up* de routine. Contrairement à ce que croyait Victoire, tout comme la majorité des Européens, la Mayo Clinic n'était pas un établissement hospitalier, mais seulement un gigantesque ensemble de locaux destinés aux consultations, aux bilans de santé et aux soins ambulatoires.

Eddy stoppa sa voiture sur une colline d'où Victoire put découvrir la ville dans la lumière orangée de cette fin d'après-midi. Au milieu de l'immensité de l'agglomération, trois tours dominaient. La plus ancienne avait un toit décoré de multiples clochetons. C'était la première Mayo Clinic, qui, devenue trop exiguë après la Première Guerre mondiale, regroupait les services de l'administration, les archives et un musée historique. La deuxième, construite vers les années 20 dans un *modern style* plus rigoureux, logeait désormais l'ensemble des laboratoires de recherche. Quant à la dernière-née, un impressionnant building de verre et de béton, d'une centaine d'étages, elle datait des années 50. C'est là qu'entraient chaque jour les milliers de consultants venus du monde entier.

Victoire ne comprenait plus.

— Et les hospitalisés? Les services de médecine et de chirurgie?

Eddy tendit le bras dans une autre direction. Deux hôpitaux

se dressaient en périphérie de la ville. C'est là qu'exerçaient les médecins de la Mayo.

— Je vous ferai visiter demain... Maintenant, vous devez être fatiguée, je vous emmène à la maison.

C'était une élégante construction de bois sombre, blottie dans un bouquet d'arbres, en bordure d'une zone agricole. Des champs de plantes fourragères ondulaient sous la brise, étalant jusqu'à l'horizon un somptueux camaïeu de verts tendres. À une centaine de mètres de là, un hangar moderne abritait les tracteurs et l'écurie. Eddy expliqua qu'avec son matériel perfectionné il s'occupait de tout lui-même. C'était la plus saine des activités sportives. Quand il partait à la pêche dans le district des lacs, son voisin surveillait ses chevaux, à charge de revanche.

Sur une terrasse en planches où venait mourir le soleil du soir, il installa son invitée dans un rocking-chair et lui mit en main un cocktail de sa composition. Il alluma le barbecue électrique pour griller une côte de bœuf qui aurait pu nourrir, à elle seule, un régiment d'affamés.

La soirée était douce, l'air tiède et l'hôte prévenant. Décalage horaire et alcool aidant, Victoire sombra dans un état de totale béatitude qui ne l'incita pas à lutter contre le charme envahissant des yeux aux longs cils sombres, bien décidés, après tout ce temps, à lui faire tourner la tête.

Quand les lèvres d'Eddy se posèrent sur les siennes, elle n'eut ni la force ni l'envie de résister. Après ce premier baiser, elle perdit toute dignité quand il l'emmena vers une chambre éclairée par la seule lumière complice d'une nuit étoilée.

Une odeur de bacon grillé la réveilla. Eddy avait laissé à son chevet un peignoir blanc en éponge et, ainsi vêtue, elle descendit vers la cuisine où il s'affairait. Sur la table installée devant une fenêtre qui dominait la campagne, elle découvrit les merveilles du *breakfast* américain qu'elle connaissait seulement par le cinéma et les romans. Elle ne se croyait pas capable, au petit lever, de faire honneur à un tel monceau de victuailles. Les senteurs de café et de pain grillé lui ouvrirent l'appétit, au point qu'elle engloutit sans discuter tout ce qu'il mettait dans son assiette.

Rassasiée, blottie dans le fauteuil à bascule, les mains serrées sur sa énième tasse de café, elle découvrit les raisons «professionnelles» qui avaient incité Eddy à lui faire survoler l'océan. Il lui en avait réservé la surprise jusqu'au dernier moment: un médecin biologiste américain venait de mettre au point un médicament anticonceptionnel efficace à 100 %.

Elle posa sa tasse, se redressa d'un bond et lui demanda de répéter. Il éclata de rire. C'était pourtant la vérité. Désormais, les femmes allaient pouvoir maîtriser leur fécondité. La hantise de l'enfant non désiré appartiendrait au passé. Victoire ne parvenait pas à y croire.

Tandis qu'Eddy se lançait dans de savantes explications biochimiques, elle ne put s'empêcher de plonger dans ses souvenirs. Elle se revoyait, petite fille, taraudée de questions sans réponse. Sa mère ne lui avait jamais parlé de sexualité ou de conception. Le «Ils se marièrent et eurent beaucoup d'enfants» allait de soi et ne justifiait aucune explication.

Aussi, avec Lydie, avait-elle décidé de se comporter en mère responsable et de tout lui révéler au moment de l'adolescence. L'essentiel avait été dit un dimanche d'hiver, au cours d'une de ces «matinées parlotes» que toutes les deux affectionnaient. En s'aidant de dessins, elle lui avait expliqué les ovaires, les ovules, les spermatozoïdes, la nidation de l'œuf et... le bonheur d'une grossesse désirée.

Une autre fois, elles avaient parlé de la méthode Ogino, avec sa comptabilité mensuelle et ses incertitudes.

— Alors, si cette méthode «machin» n'est pas efficace à tous les coups, comment faut-il se protéger?» avait demandé la petite, avec un sens aigu du réalisme.

— C'est au garçon de faire attention. Tu devras bien le choisir...

Des trésors d'humour lui avaient permis d'évoquer les rites cachés du monde féminin, les ablutions hâtives, les produits réputés spermicides, les préservatifs des hommes sérieux... et les angoisses de chaque mois. À cette époque, elle n'osa pas lui parler d'avortement.

Elle revint à la réalité quand Eddy évoqua la personnalité de Gregory Pincus, le découvreur, et celle des deux femmes hors du commun qui l'avaient soutenu.

Margaret Sanger était une féministe qui militait depuis le début du siècle pour le *birth-control*, ce qui lui avait valu la prison à plusieurs reprises sans qu'elle renonçât jamais à ses convictions. Elle avait aidé le savant en lui offrant tout ce qu'elle possédait: 2000 dollars! À l'inverse, Katharine McKormick était richissime. Depuis 1952, elle avait mis à la disposition du savant sa fortune et ses relations. Le plus piquant de l'histoire, c'est que toutes deux avaient aujourd'hui plus de quatre-vingt-cinq ans!

Victoire eut une pensée émue pour Olga de Langueuil. Elle était morte sans connaître cette libération qu'elle appelait de tous ses vœux.

Car il s'agissait d'une véritable libération! Les femmes ne seraient plus jamais soumises aux excès incontrôlés des hommes. Mieux encore: si ce qu'affirmait Eddy était vrai, les pratiques abortives disparaîtraient...

L'anesthésiste américain se montra moins optimiste. Aux USA, l'opposition des milieux religieux et conservateurs s'organisait déjà, et instruire les femmes des milieux défavorisés, pourtant les plus concernées, ne serait pas une tâche aisée.

Il considérait que la véritable révolution se situait au niveau du monde de la biochimie. Dans les prochaines décennies, l'essor de l'endocrinologie et l'industrie des hormones de synthèse entraîneraient un renouveau complet des thérapeutiques féminines.

Depuis un an, des équipes avaient entrepris de prescrire aux femmes présentant les premiers troubles de la ménopause des produits susceptibles de pallier le ralentissement des sécrétions ovariennes.

— Le miracle de jouvence! s'exclama Victoire. Voilà le mythe du docteur Faust devenu réalité. À quel diable faut-il vendre son âme?

— Au contraire! C'est la faillite de ce mythe. Pour quelques dollars, c'est le médecin qui accordera, sinon la jeunesse, du moins les moyens de reculer les injustices de l'âge...

— C'est vite dit.

Son regard se fit tendre quand il ajouta:

— Il est vrai que certaines femmes ont un charme qui défie le temps...

Il s'approcha de Victoire pour la prendre dans ses bras. Elle limita l'effusion à un baiser sur le front et l'écarta gentiment pour reprendre la conversation. Plusieurs points restaient obscurs.

— Comment sait-on que ce médicament anticonceptionnel est sans inconvénient ?

Eddy, dépité, se résigna à poursuivre.

— Pincus, en association avec un gynécologue de Boston, John Rock, a commencé à expérimenter l'Enovid en 1956, sur une population homogène de femmes volontaires originaires de Porto Rico. Chez les habitantes de cette île, les grossesses se succèdent sans discontinuer, de la puberté à la ménopause. Le résultat a été spectaculaire tant par son efficacité que par son innocuité. La si redoutable Food and Drug Administration est prête à donner son accord pour la commercialisation du produit. Sa mise sur le marché aura un retentissement mondial, y compris en France.

Elle restait bouche bée.

— Il va falloir que j'en emporte une pleine caisse !

Il éclata de rire.

— Pourquoi crois-tu que je t'ai invitée à venir ?

— Pour mes beaux yeux !

Il hésita une seconde. Elle l'avait repoussé. Elle patienterait un peu. Il fit semblant de ne pas avoir entendu.

— Explique-moi comment tu vis ton métier là-bas, dit-il avec une pointe d'humour dans le regard.

Victoire avait commencé ses études de médecine en novembre 1944 et soutenu sa thèse sept ans plus tard. Il lui avait fallu quatre ans de plus pour obtenir un certificat de gynécologie-obstétrique et être étiquetée «spécialiste» par le conseil de l'ordre des médecins.

Diplômée en 1955, elle avait dû choisir un mode d'exercice. Sa fille, âgée de quinze ans, occasionnait des frais plus élevés chaque année, d'autant qu'elle avait décidé d'entrer plus tard en faculté de droit. Olga de Langueuil avait dépassé quatre-vingts ans et sa santé précaire justifiait des soins onéreux tout juste couverts par ses revenus personnels. Le docteur Houlié les avait quittés en 1948 et son successeur leur coûtait beaucoup plus cher.

Victoire n'avait d'autre solution que de se trouver une situation. Elle eût de loin préféré consacrer sa vie à la recherche, mais c'était impossible tant qu'elle aurait charge d'âme. Elle s'était donc résignée à chercher un poste dans le privé.

C'était l'époque où les établissements médicaux conventionnés avec la Sécurité sociale poussaient comme des champignons en banlieue parisienne et changeaient de mains au gré de négociations financières d'une clarté parfois douteuse. Dans la plupart des cas, des médecins initiaient les projets et déposaient les demandes d'ouverture. À l'heure du financement, ils étaient souvent remplacés par des hommes d'affaires.

C'est ainsi que la clinique Sainte-Lucie était devenue la propriété d'un certain Krieski, bellâtre sans scrupules, fabricant de prêt-à-porter, nanti d'une fortune d'origine imprécise. Il avait racheté à bas prix la majorité de la société d'exploitation à des médecins peu doués pour la gestion.

« Vendre de la santé est un commerce comme un autre, disait-il. Le marché est porteur, pourquoi ne pas en profiter ? » Les mots de moralité, éthique ou dévouement lui étaient étrangers. Seule, la notion de profit le motivait. Il faisait en sorte de maintenir un déficit comptable modéré pour éviter l'impôt sur les sociétés, tout en profitant des nombreux avantages non déclarés que lui procurait l'entreprise.

Dès leur première rencontre, Victoire l'avait séduit par son charme et son goût des techniques modernes. Réalisant l'attrait qu'elle était susceptible d'exercer sur la population jeune d'une région en pleine explosion démographique, et bien qu'elle eût refusé d'investir un seul centime, il lui avait offert de travailler avec un contrat d'essai d'un an. Moyennant un substantiel reversement d'honoraires, évidemment.

À cette époque, Victoire n'imaginait pas qu'un jour elle devrait négocier son droit de travailler. La clinique était belle, construite au voisinage d'une concentration d'immeubles neufs, en bordure d'une zone industrielle en expansion. Elle accepta.

À la satisfaction de son « employeur », elle développa vite sa propre clientèle obstétricale, grâce à des méthodes qui n'avaient pas encore cours en France. Ses confrères ne s'intéressaient pas aux idées neuves et aux livres comme *L'Accouchement sans peur* du britannique Dick Reed, paru pourtant en 1933 et largement diffusé aux USA. C'est Eddy Cohen qui le lui avait envoyé, lorsqu'elle lui avait annoncé son installation. Ce procédé, qui allait se répandre sous le nom mal traduit d'« accouchement sans douleur », combinait une prise en charge pédagogique et physiologique des femmes enceintes en démystifiant cette fonction naturelle accablée par le poids des craintes ancestrales.

Son rapide succès était venu également de la manière dont elle traitait psychologiquement ses clientes. Ses qualités d'écoute, sa disponibilité et cette façon qu'elle avait de donner à chacune l'impression d'être au centre de ses préoccupations, lui valaient la réputation d'être un praticien pas comme les autres.

Enfin, sa grande tolérance en face des problèmes d'avortement l'avait fait connaître plus vite qu'une campagne publicitaire, encore qu'elle eût toujours pris garde à ne pas être considérée comme une faiseuse d'anges. Dans cette clinique de cent cinquante lits travaillaient au moins deux cents femmes. Plus de la moitié d'entre elles étaient menacées de grossesses non désirées. Si elle s'était laissé aller à pratiquer des avortements, elle aurait été submergée de demandes et rapidement suspendue par le conseil de l'ordre. Peut-être même envoyée devant les tribunaux.

S'il lui arrivait de se livrer à des pratiques légalement fort discutables, c'était dans des cas bien précis et en faisant preuve d'une extrême prudence. Mais elle était incapable de rester insensible à certaines détresses. Se retrancher, purement et simplement, derrière la loi lui paraissait une attitude incompatible avec son rôle de médecin. Elle avait choisi ce métier pour aider les femmes, et rien ne pourrait l'en empêcher. Sa position était claire : les seules questions qu'elle se posait concernaient la méthode à employer pour ne pas se faire prendre, au cas par cas...

Lorsqu'une malheureuse fondait en larmes dans son bureau à l'annonce de la positivité du test, elle l'examinait longuement, prenait le temps de bavarder avec elle pour savoir si ce refus d'enfant était sincère. Dans ce cas, elle laissait entendre que la grossesse n'était peut-être pas viable. C'était encore plus facile quand s'il s'agissait d'une de ces très jeunes filles que la rumeur populaire taxe volontiers d'infertilité. Elle la reconvoquait à plusieurs reprises dans les jours qui suivaient, jusqu'à lui annoncer, un soir, que l'œuf était mort et qu'il valait mieux l'évacuer. Le curetage avait lieu le lendemain matin, et on n'en parlait plus. Les honoraires qu'elle demandait étaient conformes à la convention avec la Sécurité sociale, et, une fois l'acte exécuté, plus aucune trace ne pouvait prouver son illégalité.

Son excellente connaissance de la nature féminine lui permettait d'évaluer les risques d'un tel comportement. Elle profitait de ces consultations multiples pour analyser le terrain, afin de ne pas risquer de se retrouver un jour face à une patiente versatile qui lui reprocherait, quelques jours plus tard, de ne pas avoir réussi à lui conserver sa grossesse. Cet incident lui était arrivé une fois, et elle ne s'était plus jamais laissé prendre.

Dans le même temps, elle entreprenait une véritable éducation sexuelle de l'intéressée. Elle insistait sur la chance extraordinaire qu'avaient les femmes fertiles de pouvoir mettre au monde des enfants désirés et sur la nécessité, dans ce but, de surveiller son calendrier intime. Suivaient les recommandations de vigilance, la description précise de la méthode Ogino avec prise quotidienne de la température et des conseils sur l'emploi des préservatifs, en vente libre. À défaut d'avoir à proposer des solutions meilleures, Victoire jouait ainsi un rôle aussi pédagogique que possible.

Pourtant, la situation évoluait. À partir de 1956, les journaux féminins commencèrent à soutenir l'œuvre d'une femme gynécologue entrée ouvertement en rébellion contre l'ordre établi, Marie-Andrée Lagroua-Weil-Hallé. Sous le nom lénifiant de « La maternité heureuse », elle avait créé une association destinée officiellement à l'éducation des femmes et, plus discrètement, à la mise en pratique d'une technique de contraception interdite en France, grâce à l'importation clandestine de diaphragmes vaginaux.

À cette même époque, la publication d'un livre révolutionnaire avait fait l'effet d'une bombe. Avec *Des enfants malgré nous,* Jacques Derogy, journaliste de talent, décrivait, pour la première fois dans le détail, la pratique des avortements. Il analysait d'abord les causes sociales de ce fléau et en précisait les abominables procédés. Personne, jusqu'alors, n'avait osé traiter aussi crûment un tel sujet. Dans la seconde partie, il prônait la réforme de la loi de 1920 et soutenait l'action de Mme Lagroua-Weil-Hallé qui préfaçait l'ouvrage.

Convaincue, Victoire avait aussitôt adhéré à l'association et elle était devenue une habituée enthousiaste des séances d'enseignement.

Il lui arrivait toutefois d'être souvent choquée par les arrière-pensées politiques de certaines militantes qui se servaient de ces idées novatrices pour soutenir la gauche contre ce qu'elles appelaient la « droite réactionnaire au pouvoir ». C'est tout juste si, dans les réunions d'information, on ne s'étonnait pas qu'elle ne fût inscrite ni à un parti ni dans une loge maçonnique.

Les femmes communistes qui soutenaient le Dr Lagroua-Weil-Hallé depuis l'origine furent, d'ailleurs, gravement perturbées quand *L'Humanité*, à l'instar de l'Église catholique et du conseil de l'ordre des médecins, condamna l'action de « La maternité heureuse » et le livre de Derogy. Jeannette Wermeersch, égérie du PC, était allée jusqu'à reprocher aux travailleuses de réclamer le droit d'accéder aux vices de la bourgeoisie...

Victoire, qui ne faisait aucune différence entre les femmes, qu'elles soient « travailleuses » ou non, exécrait toute récupération politique ou carriériste de la cause féminine. Elle l'affirma haut et fort, ce qui ne fut pas du goût de tout le monde.

Eddy avait été passionné par le récit de son amie. Il comprenait mieux l'atmosphère rigoriste qui régnait sur le vieux continent. Il expliqua que l'Amérique souffrait aussi de la réticence des milieux conservateurs soutenus par les puissantes organisations religieuses. D'après lui, les traditions de tolérance et le culte du progrès des Américains finiraient bien par faire tomber ces barrières morales ou culturelles dépassées. La pilule prendrait vite sa place logique dans l'arsenal médical des prochaines décennies.

Il décida qu'ils avaient assez parlé de leur métier et entreprit d'expliquer à son invitée le programme de vacances qu'il lui avait préparé.

Lydie était impatiente de retrouver sa mère pour écouter le récit de son voyage et lui raconter, à son tour, ses exploits en Normandie.

Hâlée, vêtue d'une longue veste de toile imperméable fourrée qu'Eddy lui avait offerte, resplendissante malgré la fatigue du décalage horaire, Victoire franchit la douane le sourire aux lèvres et le pas allègre.

— Maman, comme tu es belle ! s'écria la jeune fille. Il faut que tu me donnes ta recette.

— Chuutt ! C'est un secret.

Se radoucissant devant l'air déçu de sa fille, elle ajouta :

— Ne t'inquiète pas, je te dirai tout. Que s'est-il passé ici en mon absence ?

— Pas grand-chose. La guerre d'Algérie s'éternise et la « pacification » fait de plus en plus de morts. Les Russes ne parlent que de l'U2 américain qu'ils ont abattu.

— Quel bruit, là-bas aussi ! Eisenhower est très critiqué par son électorat. Tu penses, à la veille de la Conférence de Paris... Personne ne lui reproche d'espionner les Russes, mais se faire prendre, quelle stupidité !

Ainsi la guerre froide se ravivait-elle de plus belle... On n'en sortirait donc jamais.

Pendant que les bagages se faisaient attendre, Lydie tarabusta sa mère :

— Allez, maman, dis-moi tout.

Victoire prit sa respiration et se lança dans une longue tirade :

— Ma fille, pour être belle, c'est très simple. Écoute-moi bien ! Tu te prends un amoureux. Tu lui demandes de te conduire dans le nord du Minnesota, une région où dix mille lacs se disputent quelques centaines de touristes perdus au milieu des forêts immenses. Tu te gaves de promenades en bateau, à pied, à cheval, et en voiture. Tu manges des poissons pêchés sous tes yeux et des petits déjeuners monstrueux. Tu te saoules de whisky, de vin et de bière... Tu oublies le reste du monde et tu te retrouves avec dix ans de moins.

— Superbe !

— Il y a mieux encore...

Lydie observa les yeux pétillants de sa mère, et n'hésita pas une seconde.

— Il t'a demandée en mariage...

— Comment as-tu deviné?

— Il n'y a qu'à te regarder! Peut-on savoir ce que tu as répondu?

Sa mère se pencha à son oreille pour chuchoter:

— J'ai refusé.

— Allons bon! Quel malheur! J'aurais dû m'en douter. Personne ne parviendra à me débarrasser de toi.

Elles éclatèrent de rire et s'embrassèrent, heureuses d'être ensemble et de n'avoir aucune envie de se quitter.

Sur la route du retour, Victoire raconta l'incroyable aventure de Gregory Pincus et de cette «pilule» qui allait transformer les relations homme-femme.

— Te rends-tu compte que la séparation entre sexualité et reproduction est acquise, et qu'en matière de procréation la responsabilité du choix reviendra désormais à la femme? C'est un pouvoir millénaire qui change de camp.

— Si je comprends bien, à vingt ans près, je n'aurais pas vu le jour...

Il y eut un silence. Désolée d'avoir choqué sa mère, Lydie reprit la parole pour changer de sujet:

— Veux-tu que je t'annonce une grande nouvelle, à mon tour?

Son air mutin inquiéta Victoire.

— Quelle bêtise as-tu encore faite, pendant mon absence?

— Tu ne l'imagineras jamais.

— Je ne m'en vais pourtant pas souvent...

— Tu es bien assise?

— Oui!... Ne me fais pas peur.

— Tu es prête? Eh bien voilà, ce soir, je dîne avec... avec? Devine... Avec mon père!

— Avec Arnaud? Arnaud Coste-Lambert?

— Si tu ne m'as pas menti, il s'agit bien de lui.

— En voilà une histoire! Tu lui as révélé que tu es...?

— Surtout pas. Il ne sait rien du tout. Il me prend pour une minette facile et il me drague comme un fou.

— Quoi?

Lydie raconta comment elle avait occupé sa semaine de liberté: sa visite à Véricourt, le stage d'avocat, la consultation de gynécologie, la négativité du test et les invitations à dîner.

Sa mère était stupéfaite.

— Enfin, Lydie, pourquoi tout ce cirque? Où veux-tu en venir?

— J'ai décidé de te venger, et de le faire payer. C'est tout!

— C'est insensé! Tu n'as pas le droit.

— Le droit, je vais le prendre et je ne te dirai pas comment!

Victoire était catastrophée. Le ton qu'avait pris sa fille lui fit froid dans le dos.

Arnaud Coste-Lambert était dans l'état d'excitation du chasseur qui sent le gibier à sa portée. Après plusieurs semaines d'affût et une obstination épuisante, il arrivait à ses fins. Cette fille diabolique était devenue l'enjeu de sa carrière de séducteur. Ce soir, elle se rendrait.

— Ne venez pas de bonne heure, avait-elle dit. Il faut que mes logeurs soient montés.

— Mon ami Liévin est un couche-tard...

— Je sais. L'attente n'en sera que plus excitante. Je laisserai la porte ouverte et la lumière éteinte. N'allumez pas, ils risqueraient de vous voir. Mettez-vous au lit...

Les sens en alerte, il attendait dans le noir, se remémorant ces dîners qu'il n'avait pas pu conclure, ces promenades où elle lui avait échappé des bras. Plus le temps avait passé, plus il s'était senti attiré par la personnalité de cette mystérieuse fille, et il n'aurait pas fallu qu'elle insistât beaucoup pour qu'il commette l'irréparable avec elle. Après dix-huit ans de mariage et trois naissances, son épouse commençait à manquer d'attrait. Elle consacrait plus de temps au curé qu'à son mari.

Il ne lui en faisait d'ailleurs pas grief et mettait à profit la liberté ainsi offerte pour se livrer à de multiples aventures aussi discrètes que fugaces. Dans ces conditions, la vie était belle. L'arrivée de cette petite Parisienne spirituelle et ô combien aguichante bouleversait l'édifice de ses certitudes bourgeoises. Si elle l'aimait vraiment – ce dont son orgueil de mâle ne doutait pas –, rien ne l'empêcherait de refaire sa vie avec elle. Un joli scandale en perspective... Pourquoi pas?

Il en était là de ses considérations quand il vit, au travers des fenêtres sans volets, les lumières s'éteindre chez les Liévin. Elle allait donc arriver. Il retint sa respiration et devina, plus qu'il ne l'entendit, le pas furtif qui faisait crisser le gravier. La nuit était opaque et le ciel bas. Depuis quelques jours, la pluie ne cessait pas.

La porte s'ouvrit sans bruit. Il distingua à peine l'ombre qui pénétrait dans la chambre. Dans l'obscurité, il l'entendit se déshabiller. Il ouvrit les draps et s'écarta pour lui faire de la place.

Quand la silhouette se glissa dans le lit, il crut que son cœur allait s'arrêter. Si grand chasseur qu'il fût, l'émotion grisante était toujours là... Il la saisit dans ses bras et poussa un cri d'horreur :

— Nom de Dieu ! C'est pas vrai ?

Il ne lui fallut pas longtemps pour trouver l'interrupteur et le spectacle lui glaça le sang : Jacques Liévin, son copain, était là, à côté de lui, nu comme un ver !

— Qu'est-ce que tu fous ici ? hurla-t-il.

— Et toi ? fit l'autre en écho. Tu es chez moi !

Leurs exclamations furent interrompues par le flash d'un appareil photo qui explosa trois fois de suite derrière la fenêtre avant qu'ils ne puissent réagir. Le temps que Liévin remette son pantalon et se précipite à la porte, il entraperçut un individu qui disparaissait au fond du parc en sautant la clôture de bois.

L'avocat renonça à le poursuivre. Il entendit un moteur se mettre en route puis, penaud, rentra dans la chambre. Arnaud Coste-Lambert, la mine sombre, était en train de se rhabiller. Les deux hommes se regardèrent, conscients du ridicule de leur situation. Ils avaient compris.

— Quelle salope, grogna l'avocat. Quand je pense que j'ai signé son certificat de stage hier et que je l'ai couverte de louanges. Quel con je suis !

Il la mima en prenant une petite voix : « Ce soir, je serai dans mon lit... Venez sans bruit, je ferai semblant de dormir... »

Il eut un rictus mauvais et siffla :

— Putain ! Si je la retrouve...

— Si tu la retrouves, tu fermeras ta gueule, comme moi. À moins que tu ne tiennes à voir ta photo en première page des journaux. Tu vois d'ici le titre : « L'avocat et le médecin en tendre aparté... »

Liévin se prit la tête à deux mains :

— Mais enfin, qu'est-ce qu'elle veut, cette salope ? Du fric ?

Arnaud Coste-Lambert avait vieilli de dix ans.

— Je ne sais pas, mais on va être vite fixés. Tu peux lui faire confiance à cette vipère.

La photo était saisissante. Les deux hommes nus, dressés face à face dans le même lit, méritaient la une d'un hebdomadaire à sensation.

Victoire, la main sur la bouche, partagée entre la honte et l'envie de rire, considérait la scène avec stupéfaction. Lydie était hilare et dans un fol état d'excitation. Elle raconta la complicité qui l'avait unie, dès le premier jour, à la secrétaire de l'avocat. Celle-ci lui avait raconté les frasques des deux amis. Jacques et Arnaud étaient de fieffés coquins, qui usaient de leur situation pour fasciner leurs conquêtes et mener une vie de patachon aussi bien à Véricourt qu'à Rouen où ils devaient se rendre souvent pour leur travail.

Fascinée par le hasard qui l'avait mise dans les mains de Jacques alors que, à l'origine, seul Arnaud l'intéressait, Lydie avait rapidement mis au point son plan diabolique.

— C'est miracle d'avoir réussi à piéger les deux compères ensemble, avouait-elle. Ils sont tellement en compétition quand il s'agit de conquérir un jupon que rien ne les arrête.

— Ils sont pourtant mariés, s'exclama Victoire, scandalisée. Comment font-ils ?

— À mon avis, même si c'est pour des raisons différentes, ils ont tous les deux les mains libres. Mme Coste-Lambert, Hermine pour les intimes, a d'autres soucis en tête. Elle dirige l'ouvroir du curé, la conférence Saint-Vincent-de-Paul, et préside je ne sais combien d'œuvres de charité. Le mari volage est une carte de plus dans son espoir de béatification. Quant à Nadège Liévin, elle court, paraît-il, autant que son époux. Il ne lui pose jamais de questions, de peur qu'elle ne lui renvoie la pareille. Entre eux, c'est un arrangement établi : chacun vit sa vie sans s'occuper de l'autre.

— Je suppose que la bonne société normande les considère comme deux couples exemplaires...

— Assurément.

— Bon ! Tout cela est bien joli, mais où veux-tu en venir ? Que comptes-tu faire de ces clichés ?

— Je vais disparaître de leur vie. Je réapparaîtrai au moment opportun. Je ne sais encore ni où ni quand.

Elle prit un air mauvais pour ajouter:

— Tu imagines leur angoisse! La vengeance de la bâtarde est en marche.

— Tu es diabolique! Et d'abord, je n'aime pas ce mot de bâtarde.

— Il n'empêche que c'est ainsi qu'on s'exprime dans leur bonne société.

— Arnaud n'a jamais eu le moindre soupçon sur tes origines?

— Je ne pense pas. Les collectionneurs de papillons ne se demandent jamais d'où vient leur dernière victime, pourvu qu'elle ait de belles couleurs...

Cette métaphore de bazar les fit sourire et elles se turent un moment.

— À propos de collectionneur, reprit Lydie, ton Américain, il était sincère quand il a offert de te mettre la bague au doigt?

— Je ne sais pas. Je suppose que oui. Pourquoi?

— Parce que, sauf votre respect, ma chère mère, vous avez peut-être eu tort de refuser. Vous arrivez à un âge où il ne faut pas laisser passer les bonnes occases.

Victoire fit mine de lui envoyer une gifle qui se termina par une affectueuse caresse.

— Primo, ma chère fille, permets-moi de te dire que je ne t'ai pas attendue pour gérer mes... «occases», comme tu dis. Deuxio, cette demande en mariage n'est peut-être pas aussi désintéressée qu'il y paraît.

— L'homme avait des arrière-pensées? Passionnant! Explique-toi.

— Il aurait souhaité que je l'aide à monter une affaire de distribution pharmaceutique pour commercialiser ces hormones de synthèse dont un de ses copains a les formules.

— La fameuse pilule...

— Tout juste! Il voudrait court-circuiter les fabricants français et être le premier à introduire, sur le marché européen, les produits anticonceptionnels américains avec d'autres noms et quelques variantes chimiques mineures. Ma qualité de gynécologue française lui aurait servi de paravent.

— Espérer faire de toi une femme d'argent ! C'est bien mal te connaître.

— Moque-toi ! En fait, j'ai bien réfléchi. Si ce qu'il m'a dit sur cette pilule est vrai, je vais aider à la promouvoir en France, tu peux me croire. Mais sans me lancer dans le monde des affaires. D'ailleurs, j'en ai rapporté plusieurs boîtes et il m'en enverra d'autres si je le souhaite. J'ai choisi d'être médecin, pas commerçante.

— Comment s'appelle-t-elle, déjà, cette pilule ?

— Enovid.

Ce voyage aux États-Unis eut un fâcheux effet de catalyseur. L'existence de Victoire entra dans une période de turbulences imprévues.

C'est à la clinique que les difficultés commencèrent. Le Dr Georges Morbier, pourtant installé dans la région depuis trente ans, manifesta soudain son opposition aux méthodes de sa consœur. La jalousie était, sans nul doute, sa motivation profonde. Il ne supportait pas de voir cette nouvelle venue augmenter sans cesse sa clientèle au détriment de la sienne... Il se mit à la traiter d'avorteuse et à la dénigrer devant le personnel. Enfin, n'y tenant plus, il eut le mauvais goût d'aller se plaindre au patron.

Krieski, enchanté de constater cette division au sein du corps médical et de se voir promu au rôle d'arbitre, convoqua les protagonistes. Il avait pour Victoire un penchant mal dissimulé : il lui aurait volontiers proposé des relations extraprofessionnelles en cachette de son épouse. L'intérêt de l'établissement étant en jeu, il contenait ses pulsions.

Le vieux gynécologue, négligeant toute diplomatie, accusa Victoire de multiplier les K30 (euphémisme désignant le curetage) au mépris de la morale et du respect élémentaire de la vie humaine. Krieski, lui, avait bien compris que cette pratique augmentait les revenus de la clinique. La « morale » et le « respect de la vie » étant des notions abstraites et non monnayables, il prit, sans hésiter, parti pour la jeune femme. Il alla même jusqu'à recommander au plaideur de se tenir tranquille car son chiffre d'affaires était en baisse. Implicitement, il le menaçait d'exclusion si cette tendance s'accentuait. Victoire ne desserra pas les dents, consciente du danger qu'il y avait à porter ce différend devant un individu dont les préoccupations n'étaient que financières.

Les deux médecins quittèrent ensemble le bureau directorial et elle essaya de calmer son adversaire en lui expliquant les motifs de son silence. Il explosa.

— Balivernes! Vous ne cherchez qu'à faire du fric sans vous soucier des moyens. Et l'Enovid que vous importez clandestinement? Vous croyez que je ne suis pas au courant?

— En quoi cela vous gêne-t-il?

— C'est interdit, un point c'est tout!

— C'est interdit pour l'instant. N'ayez crainte, la France n'y échappera pas. Les femmes ont le droit...

— Le droit? Elles n'en ont qu'un: respecter la loi. Et vous comme les autres. Écoutez-moi bien, conclut-il en lui brandissant son index boudiné sous le nez, je vous garantis que vous n'allez pas nous encombrer ici longtemps. Si vous voulez faire de la médecine d'avant-garde, allez à l'hôpital! Mais laissez-nous travailler en paix en sauvegardant la morale de cet établissement. Nous ne sommes pas en Amérique, que diable!

La semaine suivante, Victoire était convoquée avenue de Ségur, au siège du conseil régional de l'ordre. L'homme qui la reçut dans un bureau solennel et pompeux était chef de service d'un hôpital de province. Urbain et souriant, il se livra d'abord à un exposé de droit médical.

— Madame et cher confrère, dois-je vous donner lecture de l'article 317 du code pénal, issu de la loi de 1920? Vous devriez savoir que la contraception est *interdite* en France et qu'il est *interdit* aux médecins de prescrire des moyens contraceptifs.

Chaque fois, il insistait sur le mot «interdit». Il eut un petit rire pour ajouter, sur le ton de la confidence:

— Cela dit, tout à fait entre nous, je suis d'accord avec vous, chère amie, sur le fait que la loi finira bien par changer un jour. Nous ne pourrons pas rester les seuls en Europe à nous opposer à ces méthodes.

Victoire ne s'attendait pas à entendre ce discours à deux faces. Elle l'interrompit.

— Je vous remercie de votre franchise, monsieur, mais je me permets de vous faire remarquer que, selon toute vraisemblance, vous allez tout de même vous sentir obligé de me condamner.

Il eut un geste apaisant de la main.

— Allons, allons ! Vous condamner ? Pourquoi ces grands mots ? Nous n'en sommes pas là. Vous savez comment se passent les choses. Il va falloir faire une enquête. Une enquête longue et compliquée. Il ne sera pas facile de prouver que vous prescrivez des moyens anticonceptionnels. Les médecins ne sont pas des policiers...

— Je n'ai nulle intention de nier.

Il lui sourit avec cordialité.

— Je m'en doute ! C'est même la raison pour laquelle je n'ai pas l'intention de vous faire interroger. Nous irons voir une ou deux infirmières de la clinique qui ne seront, hélas, au courant de rien... Votre dossier sera instruit lentement...

Victoire n'en revenait pas.

— Pourquoi cette clémence ? Je ne comprends pas.

— C'est pour porter remède à cette carence que je vous ai demandé de me rendre visite. Vous remarquerez que vous n'avez reçu aucune convocation officielle, que je me suis borné à un simple coup de téléphone. Il fallait que nous parlions.

Il joignit ses longues mains fines devant son visage serein et reprit son discours onctueux.

— Si je comprends bien, vous souhaitez aider les femmes, comme le fait Mme Lagroua-Weil-Hallé, notre charmante confrère, épouse d'un éminent pédiatre de mes amis. Continuez ! Mais continuez sans ostentation. Sinon nous ne pourrons plus fermer les yeux. Si vous clamez vos convictions trop fort, vous serez empêchée de jouer le rôle que vous avez choisi.

— Mais enfin...

Il leva la main pour l'interrompre :

— Vous avez vu comme moi, je suppose, cette émission de télévision présentée par deux journalistes... Il chercha les noms dans sa mémoire : Comment s'appellent-ils déjà ? Ah oui ! Barrère et Lalou. Qui aurait pu penser qu'en 1960 un tel sujet serait évoqué de cette manière ? Il paraît que d'innombrables femmes enthousiastes ont téléphoné au standard de l'ORTF. Cela donne à réfléchir !

Il se leva pour signifier que l'entretien était terminé.

— Soyez patiente, chère amie. La France est un vieux pays difficile à faire avancer, mais nullement insensible au progrès.

Donnez-lui le temps de vous rattraper... Sachez que j'apprécie vos idées et je suis sûr que vous saurez les faire triompher. Quant à cette plainte déposée contre vous, nous allons l'instruire, puisque nous y sommes tenus. Évitez-nous seulement de trouver les arguments qui vous accableraient.

Rue Caulaincourt, Victoire raconta sa visite au conseil de l'ordre. Elle s'interrogeait sur la suite qu'elle allait donner à son action, bien décidée à ne pas lâcher prise! Depuis qu'elle exerçait la médecine, son caractère s'était affirmé. La candide pensionnaire des religieuses de Caen s'était forgé une personnalité nouvelle. Elle avait gardé un vernis de douceur et une propension naturelle à éviter les affrontements, mais savait, à l'occasion, faire preuve d'une détermination inflexible.

En l'occurrence, la pilule lui paraissait une découverte trop importante pour accepter de céder devant une législation qu'elle jugeait obsolète.

— Je ne me laisserai pas faire!

— Arrête, maman! s'écria Lydie. La loi est la loi, et personne ne peut rien y changer, sauf le Parlement...

— Pour moi, une chose est claire: les femmes doivent avoir le droit de choisir le moment de leur maternité, et je me battrai par tous les moyens pour faire triompher cette idée élémentaire, ma vie durant!

— Pourquoi n'iriez-vous pas en parler au professeur Palmer? intervint Jeannette en émergeant de la cuisine. Je suis sûre qu'il serait de bon conseil.

Après son divorce, la petite Normande avait décidé qu'elle ne quitterait jamais plus Olga de Langueuil. Elle était restée à ses côtés jusqu'au dernier moment et lui avait fermé les yeux. Depuis, elle avait reporté tout son amour sur Lydie. Déçue que Victoire n'ait pas eu d'autres enfants, elle attendait avec impatience que sa «fille» lui en donne à son tour.

— Quand nous serons grand-mères... disait-elle souvent en évoquant l'avenir.

À la vérité, elle jouait un rôle essentiel dans le bonheur de cette maison. Douée d'une mémoire d'éléphant, c'est elle qui se souvenait de la date exacte des événements qui avaient compté dans la vie du gynécée. Sans jamais poser de questions indiscrètes ni se faire prendre à écouter aux portes, elle était au courant de tout, et ne manquait pas de donner son avis quand elle le jugeait nécessaire.

Elle se faisait suivre par le chirurgien gynécologue de l'hôpital Broca, auquel elle vouait une admiration sans bornes. Victoire l'appréciait aussi. Après six mois de stage pour son certificat de spécialité, elle connaissait bien les locaux vétustes où le chercheur développait sa méthode cœlioscopique, dans l'indifférence des milieux universitaires.

— Qui est ce Palmer qui vous impressionne tant? demanda Lydie.

— Un homme dont l'histoire est étonnante. Ses parents sont nés en Suède, à la fin du siècle dernier. Jeunes enseignants à l'université de Göteborg et libres-penseurs, ils refusèrent de se marier à l'église catholique d'État, seule habilitée à établir les actes officiels. Ils se contentèrent de signer un contrat notarié, déclenchant un véritable scandale. Chassés de l'université, ils émigrèrent à Paris où naquit, en 1907, leur fils Raoul Fri Palmer. Le second prénom signifiant liberté.

Victoire était fière de connaître cet homme qui lui avait appris une bonne part de son métier. Elle continua:

— Loin des coteries, il se consacre à des sujets de recherche totalement originaux. S'il n'est pas l'inventeur de la technique qui consiste à regarder dans le ventre des patients avec un appareil d'optique, il en est devenu, depuis 1943, le maître incontesté.

Lydie adorait l'enthousiasme de sa mère quand elle parlait de son métier.

Raoul Palmer retrouva son élève avec émotion. Il la reçut dans le bureau minuscule où, chaque matin, il réunissait ses collaborateurs, en présence de sa femme Élisabeth, médecin elle-même, qui l'assistait dans ses recherches.

Victoire raconta son voyage à Rochester, ses prescriptions de «pilules américaines» et son entrevue avec le conseil de l'ordre. Il sourit, ouvrit le tiroir de son bureau et posa sur la table une boîte d'Enovid.

— Vous aussi! s'exclama-t-elle.

Elle rougit en se rendant compte de sa prétention. Comment n'aurait-il pas été au courant des progrès réalisés outre-Atlantique ? Lui qui, dès 1945, s'était précipité aux États-Unis pour se procurer du matériel moderne. Depuis, il s'y rendait régulièrement et participait à tant de congrès internationaux que cette découverte ne pouvait lui avoir échappé, même si aucune publication ne l'annonçait encore officiellement.

Il expérimentait des produits analogues pour résoudre les problèmes de stérilité. Depuis plusieurs années déjà, on savait que l'administration d'hormones ovariennes bloquait l'ovulation. Il utilisait cette propriété pour son effet rebond. Lorsqu'une femme présentait un dysfonctionnement de la ponte ovulaire, il stoppait le processus par un traitement hormonal approprié. Au bout de quelques mois, l'arrêt brutal du traitement entraînait souvent une ponte en rafale aboutissant à une grossesse.

Jamais encore ce blocage n'avait été utilisé de manière continue à des fins contraceptives. À long terme, cette méthode serait-elle sans innocuité ? L'expérience américaine semblait concluante, mais pouvait-on l'utiliser en toute sécurité ?

Restait à obtenir l'abrogation de la loi nataliste de 1920. La réforme était, à son avis, inévitable, car le *baby-boom* de l'après-guerre avait redressé la courbe démographique. En France comme ailleurs, les femmes aspiraient à plus de liberté dans le choix du nombre et du moment des naissances. On n'en était plus à fabriquer des enfants à la chaîne.

Un médecin, qui suivait les travaux de l'équipe depuis longtemps, émit une réserve.

— Ne croyez-vous pas que la peur de « tomber enceinte » empêche bien des femmes de se laisser entraîner dans la débauche ?

Palmer éclata de rire.

— La débauche ! Tout de suite les grands mots.

— Il ne s'agit pas de mon opinion, monsieur. Dans ma clientèle, j'ai un bon nombre de familles catholiques pratiquantes. Lorsqu'il m'est arrivé d'évoquer la question, pour moi anodine, de l'éducation sexuelle et de la contraception, c'est la réponse qui m'a été faite !

— Hélas, reprit le patron, la femme est toujours considérée comme un être inférieur que la peur du bâton est seule capable de maintenir dans le droit chemin. La grossesse illicite est la sanction suprême, avant le bannissement qu'elle précède généralement de peu. Les choses vont changer, cher ami, soyez-en persuadé...

Devant la moue dubitative du vieux généraliste, les assistants se regardèrent. Victoire gardait le silence. Elle constatait avec désolation le fossé qui séparait les générations.

— Vous avez raison de vous obstiner dans cette voie, madame de Langueuil, reprit Palmer. Vous êtes dans le vrai. Évitez toutefois de vous attirer les foudres de nos instances ordinales et laissez ce privilège aux vieux routiers comme moi.

Surprise de cette réflexion, elle l'interrogea du regard. Il lui sourit.

— Nous sommes un certain nombre à vouloir prendre parti contre la loi de 1920 en écrivant des papiers pour la presse grand public. Ce ne sera pas du goût de tout le monde.

— C'est de la provocation !

— Pourquoi pas ? Dans le même temps, je vais publier des travaux qui montrent que nous œuvrons aussi pour favoriser les grossesses. Il y a deux ans, j'ai réussi, par cœlioscopie, à prélever à la surface d'un ovaire un ovule vivant. Je suis convaincu qu'il serait possible de répéter l'opération chez des femmes stériles. On mettrait le prélèvement au contact d'une concentration de spermatozoïdes du mari pour réaliser ainsi la fécondation en laboratoire.

— Et ensuite ?

— Il suffirait d'implanter l'œuf fécondé dans l'utérus. Avec un peu de chance, il se développerait normalement.

Victoire était enthousiasmée :

— Ainsi, des femmes qui ont des trompes détruites pourraient devenir enceintes ?

— C'est ce que j'espère !

Elle eut une pensée fugitive pour Jeannette, répudiée pour ce motif, comme tant d'autres.

— Quand débuterez-vous les essais ?

Palmer eut un geste fataliste.

— Jamais ! Les biologistes s'y opposent. Ils prétendent que c'est contraire à l'éthique médicale ! (Il prit un air entendu.) Ils sont surtout furieux de ne pas y avoir pensé eux-mêmes...

— Comment est-ce possible ?

Il laissa passer quelques secondes, le temps de ravaler sa frustration et reprit :

— C'est la raison pour laquelle je suis décidé à faire connaître cette expérience, en espérant qu'ici ou là des hommes moins bornés ne laisseront pas passer cette chance...

Au printemps 1961, Raoul Palmer participa à la campagne de presse lancée par le journal *Le Monde* sur le thème de la contraception. Avec d'autres, il défendait le libre arbitre féminin et le droit d'enfanter sans contrainte. Il fut condamné par le conseil national de l'ordre qui lui infligea un blâme. Cette sentence, rendue publique, ne fit qu'accentuer sa popularité dans le monde féministe. Une liste de soutien vint à son secours et Victoire y apporta sa signature.

Les dames de la rue Caulaincourt suivaient de près les développements de cette affaire. Certaines critiques mettaient Victoire en colère, à la grande joie de Lydie qui adorait voir sa mère s'enflammer pour de nobles causes.

— Ma petite maman chérie ! Tu m'étonnes de plus en plus. Toi qui m'enseignais les bonnes manières et la retenue propres aux filles de famille, te voilà devenue une vraie suffragette !

Victoire haussa les épaules.

— Le mot « suffragette » ne me convient pas du tout. Je vais t'expliquer pourquoi...

— Ah non ! Tu vas encore me faire un cours. Arrête ! Parlons plutôt de moi, pour changer un peu. Tu te souviens que je vais prêter serment à la fin de l'année ?

— Hélas, oui ! Quel coup de vieux tu vas me donner ! Quand on me demandera ce que tu fais, je ne pourrai plus répondre : « Des études... » Désormais, je devrai avouer que tu es avocate et j'aurai l'air d'un vieux croûton...

— Des « croûtons » aussi jolis que toi, j'ai plein de copains qui s'en contenteraient...

— Merci. Il faut considérer cette affirmation comme un compliment, je suppose.

— C'en est un. Parlons sérieusement une minute, veux-tu ? Me Courtial m'a proposé d'entrer chez lui comme stagiaire.

— C'est très gentil de sa part. J'espère que tu as accepté.

— Gentil ? Il a succédé à papa sans débourser un centime. C'est le moins qu'il pouvait faire.

— Il n'empêche que c'est un avocat sérieux et je suis heureuse de savoir que tu vas travailler avec lui.

— Dans le cadre de ce changement de vie, j'ai une autre nouvelle à t'apprendre, d'ordre privé celle-là. Voilà : j'ai l'intention de me marier.

— Avec Me Courtial ?

— Mais non, maman, ne sois pas ridicule, il est beaucoup trop vieux ! Il a au moins quarante ans ! Tu te rends compte ?

Victoire accusa le choc.

— Tu n'imagines pas à quel point je me rends compte ! Ainsi je risque de devenir bientôt grand-mère...

— Sûrement pas. Je compte bien continuer l'Enovid et ne pas procréer avant quelques années.

— Tant mieux, tu me laisses quelque répit. Cela dit, est-il possible de savoir le nom de l'heureux élu ?

— Tu le connais, voyons, c'est Joël !

— Joël Dancourt ? Ce jeune homme aux dents longues qui compte en nouveaux francs ?

— Ce n'est pas parce qu'il est à l'ENA qu'il a les dents longues... D'un autre côté, il faut de l'ambition pour réussir un concours comme celui-là. Quant aux nouveaux francs, il faudra bien que nous nous y mettions tous.

Victoire hocha la tête. Elle ne s'y sentait pas prête.

— Son père est un haut fonctionnaire, si je ne me trompe.

Lydie s'amusait.

— Tu ne te trompes pas, ma petite maman. C'est un personnage très important de l'administration fiscale.

— Une profession qu'on n'oublie pas !

— Avoue qu'il n'est pas mal, mon futur mari...

— Je te concède qu'il est séduisant... et séducteur, méfie-toi ! En revanche, mes petits-enfants risquent de porter des lunettes...

— Que tu es méchante ! Il est myope, c'est vrai ! Il est aussi grand, mince, intelligent, travailleur, gentil, cultivé, drôle, mélomane et amoureux. Voilà ! Malgré toutes ces disgrâces, je l'aime. Si rien ne s'y oppose, nous nous marierons avant qu'il ne parte en Algérie.

Victoire fronça les sourcils :

— Comment ça, en Algérie ?

— Pour tous les énarques, c'est pareil. Il sera sans doute

nommé au cabinet d'un préfet dans quelque charmante ville des Aurès ou de Kabylie... Et je compte bien l'accompagner.

— Toi, en Algérie ? Elle est folle !

— Ne m'as-tu pas enseigné qu'une femme doit suivre son époux ?

Victoire hocha la tête. Sa fille ne pouvait comprendre la soudaine nostalgie qui l'étreignait. C'était la fin d'une époque. Dans quelques mois, elle se retrouverait seule. Sans mari, et sans enfant. Elle la regarda et ressentit une bouffée de fierté devant cette superbe fille au regard clair, qui croquait la vie à belles dents.

Dans le silence, elles entendirent Jeannette qui fredonnait le dernier succès d'Édith Piaf : « Non, rien de rien, je ne regrette rien. »

La signature de Victoire dans la liste publiée par *Le Monde* lui valut quelques félicitations anonymes. Le conseil de l'ordre n'eut aucune réaction. Il n'en fut pas de même à la clinique.

Le directeur la convoqua. Il avait l'air sombre. Le sourire séducteur qu'il arborait généralement quand il était seul avec elle n'était pas au rendez-vous ce jour-là. Il attaqua sans détour :

— Ma chère, c'est très courageux de signer des pétitions dans les journaux, mais dangereux. En l'occurrence, dans votre cas, c'est tout bonnement suicidaire !

— Ah bon ?

Victoire détestait cet homme. Elle se sentait prête à mordre.

— Vous semblez oublier, continua-t-il, méprisant, que nous sommes en pourparlers avec l'évêché pour la gestion médicale de la maison de retraite qui vient d'être construite à Rueil-Bellevue.

— Je ne peux rien avoir oublié, monsieur, pour la bonne et simple raison que personne ne m'a jamais informée de ce projet. Quoi qu'il en soit, je ne vois pas le rapport...

Krieski plissa les yeux. Il les avait petits et serrés contre un nez droit et mince dont il était fier.

— Vous devez imaginer qu'une maison pour vieux prêtres représente la manne céleste. C'est une armée de prostates, de cols du fémur et de cancers à traiter sur des clients résignés, pas exigeants et prêts à retourner auprès du Seigneur s'Il réclame leur présence...

Cet humour de mauvais goût ne fit pas rire Victoire, qui rétorqua d'un ton sec :

— Je ne vois pas ce qu'une gynécologue pourrait faire pour eux...

Il leva les yeux au ciel.

— Décidément, sortie de vos spéculums, vous ne voyez pas grand-chose, ma chère Victoire !

Blessée, elle se rebiffa :

— Docteur de Langueuil, s'il vous plaît !

— Oh, pardon ! C'est vrai, vous êtes docteur ! Vous faites bien de me le rappeler, surtout aujourd'hui !

— Nous y voilà ! Pourquoi « aujourd'hui » ?

— Parce que, ce matin, monseigneur lui-même m'en parlait au téléphone. Un médecin de votre qualité devrait respecter certaines règles d'éthique... Signer n'importe quelle pétition dans des journaux gauchistes est indigne. Il a été clair et net sur ce point.

— Après une intervention de mon cher confrère Georges Morbier, je suppose...

— Il est vrai que votre confrère prend les intérêts de notre maison très au sérieux. Je dois avouer ne pas en avoir toujours été suffisamment conscient...

Victoire commença à s'impatienter.

— Tout cela pour en venir où, exactement ?

Il se racla la gorge.

— Pour en venir au fait, ma chère Vic..., je veux dire, cher docteur, que je me vois au regret de vous prier d'aller exercer votre art dans un autre établissement que le nôtre.

Il se tut, souriant, dégustant un pur moment de bonheur. Cette femme, qui avait repoussé ses avances, était maintenant en son pouvoir. Elle allait commencer à comprendre ce qu'elle perdait. Il reprit, suave :

— Je suis vraiment désolé. Voyez-vous, nous n'avons jamais réussi à créer entre nous cette – comment dire ? – cette « intimité » que j'appelais de tous mes vœux. C'est dommage. Il est certain qu'en d'autres circonstances nous aurions pu avoir une conversation différente.

Il afficha un sourire qu'il voulait irrésistible pour ajouter:

— Remarquez, rien n'est jamais perdu. De votre part, il suffirait de peu...

Victoire ne le laissa pas finir. Elle se pencha en avant et répondit sur le même ton que lui.

— En clair, vous êtes en train de me proposer de devenir votre maîtresse. Auquel cas, vous feriez un bras d'honneur à l'évêque? C'est bien ça?

Il sursauta, incertain sur le sens à donner à cette réponse. Il répliqua d'une voix devenue doucereuse:

— Pourquoi pas?

Une lueur de concupiscence venait de s'allumer dans son œil porcin et il se méprenait sur le sourire de Victoire.

— Tout se discute et se monnaye, ma chère...

Elle l'interrompit sèchement:

— D'abord, je ne suis pas *votre chère*. Ensuite, il faut que vous vous mettiez deux choses dans la tête, monsieur Krieski. Un: la simple idée de coucher avec vous me donne la nausée. Deux: je n'ai pas l'intention, après cinq ans d'exercice, de quitter cet établissement sans recevoir la contrepartie financière prévue par la loi. (Elle accentua son air ironique.) Tel que je vous connais, l'idée de me verser le moindre sou d'indemnité ne vous est même pas venue à l'esprit. Faut-il que nous envisagions de nous revoir dans une «intimité»... judiciaire?

Il reçut la mise au point de Victoire comme une gifle. Il se redressa dans son fauteuil et aboya:

— Vous partirez, docteur, sans indemnité et heureuse que je ne vous demande pas des dommages et intérêts.

Il tapota sur un paquet de documents qu'il avait à portée de main.

— J'ai là quelques témoignages de femmes qui ont accepté de me dire combien elles vous étaient reconnaissantes de l'aide que vous leur aviez apportée. J'ai aussi la copie de leurs comptes rendus opératoires signés de votre main. Il s'agit de curetages! Le conseil de l'ordre et le procureur du tribunal de Versailles seraient sans doute très intéressés par ce dossier. D'autant qu'ils ont déjà entendu parler de vous, n'est-ce pas?

Victoire blêmit.

Conscient de son avantage, l'homme se leva et tira sur son gilet distendu par un embonpoint précoce.

— À partir de ce soir, vous n'exercez plus à la clinique. Nous vous regrettons déjà. Le docteur Morbier aura la pénible obligation de reprendre votre clientèle. Adieu, docteur!

Raoul Palmer eut pour Victoire les paroles réconfortantes qu'elle attendait. Elle lui posa les questions de fond. Devait-elle s'accrocher à sa clientèle actuelle et refuser de quitter la clinique ou fallait-il qu'elle aille s'installer ailleurs? Allait-elle se résigner en silence ou affronter les tribunaux et défendre publiquement la liberté des femmes?

Le gynécologue prit un ton désabusé pour lui répondre:

— Votre idée est généreuse, Victoire, mais devant les juges, les escrocs ont de meilleures chances que les honnêtes gens. D'abord, ils ont plus l'habitude, ensuite le temps joue pour eux. Vous devrez payer les frais de votre poche. Pour lui, c'est la clinique qui déboursera. Vous n'êtes pas de taille.

— Plaider mettrait notre juste cause au grand jour...

— Je crains qu'il ne soit trop tôt encore pour monter au front. Il est préférable de rester dans le cadre de la «Maternité heureuse». C'est mensonger mais efficace. La libéralisation des idées est en marche, grâce à des femmes comme vous... Il faut continuer. Les fondatrices ont affilié leur mouvement à l'organisation internationale du Planning familial. Une première antenne française va s'ouvrir à Grenoble. Nous lui donnerons un maximum de publicité et tout Paris en parlera. Je doute que les pouvoirs publics aient le courage d'ordonner sa fermeture.

— Je ne vais tout de même pas aller m'installer à Grenoble...

— Il s'en ouvrira d'autres ailleurs.

— Quand?

Il prit un air désolé:

— Nul ne sait. Quand on pense que les premiers centres, aux États-Unis et en Grande-Bretagne, datent de 1921. L'Allemagne a suivi trois ans plus tard. On a du mal à croire que, quarante ans après, les femmes françaises attendent encore... Il faut tenir et s'obstiner!

Rentrée rue Caulaincourt, Victoire n'eut pas le cœur à se plaindre tant l'atmosphère était à la joie. Jeannette et Lydie riaient comme des gamines en feuilletant des magazines de mode pour choisir une robe de mariée. Il fallait faire vite. Joël terminerait ses examens de première année en juin, et il partirait sans doute faire son stage en Algérie dès la rentrée de septembre. Peut-être même avant.

Ce soir-là, Victoire était invitée à dîner chez les Dancourt, rue de Verneuil, pour discuter de l'organisation du mariage. Elle se reprochait de n'y avoir pas encore pensé à tête reposée...

Elle regarda sa fille en réfléchissant à son avenir. Elle eut soudain une idée qui s'imposa comme une évidence.

— Dis-moi, ma chérie. Avec la crise du logement, vous allez avoir du mal, d'ici l'été, à trouver ce qu'il vous faut. Alors, voilà ce que je te propose : je vais m'installer à Véricourt, et je vous laisse cet appartement. Vous me garderez un petit coin pour m'héberger quand je viendrai vous rendre visite... Qu'en penses-tu ?

Lydie fit un accueil mitigé à cette proposition. Certes, l'idée de garder la rue Caulaincourt lui plaisait. Mais elle ne s'était jamais séparée de sa mère, et la perspective de son départ l'inquiétait. À la grande surprise de Victoire, elle répondit :

— Pourquoi partir si loin ?

— Allons, ce n'est pas le bout du monde ! Véricourt est seulement à deux heures de voiture...

Lydie ne comptait pas ainsi. Le mariage était déjà un saut dans l'inconnu. S'il fallait aussi que sa mère parte aux cinq cents diables, la transition allait être douloureuse. Elle parut se résigner et n'en dit pas plus.

En revanche, cette nouvelle réjouit la famille du fiancé. Les Dancourt occupaient un rang enviable dans la société parisienne mais ils ne roulaient pas sur l'or. Haut fonctionnaire comme son père, héritier des traditions et des tableaux de famille, Henri Dancourt disposait d'une certaine aisance. Avec cinq enfants à charge, les décisions dispendieuses devaient être évitées. Le problème du toit résolu, il serait possible de consacrer un meilleur budget à la réception qui aurait lieu, comme pour ses deux aînés, dans les locaux du Conseil d'État.

Si les parents de Joël appréciaient la jeune Lydie et sa particule, ils se méfiaient de sa mère. Mme de Langueuil était certes une veuve respectable. Toutefois, certaines prises de position sur les femmes se rapprochaient un peu trop, à leur goût, des thèses d'une gauche à laquelle il n'était pas encore de bon ton d'appartenir.

Bref, son projet d'éloignement fut assez bien vu.

Quant à Victoire, elle ne regretterait pas la compagnie de ces gens qui la regardaient avec une sorte de commisération polie. Pour eux, il y avait deux sortes de médecins : les célébrités, professeurs ou pas, qui fréquentent les dîners mondains ou les chasses en Sologne, et les autres, fort utiles, évidemment, qui s'apparentent à une variété de fournisseurs. Mme de Langueuil aurait pu faire partie de la première catégorie... Elle avait choisi la seconde avec un manque de discernement qui frisait le mauvais goût.

Victoire ressentait sans se formaliser cette nuance de mépris. Pourtant, elle n'était pas mécontente que sa fille ait porté son choix sur Joël. Il n'était pas dénué de qualités et adorait mettre en valeur celle qui allait porter son nom. L'esprit vif de Lydie et ses reparties cinglantes l'enchantaient. Dans un monde où les bons mots remplacent souvent les idées claires et où les citations font office de culture, son esprit original avait un réel succès. C'était un milieu où Lydie réussirait.

Grâce à l'Enovid, tous deux menaient déjà une vie de jeune couple dans la chambre de bonne qui servait de studio au futur énarque. Comme Lydie avait tenu à le préciser à sa mère, « de ce côté-là, ils s'entendaient à merveille ».

Dans son for intérieur, Victoire était choquée par cette façon de vivre. Cependant, elle ne pouvait s'empêcher de penser que si la pilule avait existé « de son temps », sa vie aurait été bien différente.

« De son temps. » Elle se surprenait de plus en plus souvent à user de cette formule et se le reprochait. Le monde avait beau se transformer sous ses yeux à une vitesse stupéfiante, pour beaucoup rien ne changeait.

Lorsque les vieilles américaines aidaient Gregory Pincus à poursuivre ses recherches, leur but était humanitaire : aider les populations pauvres à limiter cette « prolifération » abusive qui les rendait plus pauvres encore.

Aujourd'hui, les consultantes de Victoire, celles qui venaient réclamer diaphragme ou stérilet, ne faisaient pas partie de la classe défavorisée. C'étaient des femmes aisées, diplômées pour la plupart, et qui souhaitaient engager ou poursuivre une carrière professionnelle. La programmation des naissances leur paraissait une nécessité sociale.

Séparer le plaisir sexuel de la fonction reproductrice ne jouait qu'un rôle encore modéré dans la motivation de celles qui réclamaient des moyens contraceptifs. Ou, du moins, très peu l'avouaient.

Victoire se rendait compte que sa vraie vocation n'était pas réalisée par son activité à Paris. L'immonde Krieski lui avait rendu un service qu'il n'imaginait pas en la forçant à changer de voie. À Véricourt, elle était sûre d'accomplir ce qu'elle considérait comme sa véritable mission. Dans les souvenirs de son enfance, près de la tombe de celui qui lui avait apporté ses premières joies intellectuelles, elle retrouverait les bases de son idéal : aider les femmes, toutes les femmes, pas seulement celles de la bourgeoisie éclairée qui ont les moyens de profiter du progrès.

Elle retrouverait ses marques, sur les lieux mêmes où, vingt ans auparavant, sa vie avait basculé dans la douleur et la honte. Elle se devait de revenir sur ses pas pour changer la vie de celles qui subissaient encore les contraintes d'une société hypocrite. Elle se l'était juré.

Avant de quitter la capitale, Victoire avait un compte à régler. Accompagnée de Joël, son futur gendre, elle rendit visite au propriétaire de son ancienne clinique.

Comme une grosse araignée embusquée au coin de sa toile, l'homme était dans son bureau, dont la porte restait toujours entrouverte pour lui permettre de mieux surveiller les allées et venues de ses employés.

Surpris, mais le sourire cauteleux, il se leva pour accueillir la gynécologue et son jeune compagnon qui s'était vieilli le visage en s'affublant d'énormes lunettes à monture d'écaille.

— Bonjour, monsieur Krieski, lui dit-elle avec une feinte aménité. Je suis venue chercher mes affaires personnelles.

— C'est bien normal, chère madame. Je vais appeler l'infirmière de consultation qui a dû les entreposer quelque part...

— Merci. Permettez-moi de vous présenter mon gendre, dit-elle en omettant volontairement de le nommer. Il a eu la gentillesse de m'accompagner car il souhaitait connaître ce bel établissement dont je lui ai si souvent vanté le modernisme.

Verriez-vous un inconvénient à ce que nous y jetions un coup d'œil ? En attendant...

Krieski fronça les sourcils. Joël avait un air si aimable qu'il hésita à refuser. La tentation était grande de jeter dehors cette femme qui l'avait bafoué. Sa prudence instinctive l'incitait à prendre une attitude plus diplomatique. D'autant que la proposition était flatteuse. Sur la défensive, il acquiesça en formulant tout de même une réserve :

— Les équipes sont au travail. Ce ne sera pas simple de tout vous montrer, mais je me ferai un plaisir de vous faire visiter...

Il lança à Victoire un regard mauvais qui semblait la prévenir qu'il ne la laisserait pas se promener à sa guise.

— Commençons par le bas, s'écria-t-elle, guillerette, les cuisines ressemblent à celles d'un grand restaurant.

Elle s'engagea dans l'escalier de service, suivie des deux hommes. Krieski se demandait soudain où cette furie voulait en venir et regrettait déjà de s'être ainsi laissé forcer la main.

Victoire vint embrasser la cuisinière, une brave femme au visage coloré qu'elle avait traitée pour une grave affection, maintenant guérie, et qui lui en était reconnaissante au-delà du raisonnable.

— Mon Dieu, docteur de Langueuil, est-ce possible ? Vous revenez chez nous ?

Son visage se figea quand elle aperçut son patron qui émergeait de la cage d'escalier. Victoire, très à l'aise, écarta gentiment l'employée devenue muette et montra, d'un geste large, les installations étincelantes.

— Superbe, non ?

Joël hocha la tête avec admiration. Krieski se détendait. Il allait faire quelques commentaires techniques quand il vit la gynécologue se diriger vers la cour de service où étaient rangées, côte à côte, la camionnette de la clinique et sa voiture personnelle, un break Ford, dont le hayon était ouvert. À l'intérieur, trois cartons de vin soigneusement rangés voisinaient avec un cageot de légumes.

— Vous voyez, mon cher ami, s'écria Victoire en prenant Joël par le bras, cette voiture est celle de M. Krieski, et tous les matins, il fait le plein. Le vin est en place, suivront les conserves et les conteneurs isothermes pour la viande et les volailles. N'est-ce pas, Mélanie ?

La cuisinière, ne comprenant rien à cette scène insolite, approuva en souriant :

— Je mets aussi des fruits et des légumes frais, dans des cageots, vous voyez...

— À croire, s'esclaffa Victoire, que M. Krieski en fait commerce ! Non, je plaisante ! Deux enfants, de vieux parents, une famille prolifique, un chien... Ça en fait, des bouches à nourrir ! Sans parler des réceptions...

Joël, avec le naturel d'un acteur confirmé, prit un air offusqué et s'approcha du propriétaire dont le visage vira au cramoisi.

— Ne me dites pas, monsieur, que vous nourrissez toute votre famille sur le dos de la clinique ?

Krieski, interloqué, ne sut que répondre. L'évidence rendait la négation difficile. Victoire, perfide, susurra :

— Au fait, je ne me souviens pas si je vous ai dit que mon gendre est un fonctionnaire de l'administration fiscale ? C'est drôle, non ?...

Les lèvres du directeur articulèrent en silence le mot « garce ». Il se tourna vers Joël qui avait tiré un carnet de sa poche.

— Laissez-moi vous expliquer...

Le jeune homme lui coupa la parole d'un ton sec :

— Ce n'est pas la peine, monsieur, j'ai parfaitement compris. Remontons, je vous prie.

Jamais l'étage n'avait paru aussi haut à cet homme roublard de nature et qui avait conscience de s'être fait piéger comme un novice. Ils entrèrent dans le bureau où Joël, sans gêne, s'assit dans le fauteuil patronal.

— La clinique est une société anonyme, j'imagine.

— Oui.

— Vous en êtes le président ?

— Oui.

— Quels sont les autres avantages en nature non déclarés dont vous bénéficiez ?

Krieski virait lentement au blanc cireux.

— Aucun, voyons, aucun...

— Les timbres-poste ?

— N... non !

— Nous vérifierons.

— La papeterie ?

— Est-ce vraiment... ?

— De l'abus de bien sociaux ? Évidemment. Comme votre voiture, dont vous vous servez pour vos déplacements privés. Vos voyages, peut-être même vos domestiques... Non ?

Le gros homme ne protestait pas. Il se tassait à vue d'œil tandis que Joël Dancourt jouait son rôle avec une cruauté consommée.

— Vous avez donc deux enfants ? précisa-t-il en tirant de sa sacoche une calculette. Je récapitule donc. Au total, quatre personnes. Mettons le repas à 50 F...

— Un repas ne coûte pas 50 F !

— Nous rectifierons s'il le faut. Je continue. Huit repas par jour, que multiplie trente... soit 12 000 F par mois. C'est-à-dire 144 000 F par an. Sur quatre ans, nous parvenons à la coquette somme de 720 000 F de fraude sur le seul poste alimentaire...

Krieski avait l'habitude des chiffres et aucune négociation ne lui faisait peur.

— Vous exagérez ! Je ne m'approvisionne pas exclusivement ici !

Victoire, adossée à la porte, le visage fendu d'un sourire hilare, flottait sur un petit nuage tandis que son futur gendre tournait lentement la broche où l'horrible Krieski rissolait.

Joël se leva en refermant sa calculette d'un geste sec.

— Écoutez, monsieur, je vais être beau joueur. Vous allez établir vous-même le bilan de ce que nous appellerons vos « erreurs d'appréciation » au cours des quatre années passées, et vous nous en remettrez un état précis. Si le montant paraît sincère, vous vous en tirerez avec un redressement sans pénalité. L'erreur est humaine. Sinon, je vous enverrai les polyvalents et vous vous arrangerez avec eux...

Il eut de la main un geste qui évoquait l'incertitude du résultat obtenu après le passage de ces fonctionnaires spécialisés qui, à juste titre, effrayaient l'ensemble des contribuables français.

— Vous dépendez du centre d'Argenteuil, si je ne me trompe.

— Oui.

— C'est donc M. Labarre qui traite votre dossier. Allez le voir... disons dans une semaine, de ma part. Je m'appelle Dancourt, vous vous souviendrez ? (Il épela.) DANCOURT. Il sera prévenu de votre visite.

Krieski avait pris un joli teint vert pâle. Joël eut un dernier rictus de prédateur pour conclure :

— Il vous attendra avec impatience, soyez-en persuadé !

Pendant son voyage vers la Normandie, Victoire jubilait. Elle se souviendrait longtemps du visage décomposé de Krieski. Il devait être en train de rédiger le plus pénible pensum de sa carrière. Quelle vengeance !

Malgré tout, le machiavélisme de Joël avait été si acéré qu'il lui laissait une sensation pénible. Sa fille avait-elle raison de prendre pour époux un comédien capable d'une telle cruauté ?

— Comment avez-vous pu préparer une conclusion aussi féroce, lui avait-elle demandé. Ce M. Labarre relève-t-il de votre imagination ?

— Pas du tout, avait-il répondu sur un ton badin. Avec le répertoire des services fiscaux du ministère des Finances qui se trouve en permanence sur le bureau de mon père, il ne m'a pas été difficile de trouver le nom du chef de centre dont relève la clinique. Je lui ai passé un coup de fil en me faisant passer pour papa. Notre client va être traité royalement, vous pouvez me croire ! Façon 1793...

Et il avait ri, imitant de la main le mouvement de la guillotine.

Elle en frissonnait encore en traversant le dernier carrefour qui la séparait de sa ville natale.

Son retour à Véricourt ne passa pas inaperçu. À sa demande, la famille Ambroise s'était hâtée d'effectuer quelques travaux de rénovation. La maison avait repris des couleurs de jeunesse. Les marronniers fraîchement élagués et les allées engravillonnées de neuf attendaient leur propriétaire. Dans le cabriolet Peugeot 403 décapotable qu'elle s'était offert pour célébrer l'écrasement de Krieski, elle franchit avec une pointe de fierté le portail repeint de vert sombre, précédant un petit camion de déménagement qui stoppa devant le perron du manoir. De nombreux promeneurs passaient par là, comme par hasard.

Dès le premier soir, elle dîna chez les Ambroise, à la ferme du Vieuxcourt, avec leurs trois fils. Roger, le cadet agriculteur, et sa jeune femme Noëlla, une ravissante Italienne ; Victor, le syndicaliste, avec sa Fanchon, et Henri, le postier, qui faisait office de gardien au manoir avec son épouse Micheline. Ils étaient accompagnés d'une myriade d'enfants. Victoire s'y perdait un peu, n'osant demander qui était qui et confondant sans arrêt les prénoms. Tout ce monde pérorait, commentait l'actualité, critiquait l'attitude du gouvernement, déplorait les incohérences de la guerre d'Algérie. Les femmes étaient plus virulentes encore que les hommes.

Élise et Jules les écoutaient, fiers d'une si belle maisonnée, mais quelque peu abasourdis par cette cacophonie. Jamais, autrefois, ils n'auraient osé parler ainsi devant leurs propres parents... Ni, surtout, devant Mademoiselle !

Pour eux, elle était et resterait Mlle Victoire. Ils ignoraient son mariage autant que la naissance de sa fille et négligeaient son titre de médecin. Même Victor, qui avait acquis une solide culture politique et se présenterait sûrement aux prochaines municipales sous une étiquette de gauche, lui manifestait un respect digne des traditions. Pourtant ils étaient nés la même année, et la parenté de leur prénom n'était pas une simple coïncidence.

Victoire fit glisser la conversation vers la vie de l'hôpital, dont le docteur Hector Coste-Lambert avait passé la direction à son fils. Quant à la mairie, il l'abandonnerait sans doute aux prochaines élections, si possible au profit d'Arnaud qui entamait déjà une discrète campagne.

Tout le monde connaissait les relations passées entre les deux familles, l'histoire des fiançailles rompues pendant la guerre de 39-40, puis la brouille entre la mère et la fille. Les Ambroise avaient eu vent des ragots colportés au moment du départ de Victoire, sans jamais y prêter attention.

Victor était d'une autre trempe que ses parents, et l'affection qui le liait à la dernière descendante des Dambreville lui parut soudain du plus haut intérêt. Tout en écoutant son frère Roger critiquer le projet de rocade qui allait massacrer les terres de quelques amis fermiers, il se demandait quel parti prendrait Victoire si, dans la course à la mairie, il devait affronter le clan des Coste-Lambert.

À peine arrivée, la gynécologue était déjà, sans le savoir, un enjeu de la vie locale. À Véricourt, comme dans toutes les petites villes de province, les périodes électorales faisaient ressurgir les vieux conflits familiaux. Derrière les grands thèmes évoqués sous les préaux, les non-dits tenaient une place prédominante.

Ce soir-là, Victoire ne ressentit que la chaleur de l'accueil et l'attachement de ces gens. Elle n'osa pas encore leur parler de ses projets, dont ils n'auraient sans doute pas compris le caractère révolutionnaire. Elle était d'autant plus réservée qu'elle ne savait pas comment cette population rurale, fondamentalement catholique, accueillerait ses idées.

Elle passa la première semaine de son séjour à remettre le manoir en ordre. Henri et Micheline étaient ravis de se voir confirmés dans une fonction dont ils étaient fiers. Ils ne rechignaient pas aux travaux de jardinage et appréciaient les avantages du potager. Quant au loyer gratuit, il améliorait leur modeste salaire d'employés.

Une fois réglés ces problèmes domestiques, elle s'enquit de sa future installation professionnelle. La première étape obligée passait par Arnaud, puisqu'il était médecin-chef de l'hôpital et chef de service de la maternité. La rencontre ne serait pas anodine. Ils ne s'étaient pas revus depuis vingt ans, et leur dernier échange de vues avait été... cuisant ! En outre, elle ignorait ses opinions sur les idées féministes. Enfin, il y avait eu l'épisode Lydie. Pour Victoire, le seul fait d'y penser lui mettait le rouge aux joues. Savait-il, aujourd'hui, qui était la jeune fille qui l'avait ridiculisé ?

Elle prit son courage à deux mains et demanda un rendez-vous par téléphone, sous son nom de Dambreville évidemment. La secrétaire lui demanda de patienter un instant. Très vite, elle revint.

— Quand voudriez-vous venir ?

— Dès que possible.

Elle la fit attendre quelques secondes encore avant de proposer :

— Ce soir même, si vous le souhaitez.

— Avec plaisir.

— Dix-huit heures ?

— Entendu.

Manifestement, il était impatient, lui aussi...

En chemin, elle s'en voulut de se sentir aussi émue. Arnaud avait été le premier amour de sa vie et son cœur ne l'avait pas oublié. Dieu sait pourtant qu'elle avait aimé Nicolas. Mais d'un sentiment tendre et raisonnable. Maintenant encore, quand elle pensait à lui, c'était avec une admiration et une reconnaissance sans bornes. La passion était absente. Avec Arnaud, c'était différent. Aujourd'hui comme hier, au moment d'aller le voir, elle ressentait une sorte d'angoisse physique irréfléchie et la tête lui tournait un peu. Elle se le reprochait, mais n'y pouvait rien.

Il la reçut sans la faire attendre.

Dès le premier échange de regards, elle retrouva son sang-froid. Le charme était rompu. Il était toujours aussi beau, peut-être même plus, avec un soupçon d'embonpoint qui lui enlevait le côté efflanqué de ses jeunes années. Son visage s'était buriné et son front dégarni. Les petites lunettes en demi-lune ne masquaient pas ses yeux toujours aussi bleus et caressants. Pourquoi ressentit-elle ce soupçon de répulsion ? Était-ce à cause de ce bas de visage devenu un peu mou ou du sourire figé sur des dents trop éclatantes ? Elle n'eut pas le temps de répondre à ces questions.

— Quelle joie de te revoir parmi nous après tant d'années ! s'exclama-t-il. Des années, je dois le constater, qui n'ont pas altéré ta beauté. Bien au contraire...

Le ton et les allures trahissaient le dragueur professionnel, voilà ce qui la révulsait. À peine revue, elle était déjà un objet de convoitise. Comme sa fille l'avait été, comme toutes les femmes qui l'approchaient sans doute. Elle ne se déroba pas. Des hommes de ce type, qui font feu de tout bois, elle en avait rencontré des dizaines au cours de ses années de médecine. À certains elle avait cédé, rien que pour voir. Le jeu l'avait vite déçue. Elle dissociait mal l'amour et le sexe. De ces expériences, il lui restait la science du faire-semblant. Elle en avait acquis une maîtrise certaine. Elle décida d'en user.

— La quarantaine ne te va pas mal non plus. Toujours aussi séduisant...

Il rougit de plaisir.

— Raconte-moi ! Tu es médecin, m'a-t-on dit. J'espère que tu vas venir relever le niveau de notre canton. Tu n'auras pas de mal !

Il eut un rire fat. Les autres praticiens étaient nuls, tandis que lui... Elle fut enchantée d'entrer dans son jeu :

— Ancien interne des hôpitaux de Paris, tu dois pouvoir briller sans difficulté, en comparaison de la médiocrité provinciale...

Le sourire d'Arnaud s'élargit encore.

— Toi, tu as choisi un certificat de gynéco-obstétrique, n'est-ce pas ?

— Je veux me limiter à la gynécologie médicale et à l'endocrinologie.

— Excellente idée ! Tu seras la seule par ici ! Où as-tu l'intention de visser ta plaque ?

— Je ne sais pas encore. Je vais probablement louer un local en ville... À moins que je n'utilise le rez-de-chaussée du manoir.

— Ta maison est admirablement située, c'est vrai. Avec les projets d'agrandissement de la commune et le lotissement en préparation sur les friches derrière chez toi, tu n'auras aucune difficulté à te créer une clientèle...

— Ces terrains appartenaient à ton père, non ?

Il eut une fraction de seconde d'hésitation avant d'affirmer :

— Ils n'avaient aucune utilité. Autant en faire profiter ceux qui cherchent à se construire une maison. Tu sais, le droit pour chacun d'accéder à la propriété...

Elle faillit ironiser sur l'altruisme lucratif, mais se retint pour revenir à l'objet de sa visite.

— Bien que je sois décidée à faire de la gynéco médicale, il faudrait que je puisse exécuter quelques actes de chirurgie simple : biopsies, curetages, etc. Penses-tu que ce soit possible à l'hôpital ? Dans ton service ou celui du chirurgien...

— Ce sera un honneur pour nous.

— Tu es trop bon...

Devant le ton soumis de Victoire, il se gonflait d'importance.

— Tu pourrais même avoir un poste d'attaché si tu le désirais, pour une consultation spécialisée.

Elle eut un air étonné. Il se pencha en avant, découvrit ses dents comme pour une publicité de dentifrice et ajouta, presque complice :

— Nous aurions ainsi la possibilité de nous voir plus souvent...

Jouant le jeu, elle sussura, l'œil chaviré :

— Comme autrefois...

Un tantinet surpris par ce ton, il ne répondit rien.

Victoire redevint sérieuse :

— Pour tout te dire, j'ai aussi l'intention, dans un avenir plus ou moins proche, d'ouvrir un centre de Planning familial...

Il haussa les sourcils.

— Qu'est-ce que c'est que ce truc ?

— Un endroit où les femmes qui le souhaitent viennent apprendre à réguler leurs grossesses, à choisir le moment où une naissance sera la bienvenue.

Il fit une vilaine grimace pour montrer qu'il avait compris :

— Pour pouvoir, le reste du temps, s'envoyer en l'air sans risque ?

Victoire s'attendait à cette réplique et siffla :

— Oui, notamment avec les hommes mariés qui veulent s'amuser sans ensemencer le voisinage...

Il se racla la gorge.

— Je ne suis pas certain que la municipalité autorisera...

— Oh ! mais je n'ai pas l'intention de demander une quelconque autorisation. Je compte exercer mon métier de médecin comme je l'entends, et ceux qui ne seront pas d'accord n'auront qu'à venir me le dire en face.

Il recula et se tassa dans son fauteuil. À l'évidence, il n'imaginait pas que la conversation prendrait un tel tour. Il lui fallut faire une rapide marche arrière.

— De toute façon, tu sais, pour l'attribution des postes d'attaché, c'est le conseil d'administration de l'hôpital qui décide, et lui seul. Tu n'auras qu'à m'envoyer une demande écrite, je la transmettrai au secrétariat.

— Merci de cette information. Ce sera fait.

— Ce n'est pas moi qui prends ce genre de décision, répéta-t-il, comme pour s'excuser à l'avance.

Victoire comprit qu'il se défilait et qu'il démolirait son projet. Déçue, la rage au cœur, elle décida de se venger sans attendre. Une idée diabolique venait de lui traverser l'esprit. Sans rien laisser paraître de sa rancœur, elle demanda :

— Y a-t-il beaucoup de femmes médecins dans ton service ?

— Aucune.

— Ah ! C'est trop drôle...

Elle pouffa de rire, comme malgré elle, sans qu'Arnaud en comprenne la raison.

— Qu'y a-t-il de si « drôle » ? demanda-t-il, vaguement mal à l'aise.

Elle prit un air gêné et fouilla dans son sac à la recherche d'un mouchoir, jusqu'à ce qu'il manifeste des signes d'impatience.

— Tu pourrais m'expliquer, non?

— Écoute, Arnaud, tu ne vas pas me croire. Je n'y crois pas non plus, d'ailleurs, tu penses. Mais si tu savais ce qu'on dit à Paris...

Il commençait à se sentir mal:

— On dit quoi?

— Que tu as... que tu as...

Elle semblait ennuyée de devoir parler, tandis que son interlocuteur manifestait de plus en plus d'inquiétude.

— J'ai quoi?

— Tu me promets de ne pas te fâcher?

— Tu m'agaces!

— On dit que tu as... Vraiment, tu veux le savoir? Eh bien voilà: on dit que tu as viré ta cuti.

— Ma cuti?

Il n'osait comprendre. Elle poursuivit avec une pointe de commisération:

— Tes anciens collègues prétendent – je leur laisse ces affirmations, je te l'ai déjà dit – que tu as une liaison avec... avec un avocat! C'est insensé, non?

Le visage d'Arnaud sembla s'effondrer. D'un coup, il venait de réaliser. L'image de Lydie lui était passée dans la mémoire comme un éclair. La haine lui jaillit des yeux. Victoire, savourant cet instant, ajouta:

— Il est question d'une photo qui aurait circulé, mais que, personnellement, je n'ai jamais vue...

— C'est stupéfiant de connerie! grinça-t-il, les dents serrées.

— Je te l'ai dit, moi, je n'y ai jamais cru! Mais quand tu m'as dit que tu ne travaillais qu'avec des hommes, soudain cette histoire m'est revenue en mémoire. Avoue qu'elle est drôle!

— Drôle? Je ne trouve pas!

— Ne t'en fais pas, va! Tu sais combien les gens sont mal intentionnés!

Victoire installa son cabinet dans un immeuble moderne de l'avenue du Général-de-Gaulle. Une salle d'attente ouverte sur le couloir du rez-de-chaussée, un bureau avec un recoin pour examiner les patientes, une petite pièce avec des sanitaires, c'était tout ce qu'il lui fallait. Dans la réserve attenante, elle pourrait installer un secrétariat quand le besoin s'en ferait sentir.

À l'hôpital, Arnaud l'avait autorisée à venir faire ses curetages et autres gestes de chirurgie. Mais, pour le poste d'attaché, il faudrait attendre la réunion du conseil d'administration en fin d'année.

Il lui avait donné ces informations avec une gêne manifeste. Il ne voulait pas avoir l'air de céder au chantage des bruits compromettants et cherchait à maintenir des liens amicaux avec son ex-fiancée. En gardant ses distances, car ses idées lui paraissaient fantaisistes, voire dangereuses.

Victoire riait sous cape, fière de sa revanche. En réalité, elle ne lui voulait aucun mal. Cette rencontre avait définitivement éteint les émotions qu'il aurait pu lui inspirer encore. Elle devinait pourtant que ses projets n'allaient pas faire l'unanimité...

Elle s'inscrivit au conseil de l'ordre sous son nom de jeune fille, comme autrefois pour ses examens de médecine. À Véricourt, Dambreville était un patronyme respecté de tous.

À peine eut-elle ouvert sa porte, qu'elle découvrit ses trois premières clientes : elles portaient toutes le nom d'Ambroise ! Raides sur les chaises neuves, elles donnaient le sentiment de se comporter comme des pionnières, prêtes à prendre tous les risques par amitié.

En dînant au Vieuxcourt, Victoire avait fait allusion à sa lutte en faveur de la contraception, et toutes avaient tendu l'oreille. Le jour venu, elles s'étaient précipitées ! Fanchon, Micheline, qui travaillait chez elle, et même Noëlla, l'Italienne.

Il fallut tout leur expliquer : la différence entre le diaphragme, utilisé dans les maisons closes depuis le XVIIIe siècle, le stérilet, pour les femmes ayant eu déjà des enfants et l'Enovid, qui convenait mieux aux jeunes peut-être un peu plus dissipées. Aucune d'elles n'avait la moindre notion de son fonctionnement intime. Même la fameuse méthode Ogino ne leur était pas familière.

— Nous, vous savez, déclara Fanchon sur un ton résigné, pour éviter les enfants, on n'a que l'allaitement, la toilette et la prière.

Victoire répéta plusieurs fois sa leçon sans trop d'espoir d'être comprise. Elles choisirent toutes les trois le diaphragme.

Il fallut leur montrer comment le mettre et appliquer le gel spermicide, quand l'enlever... Ces travaux pratiques en commun, sans pudeur, la changeaient des consultations parisiennes !

Tout cela sous le sceau du secret, en raison du fameux article 317 du code pénal. Bien que, depuis la création du Planning familial, les pouvoirs publics aient semblé renoncer à s'attaquer aux militantes, de plus en plus nombreuses et efficaces, il valait mieux rester discret.

En fait de discrétion, tout le monde sut rapidement que Mme Dambreville n'était pas une doctoresse comme les autres. La nouvelle se répandit d'abord chez les femmes elles-mêmes, qui vinrent spontanément lui demander aide et conseils. Puis les généralistes commencèrent à téléphoner. Elle avait rendu une visite de courtoisie à chacun avant son installation, sans dévoiler les particularismes de sa « spécialité ».

Quand les patientes venaient pour un simple problème gynécologique, elle faisait attention à ne pas les détourner de leur médecin traitant, auquel une lettre et des propositions thérapeutiques étaient envoyées. En revanche, elle n'écrivait jamais quand il s'agissait de contraception. Ses dossiers étaient même soigneusement codés pour échapper à une éventuelle enquête du conseil de l'ordre. Elle recevait stérilets et diaphragmes de Suisse, où des correspondantes du Planning préparaient des colis banalisés. Quant aux plaquettes d'Enovid, Eddy se chargeait de les lui envoyer d'Amérique dans des boîtes de Corn Flakes. Henri, le postier, faisait main basse sur ces paquets insolites pour ne pas exciter la curiosité du facteur et il les rapportait personnellement au manoir.

Victoire se rendait souvent à Paris pour de courts séjours auprès des dirigeantes du Planning afin de se tenir au courant des nouveautés. C'était aussi l'occasion de retrouver, rue Caulaincourt, Lydie et Joël, avec Jeannette, la fidèle. Les tourtereaux ne semblaient plus songer au mariage. Depuis que le jeune élève de l'ENA savait que son stage algérien avait été repoussé en fin de deuxième année, le mariage officiel ne présentait plus de caractère d'urgence. Peut-être même qu'avec les discussions d'Évian la guerre serait terminée d'ici là.

Victoire se demandait ce qu'en pensait la famille Dancourt. Pour moderne qu'elle fût, elle aurait préféré que le jeune couple passât devant le maire. Un dimanche matin, elle s'en ouvrit à sa fille qui se moqua d'elle :

— Toujours aussi conventionnelle, maman !

Victoire s'étonna.

— Je ne crois pas mériter ce verdict, vois-tu. Il me semble t'avoir élevée de manière plutôt libérale et j'exerce mon métier avec des méthodes que certains qualifieraient volontiers d'avant-gardistes...

— Il n'empêche que l'union libre te choque...

— Ce n'est pas le fait qui me choque. C'est le vocabulaire qui me manque. Comment dois-je dire, quand je parle de Joël ? Le fiancé de ma fille, son compagnon, son jules, son mec... ? Je ne suis pas encore habituée !

Lydie rit de bon cœur.

— Après tout, c'est de ta faute ! Tu m'as inculqué le sens de l'indépendance et jamais un homme ne me tiendra sous sa coupe. Autrefois, on se mariait pour donner un nom aux enfants. Je n'ai pas ce problème puisque, grâce à la pilule, j'ai choisi de ne pas enfanter avant le retour d'Algérie. Alors, la bague au doigt peut attendre.

— Et lui, qu'en dit-il ?

— Il s'en fiche.

— Ce qui me frappe le plus dans cette situation, c'est le rôle prédominant de la femme. Imagine que ton... que Joël veuille un enfant maintenant. Tu es en mesure de refuser et il n'y pourra rien !

— Et alors ? C'est normal, non ? Ce gosse, c'est moi qui devrai le porter. C'est donc à moi d'en décider !

— Souviens-toi, avec tes précédents... fiancés.

Lydie prit un ton rêveur.

— C'est vrai, je leur disais : « Fais attention »...

— Ils détenaient le pouvoir. De leur sérieux dépendait la survenue d'une éventuelle grossesse. Quel changement !

— Joël me racontait qu'autrefois il n'allait jamais en surprise-partie sans préservatifs dans la poche.

— Je n'en suis pas étonnée. Que se serait-il passé s'il avait mis une fille enceinte ?

Lydie prit un ton emphatique :

— C'est un homme d'honneur : il aurait réparé !

Elles éclatèrent de rire. Sérieuse à nouveau, Lydie reprit :

— Tu crois que le jour où la pilule sera en vente libre, les filles seront toutes à l'abri d'un accident?

— Hélas! Je n'en suis pas si sûre. Les garçons vont vite perdre l'habitude de «faire attention» et les jouvencelles mal informées ne penseront pas à prendre la pilule à titre préventif... D'autres en auront peur. Il faudrait commencer par une solide campagne d'information. On n'en est pas encore là! Les pouvoirs publics ferment les yeux sur nos prescriptions, mais nous interdisent d'en parler au grand jour. Dans ce domaine, la France restera longtemps, j'en ai peur, à la traîne des autres pays. Il va falloir continuer à se battre!

1962 fut l'année des grands bouleversements. Les accords d'Évian mirent fin à la guerre d'Algérie, entraînant le rapatriement de deux millions de pieds-noirs furieux et déçus d'avoir été trahis. Égoïstement, la France respirait, et, à l'instar du président de la République, tournait pudiquement les yeux vers l'avenir.

Dès l'information connue, Victoire téléphona à sa fille qu'elle n'avait pas vue depuis plusieurs semaines.

— Bonne nouvelle, n'est-ce pas? Vous avez eu raison d'attendre. Joël ne sera pas envoyé en Algérie.

— Ils peuvent bien l'envoyer au diable! Je m'en moque pas mal!

— Allons bon! Qu'arrive-t-il? Vous vous êtes disputés?

— Tu sais, sa passion récente pour le golf qui l'entraînait à La Boulie chaque dimanche? Elle s'appelle Évelyne, voilà tout! C'est une pétasse qui fait Sciences-po.

Il y eut un silence. Victoire observait, de sa fenêtre, un vol de mouettes qui venaient explorer l'intérieur des terres. Elle se reprit la première:

— Ma chérie, il vaut toujours mieux s'apercevoir de ce genre de chose avant le mariage...

— Ah, enfin! Tu reconnais que l'union libre a du bon, ricana Lydie. La rupture est plus facile et on économise les frais d'un divorce!

Victoire ne s'aventura pas sur ce terrain.

— Que vas-tu faire? Tu dois être désespérée...

— Désespérée, moi ? Il ne manquerait plus que ça ! Je m'en fous, je couche avec Courtial, si tu veux savoir !

— Qu'est-ce que tu dis ?

— Maman, arrête avec tes airs de rosière offusquée. Je n'allais tout de même pas rester cocue sans broncher !

Victoire avait écarté l'appareil de son oreille tant sa fille criait fort. Suffoquée, elle dut se retenir pour ne pas hausser le ton à son tour.

— Calme-toi, voyons. Veux-tu venir dimanche prochain à Véricourt ? Il s'y passe des événements qui vont te distraire.

— De quels événements veux-tu parler ?

— Le vieil Hector Coste-Lambert est mort.

— Tu ne vas pas le pleurer !

— Certes non ! Écoute la suite. Il laisse une équipe municipale divisée qui s'entre-déchire depuis le jour de l'enterrement.

— Et alors ?

— Nous allons avoir droit à des élections municipales anticipées. Il y a déjà, au moins, deux listes en présence. L'une est conduite par Arnaud...

— Normal, il devait attendre ça depuis sa première communion !

— L'autre, par Victor Ambroise.

— Victor ? Le fils du père Ambroise ? Ça alors ! Il est communiste, non ?

— Socialiste.

— En quoi es-tu concernée ?

— C'est simple. Le maire est, par tradition, le président du conseil d'administration de l'hôpital. Si Victor passe, il sera possible d'ouvrir un centre de Planning familial à Véricourt ! Si c'est Arnaud, j'émigrerai à Rouen !

— Ainsi tu vas soutenir la gauche ?

— En quoi cela me gênerait-il ? Pour moi, la défense des femmes prime les choix politiques.

Au bout du fil, Lydie se mit à rire avant de conclure :

— Tu as raison, maman, je vais venir la semaine prochaine, on va faire chier... papa !

Arnaud Coste-Lambert et Victor Ambroise se connaissaient depuis toujours. Ils avaient fréquenté la même école communale, séparés par quatre années de différence d'âge. Le fils de médecin n'avait jamais daigné poser un regard sur le « petit » Victor, fils de paysan, jusqu'au jour où celui-ci était devenu champion départemental de cross avec sa photographie en première page du journal local. Ils firent leurs études secondaires à Caen, l'un chez les bons pères, l'autre au lycée.

La guerre avait mis fin à la carrière sportive de Victor et à d'éventuelles études universitaires. Incorporé en 1939, libéré en 1940, menacé par le STO, il avait pris le maquis en 1943 avec un groupe communiste.

La paix revenue, il n'avait plus eu envie d'aller s'asseoir sur les bancs de la faculté. Sa soif d'apprendre n'était pourtant pas assouvie. Tout en travaillant à la ferme avec son père, il avait commencé à fréquenter les milieux syndicalistes du département. C'était l'époque des nationalisations, de la création des comités d'entreprise et de la Sécurité sociale. Le 18 juin 1946, le général de Gaulle vint à Bayeux préparer, dans un discours célèbre, la naissance de la IVe République...

Le jeune paysan prit conscience des injustices qui s'installaient dans le monde agricole malgré les espoirs nés de ce « renouveau » dont parlaient les hommes politiques. Il s'enrôla dans la Confédération des travailleurs chrétiens puis dans la Fédération française nationale des syndicats d'exploitants agricoles créée en mars 1946 et devint militant.

À quarante-trois ans, il se retrouvait donc candidat à la mairie de sa ville natale, sur la liste de gauche, contre Arnaud Coste-Lambert, menant celle de droite.

Alors que la France se préoccupait du rapatriement des Français d'Algérie, de la bombe atomique et de l'élection du président de la République au suffrage universel, à Véricourt, sous le préau de l'école, Victor Ambroise haranguait ses concitoyens sur les dangers de la rocade programmée par la précédente municipalité.

De taille moyenne, vêtu d'un bleu de travail sur une chemise à carreaux laissant voir des avant-bras musclés, il ressemblait aux acteurs des *Raisins de la colère*. D'une voix bien timbrée et dans un langage simple, il décrivait les améliorations qu'il comptait apporter à une politique municipale livrée, depuis la nuit des temps, au clan des propriétaires fonciers. Il s'opposait aux projets routiers susceptibles de détruire des exploitations agricoles et d'enrichir un peu plus ceux qui n'y voyaient que leur intérêt financier. Il était aussi contre ces lotissements de luxe subventionnés par la mairie alors que les terrains communaux auraient permis des constructions à bon marché pour les plus démunis. Il voulait agrandir l'école, vétuste et trop exiguë, construire un gymnase, une crèche...

— Avec quel argent? interrompit une voix arrogante.

Interloqué, le tribun se retourna vers l'angle d'où avait parlé le contradicteur qui reprit:

— Ce sont les contribuables qui payeront, bien sûr! Les belles promesses ne coûtent rien! Toutes les municipalités de gauche dilapident les revenus communaux et augmentent les impôts locaux. Quand les électeurs ont compris leur erreur et appellent à nouveau des gestionnaires sérieux, il faut des décennies pour assainir les finances de leur ville...

Arnaud Coste-Lambert, soucieux de ne pas laisser la vedette à son concurrent, apportait la contradiction. Le ton monta rapidement et les arguments volèrent de plus en plus bas. La salle, ravie, prenait fait et cause, tantôt pour l'un, tantôt pour l'autre, riant aux éclats et applaudissant aux bons mots.

On en vint naturellement à évoquer l'hôpital, éternelle pierre d'achoppement des gestions municipales.

— Ne trouvez-vous pas bizarre, clama Victor, que cet établissement, géré depuis toujours par votre père, et dont vous êtes aujourd'hui le médecin-chef, soit le parent pauvre de notre région? Que vous opériez votre riche clientèle personnelle dans les cliniques privées de Rouen vous donne-t-il le droit de laisser péricliter l'établissement public destiné aux plus pauvres?

— Je réfute ces accusations mensongères. Si la Sécurité sociale, dont la gauche chante tant les mérites, payait de meilleurs prix de journée, nous aurions les moyens de nous équiper mieux...

— Vous ne faites rien pour y attirer la clientèle.

— Ces calomnies n'engagent que vous!

— Très bien! Prenons un exemple concret, puisqu'il faut vous mettre les points sur les «i». Pourquoi avez-vous refusé d'installer une consultation médicale de gynécologie et un centre de Planning familial?

Victoire crut sentir son cœur s'arrêter de battre. Elle était venue à la dernière minute. Avec sa fille, elles s'étaient assises au bout d'un rang, le plus loin possible de l'orateur. N'allait-on pas la prendre à partie ? Elle se recroquevilla sur sa chaise, tandis qu'Arnaud répondait avec hauteur :

— Quel besoin les femmes de cette ville ont-elles d'une consultation de ce type, je vous le demande ? Ce sont des femmes honnêtes qui, je dois le dire...

— Oui, mais les hommes sont-ils honnêtes ?

La voix de Lydie avait claqué, prenant le médecin au dépourvu. Il se retourna dans sa direction sans la distinguer.

— Les hommes aussi, madame !

Lydie éclata alors d'un énorme rire de théâtre, entraînant derrière elle une bonne partie de l'assistance. Ce fut bientôt un immense fou rire. Victoire ne savait plus comment se tenir, tant elle était gênée.

— S'il vous plaît, cria Victor, un peu de silence s'il vous plaît... Je vous en prie...

Arnaud blêmit. Il venait de reconnaître celle qui l'agressait. Son épouse, une grande femme à chignon et au visage osseux, le considérait avec étonnement sans comprendre ce que signifiait ce charivari. Victor finit par se faire entendre, et les rires s'éteignirent.

Lydie profita du trouble d'Arnaud pour reprendre la parole et l'apostropher.

— Vous constatez, monsieur, l'hilarité que déclenchent vos propos sur le sérieux des hommes de ce pays. Ce qui prouve bien que les femmes, ici comme ailleurs, ont besoin de mieux connaître les moyens que la médecine met à leur disposition pour se soustraire aux caprices masculins. Voilà ce qui vous fait peur ! Voilà pourquoi vous leur refusez cette consultation hospitalière !

Un silence lourd suivit cette déclaration. Victoire, le visage caché dans ses mains, se faisait si petite qu'on aurait pu croire qu'elle allait disparaître. Victor laissait dire.

Arnaud fit un effort pour retrouver sa superbe et haussa le ton en se tournant vers la salle :

— On aura tout entendu, mes amis !

S'adressant à Victor, il s'écria :

— Je propose de passer à des sujets plus sérieux. Les personnes qui ne sont pas inscrites sur nos listes électorales n'ont pas à faire des interventions aussi ridicules que déplacées.

Quelques murmures approbateurs vinrent soutenir son propos et il tourna vers Lydie un regard de défi. Mal lui en prit. Victoire se leva.

— Cette fois, ça suffit! cria-t-elle.

Consciente de l'attitude respectueuse de l'auditoire devenu soudain silencieux, elle commença d'une voix d'abord tremblante qui, peu à peu, s'affirma.

— C'est ton discours, Arnaud, qui est ridicule et déplacé. Les femmes d'ici, comme partout ailleurs, ont besoin d'en savoir plus sur les problèmes qui les concernent. Mon cabinet de consultation est rempli chaque jour de femmes honnêtes. Une femme honnête a le droit de choisir le meilleur moment pour assumer une grossesse.

Une salve d'applaudissements retentit. Victoire se tenait droite, étonnée de son courage. Arnaud fit une dernière tentative pour reprendre le contrôle de la situation et répliqua d'un ton doucereux où l'aigreur se dissimulait mal:

— Chère amie, ce n'est peut-être pas le meilleur moment ni le meilleur endroit pour discuter de cette question, qui intéresse avant tout le conseil de l'ordre des médecins auquel nous devons obéissance, je me permets de te le rappeler.

Un homme se dressa à quelques mètres de lui, furieux.

— Je suis médecin, moi aussi. Je m'insurge contre ces menaces d'en référer à une institution créée par les traîtres de Vichy et qui aurait dû disparaître depuis longtemps! Vous feriez mieux de vous taire, mon cher confrère!

— Mais enfin, protesta Arnaud, je ne peux me laisser agresser sans rien dire par cette...

Il hésitait.

— Cette quoi? cria Victoire, hors d'elle.

— Je ne parle pas de toi, mais de cette fille...

Soudain, Victoire sentit monter dans sa gorge une vague de haine qu'elle fut incapable de maîtriser. Oubliant l'auditoire, elle lança d'une voix qui ne tremblait plus:

— Cette fille, comme tu dis, c'est la tienne!

Cette révélation fit l'effet d'une bombe. Après un temps de silence, elle reprit, sur un ton de voix presque normal:

— Tu l'as conçue, le 17 septembre 1939, sans me demander

mon avis. Tu as perdu ta guerre et ton honneur. Tu m'as rejetée comme une catin sans plus te soucier des conséquences de ta... (Elle fit un geste de la main.) de ta lâcheté. Je ne comprends pas comment tu oses encore te poser en censeur! D'autant que tes affirmations vertueuses ne sont pas en harmonie avec ta vie privée. Tu ne souhaites sans doute pas entendre ta propre fille l'évoquer ce soir...

Le visage d'Arnaud n'avait plus de couleur. Sans ajouter un mot, il quitta sa place et se dirigea vers la sortie à grands pas. Sa femme et quelques supporters le suivirent. Le reste de l'assistance demeura immobile, figé par la surprise.

Victoire se laissa retomber sur sa chaise, épuisée. Lydie lui entoura les épaules d'un geste plein de tendresse. De toutes parts, des femmes se levèrent et vinrent se presser autour d'elle pour la féliciter, lui serrer la main.

— Bravo, disaient-elles à Lydie, vous avez eu bien du courage, mademoiselle.

Victor s'approcha.

— Je ne m'attendais pas à un tel soutien. Je te remercie, Victoire, et vous aussi... Lydie, je crois! Je suis très heureux de faire votre connaissance. Vous devez être fière de votre maman, comme nous le sommes tous à Véricourt.

Victoire eut une réponse désabusée:

— Tais-toi, Victor! Beaucoup de gens ne sont pas fiers de moi ce soir. Tu peux en être sûr.

Un mois plus tard, Victor Ambroise était élu maire de Véricourt. Dans les journaux locaux, ce résultat fut célébré comme une victoire de la gauche. Sur le zinc des bistrots, on disait qu'avec sa vie privée le fils Coste-Lambert avait bien mérité sa défaite.

Après la première délibération du conseil municipal, Victoire Dambreville obtint sa place d'attachée de consultation à l'hôpital, avec l'approbation du chef de service de gynécologie. Elle ne pouvait faire autrement que d'aller voir Arnaud, ne fût-ce que pour le remercier et lui demander comment s'organiserait son travail. Ils ne s'étaient pas revus depuis la mémorable séance électorale.

Elle le trouva dans son bureau. Il se montra amer et fatigué.

— Je ne te félicite pas d'avoir permis l'investiture d'une municipalité gauchiste dans notre ville. Sans doute as-tu tes raisons.

— Nous n'allons pas y revenir !

— Cela vaut peut-être mieux, c'est vrai. Je te remercie d'être venue. Il y a tant de gens qui m'évitent.

Il se prit la tête entre les mains et ajouta, d'une voix brisée :

— Pourquoi m'as-tu fait ça ?

Il donnait l'impression d'être au bord des larmes. Elle hésita.

— Fait quoi ?

— Me cacher que tu attendais un enfant de moi... Notre enfant.

Victoire avait du mal à croire ce qu'elle entendait. Était-il possible que cet homme l'aimât encore ? Devait-elle se laisser amadouer ? Émue malgré tout, elle répondit sur un ton adouci :

— Ce sont les circonstances, Arnaud, qui m'ont imposé le silence. À l'époque, tu risquais ta vie pour le pays...

Il eut un pauvre sourire :

— Tu parles ! Quand j'ai vu mon premier Allemand, j'avais les bras en l'air... J'ai reçu l'ordre de me rendre avant qu'on me demande de me battre. Je leur ai fait cadeau d'un fusil tout neuf. Il n'avait jamais tiré.

Victoire eut une bouffée de pitié pour ce fanfaron abattu. Il était l'image même de la défaite. Le souvenir de ce qu'elle avait enduré l'empêcha de s'attendrir plus. Elle continua, sévère :

— J'ai attendu ton retour pendant de longs mois. J'étais sûre qu'une fois rentré tu allais demander ma main et que tu serais fou de joie de découvrir deux bonheurs à la fois. Ta femme et ta fille.

— Pourquoi ne m'as-tu rien dit quand je suis revenu ?

Victoire commençait à s'énerver :

— Faut-il que je te rappelle ton arrivée à la gare Saint-Lazare et notre rencontre du lendemain ? J'ai essayé de te parler ce jour-là. Tu n'avais que les projets de ton père à la bouche. Tu m'as clairement exprimé ton intention de bâtir ton avenir sans moi !

Il la regardait, médusé. Tout en parlant, elle haussait le ton, laissant libre cours à son ressentiment. Elle finit par lui asséner :

— Je ne voulais pas que tu m'épouses pour «régulariser». Aujourd'hui, tu mènerais ta vie de patachon en prétendant avoir été marié contre ton gré, à la suite d'une erreur de jeunesse. Je ne voulais pas que Lydie soit une erreur de jeunesse.

— Arrête!

Elle se pencha vers lui, plus agressive encore:

— Tu veux que je te dise, je suis heureuse de ne pas être devenue ta femme. Je me suis mariée avec un homme que j'aimais et qui m'aimait. Il a adopté ta fille et lui a donné son nom. Tu ne lui arrives pas à la cheville. Lui, il est mort pour son pays, peut-être même pour me sauver la vie.

Écrasé dans son fauteuil, Arnaud avait un air lamentable. Il essaya de se rattraper:

— J'ai beaucoup réfléchi depuis l'incident du mois dernier. Je me suis mal conduit, je l'avoue. Accorde-moi tout de même des circonstances atténuantes. Je ne savais pas que tu attendais un enfant. Les gens parlaient d'une liaison que tu aurais eue à Caen et d'un avortement...

Victoire sentit un étau lui serrer la poitrine et les larmes lui monter aux yeux.

— Et tu l'as cru? demanda-t-elle dans un murmure.

— Ta mère le laissait entendre. Elle disait qu'elle avait dû te chasser.

— Pas une voix ne s'est élevée pour me défendre!

Sur cette constatation amère, elle se leva, écœurée, et se dirigea vers la porte où Arnaud vint la rejoindre.

— Il y a une dernière chose que tu dois savoir, Victoire. Ma femme m'a quitté. Elle est retournée dans sa famille et son avocat m'a téléphoné hier. Nous allons nous séparer. Dans notre milieu, on ne divorce pas. Mes enfants font actuellement leurs études à Rouen. Ils prendront une chambre en ville. Je ne suis même pas sûr de les revoir un jour.

Elle le fixa d'un œil glacial:

— Tu ne vas pas me demander de te plaindre...

— Ne sois pas si méchante, Victoire, je t'en prie. Te rends-tu compte que ma vie est fichue?

— La mienne l'a été à l'âge de vingt ans!

Sans un mot de plus, elle quitta l'hôpital.

L'été approchait. Le soleil tardait à se coucher. La pluie de l'après-midi avait lavé l'atmosphère et l'air paraissait cristallin.

Les gens marchaient sans se presser et saluaient Victoire qui leur répondait d'un sourire. Sur le trottoir, elle vit le curé venir dans sa direction. Le père Valier était un vieil homme, petit et sec. Il ne perdait pas un pouce de sa taille, mais marchait avec peine, victime d'un début de cécité. Il était accompagné d'un grand escogriffe à lunettes, vêtu d'un pantalon de velours et d'un chandail de grosse laine.

— Bonsoir, ma petite Victoire, s'exclama le prêtre, avec cet air joyeux qu'il prenait en rencontrant ses ouailles.

Il l'embrassa sur les deux joues.

— Je te présente l'abbé Rabal, mon nouveau vicaire.

Devant l'étonnement de Victoire, il se hâta de préciser:

— Tu vois, le port de la soutane n'est plus obligatoire, et les jeunes ont eu tôt fait de l'abandonner!

L'abbé offrait un large visage souriant sous une tignasse frisée et rejetée en arrière. Il lui tendit une main calleuse. Victoire le félicita d'être venu aider le père Valier, qui reprit la parole:

— On parle de toi en ville, ma chère petite, et pas toujours en bien, tu t'en doutes...

Elle hocha la tête, soudain sur la défensive. Elle n'était pas d'humeur à se laisser sermonner.

— Tu me connais, continua-t-il, je n'ai jamais aimé les faux dévots et, parmi ceux qui te critiquent, beaucoup ne te valent pas. J'ai conscience que, par ton travail, tu fais un acte d'amour, même si la hiérarchie de notre Sainte Mère l'Église n'est pas de cet avis... C'est tout de même un sujet dont j'aimerais discuter en tête à tête avec toi. Viens me voir à l'occasion.

Intriguée par ce discours, la jeune femme le remercia et promit de lui rendre visite. Elle regarda d'un air amusé ces deux silhouettes si dissemblables s'en aller côte à côte vers le presbytère tout proche, et reprit à son tour le chemin du manoir.

Elle y trouva un mot qui l'invitait à dîner au Vieuxcourt et s'en réjouit. Les soirées lui paraissaient longues, comparées à celles d'autrefois avec Olga, Jeannette et Lydie. Elle avait eu beau s'offrir une télévision, les programmes ne l'intéressaient guère. Sans doute seraient-ils plus diversifiés quand la seconde chaîne serait mise en service. Ce serait, disait-on, pour bientôt.

Les Ambroise étaient rassemblés autour de la longue table de chêne massif. Élise et Jules avaient refusé de transformer cette grande pièce qu'ils appelaient la « salle » en un *living*, comme le souhaitaient les belles-filles férues de mode.

— On a toujours vécu comme ça, s'obstinait le fermier. Vous changerez quand j'y serai plus !

Pour ne pas déplaire aux jeunes, Victoire s'abstenait de donner son avis. Elle aussi adorait cette ambiance traditionnelle qui lui rappelait son enfance, avec la cheminée profonde où la braise, autrefois, ne s'éteignait jamais. Depuis quelques années, l'âtre ne retrouvait vie qu'à partir de l'automne. Pendant l'été, un bouquet de fleurs séchées remplaçait les bûches.

En plus de la famille Ambroise, il y avait trois personnes qu'elle ne connaissait pas. Une femme et deux hommes, des propriétaires terriens de la région, dirigeants de la Fédération départementale des exploitants agricoles. Le plus âgé – cinquante ans à peine – s'appelait François Legris. Il lui présenta sa femme :

— Voici Éléonore, elle est médecin, comme vous.

Petite, boulotte, le visage juvénile piqueté de taches de rousseur, elle ressemblait à Dame Tartine. Généraliste à Rouen, elle serra la main de Victoire avec chaleur.

— J'ai beaucoup entendu parler de vous, murmura-t-elle sur le ton de la connivence.

Le troisième était un célibataire de la trentaine. Victor fit les présentations.

— Pierre Léonard de Cléricy.

Le visage carré, ses yeux noisette pétillaient d'humour. Il avait la poignée de main forte et le sourire plein de crocs solides. Victor s'expliqua :

— Tu sais, Victoire, nous allons parler boulot avec mes collègues, alors je t'ai demandé de venir pour que tu tiennes compagnie à Éléonore. Elle en a un peu assez d'entendre parler de la loi d'orientation. On la comprend, d'ailleurs...

Pierre Léonard protesta :

— Ah, non ! Nous n'allons pas passer la soirée à rabâcher nos histoires, alors que, ce soir, il y a tant de jolies femmes chez toi !

— Parce que d'habitude elles sont moches ? s'écria l'épouse de Victor qui s'affairait en cuisine.

— Pardonne-moi, Fanchon ! Tu sais bien que tu es la plus belle !

La jeune femme se tourna vers son mari :

— Tu as raison d'inviter des copains célibataires. Eux, au moins, savent encore manier le boniment. Tandis que vous, les maris...

Pierre-Léonard vint s'asseoir à côté de Victoire, un verre de cidre dans chaque main.

— Voulez-vous le goûter ? Je l'ai apporté de chez moi. C'est mon père qui l'a fait.

Ils bavardèrent pendant un moment, tandis que Fanchon mettait la dernière main à une énorme marmite de tripes, surveillée de près par la vieille Élise qui tenait à maintenir la réputation de sa maison.

Victoire n'entendit bientôt plus le bruit des conversations noyées dans le cliquetis des couverts. Elle avait le don de s'abstraire dès qu'elle n'était plus intéressée. Elle observait les syndicalistes défendre leur métier et l'idée qu'ils se faisaient de l'avenir. Ils ressemblaient aux princes charmants qui hantaient ses nuits de tristesse quand elle faisait le bilan de sa vie solitaire. À quarante-trois ans, elle vivait seule, avec un corps jeune qui n'aurait demandé qu'à séduire.

En dehors de quelques étreintes fugaces lors de ses nuits de garde à l'hôpital, elle n'avait plus connu le plaisir depuis Nicolas. Pourquoi était-il parti si vite ? Elle se reprochait de ne pas lui avoir donné tout l'amour qu'il méritait...

Elle fut ramenée à la réalité par sa voisine, Éléonore Legris :

— Pensez-vous que nous aurons bientôt un centre de Planning familial à Rouen ? Nous sommes si nombreuses à le souhaiter.

— Vous devriez aller faire un stage à Paris. Je peux vous recommander à Mme Lagroua-Weil-Hallé. C'est un personnage remarquable, et elle saura vous conseiller. Elle vient de publier chez Maloine un ouvrage excellent : *La Contraception orale ou locale*. Vous pouvez le commander.

Micheline, l'épouse d'Henri Ambroise, qui aidait sa belle-sœur à débarrasser la table, se pencha vers Victoire :

— Tu ne sais pas la meilleure ? Depuis que tu m'as donné un diaphragme, nous avons décidé de faire un nouveau petit !

— Pour une méthode contraceptive, voilà un résultat original !

— Ce n'est pourtant pas difficile à comprendre ! Avant,

nous ne savions jamais quand ça pouvait arriver. J'avais toujours le nez sur le calendrier. Maintenant, avec Henri, nous nous sommes dit : faisons le troisième tout de suite, et après, basta.

Elle s'éloigna, ravie.

Victor avait toujours une oreille qui traînait. Il intervint à son tour :

— Sur ce sujet, je vais vous en raconter une bien bonne qui nous est arrivée !

Depuis l'intervention de Victoire dans sa campagne électorale, il n'avait plus aucune pudeur pour parler de contraception. Comme chaque fois qu'il prenait la parole, le silence se fit.

— Quand nous nous sommes réunis à Genève, le mois dernier, pour le congrès européen du syndicat, j'ai emmené Fanchon.

— Une fois n'est pas coutume, grinça-t-elle.

Victor ne releva pas et continua :

— Nous avons acheté du gel spermicide dans une pharmacie pour ne pas toujours en réclamer à Victoire.

— Toujours, toujours, tu te vantes, s'esclaffa Pierre Léonard en regardant le plafond.

Victor haussa les épaules et reprit, sans se laisser impressionner :

— J'en demande deux tubes, plus une boîte d'aspirine. Je mets le sachet du pharmacien sur la banquette arrière de la voiture, à côté de la bouteille de Williamine autorisée, et on s'en va. Il faut vous dire que nous avions fait aussi l'acquisition de deux Oméga pour la première communion des aînés. Nous en portions chacun une au poignet avec des vieux bracelets apportés tout exprès. À la frontière, je stoppe devant le douanier qui me demande : « Vous n'avez rien à déclarer ? » Je lui réponds que j'ai une bouteille d'alcool. « Vous êtes sûr que c'est tout ? » Je commence à me sentir mal à cause des montres. « Et ça ? » dit-il en montrant le sac de pharmacie. Je respire. « Des trucs pour nous, de l'aspirine, etc. » Il ouvre la portière, prend le paquet, regarde dedans, et hausse les sourcils. « Je suis désolé, monsieur, mais ces trucs-là, comme vous dites, c'est interdit. Garez votre véhicule et suivez-moi à l'intérieur. » La panique ! Je me dis : nous allons être fouillés à corps ! Ils vont trouver les Oméga.

Les auditeurs étaient muets. Tel un conteur professionnel, Victor ménageait ses effets :

— Dans le bureau, le gabelou se met à discuter à voix basse avec son supérieur, un vieux à barbiche. Il lui remet le sac en papier, avec la mine d'un mec qu'aurait découvert un trésor. Il nous salue et disparaît. Nous voilà seuls avec le chef, pas fiérots, je vous l'assure. Sans un mot, il prend un registre et inscrit nos noms, prénoms, adresse... On se demandait comment cette histoire allait finir. Il pose son porte-plume, nous tend un reçu, enlève ses lunettes et nous dit, avec un accent impossible : « Vous n'étiez pas obligés de laisser ces contraceptifs en évidence. Mon jeune collègue a fait du zèle, c'est vrai, mais je ne peux pas lui en vouloir, la loi, c'est la loi ! »

— Abrège, murmura Fanchon, tu ne vois pas que tu les fatigues...

Vexé, Victor la fusilla du regard et accéléra :

— Et alors, le vieux, vous ne devinerez jamais ce qu'il a fait ! Il nous a rendu un tube de spermicide en nous recommandant de le planquer pour que son collègue ne le voie pas, et de nous tirer en vitesse... Sans complexe, il a rangé le second tube dans son tiroir.

Fanchon, qui découpait une immense tarte aux pommes couverte de crème fraîche, précisa :

— Il devait en avoir besoin pour sa bonne femme.

— Attendez, ce n'est pas fini, reprit Victor. Nous repartons. Dix kilomètres plus loin, deux motards nous stoppent. La douane volante ! « Ah non, je leur dis, vous n'allez pas recommencer. On vient d'être passés au peigne fin à la frontière. D'ailleurs, voilà tout ce qu'ils ont trouvé ! » Je leur ai tendu le reçu, ils ont rigolé et nous ont laissé partir sans nous fouiller.

— Et voilà, c'est tout bénef ! s'écria Fanchon. Les enfants portent des montres Oméga qui ont coûté moitié prix à leur papa, et ils n'auront pas de petit frère.

Tout le monde rit et la conversation repartit sur la stupidité de cette législation obsolète que personne n'osait abolir.

— L'Allemagne vient de l'abandonner, rectifia Victoire.

— Nous y viendrons aussi, intervint Éléonore. Moi, j'ai fait toutes mes études à Saint-Étienne. J'ai connu un conseiller municipal, ami de mes parents, qui s'intéressait beaucoup à cette question. Un grand résistant qui fait partie de l'équipe municipale depuis 1947. Il était chargé de l'aide judiciaire et je me souviens qu'il souffrait de voir que les femmes poursuivies pour avortement appartenaient aux milieux les plus démunis. Les gens riches, eux, arrivent à se débrouiller. Élu député, il a juré de faire abroger la loi de 1920 et d'autoriser la diffusion des méthodes contraceptives. Vous devriez aller le voir de ma part. Il s'appelle Lucien Neuwirth.

La Normandie s'apprêtait à fêter en grande pompe le vingtième anniversaire du débarquement. Toutes les municipalités étaient en émoi et de somptueuses réjouissances se préparaient.

Victoire reçut une lettre d'Eddy Cohen qui annonçait sa venue. Cette nouvelle la rendit rêveuse. Quatre ans plus tôt, à Rochester, il l'avait demandée en mariage. Depuis, ils n'avaient cessé de correspondre pour organiser l'importation clandestine de l'Enovid. Elle réalisait que, pendant tout ce temps, ils n'avaient jamais abordé la question de leur vie privée. Elle ne savait rien de plus qu'au moment de son séjour américain. S'était-il remarié ? Où en était-il avec son ex-femme ? La réponse n'allait pas tarder.

Le 5 juin 1964, il sonna à la porte du manoir. Il descendait à peine du car spécial qui l'avait conduit, avec les autres vétérans, de Paris à Véricourt. En jean et blouson, inchangé, le sourire enjôleur aux lèvres, il se précipita pour la serrer dans ses bras.

La cinquantaine lui allait bien. Ses cheveux devenus gris étaient toujours aussi drus et son allure de sportif entraîné le rendait presque juvénile.

— *Victory*, quel *pleasure* ! Tu être belle comme avant.

— Ce n'est pas vrai ! Tu as appris le français, Eddy ! C'est merveilleux.

— Je parler ton langue et je t'étonner. Non ?

Méprisant tout effort pour effacer son accent, n'accordant aucune attention ni au genre des mots ni au temps des conjugaisons, il avait acquis un vocabulaire de base simple et pratique. Il s'exprimait avec aisance, sans se préoccuper de la syntaxe. Tous les verbes étaient à l'infinitif, tous les mots au masculin, sauf ceux dont la féminité était indiscutable.

Dès lors, Victoire s'abstint de parler anglais, sauf pour traduire une expression difficile de temps à autre.

— As-tu fait bon voyage?

— Oui! Je faire bon voyage, merci. *But*, il être long. Deux journées complets depuis mon maison à Rochester.

Cette simplification radicale émerveilla Victoire, qui avait tant souffert pour mettre le «*the*» entre les dents et manier le cas possessif ou les formes progressives. De la grammaire, Eddy ne faisait aucun cas. Il comprenait tout et se faisait comprendre sans difficulté.

Ils partirent en promenade dans la ville pavoisée et rencontrèrent l'ex-médecin-colonel Delafontaine. Il avait endossé son ancien uniforme couvert de décorations et paradait devant l'hôpital au milieu d'un groupe de civils dont le «look» trahissait l'origine. Le soleil étant de la partie, les visiteurs portaient sans gêne des bermudas et des chemisettes bariolés comme s'ils avaient été à Hawaii! Les appareils photographiques crépitaient. Certains utilisaient la dernière nouveauté, le Polaroid... Après chaque cliché, ils se précipitaient tous pour voir le résultat. Ils poussaient des cris d'admiration ou de déception puis recommençaient.

— Chère amie, s'écria l'officier dans son français précieux. J'espérais bien vous retrouver ici. Quel plaisir j'éprouve! Je déplore seulement que ce forban de capitaine Cohen m'ait précédé. Toutefois, sans me vanter, vous revoir me donne une sacrée gaieté!

Dans le joyeux vacarme qui envahissait la ville, ils se promenèrent tous les trois au milieu des Jeep et des camions GMC ressortis par les collectionneurs, venus pour l'occasion des quatre coins du pays. Il y avait aussi quelques «tractions avant» décorées de croix de Lorraine et du sigle FFI, conduites par des quadragénaires à mitraillette qui avaient plus d'embonpoint qu'au moment du D-Day...

Des haut-parleurs fixés sur les murs des maisons diffusaient des airs de Cole Porter et de Glenn Miller.

Pauvre Glenn Miller! Tromboniste génial, chef d'orchestre et compositeur, tué le 15 décembre 1944 dans l'avion qui l'emmenait pour jouer à l'Olympia dans Paris libéré. Victoire avait pleuré en lisant l'information dans les journaux de l'époque.

Au milieu de la grand-place, face à la mairie, un bal populaire se préparait et les musiciens installaient leurs instruments. Déjà, des enfants s'exerçaient au *boogie-woogie* sous la direction d'un grand GI éméché !

— Où êtes-vous descendu ? demanda Victoire au colonel.

— À La Résidence, à Caen. C'est petit mais fort coquet, l'hôtelière est accorte ! Je crois qu'il ne reste plus une chambre de disponible entre Saint-Malo et Dieppe. Beaucoup de personnalités officielles ont dû se loger à Paris et n'arriveront en train spécial que demain matin. Savez-vous que certains vétérans vont sauter en parachute ?

Eddy n'avait rien dit. Il profita d'un moment où Delafontaine parlait à un autre officier pour tirer Victoire à l'écart.

— Moi, lui chuchota-t-il à l'oreille, je réserver pas. J'espérer dormir avec toi...

Victoire éclata de rire, un peu gênée.

— Pourquoi, tu rire ? Tu pas être toujours... (Il cherchait son mot et hésitait.) Cébila..., célabi...

Elle le prit par les épaules et lui dit, bien en face :

— Cé-li-ba-taire. Oui, je suis toujours célibataire... Ce n'est pas une raison pour...

Il ne l'écouta pas et lui mit d'autorité les mains autour de la taille.

— Quand tu venir à Rochester, je te poser un question. Tu me répondre pas. Aujourd'hui, je venir chercher le réponse. OK ? Moi, j'être cébila...

Elle l'interrompit en riant, tout à la fois étonnée, émue et, à la vérité, bien embarrassée. Elle lui posa un baiser furtif au coin des lèvres, l'empoigna par le bras et lui fit faire un demi-tour pour l'emmener marcher dans les rues.

Eddy, l'air sérieux, les sourcils froncés, continuait à fouiller dans son vocabulaire.

— Si tu savoir pas, tu dire rien. Je marcher, tu marcher, nous être heureux. Le mariage pour la vie être bien. *But*, le mariage un jour ou deux seulement, être bien aussi... Peut-être nous essayer. Après nous discuter. Mon père dire, quand j'être jeune : « Mon garçon, tout se négocier ».

Ils approchaient du Café de France quand Victoire aperçut un groupe de consommateurs qu'elle connaissait. Parmi eux se trouvaient Victor Ambroise et Pierre Léonard. Ils se levèrent en la voyant s'approcher. Elle fit les présentations et expliqua qui était l'Américain. Ravis, les Normands se poussèrent pour faire de la place et leur offrir un verre. Pressé de questions, Eddy, dans son français inimitable, raconta les journées dantesques de l'été 1944. En quelques instants, il devint la vedette.

Pendant qu'il parlait, Pierre Léonard ne quittait pas Victoire des yeux. Victor, de son côté, lui jetait de lourds regards tristes. Au moment où l'un des amis s'excusa de devoir s'en aller et vint serrer chaleureusement la main du «libérateur», il en profita pour s'asseoir près d'elle.

— Il faut que je te dise, murmura-t-il à mi-voix. Fanchon et moi, on est séparés...

— Ce n'est pas possible?

— Elle ne supporte plus mes absences : les séances du conseil, le travail à la mairie, les voyages pour le syndicat... Elle en a assez. Remarque, je la comprends. Elle aurait dû choisir un fonctionnaire. Moi, il me faudrait une femme intelligente qui ait sa propre activité et admette notre combat. Quelqu'un dans ton genre, si tu vois ce que je veux dire...

Elle voyait...

— Nous dînons tous à la maison. Tu n'as qu'à venir avec ton «Amerloque».

— C'est ta femme qui a préparé le dîner?

— Non ! Elle est partie chez ses parents avec les gosses. Maman s'est remise aux fourneaux. Au fond, elle est ravie, elle supportait mal que Fanchon veuille tout faire ! (Il eut un petit sourire en biais.) D'ailleurs, elle ne supporte pas non plus les deux autres qui, pourtant, elles, n'en rament pas une... À vrai dire, elle n'apprécie aucune de ses brus. Il n'y a qu'une femme qu'elle aurait aimé avoir pour belle-fille, tu vois de qui je parle !

Elle voyait encore...

Il se leva pour rameuter ses invités et préciser à Eddy qu'il n'était pas question qu'il aille manger ailleurs qu'au Vieuxcourt. L'Américain lança un regard de détresse à Victoire qui, lâchement, fit un geste d'impuissance.

— Je vous emmène, ma voiture est à deux pas, dit Pierre Léonard en prenant Eddy et Victoire chacun par un bras. Il les conduisit vers une DS neuve et leur ouvrit la porte. Eddy la laissa monter devant.

À peine furent-ils assis que la voiture s'élança, souple et silencieuse. Son heureux propriétaire se mit à parler à mi-voix :

— Je suis vraiment heureux de passer cette soirée avec vous, Victoire. Depuis que nous avons fait connaissance, je ne cesse de penser à vous.

Elle rit de bon cœur.

— Voilà au moins un homme qui sait exprimer sans ambages ses sentiments. (Elle se retourna sur son siège.) Qu'en pense notre ami d'outre-Atlantique ?

— J'entendre pas ce que vous dire ensemble.

— Tant mieux ! Pierre dit que la nuit va être merveilleuse.

Eddy eut un sourire extatique.

— J'être espérant !

Victoire se laissa aller dans le fauteuil de cuir et ferma les yeux, tandis que la Citroën glissait dans la campagne.

« Comme la vie est bizarre, se dit-elle. Hier je me rongeais les ongles comme une débutante qui fait tapisserie. Ce soir, trois hommes me proposent la botte. À croire qu'ils se sont donné le mot. » Dès lors, une question primordiale se posait : lequel aurait sa préférence ?

Avant qu'elle n'ait eu le temps de trouver la réponse, la voiture tournait dans la cour du Vieuxcourt et Élise venait les accueillir, un drapeau américain à la main.

Le lendemain, au moment du petit déjeuner, Eddy aurait dû avoir l'air d'un homme heureux. Pourtant, il semblait préoccupé, comme s'il hésitait à s'exprimer.

— Quelque chose ne va pas ? demanda Victoire.

— Tout aller bien ! Ne t'inquiéter pas. Il faut je te raconter une chose tu ne savoir pas, dit-il enfin. C'être pas facile.

— Vas-y, je t'écoute, répondit Victoire, intriguée, tout en posant devant lui une assiette d'œufs au bacon qui aurait mérité des applaudissements.

Il lui fit le récit d'une histoire stupéfiante. Quelques mois auparavant, lors d'un voyage à New York, il marchait sur la Cinquième Avenue quand il tomba en arrêt devant une boutique appelée « Emily de Langueuil, décoratrice ». Il avait organisé tant de recherches pour retrouver Nicolas que cette enseigne ne pouvait le laisser indifférent. Il entra et demanda à parler à cette Emily. Il vit arriver une aimable femme de la cinquantaine, qui avait dû être fort belle. Sans gêne aucune, elle répondit à son interrogation. Elle était effectivement la première épouse de l'avocat parisien. Il l'avait autorisée à conserver son nom, malgré leur divorce, pour exercer ce métier où la France conserve une réputation de qualité.

Aux questions plus précises de l'Américain, elle apporta des réponses qui le laissèrent pantois : après sa séparation, elle s'était remariée... et avait mis au monde trois garçons.

— Ce n'est pas possible, s'écria Victoire, elle était stérile ! C'est même la raison pour laquelle Nicolas et elle se sont séparés...

— Je lui dire le même chose. Elle rire...

Victoire comprit soudain.

— Dans le couple, c'est donc lui qui ne pouvait pas procréer !

Elle était bouleversée... Mais, à la réflexion, pas complètement étonnée. Pendant le temps où elle avait vécu avec Nicolas, elle avait prié pour avoir un enfant de lui. Elle s'était même demandé si sa tentative d'avortement n'était pas responsable...

Plus tard, durant son stage chez Palmer, elle avait appris que l'examen d'un couple stérile devait toujours commencer par le spermogramme, si réticents que puissent être les messieurs. Souvent, ce simple examen suffisait. Dans l'imaginaire des hommes, stérilité et impuissance sont souvent indissociables, alors qu'il s'agit de deux fonctions différentes.

Ce qui la choquait le plus, c'est qu'un homme aussi remarquable et cultivé que Nicolas n'eût pas imaginé un seul instant qu'il pouvait être la cause du drame qui l'avait séparé de sa première femme ! Personne autour de lui ne le lui avait suggéré. Même pas elle, d'ailleurs...

Victoire et sa fille ne se revirent qu'après l'été. Lydie vint passer un week-end à Véricourt et les deux femmes se retrouvèrent le dimanche matin, comme elles en avaient l'habitude, autour d'un petit déjeuner-parlote qui allait durer jusqu'à midi. La pluie d'automne frappait les carreaux, et le froid était tombé d'un seul coup. Il était trop tôt pour allumer le chauffage central et elles s'étaient installées sur le tapis de la chambre, devant une flambée, comme si l'hiver était déjà là.

Lydie était ravie de ce retour aux coutumes de son enfance, et impatiente de raconter sa vie. Curieuse aussi de savoir ce que devenait sa mère.

Elles étaient belles toutes les deux, dans un genre différent, mais rayonnantes du même bonheur d'être ensemble.

Victoire restait mince sans efforts. Elle n'avait pas cédé, comme d'autres, au vertige alimentaire de l'abondance revenue. Elle avait raccourci ses cheveux et son coiffeur l'avait convaincue d'utiliser une légère teinture pour camoufler ses premiers reflets gris. Son regard rieur était souligné maintenant de multiples rides qui ne la désolaient pas vraiment. Ses traits restaient fermes, ses joues lisses, sa bouche pleine et bien dessinée.

Lydie, elle, avait opté pour une coiffure très courte, un peu provocatrice, à la manière de Jean Seberg. Ses yeux étaient bleu-gris comme ceux de son père et ses lèvres charnues dessinaient souvent une moue ironique.

— Raconte-moi cet été brûlant auquel tu faisais allusion dans la carte que tu m'as envoyée, demanda-t-elle dès qu'elles furent installées. Tu as commencé à faire la fête dès le mois de juin, si j'ai bien compris.

— Tu n'imagines pas ce qu'a été cet anniversaire du débarquement, et comme la vie peut être étrange. Quand j'avais vingt-quatre ans, je jouais les héroïnes sous les bombes et les hommes me regardaient à peine. Maintenant que je commence à prendre de l'âge, j'ai un succès inespéré. Comment expliques-tu ce phénomène ?

— C'est normal, maman. Tu es de plus en plus belle, je me tue à te le dire !

— Ne te moque pas, veux-tu.

— Je ne me moque pas. Tu es plus épanouie qu'autrefois et tu y gagnes un éclat qui fait craquer ces messieurs. Rien de plus naturel. Tu mérites d'avoir une cour à tes pieds...

— À t'en croire, dans vingt ans, ce ne sera plus une cour, mais une émeute...

Elles eurent ce rire en commun qui doublait leur joie. Lydie, obstinée, revint à sa question :

— Bon, raconte. Il est venu, ton Américain! A-t-il renouvelé son offre?

— *Of course!* Cette fois, il avait même pris des leçons de français pour être sûr que je comprendrais.

Elle entreprit de mimer Eddy et sa syntaxe simplifiée, au grand plaisir de Lydie, qui riait de bon cœur.

— Arrête de faire le clown, maman, et sois gentille, dis-moi ce qu'il en a été...

Victoire avait longtemps gardé le silence sur ses amours. Si, dans sa jeunesse, le sujet était tabou, aujourd'hui, sa fille était tellement proche d'elle qu'elle fit taire sa pudeur.

— Eddy est venu dormir à la maison pendant les trois jours qu'il a passés en France.

— Dans la chambre d'amis?

— Il y retournait au petit matin pour sauver la face. Je ne suis pas sûre que ce camouflage ait été d'une quelconque efficacité, mais, à mon âge, je m'en moque pas mal!

Lydie était attendrie par cet aveu. Retrouvant ses habitudes de petite fille lorsque sa mère lui racontait des contes de fées, elle s'enquérait des moindres détails.

— Et alors?

— Alors, j'ai passé trois journées éblouissantes. J'étais comme une jouvencelle en goguette. Tu n'imagines pas ce qu'était devenue la Normandie, envahie de soldats, de musique, de flons-flons et d'embouteillages monstres. On se serait cru en 1945! Ajoute à cela les feux d'artifice, les réceptions, les remises de décorations... Ah, au fait, ils m'ont donné la Victoria Cross, tu te rends compte!

— Il était temps!

Les deux femmes n'étaient guère sensibles aux décorations, et elles continuèrent à bavarder sans s'éterniser sur le sujet.

— Bref, une gigantesque kermesse patriotique, où tous les participants passaient leur journée à se congratuler. Il a dû se boire plus de cidre et de calvados que durant l'année entière.

— Et après?

Victoire regarda vers la fenêtre.

— Après, il est reparti.

— Comme ça? Tu l'as laissé s'en aller bêtement? Tu n'étais pas triste?

— J'aurais dû l'être, mais...

— Mais... ?

— Je n'ai pour lui qu'une grande tendresse liée au passé. Je l'aime beaucoup. Mais mon cœur ne s'accélère jamais quand je le regarde.

— Et alors ?

— Alors... Victor m'a emmenée passer trois jours à Bruxelles.

— Victor Ambroise ? Le fils du fermier ? Tu joues les Lady Chatterley...

— Tu ne le reconnaîtrais pas. À présent, c'est un monsieur important qui roule en Mercedes dernier modèle. Il vient d'être nommé représentant permanent à Bruxelles. Tu as sans doute entendu parler du plan Mansholt et du Marché commun agricole. L'accord sera probablement signé d'ici peu, il est l'un des négociateurs pour la France...

— Mazette ! Et alors ?

— Nous avons visité Bruges et Gand, mangé des moules-frites au Zoot et... l'amour n'est pas venu au rendez-vous avec lui non plus.

— Pourquoi ?

— Il m'a cassé les oreilles avec l'avenir de l'Europe, chanté les louanges de M. Pisani, au demeurant charmant, parlé céréales avec des collègues anglais et allemands... J'ai cru mourir d'ennui !

— Celui-là aussi t'a proposé le mariage ?

— Il y songeait. Il fait partie de ces hommes qui croient séduire en étalant leur importance. Il est ébahi par sa propre réussite, il a passé son temps à vouloir me faire partager son autoadmiration. C'était insupportable.

— Et alors ?

— Vraiment, tu finis par être agaçante avec tes « Et alors ? ».

Lydie eut une moue blessée, qui sembla s'exagérer jusqu'au chagrin pour se transformer en éclat de rire.

— C'est de ta faute. Tu traînes sur les considérations générales et il te faut trois plombes pour arriver à l'essentiel. Active !

— Punie ! Tu n'en sauras pas plus pour le moment. Je vais refaire du thé.

Restée seule, Lydie remit une bûche dans la cheminée et taquina les braises en se félicitant d'avoir une mère comme la sienne. Combien de fois avait-elle regretté ces matinées de bavardage, alors qu'elle se languissait en compagnie d'un type ennuyeux qui, lui aussi, ne pensait qu'à se faire valoir. « C'est curieux, pensait-elle, comme les hommes croient que nous ne sommes sensibles qu'à leur réussite et à leur position sociale. Il y a tout de même plus important. »

Victoire revint avec une théière fumante et reprit le fil de ses confidences :

— Victor, c'est pour moi un bon copain d'école. Sérieux et travailleur, émouvant d'ambition et admirable de courage, mais – comment dire – éprouvant ! Oui, c'est le mot : éprouvant.

— Comment ça s'est fini ?

— Bien ! Très bien. Nous nous sommes embrassés sur les deux joues, ravis d'avoir en commun un souvenir de plus, conscients l'un et l'autre de ne pas être sur la même longueur d'onde.

— L'amour ne se commande pas, n'est-ce pas, ma p'tiote ?

— Heulas non, ma fille !

Elles avaient pris l'accent normand pour cette conclusion fataliste. Elles se serrèrent devant le feu.

— Et toi, raconte-moi, où en es-tu ?

Lydie s'écarta et regarda sa mère un long moment sans répondre, le visage illuminé d'un grand sourire. L'œil brillant, elle avoua :

— Je suis enceinte !

Victoire leva les bras au ciel :

— Ah ! Que voilà une bonne nouvelle ! Mais, comment est-ce possible ?

— Attends, je vais te faire un dessin. Je vais t'expliquer comment on s'y prend.

— Que tu peux être stupide parfois ! Tu étais bien sous pilule.

— Justement ! J'ai décidé à tête reposée. Pour avoir un bébé au printemps, j'ai arrêté en juin. Crac ! En juillet, j'étais prise...

Elle avait prononcé ces derniers mots avec l'accent des fermières qui annoncent aussi bien leur grossesse que celles des vaches ! Victoire eut un instant d'inquiétude :

— Rassure-moi : le papa, c'est bien Rémy Courtial ?

— Évidemment ! Que vas-tu chercher ?

— Avec toi, ma chérie, on ne sait jamais. L'année dernière, souviens-toi, nous en étions encore à Joël Dancourt...

— Oh, celui-là, tu peux l'oublier !

— Tu l'as revu ?

— Oui. Et j'ai eu ma revanche. Figure-toi qu'il s'est traîné à mes pieds. Inflexible, je lui ai montré la porte, telle la Vertu chassant le Vice.

— Superbe image allégorique, mais je n'en crois pas un mot. Je te connais trop.

— Pour me récupérer, il est allé jusqu'à faire valoir qu'il t'avait rendu service en envoyant l'abominable Krieski au casse-pipe fiscal.

— Une œuvre de salubrité publique, c'est vrai ! Il me plaisait bien, à moi, ce garçon... Je ne peux pas croire que vous soyez brouillés.

— Tu devines toujours tout ! Nous avons fini par fumer le calumet de la paix et nous sommes convenus de nous revoir en amis. C'est un type d'une intelligence remarquable mais sans aucune stabilité affective... Rémy, c'est tout le contraire. Il a quarante et un ans, et on dirait qu'il s'est retenu d'être amoureux jusqu'à ce qu'il me rencontre.

— Il t'attendait, c'est sûr...

— Ne te moque pas. Il devait se dire qu'un jour il trouverait la femme de sa vie, sans avoir ni le temps ni le courage de la chercher.

— La perle rare, c'est toi ?

— Ça en a tout l'air. Depuis que nous vivons ensemble, il paraît le plus heureux des hommes. Il me câline, me couvre de cadeaux, me protège. C'est bon d'avoir l'impression de réunir toutes les aspirations d'un homme.

— C'est bien vrai...

Victoire prit un air rêveur qui ne put échapper à l'œil inquisiteur de sa fille.

— Toi, tu me caches quelque chose...

— Mais non ! Continue. Quand avez-vous l'intention de vous marier ?

— Nous marier ? Quelle drôle d'idée ! Nous n'en avons pas parlé.

— Voyons, Lydie, que me racontes-tu là ? Je t'ai vue choisir une robe de mariée et compter les petits fours de la noce au temps de Joël. Tu attends un enfant de Rémy et tu ne veux plus ?

— Et alors ? J'ai changé ! L'époque aussi a changé. Qui veut se marier aujourd'hui, à part les curés et les homos ? Pour beaucoup de couples, l'intérêt principal, c'est les cadeaux pour se monter en ménage. Rémy, il a hérité de tout ce qu'il faut : ménagère en argent, service de table, linge de maison. Rends-toi compte que, dans une grande armoire, il a le trousseau de sa mère, brodé, avec des rubans roses qui n'ont jamais été dénoués. En outre, je te signale que, fiscalement, il est plus intéressant d'être concubin ! Alors...

Le regard de Victoire avait repris cette langueur qui intriguait tant sa fille.

— Ma petite maman, deux sous pour tes pensées...

Victoire la regarda en silence. Ses yeux bleu sombre avaient des reflets de nuit. Elle répondit comme on se jette à l'eau :

— Moi aussi, je suis amoureuse, comme je ne l'ai jamais été.

Lydie se mit à genoux devant sa mère :

— Ça alors ! Je croyais qu'avec Eddy et Victor, on avait fait le tour. Il y en a encore un ? Qui est-ce ?

— Il s'appelle Pierre Léonard. Il a une entreprise agricole à Cléricy où il vit dans un château avec son père. Il est beau, séduisant, intelligent, cultivé... en un mot, parfait.

Lydie sauta au cou de sa mère :

— Youpie ! C'est la première fois que ça t'arrive ! Tu réalises ! Il aura fallu que tu attendes quarante-cinq ans. C'est Byzance !

— Parfois, je me pince pour le croire. Et, tiens-toi bien, il n'a que trente-deux ans.

— Trente-deux ans ! Merde ! Cette fois, tu nous joues *Le Blé en herbe*...

Victoire passa outre et continua sa description. Pierre s'occupait d'une exploitation dont il ne parlait pas. Contrairement aux hommes qu'elle connaissait, il ne prononçait jamais le moindre chiffre. Combien d'hectares, combien de vaches possédait-il ? Combien produisait-il de cidre, de laitage, de fruits... ? Elle n'en savait fichtre rien.

En revanche, elle savait qu'il aimait Villon et René Char, Mozart et Purcell, Brel et Brassens, et qu'il lisait le grec dans le texte. Il n'avait pas connu sa mère et se destinait à enseigner les lettres classiques quand son père avait fait une attaque. Alors il s'était mis au travail. Il gérait l'affaire familiale et militait pour défendre l'agriculture nationale dans les négociations européennes qui se préparaient.

Lydie souriait :

— Il est trop bien, c'est louche !

— Peut-être...

— C'est un ami de Victor, je suppose.

— Évidemment ! C'est chez lui que je l'ai connu.

— Comment a-t-il pris la nouvelle, l'homme à la Mercedes ?

— Je ne l'ai pas revu depuis.

— Vous habitez ensemble, Pierre et toi ?

— Jamais de la vie ! Je vais chez lui ou il vient à la maison !

— Tes gardiens...

— Je m'en fiche. Ils pensent ce qu'ils veulent. C'est leur problème, pas le mien. Je suis une grande fille.

Lydie paraissait ébahie par la tranquille assurance de sa mère.

— Et l'avenir ? demanda-t-elle en regardant par la fenêtre.

— J'ai appris depuis longtemps à vivre la minute présente. L'avenir, c'est notre prochaine rencontre, demain. Ce qui est au-delà ne m'intéresse pas.

— Vous avez combien de différence d'âge, m'as-tu dit ?

— Un peu moins qu'entre Rémy et toi. Pourquoi ?

Pendant l'après-midi dominical, le temps tourna à la tempête. Les deux femmes activèrent le feu de bois et continuèrent à deviser paisiblement.

Quand le téléphone sonna, il était à peine cinq heures. Fanchon, l'ex-femme de Victor Ambroise, voulait voir Victoire en-dehors du cabinet.

— J'aimerais passer avant le dîner. Mais je ne voudrais pas te déranger, si tu es en famille...

— Tu ne me déranges pas, viens.

— Merci. Ne t'inquiète pas, je n'en aurai que pour un instant.

Victoire aimait cette grande belle femme au franc-parler qui ne s'était jamais plu dans la maison campagnarde où son mari l'avait enfermée. Ils s'étaient séparés au printemps, juste avant les cérémonies du vingtième anniversaire du débarquement.

Lydie essaya d'en savoir plus :

— Qu'est-elle devenue, depuis ?

— Je n'ai eu aucune nouvelle. Je crois me souvenir qu'elle était secrétaire avant de se marier... Elle ne doit pas avoir eu de mal à retrouver du travail.

Fanchon arriva à l'heure dite. Elle avait mauvaise mine, comme quelqu'un qui a pleuré. Victoire l'emmena dans le salon, où elle ne pénétrait plus guère.

— Que se passe-t-il ? demanda-t-elle en la faisant asseoir.

— Je suis enceinte. J'ai quarante ans, mon petit dernier en a dix-huit, et je suis séparée de Victor depuis six mois !

— Enceinte de combien ?

— Trois ou quatre semaines, pas plus.

Victoire se tut, attendant la suite. Fanchon se mordait les lèvres. Après quelques secondes de silence, elle se décida :

— Voilà ! Je veux m'en débarrasser. Le père est marié. Il a trois enfants et n'a nulle intention d'assumer cette paternité. Quant à moi, j'ai passé l'âge.

Victoire comprenait.

— Il y a un temps pour tout, c'est certain. Dis-moi : tu utilisais un diaphragme, si je me souviens bien.

Fanchon soupira.

— Comprends-moi... Ce type, c'est le patron de l'entreprise de travaux publics de Rouen où je travaille. Le mois dernier, un soir, il m'a téléphoné au moment de la fermeture des bureaux pour que j'apporte chez lui un dossier urgent. Sa femme était en vacances et il était seul. Nous avons bu un verre, un second, il a mis de la musique douce, tu devines le reste... Comme je ne me promène pas toute la journée avec mon nécessaire anti-mouflet...

Victoire sourit tristement. Combien d'histoires de ce genre avait-elle déjà entendues !

— Tu aurais dû venir me voir quand tu as quitté Victor. Je t'aurais posé un stérilet et tu aurais eu la paix.

— Je ne faisais l'amour qu'une fois toutes les morts de pape, et j'avais peur que tu ne me proposes la pilule. Prendre ça chaque jour, c'est tout de même une contrainte. Et puis, va savoir si ce n'est pas dangereux à la longue ? Il paraît que ça donne le cancer du sein ou des phlébites...

— Rien de tout cela n'a été confirmé. Ce qui est certain, en revanche, c'est que l'absence de pilule ou de stérilet, ça donne des bébés, à coup sûr... La preuve!

— Quoi qu'il en soit, c'est trop tard pour que tu me fasses la morale. La pilule, nous en reparlerons après. En attendant, Victoire, j'ai besoin de toi.

Celle-ci la regarda sans répondre.

— J'ai décidé de me faire avorter en Suisse. J'ai une trouille affreuse d'y aller seule, j'ai pensé que tu accepterais de m'accompagner...

— Enfin, Fanchon, tu sais bien que je n'ai pas une minute à moi!

— S'il te plaît, Victoire, sois sympa! On fera ça sur un week-end. Je dois pouvoir obtenir un rendez-vous pour le samedi et on rentrera le dimanche soir.

— Ne crois pas que ce soit si simple. Il faut une double consultation, voir le gynéco d'abord, attendre qu'il décide de la date où il peut...

Fanchon l'interrompit:

— Ne t'en fais pas, je vais me débrouiller. Ce qui me panique, c'est l'avion, la clinique, la table d'opération... Je flippe, Victoire! Aide-moi. Je payerai ce qu'il faut.

— Idiote, pour moi, ce n'est pas une question d'argent, tu le sais bien. Le médecin suisse te prendra assez cher. C'est le temps qui me manque.

Fanchon se renfrogna.

— Écoute, quand tu es partie avec mon mari, je n'ai rien dit...

Victoire, choquée, rectifia:

— D'abord, il ne s'est rien passé entre Victor et moi, ou presque! Ensuite, vous étiez séparés!

— Pas du tout! C'est après, que je me suis barrée.

— Le jour de la fête pour le débarquement, tu n'étais pourtant pas au Vieuxcourt...

— Ma mère était en train de mourir et j'étais partie à son chevet.

— Quel salaud! Victor m'avait dit que c'était fini entre vous!

— Faux, archi-faux! Depuis sa campagne électorale, il n'était plus le même. L'aide que tu lui as apportée, vos conversations lui ont tourné la tête. À la maison, il n'y en avait plus que pour Victoire.

— Tais-toi! Je ne veux pas entendre un mot de plus.

— Je te jure que c'est l'exacte vérité. Quand vous êtes partis ensemble, j'ai compris que je n'avais plus qu'à faire ma valise.

Catastrophée, Victoire se leva pour aller chercher une bouteille de poiré à la cave et se donner le temps de la réflexion. Au retour, sa décision était prise.

— C'est bon! Je vais te donner un numéro que tu appelleras à Genève. Arrange-toi pour que nous partions en fin de semaine. Si tu n'y parviens pas, tant pis. Je me débrouillerai. De toute façon, je t'accompagne.

— Merci. J'ai une copine qui peut me prêter un appart à Megève, c'est à deux pas. Tu diras que tu vas te reposer...

— Je suis rassurée de t'avoir avec moi, avoua Fanchon quand elles furent assises dans l'avion de la Swissair. Tu n'imagines pas les solutions que mes copines de bureau m'ont proposées... Attends voir...

Elle ouvrit son sac et sortit d'un sachet transparent un comprimé marqué «MnO4K».

— Tu connais ça?

— Dieu du ciel, s'écria Victoire, surtout n'utilise jamais cette saleté!

— Pourquoi?

— Personne n'a jamais avorté avec du permanganate. En revanche, beaucoup en sont mortes.

— C'est si dangereux que ça?

Victoire secoua la tête, désespérée par tant d'ignorance. Elle hésitait à confier ce qu'elle savait sur ce sujet, et pourtant, il lui sembla qu'elle devait se livrer à ce travail de salubrité. Fanchon était une fille bavarde. Elle saurait porter la bonne parole autour d'elle pour éviter que d'autres subissent de tels calvaires.

— Je vais te raconter des choses horribles que j'ai vécues. Tu ne m'en voudras pas si je te choque avec ces histoires, mais c'est pour te faire comprendre que, dans ce domaine, il ne faut jamais, tu m'entends, jamais croire ce que te disent des gens qui n'y connaissent rien.

Elle expliqua que la stupidité populaire, s'appuyant sur le fait que le saignement est le premier signe d'une grossesse qui s'interrompt, donne au permanganate de potasse une vertu abortive qu'il n'a jamais eue. Un comprimé de ce caustique enfoncé dans le vagin y provoque une ulcération profonde et hémorragique.

— Je saigne donc j'avorte, croit la malheureuse qui arrive à l'hôpital en réclamant un curetage.

Combien de fois Victoire avait-elle découvert ainsi, en plaçant un spéculum, la plaque ulcérée où une artère pissait en jet. Un coup de coagulation électrique ou un point de catgut suffisaient à interrompre le saignement, mais pas la grossesse! D'autres, plus crédules, ne se précipitaient pas aux urgences et attendaient sagement que l'hémorragie s'arrête avec l'expulsion espérée. Les pauvres! Elles payaient cette crédulité de leur vie.

Fanchon était devenue pâle.

— Ne pas écouter les gens, c'est bien joli, mais dans un cas pareil, comment trouver de l'aide? J'ai vu deux médecins qui m'ont jetée dehors.

— Ils ont la hantise d'être considérés comme des avorteurs.

— Ce n'est tout de même pas une raison pour tenir des propos moralisateurs. « Vous n'aviez qu'à pas... C'est de votre faute! » Tu ne sais pas ce que j'ai entendu!

— Contrairement à ce que croit tout un chacun, les études médicales ne nous inclinent guère à la mansuétude...

— Quant à mes collègues de bureau, elles sont plus bavardes qu'utiles... L'une d'elles a pourtant fini par me dire qu'elle connaissait une « adresse ». Par chance, une autre m'a mise en garde. Il s'agissait d'une faiseuse d'anges qui habite le quartier de l'écluse. Tu me vois aller dans ce bourbier...

Victoire frissonna. C'était incroyable. Elle savait que la mère Tape-dur, un soir de beuverie, était morte avec son fils dans l'incendie de sa maison. Sans doute avait-elle fait des émules...

Fanchon, animée par la hargne, continuait:

— Elles disaient toutes qu'il suffisait de se faire poser une sonde. C'est quoi, une sonde?

— Un tube de caoutchouc, rigide le plus souvent, qui sert normalement à vider les vessies. L'extrémité arrondie permet de forcer le col utérin et d'entrer dans la cavité pour crever l'œuf. Une fois les membranes rompues, les microbes décrochent l'embryon au cours d'une hémorragie qui s'arrête quand la fausse couche est complète. Ensuite, tout rentre dans l'ordre... en principe. La méthode est efficace, c'est vrai, entre des mains expertes. Si l'opératrice s'y prend mal, l'œuf résiste et la sonde est évacuée avec une hémorragie passagère.

Soudain angoissée, Victoire s'interrompit. Elle ne pouvait empêcher la remontée des souvenirs. Après un moment de silence, elle reprit d'une voix étranglée :

— Se croyant à tort libérées, elles se retrouvent quelques mois plus tard avec un embryon beaucoup plus développé et plus difficile encore à « décrocher ». Figure-toi que certaines atteignent le terme de leur grossesse en pensant que leur embonpoint est d'origine nerveuse.

Fanchon ne pouvait le croire :

— Elles doivent tout de même avoir un doute ! Enfin, il suffit de demander l'avis d'un médecin.

— Il y a des praticiens irresponsables ou incompétents qui s'affolent à l'idée de ce que ferait la femme si elle apprenait la vérité... Alors ils la confortent dans son erreur.

— Les ordures ! Ils laissent la grossesse évoluer sans le leur dire.

— Oui ! J'en ai vus.

— Après un coup pareil, moi, je me suiciderais.

— Hélas, il arrive que ce genre de situation se termine ainsi ! Ou par un infanticide.

— Mon Dieu, que de drames provoque notre législation ! Quand j'étais gosse, je me souviens d'une copine de ma mère qui affirmait faire passer ses mioches avec une « queue de lierre ». Sur le coup, je n'avais pas compris ce qu'elle voulait dire...

— Dans ce domaine, les matrones font preuve d'une imagination sans limite. Un fragment de fil électrique ou un morceau de bois peuvent faire l'affaire. La « queue de lierre », comme tu dis, bénéficie, sans qu'on sache pourquoi, d'une réputation abortive. Elle n'agit, comme le reste, que par les microbes introduits dans l'œuf ou la cavité utérine. L'avortement repose sur cette fonction normale de la matrice qui se débarrasse de tout œuf non viable.

— C'est formidable, la nature ! Alors quand l'œuf est mort, il est rejeté ?

— Oui ! Mais pas toujours complètement, c'est bien là le problème... Surtout en cas d'infection grave.

— Que se passe-t-il alors ?

— Un fragment de placenta peut rester accroché à la paroi de l'utérus, qui demeure incapable de se refermer et d'arrêter son saignement tant qu'un nettoyage complet n'aura pas été fait.

— Ça arrive souvent ?

— Malheureusement oui ! Je garde le souvenir affreux de femmes amenées d'urgence à l'hôpital, souvent en pleine nuit, tremblantes de fièvre et saignées à blanc. L'interne les bourrait d'antibiotiques avant de les cureter.

— C'est quoi, au fait, un curetage ?

— Le curetage, c'est le mot clé du programme. Celui qui signifie retour à la pureté antérieure et à la paix ! Dans le milieu médical, on dit un « K30 », ce qui correspond au codage de la Sécurité sociale. Ce diminutif est entré dans les mœurs. « Il y a un K30 qui vient d'arriver aux urgences », annonce l'infirmière.

Victoire n'osait pas raconter que certains médecins en avaient la pratique clandestine et se constituaient de véritables pactoles dans le secret de leur cabinet. L'opération avait lieu le soir, ou au petit matin. Quelques gouttes de Penthotal injectées dans la veine, un rapide passage de la curette, un réveil en quelques minutes sur le canapé de la salle d'attente et on n'en parlait plus. Un paquet de billets de banque – l'équivalent d'un ou deux mois de salaire – changeait de main. La femme retrouvait son domicile ou son travail, les jambes un peu flageolantes... et le regard perdu.

D'autres praticiens officiaient sans prendre le risque de l'anesthésie. Le curetage à vif n'était-il pas la sanction du péché ? Il fallait un acolyte solide pour maintenir la malheureuse sur la table et l'empêcher d'ameuter l'immeuble par ses cris. « Taisez-vous ou je vous mets dehors ! » menaçait l'opérateur. Tétanisée par la peur et la honte, consciente de la gravité de sa situation, la femme subissait l'indicible, les dents serrées.

Si forte que fût son envie d'aider ses clientes, Victoire n'avait jamais accepté de se livrer à ces pratiques. En revanche, elle avait fini par savoir quels étaient les médecins de la région qui officiaient ainsi. Donner leur adresse était dangereux, elle le savait. En cas de complications – ce qui n'était pas exceptionnel –, elle risquait d'être accusée de complicité...

L'avion amorçait sa descente et Fanchon enfonça ses ongles dans le poignet de sa voisine, aussi terrorisée qu'elle.

— Calme-toi, Fanchon, tu me fais mal. Détends-toi, ferme les yeux et respire profondément. Tu ne risques rien...

« Du moins, c'est ce que j'espère », pensait-elle en silence.

Tandis que l'avion amorçait son atterrissage, et pour se forcer à ne pas y penser, Victoire retourna vers ses questions habituelles. Avait-elle le droit d'agir ainsi ? Elle finissait toujours par conclure qu'il n'y avait pas d'autre solution. Le curetage clandestin, par un professionnel, était le moindre mal. Elle savait qu'une fois décidées à se débarrasser d'une grossesse les femmes ne renoncent jamais. Si on les laisse se débrouiller, elles sont prêtes à prendre les risques les plus insensés et à utiliser des méthodes démentielles, sans réfléchir.

En la matière, elle avait tout vu. L'aiguille à tricoter était le recours des plus démunies. Seule dans sa chambre, la femme se livrait à cette dangereuse manœuvre visant à tuer le fœtus. Par maladresse ou méconnaissance de l'anatomie, elle poussait l'aiguille souvent trop loin, perforant la matrice, parfois même l'intestin. Péritonite, hémorragie interne, septicémie, tout devenait possible, et combien en avait-elle vu mourir... Dans le vocabulaire de l'horreur hospitalière, on les appelait les « tricoteuses ».

Pour d'autres, l'injection intra-utérine d'eau savonneuse avait la préférence. Là encore, il s'agissait d'un geste exécuté par l'intéressée elle-même, avec une copine ou le mari qui manipulait la poire à lavement enfoncée dans le col. Une complication dramatique menaçait : l'embolie gazeuse. Les bulles de savon éclataient au contact des vaisseaux sanguins ouverts par effraction et l'air envoyé dans la circulation provoquait l'arrêt cardiaque brutal. Au petit matin, la police appelée par la concierge venait constater le décès et ouvrait une enquête. Restait à trouver les éventuels complices. Tout le quartier tremblait.

Le docteur Houlié lui avait raconté cent fois de telles histoires.

L'avion se posa en douceur. Soulagée, Fanchon embrassa Victoire, qui ne l'était pas moins.

Les deux amies prirent un taxi qui les conduisit chez le professeur de gynécologie. C'était un noble vieillard, bien connu dans la bonne société genevoise. Il les reçut avec un sérieux d'archevêque dans un appartement cossu et feutré. Il posa ses questions d'une voix onctueuse, hochant la tête à chaque réponse, comme si Fanchon se confessait d'un impardonnable forfait.

Victoire était scandalisée par l'hypocrisie du bonhomme. Il se comportait comme s'il devait exécuter une opération à cœur ouvert. Théâtral, il énuméra le luxe des précautions qui seraient prises. Puis il écrivit une lettre pour demander l'avis d'un confrère psychiatre, une autre pour la consultation avec l'anesthésiste, une ordonnance pour le bilan biologique et une dernière pour le radiologue...

« Tout ce cinéma, pensait Victoire, pour un curetage qui va durer cinq minutes et lui rapporter une petite fortune ! Combien de femmes peuvent se payer ça ? Toutes les économies de Fanchon vont y passer. »

La clinique où elles se présentèrent le surlendemain, munies des multiples documents médicaux obtenus chez les spécialistes, était un petit établissement vieillot mais d'une propreté étincelante. Tout était blanc, nickelé, brillant, comme dans une publicité de lessive.

— La bonne conscience par l'eau de Javel, murmura Victoire.

Des infirmières amidonnées, d'origine germanique pour la plupart, s'occupèrent de Fanchon comme si elle devait subir l'intervention du siècle. Une demi-heure plus tard, tout était terminé !

— C'est cher mais magique, conclut l'intéressée. Une amie m'a raconté qu'elle avait fait ça chez un jeune chirurgien désargenté...

— Pourquoi n'y es-tu pas allée ?

— C'était il y a longtemps. Aujourd'hui, il roule sur l'or et il est membre du conseil de l'ordre.

Victoire sourit à cette boutade qui n'en était peut-être pas une.

Fanchon résuma en quelques phrases l'opinion générale :

— Je me demande quand les choses vont changer en France. Courir en Suisse, c'est vraiment insensé... Ils nous piquent une montagne de fric en nous faisant croire qu'ils font ça pour nous rendre service. Tu ne trouves pas qu'ils se foutent du monde ?

Victoire n'osa pas faire de commentaires sur les méthodes helvétiques. Elle savait que, sur le fond, son amie avait raison.

— Nous sommes nombreux en France à lutter pour faire disparaître cette loi de 1920 que les députés n'osent pas abroger, au nom d'une politique nataliste absurde. « L'Occident saigné à blanc par les deux guerres mondiales a besoin d'enfants ! » crient-ils. La natalité baisse dans les pays industrialisés, que la contraception y soit autorisée ou non.

— À mon sens, observa Fanchon, seule la banalisation des mesures contraceptives pourra faire reculer l'avortement.

— À condition de les utiliser...

— Ne te moque pas de moi, je t'en prie ! Si c'était plus facile d'obtenir ce qu'il faut, il y aurait moins d'accidents !

— On va y venir, j'espère...

Elles restèrent un moment sans parler.

Pour évoquer des sujets moins douloureux, Victoire reprit :

— Sais-tu quel est le moyen de contraception le plus vieux du monde ? Les nomades d'Arabie, un ou deux millénaires avant notre ère, introduisaient deux cailloux ronds dans la matrice de leurs chamelles pour éviter les gestations intempestives pendant les longues traversées du désert.

— Ils n'utilisaient pas de moyens semblables pour leurs nombreuses épouses ?

— L'histoire ne le dit pas. La grande vogue des dispositifs intra-utérins débuta au XIXᵉ siècle. Tu n'imagines pas le nombre d'inventions qui ont été essayées. Le modèle qui a dominé durant des décennies était une sorte de capsule plate destinée à s'appliquer contre l'orifice du col et maintenue en place par deux crochets enfilés dans la cavité utérine.

— Genre bouchon.

— Un bouchon avec des branches dans la bouteille.

— C'était efficace ?

— Il y a peu de textes sur ce sujet. Comme l'asepsie n'existait pas encore, je suppose que l'infection devait jouer un rôle anticonceptionnel efficace... mais définitif !

— Beurk ! Il y a une question que je me suis toujours posée : pourquoi les hommes n'utilisent-ils pas plus le préservatif ?

— Ils en utilisent. Les premiers modèles connus semblent être apparus au XVIe siècle en Italie pour protéger les soldats contre la syphilis, qu'ils appelaient la « carie française ». Au XVIIe, en Angleterre, un certain Condom, médecin de Charles II, fit fabriquer des préservatifs avec des fragments d'intestin de mouton, ou des peaux de serpent... Depuis l'invention du latex, les progrès ont été, évidemment, considérables. C'est le seul moyen anticonceptionnel en vente libre depuis toujours, au titre de la protection contre les maladies vénériennes. La publicité est interdite, mais les pharmaciens en vendent couramment. Autant que je sache, ils sont surtout appréciés par les couples bien installés dans la vie, avec une sexualité paisible.

— Victor, lui, n'a jamais accepté...

— Vous aviez essayé ?

— Oui ! Il a dit que ça lui coupait ses moyens.

— Pas le diaphragme ?

— Il s'en fichait. Il ne le sentait pas.

— Certains hommes le refusent aussi.

Victoire se mit à rire en évoquant le souvenir d'une cliente venue la consulter à Véricourt.

— Elle ne supportait pas la pilule à cause de ses mauvaises veines. Elle avait déjà fait, disait-elle, un début de phlébite. Quant à son mari, il refusait autant le diaphrame que le stérilet.

— Il lui restait les préservatifs ?

— « Vous plaisantez, pas lui ! m'a-t-elle répondu, scandalisée. Il est catholique pratiquant ! »

— Jolie réponse ! Quelle était donc la solution ?

Victoire imita sa patiente :

— « Je le connais ! Il ne me touchera plus. Il préférera prendre une maîtresse. »

— Méthode qui n'est pas interdite par sa religion ?

— Sans doute.

— Quel âge avait cette femme ?

— Trente-cinq ans et pas d'autre perspective que l'abstinence. « Si je le trompais, avait-elle avoué, ce serait terrible... »

Fanchon était révoltée.

— Ça existe vraiment ?

— Plus que tu ne le crois ! Beaucoup d'hommes sont paralysés par les moyens anticonceptionnels et pourtant refusent l'avortement, par conviction religieuse.

— Au fond, conclut Fanchon, ce sont toujours les femmes qui paient les pots cassés.

Dans l'avion du retour, la conversation reprit sur le même thème, comme si elles ne parvenaient plus à parler d'autre chose.

— N'as-tu jamais été tentée de pratiquer toi-même de véritables avortements ? demanda Fanchon. Toutes tes malades ne doivent pas avoir les moyens d'aller en Suisse, ni même de s'adresser à des médecins avorteurs de la région. Je me trompe ?

Victoire secoua la tête tristement.

— Un jour, à ma consultation, j'ai reçu une ouvrière d'origine portugaise venue me parler d'un retard de règles. Le diagnostic ne faisait aucun doute. Je me souviens encore de son nom : elle s'appelait Margarita Pereira da Costa. Elle paraissait terrorisée. Tu n'imagines pas ce qu'il m'a fallu faire... Son mari menaçait de la laisser tomber avec ses six gosses et elle parlait de suicide. C'était un abruti au regard mauvais. Il disait, l'œil furibond : « Quand je me sers d'elle, tout de suite elle est prise. C'est pas possible, ça ! »

Fanchon regardait Victoire, révoltée.

— Et alors ?

— En accord avec les infirmières et l'anesthésiste qui ont juré de garder le secret, je lui ai fait son curetage et une ligature des trompes.

— Tu risquais gros.

— Je ne risquais pas de laisser six orphelins !

Arnaud Coste-Lambert filait un mauvais coton. Abandonné par son épouse, il se négligeait. Le sémillant séducteur était devenu, en quelques mois, un quadragénaire avachi qui fumait soixante cigarettes par jour et ne se rasait plus qu'une fois par semaine.

Par téléphone, il invita Victoire à venir boire l'apéritif chez lui. Elle refusa. Il insista, prétendant avoir besoin de ses conseils.

— Je n'ai personne à qui me confier. Tu ne peux pas me refuser ce service...

— Il est facile de se voir à l'hôpital. Pourquoi chez toi?

— Nous n'y serons pas dérangés.

Pierre était à Bruxelles. Elle finit par accepter, sans enthousiasme, et proposa de passer le soir même, avant un dîner en ville. «Ainsi, pensait-elle, l'entretien sera limité dans le temps.»

Un verre à la main, la cigarette aux lèvres, il l'attendait sur le perron de la demeure familiale, cette belle bâtisse de pierres au toit d'ardoises où elle avait passé, enfant, tant de moments heureux. Elle monta les marches avec appréhension. Pour donner le change, elle s'était habillée, alors qu'il était en manches de chemise et sans cravate. Il la salua d'un geste théâtral.

— Bienvenue dans cette maison qui aurait dû être la vôtre...

«Ça commence mal», se dit-elle, sur ses gardes.

— Si madame veut bien se donner la peine d'entrer dans le palais sinistre de la solitude et de l'abandon.

Elle ne put s'empêcher de le remettre à sa place.

— En matière de solitude et d'abandon, madame a déjà été servie, merci! répliqua-t-elle d'un ton sec.

La maison était richement meublée et les objets anciens jouaient avec la lumière.

Il la fit asseoir dans la bibliothèque où Hector Coste-Lambert et Adhémar Dambreville avaient coutume de se retrouver pour fumer leur cigare en paix. Arnaud servit deux whiskies, alluma une nouvelle cigarette et se lança dans un violent réquisitoire contre son père qui, à l'entendre, lui avait gâché l'existence. Il l'avait enfermé dans une vie bourgeoise sans fantaisie, empêché de s'épanouir en lui imposant ses propres convictions, jusqu'à lui faire épouser cette «punaise de sacristie» qui ne lui convenait pas...

D'une voix monocorde, il ressassait son amertume.

Habituée aux plaintes de ses patientes, Victoire l'écoutait sans mot dire. Commençant à entrevoir les arrière-pensées de son hôte, elle entreprit d'abréger la rencontre, d'autant qu'il se resservait déjà un autre scotch.

— Je comprends, Arnaud, acquiesça-t-elle, mais, depuis la guerre, il me semble que tu as eu le temps de devenir un adulte.

— Non, tu ne comprends pas ! De mon père, tu ne connaissais que les bons côtés, ceux qu'il affichait à l'extérieur. À la maison, c'était un tyran. Ma mère et moi n'avions d'autre solution que de l'approuver, au risque de le voir piquer des colères homériques. Lui et lui seul est responsable de notre séparation...

Tout en parlant, il s'était rapproché et se laissa tomber sur le canapé à côté de Victoire qui dut s'écarter. Elle s'insurgea :

— Es-tu en train de prétendre que tu regrettes...

Il ferma les yeux un instant, choqué par la brusquerie de la question. Quand il les rouvrit, ils étaient pleins de larmes. Il vida son verre d'un trait et posa une main moite sur celle de Victoire. Celle-ci se leva d'un bond, comme piquée par un serpent.

— Ah non ! Je t'en prie ! Arrête cette comédie. Crois-tu que je t'ai attendu depuis ce fameux jour où tu m'as congédiée comme une boniche ? Penses-tu que tout peut toujours recommencer à zéro ? Tu te fais des illusions. Il ne sera jamais possible de revenir en arrière, Arnaud ! Jamais !

Il se mit debout à son tour et dut s'appuyer au mur. Planté sur ses jambes un peu écartées, à portée du bar, il oscillait doucement, le visage défait, l'air lamentable, n'osant répondre. Il esquissa un pas vers elle.

— Victoire, je t'aime. Je n'ai jamais cessé de t'aimer. Je veux divorcer pour vivre avec toi et avec notre fille. Tu n'as pas le droit de refuser.

Son équilibre retrouvé, il s'approcha pour tenter de la prendre dans ses bras. Il puait l'alcool. Elle dut lutter pour se dégager.

— Assez, Arnaud. Laisse-moi, tu es ivre. C'est trop tard ! Tu as fait ta vie, j'ai fait la mienne. Personne n'y peut plus rien. Tu n'as qu'une solution : respecter ton nom, tenir ta place, et cesser de rêver à des temps révolus.

Dégoûtée par la dégradation de cet homme qu'elle avait tant aimé, elle se dirigea vers le vestibule.

— Victoire, ne me laisse pas encore une fois ! cria-t-il.

Sans se retourner, elle sortit et claqua la porte.

Elle fit le court trajet qui la séparait du manoir au pas de charge et monta directement dans sa chambre. Elle se jeta sur son lit, bouleversée, au bord de la nausée.

Les images des temps anciens défilaient dans sa mémoire. Elle se revoyait, seule avec sa mère, subissant la pire agression de son existence. Elle se remémorait sa conversation avec Arnaud, dans la grande brasserie de la gare de l'Est. Toutes ces infamies, elle ne les avait pas inventées. C'est bien lui qui l'avait rejetée.

Le téléphone sonna. Impatiente d'entendre la voix de Pierre, elle se précipita. C'était l'hôpital :

— Docteur Dambreville, venez vite, c'est urgent...

Victoire hésita une seconde. Elle était épuisée et la migraine lui serrait les tempes. Elle fit une tentative, sans conviction :

— Vous êtes sûre que c'est moi qu'il faut appeler ?

— Victoire, faites vite, je vous en supplie.

La voix lui était familière. C'était Mme Tardieu, la panseuse. Il s'agissait donc d'un problème grave en salle d'opération.

— J'arrive.

Le ciel était bas mais la pluie avait cessé. Le pavé luisait encore sous les réverbères d'un modernisme agressif que le nouveau maire venait de faire poser. Victor avait bien mauvais goût...

Mme Tardieu attendait Victoire dans le hall d'entrée de l'hôpital.

— C'est pour une césarienne. Il s'agit...

Victoire la coupa net.

— Une césarienne ? Vous savez bien que je ne suis pas habilitée à les faire.

— L'assistant est en congé et c'est M. Coste-Lambert qui aurait dû opérer. Seulement...

Renonçant à donner des explications, elle se contenta de dire :

— Venez !

Victoire la suivit au pas de course vers le vestiaire du bloc opératoire. Arnaud était assis, effondré, le visage dans les mains, en pleurs. Il se redressa à l'arrivée des deux femmes et les considéra d'un air pitoyable.

— Merci, Victoire. Regarde, je ne suis pas capable d'opérer.

Ses mains tremblaient.

— Je suis trop soûl... C'est de ta faute, d'ailleurs, puisque tu ne veux pas de moi.

Gênée, Victoire regarda l'infirmière, qui eut un sourire de compassion.

— Vous comprenez pourquoi nous vous avons appelée. Dépêchez-vous, la patiente n'est pas bien. Je dis à Véronique de se préparer.

Victoire n'avait plus fait de césarienne depuis son retour à Véricourt. Le cœur serré, elle pénétra dans la salle où l'anesthésiste, une femme d'une trentaine d'années, s'apprêtait à endormir une jeune maghrébine agitée.

— Bonsoir, Victoire ! Je suis soulagée de te voir ici.

— Je le suis moins que toi...

— Tu vas très bien t'en tirer, j'en suis sûre.

— Dieu t'entende ! De quoi s'agit-il ?

— Dix-sept ans, primipare, ne comprend pas un mot de français ; paniquée, incapable d'obéir à la sage-femme ; aucun médecin ne l'a examinée jusqu'à ce soir. Elle est arrivée après plusieurs heures de travail à son domicile. Son mari est à l'EDF, de l'équipe du soir. Elle devait attendre qu'il rentre... La souffrance fœtale commence, le liquide amniotique est dégueulasse, il faut se grouiller. Et même en se grouillant...

Victoire n'avait pas besoin d'en savoir plus. Elle se lava les mains en toute hâte, concentrée sur les gestes qu'elle allait devoir exécuter pour la première fois depuis plusieurs années.

Elle s'habilla pendant que l'anesthésiste auscultait le ventre une dernière fois.

— On n'entend plus les bruits du cœur... Je crains bien qu'il ne soit déjà trop tard.

La gorge nouée, Victoire installa les champs opératoires avec l'élève infirmière chargée de l'aider. Ses gestes retrouvaient difficilement leur automatisme. Véronique s'impatientait.

— Tu n'as pas de temps à perdre avec une incision esthétique, hein...

Victoire haussa les épaules et prit son bistouri. Le moment fatidique était venu. Véronique injecta son anesthésique, attendit les vingt secondes réglementaires et donna le « top » de départ. Victoire incisa la peau sur la ligne médiane et, plan par plan, s'enfonça dans la profondeur. La vessie dégagée, elle ouvrit l'utérus prudemment. Un flot de liquide amniotique verdâtre jaillit entre ses mains gantées. Maintenant, il fallait sortir l'enfant. Dans quel état allait-il être ? Sa main droite pénétra dans la matrice. La tête déjà engagée ne venait pas. Victoire se couvrait de sueurs froides. Enfin, elle réussit à passer la main sous le crâne et à extraire le corps recroquevillé.

Pour Victoire, ce moment avait toujours été chargé d'une intense émotion. Elle avait l'impression, au sens strict du terme, de donner la vie. Malheureusement, cette fois, l'enfant était flasque et en état de mort apparente. L'aide s'en saisit et elle coupa le cordon entre deux pinces.

La panseuse tendit un champ stérile pour récupérer le petit être inerte et vint le poser sur la table de réanimation où l'anesthésiste l'attendait. Autrefois, l'enfant aurait été suspendu par les pieds, on lui aurait claqué les fesses, on l'aurait frictionné à l'alcool pour déclencher le réflexe respiratoire. Là, suivant les méthodes modernes, il fut intubé en un tour de main et branché sur l'oxygène. L'insufflation au ballon commença, patiente et obstinée, alternant avec les aspirations laryngées. Entre le masque et le calot de Véronique, les gouttes de transpiration perlaient... La minuscule cage thoracique se soulevait à chaque pression, mais aucun mouvement spontané n'apparaissait.

Le temps paraissait long, rythmé par le souffle régulier du ballon et la pendule électrique qui égrenait inéluctablement ses secondes. Victoire fermait l'utérus.

— Il n'y a pas de pédiatre ? demanda-t-elle.

Il avait été appelé, mais il lui fallait venir de Caen... Les protagonistes de cette scène se demandaient, sans le dire, si la partie n'était pas déjà perdue. L'angoisse montait et Victoire jetait de fréquents coups d'œil vers l'anesthésiste qui continuait, refusant l'échec.

Enfin elle poussa un cri :

— Ça y est ! Il respire. Putain ! Il revient de loin... Appelez les pompiers. On va le faire transporter en réanimation à Rouen.

Sous les masques, les yeux sourirent à nouveau et Victoire poussa un énorme soupir.

Elle finit de refermer la paroi abdominale et sutura la peau. Laissant les infirmières poser le pansement, elle jeta ses gants, épuisée.

Appuyé au chambranle de la porte, Arnaud était venu assister au dénouement et il ébaucha un applaudissement. Scandalisée, Mme Tardieu le poussa dehors vers le vestiaire où elle lui servit une tasse de café fort. Victoire les rejoignit bientôt. Le spectacle désolant de cet homme qu'elle avait connu brillant et dominateur lui levait le cœur.

Sans un mot, elle lui tourna le dos, s'habilla et sortit. Elle s'arrêta une minute dans le hall du bloc où l'anesthésiste rédigeait les prescriptions postopératoires et lui mit la main sur l'épaule.

— Je ne pense pas qu'il soit utile que mon nom figure au compte rendu... Demain, Arnaud sera dégrisé et reprendra sa place... On n'en parlera plus.

— Comme tu veux.

Mme Tardieu, qui s'était approchée, avait entendu.

— Vous avez raison, Victoire... Le brancardier, Véronique, la petite et moi, sommes les seuls à savoir ce qui s'est passé. Nous nous tairons.

Victoire rentra chez elle, brisée par le stress qu'elle avait subi, et s'endormit comme une masse.

Les jours suivants, elle reprit ses activités à l'hôpital. Les événements de cette pénible nuit semblaient n'avoir eu aucun écho. Elle aperçut Arnaud plusieurs fois, de loin, mais il l'évita.

Les semaines passèrent. Victoire pensait qu'il ne serait plus jamais question de cet épisode quand le destin vint la contredire.

Un soir, en fin de consultation, une forcenée déboula dans son cabinet. C'était une grande femme maigre au visage flétri par l'alcool et le tabac. Elle portait un manteau d'homme qui lui descendait jusqu'aux pieds chaussés de tennis éculées.

— Je viens me faire avorter, lança-t-elle sur un ton provocateur, avant même d'avoir refermé la porte.

— Bonjour madame, prenez le temps de vous asseoir, je vous prie, répliqua Victoire sans se départir de son calme.

— Oh ! Pour les mondanités, ça va bien, hein ! Je sais que vous allez me foutre dehors, comme les autres. Vous me dégoûtez, tous autant que vous êtes...

Sous l'invective, Victoire restait de marbre.

— Dans ces conditions, je me demande pourquoi vous êtes venue. Qu'attendez-vous de moi?

Frustrée de l'affrontement qu'elle prévoyait, la pauvre femme renonça à crâner et s'effondra sur un siège pour raconter son histoire.

Elle était enceinte, seule et sans ressources. Dès qu'il avait entendu parler de sa grossesse, son compagnon s'était sauvé et avait quitté la ville sans laisser d'adresse, en emportant toutes ses économies. Du coup, le propriétaire de son logement, convaincu de n'être plus payé, l'avait mise à la porte. La veille, en revenant du travail, elle avait retrouvé ses affaires en tas dans la cour, devant une porte dont les serrures avaient été changées. Folle de rage, elle avait tenté de rentrer chez elle en démolissant une fenêtre et les flics l'avaient embarquée. Après ce scandale relaté par les journaux locaux, son employeur l'avait licenciée.

— Voilà où j'en suis! Cette nuit, j'ai pioncé sous un pont à Rouen, et quand je me suis réveillée, on m'avait piqué mon sac avec mes papelards et mon fric... Vous n'auriez pas une clope?

Victoire secoua négativement la tête et dut se forcer pour retrouver ses réflexes professionnels:

— Voulez-vous passer derrière ce paravent pour vous déshabiller, je vais vous examiner.

La femme prit un air penaud.

— Vous n'y pensez pas, docteur. Je suis trop crade!

— Dans la pièce à côté, vous trouverez une douche avec des serviettes. Prenez votre temps, je ne suis pas pressée. Le shampoing est sur l'étagère.

La malheureuse se leva avec un large sourire où il manquait deux dents et disparut dans la salle d'eau.

Victoire en profita pour téléphoner à Pierre et le prévenir qu'il valait mieux remettre leur dîner au lendemain. Comme d'habitude, il ne posa aucune question. Elle lui en fut reconnaissante.

— Comment vous appelez-vous ? demanda-t-elle à la femme transformée qui émergea une demi-heure plus tard, enveloppée dans un drap de bain.

— Élisabeth Ligier. Vous pouvez m'appeler Lili comme tous mes potes. Lili la folle, qu'ils disent! Née le 5 mai 1936, le jour de la victoire du Front populaire... Mon père en était assez fier! Elle leva le poing un instant et le laissa retomber. Politique de merde. Regardez où ça mène! Front populaire, mon cul!

Victoire ne put s'empêcher de rire. Le personnage l'intriguait. Elle se demandait comment cette entrevue allait se terminer. L'examen montra une grossesse débutante, sur un corps dénutri, sans autre anomalie.

Pendant que Lili se rhabillait, Victoire retourna s'asseoir, fatiguée. Une fois de plus, elle se trouvait désemparée devant un cas social inextricable. Elle avait l'habitude que les femmes viennent déverser leurs malheurs sur son bureau, mais l'histoire se répétait trop souvent. Aucune solution ne lui venait à l'esprit. Rien! Elle ne pouvait tout de même pas la renvoyer sous les ponts!

À force de tourner la question en tous sens, elle eut une idée. N'arrivait-il pas au père Valier d'héberger des clochards de passage? Acceptait-il de recueillir les femmes? Elle décida de tenter sa chance.

— Vous êtes dans une situation difficile, Lili, j'en conviens. Il faut essayer d'y voir plus clair. Un enfant serait malvenu en ce moment, c'est certain. Toutefois, nous disposons de quelques jours pour y réfléchir à tête reposée.

— Si vous le dites...

— L'urgent, c'est de trouver à vous loger ce soir. Pour le reste, on verra plus tard.

Pas contrariante, la femme acquiesça. Victoire continua:

— Comme vous n'avez pas d'argent, je vous propose de demander de l'aide au curé de la paroisse. Je crois qu'il a des chambres où il accueille des gens dans le besoin.

— Va pour le curé. J'ai fait ma première communion et je dois me souvenir encore de mes prières. Attendez: Notre père qui êtes zaux cieux...

Lily déclamait en insistant sur le « Z » et en ricanant. Redevenue soudain sérieuse, elle posa une question qui semblait la tracasser.

— Dites-moi, il est jeune, votre cureton?

— Oui! À peine quatre-vingt-trois ou quatre-vingt-quatre ans...

Devant l'air effaré de la pauvre fille, elle précisa:

— Rassurez-vous, le vicaire n'a pas plus de trente ans...

— Ah, bon ! Tant mieux. Vous croyez qu'ils auront des clopes ? C'est que je commence à être en manque, moi !

Victoire trouva le numéro du presbytère dans l'annuaire. L'abbé Rabal décrocha et répondit par l'affirmative.

— Demandez-lui de m'attendre, je viens la chercher, proposa-t-il d'une voix douce, comme s'il s'agissait d'une évidence. Ainsi elle pourra partager notre repas.

On aurait dit qu'il attendait cet appel. Dix minutes plus tard, il sonnait à la porte du cabinet et repartait avec ce qui ne devait être pour lui qu'une brebis de plus à ramener au bercail.

Rassurée, Victoire rentra au manoir, en se demandant tout de même comment elle allait résoudre la seconde partie du problème. Elle y réfléchit toute la soirée, dormit mal, et se réveilla sans avoir ébauché la moindre solution. Elle travailla toute la journée et avait fini par oublier sa curieuse patiente quand le téléphone sonna. C'était le père Rabal. Il était anxieux. La veille, Lili avait dîné et dormi. Le matin, elle avait pris le petit déjeuner avec trois autres pensionnaires, deux hommes et une femme. Puis ils étaient partis tous les quatre en promenade et aucun n'était rentré...

Victoire pressentit un drame.

Elle ne dormait toujours pas à une heure du matin, quand l'hôpital l'appela.

— Il y a là une dénommée Lili, qui vous réclame à grands cris. Quand le patron est arrivé, elle l'a jeté. Elle ne veut voir personne d'autre que vous... Elle saigne abondamment.

Victoire se précipita. Sa malade l'attendait, blême, les traits tirés, mais le sourire aux lèvres.

— Salut, ma docteur. Merci d'avoir rappliqué si vite. Autrement, je n'aurais peut-être pas eu la patience de vous attendre. J'ai voulu faire passer le môme, mais c'est raté. À vous de jouer maintenant...

Elle laissa retomber sa tête en arrière, épuisée.

Victoire demanda un doigtier et comprit immédiatement que la situation était grave. Ce n'était pas l'hémorragie d'une simple fausse couche. Au palper, le col utérin était déchiqueté et c'est lui qui devait saigner. Il fallait intervenir d'urgence.

— Il n'y a pas de temps à perdre, dit-elle à Mme Tardieu. Appelez Véronique, et la laborantine pour le groupe sanguin. Qu'elle nous apporte deux flacons, pour commencer.

Dix minutes plus tard, Lili la folle dormait avec une transfusion dans les veines. Assise au pied de la table, Victoire avait fait un rapide bilan des dégâts et commençait à dilater ce qui restait du col pour évacuer la grossesse, quand la voix d'Arnaud retentit derrière elle.

— Qu'est-ce que tu fais là ?

Victoire jeta un coup d'œil par-dessus son épaule.

— Un curetage avant de suturer une déchirure du col.

— Pourquoi un curetage ? C'est une banale plaie cervicale qui ne justifie qu'un point de suture...

Victoire sentit une vague froide lui parcourir l'échine. De quoi se mêlait-il ? Elle s'efforça de répondre avec calme, comme à un enfant, tout en continuant.

— Tu ne l'as pas examinée, Arnaud. Le col est en loques. La suture sera plus facile quand l'utérus sera vide et qu'il se contractera.

— Il n'est pas nécessaire de faire un curetage pour suturer un col...

Sans arrêter la dilatation, Victoire insista :

— Écoute, Arnaud, cette femme est une cinglée qui se débarrassera de son gosse quoi qu'il lui en coûte. Elle s'est massacré le col utérin en essayant de se faire avorter. Elle recommencera et, cette fois, nous n'arriverons peut-être pas à temps pour la tirer d'affaire. Nous n'avons pas le choix. Il faut interrompre cette grossesse.

Stupéfait de cette résistance en présence de son personnel, il devint rouge de colère et éructa :

— Je t'ordonne de t'arrêter !

Victoire n'était pas femme à se laisser démonter. Elle répondit d'une voix posée :

— Ne sois pas ridicule, Arnaud.

Perdant tout contrôle, il cria, prenant les employés à témoin :

— Docteur Dambreville, en tant que chef de ce service, je vous somme de quitter cette salle d'opération où vous vous préparez à exécuter un geste illégal. Cessez immédiatement ! Je traiterai cette femme moi-même et en référerai à qui de droit !

— Mais oui, mon ami, mais oui ! se moqua Victoire, que cette scène impressionnait de moins en moins.

Elle continuait sa dilatation et s'apprêtait à commencer le

curetage. Arnaud, fou de rage, courut dans le vestiaire pour se changer, n'osant, en présence de l'infirmière major, entrer en civil dans la salle d'opération. Celle-ci l'adorait mais n'aurait pas supporté un tel sacrilège.

De loin, on l'entendait hurler : « Arrêtez-vous ! Je vous ordonne de vous arrêter ! Je suis chef de service, vous entendez, chef de service. »

Victoire, les sourcils froncés, travaillait comme une forcenée en l'insultant entre ses dents.

— Quel con, ce type ! Mais quel con ! Jamais il ne m'empêchera...

Les trois spectateurs étaient comme statufiés. Francine Tardieu avait cinquante-cinq ans, dont trente-cinq passés sous les ordres des Coste-Lambert. Véronique n'était là que depuis deux ans et vouait une admiration sans borne à la gynécologue qui avait introduit le Planning familial à Véricourt. Quant au brancardier, d'origine martiniquaise, il avait été embauché, au lendemain de la guerre, par l'hôpital où il avait été soigné après le débarquement. Il connaissait Victoire depuis l'époque héroïque où elle donnait des anesthésies pour le professeur de chirurgie parisien.

Lorsque Arnaud se précipita dans la salle, la casaque à peine enfilée, le bonnet en bataille, pieds nus et ses bottes de toile à la main, Victoire jeta dans le plateau la curette devenue inutile. Elle demanda, d'une voix apaisée, un catgut pour réparer le col, tandis que l'anesthésiste injectait le Méthergin qui devait aider l'utérus à se contracter. Arnaud resta planté à côté d'elle, soufflant comme un phoque, le regard halluciné, fixant ces mains rebelles qui travaillaient malgré son interdiction. Il ne criait plus, il menaçait d'une voix rauque :

— Tu ne vas pas t'en tirer comme ça, ma petite, tu peux me croire. Je vais te coller un de ces rapports aux fesses dont tu te souviendras. Tu ne remettras pas les pieds dans cet hôpital avant longtemps, je te le garantis ! Je connais les gens du conseil de l'ordre. Je leur ai déjà parlé de toi. Tu te feras radier. Tu ne perds rien pour attendre. Fini, les curetages de complaisance, le Planning, la pilule et toutes ces conneries... Tu vas voir ce que tu vas voir.

Victoire avait terminé. Elle passa une dernière compresse pour vérifier que plus rien ne saignait et se leva. Elle tira sur son masque et tourna vers le chef de service un visage tendu par la colère. Elle arracha ses gants et les lui jeta à la figure.

— Tu vas faire un rapport ? Bravo ! Ne te gêne pas, le mien est déjà prêt, il partira ce soir.

— Quel rapport ?

Arnaud était devenu blême.

— Celui où il est question d'un gynécologue de garde tellement bourré qu'il a été infoutu de césariser une femme en danger de mort ! Tu te souviens peut-être ! Original au directeur, copie à la DDASS, copie au conseil de l'ordre, copie au conseil municipal, copie aux journaux... Tout est prêt. Il n'y a plus qu'à mettre les enveloppes à la poste !

Décontenancé un instant, il reprit vite sa superbe.

— De quoi parles-tu ? Quelle césarienne ? Y a-t-il un seul compte rendu à ton nom dans cet hôpital ? Hein, dis-moi ? Quand ? Où ? Madame Tardieu, avez-vous vu madame Dambreville faire une césarienne ? Docteur Véronique Daumas, je vous pose la même question. Monsieur Bienaimé, avez-vous gardé un tel épisode en mémoire ?

À la surprise générale, alors que les deux femmes restaient muettes, le Martiniquais se récria :

— Ah oui alors, M'sieur Arnaud ! Pour sûr que j'm'en souviens ! Vous teniez une bonne cuite, ce soir-là. Vous pouviez même plus marcher ! Heureusement que Mademoiselle Victoire était là ! Sans elle, la fatma, elle y passait, et son môme aussi ! Faut pas raconter des histoires, M'sieur Arnaud. Ce s'rait pas bien ! Bourré, vous étiez, c'est vrai, comme un canon !

Arnaud fit demi-tour et quitta la salle, jetant en chemin ses bottes, son calot et son masque. Victoire se laissa tomber sur un tabouret et réclama une tasse de café.

La panseuse se précipita hors de la salle pendant que Véronique et Bienaimé glissaient Lili sur le brancard. Puis la jeune anesthésiste s'approcha de Victoire et lui mit la main sur l'épaule.

— Je n'aurais jamais témoigné contre toi, tu peux en être sûre. Au risque de perdre ma place. Ce type est devenu odieux !

La colère de Victoire n'était pas encore retombée quand elle raconta cette histoire à sa fille. Apparemment, personne n'en parlait en ville. Les acteurs de cette soirée démentielle avaient préféré se taire.

Lydie n'en revenait pas de voir sa mère, d'habitude si réservée, dans un tel état de rage. Elle essaya de plaisanter :

— Faut-il que ce cher petit papa soit amoureux de toi pour se comporter ainsi !

— Tu parles d'un amour !

— Ce n'est pas à toi que je vais expliquer la délicate frontière entre l'amour et la haine. Ce type n'en peut plus de te voir admirée, respectée, aimée de tous... alors que tu devrais être sa femme. Est-il au courant de ton aventure avec Pierre ?

— Je ne sais pas. Nous essayons d'être discrets, mais les bruits courent si vite en province...

— À mon avis, il l'a appris et cette nouvelle le rend fou !

Victoire enfouit son visage dans ses mains.

— Me laissera-t-il un jour en paix ? Je ne fais de mal à personne !

Lydie lui entoura les épaules d'un geste protecteur.

— Tu devrais prendre des vacances, maman. Tu travailles trop... Sauve-toi, pendant deux ou trois jours, avec ton amoureux. Cela vous fera du bien à tous les deux.

Victoire en convint et téléphona à Pierre pour lui raconter ce qui était arrivé.

— Ma pauvre chérie !

— Pierre, emmène-moi loin d'ici, je t'en supplie. Je suis fatiguée de ces mesquineries qui me gâchent l'existence.

Il n'hésita qu'une seconde.

— Est-ce que tu connais Londres ?

— Non.

— Alors, on y va. Comme ce sont bientôt les fêtes de Noël, tu pourras faire tes emplettes et oublier tes soucis.

Le projet l'enthousiasma.

— Quelle bonne idée, tu es un ange. Nous pourrions d'abord faire étape à Paris où je suis officiellement invitée, le 19 décembre, pour le transfert au Panthéon des cendres de Jean Moulin. Puis, en route pour l'Angleterre.

Elle passa dans l'euphorie les jours qui précédèrent le départ. À Paris, elle fit découvrir à Pierre le Montmartre de sa jeunesse. Il n'imaginait pas que cette femme si fière de sa Normandie natale puisse avoir un tel attachement pour la capitale. Ce fut l'occasion pour l'ancienne exilée de raconter cette partie de sa vie qu'il ignorait encore. Ils se rendirent ensemble sur la tombe d'Olga de Langueuil.

— Après mon père, cette grande dame m'a appris tout ce que je sais. En plus, elle m'a enseigné la tolérance et le goût de la justice. Elle ne supportait pas l'idée que des individus soient opprimés par d'autres et savait tout sur les personnalités qui ont œuvré pour l'amélioration de la condition féminine dans le monde. Le nom de Madeleine Pelletier te dit-il quelque chose ?

— Rien du tout.

— Je te montrerai les notes que j'ai accumulées sur cette militante d'exception et sur toutes celles qui, à la même époque, ont lutté pour sortir leurs semblables de l'esclavage. Olga voulait écrire un livre sur elle.

— Et alors ?

— Tu parles comme Lydie... Le temps nous a manqué pour mener ce travail à bien.

Ils se rendirent ensemble à la cérémonie du Panthéon où André Malraux, en présence du général de Gaulle, prononça un vibrant discours retransmis par des haut-parleurs. Arrivés en retard, ils ne purent atteindre la tribune officielle où Victoire était conviée et ils durent se mêler à la foule immense qui envahissait la rue Soufflot et ses environs.

Que de souvenirs évoquait le verbe de ce personnage mythique ! Pierre était ému d'avoir à ses côtés une de ces héroïnes inconnues qui avaient risqué leur vie en secret et n'auraient jamais leur nom gravé sur aucun monument.

L'allocution du ministre terminée, le Général prononça quelques mots. Un tonnerre d'applaudissements retentit qui se répercuta longuement dans la marée humaine.

À côté d'eux, un homme semblait insensible à cette liesse. Renfrogné, les mains enfoncées dans les poches de son pardessus, il s'éloigna en grommelant avec un fort accent pied-noir :

— Purée ! La grande Zohra, il met le paquet ! Il sent que les élections présidentielles approchent et il a la trouille ! On va le niquer, ce bâtard.

Victoire entraîna Pierre vers les rues voisines.

— Tu vois, murmura-t-elle, comme il est difficile de satisfaire tout le monde... C'est un peu la même chose dans ma profession.

Il la regarda sans comprendre. Jamais encore Victoire ne s'était confiée à lui. Le respect du secret professionnel, sa discrétion naturelle et la semi-clandestinité de ses activités l'incitaient au silence.

Cette fois, la brèche était ouverte. L'affrontement avec Arnaud risquait d'avoir des conséquences graves et justifiait qu'elle se confiât à celui qu'elle aimait. Elle raconta l'histoire de Lili la folle. Sans chercher à enjoliver son rôle. Sans faire de commentaire. En étant aussi explicite que possible sur les raisons médicales de sa conduite.

Pierre resta silencieux. Ils marchaient à pas lents vers les quais de Seine où les bouquinistes guettaient les clients, rares en cette saison. Victoire reprit :

— Toi qui es loin de ces problèmes, quelle est ton impression ? Fallait-il que je laisse cette grossesse évoluer ?

Les sourcils froncés, il regardait au loin un train de péniches qui passait. Issu d'une famille catholique pratiquante, il se sentait mal à l'aise. Il essaya d'éluder la question.

— Je ne peux pas m'imaginer confronté à une telle situation. Avec l'éducation que j'ai reçue, le respect de la vie est une évidence. Comme les lois de la gravité ou le mouvement des astres. Ce sont les bases de ma culture. Ce ne sont pas des valeurs susceptibles d'être discutées.

Victoire marchait, accrochée à son bras, et ne disait rien. Par amour pour elle, il voulut cependant atténuer son propos :

— Je ne te juge pas. *A fortiori,* je ne te condamne pas. Qui sait ce que je ferais si j'étais à ta place...

Quelque peu déçue, elle préféra ne pas polémiquer et conclut :

— En tous cas, il y a un point sur lequel je ne céderai jamais. Les femmes sont plus concernées que les hommes par les contraintes de la gestation et, dans ce domaine, elles doivent avoir le libre choix. C'est à elles d'en décider et, tu as raison, personne n'a le droit de les juger.

Pierre tenta de tempérer cette affirmation :

— Il y a quand même des lois...

Elle le coupa :

— Il faudra les changer, voilà tout.

— Je veux bien, mais en raisonnant de la sorte, tu t'opposes aussi aux dogmes de la morale chrétienne. Tu dissocies la sexualité de la procréation...

— Évidemment ! coupa-t-elle. Le lien était justifié à l'époque où la mortalité infantile se chargeait de réguler les naissances. Il fallait mettre au monde un maximum d'enfants pour en garder quelques-uns vivants. D'autant que, dans les sociétés rurales, ils représentaient une main-d'œuvre gratuite indispensable à la survie de la cellule familiale. De nos jours, on n'en est plus là, et le pape lui-même admet que les parents puissent limiter leur descendance. Il accepte la méthode de la continence périodique. Ce n'est jamais qu'une forme de contraception fondée sur l'étude obsessionnelle du calendrier. Pourquoi ne pas aller jusqu'à la pilule ? Où est le mal ?

Il sourit.

— Tu ne m'as pas laissé finir. Je ne me battrai pas sur le principe de la contraception. À mon avis, pour l'Église, ce sont des combats d'arrière-garde. Mais, en ce qui concerne le respect de la vie, c'est autrement plus grave.

Elle lui posa la main sur l'avant-bras.

— Ne nous disputons pas à quelques heures du départ. Je voudrais seulement exprimer une dernière remarque. Soutenir des théories philosophico-religieuses dans le confort d'un bureau épiscopal, c'est facile. Prendre en charge une femme qui menace de se tuer, ou qui risque de se faire massacrer, c'est autre chose.

— De toute façon, je suis bien d'accord avec toi, reconnut-il, personne n'a le droit d'imposer ses propres convictions aux autres.

Elle lui posa un baiser sur la joue.

— Là, tu es sur la bonne voie.

Ils rentrèrent rue Caulaincourt en taxi pour se précipiter vers Orly, heureux de s'échapper ensemble.

Ils trouvèrent Londres en liesse. Partout, ce n'étaient que vitrines illuminées et sapins resplendissants. Une foule joyeuse déambulait dans des flots de musique démentielle. Les filles portaient des jupes à mi-cuisse et les garçons des cheveux longs comme leurs idoles, les Beatles. Ils allèrent au cinéma voir le premier film des quatre garçons de Liverpool, grâce au portier de l'hôtel qui leur procura des billets à prix d'or.

Ils célébrèrent le *five o'clock* dans des tea-rooms indiens, burent de la bière dans des pubs, dînèrent dans des restaurants italiens ou chinois, s'offrirent leurs cadeaux de Noël dans Burlington Arcade, et restèrent ébahis devant la nouvelle mode féminine exposée dans les vitrines de Biba, ou de Mary Quant dans King's Road. Ils dormirent enlacés trois nuits de suite, ce qui ne leur était encore jamais arrivé.

Ils se séparèrent une matinée. Pierre alla se choisir une pipe chez Dunhill, le temps qu'elle rende visite à une gynécologue anglaise rencontrée dans un congrès parisien. Elle voulait s'informer sur les nouvelles anesthésies obstétricales et promit de revenir s'initier à ces méthodes non pratiquées en France.

Ils rentrèrent à Paris éblouis, plus amoureux que jamais, bien décidés à passer ensemble les fêtes de fin d'année et, pourquoi pas, le reste de leur existence.

Lydie s'arrondissait sous l'œil attendri de Rémy Courtial qui la considérait avec une curiosité amusée. Ils avaient passé Noël en Bretagne où l'inaltérable Zeffe les avait gavés de crêpes, de galettes et de pâtisseries au beurre. Gorgés d'iode et revigorés par l'air marin, ils étaient rentrés en pleine forme pour affronter les derniers mois de grossesse.

Le jeune couple décida de s'installer, sans plus attendre, rue Caulaincourt, à la grande joie de Victoire qui fit aussitôt exécuter des travaux afin d'isoler du reste de l'appartement un grand studio à son usage.

Pour pendre la crémaillère, mère et fille organisèrent un dîner avec leurs conjoints. Dans le salon rénové, le fauteuil d'Olga avait été préservé comme une relique à côté du vieil appareil de TSF à lampes, devenu une antiquité. Jeannette s'était activée aux fourneaux pour montrer qu'elle n'avait rien perdu de ses talents culinaires.

Dès leur arrivée, les deux hommes s'isolèrent près de la bibliothèque. Rémy, spécialiste de droit international, se lança dans de savantes élucubrations sur les conséquences du traité de Rome. Pierre, silencieux, l'écoutait avec tous les signes de l'attention la plus soutenue, tout en lançant discrètement des regards désespérés vers Victoire.

À l'autre extrémité de la pièce, les deux femmes considéraient leurs hommes avec amusement tant ils étaient différents.

L'avocat, de taille moyenne, le buste serré dans un costume trois pièces bleu marine à fines raies blanches, s'exprimait avec vivacité en faisant de grands gestes qui rappelaient les effets de manche. Ses yeux sombres, dans un visage rond, pétillaient d'intelligence. Il passait souvent sa main fine sur ses cheveux rares, plaqués en arrière, d'un brun à peine grisonnant.

Pierre le dominait de la tête. Athlétique, habillé d'un pantalon de flanelle et d'un veston de tweed aux coudes protégés de cuir, les mains dans les poches, il restait impassible. Dans son visage anguleux surmonté d'une tignasse courte et drue prématurément grise, son regard noisette disparaissait sous des paupières plissées et rieuses.

Jeannette interrompit leurs débats pour annoncer que le dîner était servi. Ravie d'avoir eu à préparer cette soirée, elle s'était investie la journée entière dans un repas typiquement normand autour d'un poulet au blanc, dont la sauce suprême tenait du prodige. La vie instable de ses patronnes l'avait longtemps privée du plaisir de les gâter et son visage, ce soir-là, resplendissait d'un bonheur retrouvé.

Elle avait grossi, ces dernières années, mais sa démarche restait alerte et son esprit vif. Elle menait une existence somme toute équilibrée avec son ex-mari, Georges Fougerolles. Par l'intermédiaire d'une petite annonce dans *Le Chasseur français,* il avait épousé, en secondes noces, une Savoyarde orpheline au physique ingrat qui lui avait donné, coup sur coup, les deux superbes garçons dont il rêvait. Dès le lendemain du mariage, il l'avait assise derrière la caisse, sur le tabouret qu'elle ne quittait plus depuis. Chaque soir, pendant qu'elle présidait au dîner des enfants, Georges partait faire ses livraisons et s'attardait, soi-disant pour boire un pot avec les copains. En réalité, il montait rue Caulaincourt retrouver Jeannette qu'il n'avait jamais cessé d'aimer. Elle lui mitonnait ses plats préférés, tandis qu'il lui confiait les problèmes importants de la boutique. Parfois même il lui faisait l'amour avant de retourner, rassasié, dans le lit conjugal, pour y dormir.

— Moi, deux gosses me suffisent, disait-il avec une rare délicatesse.

Il lui avait souvent proposé de l'aider financièrement, mais elle tenait trop à son indépendance pour accepter de lui être redevable en quoi que ce soit.

Ainsi avait-elle toutes les apparences d'une femme heureuse. Dans son village, où elle se rendait chaque année pour apporter des cadeaux à ses neveux et nièces, elle était considérée comme une dame qui a réussi dans la vie.

Ce soir-là, pour la première fois depuis longtemps, elle se retrouvait à sa juste place. En servant des œufs meurette sublimes elle ne se conduisait pas en domestique, elle recevait et n'était pas loin de considérer ses employeurs comme des invités.

Victoire aussi se sentait bien dans ce cadre familier où elle avait connu de grands bonheurs. L'air de rien, elle dirigeait la conversation. «Pour que les hommes soient heureux, disait-elle souvent, il faut les faire parler d'eux et les écouter comme si leurs propos pouvaient changer le cours du monde.»

Elle était passée maître dans cet art que lui avait enseigné Olga, et Lydie la regardait avec admiration.

Rémy crut faire plaisir à celle qui portait son enfant en vantant les mérites de la mère au foyer, garante des vertus ancestrales.

— À mon avis, ces idées sur l'indépendance des femmes modernes menacent la cohésion des couples, affirma-t-il imprudemment.

— Crois-tu, répliqua l'avocate d'une voix ironique, qu'il y ait un seul homme auquel une femme puisse faire suffisamment confiance pour abandonner son autonomie financière? Tu es mal placé pour en parler, toi qui n'as jamais osé t'exposer aux contraintes du mariage.

L'intéressé réagit avec vigueur. Il expliqua que les lois ne suppléeraient jamais la confiance réciproque, seul ciment d'un couple heureux.

— L'union libre est plus volontariste que des épousailles officielles célébrées par simple souci des convenances.

— Il n'y a pas que des mariages de convenance, protesta Victoire.

Il écarta cette affirmation d'un geste. Sans s'en rendre compte, il plaidait comme au tribunal, insensible au regard amusé des deux femmes.

— Le régime matrimonial n'est souvent qu'un trompe-l'œil.

Des donations entre vifs et des acquisitions communes suffisent à protéger les intérêts de chacun.

— Vous conviendrez tout de même, ma chère Lydie, intervint Pierre, que la condition juridique de la femme mariée mériterait d'être revue. Il est inadmissible qu'elle ait besoin de l'autorisation de son mari pour ouvrir un compte en banque ou gérer ses propres biens. Cette mise sous tutelle est intolérable. En ce qui me concerne, je ne me sentirais pas le droit d'exercer un tel pouvoir.

Victoire et Lydie écoutaient, le même sourire moqueur au coin des lèvres.

— Ne vous inquiétez pas, reprit Rémy qui s'échauffait, députés et juristes étudient actuellement une réforme de ce statut. En un mot, nous nous occupons de vous, mesdames.

— Voilà qui nous rassure, répondit Lydie sur un ton grinçant que seule sa mère remarqua.

Ainsi lancée, la conversation resta sur la condition féminine. Pierre défendait l'égalité des droits. La seule véritable supériorité de l'homme, disait-il, concernait la force physique, et l'éternelle domination de la femme n'en était que la conséquence.

— C'était évident dans les sociétés primitives.

— Et c'est aussi vrai aujourd'hui, interrompit Lydie. Si toutes les femmes battues avaient le courage de venir se plaindre, les avocats auraient du travail, croyez-moi !

— Quel dommage que la nature ait créé ce sexe « faible », continua Rémy avec grandiloquence, et fausse ainsi l'équilibre entre les individus. La femme a une fonction spécifique : la mise au monde et l'élevage de la progéniture, ce qui lui donne une noblesse inégalable... Ce qui l'exclut aussi, naturellement, de toute autre fonction sociale pendant certaines périodes.

Victoire s'étonna :

— Autrement dit, d'après vous, nous avons le choix entre la maternité ou les postes à responsabilité. Tant que nous nous obstinerons à faire des enfants, nous serons reléguées aux postes subalternes.

— En quelque sorte, oui. Seules peuvent aspirer aux postes les plus élevés malgré ce... handicap, les individualités d'exception.

— Et les mochetés imbaisables...

La réflexion de Lydie déclencha l'hilarité. Seule Victoire savait que sa fille ne plaisantait pas et que ses relations avec ses collègues de travail n'allaient pas être de tout repos.

La dernière goutte de Calvados avalée, les deux couples se levèrent. Ils se quittèrent sur le pas de la porte avec des plaisanteries qui prendraient bientôt figure de rite :

— Voulez-vous qu'on vous raccompagne ?

— Vous n'allez pas vous perdre, au moins...

— Bonne route...

De chaque côté du palier, les portes se refermèrent.

— Alors, comment les trouves-tu ? demandèrent en même temps deux voix féminines.

Lydie accoucha le 16 mars 1965 d'une petite fille qu'elle prénomma Delphine.

— Il est né ? cria Rémy dans le combiné quand Victoire l'appela.

— Oui. *Elle* est superbe et pèse sept livres.

Il ne répondit pas immédiatement. Cette fraction de seconde de déception allait le déconsidérer à jamais auprès de sa belle-mère.

— Tout s'est bien passé ?

— À la perfection.

— J'arrive !

Victoire revint vers la chambre où infirmières et sages-femmes l'entourèrent. Dans le service hospitalier, la jeune grand-mère faisait figure de vedette. Au cours des semaines qui avaient précédé l'accouchement de sa fille, elle était allée en Angleterre pour apprendre à pratiquer l'anesthésie péridurale, d'utilisation courante dans ce pays et méprisée par les obstétriciens français. L'anesthésiste parisien était un collègue d'études de Victoire, il avait accepté que Lydie bénéficie de cette méthode. Toutes les femmes du service étaient venues jeter un coup d'œil à cet accouchement inhabituel, et admirable.

L'aumônier passait par là. Son attention fut attirée par le brouhaha insolite. Il entra.

— Excusez-moi de troubler ce meeting.

Une infirmière délurée lui expliqua les raisons de cet

attroupement et demanda si l'église prônait toujours le «Tu enfanteras dans la douleur».

— Vous n'avez rien compris, mes filles, répondit-il avec un sourire malicieux. L'Église ne pensait pas à l'obstétrique en édictant cette sentence. Mettre un enfant au monde est une tâche qui dure toute la vie et la douleur ne s'éteint pas avec la naissance. Elle ne fait que commencer... Marie n'a-t-elle pas souffert plus que toute autre femme?

— Dommage que la hiérarchie ecclésiastique ne soit pas aussi libérale et moderne que lui, conclut Victoire quand le prêtre eut refermé la porte.

Elle quitta sa fille pour aller téléphoner à ceux qui attendaient la bonne nouvelle, à Paris et à Véricourt. De ce fait, Lydie reçut, quelques jours plus tard, une visite inattendue.

Elle s'apprêtait à donner le sein au bébé affamé, quand on frappa à la porte. Une charmante frimousse encadrée de boucles blondes apparut, surmontant un bouquet de roses naines.

— Madame de Langueuil?

— Oui...

— Je vous dérange? Vous préférez peut-être que je revienne plus tard?

— Non! Entrez, mademoiselle, si vous n'avez pas peur d'assister au repas du fauve...

Timide, la visiteuse s'avança. Elle était vêtue de l'uniforme des adolescents chantés par Gilbert Bécaud: un jean et un blouson de cuir. Se dandinant d'un pied sur l'autre sous l'œil amusé de Lydie, elle se présenta d'une voix hésitante:

— Je suis... Je m'appelle Séverine...

— Bonjour, Séverine.

S'enhardissant, la jeune fille se décida:

— Je m'appelle Séverine Coste-Lambert, et je suis... votre demi-sœur!

Interdite pendant une fraction de seconde, Lydie éclata de rire.

— Une fille d'Arnaud! Ma petite sœur! Quelle joie de te connaître, Séverine! On se tutoie, bien sûr! Assieds-toi. Excuse-moi un instant, il faut que je finisse de nourrir cette braillarde, sinon elle ne nous laissera pas parler.

— Prends ton temps. Comme elle est mignonne! Elle est toute blonde.

— Comme son grand-père.

Séverine rougit :

— Je préfère te le dire tout de suite. Papa et maman, je les adore. D'abord parce que ce sont mes parents, ensuite parce qu'ils ont toujours été formidables avec moi. Bien sûr, par moments, j'ai un peu de mal à les comprendre, mais je ne les critique jamais. Ils sont comme ils sont !

Tout en surveillant d'un œil sa fille qui tétait en émettant des bruits de succion impressionnants, Lydie considérait la nouvelle venue, à la fois si proche et si lointaine, avec une réelle sympathie. Son visage rond, animé par d'immenses yeux bleus candides, respirait la gentillesse.

Sans gêne aucune, elle raconta le drame qu'avait été, lors de la réunion électorale, l'annonce de cette filiation imprévue et la colère de sa mère. La séparation du couple, d'après elle, tenait plus du vaudeville que de la tragédie.

— Ils se sont déjà rabibochés, précisa-t-elle. Ils ont trop besoin l'un de l'autre.

Lydie préféra changer de sujet.

— Tu as des frères et sœurs, je crois.

— Un frère aîné, Thibaud, qui fait médecine à Paris, et une sœur cadette, Marion, encore pensionnaire à Rouen. Ils ont été choqués d'apprendre les « turpitudes paternelles », comme dit maman, mais le scandale aurait éclaté un jour ou l'autre.

Lydie l'interrompit d'un ton sérieux.

— Écoute, Séverine, si tu veux que nous devenions de vraies sœurs, je crois qu'il est préférable de maintenir le problème des parents à distance. C'est leur vie, et nous n'avons rien à y voir. Restons en dehors de leurs querelles et contentons-nous de faire connaissance. Tu veux bien ?

Séverine poussa un soupir de soulagement.

— J'en parlais pour que tu saches que c'est un sujet qui ne me gêne pas. La moitié de mes amis ont des parents divorcés et des demi-frères de tous les côtés. Mais tu as raison, n'en parlons plus. Ce sera mieux.

Lydie approuva.

— Parle-moi de toi. Où habites-tu ?

— Rue Gay-Lussac, et je ne rentre en Normandie qu'aux vacances.

— Tu fais des études ?

— Oui. Je prépare une licence de droit, à Assas.

— Bravo ! Excellente fac. Un peu perturbée par les affrontements politiques. As-tu choisi une spécialité ?

— Pas encore. Tu pourras peut-être me conseiller, le moment venu ?

— Tu viendras en stage dans mon cabinet, si tu veux. Tu te rendras mieux compte.

— Ce serait drôlement sympa !

Le lendemain, Lydie s'empressa de raconter cette visite à sa mère et fit un portrait séduisant de la jeune fille.

— Au fait, maman, continua-t-elle. Tu n'as pas participé aux élections municipales cette année ?

Delphine était née entre les deux tours de scrutin. Victoire prit un air rêveur :

— Je n'étais guère tentée. À coup sûr, Arnaud va récupérer sa mairie, et je n'avais nulle envie d'assister à son triomphe, ni à la déception de Victor.

— Pauvre Victor ! Tu penses qu'il va être battu ? Comment expliques-tu cette défaite ?

— Par sa maladresse ! Les paysans normands n'aiment pas le changement. Ils n'y voient que ce qui les gêne. Le « ç'a toujours été comme ça » est leur maître mot, et il n'en a pas tenu compte. À la rigueur, qu'un étranger vienne bousculer leurs habitudes, c'est dans l'ordre des choses. Pas un gars du pays.

— D'autant plus qu'Arnaud n'a pas dû se priver de le leur faire remarquer.

De fait, le fils de l'ancien maire avait mené une campagne d'une rare efficacité. Il s'était réconcilié avec sa femme et les drames affectifs de la période électorale précédente semblaient effacés. Après sa période de laisser-aller, il s'était repris. De nouveau omniprésent dans son service et auprès de sa clientèle privée, nanti d'un masque austère et sobrement vêtu à l'ancienne, il était devenu le familier des habitants de Véricourt, allant jusqu'à jouer avec eux aux dominos le dimanche. Il lui arrivait même de passer boire la goutte avec les grands-pères de la maison de retraite.

Il ne manquait plus une seule messe dominicale et communiait au côté de sa femme sous l'œil goguenard de ses anciennes conquêtes.

On l'avait vu aussi emmener le père Valier au pèlerinage de Lisieux.

— Que pensez-vous, lui avait-il demandé, de tous ces clochards que le père Rabal vous ramène au presbytère ?

Le vieillard avait secoué la tête et répondu en bon Normand :

— Il est vrai que notre maison était devenue bien trop grande pour nous deux. Dans le temps, il y avait plus de curés que de nos jours. Le père Rabal est un disciple de Saint François. Il s'est voué aux pauvres. Il faut bien qu'il accomplisse sa vocation. Mais point trop n'en faut...

Colportés par Arnaud, ces derniers mots avaient été répétés à voix basse au creux des chemins. Victor, qui sympathisait avec le jeune vicaire et soutenait son action, en avait pâti sans le savoir.

Le combat entre les deux hommes n'avait fait aucun bruit, chacun voulant éviter le genre de scandale que Lydie et Victoire avaient provoqué trois ans plus tôt lors des élections municipales anticipées. Cette fois, tout se passait à huis clos.

Grisé par sa position à Bruxelles, dévorant les kilomètres dans sa Mercedes, Victor n'entendait pas ses électeurs se plaindre de ses absences. Il les croyait reconnaissants et fiers de son action en faveur de l'agriculture française. Il avait tort. Peu leur importait ces histoires de quotas ou de directives prises à l'autre bout de l'Europe. Pour eux, le Nord commençait au-dessus de la Seine. Même le pays de Caux, Yvetot, Fécamp, c'était l'étranger. Alors Bruxelles...

Le silence de Victoire s'expliquait aussi par le fait que le thème de la contraception était défendu trop ostensiblement par la gauche, dont Victor s'était fait désormais le champion. Parmi les candidats à la prochaine présidentielle, Mitterrand était le seul à soutenir la libéralisation des moyens anticonceptionnels.

Victoire refusait d'être cataloguée d'un bord ou de l'autre. Elle était choquée de ce que la liberté des femmes puisse servir de tremplin électoral. Elle pensait que les politiciens étaient trop opportunistes et versatiles pour qu'une cause aussi primordiale fût confiée à l'un des camps. En cas de succès du bord opposé, c'est l'ensemble de l'action féminine qui risquait d'en subir les conséquences.

— Je sais qu'une commission va être constituée à l'Assemblée nationale pour réviser la loi de 1920. Dès lors, il n'y a plus qu'à attendre et garder ses forces pour manifester, en cas de besoin...

— Et puis, conclut Lydie d'un air dégagé en caressant le fin duvet pâle qui recouvrait le crâne de sa fille, avoue que tu n'avais pas envie de choisir entre tes anciens amants...

Victoire sourit sans répondre. Devant le silence de sa mère, elle ajouta, mutine :

— Tu veux que je te dise, ma petite Delphine, ta grand-mère est une dévergondée. Tâche de ne pas lui ressembler !

Les pronostics de Victoire se vérifièrent. Arnaud Coste-Lambert récupéra le siège de son père à la mairie de Véricourt à la grande joie de ceux qui défendaient les valeurs traditionnelles. Le vieux curé était à ses côtés lors de la proclamation des résultats, affichant le soutien des milieux les plus conservateurs de la ville.

Dès le lundi matin, le vainqueur entra dans le bureau de Victoire, qu'il attaqua d'un ton mielleux :

— Ma très chère amie, voilà bien longtemps que nous ne nous sommes rencontrés.

— Tu savais où me joindre.

— C'est vrai ! Comme tu le sais, mon emploi du temps a été chargé ces derniers temps.

Elle inclina la tête, faussement aimable :

— Félicitations pour ta brillante élection.

Il essaya de sourire, mais conserva son regard glacé.

— Les Véricourtains égarés sont revenus à la sagesse. Il était temps !

— L'avenir dira s'ils ont eu raison.

— En tout cas, toi, tu t'es abstenue. Belle preuve de civisme !

— Tu es venu me donner des leçons ?

— Pas le moins du monde. Je suis là pour te montrer à quel point j'apprécie ta présence.

Devant son air incrédule, il prit un air patelin pour préciser :

— Vois-tu, je trouve que les locaux où tu consultes ne sont

pas dignes d'un médecin de ta qualité, et j'ai décidé de les faire remettre à neuf. Tu es contente, non?

Victoire ne voyait pas où il voulait en venir.

— Personnellement, je les trouve très bien, ces locaux.

Il s'empressa de la contredire:

— Ah non! Ils sont immondes! Dès demain, les peintres vont donner à cette consultation un coup de jeune. J'ai tenu à prendre cette décision par priorité, pour te montrer à quel point je tiens à toi.

— Puis-je te demander où tu as prévu de m'installer, en attendant?

Une grimace lui tint lieu de sourire quand il répondit sur un ton suave:

— Dans un bureau des anciens bâtiments. Tu excuseras leur aspect un peu vétuste, mais c'est évidemment une solution temporaire.

Le lendemain, quand Victoire arriva à l'hôpital, son bureau était vide. Renseignée par un employé, elle découvrit, dans des constructions désaffectées, le local où son mobilier avait été remisé. C'était un réduit ouvrant sur une sorte de corridor sans lumière où quelques sièges dépareillés tenaient lieu de salle d'attente. Pas une seule pancarte n'indiquait aux patientes qu'elle y consultait.

Une bouffée de rage l'envahit et elle se précipita chez le directeur. Le pauvre homme se confondit en excuses. Il dirigeait un établissement communal et ne pouvait pas s'opposer aux décisions du maire. Il s'emberlificota dans des explications oiseuses dont il ressortait que ce désagrément serait passager, qu'en tout état de cause lui n'y était pour rien!

Victoire comprit et baissa le ton. Elle le prévint qu'elle se mettait en congé pour la durée des travaux et lui demanda de bien vouloir apposer une affiche dans le hall indiquant l'adresse de son cabinet privé. Soulagé, le directeur lui promit qu'il n'y manquerait pas, sur un ton qui laissait présager du contraire.

À peine était-elle arrivée à son bureau que le téléphone sonna. C'était un conseiller de l'ordre des médecins qui l'avertissait qu'une plainte venait d'être déposée contre elle par un groupe de praticiens.

— Puis-je savoir pour quel motif? demanda-t-elle, intriguée.

— Concurrence déloyale avec atteinte à la morale et aux règles de l'éthique professionnelle.

Cette réponse la fit éclater de rire. On lui avait déjà joué ce tour-là. Peu agressif, le conseiller lui demanda de passer au siège du conseil départemental, la semaine suivante, pour en parler.

À l'évidence, Arnaud avait décidé de l'éliminer de «sa» commune. Elle serra les poings. Il voulait la guerre, il l'aurait. Décidée à lui faire payer sa bassesse, elle s'efforça de réfléchir avec calme.

Son avenir professionnel n'était pas en danger. Les femmes empêchées de la joindre à l'hôpital sauraient où la trouver. Pour ses actes chirurgicaux, il ne manquait pas de cliniques à Caen ou à Rouen qui lui offriraient l'hospitalité. Ses relations avec les dirigeantes du Planning familial, à Paris, étaient chaleureuses, et elle savait qu'en cas de problème grave elle serait soutenue.

Surtout, elle était convaincue que le conseil de l'ordre saurait faire traîner l'instruction de cette plainte sans fondement.

Comment pouvait-elle inspirer une telle haine à un homme qui était censé l'avoir aimée? Arnaud avait dépassé la cinquantaine. Sa réussite était totale sur le plan professionnel et maintenant politique... Une certaine sérénité aurait dû lui permettre de vivre sans ressasser ces vieilles rancunes. Pourquoi chercher à lui faire tant de mal?

Il ne la chasserait pas de Véricourt! Elle était née là, ses parents y étaient enterrés, personne ne lui interdirait d'y jouer le rôle qu'elle avait choisi.

Rentrée au manoir, elle aperçut Henri qui préparait ses plantations de printemps au jardin. Elle vint le féliciter pour le bel agencement du potager et lui poser quelques questions sur les futures fleurs à couper. Elle le sentit mal à l'aise. Patiemment, elle continua à bavarder, jusqu'au moment où il n'y tint plus.

— Excuse-moi, Victoire, mais est-ce vrai, ce qu'on dit en ville?

— À quel propos?

— Il paraît que tu as un procès sur le dos et que tu vas devoir partir.

Que répondre? Les motivations d'Arnaud étaient si complexes... Elle décida de rester sur le plan politique:

— Notre nouveau maire veut se venger de mon soutien à ton frère aux dernières élections ! Ne t'inquiète pas, ce ne sont que des mensonges. J'exercerai ici jusqu'à ma retraite, que ça lui plaise ou non. On ne chasse pas une Dambreville !

Lydie approuva la détermination de sa mère. D'après elle, la visite de Séverine pour la naissance de Delphine avait dû mettre Arnaud hors de lui.

— Tu comprends, maman, toute la ville connaît notre histoire. Même si une majorité d'électeurs a voté pour lui, ses opposants sont nombreux et ils doivent se réjouir de le voir exclu de notre famille. Ta présence le gêne. Tu es le vivant reproche de ses erreurs passées. Ne cherche pas plus loin !

— Quand tu parles d'une majorité d'électeurs, tu oublies les 45 % d'abstentions. Il ne faudrait pas grand-chose pour qu'il perde son siège.

Lydie se récria :

— Tu ne vas pas te lancer dans cette galère pendant les six années à venir ! Tu as mieux à faire, maman !

— Ne t'en fais pas, ma chérie. Je ne me laisserai pas emporter par la haine. Le succès de la cause des femmes ne tardera pas, que le docteur Coste-Lambert le veuille ou non. Seulement, un jour, il me le payera.

Elle ajouta, en retrouvant son sourire :

— Mon père disait : « Je ne suis pas rancunier, mais une méchanceté, je ne l'oublie jamais. »

— Il n'empêche, quand la politique s'en mêle, tout est faussé.

Lydie ne croyait pas si bien dire. Le 5 décembre 1965, au premier tour des élections présidentielles, le général de Gaulle fut mis en ballottage par François Mitterrand, que les communistes décidèrent de soutenir au second tour. Si bien que les meetings et les interventions télévisées se multiplièrent pour mobiliser l'électorat contre le « péril rouge ». À Véricourt, Arnaud ne manqua pas cette occasion de faire connaître ses opinions gaullistes et de jeter l'anathème contre le laxisme moral que les « gauchistes » ne manqueraient pas d'imposer à la jeunesse de ce pays.

Quand, le 19 décembre, le Général fut élu, le maire réunit solennellement son conseil municipal en séance publique pour célébrer ce résultat et affirmer sa fidélité aux « grands principes » qui font l'honneur de la France.

— Les grands principes, fulmina Victor, c'est un langage de réactionnaires. Attention à nous!

Victoire renchérit:

— Le conseil de l'ordre m'a déjà prévenue qu'Arnaud était candidat aux prochaines élections ordinales. Selon toute vraisemblance il sera élu, et il va falloir que je me tienne à carreau.

— Ne m'as-tu pas dit que la loi allait changer?

— La commission de l'Assemblée nationale chargée de ce travail sera sans doute nommée au cours de l'année prochaine. Mais, au rythme où vont les choses, je serais étonnée qu'ils parviennent à un vote positif avant 1967! Si tout se passe bien...

Le 1er juillet 1967, Victoire était présente dans les gradins réservés au public de la Chambre des députés, au moment où se levait, sous les applaudissements, M. Lucien Neuwirth. Il était rapporteur de la commission des affaires culturelles, familiales et sociales sur la proposition de loi tendant à modifier les articles 3 et 4 de la loi du 31 juillet 1920.

C'était un homme de taille moyenne, mince et alerte, encore jeune malgré son crâne dégarni. Le regard incisif et le geste assuré, il s'adressa aux députés sur un ton qui fit frémir l'assistance.

« Mesdames, messieurs, le nombre des nouveau-nés augmente toutes les fois que grandit l'espoir en une société meilleure... »

Victoire regarda autour d'elle ces femmes qui étaient venues assister à l'aboutissement de leur longue lutte. Bravant les interdits, refusant de plier, risquant chaque jour de se retrouver devant un tribunal, elles avaient tenu bon pour développer, dans une semi-clandestinité dangereuse, ce contrôle des naissances que l'État n'avait plus le pouvoir d'interdire ni le courage d'autoriser.

L'orateur continuait, sur un ton enflammé:

« Nous estimons que l'heure est désormais venue de passer de la maternité accidentelle, et due souvent au seul hasard, à une maternité consciente et pleinement responsable. »

Combien de fois Victoire avait-elle répété cette phrase à ses détracteurs qui ne voulaient pas croire à la fréquence et surtout au danger des avortements clandestins.

«... il est connu que 30 % des cas de stérilité proviennent de l'avortement», continuait le député.

Le visage de Jeannette, lors de la consultation chez Palmer, revint à la mémoire de la gynécologue, qui sentit les larmes lui monter aux yeux. Que de malheurs allaient être évités si cet homme était entendu !

« Aujourd'hui, 6 500 000 Américaines utilisent la pilule, 600 000 Britanniques, 450 000 Allemandes, 120 000 Belges, et moins de 200 000 Françaises, celles-ci, bien entendu, pour des raisons uniquement thérapeutiques, conformément à la loi... »

Cette affirmation déclencha des murmures dans l'assemblée et même quelques éclats de rire dans le public. Le président Chaban-Delmas, du haut de son « perchoir », fronça le sourcil et leva la main pour obtenir le silence.

Le rapporteur reprit son discours pour résumer les clauses restrictives du projet destinées à répondre aux accusations de laxisme : nécessité d'une prescription médicale, interdiction de publicité en dehors des journaux professionnels, vente exclusive en pharmacie... Il conclut sur l'obligation d'élever le débat pour trouver à ce problème de société une solution digne d'un grand pays !

Un tonnerre d'applaudissements clôtura son discours. De nombreux parlementaires l'ovationnaient debout, tant sur les bancs de la majorité que sur ceux de l'opposition.

Mais, des deux côtés, certains restaient immobiles. Victoire trembla à l'idée que cette loi ne serait peut-être pas adoptée tant il semblait y avoir d'opposants.

Quand le calme fut revenu, le président donna la parole à Mme Thome-Patenôtre, député socialiste. Victoire s'attendait à un texte agressif contre Neuwirth. Il n'en fut rien. Elle alla dans le même sens que l'orateur. Elle mit seulement l'accent sur le fait que le projet avait été soutenu en priorité par le candidat Mitterrand. La droite n'était pas seule à militer dans cette voie. Le groupe de la Fédération de la gauche démocrate et socialiste souhaitait même que la loi de 1920 ne fût pas modifiée, mais abrogée ! Elle insista ensuite sur l'importance d'un programme social vigoureux qui viserait à soutenir la natalité.

Ce fut le tour de M. Fontanet, député du groupe Progrès et démocratie moderne, qui vint attirer l'attention sur les dangers d'une contraception débridée, facteur d'un « affaiblissement des disciplines familiales et d'une licence accrue des mœurs parmi la jeunesse...» Il proposa d'empêcher la délivrance abusive des contraceptifs aux mineurs et conclut sur les dangers de l'érotisme, responsable d'un climat moral et social malsain. Les applaudissements qui saluèrent son intervention firent trembler Victoire plus encore. Allait-on vers l'échec? Le vote serait-il repoussé?

Puis ce furent Georges Vinson, Daniel Benoist, Jacques Hébert... Tous approuvaient la proposition de loi mais en des termes empreints de réticence et de critique. Leur opposition viscérale justifiait des phrases acides, et il ne faisait aucun doute qu'à bulletins secrets ils auraient repoussé la proposition de loi. Hébert, en particulier, donna lecture d'un texte émanant du professeur Lejeune. Le célèbre généticien peignait un tableau apocalyptique des malformations congénitales qui ne manqueraient pas de survenir si on laissait ces traitements hormonaux détruire la structure génétique des cellules ovariennes. Stupéfaite par une affirmation aussi peu vraisemblable, Victoire voyait les parlementaires approuver l'orateur et se parler à l'oreille avec des airs entendus.

Le défilé continua. Qu'allait-il rester du texte de Lucien Neuwirth quand ils auraient fini de le mettre en pièces?

Quand Jean Coumaros intervint pour poser sa question, elle n'en crut pas ses oreilles:

«Les maris ont-ils songé que, désormais, c'est la femme qui détiendra le pouvoir absolu d'avoir ou de ne pas avoir d'enfants en absorbant la pilule, même à leur insu? Les hommes perdront alors la fière conscience de leur virilité féconde, et les femmes ne seront plus qu'un objet de volupté stérile...»

Sur tous les bancs, de nombreux députés se levèrent pour applaudir. Atterrée, Victoire sortit au milieu d'un groupe de femmes en colère.

Dans la salle qui se vidait, on discutait maintenant des infractions en matière de registre du commerce. Que venait donc faire ce débat administratif au milieu d'une discussion qui mettait en jeu la vie personnelle d'une moitié de la population? De loin, elle entendit le président Chaban-Delmas lever la séance à vingt heures. Ils auraient une heure et demie pour dîner avant la reprise des débats.

Les députés n'allaient-ils pas profiter de ce délai pour décider le rejet ? Victoire n'en pouvait plus. Elle était incapable de manger. Elle se borna à prendre un café, debout parmi les spectatrices qui commentaient à grand bruit les opinions exprimées dans l'après-midi et supputaient les chances de gagner.

— Ils parlent pour se montrer, clama l'une d'elles. Mais ne vous bilez pas, c'est joué d'avance. L'UDR ne refusera pas le projet d'un des leurs. Le centre va se faire prier, mais n'osera pas dire non. Quant aux socialos et aux cocos, ils ne peuvent pas prendre de risques. Ils auraient bonne mine si on savait qu'ils ont voté contre. Depuis le temps qu'ils nous les brisent, avec leur loi scélérate de 1920 !

La séance reprit à vingt et une heures trente. Victoire ne cherchait plus à discerner les tendances, les critiques ou les louanges. Par moments, Lucien Neuwirth se dressait pour répondre vertement aux attaques dont il était l'objet. On le sentait prêt à négocier. En aucun cas à plier.

— Il paraît qu'il a reçu des menaces de mort, lui chuchota sa voisine.

— Qui pourrait aller jusque-là ?

La jeune femme haussa les épaules. Elle prenait des notes, sans doute pour un journal.

On en vint enfin aux votes. Article par article, la proposition de loi était soumise aux suffrages. Chaban-Delmas officiait, imperturbable.

— Personne ne demande la parole ?... Je mets aux voix... Adopté.

Ce mot devint le symbole d'une sorte de miracle.

— Article 2 mis aux voix... est adopté.

Sa voix métallique devenait un véritable baume au cœur de Victoire.

— Article 3 : La vente des contraceptifs... Un amendement a été présenté... Amendement retiré. Les sous-amendements 9 et 8 deviennent sans objet.

Les formules administratives se répétaient, obsessionnelles, obstinées, obscures... Victoire n'écoutait plus, elle guettait la phrase magique...

— L'article 3 ainsi modifié est mis aux voix... Est adopté.

— L'article 4 ainsi modifié est mis aux voix... Est adopté.

La voisine de Victoire notait fébrilement :

— Ils dénaturent le texte, ces cons-là !

— Mais non, affirma une autre, laisse faire, on s'en fout. On la modifiera après, leur loi.

— L'amendement N°2 est déclaré irrecevable, clama le président.

— C'est bien dommage, se plaignit M. Benoist.

— Je mets aux voix l'article 5 modifié par l'amendement N°6... Adopté.

— Je mets aux voix l'article 6 modifié par les amendements adoptés... Adopté.

Victoire n'entendait que ce mot et ne savait plus très bien où elle en était.

Soudain, elle entendit clamer la dernière sentence:

— Je mets aux voix l'ensemble de la proposition de loi...

Il y eut un moment de silence qui lui parut interminable. Les yeux fermés, elle attendait. Puis la voix cria enfin le mot tant espéré: Adopté!

Un tonnerre d'applaudissements vint saluer ce succès. Tandis que ses voisines se congratulaient, Victoire restait inerte sur son banc, comme paralysée par la tension, la fatigue et l'hébétement qui l'avaient saisie depuis plus d'une heure.

Elle dut réunir toutes ses forces pour se lever quand une phrase de Chaban-Delmas lui parvint dans le brouhaha provoqué par les gens qui sortaient.

«L'ordre du jour appelle à la discussion...»

Son cœur se serra. N'allait-il pas revenir sur sa décision? Il paraissait si important... Avait-il le pouvoir de modifier encore quelque chose?

«... à valoriser l'activité inventive et à modifier le régime des brevets d'invention.»

Ce coq-à-l'âne lui parut surréaliste. Combien de temps allait-il résister, seul dans sa petite tribune, entouré d'huissiers qui couraient en tous sens, face à une salle vide où personne ne l'écoutait plus? «Quel est le rapport entre la pilule et les brevets d'invention?» se demanda-t-elle.

Elle sortit abasourdie, gavée de mots, consciente d'avoir assisté à une révolution, convaincue aussi qu'elle avait apporté sa pierre à l'édifice.

Dehors, la nuit était chaude. Elle entendit une voix crier:

— Mes sœurs, le combat continue!

Des hurlements lui répondirent. Victoire s'écarta de cette

foule bruyante et s'engagea sur le pont de la Concorde, heureuse de marcher seule dans cette ville qu'elle aimait et qui lui sembla soudain moins hostile. Qui aurait osé lui prédire qu'un jour elle assisterait ainsi à un tel bouleversement des mœurs? Elle eut une pensée fugace pour son instituteur de Véricourt, un brave homme qui enseignait l'instruction civique avec un sérieux et une conscience irréprochables. Qu'aurait-il pensé si elle s'était levée en clamant avec fierté:

— Moi, monsieur, un jour, je ferai changer une loi de la République!

Fière et apaisée, elle traversa la place de la Concorde.

— Mes sœurs, le combat continue, répétait la voix, au loin, dans la nuit...

Pierre Léonard attendait, près de son téléphone, le résultat du vote. Victoire avait promis de l'appeler quelle que fût l'heure. Calmée par sa longue marche jusqu'à Montmartre, elle annonça la nouvelle avec, toutefois, une satisfaction mitigée.

— Je suis épuisée, comme si je m'étais battue la nuit entière. J'ai entendu des députés courageux défendre notre cause avec talent, et des imbéciles rétrogrades s'accrocher à leurs prérogatives de mâles, prêts à tout pour les conserver.

Il n'osa pas lui dire qu'il la trouvait bien hargneuse. Elle reprit son souffle:

— Les plus dangereux sont probablement ceux qui se sont tus, les silencieux qui n'ont pas osé exprimer leur opposition et qui, dès demain matin, vont tout mettre en œuvre pour empêcher la loi de s'appliquer. Je les voyais, renfrognés, tapis sur leur banc, mijotant leurs coups bas.

Elle expliqua que le projet de loi devait encore être discuté au Sénat avant de revenir à la Chambre en deuxième lecture, pour le vote définitif. Ensuite, il faudrait attendre la publication des décrets d'application, ce qui pouvait demander des mois. Au cours de ces étapes, les opposants freineraient, tenteraient de modifier, de maquiller, de dénaturer ce texte qui touchait à leurs convictions intimes.

Elle continuait, avec une amertume que Pierre ne lui connaissait pas:

— Personne n'imagine la vie privée de ces hommes qui plastronnent à la tribune. Quel rôle joue leur épouse ? Combien d'entre eux ont des comportements inavouables ? Rien qu'à les regarder, on devine leurs turpitudes.

Pierre s'étonna :

— Pourquoi des pensées aussi noires après un tel succès ?

— Le cabinet médical est un lieu où tant d'horreurs sont confessées qu'il m'était difficile, en écoutant ces belles critiques, de ne pas deviner ce qu'elles cachent.

— Si tu te mets à broder sur les bas instincts de la nature humaine, tu vas sombrer dans le désespoir ! Dis-moi plutôt quand tu reviens.

— Demain en fin de matinée.

— Tu es d'accord pour que nous partions en vacances ensemble ?

— J'en rêve !

Victoire avait toujours du mal à quitter sa clientèle, sa maison, sa fille... Pour la première fois, cette année, elle avait pu s'organiser pour prendre quelques semaines de repos. Lydie devait passer le mois d'août dans la famille de Rémy sur la Côte d'Azur, et elle avait trouvé une jeune gynécologue pour la remplacer.

— Où m'emmènes-tu, cette fois-ci ?

— En Californie. Los Angeles, San Francisco... Ça te va ?

— Je t'aime !

Elle ne parvint pas à s'endormir. Comme toujours, les souvenirs de sa vie défilaient devant ses yeux ouverts dans le noir. Était-elle vraiment l'héroïne de ce roman ? Que restait-il aujourd'hui de la pensionnaire timide élevée par les bonnes sœurs dans un cocon de préjugés confortables, si loin des réalités de l'existence ? Qu'aurait pensé mère Eugénie, la supérieure, de son action militante pour la libération sexuelle de la femme ? Victoire sourit en se souvenant qu'au pensionnat, même le mot « ventre » était considéré comme inconvenant. Pour aller se plaindre à la religieuse responsable de l'infirmerie, les filles disaient : « Ma mère, j'ai mal sous le tablier. »

À quoi lui avaient servi ces bons principes ? Aujourd'hui, elle passait son temps à discuter de procréation et de sexualité. Sa fille, une enfant de l'amour, vivait maritalement avec le père de son bébé, tandis qu'elle-même, sans aucun remords, se complaisait dans le concubinage.

— Mon Dieu, je sais que vous me pardonnez, murmura-t-elle en s'endormant enfin.

— Pourquoi la Californie ? demanda Victoire dans le taxi qui les emmenait vers l'aérodrome.

— Parce que mon frère Francis y habite depuis une dizaine d'années et que je n'y suis jamais allé.

Elle savait que les Léonard étaient trois frères, mais Pierre n'en avait jamais dit plus.

— Vous vous êtes tout de même revus au cours de ces dix ans ?

Il prit un air triste.

— Non. C'est un garçon très indépendant. Il a beau être l'aîné, il n'a jamais voulu servir de modèle. Passionné par l'électronique et l'informatique, il est parti à vingt ans pour faire un stage dans une entreprise de la Silicon Valley, et il n'est plus revenu depuis. Il a épousé une de ses collègues...

— Ils se marièrent et eurent beaucoup d'enfants.

— Ils en ont deux.

— C'est magnifique !

— Mon père ne l'a pas entendu de cette oreille. Il n'admet pas qu'un de ses fils se soit marié à l'étranger, sans lui demander la permission, sans lui présenter sa fiancée, etc. Il espérait lui confier l'exploitation, imaginant que ses deux cadets se consacreraient à des professions libérales ou administratives. La tradition pour un terrien normand.

— Ne me dis pas qu'ils se sont fâchés pour ça.

— Fâchés, c'est beaucoup dire... Francis écrit de temps à autre, envoie des photos. Mon père ne répond pas. C'est moi qui donne des nouvelles. Les ponts ne sont pas coupés, un père et un fils ne se fâchent jamais vraiment.

— Ton frère n'a-t-il pas eu l'idée de revenir en France à l'occasion des vacances, ou simplement pour lui présenter sa famille ?

— C'est un ours. Il a peur d'un affrontement susceptible de rompre le lien ténu qui existe encore. Pendant notre séjour, je vais essayer de jouer les « Monsieur bons offices ». On verra bien.

C'était la première fois que Pierre se livrait ainsi. Il raconta que son autre frère s'était marié très jeune avec la fille d'un de ses professeurs de Saint-Cyr. Officier d'artillerie, il changeait de garnison tous les trois ou quatre ans, mais passait chaque année les vacances de Noël au château.

— Toi, tu as préféré rester au bercail.

— Ce n'était pas mon intention. Mais j'étais le cadet, le dernier à la maison. Il fallait bien continuer à gérer l'exploitation. Peu de temps après mon retour d'Algérie, mon père a fait un accident vasculaire cérébral, et il m'a passé les commandes.

— En somme, il t'a pris au piège.

— Il ne m'était pas possible de le laisser tomber. Je me suis juré que, tant qu'il vivrait, il m'aurait auprès de lui.

— Cela ne t'aurait pas empêché de te marier.

— Tu me vois installer une femme à la maison ? Il ne la supporterait pas. J'ai horreur des complications.

Victoire avait rencontré plusieurs fois le vieil homme qui lisait toute la journée, au coin du feu ou dans le jardin à l'ombre d'un platane. Sa large figure au teint fleuri était couronnée de cheveux blancs. Son nez camus surmontait une moustache grise taillée en brosse et, quand il plaisantait, ses yeux d'un bleu délavé disparaissaient derrière ses paupières plissées. Il avait accueilli la compagne de son fils avec une aménité parfaite, et Victoire l'imaginait mal fâché contre son aîné ou réticent devant l'éventuelle épouse du cadet.

Plongé dans ses rêveries, Pierre ne disait plus rien.

— Comment ton père supporte-t-il tes absences ?

— Bien, à condition que je lui téléphone tous les jours.

— Ne suffirait-il pas que tu lui écrives ?

— Non. « Quand je reçois une lettre, a-t-il coutume de dire, mon angoisse s'aggrave. Je me demande ce qui a pu se passer depuis. »

Francis Léonard était, comme son frère, de taille supérieure à la moyenne, avec le même visage allongé. Ses cheveux gris se raréfiaient déjà, alors qu'il ne devait guère avoir dépassé la quarantaine. Solidement charpenté, il portait un pantalon de toile claire et une chemise bariolée qui évoquaient les vacances.

Il habitait à une heure de l'aéroport, sur les hauteurs de Berkeley, l'une des villes qui jouxtent et dominent San Francisco.

Ce n'est qu'une fois la voiture garée en haut d'une rue pentue qu'ils découvrirent la maison de bois bâtie en contrebas. Ils durent franchir un porche rustique et descendre un escalier de planches, deux étages environ, avant d'atteindre la porte d'entrée. Ils pénétrèrent alors de plain-pied dans une grande pièce à vivre séparée par un simple comptoir d'une cuisine moderne parfaitement équipée. Un étage plus bas s'ouvraient la chambre des parents et celle des amis ; en-dessous, le domaine des deux filles et la buanderie donnaient sur un jardinet enfoui dans les pruniers sauvages.

Au niveau du séjour, une terrasse, de bois également, permettait de prendre des repas sous un parasol, avec une vue à 180° sur l'ensemble de la baie, une des plus belles du monde.

— Ces constructions légères sur pilotis résistent mieux aux tremblements de terre, expliqua Francis, le visage serein.

— La terre bouge souvent ici ? demanda Victoire, subitement inquiète.

— Tous les deux ou trois ans, pas plus.

— Et la dernière fois, c'était...

— L'an passé.

— Ah bon ! Tant mieux.

Autour d'eux, parsemant la forêt, d'autres constructions du même type semblaient défier la pesanteur. Silencieuse, Victoire admirait.

Francis les laissa s'installer.

— En vous attendant, je prépare quelques rafraîchissements. Debby est allée faire les courses avec les filles, elle ne va pas tarder à rentrer. Prenez votre temps.

— Sais-tu ce que fait ta belle-sœur dans la vie ? demanda Victoire, une fois la porte refermée.

— Informaticienne, comme lui. Ils se sont rencontrés chez IBM. Je crois qu'ils font de la recherche... Je n'en sais pas plus. Tu as vu, Francis n'est pas bavard !

La cavalcade des enfants sur la terrasse au-dessus de leur tête les avertit de leur retour. Ils remontèrent dans le séjour et découvrirent l'épouse de Francis, une solide femme blonde au visage avenant. Son sourire découvrait des dents éclatantes que la lèvre supérieure dégageait jusqu'en haut de la gencive. Ses deux filles sautèrent au cou de tante Vicky et d'oncle Pierre avec spontanéité. Âgées de six et huit ans, blondes comme leur mère, elles s'exprimaient dans un stupéfiant mélange d'anglais et de français, sans paraître savoir où était la démarcation entre les deux langues, zozotées de la même manière au travers d'impressionnants appareils dentaires.

Debby les envoya préparer leur sac car elles partaient le jour même en camp de vacances pour deux semaines. Tandis qu'elles se précipitaient et que Francis rangeait les provisions pour s'attaquer aux préparatifs du déjeuner, elle s'assit auprès de ses invités.

C'était le premier contact de Victoire avec une femme américaine, et elle fut d'emblée frappée par sa convivialité. Debby s'exprimait dans un français parfait, presque sans accent, alors que Francis parlait l'anglais avec des intonations françaises à la limite de la parodie.

— Voilà ce que j'ai prévu pour vous, expliqua-t-elle en ouvrant un dossier bourré de prospectus.

Elle leur avait réservé une voiture de location pour qu'ils puissent être autonomes. Elle avait aussi préparé une liste des principales curiosités de la région, avec les cartes routières et les dépliants touristiques correspondants. Après le repas, s'ils n'étaient pas trop fatigués, elle les emmènerait faire un tour dans Berkeley pour les familiariser avec les environs immédiats, afin qu'il puissent retrouver aisément la maison et profiter des vacances à leur guise.

Au fil des jours, Victoire allait découvrir un mode de vie qu'elle n'aurait jamais imaginé. Le couple se partageait les tâches de la maison avec une totale égalité de responsabilités. Francis s'affairait aux fourneaux, tandis que Debby faisait les comptes du ménage sur son ordinateur, ou vice versa, selon les moments.

Le samedi soir, Debby proposa un pique-nique pour le lendemain, au bord de l'océan Pacifique, sur une plage sauvage où viennent se réfugier les phoques.

Dès neuf heures, ils étaient prêts pour l'aventure. Ils montèrent tous les quatre dans la Chevy familiale. Arrivés au lieu prévu, ils découvrirent un panorama d'une beauté à couper le souffle : des dunes de sable alignées à perte de vue et un océan gris roulant des vagues vertigineuses chevauchées par des surfeurs.

Après un déjeuner de sandwichs et de Coca-Cola, Victoire s'empara du bras de Pierre et ferma les yeux de bonheur. Arrivés sur la plage, les hommes passèrent devant, tandis que Debby et Victoire en profitaient pour faire plus ample connaissance. La conversation s'orienta vite vers le féminisme, un thème qui leur était cher.

— Être mère et épouse n'est pas suffisant pour affirmer une identité, affirma l'Américaine. Nous devons nous épanouir par nous-mêmes et non en fonction de l'homme dont nous partageons la vie. N'avez-vous pas remarqué comme certaines femmes commencent toutes leurs phrases par « Mon mari. Mon mari pense que nous devrions... Mon mari a décidé que nous... Mon mari ceci, mon mari cela... » Elles ne sont plus que les reflets de l'autre !

— Dans mon domaine, reconnut Victoire, il est certain que nombre de patientes auraient un long chemin à parcourir avant de savoir décider par elles-mêmes. Combien de fois en ai-je entendu se plaindre : « Je prendrais bien la pilule, mais mon mari n'y tient pas. »

— Cette soumission est insupportable. Francis et moi, nous formons un couple équilibré et heureux. Nous partageons toutes les corvées. Il s'est occupé des filles dès leur naissance, autant que moi. Il maniait même les couches avec plus d'adresse que la puéricultrice.

— Sans pouvoir leur donner le sein, tout de même.

— Je crois qu'il aurait bien aimé...

Elle fit une grimace de dégoût.

— De toute façon, je ne voulais pas les nourrir. Je trouve que l'allaitement maternel est malsain. Avec les biberons stériles tout prêts, on est plus tranquille !

Victoire n'en revenait pas. Comment une femme aussi sensée pouvait-elle dire de telles bêtises ?

Debby revint à son mari.

— Il n'a jamais cherché à me dominer. Ni à la maison ni dans le travail. Il reconnaît lui-même que, professionnellement, je lui suis supérieure. Pourtant, il gagne 30 % de plus que moi !

— Pourquoi cette différence ?

— Il a obtenu de l'avancement plus vite. Chaque fois que j'ai dû m'arrêter pour accoucher, il a bénéficié d'une promotion, comme si la direction se vengeait. Il n'en tire pas gloire pour autant, mais j'avoue que cette situation m'agace.

Victoire savait que la disparité des salaires entre les sexes existait partout.

— Avez-vous entendu parler de Betty Friedan ? demanda Debby.

Victoire acquiesça. Elle avait lu *La Femme mystifiée*, traduite en France par Yvette Roudy, et le ton de ce pamphlet égalitaire l'avait impressionnée.

— Beaucoup plus qu'une pamphlétaire, c'est une femme courageuse et engagée. Elle est de nos amis et, demain, elle donne une conférence à l'université de Berkeley. Je vous y emmène, si ça vous amuse...

Le séjour se pimentait. Depuis leur arrivée, Victoire et Pierre avaient joué les touristes, s'extasiant devant les arbres millénaires du Yosemite Park et les cascades de Shasta Trinity, goûtant les vins de la Napa Valley, applaudissant les dauphins du Marine World de Vallejo, et frémissant d'émotion dans les studios de la Warner à Hollywood. Ils avaient même failli se marier dans une Wedding-Chapel de Tahoe City, mais ils avaient perdu leurs économies au black jack.

Maintenant, ils pénétraient au cœur du féminisme américain.

Betty Friedan avait à peu près l'âge de Victoire. Mariée, mère de trois enfants, cette journaliste s'était rendue célèbre par une formule qui avait fait fortune. D'après elle, la parfaite épouse qui vit avec ses enfants et son mari, dans une maison cossue bien équipée, ressent un « malaise qui n'a pas de nom ». Le livre qu'elle avait écrit sur ce thème avait été un succès.

De taille moyenne, les cheveux bruns séparés en deux bandeaux ramenés en arrière, un peu à la manière de George Sand, elle séduisait par l'intelligence et l'intensité de son regard sombre, malgré un visage ingrat au nez proéminent ; elle s'exprimait dans un anglais simple, à la portée de tous.

Dans une salle survoltée, envahie par un public presque exclusivement féminin, elle expliqua pourquoi des militantes avaient créé la National Organization for Women. Ce mouvement, remarquable par son sigle NOW, se voulait comparable à ceux qui militent pour la défense des Noirs. La lutte pour l'égalité des droits était son maître mot. Égalité pour l'accès à l'emploi et à l'éducation, pour les salaires, la représentation dans les médias et la politique. Abolition des publicités sexistes et de toutes les formes de discrimination fondées sur le sexe.

— Il est, par exemple, inadmissible que les offres d'emploi dans les journaux soient différentes pour les hommes et les femmes. Malgré nos protestations répétées, rien ne change. Il faut agir. À partir du mois prochain, nous allons manifester au siège de ces publications dans toutes les villes du pays. Ce qu'il est impossible d'obtenir pacifiquement, nous l'obtiendrons par la force !

Après la conférence, Betty et son amie Eleanor Smeal vinrent finir la soirée chez Francis et Debby. Elles coucheraient dans la chambre des filles avant de repartir vers d'autres meetings.

Victoire découvrit une femme plus paisible que ne le laissait prévoir son discours virulent et qui, en privé, conservait un regard lucide sur son action publique :

— Dans ce pays, il faut crier pour être entendu. Notre but est d'obtenir un amendement à la Constitution instituant officiellement l'égalité des droits de l'homme et de la femme. Nous y parviendrons, je peux vous le promettre. J'ai conscience d'appartenir au fer de lance d'un immense élan mondial que rien n'arrêtera. Un jour, notre destin ne sera plus dicté par les hommes. Partout, notre représentation sera ce qu'elle doit être : 50 %.

Loin de la tribune, elle exprimait une froide détermination qui effrayait quelque peu Victoire, dont l'activité avait toujours été empreinte de discrétion. Cette petite bonne femme, qui plaisantait avec son amie et demandait des nouvelles des enfants en aidant Francis à remplir le lave-vaisselle, était, en réalité, une force de la nature bien décidée à faire bouger une des structures administratives les plus conservatrices du monde civilisé.

Son amie Eleanor semblait plus effacée, avec son chemisier sage et sa coiffure ordonnée. Elle écoutait en silence, puis complétait les dires de Betty en précisant la place qu'occupait, sur le terrain, cette association NOW dont elle dirigeait l'organisation. Elle raconta comment avaient été créés, sur l'ensemble du territoire national, les «chapitres» régionaux qui transmettaient les mots d'ordre de la direction centrale.

— C'est un véritable mouvement révolutionnaire ! s'exclama Victoire, impressionnée.

— Pas du tout, répondit la militante. Nous sommes des mères de famille de la *middle class,* décidées à n'user que de moyens légaux. Manifester devant le siège d'un journal n'est pas interdit. Quand ils en auront assez de nous voir, il nous donneront satisfaction.

Cette rencontre allait bouleverser les conceptions de Victoire. Certes, elle ne se voyait pas en train de lancer une telle association en France, mais elle prenait conscience du fait que des habitudes sociales vieilles de plusieurs siècles pouvaient être battues en brèche. Il suffisait à des personnes simples mais obstinées de faire preuve de volonté et de patience. L'exemple de la loi Neuwirth en était, d'ailleurs, l'illustration.

Le départ approchait. Pierre et Victoire n'avaient plus que deux jours à passer dans ce pays somptueux. Ils allèrent une dernière fois manger des crabes pêchés du matin à Sausalito, de l'autre côté du Golden Bridge. Ils marchèrent de longues heures dans les rues pentues et bosselées de San Francisco, où les trams à crémaillère peinent pour monter. Ils firent quelques emplettes dans les magasins de l'ancien port de commerce et reprirent le chemin de l'aéroport.

Pierre et son frère avaient eu le temps de se parler, et Victoire de vanter à Debby les charmes de la Normandie.

Quand ils s'embrassèrent devant la salle d'embarquement, la décision de se retrouver en France pour fêter Noël tous ensemble était prise.

Pierre sourit en montant dans le Boeing d'Air France.

— Je crois que nous avons gagné, murmura-t-il à l'oreille de Victoire. Grâce à toi, mon père reverra probablement son fils aîné.

Quand Victoire reprit le travail, après l'été, son état d'esprit avait changé. Était-ce l'influence des femmes américaines ou l'évolution naturelle des mentalités, elle n'aurait pu le dire.

Mais cette année 1967, elle le savait, serait pour elle une étape décisive.

Avant même que les décrets d'application de la loi Neuwirth, freinés par ses détracteurs, parviennent à voir officiellement le jour, son principe était entré dans les mœurs.

Sans plus se soucier du qu'en-dira-t-on, la gynécologue entreprit de prescrire, au grand jour, les contraceptifs de son choix. Elle retournait souvent à l'hôpital Broca, où son maître Palmer expérimentait les nouveaux produits apparus sur le marché. Plus faiblement dosés, mieux adaptés au cycle ovarien, plus modulables, ils se diffusaient rapidement dans le public.

Il était temps, car les demandes d'avortements ne cessaient d'augmenter, surtout depuis que l'Angleterre autorisait l'interruption de grossesse, même pour les étrangères. Des voyages collectifs commençaient à s'organiser. Des cars, partis à l'aube, traversaient la Manche en ferry pour revenir le lendemain. Comme les autres gynécologues affiliés au Planning familial, Victoire conseillait à ses patientes ce moyen efficace, sans danger, et raisonnablement coûteux.

En octobre, Lydie vint passer un week-end à Véricourt, en tête à tête avec sa mère qui n'avait pas eu l'occasion de lui raconter ses vacances californiennes. L'automne apportait la fraîcheur avec ses premières pluies, et les deux femmes n'eurent aucun scrupule à sacrifier à leur rite préféré : s'offrir une matinée-parlote en robe de chambre, avec un petit déjeuner à rallonge, sur le tapis, devant le feu de bois.

Victoire décrivit avec lyrisme les paysages de la Californie, les séquoias, les phoques, les vins de la Napa Valley. Lydie l'interrogea sur les coutumes américaines et s'étonna du mode de vie des Léonard, de leur partage des tâches.

— Je n'imagine pas Rémy rangeant les assiettes dans la machine. Sait-il seulement où elle se trouve ?

Victoire raconta aussi la soirée avec les militantes féministes. Leur froide détermination serait-elle contagieuse au point de voir naître en France les mêmes activistes ? Les deux femmes en vinrent à évoquer les nouveautés de la contraception et les voyages organisés vers la Grande-Bretagne.

— Pourquoi y a-t-il encore tant d'avortements ? s'étonna Lydie.

La jeune avocate aimait trop les enfants pour admettre l'idée d'une banalisation de cet acte qu'elle jugeait contre nature, tout en reconnaissant que les femmes doivent être libres de leurs décisions.

— Le problème devrait se régler avant d'en arriver là !

— On en revient toujours au même point, confirmait Victoire. Il faut, d'abord et avant tout, informer, conseiller, faciliter le dialogue, et donc sortir de la clandestinité, comme l'a voulu Lucien Neuwirth. L'avortement ne doit être que l'ultime recours.

— As-tu vraiment reçu en consultation des femmes à qui tu as personnellement prescrit des contraceptifs et qui, ensuite, sont venues te demander de les faire avorter ?

— Hélas, oui.

Elle eut une pensée fugitive pour Fanchon, l'ex-femme de Victor.

— Comment expliques-tu ces échecs ?

— La prise quotidienne de la pilule souffre d'un préjugé qu'elles ne parviennent pas toutes à vaincre.

— Elles oublient ou elles refusent ?

— Elles prétendent oublier, mais c'est une excuse trop fréquente pour que je sois persuadée de sa sincérité. Je me demande même si ces oublis n'expriment pas plutôt l'ambiguïté féminine face au désir de maternité.

— Être enceinte les rassurerait, même si la grossesse est refusée ?

— Je le pense. Même refusée, la grossesse reste la plus pure expression de la féminité face à la virilité mythique.

— Donc, d'après toi, c'est volontaire...

— Ce n'est pas aussi clair. « Une pilule sautée, je croyais que ce n'était pas si grave », ai-je entendu souvent.

— C'est toujours autant de produit chimique en moins.

— Sans imaginer qu'elles donnent à leur organisme des à-coups bien plus nocifs qu'une imprégnation hormonale régulière.

Lydie avait du mal à croire sa mère. Elle préférait penser que la peur de prendre des médicaments dominait.

— J'ai entendu dire que certaines arrêtent temporairement. Tu penses qu'elles ont tort ?

— Absolument ! Il y a même des médecins incompétents qui

le leur conseillent. « Pour reposer vos ovaires », disent-ils. Comme si les ovaires se fatiguaient... Comme si les inconvénients de la pilule étaient à mettre en balance avec le drame d'un avortement.

— Là, l'organisme souffre vraiment, j'imagine !

— C'est évident. D'ailleurs, des stérilités apparaissent, y compris après des actes effectués par des médecins sérieux et dans les meilleures conditions.

Jusqu'alors, Victoire avait été si persuadée de voir le nombre de fausses couches diminuer qu'elle devait s'avouer profondément déçue. Elle n'osait penser à la solution qui finirait pourtant par s'imposer : autoriser l'avortement comme en Angleterre.

Lydie s'insurgea contre cette idée.

— Tu veux voir les avorteurs professionnels se frotter les mains chez nous aussi ?

— Il y a peut-être moyen de ne pas en arriver là.

Son état d'esprit vis-à-vis de ses confrères anglais devenait chaque jour plus amer. Dans son for intérieur, elle ressentait du mépris pour ces médecins qui s'enrichissaient en pratiquant à la chaîne un acte contraire à la philosophie médicale.

Certes, ils rendaient service à des femmes en détresse, nul – et surtout pas elle – n'aurait osé prétendre le contraire. Certes, ils étaient infiniment moins dangereux que les avorteurs clandestins œuvrant dans des arrière-cuisines ou des cliniques louches. Certes, ils évitaient les complications bien qu'ils eussent l'autorisation d'interrompre des grossesses jusqu'à vingt semaines. Mais quelle idée se faisaient-ils de leur métier ?

Même si un simulacre d'entretien « psychologique » précédait l'avortement, jamais elle n'avait vu revenir d'Angleterre une seule femme qui eût changé d'avis et décidé de conserver son enfant. Alors, pourquoi ces faux-semblants hypocrites ?

Puisque la contraception ne suffisait pas à *prévenir* cet acte de détresse, il fallait l'autoriser et faire en sorte qu'il puisse avoir lieu légalement, sans pour autant le banaliser.

— Elle avait raison celle qui criait dans la nuit que la lutte doit continuer. La loi Neuwirth n'est qu'une étape.

Lydie vint embrasser sa mère et approcha sa bouche de son oreille comme pour lui chuchoter un secret :

— Moi, j'en ai profité pour faire un second bébé.

Victoire avait décidé de se faire remplacer pendant la période prévue pour l'accouchement de sa fille. Elle arriva donc rue Caulaincourt dans les premiers jours de mai, quand les chahuts étudiants du Quartier latin commencèrent. Heureusement, Montmartre était calme.

— Je suis née pour avoir des enfants, disait Lydie en pleine forme. Tu vois, je ne me porte jamais aussi bien qu'enceinte jusqu'aux yeux.

Rémy Courtial, euphorique, profitait de la situation pour prendre aussi un peu de poids, par solidarité sans doute. Il le constatait avec humour :

— Les envies perpétuelles de Lydie et son horreur de manger seule m'obligent à l'accompagner. Que voulez-vous, je profite !

Il ajoutait, philosophe :

— Nous maigrirons ensemble après la mise bas !

Victoire fit la grimace :

— La mise bas ! Quelle honte de s'exprimer ainsi !

À peine était-elle arrivée ce soir-là que la sonnerie de la porte retentit.

— Ce doit être Séverine, prédit Lydie en se levant. Elle m'avait promis de passer.

La jeune fille entra, accompagnée d'un grand jeune homme blond.

— Je vous présente mon frère Thibaud. Il y a longtemps qu'il souhaitait m'accompagner. C'est fait. J'espère que nous ne vous dérangeons pas...

Très à l'aise, elle vint embrasser Victoire et lui demanda si elle avait fait bon voyage. Le garçon, moins spontané, resta sur la réserve.

— Il y a une telle foire rue Gay-Lussac, s'excusa-t-il, qu'il n'y a plus moyen de travailler.

Il avait la taille de son père, la même chevelure bouclée, abondante et rebelle, le regard à peine plus gris. La ressemblance était frappante. Ses gestes avaient cette maladresse guindée que Victoire trouvait si séduisante quand elle avait vingt ans.

Elle découvrit rapidement que certains travers qu'elle trouvait charmants chez Arnaud, trente ans plus tôt, l'agaçaient aujourd'hui. Thibaud était trop sûr de lui, trop péremptoire dans ses jugements, trop critique à propos de tout. Pour le moment, il faisait le procès de ses camarades, fils de bourgeois déguisés en révolutionnaires.

— Je ne comprends pas que la police ne renvoie pas chez eux tous ces excités en leur bottant les fesses. Moi, je vais vous dire...

Suivait un flot de vérités premières lues dans *Le Figaro* du matin et qui n'intéressaient personne.

Séverine, sans s'occuper des discours de son frère, était allée sur la pointe des pieds embrasser Delphine endormie.

La conversation se limita vite à un dialogue animé entre le jeune homme et Rémy. Ils s'accordaient pour critiquer le fonctionnement désuet et inefficace de l'Université.

— Le plus étonnant, affirmait l'avocat, c'est de voir les profs unir leurs voix à celles des étudiants pour critiquer un système dont ils profitent sans vergogne. Je n'ai jamais vu des gens cracher dans la soupe avec autant d'énergie.

Saturée par ces propos, Victoire prit sa fille à part.

— Je n'ai pas vu Jeannette. Elle est de sortie ce soir... ?

Lydie fit la grimace.

— Elle ne va pas bien du tout.

— Que se passe-t-il ?

— Elle m'avait fait jurer de ne pas t'en parler, mais il y a eu un drame avec son Georges.

Lydie raconta que la femme légitime du marchand de légumes avait découvert la liaison coupable de son époux. Elle l'avait menacé de dévoiler au fisc sa comptabilité officieuse s'il ne rentrait pas sans délai dans le droit chemin.

— Depuis, notre Jeannette est en pleine dépression et se plaint d'être abandonnée pour la deuxième fois.

— Pourquoi n'a-t-elle pas voulu m'en parler ?

— Par honte, sans doute, et pour ne pas t'inquiéter.

— Il faudrait que je la prenne un peu à Véricourt, conclut Victoire, compatissante.

— Bonne idée, concéda Lydie en se tenant le ventre, mais attends que je sois rentrée de la clinique. Ce n'est pas Rémy qui va garder Delphine. À mon retour, je chercherai quelqu'un d'autre.

Lydie ressentit les premières douleurs au début de l'après-midi du 24 mai 1968, en pleine grève générale. La nouvelle 404 de Victoire attendait cet événement devant l'immeuble, avec le plein d'essence et un bouchon à clé pour empêcher qu'on siphonne le réservoir, pratique courante depuis que la pénurie s'était installée. Rémy travaillait à son bureau du boulevard Malesherbes, et les deux femmes décidèrent de se passer de lui. Il promit d'arriver aussi rapidement que possible.

La clinique était située dans le 16e arrondissement. Pour son dernier caprice de femme enceinte, Lydie demanda à sa mère de faire un détour par le Quartier latin afin de jeter un coup d'œil à ce qui restait des barricades vespérales, démolies chaque matin par les policiers, une fois les insurgés rentrés chez papa et maman. De fait, le spectacle valait le déplacement. Les carcasses de voitures calcinées, les avenues dépavées et les grilles d'arbres arrachées donnaient à la ville un aspect insurrectionnel. Au milieu de ce décor, les Parisiens, blasés, vaquaient à leurs occupations, tandis que les bulldozers nettoyaient la chaussée. Les étudiants, réunis dans des amphithéâtres décorés de banderoles, palabraient au cours de réunions plénières confuses et enfumées, à la recherche d'une recette magique pour reconstruire le monde.

Arrivées en vue du carrefour Saint-Germain-des-Prés, Victoire aperçut une manifestation hérissée de drapeaux rouges et un cordon de police les détourna vers le boulevard Raspail. Déçues, elles rebroussèrent chemin vers la rive droite, en se pressant un peu car le bébé, sans doute sensible à l'ambiance révolutionnaire, commençait à manifester des signes d'impatience.

Toute l'équipe obstétricale était à son poste malgré les embouteillages, et l'anesthésiste, parvenu à la clinique *in extremis* en même temps que Rémy, put poser le cathéter de la péridurale. La naissance d'un garçon bien constitué se fit donc en douceur. Il répondrait au nom de Didier, et le père, gonflé d'importance, paradait dans les couloirs en annonçant la bonne nouvelle.

Séverine et Thibaud vinrent féliciter la jeune accouchée et saluer l'arrivée du demi-neveu avec un grand bouquet printanier.

Sans le dire, Victoire s'étonnait des liens soudain créés entre sa fille et les enfants d'Arnaud. Lydie avait une manière si spontanée de les accueillir que ces adolescents, isolés dans la capitale, retrouvaient sans doute à son contact l'ambiance familiale qui leur manquait.

Séverine sentait sa fibre maternelle vibrer devant le berceau, tandis que son frère, vite lassé par les exclamations admiratives, préférait bavarder avec Rémy.

— Vous n'imaginez pas, confia-t-il à l'avocat, à quel point cette atmosphère de licence et de révolte agit sur la psychologie féminine. Ce sont des siècles de blocages qui s'effondrent. Pour peu qu'elles prennent la pilule, les filles s'envoient en l'air comme des permissionnaires en bordée.

Rémy ouvrait de grands yeux où la stupéfaction se teintait d'envie.

— C'est bien simple, continua Thibaud d'un air blasé, il suffit de choisir l'élue du jour et de disposer d'un local.

— Ah ! Le local ! gémissait Rémy en se remémorant ses soucis d'autrefois. Que de soirées j'ai passées à lutiner des petites sur un banc en rêvant d'une chambre d'hôtel que je n'osais pas leur proposer...

Dans la génération de Thibaud, on n'en était plus là.

— Avec deux copains, nous partageons une piaule rue de Seine. On fait les trois-huit ! Un de mes potes carabin, qui arrondit ses fins de mois en prescrivant la pilule à ses copines sur des ordonnances fauchées à l'hôpital, m'expliquait hier que la vraie révolution ne se trouve pas sur les barricades mais dans l'association pilule-pénicilline. Avec ça, on évite les mauvaises maladies et les mouflets. Le rêve !

Séverine s'était approchée et écoutait son frère avec une moue de dégoût.

— À mon avis, de tous temps il y a eu des putes, et les hommes ne se sont jamais demandé comment elles faisaient passer leurs « mouflets », comme tu dis.

— Détrompe-toi, ma chère, ce ne sont pas des putes. Ce sont des filles comme toi et... moi.

Il fut seul à rire de sa plaisanterie. Sa sœur le toisa avec mépris.

— Tu es bien comme papa ! L'amour, tu n'imagines même pas ce que c'est. Pour vous, une fille, c'est du gibier, et rien d'autre.

Victoire fit dévier la conversation en accueillant Pierre qui arrivait de Normandie avec un panier de cerises cueillies du matin. Toute la famille réunie autour du nouveau-né commença à manger les fruits mûrs, oubliant un moment l'agitation sociale qui secouait le pays.

— Tu es heureuse? demanda Pierre en prenant Victoire par les épaules.

— Comment ne pas l'être, devant un si beau bébé?

Il l'embrassa tendrement. «Je prends le bonheur comme il vient, pensa-t-elle, mais sans baisser ma garde! Les malheurs ne préviennent pas...»

Elle ne croyait pas si bien dire.

Après la naissance de Didier, la vie sembla d'abord reprendre un cours paisible. Les étudiants regagnèrent leurs universités, et la montagne accoucha d'une réforme universitaire en trompe l'œil. Les accords de Grenelle mirent un point final peu glorieux aux appétits syndicaux, pendant que le général de Gaulle concoctait le référendum qui lui serait fatal. Lydie s'épanouissait entre ses dossiers et ses deux enfants, tandis que Jeannette remâchait ses déboires.

Pierre, lui, se réjouissait d'une lettre annonçant la visite de Francis et de Debby pour la Saint-Sylvestre, quand survint la catastrophe qui allait bouleverser l'existence de Victoire.

Elle se présenta sous les traits d'une infirmière qu'elle connaissait et appréciait depuis toujours. Sage-femme à Véricourt, Madeleine Bouchard avait suivi de près les vicissitudes de Victoire et faisait partie de celles qui regrettaient son départ de l'hôpital.

Elle entra dans le bureau de consultation après la dernière patiente, les traits ravagés par l'insomnie et le chagrin.

— Mado! Que se passe-t-il? demanda la gynécologue effrayée en se précipitant à sa rencontre.

— Un drame, docteur Dambreville, un grand drame!

— Asseyez-vous et racontez-moi.

Victoire s'assit près d'elle, sur le siège habituellement réservé aux consultants, et lui prit les mains. La pauvre femme semblait hésiter à prononcer l'indicible. Elle articula enfin:

— Colette est... Elle est enceinte!

Victoire resta assommée. Elle connaissait la jeune simplette mise au monde sur le tard, après un second mariage. Incapable de suivre un enseignement normal, à quinze ans, elle avait été prise en charge par un établissement spécialisé et ne revenait à la maison que pour les fins de semaine.

Mado expliqua qu'elle avait découvert le retard de règles de sa fille et demandé immédiatement un test de grossesse qui s'était avéré positif. La petite avait avoué avoir eu des rapports avec son frère aîné, Robert, un bon à rien âgé de vingt-cinq ans, issu d'un premier lit.

— Vous savez combien mon mari aime cette gosse. Il culpabilise parce qu'il pense que c'est de sa faute si elle n'est pas... comme les autres. S'il apprend ça, il va tuer mon garçon ! Vous n'imaginez pas comme il est violent.

— Où est-il, en ce moment ?

— En tournée avec son camion. Il rentrera samedi.

— Nous sommes déjà jeudi... Et Colette, vous l'avez amenée ?

— Oui. Elle est en bas, dans la voiture.

— Allez la chercher.

Restée seule, Victoire prit sa tête dans ses mains. Elle se trouvait encore dans une situation intenable, face à une demande d'avortement dont la nécessité ne se discutait même pas. Au nom de quel principe moral pourrait-on laisser cette adolescente débile mettre au monde un enfant issu de son demi-frère ? Avec, en plus, le risque de voir le père commettre un acte désespéré. Elle avait déjà eu l'occasion de rencontrer le camionneur, un homme d'origine sicilienne, râblé, court sur pattes et noir de poil, dont la brutalité était évidente.

Poussant devant elle sa gamine affolée, Mado rentra dans le bureau.

— Bonjour, ma chérie, il y a longtemps que je ne t'avais pas vue ! Comme tu as grandi !

Victoire s'en voulait de prononcer ces stupidités, mais il fallait tenter d'amadouer ce petit être sauvage et émouvant de disgrâce. Elle l'attira près d'elle, l'embrassa, remit en place une mèche rebelle et lui prit la main.

— Viens, que je regarde ton ventre. N'aie pas peur, je ne te ferai aucun mal.

Les trésors de persuasion ne suffirent pas. Il fallut que sa mère se fâche pour que l'adolescente accepte de monter sur le lit d'examen. Enlever la culotte nécessita un autre combat, et la mise en position gynécologique déclencha pleurs et hurlements.

Le diagnostic ne faisait pas de doute, l'avenir de cette enfant reposait sur les épaules de Victoire. Tels qu'elle les connaissait, jamais les médecins hospitaliers n'accepteraient d'autoriser un avortement thérapeutique, puisque la vie de la mère n'était pas en danger. Aucun ne se demanderait quel serait l'avenir d'un enfant né dans ces conditions.

Mado, qui devait lire dans ses pensées, intervint d'une voix lasse.

— Il ne reste que deux jours. Même s'ils acceptaient, nous n'aurions pas le temps d'obtenir les papiers.

Victoire prit sa décision sans hésiter plus longtemps. Elle se mit à écrire, tout en expliquant son plan à Mado, pendant que la petite se rhabillait :

— Vers minuit, vous vous présenterez à la clinique des Fleurs, à Rouen, avec cette lettre d'admission qui évoquera une hémorragie. Ils m'appelleront et j'arriverai peu après. J'aurai prévenu l'anesthésiste. (Elle baissa la voix, désignant Colette de la tête.) Vous lui ferez prendre deux comprimés d'Equanil à 400 mg vers vingt heures. Elle sera dans les vapes, ce qui accréditera la thèse de l'anémie aiguë et nous évitera les cris.

L'infirmière était soulagée.

— Je ne sais comment vous remercier.

— Ce n'est pas utile ! Sauvez-vous et soyez au rendez-vous ce soir sans vous inquiéter. Tout se passera bien.

La salle d'opération était silencieuse. Le scénario se déroulait comme prévu. La gamine, assommée, s'était laissé transporter et endormir sans un mot. L'anesthésiste et la panseuse de garde n'avaient posé aucune question. Mado se tenait près de sa fille, tandis que Victoire exécutait son curetage avec des gestes précis et rapides.

Alors que les trois femmes suivaient le travail de la gynécologue, la porte s'ouvrit sans bruit, laissant le passage à un vieil homme revêtu d'une blouse blanche. Derrière lui, dans l'ombre du hall, deux personnages en costume sombre se tenaient à l'écart.

Victoire comprit avant qu'un seul mot eût été prononcé.

— Je suis le professeur Grandet, membre du conseil départemental de l'ordre des médecins. Je suis accompagné de maître Verbier, huissier de justice, et du commissaire Labrot. Vous êtes en train d'exécuter un acte interdit et considéré par la loi française comme un crime. Je vous somme d'interrompre cette intervention illégale et de me suivre.

Les trois femmes qui se tenaient près de l'opérée étaient pétrifiées par la surprise.

Victoire ne répondit pas. Écœurée par cette scène au goût de déjà-vu, elle continua son curetage, pendant que le conseiller ordinal répétait sa litanie d'un ton exaspéré.

La vacuité de l'utérus obtenue, Victoire jeta sa curette et se leva, faisant face à son agresseur qu'elle apostropha avec amertume :

— Vous faites une bien vilaine besogne, mon cher confrère, si tant est que je puisse utiliser ce terme qui vous convient mal en de telles circonstances, lui lança-t-elle, méprisante.

Il se raidit et répliqua :

— Je vous en prie, madame ! N'inversons pas les rôles. Je ne suis pas là pour supporter vos jugements. Je vous demande à nouveau de nous suivre.

Victoire entra dans le vestiaire avec Mado. Le professeur essaya de les suivre, mais l'infirmière le repoussa, furieuse.

— Vous ne voulez pas vous rincer l'œil en plus, non ? C'est un monde !

Elle lui claqua la porte à la figure et poussa le verrou.

Pendant que Victoire ôtait sa blouse, Mado se laissa tomber sur une chaise, le visage dans les mains.

— Mon Dieu, qu'ai-je fait ? murmura-t-elle, au bord des larmes.

— À qui en aviez-vous parlé, avant de venir me voir ?

— À personne. Juste au docteur Coste-Lambert.

— Non ? Ce n'est pas vrai !

— Quand j'ai reçu le résultat du test, j'étais dans le service, et il m'a vue m'effondrer. Il est venu à moi et m'a parlé avec cette humanité qu'il peut avoir quand il le veut. Nous sommes entrés dans son bureau et je lui ai tout raconté. Il m'a dit de venir vous voir. « Il n'y a qu'elle pour vous sortir de ce pétrin, a-t-il affirmé, mais ne lui dites pas que c'est moi qui vous envoie. »

Victoire eut un sourire amer.

— Voilà où nous en sommes. Il l'a enfin, ce flagrant délit qu'il guettait depuis des années !

— Tout est de ma faute.

— Mais non ! Si vous n'aviez pas été là, il aurait trouvé quelqu'un d'autre à manipuler. Ne vous faites pas de mauvais sang. L'important, c'est que votre fille soit tirée d'affaire et que votre mari ne sache rien. Moi, je me débrouillerai toujours. J'en ai vu d'autres !

Dans le couloir, Grandet s'impatientait et il se mit à tambouriner contre la porte. Madeleine Bouchard, affolée, proposa à Victoire de se sauver par la fenêtre...

— Vous n'y pensez pas, ma petite Mado. Ce qui va se passer maintenant fera plus pour notre cause que tous les articles de presse. Ne vous inquiétez plus. Je vous demande seulement de téléphoner à ma fille dès que vous serez chez vous. Elle est avocate et saura comment réagir. Ne l'affolez pas. Vous n'aurez qu'à lui raconter ce que vous avez vu. Rien de plus.

Elle griffonna le numéro sur un morceau de papier que Mado empocha.

— Je vous le promets. Et je vous remercie du fond du cœur, madame Victoire. Je n'oublierai jamais...

Des coups de pied ébranlaient la porte. Les deux femmes s'embrassèrent. Au moment de sortir, Victoire fit à l'infirmière une dernière recommandation :

— Quittez la clinique avec Colette le plus vite possible, dès qu'elle sera en état de marcher. Demandez à la panseuse et à l'anesthésiste de prétendre ne pas vous connaître. Si la police organise une confrontation, elles devront dire qu'il ne s'agissait que d'un curetage pour grossesse spontanément interrompue... Votre nom n'a été marqué nulle part et votre mari ne saura jamais rien... À bientôt !

Le verrou tiré, le professeur apparut, fou de rage. Le commissaire Labrot, un gros homme à l'air sévère, l'écarta et s'approcha, suivi d'un policier municipal en uniforme.

— Excusez-moi, docteur Dambreville, je dois vous conduire au commissariat pour prendre votre déposition.

— Je vous suis, monsieur.

Victoire était vêtue d'un élégant pull de cachemire bleu ciel sur un simple jean, avec la veste de toile bleu marine qu'Eddy lui avait offerte aux États-Unis. Elle arborait un sourire ironique qui exaspéra le représentant de l'autorité. Il fit un geste brusque au gardien en uniforme, qui s'avança, une paire de menottes à la main.

— Je n'en espérais pas tant, grinça-t-elle en tendant les poignets. Cette affaire tourne à la mascarade!

L'huissier de justice était désorienté. Que devait-il constater? Pour lui, les événements allaient trop vite. À peine Victoire s'était-elle enfermée dans le vestiaire que le brancard avait disparu dans l'ascenseur avec l'opérée. La panseuse et l'anesthésiste n'avaient pas demandé leur reste, rejointes aussitôt par Mado. Maintenant, le commissaire et sa prisonnière descendaient l'escalier, laissant un bloc opératoire vide! Dépité, l'homme de loi ferma son carnet et se dirigea vers l'escalier à son tour, se demandant à qui il enverrait sa note d'honoraires et quel constat il rédigerait.

Dans la voiture qui traversait la ville déserte, Victoire ne parvenait pas à mettre ses idées en ordre. Le rôle d'Arnaud, en particulier, lui paraissait invraisemblable. Certes, il était déjà intervenu une fois, lors du curetage de Lili la folle, mais sur un coup de tête, poussé par la colère. Cette fois, il avait trahi, menti, dénoncé délibérément. Il s'était conduit de manière éhontée. À cause de lui, voilà qu'elle se trouvait traitée comme une criminelle.

La voiture stoppa devant le commissariat et Victoire fut poussée sans ménagement à l'intérieur jusqu'au bureau d'un jeune inspecteur. Il lui enleva ses menottes et la fit asseoir, puis s'installa en face d'elle, gêné.

— Allez-y, commanda le commissaire qui s'impatientait. Pressons-nous! Nom, prénoms, date de naissance...

Victoire, qui avait repris ses esprits, ne le laissa pas aller plus loin.

— Monsieur, j'estime que votre attitude est indigne. À aucun moment, ma conduite n'a justifié que vous me traitiez de la sorte. Je vous rappelle, au cas où vous ne le sauriez pas, que je suis chevalier de la Légion d'honneur à titre militaire, titulaire de la Victoria Cross et médaillée de la Résistance. Je n'ai pas l'habitude de m'en vanter. Mais je crois qu'il est bon que vous le sachiez, pour comprendre que je n'ai pas pris ma décision à la légère et que je m'y tiendrai. À partir de cet instant vous n'obtiendrez plus un seul mot de moi. Je n'ai rien d'autre à vous dire.

Le gros homme faillit s'étouffer.

— Ah ça, c'est trop fort ! Je me fiche de vos décorations ! Vous allez me répondre, et tout de suite, je vous le garantis !

Victoire regarda ailleurs, croisa ses genoux comme si elle avait tout son temps et ne bougea plus.

Autour du commissaire, un silence pesant fit place à l'agitation habituelle. Chacun se demandait comment il se tirerait de cette situation. Il y allait de son autorité. La volonté de cette femme le décontenançait.

— Très bien ! Puisque vous le prenez sur ce ton, nous attendrons demain, voilà tout. Au lieu de rentrer chez vous une fois les formalités remplies, vous allez dormir ici. C'est votre problème, pas le mien.

Fier de ne pas avoir perdu la face, il s'écarta d'un pas, joignit les talons et inclina le buste pour lancer, triomphant :

— Madame, je vous présente mes hommages et vous souhaite une bonne fin de soirée.

Il s'en alla, le torse bombé. L'inspecteur se leva à son tour, donna quelques instructions aux agents en uniforme, salua Victoire d'un signe de tête contraint et sortit à la suite de son patron.

Dans la salle enfumée, les policiers hésitèrent un moment. Cette femme élégante qui venait de braver l'autorité officielle leur en imposait. Le brigadier responsable de l'équipe de nuit se décida :

— Madame, je suis désolé, il va falloir vous installer dans la cage.

Victoire lui lança un coup d'œil glacé.

— Vous savez, ajouta-t-il, ma femme est soignée par une gynécologue qui vous connaît : le Dr Éléonore Legris. Son mari est un copain de Victor Ambroise, l'ancien maire de Véricourt. Moi, je suis de par là, je vous connais bien.

Ses collègues s'étaient rapprochés. Il continua :

— Il faut nous excuser. On n'a rien contre vous. Moi, je pense même que vous avez drôlement du mérite à vous donner autant de mal pour nos femmes. Mais il faut que nous fassions notre travail.

Il ne voulait pas la brusquer :

— Vous voulez une tasse de café ?

Elle sourit et se leva.

— Non, merci. Vous êtes gentil. Allons nous installer dans cette *cage*, puisque les choses doivent se passer ainsi.

— Je vais vous donner un lit de camp. Ce n'est pas vraiment autorisé par le règlement, mais vous vous lèverez avant que le commissaire arrive, c'est tout !

Elle le regarda s'activer pour lui améliorer son confort avec une sollicitude touchante. Cette attitude lui prouvait que des hommes comme lui pouvaient être sensibles à son action.

Derrière les barreaux, il installa un lit de toile, une couverture militaire roulée en guise d'oreiller et une autre pour qu'elle puisse se couvrir.

— Je vous laisse. Il y a des lavabos au fond du couloir.

Le brigadier fit signe aux autres gardiens de s'éloigner et il repoussa la porte métallique sans la verrouiller. Il se dirigea ensuite vers un bureau et se plongea dans ses registres.

Victoire s'assit et demeura prostrée. Passé l'excitation du moment, elle se retrouvait seule dans une situation qu'elle n'aurait jamais osé imaginer.

Elle était toujours absorbée dans ses noires pensées quand la porte du commissariat s'ouvrit. C'était Lydie !

Le brigadier se précipita.

— Qu'est-ce que c'est ?

— Je suis la fille de Mme Dambreville et je voudrais lui parler un moment.

— Je n'ai pas le droit...

Lydie sentit que l'homme manquait de détermination. Elle supplia :

— Je vous en prie, il faut que je la réconforte, juste un instant. Je lui ai apporté du linge.

— Bon, allez-y, mais dépêchez-vous.

Les deux femmes s'étreignirent, tandis que le policier s'écartait discrètement. Lydie s'assit à côté de sa mère.

— Ma petite maman, dans quel guêpier t'es-tu fourrée !

— Tu sais qui m'a tendu ce piège, je suppose.

— Je sais ! Mme Bouchard m'a tout raconté. Qu'as-tu dit au commissaire ?

— Rien !

— Comment, rien ?

— Je n'ai pas desserré les dents ! J'ai estimé qu'il n'avait aucune raison de me passer les menottes. Je me suis drapée dans ma dignité et j'ai refusé de répondre à ses questions !

Lydie poussa un soupir de soulagement.

— Bravo maman ! Tu ne pouvais pas mieux faire. Ce matin, tu seras présentée au juge d'instruction et, à mon avis, il faudra adopter une stratégie du même ordre.

— Je vais bien être obligée de parler...

— Tu vas tout nier en bloc.

— Comment ça ?

— Personne ne peut affirmer que tu faisais un avortement ?

— Officiellement, non. Je faisais un curetage après une fausse couche spontanée.

— Tu continues sur ce thème. Pas question de donner le nom de ta patiente, secret professionnel oblige. Seul Arnaud pourrait témoigner contre toi. Primo, ça m'étonnerait qu'il prenne le risque. Lui non plus n'a pas le droit de dévoiler le nom d'une malade, *a fortiori* mineure. La mère porterait plainte immédiatement, fais-moi confiance. Tu n'imagines pas à quel point elle est remontée contre lui. Deuxio, s'il maintient une accusation anonyme, ce sera ta parole contre la sienne. Rien n'est joué.

Le brigadier vint les interrompre.

— Excusez-moi, madame, je ne peux pas vous autoriser à rester là plus longtemps ! Revenez demain... Sinon, je vais avoir des ennuis.

Victoire le remercia :

— Ma fille s'en va. Vous avez été adorable de la laisser avec moi un moment. J'avais besoin de réconfort, vous savez.

Il sourit et s'écarta de nouveau. Lydie embrassa sa mère.

— Surtout tu ne changes pas de stratégie. Je viendrai te retrouver dès que possible. Ils ne peuvent pas te garder.

— Ne t'inquiète pas, ma chérie. Rassure Pierre...

Le lendemain matin, c'était jour de marché à Véricourt. Dès l'aube, Mado téléphona à tout le monde, si bien que la ville se réveilla dans une atmosphère de drame. En quelques instants, ce fut l'effervescence. Victoire, l'enfant du pays, l'héroïne de la guerre, celle qui avait rendu service à tant de femmes et bravé la loi pour les aider, était en prison. Partout, le mot se répétait, passait de maison en maison, de rue en rue et, maintenant, d'étal en étal.

— En prison?

— Où ça?

— À Rouen.

— On ne peut pas laisser faire ça. C'est ignoble! Il faut y aller.

— Elle a raison! Allons-y!

Les femmes jouaient aux redresseurs de torts, les hommes tentaient de les calmer. Un rassemblement s'était formé spontanément sur la grand-place, au pied de la mairie dont la porte entrebâillée laissait entrevoir les employés intrigués. Un conseiller municipal apparut.

— Elle l'a bien cherché, s'écria-t-il en descendant les marches. On ne brave pas impunément la loi dans un état de droit comme le nôtre.

Un grondement lui répondit et une maraîchère sortit du groupe.

— Dis donc, Albert? Ta nièce a bien eu affaire à elle quand elle s'est fait engrosser par ton commis l'an dernier, non? Tu ne l'as pas chanté sur les toits, mais ça t'a bien arrangé qu'elle aille en Angleterre, la chérubine. Pas vrai?

— Je ne sais pas de quoi vous parlez!

— Menteur! Et c'est pas une raison pour me vouvoyer! Tu ne me disais pas «vous» quand tu me tripotais les fesses au bal de la Saint-Jean, il y a quelques années. Tu ne te souviens pas? Ta femme était à la clinique...

Les badauds éclatèrent de rire. L'homme, au bord de l'apoplexie, fit demi-tour et remonta l'escalier au pas de course.

Le soir même, Lydie ramena discrètement sa mère au manoir. Pierre arrivait de son côté. Henri se chargea d'avertir la famille. Autour de la vedette du jour, tout le clan Ambroise se trouva vite réuni, soutenu par de nombreux amis.

Embrassée, félicitée, entourée, congratulée, elle fut sommée de raconter par le menu son séjour en cellule. Le matin, après une nuit sans sommeil, elle avait vu ses gardiens lui apporter du café et des croissants livrés par le boulanger, prévenu elle ne savait comment.

La bande des supporters augmentait sans cesse. Amis d'enfance ou relations récentes, ils envahissaient le rez-de-chaussée de la maison. Victoire demanda à Henri d'obtenir le silence.

— Mes chers amis, commença-t-elle, la voix nouée par l'émotion. Votre présence m'est d'un grand réconfort dans ces circonstances pénibles. Pénibles, mais exaltantes et constructives. Ce qui s'est passé cette nuit aura un écho national. L'affront qui m'a été fait sera vengé.

Les applaudissements l'interrompirent.

— Je partirai dès demain pour Paris, où je rencontrerai les responsables d'un mouvement qui a décidé que la loi devait changer. Et elle changera, je vous le promets. Du fond du cœur, merci d'être venus jusqu'ici pour m'apporter votre soutien. Henri et Micheline vont vous offrir le verre de l'amitié. À tous, encore merci, et à bientôt!

Sous les ovations, elle leur envoya un baiser et se réfugia dans les bras de Pierre. Ensemble, suivis de Lydie, ils montèrent au premier étage.

Ils restèrent tous les trois silencieux un long moment. Pierre mit une allumette dans la cheminée où des bûches attendaient. Épuisés au soir d'une journée d'attente et d'angoisse, ils retrouvaient des forces, comme des naufragés qui abordent un rivage inespéré.

— Il va falloir reprendre toute cette histoire à zéro, soupira l'avocate.

— Pas ce soir, s'il te plaît...

— Bien entendu, pas ce soir! Nous avons du temps devant nous. La Justice n'agit jamais dans la précipitation.

— Dès demain, proposa Victoire, je vais prévenir le conseil de l'ordre que je me mets en disponibilité pendant quelques mois. Cette décision leur évitera de me suspendre.

— Excellente idée, ma chère maman! Mais comment vas-tu subvenir à tes besoins?

— J'ai mis de côté de quoi subsister! Ne t'inquiète pas.

Pierre intervint:

— N'aie aucun souci à ce sujet, Lydie, je suis là pour veiller sur ta mère. Dites-moi plutôt, toutes les deux, ce qui s'est passé.

Victoire lui lança un regard plein de tendresse et lui tendit une main qu'il porta à ses lèvres, tandis que Lydie racontait la vilenie d'Arnaud Coste-Lambert et la colère du commissaire Labrot.

— Ce fonctionnaire de police est d'autant plus stupide, continua Lydie, qu'il n'imagine pas l'accueil qui m'a été réservé par les magistrats rouennais. À aucun moment, je n'ai été obligée de supplier. Ils étaient tous au courant – ce qui prouve que les nouvelles vont vite – et beaucoup plus préoccupés d'avoir affaire à Mme Dambreville qu'à un problème d'avortement.

Pierre manifesta son amertume :

— Et pourtant, il n'y en avait pas un pour donner l'ordre de la libérer.

— La difficulté consistait à la faire sortir sans que personne ne perde la face, et je dois avouer que nous ne leur avons pas facilité la tâche. Nier en bloc, ce n'est pas une méthode appréciée des juges d'instruction.

Dans son fauteuil, Victoire souriait.

Lydie continua son récit :

— Il fallait jouer serré, sinon maman risquait de passer à la mise en détention préventive. C'est autre chose qu'une garde à vue.

Victoire se posait des questions. Peut-être aurait-elle dû ne pas céder à sa fille, avouer l'avortement et accepter l'inculpation. Son histoire aurait eu un écho plus retentissant encore...

— Ne vont-ils pas retrouver facilement la jeune fille et la faire parler ? interrogea Pierre, inquiet.

— Non ! Hospitalisée de nuit, elle n'a pas été enregistrée aux urgences. Comme prévu, sa mère l'a emmenée dès son réveil. Par solidarité, ses collègues se sont engagées à ne rien dire. Elles aussi sont liées par le secret. Elles risquent de se faire réprimander par la direction, mais pas plus...

Devant la démonstration de l'avocate, Pierre semblait reprendre confiance.

— Là où maman a été formidable, c'est au moment où le juge d'instruction l'a menacée de ne pas la remettre en liberté. « Gardez-moi autant que vous voudrez. Vous ne pouvez pas m'obliger à rompre le secret professionnel, a-t-elle répondu. Ou alors, je publierai la liste de toutes celles qui sont venues me trouver, lors de ces derniers mois, et qui ont avorté ! Vous y retrouveriez beaucoup de gens connus dans le département... Peut-être même des proches, monsieur le juge. » Tu aurais vu sa tête ! Une heure après, nous étions dehors.

— A-t-il un moyen de se retourner contre Mado si Arnaud donne son nom ?

Lydie s'adressa à sa mère :

— Qu'en penses-tu ?

— S'il l'exige, Arnaud lâchera peut-être le morceau. Mais je doute que ce cher homme ose, par un témoignage officiel, s'exposer à la vindicte de sa clientèle féminine. Je ne pense pas qu'il ira jusque-là. C'est à moi qu'il en veut, pas à son infirmière.

Pierre ne comprenait pas.

— Pourquoi tant de haine ?

— Je ne suis pas psychanalyste, mon chéri. Quoi qu'il en soit, le combat est engagé et nous nous trouvons chacun dans un camp. Personnellement, je ne céderai pas et j'irai jusqu'au bout de mes convictions. Je doute qu'il renonce à en faire autant.

Lydie leva les bras au ciel.

— Voilà qui nous promet de belles empoignades. Je ne sais pas si j'ai eu raison d'exercer ce métier. Arbitrer un combat entre son père et sa mère, ce n'est pas banal !

Souriante, Lydie se leva et vint embrasser Victoire avant de reprendre la route vers Paris.

— Va rassurer Rémy et les enfants.

— Je vous laisse.

Pierre et Victoire la regardèrent partir, heureux de se retrouver seuls dans la maison redevenue silencieuse.

Victoire subit le contrecoup de ce malheureux épisode et entra dans une période d'apathie. Prostrée dans sa chambre devant le feu de bois qu'Henri lui préparait chaque jour, emmitouflée dans un plaid, elle se contentait de remettre des bûches dans l'âtre. Elle refusait que Micheline lui prépare ses repas, se nourrissant de thé et de biscuits.

Rien ne l'intéressait plus. Il lui semblait que les événements s'étaient ligués contre elle pour l'abattre.

Dans le silence troublé par le seul crépitement du bois, Victoire, pour la première fois de sa vie, était en proie au doute. Son destin brisé à vingt ans, elle avait consacré toute son énergie à défendre ses semblables. Pour arriver à quel résultat ? Ses adversaires avaient eu raison de sa volonté. Ils l'avaient brisée, humiliée, mise hors du jeu pour une période qui promettait d'être longue.

Sa vie privée ne valait guère mieux. L'homme qu'elle aimait lui paraissait souvent lointain et ils ne formaient pas un vrai couple. Elle avait beau donner le change et faire la belle, combien de soirées passait-elle solitaire, recroquevillée sur sa tristesse ?

Après son arrestation, elle avait bombé le torse et juré que ses agresseurs le regretteraient. Elle clamait son espoir dans un procès qui mettrait sur la place publique les preuves d'une répression irresponsable. Mais, jour après jour, ses certitudes s'estompaient. Elle se sentait vaincue. Son combat n'avait été qu'un faux-semblant, un leurre.

Lydie, consciente de l'état dépressif de sa mère, l'appelait chaque soir pour lui parler des enfants, des nouveautés de Paris, du cinéma ou du théâtre, sans éveiller son intérêt.

— Viens passer quelques jours à la maison pour te changer les idées.

Victoire refusait de quitter Véricourt.

— Je suis fatiguée ! Laisse-moi me reposer, répondait-elle invariablement.

Même Pierre ne parvenait pas à la faire sortir. Il lui avait proposé de l'emmener voir les illuminations de Noël. Elle n'en avait nulle envie.

À contrecœur, elle finit par accepter de se rendre à Cléricy pour le réveillon du 31 décembre, Francis et Debby ayant annoncé leur arrivée. Elle désirait revoir ce couple chaleureux qui les avait si bien reçus en Californie.

Gaston Léonard était enchanté de réunir ses trois fils sous son toit. Pour la Saint-Sylvestre, il décida de leur offrir un repas de gala en tenue de soirée.

— C'est peut-être le dernier de ma vie, avait-il plaidé. Faites-moi ce plaisir.

À l'heure dite, les garçons rejoignirent leur père au salon, suivis bientôt des deux épouses.

La femme d'André, Ghislaine, née de Labre, elle-même fille de général, avait grande allure. Le contraste avec l'Américaine était saisissant.

Debby avait choisi une superposition de jupes longues en tissus indiens presque transparents et un chemisier rebrodé égayé de colliers en verroteries multicolores. Ses cheveux blonds dénoués, entremêlés de rubans, flottaient sur ses épaules.

Ghislaine portait une robe fourreau de velours rouge sombre qui soulignait sa minceur, avec un châle de dentelle espagnole. Ses cheveux châtains, tirés en arrière en un chignon tressé, encadraient un visage à peine maquillé aux traits fermement dessinés.

Victoire s'était contentée d'un tailleur-pantalon en soie noire avec une veste cintrée. Une chaîne et des bracelets en or donnaient à cet ensemble austère une note de fête.

Quand elle arriva au château, elle découvrit les trois frères debout à côté de leur père. Tous portaient des smokings de coupe désuète qui sentaient la naphtaline. Le vieil homme, prématurément éméché, la main gauche paralysée cachée dans une poche, rayonnait d'une joie qu'il était seul à manifester.

À l'entrée de Victoire, il leva sa coupe de champagne en faisant le vœu que 1969 apporterait enfin la paix dans le monde, et dans sa famille. Les frères se regardèrent avec des sourires contraints.

— Ne t'inquiète pas, chuchota Pierre à l'oreille de Victoire en venant l'embrasser. L'ambiance est tendue, mais l'alcool va réchauffer l'atmosphère.

Pendant que l'extra engagé pour l'occasion passait des toasts au saumon, il précisa, toujours à mi-voix, que son père venait d'avoir une conversation orageuse avec ses fils sur des questions d'intérêt. Il espérait que le champagne allait réjouir les cœurs, malgré l'agressivité de Ghislaine qui paraissait fâchée par la présence des Américains.

— Votre tenue est ravissante, s'exclama soudain la femme du militaire en s'approchant de Debby. C'est ce que vous appelez la mode *hippie,* n'est-ce pas?

Surprise, elle répondit que ce n'était pas une mode, mais seulement un ensemble de tissus qu'elle avait aimé assembler et qui lui paraissait en harmonie avec la fête du Nouvel An.

Ghislaine s'étonna, perfide :

— Parce que cette merveille est votre création ?

Debby lança un regard désespéré à son mari, pendant que l'autre continuait sur un ton aigre :

— Je ne savais pas que les femmes américaines avaient de tels talents de couturière. C'est un chef-d'œuvre !

Francis vint à son secours.

— Des talents, je ne sais pas. Disons que ma femme aime confectionner ses propres vêtements. Après une journée passée sur les ordinateurs, c'est une excellente façon de se distraire...

Ghislaine négligea l'allusion au métier de sa belle-sœur et continua :

— Le résultat ne manque pas d'originalité. Vous ne trouvez pas, chère amie ?

Victoire ne s'attendait pas à être prise à témoin. Elle afficha son sourire le plus aimable pour chanter les louanges de Debby, sans avouer que ses goûts vestimentaires la déroutaient un peu.

— Je l'admire d'être capable de s'habiller elle-même. Moi, j'en serais incapable. Elle a du mérite car je sais à quel point elle est occupée et compétente dans des domaines de haut niveau !

— Le résultat est pittoresque, c'est peu de le dire, grinça Ghislaine en retournant vers la bouteille de champagne.

— Où cette peste veut-elle en venir ? glissa Victoire à Pierre qui regardait ailleurs.

— À mon avis, elle cherche l'incident pour ranimer la brouille qui écarterait Francis de papa. Elle ne les supporte pas. D'ailleurs, je crois qu'elle ne supporte personne.

Ghislaine revenait avec deux coupes. Elle en tendit une à Victoire.

— Mon beau-père m'a dit que vous étiez gynécologue ?

— C'est vrai.

— J'ai cru comprendre que vous faisiez partie de cette organisation qui s'appelle... je ne sais plus... le Planning familial. C'est ça ?

— Oui !

Elle eut un sourire pincé pour s'étonner :

— Vous êtes protestante, je suppose ?

— Pas du tout ! On peut être catholique et penser qu'une femme a le droit de planifier la naissance de ses enfants.

— Si vous êtes catholique, vous devriez savoir que l'Église condamne la contraception!

Décidée à ne pas se laisser entraîner vers un conflit, Victoire répondit du ton le plus affable:

— Ce sont des nuances que le temps atténuera.

Prenant son interlocutrice par le bras, elle se dirigea vers le maître de maison.

— Venez, M. Léonard me paraît seul. Nous allons lui tenir compagnie.

— Si je ne suis pas indiscrète, continua Ghislaine en se laissant conduire, vous avez des projets de mariage avec Pierre, non?

Victoire sourit et s'adressa au vieil homme qui les regardait venir:

— Votre belle-fille s'inquiète de savoir si je vais épouser votre fils. C'est un sujet qui demande réflexion, ne pensez-vous pas?

Il leva sa main valide pour répondre, philosophe:

— Vous avez raison, ma chère, on ne réfléchit jamais assez pour prendre une telle décision. En ce qui me concerne, je vais vous dire une chose beaucoup plus importante...

Victoire fronça les sourcils. Il laissa passer un moment avant d'ajouter, l'œil malicieux:

— Le dîner est prêt et il est temps de passer à table!

Ghislaine éclata d'un rire de tête qui sonnait faux et se dirigea vers son mari. Soulagée, Victoire la regarda s'éloigner et, à Pierre qui vint la prendre par le bras, elle murmura avec un sourire angélique:

— Tu devrais dire à ton frère qu'il calme sa furie, sinon je vais lui voler dans les plumes avant la fin du repas.

— André l'admire trop pour lui reprocher quoi que ce soit.

Le maître de maison sauva la situation en se lançant, dès les hors-d'œuvre, dans un discours qui n'appelait pas de réponses. Agité, mangeant peu mais buvant sec, il brossa un tableau apocalyptique de la politique agricole du gouvernement et de l'agitation qui allait secouer bientôt les campagnes. Aucun des convives ne semblait avoir envie de lui donner la réplique ni de le faire changer de conversation. Le repas ne fut qu'un long monologue sans intérêt.

Victoire ne l'avait jamais vu dans un tel état de nervosité.

À la dinde farcie succédèrent le foie gras et la salade, qui précédaient une omelette norvégienne plus arrosée que flambée. Gaston Léonard, le verre à la main, ne cessait de pérorer.

Quand ils se levèrent de table, Victoire s'approcha de Pierre, inquiète.

— Tu devrais lui conseiller d'aller se coucher, sinon il risque d'exploser.

— Tu crois?

— C'est à craindre. En tout cas, je te préviens qu'une fois les douze coups sonnés et le devoir des embrassades accompli, je file chez moi. Je n'ai pas envie de commencer la nouvelle année dans le drame.

Gaston Léonard expira dans le calme de sa chambre, au petit matin de ce réveillon qu'il avait tant espéré.

Choqués par les circonstances de ce décès, les convives se retrouvèrent le 3 janvier 1969 pour suivre le cortège funèbre dans des tourbillons de neige. Après l'absoute bredouillée par un curé cacochyme et rendu inaudible par les bourrasques, Victoire s'excusa de ne pas accompagner la famille au château pour la collation traditionnelle. Elle n'avait aucune envie d'affronter la femme d'André dont les regards malveillants la poursuivaient, et elle rentra au manoir où Lydie et Rémy venaient d'arriver avec les enfants.

Elle leur raconta la soirée tragique.

— À mon avis, conclut-elle, le combat des héritiers va reprendre chez Me Bardineau, le notaire!

— Il existe toujours, celui-là? s'étonna Lydie.

— C'est le fils qui a repris l'étude. Il commence déjà à s'arrondir pour mieux ressembler à son père...

Après quelques phrases anodines, Victoire en vint au sujet qui préoccupait sa fille et qu'elle n'osait aborder.

— En attendant le procès, j'ai décidé de rester à Véricourt.

— C'est ridicule, ma petite mère! Tu vas t'ennuyer à mourir dans ce trou. Comment vas-tu t'occuper?

Victoire avait pris sa décision le soir du réveillon. Elle ne pouvait pas accepter sa défaite. Elle devait reprendre le combat, mais sur un terrain nouveau.

— Je vais monter une liste pour les prochaines élections municipales.

Lydie resta interdite.

— Excuse-moi, maman, je ne t'ai pas bien comprise. Tu veux devenir maire de la ville?

— Je ne sais pas si j'y parviendrai, mais la campagne électorale va me permettre de développer mes idées en public et de bien me faire comprendre. Les électeurs, et surtout les électrices, prononceront leur jugement dans l'isoloir. Je n'ai aucune envie réelle de gérer la ville, mais je veux pouvoir m'exprimer.

— Je te rappelle que tu es sous le coup d'une inculpation...

— Justement, les juges sauront mieux ainsi à quoi s'en tenir.

Les projets de Victoire restèrent d'abord discrets, occultés par l'actualité politique nationale de ce début d'année 1969. Dès janvier, l'annonce de l'éventuelle candidature de Georges Pompidou à la présidence de la République défraya la chronique. Puis ce fut la campagne pour le référendum proposé au pays par de Gaulle. Dans les commentaires politiques, la régionalisation et la réforme du Sénat tenaient moins de place que la personnalité même du chef de l'État mise en cause par les opposants de tous bords.

En avril, la victoire du «non» entraîna la démission du général qui se retira à Colombey-les-Deux-Églises, laissant la place aux empoignades des dix candidats à la succession. En juin, Pompidou devenait le dix-neuvième président de la République française, et Chaban-Delmas, son Premier ministre.

Indifférente au débat présidentiel, Victoire se préparait à affronter la justice et ses propres électeurs. Ses premières démarches la conduisirent à Paris, où elle fit connaissance, sur les conseils de Lydie, d'une avocate spécialiste des droits de la femme, Gisèle Halimi. Elles déjeunèrent ensemble et prirent ainsi le temps de se connaître. Âgée d'une quarantaine d'années, jolie brune au regard aigu, cette femme connaissait admirablement le sujet et l'évoquait avec passion. Née en Tunisie, elle s'était spécialisée dans les causes difficiles en plaidant pour des indépendantistes, et surtout, pendant la guerre d'Algérie, en faveur d'une jeune fellagha au nom devenu célèbre : Djamila Boupacha.

Sur un ton humoristique, elle raconta ses premières années de travail, quand elle devait s'occuper de sa maison, de son mari et de ses enfants avant d'aller plaider. Elle faisait garder le petit dernier par la bibliothécaire du Palais de Justice.

Pour elle, la cause féminine était un sujet de prédilection. Son visage se durcissait quand elle évoquait la misogynie qui l'environnait au début de sa carrière.

— L'égalité, disait-elle, restera un vain mot tant que les mentalités n'auront pas évolué. La libéralisation de l'avortement doit être le point clef de notre action.

Elle félicita Victoire pour son attitude lors de l'arrestation.

— Bravo ! Il ne faut pas céder sur la question du secret professionnel. C'est votre force. Si la justice n'est pas en mesure de poursuivre votre patiente, le jeu sera simplifié et votre histoire prendra toute sa valeur d'exemple. Il faut relancer la discussion sur l'abrogation de la loi de 1920, alors que les députés s'y refusent. Nous y parviendrons par le biais de jugements qui feront jurisprudence. Malheureusement, votre affaire va traîner... Avoir nié l'accusation d'avortement compliquera leur tâche. Ils vont chercher des témoignages...

Victoire revint au problème de fond :

— Personne n'a envie de parler publiquement de ces problèmes. Pas plus les juges que les hommes politiques. Voyez les difficultés que rencontre Lucien Neuwirth, et la conspiration silencieuse qui bloque la sortie des décrets d'application de sa loi.

— C'est pourquoi un procès comme le vôtre, bien mené, peut jouer un rôle de catalyseur. Je ne vois pas comment vous pourriez être condamnée, avec le soutien d'une opinion publique que nous nous chargerons d'ameuter. Les magistrats ont horreur de se trouver impliqués dans des scandales. Le seul risque, c'est qu'ils fassent traîner la procédure. En attendant le jugement, vous n'oserez pas demander votre réintégration au conseil de l'ordre. Cette situation ne risque-t-elle pas de devenir matériellement intenable ?

— Non ! J'ai peu de besoins et guère de soucis de ce côté-là ! Je commençais à être fatiguée d'exercer ce métier dans de telles conditions... Si je ne travaille pas, j'aurai les mains plus libres pour mener ma campagne électorale.

Victoire commença à compter ses partisans avec l'aide d'une première recrue de marque, Fanchon, l'ex-femme de Victor qui, dès le premier jour, vint lui apporter son soutien.

— J'ai une dette envers toi, et je ne l'ai pas oublié.

Quand, l'année précédente, ses garçons étaient partis de la maison, elle était revenue à Véricourt et avait obtenu une place à la mairie. Arnaud Coste-Lambert devait penser que cette décision ferait enrager son vieil ennemi, Victor Ambroise !

— Le jour où il saura que je marche derrière toi, il va faire une drôle de tête !

— Comment est-il ?

— Arnaud ?

— Oui.

— Bien changé depuis ses démêlés avec toi et les dernières municipales. Il est devenu un mari modèle, toujours derrière sa femme, communiant chaque dimanche, s'occupant des petits vieux et de l'orphelinat... Un vrai saint homme, quoi ! En fait, Victor le suspecte d'entretenir une maîtresse à Caen. Une ancienne infirmière de l'hôpital qui s'est mise à son compte.

Victoire ne put s'empêcher de rire et, par une association d'idées toute naturelle, poursuivit son questionnaire :

— Et son copain avocat, Jacques Liévin, que devient-il ?

— Ils sont amis, mais lui aussi s'est rangé des voitures. Tu connais sa femme, Nadège ?

— De vue.

— Elle viendra sûrement nous rejoindre. Elle hait Arnaud, qu'elle considère comme le mauvais génie de son mari et le fossoyeur de son couple.

— Je croyais qu'elle avait une vie aussi dissipée que lui.

— C'était peut-être vrai autrefois. Maintenant, elle s'est calmée et, d'ailleurs, elle ne garde pas que des bons souvenirs de cette période.

— Pourquoi ?

— Elle aussi a dû faire un voyage en Suisse. Tu vois ce que je veux dire !

Avec Fanchon, Victoire passait en revue la population féminine de la ville pour évaluer leur futur score. Sur les photos de classe retrouvées dans le grenier du manoir, elles répertoriaient ces petites filles en tablier noir, devenues de robustes paysannes, mères de famille, ou grand-mères déjà, et Fanchon, qui savait tout de chacune, décrivait leur situation. La plupart vivaient un véritable esclavage domestique et seraient sans aucun doute favorables aux thèses de Victoire.

Les deux femmes rêvaient d'une équipe municipale féminine qui bouleverserait la tradition...

Dans un Paris presque vide, le 14 août 1969, Victoire fêta ses cinquante ans. Elle avait du mal à croire qu'un demi-siècle de sa vie s'était déjà écoulé. Le temps avait passé si vite ! Lydie, qui rentrait d'une quinzaine de jours à Plouesnec, lui organisa un déjeuner de fête. Pour l'occasion, Jeannette manifesta un sursaut d'énergie en cuisinant une platée de tripes dont le souvenir serait inscrit dans les annales de la famille.

De Bretagne, Rémy avait rapporté une bourriche de coquillages conservés au frais sous une couche de varech encore humide. Avec Pierre, commis d'office à l'ouverture des huîtres, il bavardait en s'extasiant sur la conquête de la Lune. Il avait suivi l'exploit en direct à la télévision, le 22 juillet, et n'en finissait plus de s'émerveiller.

Les enfants étaient restés à la garde de Zeffe, toujours alerte malgré son âge, si bien que Lydie allait pouvoir vivre en liberté jusqu'à la rentrée scolaire.

— Je vais peut-être faire un troisième bébé, glissa-t-elle à l'oreille de sa mère.

— Tu es sûre qu'une aussi grande famille ne va pas être une trop lourde tâche ?

— Écoute, maman ! Je ne me sens jamais aussi bien que lorsque je suis enceinte. Mes enfants me donnent des joies infinies. Mon métier me passionne. Le cabinet marche admirablement. Je ne vois pas pourquoi je me priverais de ce bonheur.

— C'est bien beau mais tu vas finir par te tuer à la tâche. Je te vois toujours courir. J'ai peur qu'un jour tu ne t'écroules, épuisée. Et avec Rémy, comment ça va ?

— La béatitude. Il m'agace un peu par son côté satrape bedonnant détaché des contingences matérielles, mais il est gentil, ses clients l'adorent, il gagne ses procès et me laisse vivre comme je l'entends. Que demander de plus ?

— Vous n'êtes toujours pas décidés à vous marier ?

— Un jour, si nous en avons le temps... Et toi, avec Pierre ?

Victoire eut un sourire triste.

— Le mariage ? Nous y avons pensé, mais je ne crois pas que ce soit encore d'actualité.

— Seriez-vous moins amoureux ?

— Un vent plus frais s'est levé récemment...

Lydie attira sa mère dans un coin du salon, laissant les hommes à leur conversation planétaire.

— Que me racontes-tu là ?

— Depuis que son père est mort, sa vie a changé. André, son frère militaire, va prendre sa retraite, puisque la carrière peut se terminer tôt dans ce métier. Il viendra donc « participer » à la gestion de l'entreprise familiale.

— Il s'y connaît ?

— Non. Mais, d'après Pierre, c'est un bon administrateur qui a des relations et de l'entregent. Il devrait se charger de la partie commerciale qui laisse à désirer.

— Pourquoi pas ?

— L'ennui, c'est qu'il a une femme abominable.

— Et alors ? Pierre n'est pas obligé de cohabiter avec elle. Qu'en dit-il ?

— Rien. Il ne dit jamais rien... Seulement, il n'est plus comme avant.

— Il n'a pas l'air, regarde-le rire avec Rémy...

— Oui. Avec Rémy, il est toujours le même.

Le plateau de fruits de mer arriva sur la table, suivi d'une bouteille de muscadet dans la glace. Ils s'installèrent pour un de ces vrais repas de famille où personne n'évoque jamais le moindre sujet sérieux.

Quelques jours plus tard, le destin décida de brûler les étapes. Lydie et sa mère étaient parties faire des courses dans Paris. Elles devisaient gaiement en se félicitant de vivre dans la quiétude de la fin août, quand leur conversation s'arrêta net. Devant la voiture stoppée au feu rouge, trois personnes traversaient les Champs-Élysées en riant aux éclats : une petite fille d'une dizaine d'années, tenue d'une main par une élégante jeune femme rousse, et de l'autre par... Pierre Léonard.

Victoire, le visage décomposé, les suivit du regard sans articuler une syllabe. Tout aussi abasourdie, Lydie démarra pour aller se garer un peu plus loin, incapable de continuer à conduire. Aucune des deux ne fit la moindre réflexion. Elles demeurèrent hébétées, pendant quelques minutes, jusqu'à ce que Victoire demande à sa fille de la ramener rue Caulaincourt.

Elle s'enferma dans son studio.

En principe, Pierre aurait dû être en Normandie. Ils s'étaient quittés trois jours auparavant en prenant rendez-vous pour déjeuner à Honfleur le dimanche suivant.

La Ferme Saint-Siméon est un luxueux restaurant qui domine l'estuaire de la Seine. L'atmosphère y est calme et la cuisine soignée. Arrivée la première, Victoire choisit une table ombragée à l'écart et commanda un apéritif. Quand Pierre apparut à l'entrée de la terrasse, elle avait arrêté sa stratégie. Incapable de dissimuler ses sentiments, elle irait droit au but.

Il l'embrassa sur le front comme à l'habitude et s'assit en souriant. Durant quelques secondes, ils se regardèrent et elle prit la parole.

— Excuse-moi d'être brutale, mais il y a des choses que je ne suis pas capable de garder pour moi. Figure-toi que j'étais sur les Champs-Élysées jeudi après-midi. Je t'ai vu passer avec une femme rousse et une petite fille...

Frappé de stupeur, Pierre ferma les yeux un long moment avant de se reprendre. Il sembla se résigner enfin et répondit d'une voix sourde, mal assurée :

— Je redoutais d'en arriver là un jour. C'était pourtant inévitable. Tu vas tout comprendre. Je ne t'ai jamais parlé de mon passé, car tu ne m'as jamais posé de questions.

— Alors que tu savais tout du mien.

Il acquiesça de la tête et reprit.

— La femme que tu as vue s'appelle Valérie Costanza. Je l'ai connue il y a dix ans, à Constantine, au début de mon service militaire. C'était en novembre 1959. Quand j'ai été muté dans les Aurès, nous nous sommes perdus de vue et sa famille est rentrée en France. Je n'avais aucune adresse où la joindre. En 1962, après l'indépendance, je l'ai rencontrée à Paris par hasard. Elle m'a appris qu'elle avait mis au monde une fille prénommée Anne dont j'étais le père. Rien ne me prouvait que ce fût la vérité. Mais pourquoi aurait-elle menti? Issue d'une famille richissime, elle m'a dit vouloir élever seule son enfant, sans mon aide financière. En revanche, elle m'a proposé de voir la petite autant que je le souhaiterais... Elle habite rue de Ponthieu.

— Tu l'as revue?

— Pas tout de suite. Les premiers temps, j'ai essayé d'oublier cette histoire qui me paraissait peu crédible. Et puis, l'année dernière, j'ai reçu une invitation. Valérie me conviait à la première communion de la petite. Là, j'ai découvert je ne sais quoi dans le regard d'Anne qui m'a paru familier. Cette image m'a trotté dans la tête. Le jour où mon père est mort, j'ai compris ce qui m'avait frappé: elle a les mêmes yeux que lui. C'était devenu une évidence: Anne était bien ma fille.

— Alors, tu vas aller vivre avec elle?

— Je n'y ai jamais songé.

— Ce serait pourtant normal.

— Je ne sais pas. Je crois que Valérie aimerait qu'Anne ait un papa... Elle voudrait aussi d'autres enfants...

— De toi, bien entendu. Elle n'a pas d'homme dans sa vie?

— Je ne crois pas.

Il eut pour elle un regard désolé.

— Victoire, je sais que cette histoire ressemble à un mauvais roman de gare. À Paris, il y a cette fillette. Ici, il y a toi, la femme que j'aime. Je te jure que je n'ai jamais imaginé devoir te quitter un jour. Mais c'est vrai qu'aujourd'hui je ne sais plus quoi faire...

— Surtout depuis que ta belle-sœur s'est installée au château.

Il ne nia pas.

— C'est vrai que l'ambiance a changé. Je ne sais plus où j'en suis...

Après un long moment de silence, Victoire ébaucha un sourire contraint et reprit la parole:

— Je vais te dire ce que tu vas faire, Pierre. Tu vas laisser Clésicy à ton frère et à sa harpie pour aller t'installer avec Anne et Valérie à Paris. Comme je n'ai jamais aimé être garée en double file, je me retire sur la pointe des pieds et tu n'auras plus d'états d'âme.

Silencieux, il fixait, au loin, un bateau de pêche qui revenait au port. Elle espérait l'entendre protester, clamer son amour et lui crier qu'il ne la laisserait jamais partir. Elle attendit en vain. Avec une immense tristesse, elle se leva et prit congé d'une voix tremblante :

— Excuse-moi, je manque d'appétit aujourd'hui. Il vaut mieux que je m'en aille. Si tu changeais d'avis, tu sais où me trouver. Adieu !

Elle s'en fut à grands pas et Pierre ne se retourna pas. Il avait les yeux pleins de larmes.

Victoire prit sa voiture et ne s'engagea pas sur la route de Véricourt. Elle tourna vers Paris et vint se réfugier rue Caulaincourt pour apprivoiser son chagrin.

Une évidence lui apparaissait : sa vie privée était maudite.

— Tu n'as pas le droit de te laisser aller à de telles pensées, protesta Lydie. Nous avons eu une vie merveilleuse ensemble et, aujourd'hui, tu devrais être fière de tout ce que tu as fait.

Victoire ne répondit pas. Comment faire comprendre à sa fille cette sensation d'échec qui lui serrait la gorge chaque jour davantage. Fallait-il continuer à vivre dans ces conditions ? Ne valait-il pas mieux mettre un point final à une existence qui ne servait plus à rien ?

Il fallut plusieurs semaines pour que les facéties de Delphine et les babillements de Didier parviennent à lui faire reprendre goût à la vie.

Quand elle recommença à sortir, l'infatigable Gisèle Halimi l'entraîna dans des réunions féministes. Et, sans plus vouloir penser à autre chose, Victoire se jeta dans la mêlée, allant de manifestations en meetings et de séminaires en comités. Elle notait les formules, collationnait chiffres et documents, dévorait des livres et renforçait ses convictions.

Elle ne prenait jamais la parole en public, au grand dam de ses nouvelles amies qui lui reprochaient son silence et cherchaient à la pousser dans un rôle de militante active. Elle s'y refusait.

À la vérité, elle était méfiante. Elle craignait toujours de se laisser impliquer dans l'un quelconque de ces mouvements politiques prodigues en promesses. L'étude de l'Histoire lui avait appris que, malgré les beaux discours, les revendications des femmes passent toujours, le moment venu, après d'autres priorités. « Méfiez-vous, quand ils sont au pouvoir, il n'y a plus d'hommes féministes, répondait-elle quand on voulait l'enrôler derrière tel ou tel leader. »

Un beau jour, cette agitation parisienne lui parut vaine et elle décida qu'il était temps de passer à l'action. Elle retourna à Véricourt. Son naturel reprenait le dessus, elle allait se battre.

Dans ce monde plus clos, son action était facilitée. Ses amies l'accueillirent avec joie. Ses futurs adversaires l'attendaient de pied ferme.

À ses proches, elle expliqua sa position. Opposée au clan d'Arnaud, elle n'était pas décidée non plus à suivre celui de Victor.

Le syndicaliste l'apprit à ses dépens. Dès qu'il eut vent de son retour, il vint lui rendre visite pour lui proposer une alliance qu'elle repoussa sans ambiguïté.

— N'aie ni crainte ni illusion, Victor ! Je ne serai ni avec la droite ni avec la gauche.

— Dans ces conditions, tu n'as aucune chance.

— Nous verrons bien.

Détestant l'échec, l'ex-mari de Fanchon s'insurgea :

— Comprends-moi bien, Victoire. Comme la cause des femmes est défendue surtout par les gens de gauche, les voix qui se porteront sur ta liste seront enlevées à la mienne. J'en serai affaibli d'autant. Si tu t'obstines, tu te comporteras en alliée objective de la droite et d'Arnaud. Bravo !

Victoire demeurait impassible. Il reprit, avec un sourire charmeur.

— Ensemble, nous serions certains de gagner. Je suis même prêt à prendre l'engagement de soutenir tes idées pour te donner, par exemple, une place d'adjoint. Même de premier adjoint, si tu le souhaites. À deux, Victoire, nous serions capables de faire de grandes choses... Il y a longtemps que je te le propose.

Elle se décida à clarifier la situation.

— Tu n'as rien compris, mon pauvre ami. Jamais je ne ferai

d'alliance avec qui que ce soit. Je suis apolitique. Tiens-le-toi pour dit ! Mais cette position de principe ne change rien à l'amitié qui nous unit...

Furieux, il ne put se retenir de se montrer méprisant.

— Elle est belle, ton amitié ! Je vais te dire une bonne chose, Victoire. Tu es comme toutes les bonnes femmes, sans aucun sens politique. Tu penses moins avec ta tête qu'avec tes ovaires !

Victoire saisit la balle au bond :

— Ce sont de telles affirmations qui justifient notre combat, Victor. Pour tout te dire, que le prochain maire s'appelle Coste-Lambert ou Ambroise, je m'en moque. Ce que j'aimerais, c'est voir arriver à la mairie quelqu'un qui soit capable de vous dire vos quatre vérités, à l'un comme à l'autre. C'est tout. Maintenant, tu te tires, et tu enlèves ta Mercedes de devant chez moi. Elle me gâche la vue !

Grâce à Fanchon, le résultat de l'entrevue fut rapidement connu dans la ville et commenté dans les chaumières. Victor entra dans une colère homérique.

— Méfie-toi, lança-t-il à son ex-épouse, lors d'une rencontre fortuite. Votre équipe en jupons ne me fait pas peur ! Je vais vous mettre en pièces.

L'amie de Victoire n'avait pas sa langue dans sa poche :

— Je ne serais pas étonnée, pour reprendre tes arguments, de te voir devenir l'allié objectif d'Arnaud Coste-Lambert. Vous avez tant de points communs.

Ainsi fut annoncée la future candidature de Victoire. Le manoir devint un lieu de rencontres permanent où, dès le matin, les visiteuses se succédaient pour s'informer ou s'inscrire. Chaque soir, des réunions informelles s'organisaient, et la discussion s'engageait sur les sujets les plus divers.

La première originalité de ces soirées était l'absence de tout représentant de la gent masculine. Spontanément, ils en furent exclus, à la grande surprise des intéressées elles-mêmes.

— Qu'ils gardent les enfants ! s'exclama une institutrice, femme d'instituteur. Mon mari et moi, nous nous entendons très bien. Mais, alors que nous faisons le même métier, il trouve normal, le soir, d'aller jouer aux dominos avec les copains tandis que j'aide nos enfants à faire leurs devoirs et que, en même temps, je m'occupe de la maison. Ce soir, je lui ai rendu mon tablier en l'avertissant : « Je sors, c'est toi qui laves la vaisselle et fais réciter les leçons!» Il a été si surpris qu'il n'a pas su quoi répondre.

Un éclat de rire général salua cet acte de rébellion.

— Il est certain, expliqua Victoire, que les maris doivent prendre conscience du caractère inégalitaire d'une société qui oblige leurs épouses à une double journée de travail.

— Il serait temps!

Elle ajouta, pour tempérer ses propos:

— Évitez cependant de provoquer la guerre dans vos foyers. Il ne faut pas imiter certains excès des Américaines, qui, si on les écoutait, seraient prêtes à créer un monde sans hommes!

Victoire voulait que ses buts soient clairs.

— Si une liste féminine doit être présente aux prochaines élections municipales de Véricourt, c'est pour faire naître une réflexion nouvelle. Partout, dans le monde, la notion d'égalité des sexes fait son chemin. Il faut être solidaire de ce mouvement et lutter contre l'injustice. Je n'accepte pas qu'un Coste-Lambert ou un Ambroise décide, et décide seul, de notre vie de femme. Que nous prenions ou non la pilule, c'est notre affaire. Et si les circonstances nous poussent à refuser une grossesse, pourquoi ces messieurs en décideraient-ils à notre place? Partout où des décisions nous concernent, nous devons être présentes.

— À 50%! s'écria Fanchon.

— Pourquoi pas! Mais ne rêvons pas. Nous devrons lutter longtemps pour atteindre cet objectif. Un jour, les assemblées élues, dans tous les pays, seront constituées pour moitié par des femmes.

— «La moitié des hommes sont des femmes», disent les Américaines! C'est un bon slogan!

Fanchon intervenait souvent et adorait les formules choc.

L'une des caractéristiques de ces soirées était leur gaieté. Les éclats de rire fusaient. Les bons mots et les traits d'humour se succédaient dans une atmosphère détendue qui réjouissait les cœurs.

Pour la plupart, elles n'étaient jamais sorties seules le soir. Leurs maris n'acceptaient cette entorse aux principes qu'à cause de la personnalité de Victoire. Ils ne voulaient pas risquer d'être mal considérés. Si certains étaient amusés, d'autres regimbaient, et tous se demandaient ce que pouvaient bien se raconter ces « femelles en liberté ». Un mélange de méfiance et de curiosité les animait, et ils en parlaient entre eux, au bistrot où les commentaires allaient bon train.

Bientôt, une évidence leur apparut. Les prochaines municipales ne ressembleraient à aucune des précédentes. Dans les deux camps traditionnels, on supputait l'impact de cette liste. Chacun se plaisait à affirmer que l'adversaire allait souffrir de cette présence nouvelle et se demandait secrètement combien de voix son camp allait perdre.

Le premier succès de Victoire fut, justement, de les forcer à parler des femmes autrement que pour placer des plaisanteries salaces. Leur pouvoir était en jeu.

À Véricourt, les élections de 1971 allaient devenir un tournant dans la vie sociale.

Victoire fut rapidement obligée d'organiser ses réunions autour de thèmes déterminés d'avance. Au début, elle fit l'historique du mouvement féministe. Elle parla des premiers novateurs du XVIIIe siècle comme Condorcet, puis, au siècle suivant, des militantes telle cette Madeleine Pelletier qu'elle connaissait si bien. Elle raconta comment les communistes, en 1948, avaient décidé de fêter les femmes chaque année, le 8 mars, pour commémorer une grève d'ouvrières américaines datant de 1857 ! Une grève qui n'avait jamais existé !

— En revanche, affirma-t-elle, ce qui est vrai, c'est que le célèbre Women's Lib est né dans le New Jersey, à Atlantic City, le 7 septembre 1968, le jour où des jeunes femmes ont perturbé l'élection de Miss America en jetant des sous-vêtements dans les « poubelles de la liberté ». Les affiches qui commémorent cet événement montrent les manifestantes brûlant leur soutien-gorge, ce qui n'est, là aussi, qu'une légende.

D'autres fois, elle leur parla de Betty Friedan, qu'elle avait rencontrée à Berkeley, et du mouvement NOW, puis des WITCH de New York. Ce mot qui, en français, signifie « sorcière » était le sigle des Women's International Terrorist Conspiracy for Hell. C'est en 1968 aussi qu'avaient eu lieu les premières manifestations au Canada, en Grande-Bretagne, aux Pays-Bas, en Allemagne fédérale, en Suisse, en Italie, et même en Australie.

Ces rencontres eurent une autre conséquence sur ces provinciales qui, pour la majorité, n'avaient jamais eu le temps de s'intéresser à la culture. Elles se mirent à lire, en particulier le célèbre *Deuxième Sexe* que Simone de Beauvoir avait publié en 1949 et qui devint un sujet de conversation habituel.

Certains soirs, les visiteuses parlaient, racontant leur vie ou leurs expériences. Chacune s'intéressait aux difficultés des autres, et les consciences «politiques» s'éveillaient. C'est ainsi que Victoire découvrit avec surprise la vraie personnalité de Noëlla, l'épouse timide de Roger Ambroise, le plus jeune des fils. Née dans une famille paysanne du Piémont et brillante écolière, elle avait obtenu une bourse pour le lycée Parini de Milan. En fin de scolarité, elle fut embauchée comme surveillante afin de suivre ses cours en faculté de lettres. Elle espérait devenir professeur de français. À cette époque, les élèves du lycée éditaient un petit journal appelé *La Zanzara*, mot qui signifie «moustique». Chaque mois, ils y traitaient d'un sujet d'actualité, comme la réforme des programmes ou la religion chez les jeunes. Un jour, ils choisirent d'évoquer la sexualité et le mariage. Les adolescentes interviewées exprimaient leur envie de voir évoluer la mentalité italienne sur l'égalité des sexes, l'usage de la pilule et la culpabilité entretenue par la religion catholique. Le tout traité avec décence et retenue, à tel point que la parution du journal fut autorisée par les professeurs et «la» proviseur du lycée, qui n'y trouvèrent rien à redire.

Il n'en fut pas de même dans le public. Des parents scandalisés signèrent une pétition, des journalistes s'emparèrent de l'affaire, et les rédactrices se retrouvèrent inculpées de «diffusion de publication obscène susceptible de corrompre la jeunesse».

Noëlla, si discrète à l'ordinaire, s'exprimait dans un français élégant teinté d'un accent chantant. Les femmes présentes ce soir-là étaient captivées. Elle continua :

— Figurez-vous que le juge Peppo et le procureur Lanzi exhumèrent une loi datant de Mussolini, autorisant le magistrat instructeur à faire subir, en sa présence, un examen médico-légal aux mineurs concernés. Le juge décréta qu'il assisterait lui-même à l'expertise médicale des trois intéressés, deux garçons et... une fille de dix-sept ans ! Celle-ci, soutenue par sa famille, refusa de se soumettre à cette épreuve humiliante. Le scandale fut immense et les passions se déchaînèrent dans la ville. Finalement, elle n'eut pas lieu. Les inculpés furent cependant condamnés ! À des peines symboliques, certes, mais moi, qui avais collaboré à la rédaction du journal, j'ai été priée de disparaître. Voilà pourquoi je suis venue en France enseigner l'italien à Rouen.

Les femmes applaudirent. Noëlla termina, avec un grand sourire qui découvrait des dents magnifiques :

— Je ne leur en veux pas. Grâce à eux, j'ai rencontré Roger, mon mari, et je suis très heureuse avec lui. Mais il faut se battre pour qu'aucune fille ne subisse jamais plus, nulle part dans le monde, de tels affronts.

Retenue par ses activités politiques, Victoire n'allait plus à Paris. Sa fille s'en plaignait. Un soir, Lydie l'appela pour lui demander de venir d'urgence rue Caulaincourt. Elle préférait lui dire pourquoi de vive voix.

Dès le lendemain, Victoire laissa l'organisation des réunions à la fidèle Fanchon et prit la route de la capitale. À peine arrivée, elle apprit la mauvaise nouvelle : Jeannette était atteinte d'un cancer du sein déjà évolué, qu'elle n'avait jamais voulu révéler à personne. Lydie avait les larmes aux yeux :

— Elle est cloîtrée dans son appartement et ne peut même plus descendre, tant elle souffre du dos.

— Comment as-tu appris ce qu'il en était ?

— Elle prétendait souffrir d'un lumbago. Lassée de la voir se soigner avec des tisanes, je lui ai envoyé mon médecin qui a tout découvert. À son avis, la tumeur évolue depuis plusieurs années et doit avoir essaimé partout. Il pense qu'il n'y a plus grand-chose à espérer. Il propose tout de même une exérèse de propreté et de la chimiothérapie. Elle refuse tout, même de passer une radio ! Elle te réclame. Essaie de la convaincre.

Victoire grimpa au sixième et découvrit sa compagne des temps héroïques assise dans un fauteuil près de la fenêtre, comme l'avait été Olga jadis.

— Ma Jeannette ! Pourquoi ne m'avez-vous rien dit ?

— Je sais trop que tous vos traitements ne servent à rien. N'insistez pas, je ne veux plus voir de docteur. À part vous, bien sûr !

— Pourquoi ce défaitisme ? Ne m'avez-vous pas entendue parler de toutes mes patientes guéries ? C'est la majorité. Vous n'avez pas le droit de vous laisser aller ainsi. À cinquante-cinq ans, on a la vie devant soi.

— Oh, la vie, elle m'en a fait trop voir ! Pour tout vous dire, mademoiselle Victoire, je n'ai plus goût à rien, vous savez. Même les enfants de madame Lydie me fatiguent aujourd'hui. Quand je pense qu'elle va en avoir un troisième, je me sens épuisée d'avance. J'aime mieux rentrer mourir dans mon pays. Aidez-moi à revenir à Véricourt. Je serai plus près de vous.

Victoire n'hésita pas une seconde :

— J'accepte, à condition de vous prendre avec moi. Vos frères et sœurs viendront vous voir au manoir. Autant qu'ils voudront. C'est un peu votre maison, après tout...

— Vous n'y pensez pas, mademoiselle Victoire !

Elle n'avait jamais pu appeler « madame » celle qui demeurait sa « demoiselle » d'autrefois.

— Pourquoi ne viendriez-vous pas au manoir ?

— Je suis devenue incapable de travailler, vous savez.

Victoire sourit et lui prit la main.

— Ma petite Jeannette, je ne vous demande pas de vous occuper de moi. C'est moi qui m'occuperai de vous. Je vous dois bien ça !

— J'oserai jamais...

— Je vais proposer à Zeffe de venir de Bretagne. Elle a soixante-cinq ans, mais elle est solide. Son fils est enseignant dans une école parisienne. Ils pourront se rencontrer plus facilement.

Le visage rond de Jeannette avait maigri, ses cheveux gris pendaient tristement, mais le sourire qui plissa soudain ses yeux pâles réchauffa le cœur de Victoire.

— Vous verrez, là-bas, vous serez heureuse. « Cheu nous », c'est plus beau qu'ici.

Zeffe et Jeannette se retrouvèrent avec une émotion pudique. Elles s'étaient vues presque quotidiennement pendant une année, sous l'Occupation, jusqu'à ce jour où il avait fallu mettre la jeune Lydie à l'abri, dans le Finistère. Depuis, chacune entendait parler de l'autre à l'occasion des vacances. Lydie avait fini par acheter une maison dans le village de Plouesnec où elle connaissait tout le monde. Elle était la

Parigote, et ses anciennes camarades de jeu, mères de famille comme elle, venaient bavarder le soir sur le pas de sa porte.

Dès qu'elle arrivait, Zeffe lui faisait raconter Paris. Au retour, Jeannette voulait tout savoir sur la Bretagne. Aucune des deux femmes n'aurait imaginé faire le voyage pour se rencontrer.

Voilà qu'elles étaient ensemble de nouveau, après un bon quart de siècle de séparation. Les retrouvailles se passèrent sans effusion. Mais les yeux étaient humides. Victoire les laissa seules. Au moment de fermer la porte, elle entendit Zeffe demander: «Et la p'tite Delphine, comment elle va?»

Leur sujet de conversation était tout trouvé.

Le 8 mai 1970, une bande de «maoïstes» attaquait le magasin Fauchon pour distribuer les produits du pillage dans les quartiers déshérités de la région parisienne. La presse en faisait les gros titres de ses premières pages, et les journalistes se demandaient si ce n'était pas le début d'un nouveau Mai 68.

— Je n'ai pas de chance, s'écria Lydie en se tenant le ventre. Chaque fois que je veux mettre un bébé au monde, c'est la révolution!

Ce n'était qu'un feu de paille. Le 27, le gouvernement interdisait *La Gauche prolétarienne* et une jolie Élisabeth de sept livres venait au monde.

Victoire, comme d'habitude au chevet de sa fille, joua les grand-mères éblouies, tandis que Rémy interprétait le rôle du père blasé.

— Et de trois, conclua-t-il, modeste, en quittant la clinique.

Lydie prit la main de sa mère.

— Ne retourne pas tout de suite à tes réunions électorales, ma petite maman, j'ai besoin de toi. Depuis que je n'ai plus Jeannette à la maison, c'est le désastre. Je ne parviens pas à trouver une femme de ménage qui accepte de descendre les poubelles, sous prétexte que la concierge interdit d'utiliser l'ascenseur à cause des odeurs. Quant à la fille au pair norvégienne qui vient s'occuper des enfants, elle ne parle pas un mot de français et tu verrais comment elle regarde mes ragoûts. On dirait vraiment que je lui sers de la...

— Lydie, je t'en prie !

— Toujours prude, ma petite maman ! Attends d'écouter Delphine te raconter ses joies d'écolière. Elle vient de découvrir le vocabulaire scatologique de ses camarades, et son répertoire s'enrichit de jour en jour. Ma psy conseille de la laisser faire pour ne pas traumatiser son inconscient.

Victoire ne fit pas de commentaires sur l'opportunité de demander conseil à une psy. Elle prit la maisonnée en main. La fille au pair était bizarre mais sérieuse, et ne sortait jamais le soir. Une fois les enfants au lit, elle s'installait devant la télévision avec une bouteille de lait et un paquet de biscuits jusqu'à la fin des programmes. La grand-mère se garda bien d'émettre le moindre jugement sur ce mode de vie et en profita pour continuer à fréquenter les milieux féministes qui l'amusaient de plus en plus.

C'était l'époque où les militantes s'affrontaient en deux camps. Celles qui reconnaissaient aux hommes un minimum d'utilité étaient traitées de « vaginales » par celles qui s'enorgueillissaient d'être des « clitoridiennes ». Victoire n'aurait jamais imaginé qu'on puisse disserter autant sur un tel sujet.

Obligée de demeurer aux côtés de sa fille pour l'aider à tenir sa maison, elle prit l'habitude de faire des allers et retours réguliers entre la Normandie et la rue Caulaincourt, savourant pendant la semaine le folklore parisien. Quand elle rentrait à Véricourt, ses récits animaient les réunions électorales en bousculant les conformismes provinciaux. L'assistance riait aux éclats quand elle racontait les exploits des Féministes révolutionnaires, des Pétroleuses ou des Gouines rouges.

Sous l'impulsion des militantes, l'agitation s'orientait résolument vers le pittoresque. En août 1970, elles apprirent que Betty Friedan, à New York, encourageait les épouses américaines à poser le torchon pour entamer une grève domestique de vingt-quatre heures. À Paris, un groupe de femmes décida alors d'aller, en plein après-midi, déposer une gerbe à l'Arc de Triomphe de l'Étoile, « en hommage à la femme du soldat inconnu, plus inconnue que lui ». C'était le premier acte public d'une association qui allait bientôt faire parler d'elle, le Mouvement de libération de la femme.

Ce mouvement intéressait Victoire par son indépendance proclamée à l'égard des partis politiques. Il ne devait s'agir que d'un « rassemblement d'*individues* en révolte ». Les réunions étaient informelles, donc brouillonnes, spontanées, donc inefficaces, mais opposées à toute récupération.

— Non, criait une nostalgique de Mai 68, la lutte des femmes n'est pas la lutte des classes !

Le 20 novembre 1970, au cours des « États généraux de la femme » organisés par le magazine *Elle,* les adeptes du MLF surgirent dans la salle et y semèrent une joyeuse pagaille. Les orateurs furent invités à s'asseoir dans la salle avec le public et une mère de famille montée sur l'estrade s'écria, d'une voix qui n'avait pas besoin de micro :

— Ce n'est pas à nous d'écouter les ministres, c'est à eux de nous entendre ! C'est nous qui avons des choses à leur expliquer.

Dans le même temps, le camp des opposants à l'avortement s'organisait. Sous la houlette du professeur Jérôme Lejeune, généticien spécialiste du mongolisme, se créait l'association Laissez-les vivre, destinée à défendre la loi de 1920. L'argument essentiel reposait sur le fait qu'à la seconde même où le spermatozoïde rencontre l'ovule, l'embryon existe et possède déjà toutes les caractéristiques de l'être humain à naître : par conséquent, l'avortement est bien un infanticide. À l'appui de cette thèse, des brochures étaient distribuées où des images d'échographie montraient des fœtus de quelques semaines en train de sucer leur pouce.

En écho à la propagande diffusée par cette association, se développaient des théories natalistes prophétisant l'apocalypse pour les nations industrialisées vouées au vieillissement inéluctable des populations sans descendance. Dans leurs publications, on lisait que, si le but des propagandistes de la contraception était, à l'origine, de limiter le développement du tiers monde, ils aboutissaient au résultat inverse : les peuples pauvres continuaient à proliférer, tandis que les pays riches s'affaiblissaient dans le stupre et la luxure stérile.

Ces militants n'hésitaient pas à descendre dans la rue, soutenus par les catholiques traditionnalistes de monseigneur Lefebvre, prêchant la parole divine. Les exégètes de Saint-Nicolas-du-Chardonnet analysaient avec ferveur l'encyclique *Humanæ vitæ,* que Paul VI avait consacrée, dès 1968, à la condamnation de la contraception et, *a fortiori,* de l'avortement. Ils vouaient à l'excommunication les catholiques déviants.

Dans ce domaine, Victoire n'allait pas tarder à devoir affronter un opposant de marque dont elle n'imaginait pas la férocité : l'abbé Jean-Yves Le Gwen, le fils de Zeffe.

Guéri de sa tuberculose grâce à la streptomycine qu'Eddy Cohen lui avait envoyée en 1944, cet homme de constitution chétive mais animé d'une volonté d'acier, enseignait les lettres classiques dans une école privée du 16e arrondissement de Paris. Son visage ascétique était d'un blanc cireux, et ses rares cheveux flottaient sur un crâne bossué. Ses yeux petits et noirs, enfoncés sous des arcades sourcilières proéminantes, ajoutaient une note inquiétante à son allure de Savonarole moderne. Il portait un costume de clergyman sur un col blanc trop large pour son cou émacié.

Il consacra son premier dimanche de liberté à sa mère fraîchement débarquée de Bretagne. Il arriva par le train du matin. Zeffe, impatiente, l'attendait à la gare des cars et ils allèrent ensemble écouter la grand-messe. Après l'office, il se présenta au curé, qui le retint au presbytère pour déjeuner.

L'après-midi, il vint au manoir rendre visite à Victoire. Elle le reçut dans le bureau exigu qu'elle avait installé au rez-de-chaussée, à côté du salon transformé en salle de réunion, avec estrade et chaises pliantes.

— Excusez-moi, monsieur l'abbé, de vous accueillir dans des lieux consacrés à une activité politique que vous n'appréciez sans doute pas.

Le prêtre hocha la tête et un sourire amer pinça ses lèvres minces.

— Il est vrai, ma fille, que si j'en crois le père Valier, vous vous engagez dans une voie bien dangereuse.

— Dangereuse pour qui ?

— Pour le salut de votre âme, et celle de vos... comparses.

Elle éclata de rire.

— Je vous sais gré de vous soucier d'une échéance que j'espère encore lointaine et qui, pour tout vous dire, ne représente pas l'essentiel de mes préoccupations immédiates.

— Vous avez tort.

— Peut-être, mais j'en suis seule juge. Admettez-le.

— Le libre arbitre est une faculté que Notre Seigneur laisse aux hommes. C'est l'un des aspects les plus beaux de son message, mais Il a donné à ses apôtres la mission de ramener vers le troupeau les brebis égarées, et les prêtres de notre Sainte Église sont là pour continuer leur œuvre.

— Continuez, monsieur l'abbé, continuez ! Si Dieu a laissé le libre arbitre aux hommes, à votre tour, laissez aux femmes le droit de s'égarer. Quant au jugement de Notre Seigneur, nous nous en débrouillerons, si vous le permettez, directement avec Lui, sans intermédiaire. D'autant que, dans sa sagesse, Il nous a aussi fait don du sacrement de pénitence.

— L'Église...

Victoire, qui commençait à s'énerver, lui coupa la parole.

— L'Église s'est suffisamment trompée dans le passé pour manifester un peu de modestie dans ses positions actuelles, monsieur l'abbé. Souvenez-vous de l'époque où elle condamnait les prêteurs sur gage et les comédiens. Faut-il vous rappeler les excès de la Sainte Inquisition, de la Saint-Barthélemy et de l'évangélisation des Amériques ? Vos positions de principe sur la contraception ont le temps d'évoluer. Qu'en restera-t-il dans un siècle ? Déjà, certains de vos confrères vacillent sur leurs certitudes.

— Madame, vous ne m'empêcherez pas de condamner...

Victoire l'interrompit à nouveau :

— Personne ne vous *empêche*, mon père ! Faites-en autant !

Le visage du prêtre virait au rouge vif, et cette couleur inhabituelle lui donnait un air de bonne santé.

Pendant la conversation, deux femmes étaient entrées dans la salle de réunion et s'étaient sagement assises. De loin, elles suivaient la conversation animée et se regardaient avec étonnement.

Quand le père Le Gwen s'en fut à grands pas, elles évitèrent son regard furieux, puis se précipitèrent pour interroger Victoire qui leur parut ravie.

— Voilà un excellent sujet de discussion pour ce soir, s'exclama-t-elle. Contraception et avortement face à la doctrine de l'Église. Nous n'allons pas nous ennuyer !

Pendant ce temps, l'instruction du procès suivait son cours. Convoquée plusieurs fois par le magistrat chargé de l'affaire, Victoire s'en tenait à la position établie avec sa fille, et le témoignage des infirmières allait dans le même sens.

— Nous ne sommes pas là pour vérifier le diagnostic des médecins, avait affirmé la panseuse, ni pour faire des enquêtes de police sur l'identité des patientes.

Une confrontation fut organisée avec le professeur Grandet, qui était censé avoir constaté les faits. Obstiné, le vieil homme s'en tenait, lui aussi, à sa version initiale.

— J'ai vu Mme Dambreville pratiquer un avortement et je sais de quoi je parle ! Je suis prêt à en témoigner sous serment devant le tribunal.

Victoire ne se laissa pas impressionner :

— Je maintiens que vous m'avez vue terminer un curetage pour grossesse spontanément interrompue.

— Vous mentez !

— Prouvez-le !

Le juge d'instruction finit par clore son dossier et la première audience eut lieu trois mois plus tard. Elle se limita à un affrontement rapide entre l'avocat de l'ordre et Lydie. Ils s'accordèrent pour demander une expertise.

Le premier expert désigné fut un gynécologue parisien, immédiatement récusé par la partie civile au motif qu'il pouvait avoir été en relation professionnelle avec l'accusée. On se mit d'accord sur un praticien marseillais, le professeur Giletti, qui ne risquait pas de connaître les intervenants.

Victoire et le professeur Grandet se retrouvèrent donc, un matin, assis l'un à côté de l'autre, dans une salle d'attente de l'Hôtel-Dieu, monument historique de la cité phocéenne. Ils se saluèrent poliment et Victoire, très à l'aise, engagea la conversation.

— Excusez-moi, monsieur, mais pourrais-je savoir ce qui motive votre agressivité à mon égard ?

Le vieux professeur regardait ailleurs. Il hésita longuement avant de répondre. Enfin, il se décida, comme à regret.

— Je n'ai rien contre vous, madame Dambreville, soyez-en persuadée. Mais je m'élève contre l'actuel courant de pensée qui tend à légitimer l'avortement.

Victoire voulut protester. D'une main nerveuse, il l'empêcha de prendre la parole.

— Laissez-moi aller jusqu'au bout de mon raisonnement, je vous en prie, car je n'ai pas l'intention de polémiquer. Si l'avortement est autorisé aujourd'hui quand une femme ne veut pas de son enfant, il le sera demain parce que l'enfant à naître risque d'être malformé. Après-demain, on fera disparaître l'enfant malformé dont on n'aura pas été capable de prévoir l'anomalie avant la naissance. Tuer avant, tuer après la mise au monde, où est la différence ? Ensuite, ce sera le tour des vieillards malades, des adultes débiles et, pourquoi pas, des imbéciles, des opposants, des bruns ou des roux, des Gitans ou des Juifs... Ceci ne vous rappelle rien ?

— Vous ne croyez pas que vous allez un peu loin ?

— Le principe du respect de la vie ne se divise pas, madame. Nous n'avons pas à nous demander si un être a le droit de vivre ou non...

Le professeur Giletti interrompit cette profession de foi et les fit entrer dans son bureau. C'était un homme d'une cinquantaine d'années, aimable et rond, faussement débonnaire et qui connaissait bien l'affaire. Il clarifia la situation en quelques mots :

— Mes chers confrères, je vais être clair. Je n'ai jamais eu dans les mains un dossier aussi mince. À croire que les magistrats normands m'ont caché les documents probants. Je n'irai donc pas par quatre chemins. Madame Dambreville, vous dites : « Je faisais un curetage après une fausse couche spontanée. » Exact ?

— Exact.

— Monsieur Grandet, vous affirmez que madame Dambreville se livrait à un curetage criminel. Exact ?

— Exact.

— Parfait. À tous deux, je pose la même question : quelles sont vos preuves ? Madame Dambreville, je vous écoute.

— Aucune.

— Comment, aucune ? Vous avez fait analyser le produit du curetage, je pense. Vous avez le résultat anatomopathologique d'un fragment de placenta qui prouve votre bonne foi...

— Je dois vous avouer que, sous le coup de l'émotion, personne n'y a pensé... Vous êtes du métier, monsieur, et vous pouvez imaginer facilement ce que représente, à une heure du matin, l'irruption, dans un bloc opératoire, d'un détachement de la police montée !

Le Marseillais sourit et se tourna vers le professeur :

— Monsieur Grandet, je suppose que vous avez fait saisir le fœtus avorté et que vous allez m'en montrer l'examen anatomopathologique, la photo, le bocal, que sais-je ?

Grandet prit son ton le plus doctoral :

— Écoutez-moi, mon cher confrère. Eussé-je demandé une analyse, que cela n'aurait rien changé ! Moi, je *savais* qu'il s'agissait d'un avortement criminel !

— Vous saviez, vous saviez... Il eût été préférable que vous le prouvassiez.

— Ne plaisantez pas, je vous en prie. La vérité n'a pas besoin d'être prouvée.

— Enfin, vous connaissez les juges...

Grandet se dressa pour ne pas perdre un centimètre de sa courte taille et lança, impérial :

— Non, justement ! Moi, de ma vie, je n'ai jamais eu à mettre les pieds dans un prétoire, et je m'en félicite.

L'expert eut une mimique désolée.

— Je crains pour vous que madame Dambreville ne s'en félicite aussi.

Il se leva.

— Merci, mes chers amis, pour votre sympathique collaboration. Ce sera l'expertise la plus simple de ma carrière.

S'approchant des deux adversaires, il ajouta, les yeux rieurs :

— Avant de quitter Marseille, si vous voulez vous réconcilier devant une excellente bouillabaisse, je peux vous donner une adresse...

Grandet l'interrompit, visiblement choqué :

— Je vous remercie ! Ce n'est pas le moment.

Il salua ses deux interlocuteurs d'une simple inclinaison de tête et sortit sans un mot de plus.

Le professeur Giletti se retourna alors vers Victoire, se retenant pour ne pas rire.

— La loi m'interdit de faire des commentaires, mais, en ce qui concerne la bouillabaisse, la proposition tient toujours. À cette nuance près que vous serez mon invitée.

Victoire s'entendit accepter, sans hésitation. Elle reprenait goût à la vie.

La mort du général de Gaulle endeuilla la fin de cette année 1970. Victoire se rendit à la cérémonie de Notre-Dame où le monde entier rendait hommage à l'homme exceptionnel qui avait marqué son époque.

L'hiver se termina sans que le procès revienne devant le tribunal. L'expertise devait laisser les magistrats rêveurs. Comment départager deux plaideurs dont chacun n'avait que sa parole pour se défendre ?

Insouciante, Victoire mettait la dernière main à son programme électoral. Le rendez-vous avec les urnes était fixé aux 14 et 21 mars 1971. Il n'y avait donc plus de temps à perdre. Le manoir entra en effervescence et une grande banderole fut tendue entre les piliers du portail : « Permanence Victoire Dambreville. »

Un comité de soutien fut créé, chargé de collecter des fonds. Le choix des affiches donna lieu à de délirantes soirées. Le cidre coulait à flots. Pour le slogan, les filles se mirent d'accord, grâce à Fanchon, sur une formule choc : « Avec Victoire, pour la victoire ! »

Au jour dit, la liste fut déposée en mairie et, dès le lendemain, elle circulait dans toutes les mains. Certains maris y découvraient, avec stupeur, le nom de leur épouse ou de leur fille. Les patrons lisaient le nom de leur secrétaire. Me Jacques Liévin apprit que sa femme, Nadège, y était en bonne position. On y trouvait aussi Madeleine Bouchard, la sage-femme, Margarita Pereira da Costa et une certaine Élisabeth Ligier, dite Lili la folle, qui avait été embauchée à plein temps au presbytère pour s'occuper des zonards, de plus en plus nombreux à y être hébergés.

Au grand dam de Victor Ambroise et d'Arnaud Coste-Lambert, on ne parlait plus que de la liste Femmes de Véricourt. Ils avaient beau se démener, leurs permanences restaient vides. Ils commencèrent à prendre peur et se lancèrent dans un porte-à-porte échevelé.

Victoire se rendait compte qu'elle bénéficiait d'une vraie cote de popularité. Si la nouveauté et l'originalité de sa démarche y contribuaient, la sympathie de ses concitoyens lui était acquise depuis longtemps. Partout, elle était accueillie avec le sourire, et ses rencontres la remplissaient de joie. Sur le marché, il n'y en avait que pour elle. On l'applaudissait, on l'embrassait...

— Vas-y, Victoire, tu les auras, lui criait-on...

Chaque soir, ses colistières faisaient le compte des voix promises. Au fur et à mesure que les dates fatidiques approchaient, le nombre des électrices acquises à leurs idées grandissait. Il devenait évident que leur liste serait en tête, et on se demandait même si elle n'obtiendrait pas la majorité absolue dès le premier tour.

Victoire, de plus en plus sûre d'elle, eut le culot de proposer des débats contradictoires à ses adversaires. À deux ou à trois, comme ils voudraient. Ils refusèrent. Cette lâcheté renforça encore la certitude de son succès.

— Dans notre liste aussi, il y a des femmes, clamait Arnaud Coste-Lambert.

Il avait inscrit deux infirmières de l'hôpital, sa secrétaire et, en fin de liste, deux ou trois bigotes bien connues.

— C'est pour qu'il ne soit pas dit que seules ses anciennes maîtresses le soutiennent, affirmaient les mauvaises langues.

Victor ne voulut pas être en reste, mais il eut plus de mal. Comme il l'avait prédit lui-même, celles qui le soutenaient habituellement étaient passées, derrière Fanchon, dans le camp de Victoire. Sa situation de célibataire le desservait et la présence de son ancienne épouse dans l'équipe féminine augmentait l'hostilité qui montait contre lui.

Le mois de mars arriva enfin dans une atmosphère de folie que la ville n'avait pas connue depuis la Libération.

Au matin du 14, les trois bureaux de vote furent investis par les candidats des trois listes pour contrôler le bon déroulement des opérations. Jamais scrutin ne fut plus surveillé. Dès le matin, les maraîchères passèrent voter avant d'installer leur étal. Puis les clients se pressèrent. À la sortie de la messe, il y eut une nouvelle vague. Le temps du déjeuner fut morose, mais la participation du matin avait été supérieure, et de loin, aux chiffres habituels. Victor, Arnaud et Victoire présidaient chacun un bureau, assistés par des membres des équipes adverses. Les scrutateurs se scrutaient en silence. La gravité de la situation n'échappait à personne.

La clôture du scrutin tardait. La journée parut interminable.

À dix-huit heures, les volontaires pour le dépouillement prirent place. La foule se pressa derrière les barrières. Dans un silence pesant, les urnes furent renversées, les enveloppes comptées et rangées par paquets de dix. Chaque table reçut son lot, et le cérémonial commença :

— Dambreville.

— Dambreville.

— Coste-Lambert.

— Ambroise.

— Ambroise.

Sur les feuilles récapitulatives, les bâtons s'alignaient.

— Un, deux, trois, quatre, une diagonale. Un, deux, trois, quatre, une diagonale. Et de dix...

Victoire avait refusé de s'asseoir. Adossée au mur, elle souriait. Les premiers résultats étaient étonnamment équilibrés. Puis un vent de folie commença à souffler sur les chiffres. Victor et Arnaud passèrent en tête. La liste des femmes perdit du terrain. Au fil des minutes, la différence s'accentuait.

Fanchon arriva et prit Victoire par le bras :

— Viens prendre l'air, il fait trop chaud ici.

Elles sortirent toutes les deux.

— Où en sommes-nous, à l'école ?

Fanchon grimaça :

— Arnaud est en tête, Victor le talonne, et nous sommes loin derrière.

Victoire blêmit.

— Ce n'est pas possible, la tendance va s'inverser...

— Je crains que non. J'ai assisté à de nombreux dépouillements. Au bout d'une demi-heure, on sait à quoi s'en tenir quand une liste est perdante.

— Alors, tu crois que...

Fanchon lui entoura les épaules.

— Ce ne sera pas le raz-de-marée attendu. Nous nous sommes fait des illusions. (Elle changea de ton.) Mais rien n'est perdu. Personne n'aura la majorité absolue. Tout se jouera au deuxième tour. Ils vont venir te faire des propositions alléchantes. Tu seras l'arbitre de l'élection finale. C'est toi qui feras le vainqueur.

Victoire eut un sourire désabusé.

— Je n'ai pas l'habitude de jouer les utilités. Vous négocierez sans moi.

— Tu ne peux pas nous faire ça...

— Arnaud Coste-Lambert : 38 %. Victor Ambroise : 35 %. Victoire Dambreville : 27 %.

Dans la grande salle de la mairie, les applaudissements retentirent, mais Victoire ne les entendit pas. Elle était dans sa chambre, assise sur le tapis, devant le feu de bois que Lydie avait allumé. Jeannette et Zeffe pleuraient. Elle avait dû les consoler avant de retrouver son calme.

— Les Véricourtains m'ont trahie, laissa-t-elle tomber après un long moment de silence. Je n'oserai plus jamais regarder les gens en face.

Lydie protesta :

— Tu aurais tort. Plus d'un quart de la population a voté pour toi. Ce score est au-dessous de ce que tu escomptais, mais largement supérieur à ce qui était imaginable, il y a six mois encore.

Victoire ne parvenait pas à comprendre. Pourquoi lui avait-on dit tant de choses gentilles ? Pourquoi l'avait-on autant encouragée ? À quoi pensaient ceux qui l'applaudissaient ? À se moquer ?

Elle se coucha sans tarder avec un somnifère.

Le lendemain, Lydie la ramenait à Paris.

Dans la voiture, elle essayèrent d'analyser les causes de cet échec et s'en prirent au traditionalisme de la population rurale. Victoire ne se faisait pas d'illusions :

— Ce sont les hommes qui votent le plus, et ils trouvent inadmissible d'être administrés par une femme.

— Les femmes n'auraient-elles pas été un peu jalouses de ton succès ?

— Peut-être. Pourtant, il faut un début à tout.

Arrivée rue Caulaincourt, Victoire appela Fanchon au téléphone.

— Excuse-moi. Je n'ai pas eu le courage d'affronter nos adversaires. Les négociations pour le second tour, je te les laisse. Choisis l'allié qui te fera les meilleures promesses, et entre dans le conseil municipal. C'est essentiel pour notre cause. La prochaine fois, nous gagnerons.

Sur le plan national, ces élections ne traduisirent pas de bouleversements notables. La gauche progressait dans les grandes villes, et la droite dans les plus petites. Chaque camp publiait ses communiqués de victoire.

Gisèle Halimi était ravie :

— Encore une semaine et nous serons enfin sorties de cette période électorale où rien n'est possible. Il va falloir se remettre au travail et faire à nouveau parler de nous. Pendant la campagne, je n'ai pas perdu mon temps, j'ai un projet que je vais vous expliquer...

Le 5 avril 1971, *Le Nouvel Observateur* publiait le Manifeste des 343. Victoire l'avait signé. Le texte était sans ambiguïté : « Un million de femmes se font avorter chaque année en France. Je déclare que je suis l'une d'elles. Je déclare avoir avorté. » Parmi les signataires figuraient : Stéphane Audran, Simone de Beauvoir, Catherine Deneuve, Marguerite Duras, Françoise Fabian, Gisèle Halimi, Micheline Presle, Françoise Sagan, Delphine Seyrig, Marina Vlady... et d'innombrables inconnues qui prenaient tous les risques qu'évite la notoriété.

Une semaine après, Victoire était convoquée chez le juge d'instruction. Sur sa table figurait une photocopie de l'hebdomadaire avec son nom entouré de rouge. Il prit un air faussement désolé :

— Madame Dambreville, croyez-vous vraiment que c'était le bon moment ?

— Justement, monsieur le juge. Quand vous m'enverrez en prison, je m'y trouverai en excellente compagnie.

— Tous les justiciables ne bénéficient pas du même traitement.

— Comment osez-vous proférer une affirmation si contraire aux principes de la République ? Si vous disiez vrai, où serait l'égalité ?

Les 13 et 14 mai, le MLF tint ses assises à la Mutualité, et quatre mille femmes entendirent leurs représentantes prendre la parole pour se plaindre de leur mari, de leur amant ou leur patron. Les rares hommes qui avaient osé s'aventurer dans la salle furent hués, insultés et chassés.

Au mois de juin, le magazine allemand *Stern* publiait un manifeste identique à celui que les Français appelaient désormais le «coup d'éclat des 343 salopes». Terme immédiatement repris par les intéressées elles-mêmes !

Gisèle Halimi était partout à la fois.

— Ne t'inquiète pas, Victoire, nous allons mettre sur pied une association qui prendra en charge la défense de toutes les femmes traînées en justice pour avortement. Nous l'appellerons Choisir. Et les plus grands noms du monde scientifique, médical, politique et médiatique s'y associeront, je te le promets !

En novembre, Victoire prit part à la «marche internationale» qui réunit quatre mille femmes place de la République. La manifestation était organisée pour obtenir l'abolition de la loi de 1920.

Vers la mi-décembre, Simone de Beauvoir prit la présidence de l'association Choisir et Gisèle Halimi forma un premier groupe de travail avec Christiane Rochefort, Françoise Fabian et Delphine Seyrig. Elles contactèrent l'académicien Jean Rostand, qui reçut l'avocate dans sa maison de Ville-d'Avray.

— Notre programme est simple, lui dit-elle. Il tient en trois points. Un : contraception et éducation sexuelle. Deux : suppression de la loi de 1920. Trois : défense gratuite des inculpées.

— Bien sûr... C'est très bien... Je suis avec vous, répondit le savant. J'ai consacré ma vie entière à mieux comprendre la vie... Mais je ne peux pas ne pas être avec vous...

Victoire était passionnée par ces projets et se réjouissait de participer aux séances de travail qui se préparaient.

Hélas, elle dut retourner d'urgence à Véricourt. Jeannette se mourait.

Après un accident respiratoire brutal, le médecin avait prédit le pire. Sans nul doute, la fin était proche et Henri Ambroise s'était senti obligé d'appeler Victoire.

Installée au rez-de-chaussée, dans une chambre improvisée qui donnait sur le jardin, la malade passait ses journées dans un fauteuil à regarder les étourneaux s'abattre sur les dernières pommes abandonnées au pied des arbres. Zeffe lui tenait compagnie, son éternelle broderie sur les genoux.

La vieille Bretonne s'éclipsa discrètement quand Victoire entra. Jeannette tourna vers elle son visage émacié. La bouche entrouverte, elle soulevait avec peine sa maigre poitrine à chaque inspiration.

— Vous n'êtes pas revenue pour moi, j'espère..., murmura-t-elle dans un souffle rauque.

— Mais non, ma Jeannette. Il fallait bien que je passe un peu de temps au manoir. Chez nous!

— Racontez-moi Paris...

Victoire posa sa main sur la sienne et lui fit le récit des dernières semaines. Elle lui rendit le sourire avec les excès verbaux entendus dans la rue.

— « Halte aux femmes sécateurs ! » criaient les hommes. « Phallocrates ! » répondaient les filles. « Exhibitionnistes ! Hystériques ! Lesbiennes ! Mal baisées !... » « Ni bonnes, ni connes! Nos ventres nous appartiennent!»

Jeannette hochait la tête.

— Quel dommage pour moi... C'est trop tard... J'aurais tant aimé... vous aider.

La présence de Victoire lui donnait des forces.

— Avec la pilule... j'aurais eu des enfants... des petits-enfants... Ils seraient là, à côté de moi... Ceux qui empêchent... ils ne savent pas!

Deux grosses larmes roulèrent sur ses joues grises. Victoire se pencha pour l'embrasser, tandis qu'une voiture faisait crisser les graviers de la cour.

— Vos enfants, les voilà, lui murmura-t-elle à l'oreille. Ils vont fêter Noël avec vous.

Quelques minutes plus tard, Delphine se jetait dans les bras de sa vieille Nette qu'elle aimait tant. Didier suivait en cahotant et Lydie apparut, épuisée, avec Élisabeth dans les bras. Elle se laissa tomber dans un fauteuil.

— Je hais les vacances scolaires!

— Ce n'est pas tout ça, s'écria Victoire, vous allez tous aider à décorer le sapin.

— Bravo! cria Delphine, toujours active. Je vais voir si Henri est allé le chercher.

Les jours qui suivirent ne furent qu'un tourbillon de joie. Jeannette reprit des couleurs. Le soir du réveillon, elle mangea même quelques bouchées de foie gras avec une gorgée de sauternes, puis une cuillerée de bûche. Elle manifestait une volonté farouche de tenir bon pour assister à ce qui avait toujours été pour elle le plus beau des spectacles: les enfants au pied de l'arbre, devant les montagnes de paquets multicolores.

Victoire l'avait convaincue d'accepter une perfusion pour se réhydrater et ne pas souffrir. De fait, grâce à la morphine, elle retrouva son sourire et passa une journée de Noël qu'elle n'aurait jamais imaginée.

Elle s'éteignit, le visage en paix, au petit matin du 26 décembre, entourée de tous ceux qu'elle aimait. Son frère et ses sœurs, réveillés par Victoire, étaient venus lui tenir la main.

Pour Lydie et ses enfants, c'était le premier chagrin. Pour Victoire, la moitié d'une vie disparaissait.

Sur la route du cimetière, elle marchait en se rappelant les scènes de son passé. Elle revoyait leur rencontre dans la brasserie de Caen; la visite au Conservatoire; la préparation du premier bal avec Georges; le mariage à La Banquise; la cœlioscopie chez Palmer...

À son côté, elle sentit une présence. C'était Fanchon. Elle était devenue premier adjoint d'Arnaud Coste-Lambert, vainqueur des élections municipales grâce à l'appui négocié des femmes.

— Je représente le maire, chuchota-t-elle.

— Tu n'as pas mis ton écharpe?

— Pas devant toi.

— Tout va bien? Comment t'entends-tu avec lui?

— Je le mène par le bout du nez. Si nous démissionnons, il faut retourner devant les électeurs. Il est passé trop juste pour prendre ce risque.

Le cortège arriva devant la tombe et elles se séparèrent. Fanchon devait aller présenter aux proches les condoléances de la municipalité. Victoire s'écarta du cortège. Elle avait envie de marcher dans la campagne pour profiter seule de ses souvenirs.

Le 1er janvier fut célébré sous le signe de la nostalgie. Pendant que les enfants jouaient dans le jardin, Victoire se promenait à pas lents sous les marronniers déplumés par le vent. L'image de Pierre lui vint à l'esprit. C'est au précédent réveillon que, pour la première fois, elle l'avait senti différent. Que devenait-il? Était-il heureux? Il n'avait plus jamais donné de nouvelles après leur déjeuner de rupture à Honfleur.

Elle pensait souvent à lui mais s'efforçait de le chasser de sa mémoire. Elle ressentait un manque trop cruel. Sa présence discrète et tendre avait été une source de bonheur infini, et bien qu'elle eût toujours su qu'il ne fallait pas y croire, rien ne pouvait apaiser sa peine. Seules, ses activités multiples l'empêchaient de sombrer dans la dépression.

La veille de la rentrée scolaire, pendant que les enfants choisissaient les cadeaux de Noël qu'ils emporteraient à Paris, Lydie fit un saut à Rouen et revint tout excitée.

— Maman, il faut que je te raconte quelque chose d'important. Je suis allée voir le confrère qui plaide contre moi dans ton affaire. C'est un homme charmant et efficace. Il est devenu le correspondant de notre cabinet pour les dossiers que nous avons en Normandie. Ce n'est pas de sa faute s'il est l'avocat habituel du conseil de l'ordre.

— Vous avez des mœurs bizarres. Ami, ennemi, ces mots ont-ils un sens pour vous ?

— Un procès, maman, ce n'est pas une rixe. On peut défendre des thèses inverses sans s'étriper. Tu imagines bien qu'entre confrères il nous arrive souvent d'être tantôt alliés, tantôt opposés. Où est le mal ? C'est la vie !

— Je me demande seulement quelle idée vous vous faites de la vérité.

Lydie se rebiffa :

— Toi, tu es gonflée ! Je te rappelle que, dans ton histoire, la vérité, nous nous asseyons dessus. Non ?

Victoire rougit, prise en faute.

— Oui, mais c'est pour la bonne cause.

— Excuse un peu facile.

Il valait mieux changer de conversation.

— Qu'avais-tu de si important à me raconter ?

— Il paraît qu'un procès d'avortement va être plaidé à Paris. Ici, ils ont demandé à leur avocat de faire traîner notre procédure le plus possible. Après le verdict parisien, ils verront s'ils abandonnent ou non leur plainte contre toi.

Gisèle Halimi était assise derrière son bureau, un épais dossier ouvert devant elle.

— Victoire, ce procès Chevalier est la chance de notre vie. Écoutez bien l'histoire : en août dernier, une lycéenne de seize ans, Marie-Claire, est entraînée par Daniel, un de ses copains, dans un appartement vide où il la viole. Elle se sauve et se tait, mais découvre bientôt qu'à la suite de cet unique rapport elle est enceinte. Elle se confie à sa mère, Michèle Chevalier, employée du métro, abandonnée depuis longtemps par le père des trois enfants qu'elle élève seule. Elle propose de prendre ce bébé à sa charge, mais sa fille refuse catégoriquement de garder l'enfant d'un voyou qu'elle exècre. Comment faire ?

— Pas assez d'argent pour aller en Angleterre...

— Il faut trouver une faiseuse d'anges.

Victoire, si longtemps après, frissonnait toujours quand elle entendait prononcer ce mot. L'avocate continua, en feuilletant ses documents.

— Une copine de travail a une copine qui connaît une Mme Bambuck, secrétaire-dactylo de profession, mais experte en avortement. Elle débarrassera Marie-Claire de sa grossesse pour 1 200 F. Mme Chevalier gagne 1 500 F par mois ! Tant pis, on se débrouillera. La sonde est mise en place, tombe, est remise, retombe... Finalement elle tient. C'est l'hémorragie, l'hospitalisation et... le curetage. Tout est terminé. Sauf que...

— Quelqu'un cafte.

— Exactement. Vous ne devinez pas qui ?

— Dites.

— Daniel en personne ! Arrêté pour vol à la roulotte, il cherche à se faire bien voir des flics en dénonçant celle qu'il a violentée.

— Quelle horreur !

— La police débarque à l'aube chez les Chevalier, en prétendant tout savoir. Les intéressées avouent sans se méfier. Marie-Claire sera jugée par le tribunal pour enfants de Bobigny, le 11 octobre 1972. J'assurerai sa défense.

— Et les coïnculpées ?

Dans son dossier, Gisèle Halimi ouvrit une autre cote.

— Par la 2e chambre correctionnelle du tribunal de grande instance de Bobigny, le 22 novembre.

— Et c'est vous aussi...

— Oui. Il y a un avocat pour chacune des quatre inculpées et je concluerai. Mais ce sont les témoins qui joueront le rôle le plus intéressant. J'ai sollicité Michel Rocard, le professeur Milliez, Jean Rostand, Raoul Palmer et d'autres...

— Raoul Palmer ? C'est mon patron, un homme remarquable.

— Je sais. Il a consacré sa vie à la défense des femmes. Il milite autant pour la liberté de la contraception et de l'avortement qu'il lutte contre les stérilités.

Le procès de Marie-Claire Chevalier donna lieu à un véritable marathon médiatique de la part de Choisir, dont c'était la première manifestation publique. Des « Tracts pour Marie-Claire » furent distribués à Paris et à Bobigny. Plusieurs milliers de femmes se rassemblèrent place de l'Opéra, face à un service policier décidé à rétablir l'ordre *manu militari*. Ces brutalités donnèrent lieu à des protestations dans la presse qui furent autant de publicité pour l'affaire. Enfin, avant l'audience, la foule amassée autour du tribunal scandait des slogans : « Libérez Marie-Claire ! », « Nous avons toutes avorté ! » « L'Angleterre pour les riches, la prison pour les pauvres ! »

Si le procès proprement dit se déroula bien à huis clos, le jugement devait être proclamé en audience publique et Gisèle Halimi insista pour que, selon la loi, les manifestantes aient le droit d'entrer dans la salle.

C'est ainsi que Victoire, échevelée par la bousculade, la voix cassée d'avoir trop crié, se retrouva à côté de Delphine Seyrig quand le président vint lire son verdict. Le silence était impressionnant. Chacun retenait son souffle.

La sentence demeurerait dans les annales de la justice.

Marie-Claire était relaxée, au motif que, « ... non préparée à l'état où elle se trouvait ni avertie des risques qu'elle courait, n'a pas librement et délibérément choisi d'accomplir l'acte qui lui est aujourd'hui reproché, qu'elle a souffert de contraintes d'ordre moral, familial, social, auxquelles elle n'a pu résister... »

Des hurlements de joie saluèrent ce jugement.

Rentrée rue Caulaincourt, Victoire démontra à sa fille toute l'ambiguïté de cette décision :

— Les magistrats montrent leur malaise devant la détresse d'une enfant qui voyait sa vie brisée par les conséquences d'un acte odieux. Mais ils n'ont pas osé le dire. Ils ont été obligés de se mettre en accord avec la loi et de faire semblant de croire que l'accusée était irresponsable, alors que Marie-Claire a mis fin à sa grossesse de propos délibéré. Et elle l'a dit !

— Le reconnaître eût été un premier pas vers l'acceptation de l'avortement librement choisi. Nous n'en sommes pas encore là.

— Qu'importe ! Dans leur for intérieur, les juges l'ont accepté, et ils ont été obligés de tricher dans la rédaction de leurs attendus. Sur le fond, ils ont reconnu la légitimité de l'avortement pour convenance personnelle. Cette décision est historique !

— En bonne logique, conclut Lydie, il faudrait faire appel, non pas du verdict, mais de ses attendus...

— Pauvre Marie-Claire ! Qui oserait lui imposer une telle épreuve ?

— Pendant le procès des adultes, je sens que ma maman va être difficile à joindre.

— Comment as-tu deviné ?

Arrivée tôt, Victoire attendit longtemps l'entrée du public devant la minuscule salle du tribunal qui ne comptait qu'une soixantaine de places. Plusieurs centaines de personnes restèrent dehors, furieuses.

Installée au troisième rang, elle se fit discrète, comme si ses voisins risquaient de deviner qu'elle serait bientôt, elle aussi, assise au banc des accusés pour le même motif, dans un autre palais de justice sûrement moins bruyant que celui-ci. Les gens étaient tassés les uns contre les autres. Il s'agissait surtout de femmes, bien sûr, et de quelques hommes qui se faisaient tout petits. Victoire en avait un à sa gauche, pauvrement habillé d'une gabardine grise élimée, le regard triste derrière des lunettes épaisses. Un parent des accusées ? Il n'avait pas l'air d'un spectateur banal.

Il fallut plusieurs rappels à l'ordre pour que le silence se fasse quand les quatre prévenues vinrent s'asseoir côte à côte dans le box. Victoire, qui avait lu et relu le dossier, les voyait pour la première fois. Toutes employées de la RATP, elles affichaient cette dignité timide des personnes modestes poussées brusquement, contre leur gré, sous les feux de l'actualité. Dans leur regard se lisait un défi mêlé de crainte.

Devant elles, un peu plus bas, plusieurs avocates s'affairaient, triant et rangeant des montagnes de documents, tandis que Gisèle Halimi, très à l'aise, semblait surveiller ses troupes.

Michèle Chevalier, la mère de Marie-Claire, était petite, les cheveux noirs tirés en arrière; Lucette Duboucheix, plus grande, d'allure austère, était une catholique bon teint. Elle ne se serait jamais fait avorter, mais elle ne pouvait pas laisser une copine dans l'embarras. Renée Sausset, plus effacée, élevée à l'Assistance publique, n'aurait pas voulu que l'enfant de Marie-Claire connaisse ce qu'elle avait vécu. Micheline Bambuck enfin, l'avorteuse, issue de l'Assistance aussi, avait été martyrisée par la vie et un mari tuberculeux, lépreux, névrosé, qui s'était suicidé en lui laissant trois enfants sur les bras. Elle s'était initiée aux pratiques abortives par obligation, sur elle-même d'abord, à maintes reprises...

C'est par elle que le président commença son interrogatoire. Il avait les cheveux gris et le visage austère. Avec ses deux assesseurs, trois hommes étaient réunis pour juger quatre femmes.

Les questions se succédèrent, dérisoires et tatillonnes, précises et mesquines.

— Qui vous a téléphoné? Où étiez-vous? Saviez-vous pourquoi elle vous appelait?

Victoire ne comprenait pas l'intérêt de ces investigations minutieuses dont les réponses se trouvaient déjà dans les procès-verbaux de l'instruction.

Quand il en arriva à l'avortement proprement dit, il manifesta une ignorance dégoûtée. Il ne savait pas ce qu'était un spéculum et fit rire la salle. Il voulut avoir l'air savant en évoquant le risque d'infection, mais on le sentait mal à l'aise. Il appartenait à un monde où l'on ne parle pas de ces choses-là. Il parut soulagé quand Mme Bambuck précisa qu'elle avait conseillé à Marie-Claire de consulter ensuite un bon gynécologue...

À son tour, Michèle Chevalier dut raconter par le menu les circonstances dans lesquelles elle avait appris la grossesse de sa fille, comment elle avait connu Mme Bambuck, à quelle heure elle avait téléphoné, combien elle avait payé... On s'enlisait dans des questions d'horaires et d'argent. Ces détails éloignaient du sujet principal, comme si le juge répugnait à aborder l'essentiel. Gisèle Halimi tenta d'élever le débat et poussa Mme Chevalier à parler de l'absence d'éducation sexuelle dans l'enseignement de Marie-Claire, pas plus qu'elle n'en avait reçu elle-même. Manifestement, l'avocate voulait prouver que cette femme n'avait fait qu'aider son enfant à mettre en application un refus de maternité clairement exprimé. Les juges hochaient la tête comme s'ils n'avaient pas été au courant du jugement rendu quelques jours plus tôt par le tribunal pour enfants où l'inverse était démontré.

Les deux autres prévenues détaillèrent leur rôle. Elles n'étaient que de simples comparses.

Le voisin de Victoire s'agitait sur le banc inconfortable, tout en essuyant ses lunettes avec un mouchoir de grand-mère.

Le greffier annonça qu'il allait être procédé à l'audition des témoins. Il appella le premier : Mlle Marie-Claire Chevalier ! Victoire et son voisin se regardèrent. Elle avait déjà subi son propre procès. Devrait-elle parler à nouveau devant tous ces gens ? Gisèle Halimi expliqua que la jeune fille était le témoin principal de la défense et de l'accusation.

Le président proposa de l'entendre à huis clos. Me Halimi refusa.

— Je le dis, et je pense que mes confrères seront de mon avis, en cas de huis clos, les droits de la défense ne seraient pas respectés.

Le magistrat, gêné, s'inclina :

— Le tribunal rejette le huis clos et vous donne satisfaction.

« Cette pauvre gamine sera-t-elle en mesure de se remettre un jour de tous ces traumatismes ? » se demandait Victoire.

L'adolescente s'approcha, paraissant plus jeune encore que son âge dans ce monde d'adultes où elle était entrée prématurément sans l'avoir voulu.

Elle raconta en termes pudiques, abrégeant pour en finir plus vite, sa rencontre avec Daniel, sa soirée d'enfer, son refus d'enfant et l'aide de sa mère. À la requête de l'avocate, elle décrivit le harcèlement que lui avaient fait subir ce garçon et sa bande durant les jours qui suivirent l'annonce de la grossesse, les menaces, les injures, les insultes...

Ce récit provoqua la colère du président, qui demanda pourquoi cet individu n'était pas cité.

— C'est monsieur le procureur qui en a le pouvoir, répondit Me Halimi. Mon rôle ne consiste pas à soutenir des accusations, quelles qu'elles soient.

Un lourd silence pesait sur la salle.

— Pauvre petite, murmura Victoire.

Son voisin la regarda sans répondre.

— Témoin suivant ! appela le greffier.

— Monsieur Michel Rocard !

Le député des Yvelines, créateur du Parti socialiste unifié, s'avança et prêta serment d'une voix que l'émotion rendait plus saccadée encore qu'à l'ordinaire.

Le président était agacé. Il lui demanda de dire ce qu'il savait de l'affaire. L'homme politique reconnut n'avoir jamais rencontré les protagonistes avant ces derniers jours. Il était néanmoins directement intéressé par les faits, car il préparait une proposition de loi à l'Assemblée nationale, destinée à modifier la loi de 1920 sur l'avortement.

— Je me permets de vous rappeler un arrêt récent de la Cour de cassation qui dit que nous ne pouvons pas prendre en compte les appréciations personnelles des témoins. Ce n'est pas une loi que nous jugeons, nous jugeons des faits et des personnes qui, malheureusement, sont là. Alors, il ne faut quand même pas les oublier.

Rocard ne se laissa pas démonter :

— Je n'ai garde de les oublier.

— Je voudrais quand même que l'on ne s'écarte pas trop de ce qui est l'essentiel des débats.

— L'essentiel des débats, monsieur le président, c'est une situation à mes yeux inique dans laquelle une jeune femme se voit interdire le choix fondamental qui est celui de donner ou de ne pas donner la vie.

— La question n'est pas là, murmura l'homme assis à côté de Victoire, le visage courroucé.

Sur un ton de tribun, Rocard continua à mettre en accusation le système actuel et à décrire les ravages de l'avortement clandestin.

— Certes, conclut-il, c'est au couple de décider de donner la vie. Mais, en dernier ressort, c'est le choix de la femme enceinte qui prime.

— Mensonge ! Seul Dieu décide, murmura le voisin de Victoire en lui jetant un coup d'œil mauvais.

— Quel Dieu ? lui demanda-t-elle.

— Il n'y en a qu'un, madame.

— Ah bon ! Je sens que nous n'allons pas être d'accord longtemps.

— Qui vous parle d'accord ? Il y a la vérité face aux erreurs qui sont étalées ici. C'est scandaleux ! J'espère que la justice des hommes saura montrer le droit chemin.

Victoire ne répondit rien, médusée par tant de certitudes. Le témoin suivant était son maître, Raoul Palmer. D'une stricte élégance comme à son habitude, le geste décidé, il s'avança, massif et rassurant. À la demande de l'huissier, il prêta serment d'une voix forte.

Comme Michel Rocard, il reconnut n'avoir eu connaissance de cette affaire que par la presse. Il expliqua qu'il s'agissait d'un sujet auquel il avait consacré l'essentiel de sa vie professionnelle.

Intéressé, le juge l'engagea à s'exprimer, et Palmer traça le tableau impressionnant des complications de l'avortement clandestin, et singulièrement des stérilités qui peuplaient ses consultations.

Détaillé, précis, clair, son exposé passionnait l'auditoire.

— Le seul remède, poursuivit-il, c'est d'autoriser l'avortement médical sous conditions.

Le président était attentif comme un étudiant.

— Qui, dans l'hypothèse la plus large, serait habilité selon vous à prendre la décision ?

— Vous me mettez dans un cruel embarras.

Victoire retrouvait ce qui l'avait toujours séduite chez cet enseignant d'exception : son humilité devant les difficultés. Dans les réunions de travail, il exposait les problèmes avec objectivité et cherchait des solutions sans jamais se contenter des évidences. Tout devait être étudié, discuté, analysé. La vérité venait en son temps.

C'est avec sérénité qu'il conclut :

— Tant que l'éducation sexuelle et l'enseignement médical de la contraception ne seront pas des réalités, l'avortement clandestin persistera, et tant que la loi scélérate sévira, les médecins n'y pourront rien.

Vint le tour du doyen Paul Milliez, haute silhouette, grand résistant et professeur de médecine. Il affirma que si Marie-Claire avait été sa propre fille, il l'aurait avortée.

Enfin, une femme se présenta à la barre. Simone Iff, vice-présidente nationale du Planning familial. Non, elle n'avait pas eu personnellement connaissance des faits, mais à cela il y avait une raison : ni Mme Chevalier ni sa fille Marie-Claire n'avaient eu accès à un centre d'information du Planning. Ils étaient trop rares, trop pauvres, car les subventions leur étaient refusées. Les proviseurs, les syndicats d'enseignants, l'Éducation nationale n'avaient ni le temps, ni les moyens, ni même l'envie d'organiser des cours d'éducation sexuelle.

— Alors, conclut-elle d'une voix résignée, à défaut de contraception et d'éducation, il faut se résoudre à autoriser l'avortement. Il n'y a pas d'autre solution.

Une sage-femme d'origine guadeloupéenne, aînée de vingt enfants, décrivit les centres de Planning qui existaient dans son pays depuis 1964. On y distribuait pilule et stérilets gratuitement. La morale n'était donc pas la même selon la latitude ?

Victoire se réjouissait de constater que tous s'accordaient pour justifier, devant les journalistes, son propre combat de tous les jours. Peut-être parviendrait-elle à échapper au sort de ces quatre femmes assises dans le box.

Un psychiatre vint décrire les perturbations psychiques des enfants non désirés. Un député se plaignit des parlementaires qui bloquaient la loi Neuwirth et l'empêchaient de s'appliquer. Le professeur Jacques Monod, prix Nobel de médecine, démontra que la loi de 1920 n'était pas encore abolie en raison d'une confusion de termes sur le respect de la personne humaine.

— Considérer un fœtus de quelques semaines comme une personne humaine est une erreur anthropologique et biologique. Cette affirmation ne relève pas de la science mais de la métaphysique. L'avortement n'est pas un infanticide !

Victoire sursauta. C'était la première fois qu'elle entendait proférer cette vérité première en public et par une telle sommité scientifique.

Son voisin semblait au bord de l'apoplexie.

— Cet homme est le diable, murmura-t-il, les poings serrés. Il faut le faire taire.

— La tolérance n'est-elle pas une vertu chrétienne ? lui souffla Victoire. Qui êtes-vous donc pour porter de tels jugements ?

— Je suis prêtre, et vous, madame, vous n'êtes qu'une impie !

— Je vous demande pardon, mon père, je suis catholique et fière de l'être. De surcroît, médecin !

— Apostat !

— Ne soyez pas injurieux ! Ce serait une entorse à votre ministère.

— Taisez-vous un peu, protesta-t-on derrière eux.

Le professeur Monod expliquait justement que, depuis une dizaine d'années, selon une directive ministérielle prise à propos des prélèvements d'organes, la définition de la mort n'était plus fondée sur l'arrêt cardiaque mais sur un électroencéphalogramme plat traduisant l'inactivité cérébrale. Or un fœtus n'a pas d'activité cérébrale avant le quatrième ou le cinquième mois.

— Il n'est de vie que neurologique, a écrit le professeur Hamburger, confirma Gisèle Halimi.

— Menteur ! cria le prêtre, désespéré.

Un murmure de protestations s'éleva et le président menaça de faire évacuer la salle. L'homme s'était enfoui le visage dans les mains. Victoire pensa qu'il pleurait.

Le défilé continua : Françoise Fabian, Delphine Seyrig, deux mères célibataires de dix-huit ans, Claude Servan-Schreiber, journaliste à *L'Express*, Simone de Beauvoir, enfin, qui décrivit, avec ce ton glacial qu'elle savait si bien prendre, la pénible condition de la femme dans cette société patriarcale.

Gisèle Halimi donna ensuite lecture de deux témoignages écrits et signés respectivement par Jean Rostand, de l'Académie française, et François Jacob, prix Nobel. La qualité de ces textes était d'un tel niveau qu'ils furent suivis d'un long silence.

La voix du président retentit :

— La séance est levée. L'audience reprendra demain à quatorze heures.

Victoire n'eut pas le courage de se relever le lendemain à l'aube pour être sûre de pouvoir entrer dans la salle du tribunal. Elle resta rue Caulaincourt et écouta la radio. Réquisitoire, plaidoirie pour chaque prévenue, plaidoirie finale de Gisèle Halimi... Les débats se terminèrent tard, et le jugement fut mis en délibéré.

Une réunion de Choisir eut lieu le surlendemain. Il y fut décidé que, contrairement à l'article 39 de la loi du 29 juillet 1881 rappelé par le procureur et qui interdit de rendre compte des procès relatifs à l'avortement, les textes sténotypés de Bobigny seraient publiés au nom de l'association dans un livre que Simone de Beauvoir s'était engagée à préfacer.

— Ce sera un document pour l'action parlementaire qui commence demain, conclut Gisèle Halimi avec son allant habituel.

Quelques jours plus tard, le verdict du tribunal de Bobigny fut accueilli par une immense ovation. Une manifestation fut organisée à la Mutualité pour donner à l'événement tout son éclat médiatique. Gisèle Halimi en donna lecture sous les applaudissements : relaxe de Renée Sausset et de Lucette Duboucheix, condamnation de Michèle Chevalier à 500 F d'amende *avec sursis*, condamnation de Micheline Bambuck à un an d'emprisonnement, avec sursis également.

Ce procès eut des conséquences que Victoire elle-même n'imaginait pas. La loi de 1920 venait de subir le premier coup de boutoir des démolisseurs, et les pouvoirs publics allaient assister, impuissants, à un travail de sape d'autant plus redoutable qu'il s'effectuerait au grand jour.

Victoire revint à Véricourt le cœur en fête. Lydie avait su, par son confrère rouennais, que l'ordre des médecins renonçait à la poursuivre. La décision avait été prise par les membres du conseil régional à l'unanimité moins une voix, celle d'Arnaud Coste-Lambert. S'il n'en restait qu'un à ne pas comprendre, ce serait lui !

Le lendemain de son retour, Victoire envoya une lettre à l'instance ordinale pour annoncer la reprise de ses activités médicales. Sur le plan pratique, le verdict de Bobigny dépénalisait l'avortement et elle obtenait ainsi les moyens d'exercer son métier à sa manière. Désormais, personne n'oserait plus porter plainte contre elle.

Sa vie entra alors dans une phase de paix, en contraste avec l'agitation des Parisiennes qui poursuivaient la lutte. Un peu honteuse, elle prenait conscience de n'avoir jamais eu l'esprit d'une véritable militante. Elle s'était impliquée dans le combat avec un but précis et, pour elle, le résultat était acquis. Le compte à rebours avait commencé et elle savait que l'avortement médical serait autorisé officiellement demain... ou après-demain.

Les autres thèses du féminisme n'étaient jamais parvenues à la mobiliser complètement. Elle croyait à l'égalité des *droits*, mais pas à celle des sexes. Elle était fière de sa différence et ne se croyait pas l'égale des hommes. Peut-être même se trouvait-elle supérieure... Ses années de pension religieuse l'avaient trop entraînée à l'humilité pour qu'elle s'autorisât à le crier sur les toits!

Elle n'aurait jamais osé non plus avouer en public qu'elle n'avait pas toujours apprécié les manifestations qu'elle avait suivies. Ces réunions, ces meetings, ces assemblées étaient utiles, elle en convenait. Mais elle supportait mal les excès verbaux proférés à la tribune. Elle avait entendu trop souvent, dans l'excitation du moment, des inepties tellement caricaturales qu'elle avait dû se retenir pour ne pas s'en aller. Elle les aimait, ces femmes passionnées; elle les admirait de passer autant de temps à défendre leur cause; elle enviait leur courage et leur détermination; elle convenait qu'il n'y avait pas d'autres moyens pour bousculer l'ordre établi. Mais, à force de se monter la tête, certaines en arrivaient à considérer l'avortement comme une activité emblématique et c'est tout juste si celles qui n'avaient jamais avorté n'étaient pas montrées du doigt!

Victoire privilégiait l'action menée en solitaire, dans le silence de son cabinet. Là, elle réalisait sa véritable vocation. Ce fameux «colloque singulier», que défendent les médecins libéraux, représentait pour elle l'accomplissement de son métier. Elle voulait défendre ses congénères, mais une à une, en tête à tête, sans que personne vienne lui dicter sa conduite au nom d'une moralité ou d'une philosophie qu'elle ne partageait pas.

Ce qui ne l'empêchait pas de suivre attentivement les événements de la capitale. Ainsi était-il révélateur qu'en 1973, six ans après le vote de la loi Neuwirth, le MLA, Mouvement pour la liberté de l'avortement, éprouvât la nécessité de se transformer en MLAC, Mouvement pour la liberté de l'avortement et de la contraception!

Le GIS, Groupe Information Santé du Planning familial, se mit à organiser officiellement des avortements exécutés en public par la méthode d'aspiration de Karman, utilisable sans anesthésie, par des non-médecins, et à la limite, par l'intéressée elle-même, sans aide, dès les premiers jours de la grossesse. Peu de spectatrices se laissèrent convaincre par cette perspective d'autonettoyage intime.

Au printemps 1973, deux cinéastes, Charles Belmont et Marielle Issartel, réalisèrent *Histoires d'A*, à partir de reportages sur le procédé de Karman. Maurice Druon, ministre de la Culture, interdit le film, ce qui eut pour effet de le faire bénéficier d'une publicité inespérée. Des milliers de cassettes furent mises en circulation et projetées dans les locaux du Planning ou d'autres associations, sans que la police ose intervenir.

À Grenoble, une gynécologue, Annie Ferrey-Martin fut accusée, à tort, d'avoir avorté une mineure. Gisèle Halimi s'empara de l'affaire, qui devint un nouvel événement médiatique.

Un manifeste signé par trois cent trente médecins fut publié dans la presse. Ils reconnaissaient avoir pratiqué des avortements illégaux. Le ministre de la Santé, Jean Royer, conservateur farouche, déclara qu'il ne s'agissait que d'une «provocation» électorale.

De fait, sur le plan politique, la situation évoluait. La gauche unie pour les élections législatives de mars 1973 inscrivit la légalisation de l'avortement dans les propositions du Programme commun. Les partis de droite sortirent vainqueurs des urnes, mais le message avait été entendu.

Lorsque, en avril 1974, après le décès de Georges Pompidou, s'ouvrit une nouvelle campagne électorale, le sujet ne pouvait pas manquer de tenir une place de choix dans les débats. Les prétendants à la succession ne s'y trompèrent pas. Celui qui deviendrait le nouveau président de la République devrait statuer sur ce problème.

Le candidat Valéry Giscard d'Estaing s'était engagé à réformer la condition des femmes. Élu, il tint parole. Le cabinet Chirac, constitué le 29 mai, offrit le portefeuille de la Santé à Simone Veil, magistrat de quarante-sept ans, rescapée d'Auschwitz, qui considérait le dossier de l'avortement comme prioritaire. Dès le mois de juillet, elle recevait un soutien de poids: Françoise Giroud, journaliste et polémiste de talent, était nommée secrétaire d'État auprès du Premier ministre, chargée de la Condition féminine.

Le 11 novembre 1974, date symbolique s'il en fut pour Victoire, s'ouvrait, à l'Assemblée nationale, le débat sur l'interruption volontaire de grossesse.

Assise sur les gradins, une dame de cinquante-quatre ans, grave et silencieuse, ne parvenait pas à retenir ses larmes. Elle savait que l'horreur des avortements clandestins allait enfin disparaître de l'imaginaire féminin. Dans vingt ans, les jeunes femmes ne sauraient plus ce qu'avaient subi leurs aînées.

Épilogue

1994

Au journal télévisé de *France 2*, Daniel Bilalian finissait de commenter les cérémonies commémorant le cinquantième anniversaire du débarquement. Les dignitaires de treize pays regardaient les parachutes descendre du ciel, sous le vrombissement des escadrilles. Trente-huit vétérans américains réitéraient leur geste glorieux de juin 1944.

Debout devant le miroir de sa chambre, Victoire écoutait les informations d'une oreille distraite. Un demi-siècle avait passé. Elle observait sans honte son visage de vieille dame et se félicitait d'avoir résisté à la mode du lifting chirurgical. Pourquoi aurait-elle cherché à paraître plus jeune que son âge ? Son apparence lui importait peu. Malgré ses soixante-quatorze ans, elle avait l'impression d'avoir conservé un esprit et un cœur aussi vifs qu'autrefois. N'était-ce pas l'essentiel ?

Droite et mince comme toujours, elle mettait la dernière touche à son maquillage. Ses cheveux blancs devaient à son coiffeur un reflet argenté qui ne lui déplaisait pas. Elle portait une jupe noire sur une blouse de soie écrue, avec une ceinture vernie à boucle dorée. Pour la circonstance, elle avait choisi une paire de pendentifs de Christian Lacroix dont les pierres rouges s'harmonisaient avec la rosette de la Légion d'honneur qui lui avait été remise la veille et qu'elle portait pour la première fois. Dommage que sa lombalgie n'ait pas cédé... Tant pis, elle prendrait un autre comprimé plus tard.

On frappa à sa porte.

— Entrez !

C'était Eddy Cohen, qui logeait dans la chambre d'amis. Ils ne s'étaient pas revus depuis trente ans. La veille, il avait sonné au portail du manoir en disant seulement :

— Bonjour. C'être encore moi.

Presque chauve, le visage tanné par le grand air, il marchait avec une canne, hésitant à faire opérer son arthrose de hanche.

— Tu comprendre, expliqua-t-il dans son français approximatif, monter sur le table d'opération à soixante-dix-huit... J'être peur un peu.

— Tu as tort, répondit Victoire. Tu es encore jeune, et si je dois t'épouser, je ne veux pas d'un boiteux !

Ils rirent tous les deux. Mais, au moment de sortir, il la prit par le bras et chuchota :

— Si tu promettre de me marier après l'opération, je me faire opérer demain.

Victoire fit mine de réfléchir tout en l'entraînant vers l'escalier :

— Pas demain. J'ai toute la famille à la maison. Après leur départ, si tu le veux, nous en reparlerons. En attendant, tu vas connaître ma descendance et, tu verras, ça vaut le déplacement.

Ils s'immobilisèrent sur les dernières marches, accueillis par une véritable ovation familiale. Émue, elle attendit le retour du silence pour prendre la parole.

— Merci, mes enfants, d'être tous là. Je vous présente mon ami Eddy Cohen. Nous nous sommes rencontrés à Véricourt, il y a exactement cinquante ans, et, de tous les hommes que j'ai connus, c'est celui qui m'a été le plus fidèle.

L'Américain mit sa main droite sur son cœur et s'inclina, cérémonieux, avant d'ajouter :

— J'être très heureux de connaître les enfants de la femme que j'aimer depuis le moitié d'un siècle et je la marier le prochain mois.

Lydie s'approcha. À cinquante-quatre ans, elle conservait la même minceur et dans ses cheveux blonds s'entremêlaient quelques mèches cendrées. À peine empâté, son visage triangulaire arborait en toutes circonstances un sourire inaltérable qui traduisait autant son énergie qu'une réelle gentillesse. Elle portait un spencer blanc sur un pantalon large.

— Ma petite maman, tu es resplendissante, comme toujours.

Victoire s'appuya sur son épaule et se tourna vers Eddy.

— Voici ma fille, la lumière de ma vie. Tu as fait sa connaissance en Bretagne, après la libération de Saint-Lô en juillet 1944. Elle était alors championne de pêche à la crevette.

— Je le suis toujours !

— Elle est aussi mignonne qu'autrefois, mais ne se déplace plus sans cet odieux «portable» qu'elle égare dix fois par jour. Il faut l'appeler avec un autre téléphone pour le retrouver sous un fauteuil ou dans les toilettes.

Lydie sortit le petit combiné de sa poche.

— Comment vivions-nous avant cette invention ?

— Où est son mari ? demanda Eddy pendant que Lydie s'éloignait pour aller leur chercher du champagne.

— Il est mort d'un infarctus, en 1985. Un personnage délicieux qui s'était trompé d'époque. C'est l'année où j'ai pris ma retraite. J'ai eu l'impression que nous partions ensemble...

Ils s'assirent dans un angle du salon et elle poursuivit les présentations.

— Celui qui remplit les coupes, là-bas, c'est Didier, mon petit-fils.

— Il faire quoi ?

Elle hésita une fraction de seconde.

— Chômeur...

Elle faisait partie de ces gens pour lesquels ce mot était encore une sorte d'incongruité. Elle le prononçait sur un ton de discrète provocation.

— Un chômeur très occupé. Il reste chez lui pour travailler sur son ordinateur et mettre au point des logiciels. Peut-être sera-t-il, demain, un inventeur richissime. Son épouse est journaliste économique. Elle commence tôt le matin pour finir tard le soir, et le dimanche, elle dort.

— Elle être pas là ?

— Françoise ? La voilà.

Une jolie femme brune arrivait avec un plateau d'amuse-gueules. Ses cheveux mi-longs flottaient sur un tailleur trois-pièces en bouclette de laine ourlé de franges. Elle ébaucha une révérence devant Victoire qui choisit une barquette de fromage.

— Merci, ma chérie. Tu connais Eddy...

— Non, mais vous en parlez si bien que j'ai l'impression de l'avoir toujours connu.

Il eut un sourire ravi.

— *Lovely !*

— Elles ont toutes l'air de ne pas y toucher, mais quelles personnalités ! Regarde, celle-ci, Delphine, la fille aînée de

Lydie, elle a décidé de rester chez elle pour s'occuper de ses enfants, après avoir fait sept années de médecine. Tu sais pourquoi ?

— Non.

— Pour ne pas faire comme sa mère qui, disait-elle, traversait la vie de ses rejetons comme la comète de Halley : « un astre nimbé d'une chevelure lumineuse ». Lydie n'a rêvé toute sa vie que d'indépendance au point de refuser le mariage. Delphine s'est mariée à vingt ans avec son chef de clinique.

Eddy suivait du regard la silhouette élancée de la jeune femme que le jean Levi's 501 allongeait encore. Par-dessus, elle portait une blouse en soie du même bleu délavé et de longues boucles d'oreille fantaisie qui ressemblaient à des lustres. Ses cheveux châtains, courts et collés en arrière comme ceux d'un danseur de tango, accentuaient la pureté des lignes de son visage sans maquillage. Seuls ses yeux bleu-gris étaient discrètement soulignés de khôl.

— Elle ressembler beaucoup à sa grand-mère.

— Merci ! Tu es toujours aussi flatteur. Voici à présent Alain d'Argence, son mari.

Il s'approchait, une coupe à la main.

— Au royaume de Sa Majesté Victoire, les gendres font allégeance, déclara-t-il avec une solennité feinte.

Grand, brun, les cheveux abondants, il cachait ses yeux juvéniles et myopes derrière des lunettes d'écaille qui le vieillissaient. Chirurgien plein temps à l'hôpital Sainte-Marthe, il pratiquait une technique cœlioscopique de pointe et dirigeait un atelier de formation fréquenté par des étudiants cosmopolites.

— Je n'ai pas encore eu l'occasion de vous féliciter, ma chère belle-grand-maman, pour votre brillante promotion dans l'ordre de la Légion d'honneur, déclama-t-il sur ce même ton pompeux que démentait son regard rieur.

— J'avais remarqué, gronda-t-elle, faussement fâchée. Vous l'avez échappé belle ! Je m'apprêtais à modifier mon testament. C'est le seul moyen de pression qui me reste, ajouta-t-elle à l'intention d'Eddy.

Delphine revenait vers eux.

— Savez-vous si Élisabeth va nous faire la surprise de venir dîner ?

Lydie fronça les sourcils.

— Je l'ai eue ce matin au téléphone et elle m'a confirmé son accord.

— Elle a confirmé ? Alors, nous avons peu de chances de la voir ! Que faisons-nous, mamy ? Nous patientons encore un peu ou nous passons à table pour la faire arriver ?

C'est Lydie qui répondit.

— Passons à table. Avec elle, nul ne sait jamais ce qu'il adviendra ! N'est-ce pas, maman ?

Victoire acquiesça et chuchota à l'oreille d'Eddy :

— Élisabeth, c'est la cadette, ma préférée. Elle a vingt-quatre ans et vit en perpétuelle rébellion. Elle est contre tout ! Les vieux et les jeunes, les communistes et le Front national, les socialistes et les gaullistes, les médecins et les avocats, les Japonais et les Américains... Je l'adore ! Son ennemi préféré, c'est l'exactitude. Comme vient de le dire sa sœur, personne ne sait jamais quand elle va débarquer. Cela dit, aujourd'hui, elle a des excuses : elle rentre des États-Unis. Elle était à New York avec son amie Florence.

— Florence ?

Victoire sourit.

— Je t'expliquerai...

Sous la houlette de Delphine, les convives s'installèrent devant un plat d'écrevisses gratinées à souhait, cependant qu'Alain débouchait une bouteille de sancerre. Eddy était enchanté. Il se resservit deux fois du gratin et s'émerveilla devant les truites à la normande. Son extase fut à son comble quand le dessert arriva, une montagne de crêpes fourrées à l'orange et flambées au Grand Marnier.

— Tu vois, lui glissa Victoire à l'oreille, je sais que les Américains adorent les plats inflammables.

— Ne te moquer pas. Tu engager un chef-cuisinier ?

— Mon pauvre ami, nous n'en sommes plus là ! Quand nous faisons la fête, ce sont les enfants qui se mettent aux fourneaux.

— De vraies ceintures bleues !

— Des cordons bleus, rectifia-t-elle en riant. Pour les douceurs bretonnes, j'ai une spécialiste à domicile. Ma vieille Zeffe, qui a soufflé ses quatre-vingt-neuf bougies cette année. Elle refuse de retourner en Bretagne, elle refuse de se montrer, elle refuse la messe en français...

— Elle refuser de mourir...

— Je crois. Elle a passé sa vie à craindre que son curé de fils ne succombe à une rechute de tuberculose. Il a été guéri par la streptomycine que tu lui avais envoyée, autrefois. Tu te souviens ?

Il hocha la tête à l'évocation de ces souvenirs d'un autre temps. Victoire continua :

— Aujourd'hui, le père Le Gwen a soixante et onze ans. C'est un traditionaliste pur et dur qui ne décolère pas depuis que le concile Vatican II a rajeuni les rites. Il vient chaque semaine embrasser sa mère et prêcher la croisade aux Normands.

Un bruyant claquement de porte annonça l'arrivée d'Élisabeth et fit taire les conversations. Elle entra, tenant par le bras la ravissante Florence, une blonde aux cheveux longs et au visage d'un ovale parfait. Derrière elles apparut un Noir américain impressionnant : deux mètres de haut, des épaules de lutteur et des cheveux tressés à la mode afro.

— Hello ! lança-t-il à la ronde avec un immense sourire.

Le trio s'immobilisa sur le seuil. Appréciant l'effet produit, Élisabeth prit un air vaguement penaud.

— Vous voudrez bien pardonner ce retard indépendant de notre volonté. Après une traversée de l'Atlantique sans encombres, il a fallu que nous tombions en panne de voiture à la sortie d'Évreux.

— Je t'avais prévenue, elle est pourrie, ta caisse, intervint Didier.

Élisabeth ne se laissa pas impressionner. Elle lui tira la langue et continua :

— Je vous présente Michaël, l'ami de Florence. Elle, je ne vous la présente pas, vous la connaissez. Pour bénéficier de ma présence, vous devrez poireauter encore une demi-heure : je vais conduire mes potes chez les grands-parents de Flo et je reviens. Continuez à dîner sans moi, je grignoterai un morceau tout à l'heure.

Un silence salua leur départ, suivi bientôt d'un éclat de rire général.

— Expliquer pour moi, supplia Eddy à voix basse.

Victoire s'essuya les yeux.

— Tu n'imagines pas le comique de cette situation. Te souviens-tu d'Arnaud Coste-Lambert ?

— Le père de Lydie. Je connaître l'histoire.

— Il a eu trois enfants : Thibaud, Séverine et Marion. Séverine a eu une fille, Florence, que tu viens de voir. Par un caprice du hasard, elle a fait ses études dans la même école que ma petite-fille Élisabeth. Ce sont les meilleures amies du monde depuis dix ans ! Elles viennent de passer ensemble deux mois aux États-Unis. Arnaud a beau être grand-père, il n'a pas changé : il est catholique militant, rigoriste et proche de l'extrême droite. Tu imagines la tête qu'il va faire quand sa petite-fille va lui présenter son « ami ».

— Tu appeler ça « provocation », *no* ?

— Bravo ! Tu progresses ! Florence est une gamine adorable qui cache sous un visage angélique une âme de militante forcenée : écologiste, pacifiste, antinucléaire, œcuménique... Rien ne l'arrête.

Une demi-heure plus tard, comme promis, Élisabeth réapparaissait.

Elle fit la bise à chacun et passa par la cuisine pour picorer des restes de gratin. Elle revint, souriante et fière, une cigarette aux lèvres.

— Ces gamines fument sans arrêt, désapprouva Victoire.

En regardant sa petite-fille aller de l'un à l'autre, elle lui trouva la mine triste. Inquiète, elle lui fit signe de s'approcher.

— Tu m'as à peine embrassée.

La jeune fille jeta sa cigarette dans la cheminée et vint poser ses lèvres sur le front de sa grand-mère. Voyant qu'Eddy allait rejoindre le groupe de Delphine, elle s'assit.

— Ne m'engueule pas, mamy, je fume trop, je sais. Désolée d'être arrivée si tard et de n'avoir pu assister, hier, à ton heure de gloire. Mais tu n'as pas besoin de porter un petit tambour sur ton corsage pour être la première dans mon cœur.

Victoire lui sourit et s'enquit de sa santé :

— Tu as l'air fatiguée. C'est le décalage horaire ?

— Un peu...

— Tu n'as toujours pas le goût des réunions de famille.

— Que veux-tu, j'aime ces gens, un par un. En groupe, ils se croient toujours obligés de jouer la comédie. Et leur comédie me fait chier...

La grand-mère cilla. Elle ne s'était déjà pas faite aux écarts de langage de sa fille, mais ceux de sa petite-fille dépassaient l'imaginable. Il lui arrivait même de ne pas comprendre...

— Dis-moi, reprit-elle. Nous avons en commun une bonne dose d'insomnie. Je vais monter me coucher bientôt, sinon les récits apocalyptiques de ton chirurgien de beau-frère vont me donner des cauchemars. Quand tu monteras à ton tour, fais une halte dans ma chambre pour que nous bavardions un peu, entre nous. Tu veux bien ? Pour me raconter ton voyage.

Élisabeth soupira.

— Question cauchemars, j'ai peur que ma conversation soit encore plus effrayante que celle d'Alain !

— Je préfère être fixée avant de m'endormir, sinon je ne fermerai pas l'œil de la nuit.

La jeune fille céda à contrecœur.

— O. K., mamy, à toute !

Victoire était fière de s'être habituée à cette abréviation de « à tout à l'heure ». Elle regarda sa petite-fille s'éloigner en regrettant de ne pas la connaître mieux. Pourquoi s'habillait-elle ainsi d'un jean déchiré au genou et d'un pull trop long qui lui cachait les mains ? Pourquoi cette coiffure de sorcière et ce maquillage charbonneux ? Elle aurait été si jolie avec ses boucles brunes et ses yeux verts si elle ne s'était pas donné autant de mal pour s'enlaidir. Elle était intelligente, avait réussi son bac avec mention et brillait aux Beaux-Arts...

De la main, Victoire fit un geste d'adieu et envoya un baiser à l'assemblée en montant vers sa chambre. Eddy, assis au milieu des jeunes, la suivit des yeux avec une vague nostalgie.

Elle se coucha, passa une liseuse et ouvrit un hebdomadaire qu'elle ne parvint pas à lire. Un moment plus tard, Élisabeth entrait et venait s'allonger à son côté. Victoire lui prit la main :

— Tu n'as pas l'air d'aller bien, ma chérie.

Elle ne répondit pas immédiatement, comme si elle ne savait par où commencer.

— Moi, je vais bien, mamy, mais Florence est dans la merde.

— Raconte-moi.

— Tu sais qu'elle a cassé avec Sylvio.

— C'est ce que j'ai cru comprendre. Dommage, je l'aimais bien, ce garçon. Je lui trouvais l'air sain.

— Ils étaient ensemble depuis la terminale, et il commençait vraiment à lui prendre la tête avec ses projets de mariage.

Victoire haussa les sourcils.

— Évidemment, quelle drôle d'idée !

Élisabeth sentit le ton ironique de sa grand-mère et précisa, agacée :

— Pour elle, ce n'était qu'un copain. Il est *clean* et elle l'aime bien, mais passer sa vie avec lui, arrête ! Tu ne le connais pas. Il est beau mec, mais, en dehors du foot, il n'y a pas grand-chose qui le branche. Les soirées avec lui, ça craint ! Flo, elle a d'autres projets dans la tronche, heureusement !

Victoire sourit.

— Bon. *Exit* Sylvio. Raconte la suite. Michaël, qui est-ce ?

— Elle l'a rencontré à New York. C'est un type hyper sympa. Il est saxo dans une boîte. Un musicien fantastique. Il a obtenu un *master* dans une *business school*, et il va entrer comme *manager* dans une boîte de disques. En plus, il joue au basket comme un dieu. Il a connu une jeunesse agitée, bon, mais aujourd'hui, c'est un mec super.

La jeune fille leva le pouce pour confirmer son opinion et continua.

— Ils sont sortis ensemble dès le premier soir...

L'euphémisme « sortir » avait toujours laissé Victoire rêveuse.

— Le coup de foudre. Et alors ?

— Il leur est arrivé une merde : la capote a pété.

— La-ca-po-ta-pé-té ? répéta Victoire, qui ne saisissait pas le sens de cette onomatopée bizarre.

Soudain elle comprit.

— Le préservatif s'est déchiré. C'est ça ?

— Oui ! Et aujourd'hui, elle a quinze jours de retard.

— Elle n'était pas sous pilule ?

— D'habitude, elle la prend.

Victoire se dressa.

— Comment ça, « d'habitude » ?

— Arrête, mamy, Sylvio viré, elle faisait un *break*...

— C'est stupide !

— Je le lui ai dit. Mais que veux-tu, on ne va pas y revenir. Dans sa famille, le seul mot de « contraception » leur donne des boutons. Et puis, tu sais, comme on ne baise jamais sans protection avec un type qu'on ne connaît pas, le risque de grossesse accidentelle n'existe plus.

— Un type qu'on ne connaît pas...

Victoire avait du mal à cacher sa stupeur.

— Oh ! mamy, tu me gaves avec tes airs effarouchés. Ce

n'est pas le moment. Un type qu'on ne connaît pas, c'est une expression. Avec Sylvio, ils se connaissaient, ils s'étaient dépucelés ensemble. Il était fidèle et elle aussi. Ils n'avaient pas besoin de latex. Seulement de pilule.

— Et alors?

— Michaël, c'est différent. La capote était obligée. Il est peut-être séropo. Qui peut savoir?

— Tu n'as pas l'air de t'affoler. C'est stupéfiant! Te rends-tu compte du danger?

— Quel plan tu me fais, mamy! Bien sûr, je me rends compte, et elle aussi.

Elle ajouta, philosophe:

— Heureusement, la baise hétéro, en soi, c'est moins risqué...

Victoire leva les yeux au ciel.

— Et pourquoi a-t-elle ramené ce type en France?

— Ils sont amoureux...

— Si elle est enceinte, que va-t-elle faire?

— Je n'en sais rien. Elle non plus, d'ailleurs.

— Et la pilule du lendemain? Ça existe aussi, en Amérique.

— Ils n'y ont pas pensé.

Victoire gronda:

— Ce n'est pourtant pas compliqué! Dans les soixante-douze heures, deux fois deux Stédiril à douze heures d'intervalle...

— Je crois qu'ils ont envie de vivre ensemble. Ils décideront peut-être de garder le môme...

— Tu imagines la tête de ses parents quand ils vont découvrir le futur gendre? Surtout celle du grand-père.

Élisabeth eut un geste agacé.

— On s'en fout de leur tête. Il faut d'abord régler le problème du sida. Ils ont fait le test hier à Paris.

— À Paris?

— Oui! Dans un centre de dépistage anonyme, à l'hôpital Saint-Louis.

— Quel que soit le résultat...

— Il faudra recommencer dans trois mois, je sais.

Élisabeth resta un moment songeuse. Puis elle reprit, d'une voix triste:

— Tout de même, mamy, avoue que notre génération n'a pas de pot...

— Je le reconnais, ma chérie, et j'y pense souvent. Dis-moi, pour toi, au moins, tout va bien ?

— Oh ! moi, je trouve que toutes ces barrières manquent de poésie. La pilule, les capotes, la méfiance permanente, tu n'imagines pas ce que ça me gonfle... Enfin, je fais avec ! Mais tu veux que je te dise, pour nous, la vie est chiante.

Elle se mit à pleurer sur l'épaule de sa grand-mère qui la serra contre elle... Un moment plus tard, elle dormait. Victoire, les yeux grands ouverts dans le noir, savait qu'elle n'était pas près de trouver le sommeil.

Comment les mœurs avaient-elles pu parcourir un tel cycle ? Après la sexualité frileuse de sa jeunesse, pilule et pénicilline avaient révolutionné la vie sexuelle des soixante-huitards avec un maître mot : liberté. Jusqu'à l'apparition de ce virus diabolique venu s'attaquer à des ados sans défense qui, maintenant, tremblaient en faisant l'amour.

Comment une maladie pareille avait-elle eu la possibilité de provoquer de tels ravages ? À quoi servaient les chercheurs, les biologistes, les généticiens ? Pourquoi ces quêtes, ces galas, ces défilés, si personne n'était capable de trouver le moyen d'enrayer cette catastrophe ?

Elle s'endormit au petit matin, la rage au cœur.

Arnaud Coste-Lambert était devenu un beau vieillard de soixante-dix-neuf ans. Soucieux de son apparence, il entretenait sa forme physique et s'habillait avec recherche. Son allure dégingandée d'autrefois avait laissé place à une raideur arthrosique, en harmonie avec l'idée qu'il se faisait de sa position sociale. Il avait abandonné ses fonctions officielles, à l'exception d'un siège de conseiller municipal qui en faisait l'éminence grise de la mairie. À Véricourt, on ne le voyait plus guère qu'à la messe du dimanche, mais il recevait beaucoup chez lui, des hommes politiques, disait-on.

À l'arrivée de sa petite-fille, sa réaction fut sans surprise. Il considéra le jeune Américain comme un extraterrestre, refusa de le loger sous son toit et ne manifesta aucun regret quand Florence claqua la porte.

— Tu me vois, en ville, avec cet anthropopithèque ? cria-t-il à son épouse qui essayait de l'amadouer.

— Personne ne te demande de l'exhiber.

— Tu n'as pas compris que Florence vient me narguer ? Qu'elle mène sa vie comme elle veut, je m'en moque. Il y a longtemps qu'elle ne m'impressionne plus. Mais je ne la laisserai pas me ridiculiser à domicile. Qu'elle retourne chez sa mère avec son...

— Tu sais bien que, depuis son divorce, Séverine n'a pas l'autorité suffisante.

— Elle n'était pas obligée de divorcer !

Sur cette phrase définitive, il s'était enfermé dans son bureau.

Florence et Michaël, derrière la porte, n'avaient pas perdu un mot de cette conversation. Ils reprirent, sur-le-champ, le chemin de la capitale.

— Ils ont préféré être seuls pour attendre le résultat du test, précisa Élisabeth, de retour chez sa grand-mère. Je leur ai dit que nous serions avec eux le jour venu.

— Tu as bien fait.

Dans les centres anonymes, il fallait dix jours pour obtenir les résultats... Elle décida de rester la semaine à Véricourt avant de rentrer à Paris.

Cette histoire la bouleversait autant que si elle avait été concernée. Florence n'était que sa demi-cousine, mais elle l'aimait comme une sœur.

Un matin de soleil, après un bain dans l'eau glacée du début de saison, emmitouflée dans une grande serviette de bain, elle s'assit près de sa grand-mère dans un creux de dunes abrité du vent. Apaisée par l'effort, elle questionna la vieille dame.

— Comment vis-tu ta retraite, mamy, après une existence si romanesque et agitée ? Tu ne t'ennuies pas, toute seule ?

Victoire ne savait que répondre. Comment lui faire comprendre qu'après une vie de combats elle appréciait de connaître enfin la paix ? Elle passait ses journées à remettre au propre les notes accumulées autrefois sur la vie de Madeleine Pelletier en vue de reprendre le projet d'Olga : publier sa biographie enrichie de réflexions sur la situation actuelle. Le bouleversement des mentalités la fascinait. Elle lisait, écrivait, réfléchissait. Il lui arrivait même, lors de ses séjours parisiens, de retourner à la bibliothèque Sainte-Geneviève et d'aller fouiller dans les fichiers désormais informatisés. Elle n'avait qu'une crainte : manquer de temps...

Élisabeth finit par se lever et s'ébroua.

— Mamy, j'ai faim !

— Bonne idée, moi aussi. Je sais où nous allons déjeuner.

En hommage au passé, elle l'emmena à la Ferme Saint-Siméon. Le restaurant avait toujours le même succès. Elles s'installèrent dans un coin de terrasse ensoleillé.

— J'apprécie vraiment cet endroit. Pourtant, c'est ici que j'ai dit adieu au seul homme que j'ai vraiment aimé.

— Pierre Léonard ?

— Tu sais ça ?

— Maman m'a raconté. Quel con, ce type ! Pour te laisser tomber, fallait qu'il soit taré !

Victoire sourit. Taré, était-ce bien le terme qui convenait ?

— Qu'est-il devenu ?

— Il a fini par épouser la riche héritière qui lui avait fait une fille, et ils ont eu encore deux fils.

— Il l'aimait ?

— Qui le sait ? L'hiver dernier, je l'ai rencontré par hasard, dans une foire d'antiquaires, plus de vingt ans après notre rupture. C'est là que j'ai su qu'ils avaient trois enfants. Je lui ai demandé s'il était heureux. Il ne s'était jamais posé la question.

— Tu vois, c'est vraiment un pauvre type !

— Non. Je crois plutôt qu'il fait partie de ces gens à principes qui ont été marqués par leur culture chrétienne et qui supportent leur sort, bon ou mauvais, sans se plaindre. C'est un homme incapable d'amour fou. Même avec moi, je réalise qu'il n'était pas passionné. Ce qu'il aime le plus, dans la vie, c'est sa pipe, ses livres et sa tranquillité.

— Comment est sa meuf ?

— Je ne la connais pas, mais, d'après ce qu'il m'en a dit, je l'imagine. À vingt ans, comme les jeunes de cette époque, elle avait sans doute des velléités d'indépendance. Elle devait penser qu'une femme doit pouvoir se passer des hommes. Idée américaine qui a fait des ravages là-bas et quelques contaminations ici. À l'approche de la maturité, elle a dû en revenir et se dire que Pierre serait un mari idéal. Ce qu'il est, sûrement.

— Tu regrettes de l'avoir perdu ?

— Oui. Mais j'ai eu raison de ne pas chercher à le garder. Si un couple se construit sur de la culpabilité, un jour ou l'autre elle remonte à la surface et pourrit tout.

— Tu vois, mamy, le chiant c'est que les nanas n'ont pas eu le courage d'aller jusqu'au bout de leurs idées des années 70-80. Aujourd'hui, elles sont mûres pour retomber en esclavage.

Victoire s'insurgea :

— Ne crois-tu pas que tu dramatises ?

— Mais non ! C'est la revanche des mecs. Ils ne supportent pas de voir les femmes les égaler. Alors, ils parviennent à les persuader que leur émancipation est un leurre et que le seul bonheur auquel elles aspirent, c'est d'être à la maison. Et ces connes tombent dans le panneau ! Le machisme est incrusté dans le génome des deux sexes. Je te ferai lire *Backlash*, le livre d'une Américaine, Susan Faludi, qui analyse ce phénomène avec des arguments évidents...

— Tu exagères ! Regarde Delphine, personne ne l'a forcée.

— Delphine n'a pas *choisi* d'être femme au foyer, contrairement à ce qu'elle affirme. Elle a décidé de ne pas vivre comme sa mère, c'est différent ! Elle en reviendra.

— Et toi, comment imagines-tu ta vie future ?

— Moi, je veux marcher main dans la main avec un type que j'aimerai et qui m'aimera. Nous élèverons nos gosses ensemble et j'aurai un boulot, comme lui. De toute façon, à l'heure actuelle, si un couple veut vivre normalement, il faut deux salaires. Mais il n'y a aucune raison pour que les mecs aient toutes les possibilités de carrière pendant que les nanas torchent les mômes et torchonnent à la maison...

Lydie vint les retrouver à la fin de la semaine. Elle ne comprenait pas pourquoi Élisabeth n'était pas retournée à Paris avec ses amis. Victoire ne se crut pas autorisée à la mettre au courant du drame que vivait Florence.

— Ne t'inquiète pas, la rassura-t-elle, ta fille va bien. Nous rentrerons ensemble mardi. Tout baigne !

Le dimanche après-midi, le temps se mit à la pluie. Pour respecter la tradition, les trois femmes s'installèrent dans la chambre de Victoire, devant un bon feu de bois.

— Tu vois, ma chérie, confia Lydie, c'est ici que j'ai passé les meilleurs moments de ma vie. À regarder ces flammes.

— C'est drôle, répondit Élisabeth en allumant une cigarette.

— Qu'est-ce qui est drôle?

— Tu avais un mari, trois enfants... Où se sont passés les meilleurs moments de ta vie? Devant un feu de bois avec ta mère. C'est un aveu révélateur!

— Doucement, avertit Victoire. D'ordinaire, ici, les fleurets sont mouchetés.

— Laisse-la, protesta Lydie, pour une fois qu'elle parle...

Élisabeth ne se fit pas prier:

— Pour ne pas être une femme potiche, tu es entrée en esclavage comme d'autres en religion. Tu as fait face: le boulot, les gosses, le mari, la maison, la Bretagne... Tu as assumé les merdes de tout le monde, et tu es devenue le prototype de la sainte domestique. Sainte et martyre. Admirée de tous. Sauf de tes enfants qui t'ont attendue toute leur vie.

Lydie ne pipait mot. Les yeux vers l'âtre, elle «assumait», une fois de plus. Élisabeth continua comme si elle devinait ses pensées:

— En ce moment, par exemple, tu me supportes parce que je suis ta fille. Tu trouves que je charrie mais tu la boucles en te disant que c'est ton devoir de m'écouter. «Elle doit en avoir besoin, la pauvre petite, elle a tellement l'air de marcher à côté de ses pompes.»

Un long silence suivit cet éclat. Les trois femmes regardaient le feu, et aucune n'osait reprendre la parole. Dehors, le vent se déchaînait.

— Avis de tempête, conclut Élisabeth en se levant. Je descends refaire du thé.

Lydie la regarda partir, l'air désolé.

— Tu vois, maman, ce qu'il y a d'étonnant avec les adolescents de notre époque, c'est qu'ils réagissent *comme* ou *pas comme* leurs parents, sans qu'on puisse prévoir ce qui sera copié ou rejeté. Aujourd'hui, je serais bien embarrassée pour conseiller une jeune mère sur la meilleure façon d'élever ses enfants. Et ceux qui se prétendent spécialistes me font rire.

— Ne crois-tu pas qu'il en a été sans doute ainsi de tous temps?

Le mardi après-midi, Victoire déposa Élisabeth devant l'entrée de l'hôpital Saint-Louis où ses deux amis l'attendaient. L'Américain portait une invraisemblable tenue bariolée avec une casquette de base-ball dont la visière lui retombait sur la nuque.

La vieille dame le trouva superbe.

— Je vous attends au bistrot qui se trouve à l'angle de la rue Richerand et du quai de Jemmapes. C'est à deux pas, précisa-t-elle. Dans ma jeunesse, j'y ai passé beaucoup de temps, mais je ne suis pas sûre qu'ils vont me reconnaître... À plus!

Elle venait d'apprendre cette nouvelle abréviation pour dire «à plus tard» et s'en régalait.

Florence avait le teint blafard. Ses magnifiques cheveux étaient enfouis sous un bonnet de marin. Son éternelle cigarette aux doigts, elle fit un geste de la main à Victoire dont le taxi s'éloignait, et les trois amis s'engagèrent sous la voûte.

Victoire vécut l'heure la plus longue de son existence. Elle ne pouvait s'empêcher de penser aux premiers articles médicaux publiés en 1983 sur ce mal qui avait fondu sur la communauté homosexuelle de San Francisco avant d'envahir la planète. Depuis plus de dix ans, elle suivait avec stupeur les progrès de la pandémie.

Elle avait participé à de multiples campagnes d'information, en particulier dans les lycées et collèges. Tous ces proviseurs, directeurs et autres présidents d'associations de parents d'élèves qui avaient rejeté l'éducation sexuelle, réclamaient maintenant à grands cris des médecins pour éduquer leurs enfants. Combien de fois avait-elle pesté contre cette ignorance entretenue par des adultes irresponsables? Comment parler en classe d'une maladie sexuellement transmissible, alors que les mots mêmes du sexe déclenchaient encore des fous rires?

Le serveur lui apportait son troisième café quand elle aperçut la silhouette gracile d'Élisabeth. En minijupe et bottines à lacets, elle marchait vite, les yeux baissés. Florence suivait, l'air hébété.

Victoire entendit son cœur battre dans ses oreilles.

Élisabeth la chercha des yeux et se précipita.

— Elle est négative, mais pas lui.

— Mon Dieu ! Il l'ignorait ?

— Oui.

— Et qu'a-t-il dit ?

— À moi, rien ! Il s'est tiré tout de suite.

Florence s'allumait une cigarette au mégot de la précédente. Les yeux plissés, elle fixait le vide au travers de la mince fumée bleue. Victoire lui prit la main.

— Ma pauvre chérie, quelle épreuve ! Il ne faut pas laisser tomber Michaël, n'est-ce pas ? C'est trop grave. Sais-tu où il est allé ?

La jeune fille eut soudain les larmes aux yeux. Elle semblait sortir difficilement d'un mauvais rêve. Elle regarda Victoire comme si elle la voyait pour la première fois.

— Excusez-moi, je n'ai pas bien compris ce que vous me demandiez.

— Tu es seule à savoir ce qui arrive à ton ami. Il va avoir besoin de toi.

— Bien sûr...

— Dans trois mois, tu devras refaire un sérodiagnostic, tu le sais ?

Élisabeth l'interrompit sur un ton agacé :

— Mais oui, mamy, ils le lui ont dit.

La vieille dame ne releva pas et continua :

— Dans l'immédiat, un test doit confirmer que ce retard de règles correspond bien à une grossesse en évolution normale.

Devant le mutisme des filles, elle commençait à s'énerver.

— Partons d'ici, il fait trop chaud !

Elle se leva, mit de la monnaie sur la table et sortit. Dans la rue, sa petite-fille lui prit le bras :

— Mamy, n'est-ce pas trop tôt pour le test ?

— Mais non ! Avec le dosage des bêta hCG, le diagnostic est précis dès la deuxième semaine. Venez, je vous emmène dans un labo que je connais.

— C'est vraiment nécessaire ? Je crois qu'elle en a marre, tu sais.

Victoire lui fit face tandis que Florence continuait à marcher, l'air absent, en ouvrant un nouveau paquet de cigarettes.

— Écoute-moi, ma chérie. Michaël est contaminé. Si Florence est enceinte, le bébé...

— Il n'est pas forcément atteint !

— Il l'est dans 40 % des cas. Le pourcentage diminue si l'AZT est commencé très tôt. Les travaux actuels sont formels. Il faut donc savoir avec certitude si Florence est enceinte et si la grossesse se déroule normalement.

Florence, qui semblait se réveiller, s'était rapprochée. Elle hocha la tête.

— Si vous le dites, je vous fais confiance. Finissons-en.

— Allons-y. Un taxi va nous conduire place de Clichy. Le directeur du labo est un vieil ami.

Une demi-heure plus tard, c'était fait. Victoire continua à gérer la situation.

— Nous aurons le résultat demain matin. Que faisons-nous ? Chacune rentre chez soi, ou vous préférez que nous retournions au manoir ?

Florence leva vers Victoire le visage qu'elle devait avoir quand elle était bébé.

— J'aimerais mieux aller chez vous, articula-t-elle de manière presque inaudible. À condition que mes parents et mon grand-père ne le sachent pas.

— Ce vieil ours ne sort plus de chez lui, tu ne risques pas de le rencontrer.

— Et Michaël ? s'inquiéta Élisabeth.

— En partant, tout à l'heure, il m'a dit qu'il ne supportait pas la France, ce pays de cons, et qu'il retournait à New York. Tu ne crois pas qu'il faudrait que je parte avec lui ?

— Sûrement pas. D'abord, tu t'occupes de toi. Ensuite, tu iras le rejoindre. Chaque chose en son temps.

Le lendemain matin, les deux amies dormaient encore quand Victoire apprit par téléphone que le test était positif, avec un taux normal pour une grossesse de cinq semaines.

Elle avait envie de maudire le sort qui lui posait un tel problème. Après avoir passé sa vie à lutter pour que les femmes aient le droit à l'avortement, mais évitent d'en arriver à cette extrémité, voilà que, dans sa propre maison, une jeune fille qu'elle considérait comme de sa famille venait solliciter son aide.

Une pensée lui traversa soudain l'esprit : et si la petite voulait garder cet enfant malgré les risques de contamination ? « Il n'est pas question que je me conduise comme l'a fait ma mère. Elle est libre de son choix et je ne dois pas l'influencer. Mon rôle doit se borner à l'informer. Elle ne doit pas penser que je la pousse à l'avortement. Elle prendra sa décision elle-même. Et si elle décide de garder son enfant, je l'aiderai. C'est son choix qui compte, pas le mien.»

La matinée s'écoulait lentement. Dans la chambre du premier, personne ne bougeait. À onze heures, n'y tenant plus, Victoire prépara le plateau du petit déjeuner et monta. Dans les lits jumeaux, les deux filles dormaient à poings fermés. Elle ouvrit les volets et vint s'asseoir près d'Élisabeth qui s'étira, se frotta les yeux et regarda sa grand-mère. Sur son visage, elle découvrit la vérité.

— C'est positif, n'est-ce pas?

Victoire hocha la tête.

— Après trois semaines de retard, que pouvait-on imaginer d'autre? Maintenant, il est urgent de décider. Ou elle garde cet enfant et il faut mettre en route un traitement spécifique dans un centre spécialisé, ou elle n'en veut pas et il faut agir vite. Pour une IVG, le plus tôt est le mieux.

Élisabeth se leva et vint embrasser son amie qui s'éveilla. Elles allumèrent ensemble leur première cigarette, tandis que Victoire entrouvrait la fenêtre. Florence avait les yeux cernés.

— J'ai eu du mal à m'endormir. Je me doutais bien que le résultat serait positif. J'aurais tellement aimé avoir un bébé. Pourquoi faut-il que ma vie de mère commence ainsi?

Elle avait posé ses deux mains à plat sur son ventre et, dans son regard, se lisait une tristesse infinie. Élisabeth la considérait avec tendresse.

— Je ne peux pas le garder. Ce serait fou de ma part.

Son amie lui prit la main.

— Tu es sûre?

— Te rends-tu compte de ma trouille pendant neuf mois? Ce petit arriverait au monde confit d'angoisse. Et après, s'il est positif, quelle horreur; les traitements, l'hôpital... Pauvre chou! Non, vraiment, c'est impossible. En plus, rien ne dit que dans trois mois je ne serai pas séropo aussi...

Les larmes coulaient sur son visage. Victoire avait la gorge nouée. Elle se posta devant la fenêtre en tournant le dos aux deux filles, le temps de se reprendre. Elle se força à examiner un à un les pommiers du jardin, essayant de se rappeler les différentes variétés qu'elle avait fait planter. Élisabeth vint près d'elle.

— Tu as entendu, mamy. Il faut que tu lui fasses faire une IVG. Il n'y a pas d'autre solution.

Victoire se retourna, consciente de sa responsabilité.

— C'est pressé, mais on n'est tout de même pas à un jour près, elle peut réfléchir encore un peu.

Florence se récria dans un sursaut d'énergie :

— C'est tout réfléchi. Il faut se presser. Je ne veux pas que mes parents l'apprennent. Je ne peux pas non plus m'éterniser ici. Lydie va revenir et elle n'a pas besoin d'être au courant...

— Ne devrais-tu pas en parler à ta mère ? Je la connais, elle serait de bon conseil.

— Ce n'est pas la peine. Dans ma famille, on ne comprend rien à tout ça.

Une fois sa décision prise, Florence, à la surprise générale, changea de ton. L'angoisse, la culpabilité, la peur semblèrent disparaître. Elle allait devoir faire face à une dure épreuve et elle s'y préparait en adulte responsable. Elle voulut savoir comment se passait une interruption de grossesse.

Victoire se déroba.

— Je suis à la retraite depuis dix ans. D'après ce que je lis, les méthodes ont beaucoup évolué, surtout depuis que le RU486 est couramment utilisé.

— Explique-nous ça, mamy.

— Je ne peux pas me mettre à vous faire un cours magistral maintenant. Je vais téléphoner à Chantal Bertaud, le médecin qui m'a remplacée au cabinet. Elle me donnera la marche à suivre.

Élisabeth était tenace.

— Le RU, ce n'est pas la pilule mise au point par le professeur Beaulieu ? Je l'ai vu à la télé, mais je ne me souviens plus des détails.

— Oui. C'est un produit qui déclenche l'expulsion utérine. Il faut y ajouter, le plus souvent, un autre médicament qu'on appelle « prostaglandine ». Mais j'ignore les modalités de l'acte proprement dit.

Après avoir été son associée durant des années, Chantal Bertaud avait succédé à Victoire en 1985. C'était une femme de la cinquantaine, aux cheveux gris coupés courts, toujours vêtue d'un tailleur strict et chaussée de talons plats. Le verbe bref et le visage sévère, elle ne vivait que pour son métier. Ses clientes ne découvraient qu'à l'usage son infatigable dévouement.

Elle demanda pourquoi Florence ne voulait pas de cet enfant. L'annonce de la séropositivité du père mit un terme à la discussion.

— Quand peux-tu la recevoir?

Après un moment de silence, la gynéco répondit, embarrassée :

— Ne crois pas que je veuille me défiler, mais il existe, au CHU de Rouen, un département d'orthogénie qui prend en charge ce genre de problème. Il y a toute une équipe sur place, avec des travailleurs sociaux, des psychologues et des médecins spécialisés. Elle recevra les conseils qu'il lui faut sans avoir besoin d'aller courir à droite et à gauche. C'est la meilleure solution.

Victoire était un peu déçue, et son amie en prit conscience.

— Le RU ne se manipule pas sans précautions, et ils sont plus compétents que moi. S'il s'agissait d'un de mes enfants, j'agirais de la sorte. Donne-moi le nom de la petite, je vais téléphoner pour les prévenir. C'est ce qu'il y a de mieux à faire, je peux te l'affirmer.

Victoire remonta dans la chambre des filles d'un pas lourd. Florence écouta ces informations sans protester. Résignée, elle se leva :

— Merci, Victoire. J'irai cet après-midi. Tu m'accompagneras, Babette?

Élisabeth patienta dans une brasserie pendant que son amie était à l'hôpital. Florence avait voulu être seule pour affronter les médecins. Victoire lui avait donné une lettre d'introduction, avec le résultat faxé par le laboratoire.

Quand les deux amies se retrouvèrent, Florence semblait quelque peu rassérénée. Elle alluma une cigarette et avala une grande bouffée de fumée.

— Ils sont super sympas dans ce centre. L'aspiration aura lieu dans une semaine. C'est le délai légal de réflexion.

— Pourquoi une aspiration? Mamy disait qu'ils te donneraient le fameux RU.

Florence montra sa cigarette.

— À mon âge, il n'y a qu'une contre-indication, le tabac. Au-delà de dix clopes par jour, danger! Moi, j'en fume quarante à cinquante, alors...

— Je rêve! Qu'est-ce que c'est que ce plan?

— C'est comme ça, ma vieille! Il va falloir s'arrêter. Même pour la pilule, il paraît que c'est dangereux.

— Dire que ma grand-mère ne cesse de me le répéter et que je ne l'ai jamais crue.

— Les seuls accidents qu'ils ont eus avec le RU, c'est chez des filles qui clopaient comme des folles...

Elles reprirent la route de Véricourt dans la vieille 305 qui roulait courageusement sur les départementales du bocage où les prairies avaient pris leurs couleurs tendres de l'été naissant. Elles se taisaient, plongées dans leurs pensées nostalgiques.

Victoire les attendait dans le jardin, sous la tonnelle. Florence se laissa tomber dans une chaise longue et but un verre de jus de pomme avant de raconter en détail ses rencontres de l'après-midi.

Quand Victoire apprit que le tabagisme de la jeune fille l'écartait de la plus moderne des méthodes, elle se garda de tout commentaire.

Elle aussi avait fumé, comme tout le monde, à l'époque où elle était à l'hôpital. Elle avait cessé dès son entrée dans la vie professionnelle. Il lui paraissait inconvenant de conseiller à ses patientes d'arrêter devant un cendrier rempli de mégots. Les complications veineuses de la pilule étaient en grande partie liées au tabac.

Malgré son abstinence, elle n'était pas gênée par la fumée des autres. La pipe de Pierre, les cigares de Victor, les cigarettes de Rémy l'avaient laissée indifférente. Lydie aussi avait fumé jusqu'à la mort de son mari. Quand le cardiologue eut confirmé la responsabilité du tabac, elle s'arrêta, du jour au lendemain.

La génération suivante, sans se préoccuper de ces problèmes de santé, avait sombré dans une intoxication tabagique collective. Delphine et son mari, Didier et sa femme, tous fumaient. Comme Élisabeth et Florence. Il leur arrivait même de consommer des pétards sans la moindre culpabilité.

Victoire avait renoncé à lutter contre l'obstination de ses petits-enfants. Il lui semblait stupide que des êtres si intelligents ne parviennent pas à se débarrasser de cette détestable habitude.

— Ne t'inquiète pas, mamy, répondaient-ils avec un ensemble touchant, on s'arrêtera quand on voudra!

Au fond, elle n'était pas mécontente de voir Florence et Élisabeth confrontées pour la première fois aux conséquences néfastes de leur conduite. Elle n'insista pas.

— Donc, tu vas subir une aspiration. Sous anesthésie locale, je suppose.

Florence rougit.

— J'ai demandé à être endormie. Une de mes copines m'a raconté qu'elle s'était fait avorter avec des piqûres et qu'elle ne recommencerait jamais. Il paraît que les bruits de tuyauterie, les commentaires, tous ces gens qui regardent entre tes jambes, c'est dégueulasse. Je préfère ne pas voir. Ils m'ont dit que l'hospitalisation serait plus longue, mais, après tout, je m'en fiche. Je me réveillerai quand tout sera fini.

Elle reprit son souffle pour ajouter:

— C'est bien, ce centre, mais j'aurais préféré aller chez cette amie dont vous m'aviez parlé, le docteur Bertaud. Elle est venue ce matin. Je l'ai trouvée hyper sympa.

Victoire sourit, touchée du geste de son amie.

La soirée était douce et on aurait pu croire, en voyant ces trois femmes installées dans le jardin, à une paisible scène de vacances. La réalité était tout autre! Élisabeth et Florence faisaient subir à Victoire un feu roulant de questions qui ravivaient chez la vieille dame un flot de souvenirs souvent douloureux.

Il fallut qu'elle détaille l'évolution des mentalités depuis la loi Veil de 1975; le refus des médecins catholiques choqués dans leurs convictions religieuses; l'acceptation prudente des autres, bientôt rebutés par les formalités administratives; la tarification de 1982 allant de pair avec le remboursement par la Sécurité sociale; les protestations des praticiens devant le montant ridicule des honoraires pour un acte qui engageait leur responsabilité.

La création des centres d'orthogénie apportait une réponse de professionnels face à une pratique devenue anarchique.

Dans certaines provinces, la réticence du corps médical était devenue telle que les voyages vers l'Angleterre ou les pays nordiques avaient repris.

Poussée par les deux jeunes filles, elle dut expliquer aussi qu'autrefois le curetage était un acte agressif mais d'une efficacité facile à contrôler. Depuis que Karman, un psychiatre californien (si, si, un psychiatre), avait importé de Chine cette méthode d'aspiration moins dangereuse, l'inconvénient inverse était apparu. Dans les grossesses débutantes, le volume de l'œuf était si minime que l'erreur d'appréciation était possible. Il pouvait rester en place sans que l'opérateur s'en aperçoive.

— Et ton grand-père, qu'en pense-t-il? demanda Élisabeth.

Avec ses longs cheveux qui lui cachaient la moitié du visage, Florence paraissait toujours sortir d'un rêve. D'un geste machinal de la main, elle changea sa mèche blonde de côté et sourit.

— Mon grand-père? Je l'aime bien, mais il perd un peu la tête. Il faut lui pardonner... Pour lui, l'avortement, c'est l'horreur, le crime, l'infanticide. Ce n'est même pas la peine d'essayer d'en discuter.

Victoire sourit et se retint de leur raconter ce qu'Arnaud lui avait fait subir. Pourtant, elle ne put s'empêcher d'apporter une précision:

— Son idole, c'est Jérôme Lejeune, un curieux personnage. En 1967, ce généticien incontesté prédisait aux femmes qui prendraient la pilule la mise au monde d'enfants malformés. Après vingt ans de contraception, l'expérience a prouvé qu'il n'en était rien. Il n'en a pas moins continué, jusqu'à sa mort, le mois dernier, à proférer ses noires prédictions. Lui aussi considérait l'avortement comme un infanticide. Ce mot revient sans cesse dans tous ses textes.

Florence rejeta derechef ses cheveux de l'autre côté avant de préciser:

— Je connais cette thèse par cœur. À vrai dire, certains arguments me paraissent irréfutables.

Élisabeth la regarda, suffoquée.

— Ne me dis pas que tu crois toutes ces conneries?

— Ce ne sont pas des conneries, Babette. Une fois que l'ovule et le spermato se sont rencontrés, le processus de la vie est mis en marche. Ovule fécondé, embryon, fœtus, bébé... C'est une continuité sans frontière.

Ébranlée, elle appela du regard sa grand-mère à la rescousse. La vieille dame se revoyait vingt ans plus tôt, au procès de Bobigny, quand le professeur Jacques Monod témoignait. Fallait-il qu'elle plaidât comme l'avait fait le prix Nobel ? Elle eut l'impression qu'elle ne devait pas laisser la fragile Florence s'enfoncer dans sa culpabilité. Elle se devait de lui donner des arguments qui lui permettraient peut-être de lutter contre le poids de ses remords.

— Le débat n'est pas nouveau. La définition même du mot « vie » prête encore à discussion. Il est incontestable que toutes nos cellules sont vivantes. Celles qui sont destinées à former un futur enfant le sont autant avant qu'après leur rencontre. Or, tout au long d'une existence humaine, la nature sacrifie sans cesse des cellules vivantes, voire des embryons. On sait aujourd'hui que maintes grossesses débutantes mal engagées sont évacuées spontanément quelques jours seulement après la conception. La suppression d'un œuf, pourtant déjà en formation, est un phénomène banal dans la nature. Physiologique, devrait-on dire.

Florence, qui écoutait attentivement, protesta.

— Un jour, j'ai vu un film qui montrait les images échographiques d'un embryon de quelques semaines, et je vous assure qu'il s'agissait bien d'un être vivant ! On le voyait lutter contre une canule d'aspiration, c'était abominable !

— Je connais ce document, reconnut Victoire. Il émane d'une organisation anti-avortement américaine. Je suis certaine que cette cassette a fait l'objet de trucages. L'interprétation qui en est donnée est fallacieuse. Leur émouvant fœtus est beaucoup plus vieux que ne le dit le commentaire. Là se trouve posé le vrai problème.

Victoire retrouvait sa verve de l'époque où elle faisait campagne avec les féministes. Elle entendait encore la voix de Gisèle Halimi citant Hamburger : « Il n'y a de vie que neurologique... »

— Prenez les comas dépassés. Dès lors que l'individu est dépourvu de système nerveux en état de fonctionner, il n'est plus considéré par la science comme un *être humain vivant.* La loi autorise donc le prélèvement des organes qui « vivent » encore, pour en faire bénéficier des individus en danger de mort.

Encouragée par l'air passionné des filles, Victoire continua sa démonstration :

— La question se pose de la même manière au moment où la vie prend naissance. Le système nerveux de l'embryon n'atteint son plein développement que vers la quinzième semaine. Jusqu'à cette date, les cellules ne constituent qu'un «futur» cerveau qui n'est pas encore en activité. Il est abusif de dire que l'embryon de dix, douze ou quatorze semaines est un *être humain vivant*. Il le deviendra, mais il ne l'est pas encore.

Incrédule, Florence secouait la tête. Victoire posa la main sur son avant-bras :

— Je te comprends, ma chérie. Dans ce domaine, la raison et l'imaginaire entrent en conflit. Science et croyance ne font pas toujours bon ménage.

Élisabeth revint à la charge :

— Mamy, je t'ai tout de même entendue dire que tu considérais les «faiseuses d'anges» comme des criminelles.

— Parce qu'elles tuent les mères ! Quant aux anges, ils font partie de notre mythologie. Bien malin qui peut dire ce qu'ils pensent. C'est leur secret...

Les filles sourirent. Victoire essaya de tempérer ses propos :

— Par définition, les opinions religieuses ne peuvent pas être objectives. Elles n'en sont pas moins respectables...

Élisabeth l'interrompit violemment :

— Respectables, mon cul ! Au moins, que chacun garde les siennes. Il y en a marre des gens qui imposent leurs fantasmes aux autres. Qu'ils croient ce qu'ils veulent, mais qu'ils ne fassent pas chier leur voisin !

— Du calme, ma chérie ! Ne sois pas aussi intolérante qu'eux...

Le soir tombait et le dîner allait être bientôt prêt. Elle se leva.

— Un dernier mot avant d'en finir avec ce douloureux sujet. Notre époque suscite d'innombrables élans religieux. Sectes et intégristes de tous bords n'ont jamais été si nombreux. Les religions sont responsables de la plupart des conflits qui ensanglantent la planète, et partout s'expriment des ambitions politiques qui se réclament de Dieu. Ce n'est pas le même Dieu pour tout le monde, mais chacun est prêt à tuer au nom du sien ! Regardez ce qui se passe en Algérie, en Bosnie, en

Inde et ailleurs... Aux USA, des chirurgiens qui pratiquaient des interruptions de grossesse ont été assassinés par des commandos anti-avortement qui se disaient défenseurs de la vie...

— Nous n'en sommes tout de même pas là chez nous, s'offusqua Élisabeth.

— Dieu t'entende! L'année dernière, le Parlement a tout de même dû voter la loi Neiertz pour condamner les manifestants qui s'en prennent aux cliniques et aux hôpitaux.

— C'est un phénomène marginal...

— Pas autant que tu le crois. N'oublie pas que la France est la fille aînée de l'Église, et que le pape Jean-Paul II y conserve toute son influence. Il ne s'est jamais élevé contre ce type de violence! On dit même qu'il a reçu en audience publique les représentants des organisations les plus activistes. Depuis qu'il a joué un rôle déterminant dans l'effondrement du communisme, ses disciples rêvent de voir le Vatican retrouver son importance politique d'antan, surtout face au développement de l'Islam.

— Allons, mamy, en France, la séparation de l'Église et de l'État date de 1905. On ne va pas remettre en cause le choix qui a été fait à cette époque!

— Tout le monde n'est pas de cet avis. Il existe, en Europe, comme aux États-Unis d'ailleurs, un courant de pensée favorable au retour de la religion d'État. Chez nous, les révisionnistes, les admirateurs du maréchal Pétain, les partisans d'un nouvel ordre moral et certains hommes politiques d'extrême droite aimeraient voir le clergé jouer un rôle officiel pour revenir à des «valeurs» oubliées. Parmi les catholiques qui ont aidé Paul Touvier à échapper si longtemps à la justice, on retrouve des groupuscules qui participent aux mouvements anti-avortement. Si ce sujet t'intéresse, je te ferai lire des articles parus dans des hebdomadaires grand public. Ils sont probants.

Élisabeth se prit la tête dans les mains:

— Tout ça me dépasse.

Florence l'entraîna vers l'intérieur du manoir et, à voix basse, exprima une opinion qui surprit son amie:

— Tu vois, Babette, malgré la gentillesse de ta grand-mère et toutes les bonnes raisons qu'elle m'a données pour me déculpabiliser, l'idée d'interrompre cette grossesse me révulse.

Je me demande même, par moments, si je vais pouvoir m'y résigner.

Élisabeth laissa parler son cœur :

— Quoi que tu fasses, ma Flo, je serai avec toi. Ne te bile pas.

— Merci. Je ne sais pas encore ce que je ferai, mais, de toute façon, je vais avoir besoin d'aide...

Une fois assise à table, Élisabeth changea de sujet :

— Dis-moi, mamy, tu ne sais pas ce que j'ai découvert ?

Victoire la regarda, inquiète.

— La Sécu, qui rembourse les avortements, refuse le remboursement des dernières pilules venues sur le marché ! Les meilleures, celles qui sont le mieux adaptées et qui ont le moins d'effets secondaires. Ça t'en bouche un coin, non ?

Elle accusa le choc et poussa un long soupir, s'abstenant de tout commentaire. Elle n'en pensait pas moins. Décidément, dans ce domaine, l'irrationnel régnait en maître. Et encore n'avait-elle pas évoqué les pays où la stérilisation est encouragée par l'État, l'avortement la seule méthode de contraception connue, l'infanticide des filles monnaie courante...

— Dans quel monde vivons-nous ? murmura-t-elle, désolée.

Victoire se sentait à bout de forces. Ces émotions l'éprouvaient. Elle se prenait à regretter sa solitude studieuse. Elle avait beau se secouer, s'obliger à faire sa promenade quotidienne, s'occuper de ses fleurs, le drame de Florence la minait. Chaque jour, elle devait recommencer ses explications ou lui préciser certains détails en prenant garde de ne pas l'influencer. C'était psychologiquement épuisant et les deux filles ne semblaient pas s'en rendre compte.

Un après-midi où elle les avait laissé seules s'en aller vers les plages, elle se reposait sous la voûte de rosiers quand on sonna au portail. Contrariée, elle se leva pour aller ouvrir. Quelle ne fut pas sa surprise en apercevant la haute silhouette d'Arnaud Coste-Lambert !

— Il ne manquait plus que lui, murmura-t-elle entre ses dents.

Ils ne s'étaient pas rencontrés depuis de nombreuses

années. Quand le hasard les faisait se croiser en ville, chacun regardait ostensiblement du côté opposé.

— Puis-je te parler deux minutes ? demanda-t-il d'une voix enrouée.

— Bien sûr, entre ! Veux-tu t'asseoir dans le jardin ? Il y fait doux.

Elle le conduisit vers la tonnelle en l'observant à la dérobée. Il portait un costume de lin beige clair sur une chemise à col ouvert d'un bleu soutenu. Personne n'aurait pu imaginer qu'il approchait de quatre-vingts ans. Ses cheveux encore abondants étaient d'un blanc neigeux, son visage paraissait plus buriné que ridé, et ses yeux devenus gris conservaient toute leur vivacité. Elle ne put s'empêcher de ressentir une bouffée de tendresse pour ce grand guignol qu'elle avait vu sous des jours si différents, au long de leur vie tumultueuse.

— Je t'offre un verre de poiré ? Il est frais et provient du Vieuxcourt.

Sans attendre sa réponse, elle disparut vers la cuisine et revint avec une bouteille qu'il proposa de déboucher. Quand il versa le liquide mousseux dans les verres, elle remarqua que ses mains tremblaient.

« Est-ce l'âge ou l'émotion ? » se demanda-t-elle.

Ils trinquèrent.

— À notre santé !

— Pourvu que ça dure, répondit-il, la mine sombre.

Il n'avait pas encore ébauché le moindre sourire. Cela ne présageait rien de bon. Il vida son verre à moitié et ouvrit les hostilités.

— Tu imagines bien l'objet de ma visite, je suppose.

Elle prit son air le plus dégagé.

— Pas du tout.

Il fronça les sourcils et prit son élan.

— Tu héberges ma petite-fille Florence depuis quelques jours.

— Ah bon ?

— Je sais tout ce qui se passe dans ce pays, tu devrais t'en souvenir. Une indiscrétion m'a même appris qu'elle s'est inscrite au centre hospitalier de Rouen pour une... interruption volontaire de grossesse.

Ces mots semblaient lui écorcher la bouche. En l'écoutant, elle reconnaissait ce ton sentencieux qui l'avait toujours exaspérée. Le bref élan d'affection qu'il lui avait inspiré à son arrivée disparut.

— Si tu crois tout ce qu'on dit, tu n'as pas fini, répondit-elle de sa voix la plus doucereuse.

Il reposa son verre en tremblant plus encore.

« Pourvu qu'il ne me fasse pas une attaque », s'inquiéta-t-elle.

Il revint à la charge.

— Le moment est mal choisi pour plaisanter. Je te croyais enfin rangée. J'avais tort. Tu ne peux pas t'empêcher de te livrer à ces manœuvres scandaleuses.

— Oh ! tu sais, je me livre, je me livre... Voilà de bien grands mots ! Il y a belle lurette que je ne me livre plus à grand-chose.

Il éleva la voix :

— Enfin, tu ne peux le nier : Florence est ici avec ta petite-fille Élisabeth dans le but éhonté de se faire avorter !

Elle conserva son ton suave :

— J'ai beau avoir pris ma retraite depuis longtemps, je te signale, mon cher ami, que je me sens toujours liée par le secret professionnel... Pas toi ?

— Je t'en prie ! Ne brandis pas ton arme favorite. Il a bon dos, le secret.

— Te languirais-tu d'être arrière-grand-père ? Pourtant, je me suis laissé dire que tu n'appréciais guère le soupirant de ta petite-fille...

Il bondit.

— Que veux-tu dire ? Elle n'a tout de même pas couché avec ce nègre ?

Victoire le regarda droit dans les yeux sans répondre. Il se laissa retomber sur son siège. Son visage avait pris une teinte cireuse.

— Ce n'est pas possible. Je pensais qu'elle voulait me narguer. Jamais je n'aurais pu imaginer que c'était avec lui...

— Tu n'as jamais imaginé que ce qui t'arrangeait.

Il sembla se reprendre :

— Quoi qu'il en soit, rien ne peut justifier un avortement. Si elle a fait cette...

— Connerie ?

Il la fusilla du regard.

— Tu as raison, c'est bien le mot. Si elle a fait ça, elle assumera. Je ne la laisserai pas ajouter un crime à une stupidité. Elle a l'âge de subir les conséquences de ses actes.

— Si je comprends bien, tu considérerais ce rejeton comme une punition. Joli raisonnement ! Tu obligerais une fille de vingt ans à mettre au monde un enfant non désiré, histoire de lui apprendre à vivre, en quelque sorte...

— C'est son devoir !

— Elle accoucherait d'un bébé que tu refuserais de voir.

— Qui te dit que je refuserais ? Évite de me donner des leçons. Tu es mal placée.

Elle ne releva pas cette allusion blessante. Se laissant aller en arrière dans son fauteuil, elle considéra les roses de la tonnelle avec attention avant de reprendre la parole en pesant chacun de ses mots :

— Récapitulons. Si, donc, Florence était enceinte de ce garçon, elle devrait mettre au monde le fruit de ses amours, ne serait-ce que pour te le confier. Voilà, je le reconnais, une excellente solution. Ainsi, au cas où, je dis bien « au cas où », le bébé serait atteint, je ne sais pas, par exemple d'une maladie grave, tu serais bien placé pour t'en occuper...

Il se dressa de nouveau, le visage défait.

— Que veux-tu dire ?

— Calme-toi ! Tu me donnes le tournis. Choisis ! Tu restes debout ou tu t'asseois ?

Il se rassit, maté.

— Mais enfin, ces sous-entendus sont monstrueux ! De quelle maladie grave parles-tu ? Il ne s'agirait tout de même pas du...

Victoire plongea son regard dans le sien, sans la moindre nuance d'ironie cette fois, et reprit d'une voix triste.

— Je n'ai rien dit, Arnaud, c'est toi qui te montes la tête.

Il se leva de nouveau. Elle protesta mais il ne l'écoutait plus. Lentement, il prit le chemin de la grille. Son pas était devenu lourd et sa démarche hésitante. Ce n'était plus le fringant vieil homme de tout à l'heure qui s'éloignait, mais un vieillard brisé, à la démarche douloureuse...

À la date prévue, Florence entra à l'hôpital. Comme elle habitait loin, l'anesthésiste avait décidé, contrairement à l'habitude, de l'hospitaliser la veille au soir afin que l'intervention puisse avoir lieu à la première heure, avant même le début du tableau opératoire habituel. Ainsi serait-elle en mesure de sortir dans la matinée. C'était un vendredi, Lydie les trouverait en pleine forme pour le week-end.

À sept heures et demie, Victoire et Élisabeth arrivèrent au chevet de leur jeune amie déjà prémédiquée qui dormait à moitié. Les infirmières lui enfilèrent une chemise opératoire pour l'emmener au bloc. Par discrétion, Victoire se borna à lui poser un baiser sur le front et elles décidèrent de rester dans la chambre.

— Dis-moi, mamy, tu en as fait beaucoup, toi, des IVG?

— Trop à mon goût. J'ai toujours essayé de privilégier la contraception. Dans mon esprit, l'interruption de grossesse allait devenir l'exception. Honnêtement, je n'aurais jamais cru que les femmes ne parviendraient pas à s'éduquer mieux.

— Tu oubliais l'ambiguïté de la nature féminine.

— Sans doute!

Victoire se souvenait de deux consultantes qu'elle avait fait changer d'avis le même jour. Elle les voyait encore. L'une, mère célibataire, se félicitait d'avoir pris cette décision. Elle adorait son fils qui le lui rendait bien. L'autre avait divorcé depuis... à cause de cet enfant non désiré.

— Et parmi les opposants à l'avortement, certains n'ont-ils pas été obligés d'avoir recours à toi?

— Oui. J'ai vu des pères m'affirmer leur opposition à l'IVG et, sans peur du ridicule, la réclamer pour leur fille.

— Ils ne pouvaient pas lui laisser gâcher sa vie.

— Ils craignaient surtout le qu'en-dira-t-on! Une chose est certaine: je n'ai jamais rencontré une seule femme venue se faire avorter de gaieté de cœur. Toutes choisissaient cette solution comme un pis-aller. Les détracteurs de l'IVG qui n'y voient qu'un mode de contraception déguisé mentent, ou se trompent. Admettons même que cette hypothèse soit vraie dans certains pays, en France, c'est faux. Pour l'immense majorité des femmes, l'interruption de grossesse est un désastre affectif.

Élisabeth regarda sa montre.

— Tu ne trouves pas que c'est bien long?

Victoire jeta un œil dans le couloir où régnait une agitation inhabituelle.

— Que se passe-t-il ? lança-t-elle à une femme de ménage qui poussait son chariot à la hâte.

— Je ne sais pas, répondit l'autre sans s'arrêter, sur un ton sec qui signifiait : « Ce n'est pas votre affaire. »

Un pressentiment serra le cœur de Victoire.

— Reste là, je vais voir ce qu'il en est.

Elle se précipita vers le bloc opératoire et la surprise la cloua sur place : un attroupement de manifestants anti-IVG scandaient des slogans natalistes dans un vacarme assourdissant. Prise de vertige, elle dut s'appuyer au mur.

— Mon Dieu, pourquoi me confronter à cette nouvelle épreuve ?

Elle pensa à Arnaud. Avait-il poussé l'abomination jusque-là ? Elle ne pouvait le croire.

Atterrée, elle s'avança. La double porte qui commandait l'accès vers le hall des salles d'opération était verrouillée par une douzaine d'individus enchaînés les uns aux autres. Ils entonnèrent le *venite adoremus*. Autour d'eux, des infirmières, des curieux, des employés de l'administration les considéraient avec une attention amusée.

Victoire se demandait ce qu'il était advenu de Florence quand elle vit arriver le directeur accompagné du docteur Michelet, l'anesthésiste. Elle les connaissait bien. L'homme qui dirigeait la clinique était un ancien administrateur des hôpitaux militaires, chauve et bon vivant, ennemi de toute brutalité.

— Je vous en prie, s'écria-t-il en découvrant le groupe assis par terre, vous ne pouvez pas rester là. Vous voyez, le réanimateur est avec moi, et vous l'empêchez d'accéder à des malades endormis qui ont besoin de ses soins.

— Il n'avait qu'à pas sortir ! hurla une voix féminine.

Victoire interpella le médecin.

— Dites-moi, Michelet, la petite Florence est à l'intérieur ?

— Hélas oui, répondit-il, mal à l'aise. Je l'ai laissée une minute pour voir un « entrant ». À cette heure-ci, je suis encore seul... Ces cons-là ne veulent pas me laisser y retourner.

Victoire n'osait pas comprendre.

— Comment ça, vous l'avez laissée ?

— Juste un instant. Mais ne vous inquiétez pas, elle n'est

pas seule. La gynéco et l'infirmière sont avec elle...

— La gynéco, l'infirmière? Il n'y a personne d'autre?

— Nous avions commencé tôt, et mon assistante n'était pas encore arrivée. Tenez, la voilà...

Il désigna une femme en imperméable qui attendait parmi les spectateurs. Victoire réalisait ce qui s'était passé. Pour lui faire plaisir, ils avaient avancé l'heure du programme et fait inscrire Florence avant les autres patients. Le personnel habituel du bloc était en train d'arriver, à l'horaire normal. Le commando aussi connaissait l'emploi du temps réglementaire.

Florence était donc endormie, et le spécialiste, qui n'aurait jamais dû la quitter, était empêché de revenir à son chevet. La situation tenait du cauchemar.

Il fallait absolument faire ouvrir cette porte. Et vite! Victoire essaya d'attirer l'attention des chanteurs de cantiques qui vociféraient dans une cacophonie incohérente. Ils étaient huit hommes et quatre femmes, de tous âges. À ses pieds, un vieillard vêtu d'une salopette de mécanicien lui tournait le dos et se cachait le visage dans ses mains. Intriguée, elle le regarda mieux et mit quelques secondes à le reconnaître. Elle n'en croyait pas ses yeux.

— Jean-Yves Le Gwen!

Comment le fils de Zeffe se trouvait-il parmi ces forcenés? Victoire lui saisit l'épaule et le secoua:

— Dieu merci, vous êtes là! Vous allez m'aider...

Il se retourna d'une pièce et lui lança un regard courroucé.

— Je ne vous connais pas, madame! Allez-vous-en!

Victoire sentit la panique l'envahir.

— Écoutez-moi donc! Je suis le docteur Dambreville. Ne faites pas celui qui ne me reconnaît pas. La petite Florence est enfermée là-dedans! Elle est comme ma petite-fille. Je vous en prie, libérez cette porte.

— Nous nous opposons aux criminels...

— Cette enfant est seule, sans anesthésiste pour la surveiller. Vous êtes fou! Elle va mourir! Le voilà, le crime qui se prépare!

— À qui la faute? aboya-t-il, hargneux.

La colère la prit:

— Que savez-vous de ce genre de faute, imbécile!

— Notre Père qui es aux cieux, que ton nom soit sanctifié...

Clamant sa prière reprise en chœur par les autres, il fixait sans la voir la vieille dame à qui il devait tant. Le visage grimaçant, les veines du cou gonflées, il avait l'air d'un dément.

— Je vous en prie, répétait le directeur.

Le brouhaha couvrait les voix.

— Père Le Gwen, supplia Victoire, nous nous connaissons depuis si longtemps. Pourquoi tant de méchanceté? Que faut-il faire pour vous convaincre?

— Sainte Marie, mère de Dieu..., continuait le prêtre, obsédé par sa mission.

À ce moment, les spectateurs s'écartèrent pour laisser passer Albert, l'homme d'entretien de la clinique, un retraité des chemins de fer, sympathique et passablement ivrogne, qui portait une énorme pince coupante capable de sectionner la chaîne. Rigolard, il s'approcha, l'outil en avant.

— Attention, je coupe tout ce qui dépasse, clama-t-il, ravi de participer au spectacle, tandis que des flashes d'appareils photo illuminaient le tableau.

Les journalistes qui venaient d'arriver s'en donnaient à cœur joie. Personne n'avait remarqué un grand gaillard au mufle de taureau, coiffé en brosse, qui, mêlé à la foule, considérait la scène avec un sourire niais. Lorsqu'il vit l'ouvrier approcher, il s'interposa et le repoussa brutalement. Venant des enchaînés, des cris de joie retentirent, tandis que les employées de l'hôpital, inconscientes du drame qui se jouait à l'intérieur, criaient joyeusement:

— Vas-y, Albert! Te laisse pas faire!

L'homme d'entretien leur sourit et fit une nouvelle tentative, repoussée avec la même force. Pour lui, la situation devenait un jeu.

Victoire, qui mettait tous ses espoirs dans l'efficacité de cet homme, se précipita sur le gorille. Elle l'attrapa par les revers de sa veste:

— Poussez-vous de là! De quoi vous occupez-vous? Il faut ouvrir ces portes! Écoutez-moi, je vais vous expliquer...

Profitant de cette diversion, Albert s'approcha d'un autre côté et avança sa pince. Surprenant sa manœuvre, l'homme de main écarta violemment Victoire pour s'interposer encore. Déséquilibrée, elle tenta de se rattraper à l'infirmière qui se trouvait à côté d'elle, mais ne parvint pas à saisir la main tendue. Elle tomba en arrière et sa tête heurta violemment le mur. Elle resta sans connaissance.

Quand elle se réveilla, Victoire souffrait horriblement de la tête et du bas-ventre. Le mouvement qu'elle fit pour regarder autour d'elle déclencha une douleur transfixiante qui la fit gémir.

— Ma petite mamy, chuchota Élisabeth, assise à côté du lit. Tu émerges enfin. Qu'est-ce qu'ils t'ont fait?

Le chirurgien de la clinique, un homme grand et maigre au nez busqué, entrait à ce moment.

— La voilà qui se réveille! Vous n'avez rien de dramatique, madame Dambreville, ne vous en faites pas. Un traumatisme crânien sans gravité, et une simple fracture du bassin qui se consolidera rapidement.

Elle le regarda, étonnée, le visage douloureux.

— Ce n'est peut-être pas grave, mais j'ai horriblement mal!

— Nous allons injecter un calmant de plus dans votre perfusion.

— Faites vite. S'il vous plaît.

Victoire ne parvenait pas à réfléchir tellement elle souffrait. Elle ne pensait plus qu'à cette fracture qu'elle imaginait gravissime, contrairement aux affirmations de cet idiot.

Elle fit un effort et tourna la tête vers sa petite-fille:

— Et Florence?

— Elle va bien, sois tranquille.

— Dieu merci! Comment ces abrutis ont-ils cédé?

— Quand tu as quitté la chambre, je t'ai suivie en douce. J'ai compris que Florence était enfermée à l'intérieur du bloc. Alors, j'ai téléphoné chez son grand-père.

— Arnaud?

— Bien sûr!

— Et alors?

— Il était à Rouen, avec son cardiologue. On a pu le joindre et il est venu tout de suite.

— C'est lui qui a calmé cette bande de cinglés?

— Tu l'aurais vu, il était comme un fauve. Tous les gens du commando le connaissaient. Ils riaient et n'y croyaient pas, mais lui s'en foutait. Il s'est fâché tout rouge et les a forcés à ouvrir les cadenas. Ils n'ont pas moufté!

Victoire ferma les yeux. L'injection lui avait apporté l'apaisement promis. Depuis quelques instants, elle ressentait un immense bien-être et pouvait profiter à son aise du récit que lui faisait Élisabeth.

— Il a pu pénétrer dans le bloc?

— Oui. Tu ne connais pas la meilleure? L'IVG n'était pas encore faite, et Florence ne dormait pas. L'anesthésiste avait raconté des bobards pour qu'ils le laissent entrer.

— Qu'il est bête, ce type, il aurait pu me le dire. Alors, Arnaud est arrivé avant? Il a empêché l'aspiration?

— Mais non! Il a dit à la gynéco de faire ce qui était prévu. Il a embrassé sa petite-fille et il lui a tenu la main tout le temps. Quand elle s'est réveillée, il était à son chevet. Il y est toujours.

Victoire était stupéfaite.

— Il a donc changé d'avis.

— C'est ce que tu me racontais ce matin. Les gens sont bourrés de principes, mais quand il s'agit d'un problème qui les touche vraiment, tout d'un coup, ils sentent un immense besoin de faire une exception.

— Ne me force pas à rire, ma chérie, ça me fait trop mal... Et les gens du commando?

— La police a rappliqué au moment où ils commençaient à partir. Le type qui t'a foutue par terre avait eu le temps de se barrer, mais les autres ont été embarqués vite fait au commissariat.

— Bravo! Quel ramassis d'imbéciles!

— Grâce à toi, c'est devenu une affaire d'État! Le commissaire criait qu'il s'agissait d'une tentative d'assassinat.

— Le commissaire?

— Oui, le commissaire Labrot, il a dit qu'il te connaissait.

— Ce salaud qui m'a passé les menottes.

— Mais non, mamy, il ne t'a pas mis les menottes.

Victoire réfléchit mieux.

— Tais-toi! Je ne suis pas gâteuse! Il y a plus de vingt ans, cet homme m'a fait mettre les menottes avant de me conduire en prison. Il est encore en activité?

— Il doit être proche de la retraite, mais il ne manque pas de tonus. Il paraissait tenir beaucoup à toi.

— Je n'en suis pas autrement étonnée! Tout est possible dans la vie! Et toi, comment te sens-tu?

— C'est *good* de vous savoir chacune dans une chambre, tu sais.

— Comment est Florence?

— Elle flippe un peu, mais elle se sent libérée. Elle m'a dit: «Avant, j'avais peur. Maintenant, j'attends les remords.»

— Les suites vont être dures. Il ne faudra pas la laisser trop seule.

— T'inquiète. Elle a son grand-père...

À ce moment, on frappa à la porte.

— Va voir qui c'est.

Élisabeth se leva, ouvrit et s'écarta sans un mot. C'était le père Le Gwen. Il avait troqué sa salopette pour sa tenue habituelle de clergyman et entra en hésitant.

— Madame Dambreville, dit-il d'une voix enrouée, je voudrais vous parler.

— C'est le moins que vous puissiez faire, monsieur l'abbé. Élisabeth, laisse-nous, veux-tu.

Il regarda sortir la jeune fille puis se retourna vers le lit.

— Votre accident... Je suis désolé, tout est de ma faute.

— Tout, je ne crois pas, mais disons que vous avez votre part de responsabilité.

Il soupira sans répondre. Sa morgue avait disparu.

— Que faisiez-vous dans notre région, monsieur l'abbé? continua Victoire, un peu aigre.

— J'étais venu embrasser ma mère.

— Chez moi, à Véricourt, dans ma maison... C'est un comble, non?

— Personne ne m'avait rien dit au sujet de Florence. Si j'avais su... Je n'avais même pas rendu visite au docteur Coste-Lambert, comme j'ai l'habitude de le faire. Je savais qu'une manifestation se préparait à Rouen, puisque je devais leur faire une conférence préparatoire. Ensuite, ils m'ont demandé de les accompagner. Comment imaginer...

— Vous rendez-vous compte du risque que vous avez fait courir à cette petite?

Il se redressa.

— Madame Dambreville, j'ai du respect pour vous, mais il faut que vous me compreniez. Si vous voyez, un jour, dans la rue, quelqu'un essayer de tuer son voisin, vous vous interposerez. Pour moi, un avortement, c'est la même chose. C'est même pire! Des adultes vont assassiner un enfant sans défense. Je ne peux pas l'accepter! Mon devoir est de le protéger.

Victoire le regardait, éberluée. La lueur de folie s'était ranimée dans les yeux du prêtre. Comment discuter avec un homme aussi figé dans ses certitudes? Il s'énervait:

— Nous avons une religion, madame! Elle a ses lois et nous devons leur obéir. La procédure *latæ sententiæ* ne date pas d'hier. Elle prononce l'excommunication automatique, sans jugement, pour toutes les femmes qui se font avorter ainsi que pour ceux qui les aident. Ce n'est pas une invention de ma part.

— Que faites-vous de la tolérance, monsieur l'abbé?

— Pour moi, madame, l'avortement est in-to-lé-rable! Je suis contre toute forme de violence.

— J'ai été en mesure d'en juger...

Il se redressa et baissa les yeux:

— Pardonnez-moi. Je suis profondément navré de ce qui vous est arrivé. Parmi ceux qui partagent nos opinions, il y a de tout, même des gens peu recommandables, je le reconnais. Je déplore ce qui s'est passé... Je n'oserai jamais plus revenir à Véricourt. Ayez pitié de ma mère, ne lui dites pas que j'étais là... Adieu, madame. Je prierai pour le salut de votre âme.

Victoire ne répondit pas, et elle laissa s'éloigner la maigre silhouette soudain voûtée. Elle n'avait plus le courage de protester.

Élisabeth rentra.

— Que voulait-il, cet épouvantail?

— M'annoncer qu'il prierait pour moi...

L'état de santé de Victoire commença à s'aggraver au bout d'une semaine. Alors que sa fracture aurait dû la faire moins souffrir, elle se plaignait de plus en plus. Le scanner mit en évidence un important hématome intra-abdominal qui s'était constitué à bas bruit et entraînait des troubles de compression. Le chirurgien de la clinique proposa, sans enthousiasme, une intervention que Victoire refusa. Elle imaginait trop bien ce qu'elle aurait à endurer.

Alain d'Argence, le mari de Delphine, fut appelé en consultation. Il confirma l'indication opératoire, en proposant de la réaliser par cœlioscopie.

— Tu es un garçon courageux, remarqua la vieille dame. Te rends-tu compte de ta responsabilité si j'y passe parce que l'opération aura échoué ?

— Ma belle grand-maman, ce sera encore pire si vous y passez – comme vous dites – sans que nous ayons essayé de vous tirer de là...

Elle sourit.

— Tu es gentil, mais il me faut réfléchir. En ce qui concerne ma vieille carcasse, j'ai mon mot à dire...

Elle en resta là.

Ce qu'elle n'osait pas avouer, c'est qu'elle se sentait fatiguée. Fatiguée de vivre. Depuis l'âge de vingt ans, elle se battait. Elle avait consacré son existence à lutter pour la libéralisation de la condition féminine et il lui semblait que tout se liguait pour anéantir les résultats obtenus. Elle n'avait jamais voulu s'engager dans le féminisme pur et dur aux côtés de celles qui avaient déclaré la guerre aux hommes et, aujourd'hui, elle n'était pas loin de le regretter. Tous les moyens qu'elle avait jugés excessifs en leur temps lui paraissaient désormais justifiés.

La seule qui partageait ses tristes conclusions était Élisabeth. Elles s'accordaient pour penser que l'unique moyen de libérer vraiment les femmes était d'obtenir la parité dans les instances décisionnelles. La jeune fille avait sur ce point des idées bien arrêtées :

— Il faut parvenir à un double collège électoral et imposer la parité des sexes à la Chambre des députés. Sinon, dans tous les domaines qui nous concernent, les progrès seront sans cesse remis en question.

Victoire ne pouvait qu'approuver ce discours entendu si souvent.

— Sois rassurée, mamy, je reprendrai le flambeau. Nous ne nous laisserons pas faire... Tu ne te seras pas battue en vain.

Leurs conversations quotidiennes s'écourtèrent. Victoire s'épuisait vite. Élisabeth comprit brutalement que sa grand-mère n'avait plus la force de vivre. La famille alertée se mobilisa. C'était le temps des vacances, et le manoir se remplit. Chaque jour, Lydie et ses enfants venaient à tour de rôle passer un moment à la clinique. Ils essayaient de ne jamais laisser la malade seule, sans avoir l'air non plus de redouter l'issue fatale.

Un jour, Arnaud Coste-Lambert souhaita être reçu. Étonnée, Victoire hésita un instant, puis, fataliste, accepta. Elle demanda à Élisabeth de lui arranger les cheveux et de lui mettre une touche de rouge à lèvres. Amusée par cette coquetterie imprévue, la jeune fille obtempéra et ajouta même un nuage de poudre. Puis elle lui baisa le front et s'éclipsa.

— À plus, je vais m'acheter des clopes.

Le vieillard entra, un petit bouquet d'anémones à la main, comme un soupirant.

— Voilà plus d'un demi-siècle que tu ne m'as pas offert de fleurs, remarqua Victoire en souriant.

— Il faut dire que j'ai beaucoup à me faire pardonner...

— Et moi donc...

— Sans parler du tour que m'a joué notre fille. Je ne m'en suis jamais remis.

— Tu l'avais bien mérité...

Ils continuèrent leur badinage à fleurets mouchetés quelques instants encore, puis se turent. Ils se regardaient sans parler. Arnaud se reprit le premier.

— À nos âges, le temps pour réfléchir ne manque pas...

— C'est vrai.

— ... et sais-tu ce que j'ai découvert ? J'ai découvert que je suis un homme sans convictions.

— Pourtant, tout au long de ta vie, tu as pris des positions tranchées dans nombre de situations graves.

— Justement, j'ai fini par me rendre compte que je réagissais davantage pour m'opposer à toi que pour défendre des causes auxquelles je croyais vraiment.

— Quel honneur tu me fais !

— Le temps a passé, Victoire, et je te dois un aveu.

— Allon bon !

Il avala sa salive, comme si les mots allaient avoir du mal à passer.

— Je ne crois pas mentir en avouant que je n'ai jamais cessé de t'aimer...

Elle porta la main à son cœur et se força à respirer profondément. Elle eut, une fois de plus, recours à l'ironie pour masquer son trouble.

— À ton retour de captivité, tu jouais bien la comédie ! Avoue ! J'aurais juré que tu me laissais tomber.

— Mon père avait pour moi des ambitions qui m'éblouissaient. Je n'étais qu'un jeune chien. Quand j'ai compris mon erreur, il était trop tard. Alors, je me suis enferré dans la haine. Je n'avais qu'un seul but : te cacher et me cacher que je t'aimais... En réalité, je crevais de jalousie.

Victoire avait fermé les yeux. Elle était bouleversée par ce discours. Tant d'amertume s'était accumulée dans sa relation avec cet homme au fil des décennies, qu'elle ne savait plus que penser.

Arnaud finit par se lever.

— Excuse-moi, Victoire, pour cette confession tardive, mais j'avais besoin de soulager ma conscience.

— Tu te sens mieux, maintenant ?

Elle s'était forcée à retrouver son ton moqueur pour lancer une dernière pique et ne pas montrer son émotion. Il ne comprit pas. Les yeux baissés, il avoua :

— J'avais besoin de te parler...

— Eh bien, tu vois, j'ai eu le plaisir de te rendre ce dernier service. Ce n'est pas la peine de me remercier. Va, je t'ai pardonné.

Sur ces derniers mots, sa voix s'était brisée. Elle lui tendit la main. Il la prit et, dans un geste qui n'était pas prémédité, il y posa ses lèvres, longuement. Puis, incapable de dire un mot de plus, il quitta la chambre sans se retourner, pour cacher ses larmes. Il l'aimait plus encore qu'il ne l'avait imaginé. Dans le couloir, il se mit à sangloter.

Lydie arriva à la clinique une heure plus tard. Sans bruit, elle poussa la porte et fut surprise par le visage reposé de sa mère. Un sourire semblait flotter sur ses lèvres entrouvertes, discrètement colorées par le maquillage d'Élisabeth. Jamais elle n'avait été aussi belle !

Pour ne pas la réveiller, elle resta immobile à la contempler, heureuse de lui trouver l'air si paisible.

Elle n'avait pas compris que Victoire avait quitté ce monde, et qu'elle allait connaître enfin le secret des anges...

Remerciements

Je tiens à exprimer ma gratitude à tous ceux qui m'ont aidé à réaliser ce livre. En premier lieu, mon épouse Michèle, infatigable lectrice et critique avisée. Nos amis Jean-Louis et Annie Pujol, Élisabeth Labrugière, François George, ainsi que le docteur Solange Hugues. Merci enfin à Jacques Derogy, et surtout à Gisèle Halimi pour sa participation aussi involontaire que bienveillante.

Bibliographie sommaire

Bernard ALEXANDRE, *Le Horsain*. Presse Pocket, Plon, 1988.
Christine BARD, *Les Filles de Marianne*, Fayard, 1995.
Simone de BEAUVOIR, *Le Deuxième Sexe*, Gallimard, 1949.
Célia BERTIN, *Femmes sous l'Occupation*, Stock, 1993.
Christine BOUTIN, *Pour la défense de la vie*, Pierre Tequi éditeur, 1993.
Jacques DEROGY, *Des enfants malgré nous*, Éditions de Minuit, 1956.
Susan FALUDI, *Backlash*, Éditions des Femmes, 1993.
Benoîte et Flora GROULT, *Journal à quatre mains*, Denoël, 1962.
Gisèle HALIMI, *La Cause des femmes*, Grasset, 1973.
Gisèle HALIMI présente, *Choisir, la cause des femmes*, Grasset, 1978.
Association Choisir, *Avortement, une loi en procès, l'affaire de Bobigny*. Idées/Gallimard, 1972.
Constance JOËL, *Les Filles d'Esculape*, Robert Laffont, 1988.
Emérentienne de LAGRANGE, *Un complot contre la vie*, SPL, 1979.
Jérôme LEJEUNE, *L'Enceinte concentrationnaire*, Le Sarment / Fayard, 1990.
Jérôme LEJEUNE et collaborateurs, *Laissez-les vivre*, P. Lethielleux, 1975.
Florence MONTREYNAUD, *Le XXe Siècle des femmes*, Nathan, 1989.
Mona OZOUF, *Les Mots des femmes*, Fayard, 1995.
Danièle PHILIPPE, *J'avais quinze ans... en juin 44, en Normandie*, France-Empire, 1994.
Françoise PICQ, *Libération des femmes. Les années-mouvement*, Seuil, 1993.

Colombe PRINGLE, *Telles Qu'Elle*, Grasset, 1995.
Michel SEGUIN, *La Contraception et l'Église*, Éditions Paulines, 1994.
Lorette THIBOUT, *L'Avortement, vingt ans après,* Albin Michel, 1995.
Gonzague TRUC, *Histoire illustrée de la femme*, Plon, 1940.
Journal officiel de la République française, 1967, p. 2557 à 2585.

Table

Impression réalisée sur CAMERON par
BRODARD ET TAUPIN
La Flèche

pour le compte des Éditions Fayard
en avril 1996

Imprimé en France
Dépôt légal : avril 1996
N° d'édition : 4898 – N° d'impression : 6806N-5
ISBN : 2-213-59674-3
35-33-9674-01/9